NINA O
JAN F. W.
Schwar

Weitere Titel der Reihe:

Küstenmorde
Möwenschrei
Nebeltod
Sturmläuten
Eisige Flut
Dünengeister
Schweigende See
Tiefer Sand

Ist so kalt der Winter (Erzählung)
In der heißen Sonnenglut (Erzählung)
Schlaf in tödlicher Ruh (Erzählung)
Keine Seele weint um mich (Erzählung)
Nun schweigst auch du (Erzählung)

Titel auch als E-Book erhältlich

Über die Autoren:

Nina Ohlandt wurde in Wuppertal geboren, wuchs in Karlsruhe auf und machte in Paris eine Ausbildung zur Sprachlehrerin, daneben schrieb sie ihr erstes Kinderbuch. Später war sie als Übersetzerin, Sprachlehrerin und Marktforscherin tätig, bis sie zu ihrer wahren Berufung zurückfand: dem Krimischreiben im Land zwischen den Meeren, dem Land ihrer Vorfahren. Mit der Reihe um den Flensburger Hauptkommissar John Benthien wurde sie zur Bestsellerautorin. Nina Ohlandt starb im Dezember 2020.

Jan F. Wielpütz studierte Anglistik, Germanistik und Geschichte in Bonn und arbeitete als Journalist, bevor er als Verlagslektor viele Jahre Krimi- und Thrillerautoren betreute. Er leitete das E-Book-Lektorat und die Schreibschule eines großen Verlags, bis er sich dem Schreiben widmete. Unter Pseudonym hat er zahlreiche Sachbücher verfasst, die auf der SPIEGEL-Bestsellerliste standen, und mehrere Kriminalromane veröffentlicht.

NINA OHLANDT
JAN F. WIELPÜTZ

SCHWARZE DÜNEN

NORDSEE-KRIMI

John Benthiens neunter Fall

lübbe

Dieser Titel ist auch als E-Book erschienen

Die Bastei Lübbe AG verfolgt eine nachhaltige Buchproduktion. Wir
verwenden Papiere aus nachhaltiger Forstwirtschaft und verzichten
darauf, Bücher einzeln in Folie zu verpacken. Wir stellen unsere
Bücher in Deutschland und Europa (EU) her und arbeiten mit den
Druckereien kontinuierlich an einer positiven Ökobilanz.

Originalausgabe

Copyright © 2023 by Bastei Lübbe AG, Köln
Textredaktion: Angela Kuepper
Umschlaggestaltung: Christin Wilhelm, www.grafic4u.de
unter Verwendung von Illustrationen von
© shutterstock: Ryszard Filipowicz | Perfect Lazybones |
jivacore | 1427503523 | LittlePerfectStock
Satz: hanseatenSatz-bremen, Bremen
Gesetzt aus der Sabon LT Std
Druck und Verarbeitung: GGP Media GmbH, Pößneck
Printed in Germany
ISBN 978-3-404-18873-4

2   4   5   3   1

Sie finden uns im Internet unter
luebbe.de
Bitte beachten Sie auch: lesejury.de

Prolog

In der Nacht, an die Paula Feddersen sich ihr Leben lang erinnern sollte, stand sie auf dem Achterdeck der *Alea Haien* und flickte die Netze. Der Vollmond leuchtete am sternenklaren Himmel, kein Wind regte sich, und von oben betrachtet musste das Schiff auf der spiegelglatten Nordsee selbst aussehen wie ein kleiner Stern mitten im pechschwarzen Nichts.

Die Flutlichtstrahler erhellten das Deck. Paula konzentrierte sich auf ihre Arbeit. Netze stopfen. Mehr trauten die Männer ihr offenbar nicht zu. Im Stillen war Paula allerdings ganz froh, dass sie nicht unter Deck in der »Fabrik« stehen musste, wo der Fang sortiert und verarbeitet wurde. Der Kutter gehörte ihrem Onkel Nickels. Er hatte sie gleich am ersten Tag runter in die Fabrik geschickt, und Paula hatte es keine Viertelstunde im schwankenden Bauch des Schiffs ausgehalten. Unter dem Gelächter der Männer war sie nach oben gerannt und hatte sich übergeben. Vor allem Tore hatte sich amüsiert. Tore, der sich mit Onkel Nickels am Steuer ablöste und der ihr das Leben schwer machte. Tore war im gleichen Alter wie sie. Er meinte, seine Sticheleien dienten nur einem Zweck, nämlich, um sie abzuhärten. Paula wusste, dass es einen ganz anderen Grund gab. Er hatte ihr Avancen gemacht, doch sie hatte ihm klargemacht, dass sie kein Interesse an ihm hatte.

Das Flicken der Schleppnetze war eine verantwortungsvolle Aufgabe, hatte Onkel Nickels sie gemahnt. Der Fang hing davon ab, dass sie ihre Sache ordentlich machte. Schon ein zwei Finger breites Loch reichte aus, dass die Krabben durchschlüpften.

Paula kniff die geröteten Augen zusammen.

Am liebsten wäre sie jetzt in ihre Koje gefallen und hätte sich der Müdigkeit hingegeben, die wie ein schwerer Stein an ihr zog. In den zwei Wochen, die sie nun auf der Alea Haien war – das erste Mal, dass sie überhaupt so lange von zu Hause weg war –, hatte sie kaum mehr als eine Stunde am Stück geschlafen. Gearbeitet wurde selbst in der Nacht. Mit einem lauten »Reise, Reise« dröhnte dann Onkel Nickels' Stimme aus den Lautsprechern unter Deck und beorderte alle an Deck zu einem neuen Fang.

Mutter hatte Paula gewarnt. Die Fischerei sei ein hartes Brot und obendrein eine Männerwelt. Doch das hatte Paula nicht aufgehalten.

Als Kind hatte Onkel Nickels Papa und sie einmal auf der Alea Haien mitgenommen, und Paula hatte sich augenblicklich verliebt – in den Kutter, das Meer, die salzige Luft, die grenzenlose Freiheit auf dem Wasser.

Wer sich einmal für die See entscheidet, hatte Onkel Nickels damals gesagt, der bleibt für immer. Und so war es auch gekommen. Nichts und niemand würde Paula davon abhalten, ihren Traum zu verwirklichen: ein eigener Kutter. Selbst wenn das bedeutete, nie wieder richtig zu schlafen und sich die Hände blutig zu schuften.

Paula sah ihren Fingern dabei zu, wie sie die Arbeit mittlerweile beinahe automatisch verrichteten. Sie musste sich ranhalten. Noch verarbeiteten die Männer in der Fabrik den letzten Fang. Der Beifang wurde aussortiert, die Krabben dann bei einhundert Grad gekocht, bevor sie in die Kühlkammer im Bauch des Schiffs wanderten. Doch es würde nicht lange dauern, bis sie die Netze wieder auswarfen. In der Nacht standen die Chancen auf reiche Beute am besten, hatte Onkel Nickels erklärt, da sahen die Krabben im dunklen Wasser die Netze nicht kommen.

Paula überprüfte die Stelle, die sie geflickt hatte, bevor sie sich dem nächsten Netz zuwandte. Plötzlich hielt sie inne. Ein Geräusch lag in der Luft. Es klang seltsam. Ein Rauschen. Dann ein lauter Knall, ganz so, als wäre etwas mit großer Wucht auf dem Wasser aufgeschlagen.

Paula warf das Netz beiseite und eilte zu dem Suchscheinwerfer hinüber, der auf dem Achterdeck montiert war. Sie schaltete ihn ein und ließ den Lichtstrahl über das Wasser wandern.

Hinter ihr öffnete sich die Tür, die zur Fabrik hinunterführte. Bram trat an Deck, zog seinen Tabakbeutel aus der Jackentasche und drehte sich eine Zigarette.

Bram war auf Paulas heimlicher Liste, auf der sie die Besatzung in Nette und Idioten einteilte, einer der Guten. Er war fast genauso alt wie Onkel Nickels und hatte selbst einmal einen Kutter gehabt. Doch irgendwie hatte er es nicht über die Runden geschafft. Die wenigen Jahre bis zur Rente verbrachte er nun auf der Alea Haien.

Zu Beginn ihrer Reise hatte Onkel Nickels den jüngeren Männern klargemacht, dass sie Paula zu achten und wie ein ganz normales Besatzungsmitglied zu behandeln hatten. Bram hatte hinzugefügt, dass er jeden, der es wagte, auch nur einen Finger an sie zu legen, eigenhändig über Bord befördern würde. Neulich hatte er tatsächlich Tore in den Schwitzkasten genommen, als dieser es zu weit getrieben hatte.

Bram trat neben sie und zündete sich die Zigarette an. »Was los?«

»Weiß nicht. Hab da was gehört«, antwortete Paula, während sie mit dem Strahler weiter das Wasser absuchte.

»Hm.« Bram zog an seiner Zigarette und ließ den Rauch

durch die Nasenlöcher in die kalte Nacht aufsteigen. Dann meinte er plötzlich: »Was ist das?«

Paula folgte seinem ausgestreckten Zeigefinger und richtete den Strahl aus. Das Wasser war glatt wie ein Spiegel. Etwas trieb an der Oberfläche.

»Ist das …?«

»Glaub schon«, brummte Bram.

Im Wasser trieb ein Mensch.

Bram schlug Alarm und machte sich sofort daran, die Rettungsmittel auszubringen. Tore streckte den Kopf aus dem Ruderhaus, und Bram signalisierte ihm, die Maschinen zu stoppen. Kurz darauf kamen die anderen Männer an Deck gestürmt.

Während sie sich mit Bram daranmachten, den Körper aus dem Wasser zu ziehen, ließ Paula den Scheinwerfer weiter über die See gleiten. Vielleicht waren noch mehr Menschen dort draußen, die Hilfe benötigten.

Dann hörte sie wieder das Rauschen.

Sie blickte in den Himmel. Zunächst wähnte sie sich in einem Albtraum gefangen, mochte nicht glauben, dass es erneut geschah. Doch das tat es, und es war real. Hoch oben, wo der Mond die Nacht erhellte, fiel der Körper eines Menschen aus großer Höhe auf das Meer zu.

Paula zuckte unwillkürlich zusammen, als der Körper mit einem Knall auf das Wasser aufschlug. Heute, am 18. September 1985, regnete es über der Nordsee Menschen.

Dann war da noch etwas. Ein anderes Geräusch, ein leises Brummen, das Paula in der allgemeinen Aufregung, die an Deck herrschte, bald wieder vergaß und an das sie sich erst viele Jahre später wieder erinnern würde, als sie selbst schon eine alte Frau war und sich den Traum vom eigenen Kutter erfüllt hatte.

Erster Teil
DER FLUG DER OLIV TUULI

Flensburger Tageblatt

Vermisstes Mädchen nach Jahrzehnten wieder aufgetaucht

Flensburger Kripo gelingt Sensation in ungelöstem Fall. Aber noch sind viele Fragen offen.

Flensburg/Wyk auf Föhr. Der Flensburger Kriminalpolizei ist in einem alten ungelösten Fall, einem sogenannten Cold Case, ein ebenso überraschender wie auch kurioser Erfolg gelungen.

Im Herbst 1980 waren die fünfjährige Emma Ahlert und ihr Vater Mikkel bei einem Ausflug von der Insel Föhr auf das nahe Festland spurlos verschwunden. Alle Bemühungen der Polizei und der Küstenwache, die beiden zu finden, liefen damals ins Leere.

Doch nun konnte Hauptkommissar John Benthien von der Kripo Flensburg das vermisste Mädchen ausfindig machen. Benthien ist einer breiten Öffentlichkeit von Auftritten in Fernsehsendungen bekannt, vor allem aber durch den True-Crime-Bucherfolg seines Vaters Ben Benthien, der sich in seinem Werk mit den vielen erfolgreichen Ermittlungen seines Sohns beschäftigt.

In diesem Fall scheint Benthien jedenfalls der Zufall in die Karten gespielt zu haben. Denn wie sich herausstellte, lebt die inzwischen zur Frau herangereifte Emma Ahlert unter dem Namen Frede Junicke wieder auf Föhr – und zwar als Polizeichefin der Insel.

Vorausgegangen waren der Enthüllung ihrer wahren Identität Ermittlungen einer Mordkommission unter der Leitung von Benthien.

Gunilla Dornieden – ehemals Ahlert –, die Mutter von Frede Junicke (Emma Ahlert), war im Keller ihres Anwesens auf der Nordseeinsel tot aufgefunden worden. Als Tatverdächtiger muss Bosse W. gelten, ein zurückgezogen lebender Mann von der Insel, der festgenommen wurde. Über das Tatmotiv schweigt sich die Polizei aus. Interne Quellen lassen aber verlauten, dass es sich möglicherweise um einen misslungenen Erpressungsversuch handelte. Offenbar hatte die auf der Insel hoch angesehene Geschäftsfrau eine Affäre mit einem Kommunalpolitiker.

Allerdings deutet manches darauf hin, dass die Staatsanwaltschaft selbst noch Zweifel hat, mit Bosse W. den Richtigen gefasst zu haben. Jedenfalls ist noch keine Anklage in dem Mord gegen ihn erhoben worden. Dennoch droht Bosse W. in anderer Sache eine lange Haftstrafe, denn die Ermittler entdeckten im Zuge seiner Festnahme kinderpornografisches Material in seiner Wohnung, mit dem der Mann offenbar einen regen Handel betrieb.

An der Festnahme von Bosse W. war auch Frede Junicke als Polizeichefin der Insel beteiligt.

Wie sich herausstellte, hatte sie ein persönliches Interesse an seiner Ergreifung, schließlich handelte es sich bei ihm um den Mörder ihrer Mutter. Dies war wohl auch der Grund, weshalb Junicke ihre wahre Identität zunächst vor den Kollegen verbarg, um nicht von den Ermittlungen ausgeschlossen zu werden. Es war Benthien, der die Wahrheit schließlich aufdeckte.

Aus einer Pressemitteilung der Behörden ist bekannt, dass Junicke inzwischen eine vollständige Aussage gemacht hat. Daraus geht hervor, dass sie im Herbst 1980 von ihrem Vater ohne das Wissen der Mutter zur Familie eines Freundes in Dänemark verbracht wurde. Weshalb Mikkel Ahlert diesen Schritt unternahm, ist unklar, ebenso sein Verbleib. Gerüchte, dass es sich bei einer zweiten, skelettierten Leiche, die im Haus von Gunilla Dornieden gefunden wurde, um ihn handelt, wollte die Polizei »aus ermittlungstechnischen Gründen« nicht bestätigen.

Klar ist nur, dass Emma Ahlert in Dänemark bei dem Freund ihres Vaters unter dem Namen Frede Junicke aufwuchs. Warum der Identitätsschwindel damals nicht offenbar wurde, soll nach Auskunft der Polizei Gegenstand einer innerbehördlichen Analyse sein. Als Junicke in späteren Jahren die Wahrheit über ihre Herkunft erfuhr, entschloss sie sich nach eigenen Angaben, Kontakt mit ihrer Familie aufzunehmen. Neben der Mutter lebte noch eine Halbschwester auf der Insel.

Konsequenzen dafür, dass sie ihre Identität weiterhin verschleierte und auch den Interessenkonflikt bei den Ermittlungen nicht offenbar machte, muss Junicke wohl nicht fürchten. Wie aus der Pressemitteilung zu entnehmen ist, sieht man aufgrund der besonderen Umstände und weil Junicke maßgeblich zum Ermittlungserfolg beitrug, von einem Disziplinarverfahren ab.

Vieles in diesem Fall wird ein Rätsel bleiben: das Schicksal von Mikkel Ahlert und der Grund, weshalb er die eigene Tochter verschleppte, ebenso wie die Frage, ob die Polizei mit Bosse W. tatsächlich den Richtigen gefasst hat oder wie es John Benthien überhaupt gelang, die wahre Identität von Frede Junicke zu offenbaren.

Denn zu diesem Punkt schweigt Deutschlands bekanntester Ermittler beharrlich. Laut der Pressesprecherin der Flensburger Polizei steht Benthien aktuell für keine Interviews zur Verfügung.

1   Sanna Harmstorf

Wieder war sie bei den Toten. Sie befanden sich am Ende eines langen Flurs hinter einer Doppeltür aus Metall. Die Wände waren weiß gefliest, an der Decke flackerten Leuchtstofffröhren.

Sannas Schritte hallten vom Boden wider. Sie packte den Griff eines Türflügels und schwang ihn auf, obwohl sie wusste, was sie dahinter erwartete.

Auf dem Obduktionstisch lag der Körper eines Mannes. Eine lange Naht zog sich vom Schambein zum Kehlkopf, von wo aus zwei weitere Schnitte zu den Schultern führten, sodass sich die typische Form eines T ergab.

Der Rechtsmediziner hatte seine Arbeit beendet. Er stand neben der Leiche und zog sich die Handschuhe aus.

Sie näherte sich dem Obduktionstisch und betrachtete den Toten. Sein Gesicht war ihr fremd geworden. Das Leben war daraus verschwunden und mit ihm auch der Mensch, den sie kannte und den sie geliebt hatte.

Das halblange schwarze Haar hatte man ihm abrasiert. Ein Schnitt reichte von Ohr zu Ohr quer über den kahlen Schädel – oder das, was davon noch übrig war. Vom unteren Teil des Hinterkopfes fehlte ein ganzes Stück. Ein Loch mit Knochensplittern, Hautfetzen und verkrustetem Blut klaffte dort.

Der Rechtsmediziner nahm einen Metallstab und führte ihn in die Eintrittswunde in der Stirn des Mannes ein, deren Ränder unregelmäßig verbrannt waren.

Ein angesetzter Schuss, schräg von oben, sagte er. *Vermutlich hat er vor seinem Mörder gekniet. Eine Hinrichtung.*

Sie hörte seine Worte wie aus weiter Ferne, bestätigte sie nur mit einem Nicken. Ja, so musste es gewesen sein. Eine Hinrichtung. Ihr Blick wanderte zu den Handgelenken, wo Kabelbinder in die Haut eingeschnitten hatten.

Bei ihm ist es dasselbe. Der Rechtsmediziner deutete auf den benachbarten Obduktionstisch, auf dem ein zweiter Männerkörper lag, ebenfalls mit einem Einschussloch in der Stirn.

Erneut der Rechtsmediziner, der sich wieder dem ersten Toten zugewandt hatte: *Was hatte er überhaupt dort zu suchen? Er muss doch gewusst haben, in welche Gefahr er sich begab.*

Sie öffnete die Lippen einen Spalt weit, brachte aber keinen Ton heraus.

Sie. Sie selbst war der Grund. Höchstpersönlich hatte sie sein Todesurteil unterzeichnet.

In diesem Moment schlug der Tote die Augen auf und sah sie an. Seine Lippen formten eine Frage.

Warum?

Sanna Harmstorf schreckte aus dem Schlaf hoch und schnappte nach Luft. Das Herz raste in ihrer Brust. Sie spürte, wie Panik in ihr aufstieg und sich zu einer Angstattacke auszuweiten drohte. Ihre Kehle schnürte sich zu.

Sie setzte sich auf die Bettkante und zwang sich, kontrolliert zu atmen, so wie sie es gelernt hatte.

Es ist in Ordnung, Angst zu haben, sagte sie sich. Angst ist nur ein Gefühl von vielen. Jeder verspürt sie dann und wann. In dir ist nichts kaputt. Akzeptiere die Angst. Sie ist dein Freund, sie sagt dir, wenn etwas nicht stimmt. Finde heraus, warum du dich gerade jetzt fürchtest, frage dich, ob es wirklich angebracht ist. Nein? Dann nimm die Angst, schieb sie sachte wieder in den Raum, aus dem sie hervorgekrochen ist, und verschließ die Tür.

Langsam beruhigte sie sich. Sie hatte dieses Mantra dutzendfach mit der Polizeipsychologin eingeübt. Manchmal half es, manchmal nicht.

Sanna stand auf, zog die Jalousie hoch und öffnete das Fenster. Mit beiden Händen stützte sie sich auf das Sims und sog die kühle Luft, die hereinwehte, tief in die Lunge. Ihr Blick wanderte hinaus über das gekräuselte Wasser der Flensburger Förde, dahinter die Häuser der Stadt, die sich auf dem Hügel dicht an dicht drängten. In den frühen Morgenstunden brannte nur in wenigen von ihnen Licht, und auch im Hafen regte sich rings um das Hausboot noch kein Leben. Der Frühling schickte zwar seine ersten Vorboten, doch zu dieser Jahreszeit lagen die meisten Segelschiffe und Motorboote verlassen da.

Sanna schloss die Augen.

Mario.

Atme weiter tief und ruhig und spüre, wie sich dein Herzschlag beruhigt.

Fast ein Jahr war vergangen, seit sie vor jenem Obduktionstisch im Rechtsmedizinischen Institut in München gestanden hatte. Es würde dauern, das Geschehene zu verarbeiten, hatte die Psychologin ihr erklärt, doch irgendwann würde sie damit klarkommen. Irgendwann. Sanna fragte sich noch immer, wann das sein würde.

Sie hatte lange über eine Versetzung nachgedacht, die Möglichkeit, das alles weit hinter sich zu lassen, den Schritt dann aber doch erst vor Kurzem gewagt.

Nun war sie wieder hier, in ihrer Heimat, seit zwei kurzen Wochen, und es fühlte sich gut an. Denn wenn sie ehrlich zu sich selbst war, hatte sie den Norden vermisst. Sie mochte in München erfolgreiche Jahre gehabt haben, doch im Stillen war sie nie mit der Stadt warm geworden. Sie hatte sich nach dem salzigen, klaren Geruch des Meeres, dem Sand unter den Füßen und dem weiten Himmel ihrer Heimat gesehnt.

Sanna schloss das Fenster wieder und ging die paar Schritte hinüber in das Wohn- und Esszimmer. Das Hausboot, das sie im Jachthafen unterhalb der Marineschule angemietet hatte, bis sich etwas Besseres fand, war der neueste Versuch findiger Geschäftsleute, bei wuchernden Mieten und Immobilienpreisen auch noch auf dem Wasser Geld zu verdienen. »Minimalistisches Wohnen in der Natur«, hatten sie das Hausboot im Internet angepriesen. Die ehrliche Variante hätte gelautet: »Beengtes Wohnen zu unverschämten Preisen«. Doch Sanna war es egal. Sie lebte allein, verbrachte die meiste Zeit des Tages im Büro, und es war nur vorübergehend.

Das Hausboot bestand aus einem Schlafzimmer, einem Bad mit Dusche und dem relativ geräumigen Wohnraum mit Küchenzeile. Das alles in moderner quadratischer Bauweise.

Sanna lief vorbei an einem Stapel Umzugskartons, die sie noch nicht ausgepackt hatte, zur Küchenzeile, wo sie sich einen Kaffee machte. Während die Maschine spratzelte, warf sie einen Blick auf ihr Smartphone. Das Display zeigte eine eingegangene Nachricht. Abgeschickt gestern kurz vor Mitternacht, als sie bereits im Bett gelegen hatte.

Kommst du morgen?, fragte Jaane.

Ja. Später Nachmittag oder Abend. Okay?, schrieb Sanna ihrer Schwester zurück und steckte das Smartphone in die Hosentasche.

Nun, wo ihre Mutter nicht mehr lebte, würde sie sich um Jaane kümmern müssen. Ein weiterer Grund, in die Heimat zurückzukehren. Mama war vor wenigen Monaten gestorben. Plötzlich, aber nicht überraschend, wenn man sein Leben lang mindestens eine Packung Zigaretten am Tag rauchte und Sherry wie Sprudelwasser trank. So gesehen konnte man es schon als kleines Wunder betrachten, dass Mama überhaupt das Alter von zweiundsiebzig Jahren erreicht hatte.

Jaane war vor einigen Jahren wieder zu Mama in das kleine

Haus in Munkmarsch auf Sylt gezogen. Und dort würde sie jetzt auch weiterhin wohnen, zumindest soweit es Jaane betraf.

Sanna zog sich einen Pullover über, nahm die Kaffeetasse und trat hinaus auf die Terrasse. Auf dem Weg schnappte sie sich noch die Tageszeitung von gestern, die ungelesen auf dem Wohnzimmertisch lag.

Das Hausboot war quer zur Landseite an einem Steg vertäut, sodass die kleine Holzterrasse nach Osten zeigte, wo die Flensburger Bucht sich weitete. Am Horizont war das erste Morgenrot zu sehen.

Sanna setzte sich auf einen der beiden Holzklappstühle, die sie in einem nahe gelegenen Baumarkt geholt hatte, trank einen Schluck Kaffee und stellte die Tasse auf dem Gartentisch neben sich ab.

Dann schlug sie die Zeitung auf. Die Titelseite beschäftigte sich neben politischem Geschehen mit dem Absturz eines Kleinflugzeugs auf Sylt. Der hatte vor wenigen Tagen offenbar für einigen Wirbel gesorgt, weil der Flughafen der Insel für mehrere Stunden hatte gesperrt werden müssen.

Sanna blätterte weiter zum überregionalen Teil.

Jaane hatte ihr empfohlen, sich die Zeitung zu besorgen. Dein Ruf eilt dir voraus, hatte sie gesagt.

Tatsächlich fand Sanna einen halbseitigen Artikel, in dessen Mitte ein Porträtfoto von ihr abgedruckt war. Eine Schwarz-Weiß-Aufnahme. Dennoch konnte man erkennen, dass ihr Haar sehr hell war, heller als das gewöhnlicher Menschen. Tatsächlich war es vollkommen weiß.

Das Bild zeigte sie beim Verlassen eines Gerichtsgebäudes. Sie trug einen Hosenanzug und hatte sich einen Stapel Akten unter den Arm geklemmt.

Sanna überflog die Zeilen, fand darin aber nichts Überraschendes. Der Artikel erzählte, wie sie einen korrupten Politiker überführt und vor dem Landgericht eine langjährige Haftstrafe erwirkt hatte. Der Autor verlor einige Sätze über Sannas Werdegang und schloss mit den Worten, dass sie unter Kollegen als besonders unerbittlich gelte, selbst wenn dies bedeute, gegen Leute aus den eigenen Reihen vorgehen zu müssen.

Sie faltete die Zeitung wieder zusammen und legte sie auf den Tisch. Was für ein pathetischer Müll. Ihre Arbeit als Staatsanwältin galt der Suche nach der Wahrheit. Sie ermittelte belastend und entlastend. Wenn die Indizien es hergaben, hatte sie keine Scheu, noch vor Gericht ihre Ansicht zu ändern und einen Freispruch zu beantragen. Belegten die Beweise hingegen eine Straftat, dann musste dem Recht Genüge getan werden, egal um wen es sich handelte. Vor Justitia waren alle gleich.

Sanna trank noch einen Schluck Kaffee.

In wenigen Stunden würde sie ihre neue Stelle bei der Staatsanwaltschaft Flensburg antreten. Sie machte sich keine Illusionen. Vermutlich würden der Oberstaatsanwalt und die neuen Kollegen sie nicht besonders willkommen heißen. Für ihre Versetzung hatte sie nämlich einen Gefallen einfordern müssen. Einen sehr großen Gefallen.

Sie ließ den Blick über das Wasser schweifen. In den Wellen der Förde spiegelte sich die aufgehende Sonne.

Ein neuer Tag, ein neues Leben. Vielleicht würde sie ihr altes ja tatsächlich irgendwann vergessen.

Zwei Stunden später saß Sanna dem Oberstaatsanwalt in seinem Büro gegenüber. Es befand sich im Gebäude der Staatsanwaltschaft am Landgericht Flensburg, einem Bau aus rotbraunen Backsteinen, der mit seinen Türmen an eine Burg erinnerte. Sanna hatte vor einem ausladenden Mahagonischreibtisch Platz genommen. Oberstaatsanwalt Bleicken wiegte sich auf der anderen Seite in einem Ledersessel und taxierte sie.

Sanna hatte sich bereits angehört, was von ihr erwartet wurde. Bleicken leitete die nördlichste Staatsanwaltschaft

Deutschlands, eine der kleinsten, weshalb er von jedem Mitarbeiter höchsten Einsatz erwartete. Was für sie selbstverständlich war, deshalb hatte Sanna nur mit halbem Ohr zugehört und an den passenden Stellen genickt oder zustimmend gebrummt.

Doch nun ging es ans Eingemachte. Das erkannte Sanna an Bleickens Blick, der ernst wurde. Bisher war auch für ihn alles Formsache gewesen. Er richtete sich in seinem Stuhl auf und stützte sich mit den Ellbogen auf den Tisch.

»Ihr ehemaliger Vorgesetzter in München scheint einen guten Draht zu unserem Generalstaatsanwalt zu haben. Er hat Sie wärmstens empfohlen.« Bleicken machte eine Pause. Er trug seine grau melierten Haare altmodisch nach hinten gegelt. In den grünen Augen unter den buschigen Augenbrauen lag etwas Listiges. »Der Generalstaatsanwalt fand offenbar Gefallen daran, junges Blut in unsere Behörde zu bringen. Ich musste eine altgediente, sehr versierte Kollegin vorzeitig in den Ruhestand schicken. Also hoffe ich, dass Sie es wert sind …«

Die Bürotür öffnete sich, und die Assistentin streckte den Kopf herein. »Kriminalrat Gödecke wäre jetzt da.«

»Soll reinkommen.«

Ein massiger Mann mit Halbglatze und Schnauzer betrat den Raum. Er begrüßte den Oberstaatsanwalt und Sanna mit einem Nicken und setzte sich auf den Stuhl neben ihr.

»Schön, dass Sie es einrichten konnten«, sagte Bleicken.

Gödecke zog die braune Krawatte zurecht, die er zum blauen Zweireiher trug.

»Wir möchten Ihnen die Chance geben, sich zu bewähren.« Bleicken breitete die Hände in einer einladenden Geste aus. »Kriminalrat Gödecke hat ein etwas … ungewöhnliches Ansinnen.«

Gödecke wandte sich halb zu Sanna. »Mir ist zu Ohren gekommen, dass Sie nicht nur vor Gericht mit harten Bandagen kämpfen, sondern auch bei Ermittlungen ein gutes Gespür bewiesen haben, besonders ... wenn Sie diese aktiv begleitet haben.«

Sanna musste an den Obduktionstisch denken. An die beiden leblosen Körper. Zwei Tote, das war das Ergebnis gewesen, als sie sich zuletzt aktiv an Ermittlungen beteiligt hatte. Sie atmete tief durch. »Ja. Das mag sein.«

Als Staatsanwältin leitete sie Ermittlungen, die Kriminalbeamten waren ihr unterstellt. Üblicherweise beschränkte sich diese Zusammenarbeit allerdings auf Weisungen und strategische Erwägungen, welche Spuren man verfolgte, und darauf, dass die Regeln eingehalten wurden. Die wenigsten Staatsanwälte mischten sich aktiv in die Ermittlungen ein oder begaben sich gar vor Ort.

Insofern war das Ansinnen des Kriminalrats tatsächlich ungewöhnlich. Allerdings hatte Sanna in der Vergangenheit in dem einen oder anderen Fall eine Ausnahme gemacht. Sie hatte sich eingemischt und damit manche Ermittlung zum Erfolg geführt.

»Wir möchten, dass Sie die Vorermittlungen in einem Fall übernehmen und feststellen, ob wir es mit einem Strafdelikt zu tun haben«, erklärte Bleicken. »Dabei sollen Sie eng mit den Kriminalbeamten zusammenarbeiten.«

»Kein Problem.« Was blieb ihr anders übrig.

»Es ist so ...« Gödecke räusperte sich. »Wir glauben, dass Sie als Neue ... als Außenstehende für diese Aufgabe am besten geeignet sind.«

»Und wie gesagt«, schob Bleicken hinterher, »Sie könnten sich damit profilieren. Allerdings möchten wir nicht verschweigen, dass sich die Sache vielleicht am Rande der Legalität bewegt. Es entspricht ganz gewiss nicht dem üblichen Vorgehen.«

Sanna sah die beiden abwechselnd an. »Würde es Ihnen etwas ausmachen, endlich auf den Punkt zu kommen?«

Gödecke und Bleicken tauschten einen Blick.

Dann sagte der Kriminalrat: »Es geht um eine Gruppe von Beamten hier bei der Flensburger Kripo. Wir vermuten, dass sie Beweise unterschlagen und damit eine Ermittlung manipuliert haben. Sagt Ihnen der Name John Benthien etwas?«

2   John Benthien

John Benthien, erster Hauptkommissar der Flensburger Kriminalpolizei, öffnete den Kühlschrank und blickte auf leere Fächer. Seit Tagen war er nicht zum Einkaufen gekommen. Lediglich eine angebrochene Packung Vollmilch stand im Türfach. Nachdem er daran gerochen und sich überzeugt hatte, dass sie noch genießbar war, schloss er den Kühlschrank wieder und durchkämmte die Küchenschränke nach Lebensmitteln, die er mit der Milch kombinieren konnte. In einem der Oberschränke entdeckte er schließlich eine Müslipackung. Besser als nichts. Die Körnermischung stammte wohl noch aus jener – zum Glück nur sehr kurzen – Phase, als Ben, sein Vater, auf gesunde Ernährung geachtet hatte. Gott, er hätte nicht geglaubt, wie er die opulenten Frühstücke vermissen würde, die sein alter Herr ab und an zubereitet hatte.

Sie hatten sich die Altbauwohnung am Sank-Jürgen-Platz lange Zeit geteilt. Ben war vor etwa drei Monaten zu seiner Freundin Vivienne gezogen. Amors Pfeil hatte sich noch einmal tief in sein altes Herz gebohrt. John lebte seitdem allein in der großen Wohnung, ein Zustand, an den er sich noch immer nicht recht gewöhnt hatte. Das Verhältnis zu seinem Vater hatte sich über die Jahre gewandelt, je älter sie beide wurden. Von einem manchmal nervigen Vater zu einem besten Freund. Einem Freund, der nun fehlte.

Wobei er nicht der einzige Mensch war, den er vermisste. Frede fehlte ihm genauso sehr. Er musste an den Segeltörn denken, den sie gemeinsam unternommen hatten, eine Woche pures Glück. Er konnte kaum erwarten, sie wiederzusehen.

John schaltete das Radio auf dem Küchentresen ein und warf einen Blick auf die Uhr. Ihm blieben noch knappe zwanzig Minuten, bis er auf dem Präsidium sein musste. Er setzte sich und schaufelte rasch das Müsli in sich hinein. Mit der freien Hand nahm er die Postkarte, die auf dem Tisch lag, und betrachtete das Motiv. Ein Palmenstrand in der Karibik. Die Karte stammte von Ben und Vivienne.

John hatte seinem Vater vorgehalten, dass es vielleicht nicht die beste Zeit wäre, auf eine Karibik-Kreuzfahrt zu gehen, wegen des noch immer grassierenden Virus. Als Antwort hatte er eine empörte Tirade über Freiheit und Eigenverantwortung erhalten. Bislang war tatsächlich alles gut gegangen. Vielleicht hatte sein alter Herr recht, und er war wirklich etwas übervorsichtig.

Im Radio begannen die Nachrichten. John hatte einen Regionalsender eingeschaltet. Nach dem internationalen Geschehen widmete sich die Sprecherin hiesigen Ereignissen. Wenig überraschend wurde wieder das Flugzeugunglück erwähnt, das sich vor einigen Tagen auf Sylt ereignet hatte. John besaß ein altes Friesenhaus in den Dünen von List, und er war auf der Insel gewesen, um sich von Handwerkern einen Kostenvoranschlag für die Renovierung des Reetdachs machen zu lassen. Selbst aus der Ferne hatte er an jenem Morgen die schwarze Rauchwolke sehen können.

Im Radio berichtete die Sprecherin: *Der Absturz einer Privatmaschine auf Sylt gibt den Unfallermittlern des Bundesamts für Flugunfalluntersuchung weiterhin Rätsel auf. Der Grund für das Unglück konnte nach wie vor nicht geklärt werden.*

Es folgten das Wetter und die Staumeldungen.

John stellte die Müslischüssel auf die Spüle, als sein Handy klingelte. Es war Tommy, sein Freund und Kollege bei der Flensburger Kripo.

»Wo steckst du, John?«

»Bin schon unterwegs.«

»Beeil dich. Gödecke hat uns zusammengerufen. Die neue Staatsanwältin will ein Ermittlungsteam aufstellen.«

»Worum geht es?«

»Keine Ahnung.«

Er wollte noch etwas sagen, doch Tommy hatte das Gespräch bereits beendet. John legte das Handy beiseite, ging ins Schlafzimmer und zog sich eine Jeans an. Vom Stapel mit der Schmutzwäsche schnappte er sich ein Sweatshirt und streifte es über. Zum Wäschemachen war er in letzter Zeit auch nicht gekommen. Ein Fall, in dem ein Mann mehrere Frauen vergewaltigt hatte, hatte ihn in den vergangenen Wochen buchstäblich Tag und Nacht beschäftigt. John konnte sich schon nicht mehr erinnern, wann er zuletzt mehr als vier Stunden am Stück geschlafen hatte.

In der Diele nahm er seine schwarze Lederjacke vom Haken und wollte gerade nach der Türklinke greifen, als es klingelte.

Er öffnete die Tür und sah Celine vor sich stehen. Sie hatte wohl nicht erwartet, dass er so rasch aufmachte, und wich vor Schreck einen Schritt zurück.

»Oh, hi …«, stammelte sie und deutete mit dem Daumen ins Treppenhaus. »Die Haustür stand offen, also bin ich gleich rauf.«

»Kein Problem. Was treibt dich so früh hierher?«

Celine war seine Stieftochter. Karin, seine Ex-Frau und Celines Mutter, war vor einigen Jahren gestorben, und seitdem lebte das Mädchen bei ihrem leiblichen Vater, Paul Jacobs. Es war eine Art offener Feldversuch, da der Mann, ein Frachterkapitän, sich bis dahin kaum um sie gekümmert hatte.

Für Celine war John stets ihr wahrer Vater gewesen. Er genoss ihr Vertrauen, und wann immer sie ein Problem hatte, kam sie zu ihm. Dennoch hatten sie sich nun schon eine Zeit lang nicht gesehen. Celines Äußeres hatte sich verändert. Sie wurde dieses Jahr volljährig und war nicht mehr der Teenager, den John kannte. Vor ihm stand eine junge Frau, deren Gesichtszüge beinahe erwachsen wirkten – und die fast einen Kopf größer war als er. Celine trug eine schwarze Jeans und einen dicken Troyer in derselben Farbe. Die Haare hatte sie sich blond gefärbt, sie fielen lang auf ihre Schultern. Auf dem Rücken trug sie einen olivfarbenen Militärrucksack.

»Also«, begann sie, »Paul ist weg …«

Celine nannte ihren leiblichen Vater immer bei seinem Vornamen. John hatte noch nie gehört, dass sie zu ihm Papa oder Ähnliches gesagt hätte.

»Was heißt das, er ist weg?«

»Er muss wieder zur See fahren. Wegen der Marineschule … Also, das heißt, wenn er den Posten bekommt, wonach es aussieht … Deshalb ist er zur Reederei nach Kiel und … irgendwie … Ich weiß nicht …« Sie warf die Arme in die Luft.

John verstand nicht einmal die Hälfte von dem, was sie erzählte. »Entschuldige. Ich bin spät dran. Verrätst du mir, was ich für dich tun kann?«

Celine seufzte, senkte den Kopf, und als sie ihn wieder hob, lag in ihren Augen jener Blick, der Johns Herz jedes Mal aufs Neue schmelzen ließ.

»Daddy?« Sie dehnte die letzte Silbe. »Wenn Paul jetzt weg ist … ich meine, es sind gerade Ferien, und ich dachte …«

»Was?«

»Kann ich bei dir einziehen?«

3   Lilly Velasco

Oberkommissarin Lilly Velasco hatte ihren Dienst bei der Flensburger Kriminalpolizei wie so oft in den vergangenen Wochen in aller Frühe begonnen. Sie wachte neuerdings immer schon in den frühen Morgenstunden auf, und anstatt sich noch lange im Bett herumzuwälzen, konnte sie genauso gut aufstehen und ins Präsidium fahren. Lilly trank einen Schluck Tee – den Kaffee hatte sie sich abgewöhnt – und blätterte durch die Akte, die auf ihrem Schreibtisch lag. Sie mochte die Ruhe um diese Tageszeit, die Abteile neben ihr waren noch unbesetzt, wie immer füllte sich das Großraumbüro der Kripo an einem Montagmorgen erst langsam mit Leben.

Der Fall, den sie sich ansah, lag schon lange zurück.

Es ging um eine Frau und einen Mann, deren leblose Körper im September 1985 von der Besatzung eines Krabbenkutters aus der Nordsee geborgen worden waren. Auffallend waren die schweren Verletzungen der beiden gewesen. Es hatte unter anderem die Vermutung im Raum gestanden, ob sie von Deck eines großen Kreuzfahrtschiffes gefallen waren. Tatsächlich war es aber bis heute ein Rätsel geblieben, wie sie ums Leben gekommen waren. Auch hatte man die beiden Toten nicht identifizieren können.

Der Grund für ihr Ableben würde vermutlich ewig ein Rätsel bleiben. Neue Hinweise tauchten in solch alten Fällen nur selten auf.

Im Krabbenkutterfall, wie Lilly ihn bei sich nannte, gab es aber vielleicht Grund zur Hoffnung.

Vor vier Tagen hatte sich eine Frau gemeldet – leider ohne ihren Namen zu nennen –, die mit der zuständigen Ermittlerin über den Fall hatte sprechen wollen. Der Wachhabende hatte den Anruf entgegengenommen, Lilly war nicht an ihrem Platz gewesen. Die Frau wollte sich wieder melden, was sie aber nicht getan hatte.

Lilly klappte die Akte zu und legte sie auf den Stapel mit den vielen anderen Fällen, die man womöglich niemals aufklären konnte.

Sie hatte sich vor zwei Monaten zu den Cold Cases versetzen lassen. Eine Aufgabe, um die sie bislang wie alle anderen Kollegen einen großen Bogen gemacht hatte, da die Arbeit selten zu Ergebnissen führte und somit nicht sonderlich befriedigend war.

In Lillys Situation waren die Cold Cases allerdings eine gute Lösung gewesen. Und vor allem war es ihren Kollegen folgerichtig erschienen, dass sie sich dafür interessierte. Immerhin hatte sie bei ihren letzten Ermittlungen mit John Benthien und Tommy Fitzen im Fall Dornieden nicht nur einen Mord, sondern auch das Jahrzehnte zurückliegende Verschwinden eines Mädchens aufgeklärt. Für ungelöste Fälle schien sie also ein Händchen zu haben.

Der eigentliche Grund war natürlich ein ganz anderer.

Lilly war schwanger.

Und als werdende Mutter hatte sie draußen auf der Straße nichts zu suchen. Von den vielen langweiligen Aufgaben im Innendienst waren ihr die Cold Cases noch als die spannendste erschienen. Lilly hatte sich Kriminalrat Gödecke und der Personalerin anvertraut und sie um diese Lösung ersucht.

Jetzt bückte sie sich nach der untersten Schublade ihres Schreibtischcontainers. Darin befand sich eine Schachtel mit Petit Fours aus ihrer Lieblingspatisserie in Jürgensby. Sie nahm eines der kleinen Törtchen heraus und biss hinein. Die süße Geschmacksexplosion zauberte ihr ein Lächeln ins Gesicht.

Nun, da sie ein Kind erwartete, brauchte sie ohnehin nicht auf ihre Figur zu achten. Tatsächlich hatten die überflüssigen Pfunde sogar dazu beigetragen, die Schwangerschaft vor den Kollegen zu verbergen. Sie hatte nicht einmal Juri davon erzählt. Allerdings machte Lilly sich keine Illusionen. Sie war nun bald im dritten Monat, und lange würde sie ihren Zustand nicht mehr verheimlichen können.

Lilly sah, wie ihr Kollege Juri Rabanus das Großraumbüro betrat. Er ging zu seinem Abteil, hängte die Jacke über den Stuhl und verschwand dann in der Teeküche. Wenige Minuten später kam er mit einer dampfenden Tasse Kaffee zu Lilly herüber. Er begrüßte sie mit einem Lächeln und reichte ihr ein Briefkuvert. »Bitte sehr – oder vielleicht sollte ich lieber sagen: *Værsågod*!«

Neugierig nahm Lilly den Umschlag entgegen und öffnete ihn. Er enthielt zwei Karten für ein Konzert der färöischen Sängerin Eivør in Kopenhagen.

»Übernachtung in einem hübschen Hotel natürlich inbegriffen«, schob Juri nach.

Lilly blickte zu ihm auf. »Ich … weiß nicht, was ich sagen soll.« Es musste schon über zwei Jahre her sein, dass sie ein Konzert besucht hatte, und die ganze Zeit hatte sie sich danach gesehnt, Musiker nicht nur bei YouTube, sondern endlich wieder live auf der Bühne zu sehen.

»Nun«, Juri hob die Schultern, »dann sag doch einfach nichts und freu dich auf unsere Reise.«

»Was ist mit Amélie?«

»Ihre Großmutter passt auf sie auf.«

Lilly wusste, wie viel Juri an seiner Tochter lag und dass er am liebsten jede freie Minute abseits des Jobs mit ihr verbrachte. Umso höher rechnete sie ihm an, dass er sie für zwei Tage allein lassen wollte, um mit ihr das Konzert zu besuchen. Lilly stand auf, sah sich schnell nach allen Seiten um und drückte ihm dann einen Kuss auf die Wange.

Seit er seinen Bart lang wachsen ließ, pikste er nicht mehr gar so schlimm. Juri verdeckte damit einen Teil der Narbe, die quer über seine linke Wange verlief und die er bei ihren letzten Ermittlungen davongetragen hatte.

»Wir müssen los«, meinte Juri. »Gödecke und die neue Staatsanwältin wollen uns sehen. Wir sollen in den Besprechungsraum kommen.«

Lilly stand auf und folgte ihm.

Kriminalrat Gödecke erwartete sie bereits. Als Lilly in den Raum ging, sah sie aus dem Augenwinkel John ins Großraumbüro kommen. Er wirkte gehetzt und lief mit eiligem Schritt herüber. Als er an Lilly vorbei in das Konferenzzimmer trat, vermied er längeren Blickkontakt, sondern nickte nur kurz.

Lilly sah zu, wie er sich zu den anderen an den Besprechungstisch setzte. Dann zog sie langsam die Tür hinter sich zu. Sie hatte noch immer keine Entscheidung getroffen, wann sie John offenbaren würde, dass das Kind, das sie unter ihrem Herzen trug, das seine war.

Es gab Menschen, die waren einem auf Anhieb unsympathisch. Sanna Harmstorf, die neue Staatsanwältin, fiel für Lilly in diese Kategorie. Harmstorf betrat das Zimmer, nachdem sie die Gruppe eine geschlagene Viertelstunde hatte warten lassen. Mit einer leicht arroganten Geste strich sie sich den dunkelblauen Hosenanzug glatt, bevor sie sich neben Gödecke an den Kopf des Besprechungstischs setzte. Ihr langes Haar, das sie zu einem Zopf trug, und die Augenbrauen waren weiß, die Augen so blau wie der Himmel an einem besonders klaren Tag. Mit einem »Guten Morgen« fiel ihre Begrüßung denkbar knapp aus. Keine persönliche Vorstellung, kein Wort darüber, wie sie die weitere Zusammenarbeit gestalten wollte. Stattdessen kam sie direkt zur Sache.

Lilly musste an Harmstorfs Vorgängerin Tyra Kortum denken, zu der John und sie ein freundschaftliches Verhältnis gepflegt hatten. Sie würde sie sehr vermissen.

Aus dem Augenwinkel sah Lilly zu John hinüber. Sie kannte ihn lange genug, um in seinem Gesicht zu lesen, dass er ähnlich über die neue Staatsanwältin dachte. Außerdem schien ihn irgendetwas zu bedrücken. Vielleicht war es die Besetzung ihrer Runde. Neben John, Juri und Lilly saß auch Tommy Fitzen mit am Tisch. In dieser Zusammenstellung hatten sie seit den Ermittlungen im Fall Dornieden auf Föhr nicht mehr zusammengearbeitet. Was Lilly nur recht gewesen war, denn sie hatte ihrerseits den privaten Kontakt zu John abgebrochen.

Doch von alledem wusste die neue Staatsanwältin natürlich nichts. Wenn sie in dieser Konstellation als Team ermitteln sollten, würden sie alle Professionalität wahren.

Sanna Harmstorf schlug die Akte auf, die sie vor sich auf den Tisch gelegt hatte, und erklärte, dass sie Vorermittlungen in dem Flugzeugunglück aufnehmen würden, das sich vor vier Tagen – am Donnerstag vergangener Woche – auf Sylt ereignet hatte.

Lilly wusste, wovon sie sprach. Der Berichterstattung über den Absturz hatte man hier oben im Norden nicht entgehen können.

Harmstorf fasste dennoch zusammen, was sich ereignet hatte, damit alle auf demselben Stand waren.

»Am vergangenen Donnerstagmorgen ist ein einmotoriges Privatflugzeug gegen acht Uhr morgens vom Flugplatz Sylt gestartet«, sagte sie. »An Bord befanden sich eine Pilotin und ein Passagier. Kurz nach dem Start kam die Maschine in Schwierigkeiten. Nach derzeitiger Sachlage scheint es sich um einen technischen Defekt zu handeln. Der Motor setzte aus, und es gelang der Pilotin offenbar nicht, ihn wieder zu starten. Sie versuchte dann im Gleitflug zurück zur Insel zu gelangen und wieder auf dem Flugplatz Sylt zu landen.«

Das Ergebnis war bekannt, sie hatte es nicht geschafft. Die Pilotin war beim Aufprall aus der Maschine geschleudert worden, der Passagier in dem Wrack verbrannt.

»Bei der Pilotin handelt es sich um Bente Roeloffs«, erklärte Sanna Harmstorf. »Sie ist die Inhaberin von Fly Sylt, einer Fluggesellschaft von der Insel, die auf Rund- und Geschäftsflüge spezialisiert ist. Sie hat schwere innere Verletzungen davongetragen und wurde mehrfach operiert. Sie liegt gegenwärtig im Westerländer Krankenhaus. Es ist ungewiss, ob sie durchkommen wird.«

»Und der tote Passagier?«, meldete sich John zu Wort.

»Ihr Vater. Karel Jansen. Die Unglücksmaschine gehörte offenbar ihm. Soviel wir wissen, war er in dem brennenden Wrack eingeklemmt, sodass die Rettungsmannschaften ihn nicht befreien konnten. Möglich, dass er bereits den Aufprall nicht überlebt hat, doch das wäre mit der Rechtsmedizin zu klären.« Sanna Harmstorf klappte die Akte zu.

»Eine Frage.« Lilly lehnte sich vor. »Wenn es sich um einen technischen Defekt handelt, was haben dann wir mit der Sache zu tun?«

»Ein Ermittler des Bundesamts für Flugunfalluntersuchung ist aktuell vor Ort und untersucht das Wrack«, sagte Harmstorf. »Er hat die Staatsanwaltschaft darüber verständigt, dass die Sache offenbar nicht eindeutig ist. Es scheint im Bereich des Möglichen, dass es sich nicht um ein Unglück handelt.«

»Sie meinen, die Maschine wurde manipuliert?«

»Es sind noch einige technische Details zu klären, bis wir Genaueres wissen. Deshalb handelt es sich zunächst auch um eine Vorermittlung. Sollte sich der Verdacht erhärten, werden wir weitergehende Nachforschungen anstellen.« Sanna Harmstorf wandte sich John zu. »Ich würde Sie bitten, mich nach Sylt zu begleiten. Wir werden dort die Unfallermittler treffen.«

»Sie wollen sich der Sache persönlich annehmen?« John

machte einen überraschten Gesichtsausdruck, was Lilly ihm nicht verübeln konnte. Die Staatsanwaltschaft begab sich für Ermittlungen höchst selten eigens vor Ort.

»So ist es«, gab Sanna Harmstorf knapp zurück und richtete sich dann an Lilly. »Die Kollegin Velasco möchte ich bitten, in der Zwischenzeit Kontakt zur Rechtsmedizin aufzunehmen. Ich erwarte keine Überraschungen, was die Todesursache bei Karel Jansen betrifft, aber der Vollständigkeit halber. Und erkundigen Sie sich im Westerländer Krankenhaus nach dem Zustand von Bente Roeloffs. Ich möchte wissen, wie ihre Überlebenschancen stehen und ob wir überhaupt damit rechnen können, sie in absehbarer Zeit zu vernehmen.«

»In Ordnung«, bestätigte Lilly.

»Die Kollegen Rabanus und Fitzen halten sich bitte zur Verfügung, sollten wir die Ermittlungen ausweiten müssen.« Damit war die Besprechung beendet. Ohne ein weiteres Wort erhob sich die Staatsanwältin und steuerte, gefolgt von Gödecke, dem Ausgang zu.

Lilly sah zu Juri hinüber, der die Stirn in Falten legte. Ein seltsamer Auftritt war das gewesen. Warum hielten die Staatsanwältin und Gödecke es für nötig, zu einem so frühen Zeitpunkt ein größeres Team zusammenzustellen, wenn noch gar nicht absehbar war, ob weitergehende Ermittlungen eingeleitet werden würden? Lilly beschlich das seltsame Gefühl, dass es vielleicht einen anderen Grund gab, weshalb sie ausgerechnet in dieser Konstellation zusammengekommen waren.

Sanna Harmstorf hatte bereits die Türklinke in der Hand, als sie sich plötzlich zu ihnen umdrehte. »Da ist noch ein Detail, das uns Rätsel aufgibt und über das Sie Bescheid wissen sollten. Der Unfallermittler hat neben der Maschine einen Aktenkoffer gefunden. Darin befanden sich rund fünfzigtausend Euro in bar. Der Großteil davon ist in Flammen aufgegangen.«

4 Sanna Harmstorf

Was für ein Mensch war dieser John Benthien?

Sanna musterte den Hauptkommissar der Flensburger Kripo, während er mit dem Smartphone am Ohr aus dem Zugfenster die vorbeirauschende Landschaft betrachtete.

Sie schätzte Benthien auf Mitte bis Ende vierzig. In seine kurzen braunen Haare, die verstrubbelt hochstanden, hatten sich zwar zahlreiche graue Strähnen geschlichen, ansonsten wirkte er aber noch recht jung. In seinem Gesicht, das von einer Habichtsnase dominiert wurde, gab es kaum Falten. Und seine aquamarinblauen Augen funkelten vor Tatendrang.

Benthien hatte seine Lederjacke an einen Haken neben dem Fenster gehängt. Er trug ein schwarzes Sweatshirt, das seine sportliche Figur betonte, wobei der Stoff um die Bauchgegend ein wenig spannte. Sanna musste innerlich schmunzeln. Während der Pandemie hatten sie sich alle ein wenig gehen lassen.

Sanna war mit Benthien mit dem Auto nach Niebüll gefahren und hatte es dort stehen lassen, um in den Zug nach Sylt zu steigen. Benthien besaß offenbar ein Ferienhaus im Norden der Insel und parkte seinen Zweitwagen immer am Westerländer Bahnhof.

Bislang hatten sie nicht viel gesprochen, lediglich ein wenig Small Talk. Benthien hatte sich nach ihrem beruflichen Werdegang erkundigt und ihrem Umzug nach Flensburg. Er schien kein Mann der vielen Worte zu sein, was nichts Schlechtes bedeuten musste. Sanna kannte zu viele Männer, die in eine Art Logorrhö verfielen, sobald sie einer Frau gegenübersaßen, und dann am Ende doch nur über sich selbst sprachen. Die Fragen, die Benthien stellte, die wenigen Sätze, die ihm über die Lippen kamen, zeugten hingegen von echtem Interesse für sein Gegenüber.

Der Zug rollte in gemäßigtem Tempo über den Hindenburgdamm. Links und rechts von ihnen erstreckte sich das Wattenmeer. Obwohl es beinahe Mittag war, hatte sich das Wetter noch immer nicht entschieden, ob es gut oder schlecht werden wollte. In der hohen Wolkendecke brachen nur gelegentlich Lücken auf.

Benthien sprach leise ins Telefon und beschränkte seine Worte auf das Wesentliche. Es schien sich um eine jener Unterredungen zu handeln, die man lieber in Ruhe bei einem guten Essen, auf keinen Fall aber in einem überfüllten Waggon führte.

»Wir klären das später«, verabschiedete er sich schließlich. »Ich melde mich, sobald ich weiß, wie sich das hier entwickelt. Bis dann, Celine.«

Er schob das Handy in die Hosentasche.

»Ihre Tochter?«

»Stieftochter, ja.«

»Sie wohnt bei Ihnen?«

»Es sieht ganz danach aus.« Benthien räusperte sich und wechselte abrupt das Thema. »Ich weiß nicht, wie das in München gehandhabt wird. Aber hier oben duzen wir uns. Vor allem, wenn wir täglich miteinander zu tun haben.«

Sanna wäre beinahe sofort ein Nein herausgerutscht.

Sie mochte das Duzen auf der Arbeit grundsätzlich nicht. Ein Du, das war für sie immer noch etwas Freundschaftliches oder Familiäres.

Andererseits, ging es hier nicht genau darum?

Familiär. Diesen Ausdruck hatte Oberstaatsanwalt Bleicken verwendet, als Kriminalrat Gödecke nach ihrem Gespräch den

Raum verlassen hatte. *Benthien, Velasco, Fitzen, Rabanus. Zwischen den vieren geht es sehr familiär zu. Vielleicht etwas zu familiär.*

Mit dieser Feststellung lag Bleicken vermutlich richtig. Sanna hatte die Gruppe vorhin in der Besprechung beobachtet, ihre Blicke gesehen, die stille Kommunikation, die zwischen ihnen ablief. Es ging *familiär* zu in diesem Team. Man kannte sich offenbar schon lange Zeit, man vertraute sich, man teilte Geheimnisse, die sich im Laufe des Berufslebens unweigerlich ansammelten.

Und genau aus diesem Grund, hatte Bleicken gesagt, konnte er Benthien und seiner Truppe nicht trauen. Tyra Kortum, die ehemalige Oberstaatsanwältin, hatte bis zu ihrem Abgang wohl immer ihre schützende Hand über Benthien und seine Methoden gehalten. Damit sollte nun Schluss sein.

Sie streckte die Hand aus und lächelte. »Das ist nett. Du kannst mich Sanna nennen.«

Eine gute Stunde später standen sie auf dem Gelände des Flughafens Sylt vor dem Hangar, in dem die verunglückte Maschine untersucht wurde.

Sanna beobachtete ein zweistrahliges Passagierflugzeug, das zur Landung auf einer der beiden Pisten ansetzte. Im starken Wind kippten die Flügel abwechselnd nach links und rechts, bevor die Maschine mit einer Staubwolke auf der Landebahn aufsetzte. Die Triebwerke schalteten sofort mit lautem Getöse auf Schubumkehr.

Der Hangar lag ein gutes Stück entfernt vom Hauptterminal am Rande des Flughafenareals. Er war der Letzte in einer Reihe von Hangars, in denen die Flugzeuge der Inselfluggesellschaft Fly Sylt untergebracht waren. Deren Geschäftsräume befanden sich in einem flachen Bau direkt neben den Wartungshallen.

Benthien – oder John, wie Sanna ihn jetzt nennen würde – betrat die Halle vor ihr. Sanna sah aufgestapelte Flugzeugreifen, allerhand Kabel, Leiterplatinen und sonstige Teile, die sie nicht zuordnen konnte. Es roch nach Öl.

In der Mitte der Halle war die verunglückte Maschine aufgebaut, oder das, was davon übrig war.

Sanna kannte sich mit Flugzeugen nicht aus. Sie sah lediglich, dass es sich wohl um ein einmotoriges Propellerflugzeug gehandelt hatte. Der Rumpf der Maschine war beim Aufprall stark zusammengestaucht worden. Von der Nase und dem Propeller war nicht viel übrig geblieben, die Pilotenkanzel und das Heck hatten sich ziehharmonikaartig ineinandergeschoben. Obwohl die Flughafenfeuerwehr schnell bei der Unglücksstelle gewesen war, hatten die Flammen fast die Hälfte der Maschine versehrt. Die komplette rechte Seite bestand nur noch aus einem verkohlten Stahlgestänge. Die Tragfläche, die über dem Cockpit verlief, war abgebrochen. Die linke Seite hatte hingegen weniger abbekommen. Hier war noch der blau-gelbe Anstrich des Rumpfs zu erkennen, und der Flügel hing abgeknickt zu Boden. Auf der Pilotentür stand in rußgeschwärzter Schrift der Name, den der Besitzer seinem Flugzeug gegeben hatte: Oliv Tuuli.

Ein Mann in weißem Overall kam hinter der Maschine zum Vorschein. Der Ermittler des Bundesamts für Flugunfalluntersuchung, der sich als Curt Richter vorstellte.

»Danke, dass Sie so schnell hergefahren sind«, sagte er. »Ich stehe hier wirklich vor einem Rätsel.«

»Ich wundere mich gerade auch ein wenig«, meinte John Benthien. »Üblicherweise untersuchen Sie die Wrackteile doch bei sich in Braunschweig.«

An diesen Punkt hatte Sanna nicht gedacht. Was Benthien ansprach, stimmte. Das BFU befand sich in Braunschweig, und die Inspektion von Unglücksmaschinen wurde normalerweise dort erledigt.

»Wir machen in diesem Fall eine Ausnahme«, erklärte Richter. »Der Bürgermeister von Sylt hat uns gebeten, so rasch wie möglich zu arbeiten, da offenbar Grund zur Eile besteht.«

Sanna wechselte einen Blick mit Benthien, der genauso überrascht schien. »Grund zur Eile? Warum?«

Der Ermittler hob die Schultern, öffnete den Reißverschluss seines Overalls und zog eine runde Stahlgestellbrille hervor, die er aufsetzte. »Fragen Sie den Bürgermeister. Ich mache hier nur meine Arbeit.«

»Womit haben wir es zu tun?«, fragte Sanna.

Richter führte sie zu dem Wrack. »Es handelt sich um eine RANS S-6S Coyote II. Ein Ultraleichtflugzeug.«

Sanna seufzte. »Ich kenne mich mit Flugzeugen nicht aus. Was für eine Art Maschine ist das? Wer fliegt so etwas? Zu welchen Zwecken wird sie eingesetzt?«

»RANS, der Hersteller, ist in dieser Kategorie so etwas wie der Volkswagen unter den Flugzeugen«, erklärte Richter. »Die Coyote ist schon viele Jahrzehnte auf dem Markt und wird von Modell zu Modell immer weiter verbessert.«

»Mit anderen Worten, eine zuverlässige Maschine«, meinte Benthien.

»Genau. Einfache Handhabung, unverwüstliche Technik. Die S-6S ist die modernste Version. Dennoch …« Der Mann hob einen Finger. »Das hier ist etwas für Leute, die das Fliegen lieben. Noch echter Handbetrieb, da muss man wissen, was man tut.«

»Die Pilotin verstand also ihr Handwerk«, sagte Sanna.

»Darüber kann ich nichts sagen. Ich beurteile nur die Maschine.«

»Davon ist nicht mehr viel übrig. Sieht schlimm aus …«

»Ganz im Gegenteil. Wir haben noch Glück, sie ist ganz gut erhalten. Da habe ich leider schon Schlimmeres gesehen.«

»Was wissen Sie über den Unfallhergang?«, fragte Benthien.

»Details sind noch zu klären, doch soviel ich zum jetzigen Zeitpunkt sagen kann, hat die Pilotin wohl versucht, zum Flughafen umzukehren. Als sie erkannte, dass dies nicht möglich sein würde, versuchte sie es mit einer Notlandung auf dem Munkmarscher Strand. Die Spitze der Maschine bohrte sich in eine Düne. Die Pilotin wurde hinausgeschleudert, der Sicherheitsgurt ist gerissen. Ihr Passagier blieb eingeklemmt in der Maschine. Unglücklicherweise saß er auf der Seite, wo der Brand ausbrach …«

Er musste den Satz nicht beenden. Sanna graute schon davor, sich die unappetitliche Beschreibung der Rechtsmedizin anhören zu müssen.

»Jedenfalls ist von der Maschine erfreulich viel übrig geblieben. Ansonsten …«, er lächelte stolz, »… wäre ich wohl kaum so schnell auf den Grund des Absturzes gestoßen.«

»Und der wäre?«, fragte Sanna.

»Motorversagen. Im Treibstoffsystem befand sich Wasser. Das sorgte dafür, dass der Motor im Steigflug aussetzte.« Richter machte eine Kunstpause. »Jeder, der einen Pkw sein Eigen nennt, kann sich vorstellen, was geschieht, wenn man Wasser in den Tank kippt. Es bedarf daher wohl keines großen Sachverstands, um das Problem zu erkennen.«

»Nein, in der Tat nicht«, meinte Benthien. »Haben Sie eine Erklärung, wie das Wasser dort hineingelangt ist?«

»Das ist die große Frage.« Der Unfallermittler deutete auf die abgeknickte Tragfläche und die Nase, wo sich der Motor befand. »Ich habe im Flächentank und in beiden Schwimmerkammern des Vergasers Wasser gefunden …«

»Ich will es nicht unnötig kompliziert machen«, unterbrach ihn Benthien, »aber von wie viel Wasser sprechen wir hier?«

»Schätzungsweise wenige Milliliter. Doch das genügt schon, um Leistungsschwankungen und Aussetzer auszulösen – oder wie im vorliegenden Fall den Motor zum Stillstand zu bringen.« Richter kratzte sich am Kopf. »Es ist wohl großes Pech, dass sich nicht deutlich mehr Wasser im System befand. In dem Fall wäre die Maschine nämlich gar nicht erst abgehoben. Was die Frage angeht, wie das Wasser nun in das Treibstoffsystem gelangt ist ... Das ist nicht so einfach. Kondenswasserbildung kommt eher selten vor, aber wenn, dann kann Wasser durch undichte Tankverschlüsse ins Treibstoffsystem gelangen. Allerdings glaube ich, dass wir dies mit hoher Wahrscheinlichkeit ausschließen können.«

»Warum?«, fragte Sanna.

»Aus zwei Gründen.« Der Ermittler zählte an den Fingern ab. »Erstens. Das Kondenswasserproblem tritt üblicherweise bei Maschinen auf, die im Freien stehen.« Er deutete auf das Feld vor der Halle, auf dem kleinere Privatflieger geparkt waren. »Die Oliv Tuuli war aber in einem Hangar von Fly Sylt untergebracht. Zweitens wurde sie am Abend vor dem Flug dem ordnungsgemäßen Pre-Flight-Check unterzogen.«

»Wer hat die Maschine überprüft?«, wollte Sanna wissen.

»Johann Roeloffs. Ein Mechaniker von Fly Sylt.«

»Roeloffs? So heißt auch die Pilotin. Bente Roeloffs. Sind die beiden miteinander verwandt?«

»Das müssen Sie nicht mich fragen.« Richter hob die Hände. »Ich habe mir jedenfalls Roeloffs' Wartungsprotokoll angesehen und ihn noch einmal explizit nach diesem Punkt gefragt. Roeloffs hat die Tanks definitiv auf Wasser überprüft und nichts gefunden. Als er den Hangar am Abend vor dem Abflug verließ, befand sich das Fluggerät in einwandfreiem Zustand.«

»Gibt es noch eine andere Erklärung für das Wasser?«

»Nun, das ist der Grund, weshalb ich Sie verständigt habe. Ich kann es nicht mit Sicherheit sagen, doch ich kann auch nicht ausschließen, dass jemand das Wasser absichtlich in das Treibstoffsystem gegeben hat. Ich halte es sogar für die wahrscheinlichste Erklärung.«

»Sie meinen also, dass jemand die Maschine sabotiert hat«, sagte Sanna.

Der BFU-Mann nickte.

»Wie schwierig ist so etwas? Der- oder diejenige müsste wohl genau gewusst haben, was zu tun ist und welche Folgen der Eingriff hat.«

»Davon ist auszugehen. Wer das getan hat, muss die volle Absicht gehabt haben, das Flugzeug zum Absturz zu bringen.«

Sanna sah Benthien an. »In diesem Fall hätten wir es dann wohl mit einem Mord zu tun.«

5   John Benthien

Was für ein Mensch war diese Sanna Harmstorf?

John musste sich Mühe geben, mit ihr Schritt zu halten, als die Staatsanwältin über das Flughafengelände zu den Geschäftsräumen von Fly Sylt voranging.

Ein Mann in orangefarbener Warnweste gebot ihnen, zu warten, als sie an einem der Hangars vorbeikamen. Ein Businessjet rollte heraus und nahm über einen der Taxiways Kurs auf das Abfertigungsterminal. Dann durften sie weitergehen.

John hatte zwar viele Jahre seines Lebens auf der Insel verbracht, diesen Bereich des Flughafengeländes allerdings noch nie betreten. Es bereitete ihm heimliche Freude, eine Welt zu entdecken, die den Augen der Flugpassagiere gewöhnlich verborgen blieb. Wobei die Mischung aus Hightech und Idylle, die den Sylter Flughafen kennzeichnete, wohl etwas Einzigartiges war. John kannte den Trubel und die Hektik, die an großen Drehkreuzen herrschte, doch hier wehte ein anderer Wind. Die Passagiermaschine, die vorhin gelandet war, stand vor dem Hauptterminal. Sie wurde gerade über ein Rollband mit Gepäck beladen, und die nächsten Fluggäste stiegen ein. Alles ging seinen geordneten, aber entspannten Gang. Was auch daran liegen mochte, dass das Flugzeug die einzige größere Maschine war, die abgefertigt wurde. Man hatte also Zeit. Jenseits des Rollfelds wiegte das hohe Gras im Wind. Eine Möwe zog darüber ihre Kreise.

John musterte Sanna Harmstorf von der Seite. In ihrem

Hosenanzug machte sie eine sportliche Figur, und das Tempo, das sie anschlug, legte die Vermutung nahe, dass sie regelmäßig trainierte. Mit ihren weißen Haaren und den blauen Augen wirkte sie unterkühlt, was offenbar tatsächlich ihrem Wesen entsprach. John hatte selten einen derart eisigen Start in eine neue Arbeitsbeziehung erlebt. Sein Vorstoß, dieser Frau das Du anzubieten, war ein verzweifelter Versuch gewesen, zumindest ein winziges Loch in die meterdicke Eisschicht zu bohren, die sie umgab.

Warum beschäftigte sie sich als Staatsanwältin mit einer Ermittlung wie dieser? Zumal es sich lediglich um eine Vorermittlung handelte, die sie getrost ihm oder jemand anderem von der Kripo hätte überlassen können. Sicher, es mochte einen ersten Fingerzeig geben, dass sie es mit einer Straftat zu tun hatten. Dennoch, warum vertat sie ihre Zeit damit?

Eine mögliche Erklärung war, dass es sich um Oberstaatsanwalt Bleickens Art handelte, die Neue willkommen zu heißen und ihre Ambitionen nicht ins Kraut schießen zu lassen.

Die andere: Sie war ein Kontrollfreak. Sie vertraute niemandem und wollte überall die Finger im Spiel haben.

Natürlich bestand die Chance, dass sie einfach die Ermittlungsbeamten kennenlernen wollte, mit denen sie künftig zu tun hatte. Doch das hätte sie wohl auch weniger zeitintensiv erledigen können.

Er ließ Harmstorf den Vortritt, als sie die Geschäftsräume der Fluggesellschaft betraten. Hinter einem Empfangstresen begrüßte sie eine Dame in dunkelblauer Fluguniform. Ihre grauen Haare standen kurz und strubbelig vom Kopf ab. Sie trug auffallende Ohrringe in Form von kleinen Flugzeugen.

»Kommen Sie durch!«, rief eine tiefe Männerstimme. Sie drang aus dem Büro im hinteren Teil des Raums, einem Glaskasten mit Lamellenjalousien vor den Scheiben.

John ging voraus. Ihn erwartete ein älterer Mann, der einen

Telefonhörer zwischen Schulter und Kinn geklemmt hatte. Er hatte graue Locken und einen dichten Bart. Seine Stoffhose war mit Hosenträgern gesichert, die sich über einen opulenten Bauch spannten. Die Ärmel des Hemds hatte er hochgekrempelt. Er bedeutete ihnen, sich zu setzen.

»Broder Timm«, stellte er sich vor, als er das Telefonat beendet hatte. »Sie müssen von der Polizei sein.«

»Sie haben uns schon erwartet?«, fragte John.

»Nein.« Der Mann deutete auf Sanna, dann auf John. »Aber Sie sehen aus wie Scully und Sie wie der Sohn von Horst Schimanski. War also nicht so schwer.«

Sie zeigten beide ihre Dienstausweise. »Wir haben Fragen zu dem Unglück von vergangener Woche«, sagte John. »Bente Roeloffs befindet sich noch immer im Krankenhaus, soviel wir wissen. Wer leitet in ihrer Abwesenheit den Betrieb?«

»Da sind Sie bei mir an der richtigen Stelle. Wobei …«, Broder Timm blickte sich um, »… ich nicht gedacht hätte, noch mal an diesem Schreibtisch zu sitzen. Und in Anbetracht der Umstände hätte ich gerne darauf verzichtet.«

»Ich fürchte, ich kann nicht ganz folgen«, sagte John.

»Entschuldigung. Ich habe Fly Sylt in den Sechzigern gegründet. Dic Airline ist mein Baby. Ich habe sie vor einigen Jahren an Bente verkauft. Das Alter …«

»Sie vertreten Frau Roeloffs also kommissarisch?«, fragte Sanna Harmstorf.

»Ja. Wobei ich, wie gesagt, lieber auf dem Altenteil geblieben wäre. Ich meine, dieser Unfall … Wer hätte gedacht, dass so etwas passiert. Aber ich bin sicher, Bente trifft keine Schuld.«

»Wir sind hier, um das herauszufinden«, sagte John.

Broder Timm blickte aus dem Fenster zu dem Hangar, in dem sich die Unglücksmaschine befand. »Der Mann vom BFU sagte mir, dass es eventuell Unstimmigkeiten gibt. Bedeutet das, wir müssen uns auf längere Ermittlungen einstellen?«

»Das kommt darauf an.« John wollte nicht zu viel preisgeben und hielt sich daher im Vagen. »Es muss eine Herausforderung sein, aus dem Ruhestand so abrupt wieder ins Tagesgeschäft einzusteigen.«

»Das stimmt. Wobei mir Nichtstun schwerfällt. Außerdem liebe ich die Fliegerei zu sehr. Ich habe in letzter Zeit für Bente kleinere Jobs erledigt. Ist also eher ein Sprung in lauwarmes Wasser.«

»Sind Ihnen irgendwelche Unregelmäßigkeiten aufgefallen?«, fragte John weiter. »Hatte Frau Roeloffs zum Beispiel Probleme mit Mitarbeitern?«

»Nein, überhaupt nicht. Wollen Sie andeuten, dass sich einer von uns an der Maschine zu schaffen gemacht hat?«

»Hätte denn jemand Grund dazu gehabt?«

Broder hob die Augenbrauen. »Nein. Ich lege für jeden hier die Hand ins Feuer.«

»Wie gut kannten Sie Bente Roeloffs?«, fragte Sanna.

Broder schürzte die Lippen. »Man könnte mich wohl ihren väterlichen Freund nennen. Ich hab sie damals unter meine Fittiche genommen. Sie hatte … etwas Besonderes.«

»Erklären Sie uns das bitte.«

»Es ist schon viele Jahre her, dass wir uns kennengelernt haben. Bente lebte damals in Frankfurt und flog für eine große Chartergesellschaft. Ihre Mutter stammte von der Insel, und sie kam sie ab und an besuchen.« Er verstummte kurz, als auf der Startbahn die Triebwerke der Passagiermaschine hochfuhren. »Ich hatte zu der Zeit eine Pilotenstelle zu besetzen. Bente hatte die Stellenausschreibung gesehen und erkundigte sich eher interessehalber, ohne sich wirklich etwas auszurechnen. Doch ich machte ihr die Sache schmackhaft. Sie war mit den Arbeitsbedingungen bei dem Charterflieger unzufrieden, man weiß ja, wie es dort zugeht. Ich konnte ihr zwar nicht dasselbe Gehalt, aber weniger Stress und geregelte Arbeitszeiten bieten.

Dazu eines der schönsten Fluggebiete weltweit – und die Aussicht, wieder hier auf Sylt zu leben. Wer kann da schon Nein sagen?« ·

»Sie stellten Sie also ein, und später verkauften Sie Ihre Airline an sie«, schloss Sanna.

»Bente war … pardon, sie *ist* nicht nur eine gute Pilotin, sondern auch eine exzellente Geschäftsfrau. Sie hat sich mit den Jahren mein Vertrauen erarbeitet. Ich wusste mein Baby also in guten Händen, als ich das Ruder an sie übergab.«

»Das bedeutet, Frau Roeloffs ist die alleinige Eigentümerin der Airline?«

»Nicht ganz. Bente gehört der Mehrheitsanteil. Ein kleinerer Teil ist im Besitz ihrer Schwester Inken Roeloffs. Sie sprang Bente damals zur Seite, sonst wäre es ihr schwer möglich gewesen, die vollständige Summe zusammenzubekommen.«

»Ist Inken Roeloffs in irgendeiner Form hier in das Tagesgeschäft involviert?«, wollte John wissen.

»Nein. Sie ist stille Teilhaberin. Bente leitet das gesamte operative Geschäft. Inken hält sich raus. Das ist auch der Grund, weshalb sie mich gebeten hat, interimsmäßig zu übernehmen. Ich kenne hier alle Mitarbeiter und Abläufe.«

»Bente Rocloffs flog gemeinsam mit ihrem Vater in der Unglücksmaschine. Karel Jansen. Er starb bei dem Unglück. Kannten Sie ihn?«

»Flüchtig.«

»Wissen Sie, wohin die beiden fliegen wollten?«

»Nach Helgoland.«

»Was war der Grund für die Reise?«

»Das weiß ich nicht.«

»Der Ermittler des BFU sagte uns, dass Johann Roeloffs die Maschine vor dem Flug gewartet hat.«

»Ja. Johann ist der Ehemann von Inken. Er hat ihren Namen angenommen. Johann ist schon sehr lange dabei und einer unserer besten Techniker. Es würde mich sehr wundern, sollte ihm ein Fehler unterlaufen sein … falls Sie darauf hinauswollen.«

»Das werden wir noch sehen«, sagte Sanna Harmstorf. »Könnten wir mit ihm sprechen?«

»Jederzeit. Er hat sich allerdings den Tag freigenommen. Er besucht mit Inken seine Schwägerin. Es gibt wohl einiges rund um Bentes Krankenhausaufenthalt zu regeln.«

John hörte nur noch mit einem Ohr hin, während Sanna dem Mann weitere Fragen stellte. Sie hatte die Befragung an sich gezogen und machte ihre Sache gut.

Er verließ den Raum und ging am Empfangstresen vorbei zum Fenster, das auf das Rollfeld hinausging. Dort stand eine zweimotorige Propellermaschine geparkt. Ein Mann in Uniform und Pilotenmütze umrundete das Flugzeug, überprüfte Fahrgestell und Tragflächen.

John sah über die Schulter zu der Dame hinter dem Tresen. »Einer von Ihren Leuten?«

Sie stand auf und stellte sich neben ihn an das Fenster. »Ja. Das ist Nick Hansen.«

»Ein Pilot?«

»Richtig.« Die Antwort kam mit leichter Verzögerung.

John blickte zu dem Flugzeug. »Wohin geht es für ihn?«

»Er … Die Maschine ist für einen Businessflug nach Berlin vorgesehen.«

»Und ich dachte immer, eine Inselfluglinie beschränkt sich auf kurze Flüge zum Festland, transportiert ein paar Touristen, Pakete und so weiter …«

»Das ist schon lange nicht mehr so.« Die Empfangsdame setzte ein amüsiertes Lächeln auf. »Natürlich fliegen wir weiter Besucher und Fracht. Gerade wenn das Wetter den Schiffsverkehr unterbindet, sind wir eine wichtige Verbindung zum Festland. Aber hier auf Sylt finden sich genügend gut betuchte Gäste und Bewohner, die für Flugverbindungen darüber hinaus zahlen.

Unser Netz geht inzwischen weit über innerdeutsche Verbindungen hinaus. Schweiz, Österreich, England ... um nur einige Destinationen zu nennen.«

»Dann kann Ihre Flugzeugflotte nicht gerade klein sein«, stellte John fest.

»Sie reicht von der Cessna bis zum größeren Businessjet.«

»Die Maschine, mit der Frau Roeloffs und ihr Vater verunglückten, gehörte die ebenfalls der Fluggesellschaft?« John war aufgefallen, dass der Jet draußen auf dem Vorfeld mit einer anderen Lackierung versehen war als die Unglücksmaschine. Außerdem musste er an den Namen denken. Oliv Tuuli. Es hatte ausgesehen, als hätte jemand den Schriftzug mit eher amateurhaften Pinselstrichen auf den Rumpf der Maschine aufgebracht.

»Nein. Sie war Karels Privatflugzeug. Er brachte sie mit, als er vor ein paar Jahren hier auftauchte. Bente erlaubte ihm neuerdings sogar, sie in einem unserer Hangars abzustellen.«

John beobachtete weiter den Piloten, der draußen das Flugzeug überprüfte. »Was meinen Sie damit, dass Karel Jansen vor ein paar Jahren hier *auftauchte*?«

»Genau das. Er kreuzte aus heiterem Himmel hier auf.«

»Er war der Vater von Bente und Inken Roeloffs. Soll das bedeuten, die beiden hatten zuvor keinen Kontakt mit ihm?«

Die Empfangsdame winkte ab. »Hören Sie, ich will mich nicht zu weit aus dem Fenster lehnen. Ich weiß nur, dass er plötzlich da war und begann, seine Nase überall reinzustecken.«

John beschloss, nicht weiter bei diesem Punkt nachzubohren, um die Redseligkeit der Frau nicht zu unterbrechen. »Wie viele Mitarbeiter hat Fly Sylt?«

»Ein gutes Dutzend. Piloten. Ramp-Agents. Techniker ...«

»Was ist Ihre Aufgabe, Frau ...?« Er hatte sich noch nicht nach ihrem Namen erkundigt.

»Naujoks. Jola Naujoks. Service Agent Frontdesk.« Sie hielt ihm die Hand hin. »Ich bin sozusagen das Mädchen für alles.

Ich kümmere mich um Rechnungsstellung, Crew Service, Zoll- und Einreiseformalitäten, buche das Catering, organisiere auf Wunsch den VIP-Service, übernehme das Counter Ticketing, den Check-in und die Passagierbetreuung. Nebenbei halte ich noch hier am Telefon die Stellung.«

»Das ... ist ein beachtliches Pensum.« John musste der Frau heimlich Respekt zollen, er kannte Kollegen im Innendienst, die allein mit zwei dieser Aufgaben restlos überfordert gewesen wären.

Jola Naujoks deutete mit einem Nicken auf das Flugzeug draußen. »Hier unten auf dem Boden tun wir alles, damit unsere Leute oben über den Wolken ihren Job machen und die Passagiere sicher ans Ziel bringen können.«

»Das ist beruhigend zu wissen.«

»Höre ich da ein bisschen Flugangst in Ihrer Stimme?« Sie lächelte.

»Sagen wir einfach ... mir ist wohler, wenn ich mit beiden Füßen auf festem Boden stehe.«

»Dann haben wir etwas gemeinsam.«

»Sie meinen ...«

»Dass man bei einer Airline arbeitet, muss nicht bedeuten, dass man selbst gerne abhebt. Ich mag das Gewackel nicht. Außerdem vertraue ich mein Leben ungern anderen Menschen an. Bei unseren Leuten ist das natürlich etwas anderes, die kenne ich.« Sie blickte hinaus zu Nick Hansen.

»Mit Nick würde ich zum Beispiel jederzeit fliegen. Er ist einer der Besten, die ich kenne – zumindest wenn es ums Fliegen geht. Bei der Leitung eines Betriebs wäre ich mir nicht so sicher. Da ist es wohl besser, dass Broder übernommen hat.«

John wurde hellhörig. »Das müssen Sie mir genauer erklären.«

»Nick war bis vor Kurzem Flugbetriebsleiter und Stellvertreter von Bente. Üblicherweise hätte er also jetzt in ihrer Abwesenheit das Ruder übernommen. Doch Bente hat ihm vor Kurzem den Posten aberkannt.«

»Aus welchem Grund?«

»Das fragen wir uns hier alle. Zumal sich die beiden doch so gut verstanden haben …«

»Sie wollen andeuten, dass Hansen und Bente Roeloffs eine Beziehung hatten?«

»Nur Gerüchte. Aber ich habe mir Hoffnungen gemacht, dass unsere Bente doch noch unter die Haube kommt.«

»Und dann zerstritten sich die beiden?«

Naujoks hob die Schultern und ging zurück an ihren Arbeitsplatz. »Nennen wir es eine glückliche Fügung. Ansonsten wäre Broder jetzt nicht hier. Ich weiß ja, wie viel ihm daran liegt. Sein vorgezogener Ruhestand war eher ein Unruhestand. Er hätte wohl alles getan, um wieder im aktiven Geschäft mitmischen zu können.«

Draußen hatte Nick Hansen den Check beendet. John beobachtete, wie ein zweiter Pilot hinzukam. Sie sprachen ein paar Worte miteinander, dann kletterte der zweite über eine kleine Treppe in das Flugzeug. Sein Gesicht erschien kurz darauf hinter der Cockpitscheibe. Nick Hansen ging davon.

Die Szene erschien John seltsam. Warum folgte Hansen seinem Kollegen nicht in die Maschine?

6   Sanna Harmstorf

Sanna blickte gedankenversunken aus dem Fenster, als Benthien den Wagen vorbei an einem Bauernhaus mit Reetdach über den Munkhoog steuerte. Deshalb regierte sie erst, als er sich räusperte und wohl zum wiederholten Mal fragte: »Was denkst du?«

»Ich weiß es nicht«, antwortete sie wahrheitsgemäß, ohne den Blick vom Wattenmeer zu nehmen, das sich links von ihnen erstreckte. Hinter der nächsten Kurve kamen der kleine Ort Munkmarsch und seine Bucht mit Sandstrand in Sicht.

»Der Unfallermittler schien ziemlich sicher, dass sich jemand an der Maschine zu schaffen gemacht hat.«

»Es ist eine von mehreren Möglichkeiten. Er hat ja selbst gesagt, dass es auch andere Gründe geben und wir es mit einem Unglück zu tun haben könnten.«

»Er hielt es aber für die wahrscheinlichste Erklärung. Also, stellen wir weitere Nachforschungen an?«

»Das sollten wir.«

»Als Erstes nehmen wir das Umfeld unter die Lupe.« Benthien erzählte ihr, was er von Jola Naujoks erfahren hatte.

»Wir beginnen gleich morgen damit«, sagte Sanna. »Ich möchte auch mehr über diesen Broder Timm erfahren. Er schien mir ein wenig sehr erfreut darüber, nach dem Unfall wieder das Kommando über die Airline zu übernehmen. Haben wir eigentlich die Adressen von Bente Roeloffs und ihrem Vater?«

»Ja. Lilly hat die wichtigsten Daten bereits zusammengetragen.«

»Dann sollen sich Fitzen und Rabanus morgen dort umsehen.«

Sie fuhren vorbei an renovierten Bauernhäusern auf beiden Seiten. Dort, wo der Munkhoog in die Munkmarscher Chaussee überging, zweigte linker Hand eine Sackgasse ab. Sanna wies Benthien den Weg. Die Straße machte einen weiteren Rechtsknick. Die Bebauung wurde hier spärlicher, rechts erstreckte sich die weite Heidelandschaft mit ein paar vereinzelten Bäumen. Der Weg führte in gerader Linie auf den Strand und das Meer zu. Sanna bedeutete Benthien vor dem letzten Haus in der Reihe anzuhalten.

»Da wären wir.«

Benthien spähte durch die Windschutzscheibe. »Putzig.«

Gegen die wuchtigen Bauernhäuser oder die großen modernen Gebäude mit Ferienwohnungen nahm sich das Haus, das aus weißen Steinen gemauert war, regelrecht winzig aus. Auf dem Erdgeschoss, das Platz für ein Wohnzimmer, eine Küche und Bad bot, thronte ein hohes Spitzdach aus roten Ziegeln, unter dem sich zwei Schlafzimmer befanden. Heute undenkbar, hatte ursprünglich einmal eine fünfköpfige Fischerfamilie hier Platz gefunden, bevor Sannas Mutter das Haus in den Achtzigerjahren gekauft und renoviert hatte.

Munkmarsch.

Wie sehr Sanna sich während ihrer Zeit in München immer wieder nach dem kleinen Ort gesehnt hatte. Der hohe, weite Himmel. Das Rauschen der Brandung, wenn sie nachts bei geöffnetem Fenster im Bett lag. Der Schrei der Möwen.

Hätte sie ein idyllisches Postkartenmotiv wählen wollen, sie hätte sich ohne Zögern für Munkmarsch entschieden. Rechnete man die Besitzer von Ferien- und Zweitwohnungen nicht mit, umfasste die Gemeinde je nach Schätzung zwischen neunzig und hundert Seelen. Bis der Hindenburgdamm 1927 eröffnet worden war, hatte man Sylt lediglich per Schiff erreichen können.

Munkmarsch war damals der Hafen gewesen, in dem die Touristen den ersten Fuß auf die Insel gesetzt hatten. Er existierte noch heute, allerdings legte hier schon lange keine Fähre mehr an. Vom Strand aus konnte man ein Stück entfernt den Steinwall der Hafenmole und die Masten der Segeljachten sehen.

»Was geht denn da vor?«, fragte Benthien, und Sannas Blick folgte seinem Fingerzeig.

Auf dem hochgewachsenen Rasen vor dem Haus lag ein Haufen Bücher. Zwei Taschenbücher flogen aus dem geöffneten Fenster im Erdgeschoss und landeten auf ihm, gefolgt von einem gebundenen Wälzer. Dann dauerte es einen Moment, bis eine Frau den Kopf herausstreckte und mit beiden Händen eine Schuberausgabe auf den Haufen beförderte.

Benthien legte die Stirn in Falten. »Sie ist ...?«

»Meine Schwester, ja.« Sie waren Zwillinge, und die Ähnlichkeit war nicht zu leugnen.

»Soll ich dich morgen abholen?«

»Danke.« Sanna hatte bereits die Klinke der Beifahrertür in der Hand und beobachtete, wie ihre Schwester mit Inbrunst daran arbeitete, den Bücherstapel weiter aufzutürmen. »Oder ... ich habe hier ein Fahrrad. Ein bisschen Bewegung kann nicht schaden. Treffen wir uns doch um neun Uhr vor dem Krankenhaus.«

Sie stieg aus, und während Benthien hinter ihr wendete und davonfuhr, ging sie über die Wiese auf das Haus zu. Schließlich blieb sie vor dem Bücherberg stehen. Eine Ausgabe von Thomas Manns *Zauberberg* verfehlte sie nur knapp und landete zu ihren Füßen. Sanna hob sie auf, strich den Staub vom Einband.

Ihre Schwester holte im Fensterrahmen gerade aus, um das nächste Buch zu werfen, als sie ihrer gewahr wurde. Sie hielt inne. »Sanna?« Sie strich sich eine weiße Haarsträhne aus dem Gesicht. Schweißperlen standen auf ihrer Stirn.

»Ich sagte doch, dass ich komme.«

Ihre Schwester legte das Buch ab, kletterte aus dem Fenster und kam zu ihr herüber. Sie zögerte kurz, dann umarmte sie Sanna.

»Hallo, Jaane.« Sanna drückte sie an sich. »Was tust du da?«

Jaane löste sich von ihr. Sie trug eine Baumwollhose, darüber einen bunt gestreiften Strickpullover. Sie deutete mit einer Hand auf den Bücherstapel. »Die braucht Mama doch jetzt nicht mehr. Also können sie weg. Ich ... ich konnte die Bücher sowieso nie leiden.«

»Ich weiß, was du meinst.« Mutter hatte die Literatur immer ihnen beiden vorgezogen. »Was hältst du davon, wenn wir reingehen und darüber reden? Ich könnte einen Kaffee vertragen.«

Wenig später saßen sie sich am Küchentisch gegenüber, jede eine dampfende Tasse vor sich. Die Küche war mit weißen Ober- und Unterschränken im Landhausstil gehalten. Ein Sprossenfenster ging hinaus in den Garten.

Sanna musterte ihre Schwester.

Jaane hatte stark abgenommen, seit sie sich vor einigen Monaten nach der Beerdigung der Mutter hier vor dem Haus verabschiedet hatten. Selbst mit dem dicken Pullover wirkte sie ausgemergelt. Unter ihren Augen waren dunkle Schatten. Die Haare musste sie sich länger nicht gewaschen haben, sie lagen fettig an ihrem Kopf an. Und wenn sie die Kaffeetasse zum Mund führte, brauchte sie dazu beide Hände, so sehr zitterte sie.

Jaane ging es nicht gut, was Sanna wenig überraschte. Ihre Schwester kam wesentlich schlechter über den Tod der Mutter hinweg als sie selbst. Vermutlich auch, weil ihr Ableben für Jaane viel zu früh gekommen war. Es waren keine drei Jahre vergangen, seit Jaane den Entschluss gefasst hatte, hierherzuziehen und sich um die Mutter zu kümmern. Nicht, dass Mama irgendwelcher Hilfe bedurft hätte. Sie hatte sich bis zum Schluss guter Gesundheit erfreut, was ihren Tod umso unerwarteter gemacht hatte. Jaane war vielmehr zu ihr gezogen, um die verlorene Zeit nachzuholen. Ob ihr das gelungen war, konnte Sanna nicht mit Sicherheit sagen. Sie vermutete allerdings, eher nicht.

Mama hatte ihre kleine Literaturagentur bereits betrieben, als Vater bei einem Autounfall ums Leben gekommen war. Sanna und Jaane waren damals fünf Jahre alt gewesen. Mutter hatte immer einen unermüdlichen Arbeitseifer besessen. Sie hatte für ihre Autoren und deren Bücher gelebt. Jaane und Sanna hatten früh gelernt, alleine klarzukommen.

Munkmarsch, das waren die schönen Stunden ihrer Kindheit gewesen. Die Ferien, wenn Mutter sich Zeit nahm, sie den Tag am Strand verbrachten, auf Wanderungen die Insel erkundeten oder abends im Garten unter sternenklarem Himmel grillten.

Sanna trank ihre Tasse leer. Dann stand sie auf und ging hinüber ins Wohnzimmer. Die Wände waren ringsum mit Bücherregalen versehen. Hier hatte Mutter ihre Schätze aufbewahrt – die Bücher ihrer Autoren, aber auch alte Klassiker, die sie immer wieder zur Hand nahm. Sannas Blick wanderte zu dem Ohrensessel aus Leder, der in der Ecke beim offenen Kamin stand. Sie sah ihre Mutter wieder darin sitzen, in die Lektüre versunken, mit einer Tasse Ostfriesentee auf dem Beistelltisch.

Für Jaane waren die Bücher ein Symbol für ihre verlorene Kindheit, leblose Papierwerke, welche die Aufmerksamkeit ihrer Mutter aufgesogen hatten. Für Sanna waren sie das genaue Gegenteil. Lebendige, unendliche Welten, die sie in ihrer Fantasie entstehen lassen und mit denen sie der Realität entfliehen konnte.

Sie blickte sich weiter um. Auf einer Kommode entdeckte sie zwei Bilder. Das eine zeigte Mutter. Das Foto musste kurz vor ihrem Tod aufgenommen worden sein, draußen bei der Gartenarbeit. Sie kniete im Rosenbeet und lächelte in die Kamera. Im Garten hinter dem Haus hatte sie auch der Schlag getroffen. Jaane hatte sie leblos auf dem Rasen gefunden, als sie vom Einkaufen gekommen war.

Auf dem anderen Bild war ihr Vater in jungen Jahren zu sehen. Er saß auf einem Motorrad, die Arme lässig über den Lenker gelehnt. Sie hatten nie eine Chance gehabt, ihn wirklich kennenzulernen.

Sanna bemerkte, dass ihre Schwester hinter sie getreten war.

»Hör zu …« Sanna deutete auf die restlichen Bücher in den Regalen. »Wir brauchen nicht alle zu behalten. Ein paar davon würde ich aber gerne noch lesen. Lass sie mich doch in Ruhe durchsehen. Und die anderen da draußen … wir müssen sie ja nicht gleich wegwerfen. Auf dem Flohmarkt oder bei eBay bekommen wir vielleicht noch ein paar Euro dafür. Lagern wir sie doch erst mal in der Garage zwischen, was meinst du?«

Jaane wickelte gedankenverloren eine Locke mit dem Finger auf, schließlich nickte sie.

In der Garage befanden sich neben dem Smart ihrer Schwester lediglich zwei Fahrräder und einiges an Werkzeug. Die Bücher würden dort ihren Platz finden und Jaane für den Moment nicht weiter belästigen.

Als sie ihre Arbeit getan hatten, zog Sanna das Garagentor zu. Jaane stand hinter ihr, außer Atem und wieder am ganzen Körper zitternd. Sanna fasste sie an den Schultern und zog ihre Schwester zu sich heran.

»Es ist gut. Du bist jetzt nicht mehr allein. Ich bin in deiner Nähe. Und ich bleibe in Flensburg.«

»Wirklich?«

»Versprochen.«

Verlassen werden, allein sein. Davor hatte sich Jaane immer am meisten gefürchtet. So wie ihr eigentlich das ganze Leben seit jeher Angst machte. Auch wenn sie selbst anders empfand, konnte Sanna ihr das nicht verdenken. Als Kinder und Jugendliche waren sie immer die »Albino-Mädchen« gewesen. Sanna hatte die Hänseleien, die Schmähungen und Herabwürdigungen nie vergessen. Doch im Gegensatz zu Jaane hatten sie sie stark gemacht. Sie hatte gelernt, sich zu behaupten und sich Ungerechtigkeiten nicht gefallen zu lassen.

Letztlich trieb sie das bis heute an.

Wer anderen etwas zuleide tat, musste dafür bestraft werden.

Die Sonne war bereits untergegangen, und am Himmel hielt sich nur noch ein letzter Rest Tageslicht, als Sanna ihrer Schwester am Küchentisch einen Teller Nudeln servierte. Sie hatte es geschafft, aus der Dose Thunfisch, die sie im Kühlschrank gefunden hatte, ein paar Tomaten und einer angebrochenen Packung Spaghetti eine halbwegs akzeptable Mahlzeit zu bereiten. Sie tat sich selbst einen Teller auf und setzte sich.

»Wie ist die neue Arbeit?«, fragte Jaane.

»Ich bin gerade dabei, das herauszufinden.«

»Du kannst hier bei mir wohnen, wenn du willst.«

Sanna hatte das tatsächlich kurz in Erwägung gezogen, allerdings schnell als völlig unpraktikabel verworfen. »Das ist lieb von dir. Ich werde aber erst mal auf meinem Hausboot in Flensburg bleiben. Da bin ich meinem Schreibtisch näher.«

»Aber jetzt bist du doch auch hier.«

»Stimmt. Allerdings habe ich auch gerade hier auf der Insel zu tun.«

»Dann bist du gar nicht meinetwegen hier.«

Sanna legte die Gabel ab. Wäre alles normal gelaufen, hätte sie ihre Schwester wohl erst am kommenden Wochenende besuchen können. »Es hat sich so ergeben. Und das ist doch gut so, oder?«

Jaane nickte und wickelte eine Portion Nudeln auf. »Woran arbeitest du denn?«

»Es geht um ein Flugzeugunglück. Viel mehr kann ich dir nicht sagen, das weißt du ja.«

»Die kleine Maschine, die hier runtergekommen ist?«

»Ja.« Natürlich wusste Jaane davon. Das Flugzeug war

schließlich fast direkt vor ihrer Haustür abgestürzt. »Hast du etwas davon mitbekommen?«

»Na klar. Ich hatte mich oben gerade mit dem ersten Kaffee an den Rechner gesetzt, als es geschah.«

Manchmal beneidete Sanna ihre Schwester um ihren Job. Als freie Grafikerin konnte sie von überall auf der Welt arbeiten. Sie nickte ihr zu. »Erzähl.«

»Es war früh am Morgen. Vielleicht kurz nach acht. Die Sonne ging gerade auf, und ich sah mir das Farbspiel am Himmel an. Totaler Zufall also. Sonst hätte ich die Maschine gar nicht bemerkt ... da war nämlich gar kein Motorengeräusch, weißt du. Das Flugzeug segelte. War irgendwie seltsam.«

Munkmarsch lag in der Einflugschneise der Querwindbahn. Die Einwohner waren startende und landende Flugzeuge gewohnt, wenn auch der Flugverkehr gottlob nicht mit dem an großen Flughäfen zu vergleichen war.

»Man sah direkt, dass etwas nicht stimmte«, fuhr Jaane fort. »Die Maschine war viel zu tief. Die Landebahn hätte sie nie und nimmer erwischt. Sie trudelte, kippte dann abrupt zur Seite. Ich nehme an, die Pilotin ... Es war doch eine Pilotin oder? Stand zumindest in der Zeitung.«

Sanna nickte kurz und bedeutete ihr, weiterzusprechen.

»Jedenfalls ging sie rasch tiefer und visierte den Strand an. Es war gerade Ebbe. Vermutlich dachte sie also, sie könnte dort runtergehen. Ich sah die Maschine hinter den Dächern der anderen Häuser verschwinden, dann stieg plötzlich eine Rauchwolke auf.« Jaane machte ein besorgtes Gesicht, das Unglück schien ihr wirklich nahegegangen zu sein. Nach einem Moment fragte sie vorsichtig: »Weiß man schon, ob die Pilotin überleben wird? Es heißt, sie liegt hier im Krankenhaus.« Sanna schüttelte den Kopf. »Ich werde morgen dort vorbeisehen.«

Sie aßen weiter, und eine Weile sagte keine von beiden etwas. Dann erkundigte sich Sanna: »Was macht deine Therapie?«

Jaane hielt beim Essen inne und wirkte überrascht. »Mal so, mal so.«

»Was heißt das? Gehst du noch zu Dr. Andersen oder nicht?«

»Weiß nicht.« Jaane hob die Schultern. »Im Moment fühle ich mich eigentlich ganz gut.«

»Das heißt dann wohl nein. Was ist mit den Medikamenten?«

Ihre Schwester senkte den Blick, ohne etwas zu erwidern, und stocherte in den Nudeln herum.

Sanna seufzte. Sie wusste, dass die Medikamente, die Jaane verschrieben bekommen hatte, Nebenwirkungen aufwiesen. Wenn niemand da war, der kontrollierte, dass sie sie regelmäßig nahm, verzichtete sie gerne darauf, besonders, wenn sie sich »gut« fühlte.

Man hatte erst im Erwachsenenalter das Borderline-Syndrom bei Jaane festgestellt. Oft reichte ein minimaler Anlass – vom Tod der Mutter gar nicht zu reden –, um ihr emotionales Gleichgewicht kippen zu lassen. Wut, Angst oder Verzweiflung übermannten sie dann schlagartig und unkontrollierbar.

Einer ihrer frühen Therapeuten hatte Sanna einmal erklärt, dass die Ursache vielleicht in fehlender emotionaler Zuwendung in der Kindheit zu suchen sei, einer mangelnden Anerkennung durch eine wichtige Bezugsperson. Angesichts ihrer Familiengeschichte hatte Sanna ihm das auf Anhieb geglaubt.

Besonders nach Mutter Tod wäre der wöchentliche Besuch bei dem Therapeuten für Jaane wichtig. Sicher, sie hatten es in der Vergangenheit auch schon ohne psychologische Begleitung versucht, doch das hatte eher chaotische Phasen in Jaanes Leben eingeläutet.

»Schön, dass es dir gut geht«, meinte Sanna. »Aber du möchtest ja, dass das so bleibt, oder?«

Jaane nickte, ohne aufzusehen.

»Wollen wir gemeinsam versuchen, das hinzubekommen?«

Wieder ein Nicken.

»Was ist mit Dr. Andersen?« Ihre Schwester besuchte den Therapeuten, seit sie auf der Insel lebte.

Jaane hob die Schultern. Dann stand sie auf, ging an den alten Sekretär im Wohnzimmer und kam mit einem Brief zurück.

»Den hat er mir gegeben. Ich soll unterschreiben, bevor ich wieder zu ihm gehe. Aber … ich verstehe es nicht. Ich wollte warten, was du sagst. Ob es okay ist.«

Sanna zog das Schreiben aus dem Umschlag und faltete es auf. Sie überflog den Text. Es schien sich um irgendwelche datenschutzrechtlichen Vereinbarungen zu handeln.

»Das muss ich mir in Ruhe ansehen.« Sie schob den Brief zurück in den Umschlag. »Du bist müde, oder?«

»Schon«, sagte Jaane. »Seit Mama gestorben ist … Ich habe keine Nacht mehr durchgeschlafen. Es ist so einsam hier ohne sie.«

Sanna sah sich um. Sie hatte noch keine Entscheidung getroffen, was sie mit dem Haus machen sollten, das sie geerbt hatten. Für den Moment konnte Jaane hier wohnen. Sanna hatte gehofft, dass ihr die gewohnte Umgebung Stabilität geben würde.

»Pass auf«, sagte sie. »Ich mach dir jetzt einen Tee. Dann sehen wir mal nach deinen Medikamenten, und du gehst heute früh zu Bett. Schlaf dich aus. Ich setze mich hier unten hin und arbeite noch ein wenig. Wenn du mich brauchst, bin ich da.« Zum ersten Mal an diesem Tag sah Sanna ihre Schwester lächeln.

Wenig später hatte sie es sich im Ohrensessel ihrer Mutter gemütlich gemacht. Draußen rauschte der Wind in den Bäumen. Durch das Fenster sah Sanna einen Mann seinen Hund spazieren führen. Ansonsten war niemand auf der Straße.

Sie trank einen Schluck Tee – Ostfriesentee mit zwei Stück Zucker, so wie Mama ihn immer gemocht hatte –, dann widmete sie ihre Aufmerksamkeit der Akte, die auf ihren Knien lag. Ober-

staatsanwalt Bleicken hatte sie ihr mitgegeben. Der Fall Dornieden, jener Mord auf der Insel Föhr, bei dem ihr neuer Duzfreund
John Benthien mutmaßlich Beweise unterschlagen und die Ermittlung manipuliert hatte.

7 John Benthien

Die Eingangstür des alten Friesenhauses öffnete sich erst, als John ihr mit der Schulter einen kräftigen Ruck versetzte. Das Holz musste sich mit der Zeit verzogen haben. Er tastete nach dem Schalter und machte Licht. Sofort fielen ihm die Spinnweben auf.

»Igitt«, entfuhr es Celine, die sich hinter ihm durch die Tür schob. Sie deutete auf ein besonders großes Spinnenexemplar, das an der Decke in seinem Netz saß. »Wann warst du das letzte Mal hier?«

»Ist schon eine Weile her.« Seit sein Vater bei Vivienne wohnte und ständig mit ihr verreiste, gab es nur selten Anlass, hierherzukommen. Sie waren beide in dem alten Friesenhaus aufgewachsen, das abseits der Listlandstraße einsam auf einer Düne stand. Johns Urgroßvater hatte das Haus vor etwas mehr als hundert Jahren erbaut, und es war durch die Generationen weitervererbt worden.

»Und was sollen wir jetzt hier?«, fragte Celine in genervtem Ton.

»Ich möchte mit dir reden. Du erzählst mir, was los ist, und wir finden gemeinsam eine Lösung.« Er hatte heute Morgen, als Celine vor seiner Wohnungstür aufgetaucht war, allenfalls die Hälfte von der Geschichte verstanden, die sie ihm aufgetischt hatte.

»Dazu hätte ich nicht extra mit dem letzten Zug herkommen müssen. Das hätten wir auch am Telefon erledigen können.«

»Ich möchte in Ruhe mit dir reden. Von Angesicht zu Angesicht.«

Celine verdrehte die Augen. »Ich hatte heute Abend eine Verabredung, okay?«

»Du wolltest bei mir wohnen ... Und solange ich auf der Insel zu tun habe, wohne ich hier. Also, bitte.« John warf ihr einen mahnenden Blick zu. »Mein Haus, meine Regeln.«

»Jawoll, Herr Kommissar«, sagte Celine und salutierte. »Seit wann bist du denn so ein Spießer?« Sie warf ihren Rucksack in die Ecke und fläzte sich mit verschränkten Armen auf das abgeschabte Ledersofa im Wohnzimmer.

John ging hinüber in die Küche. Es war kalt im Haus. Vor dem Bilegger, dem traditionellen Friesenofen mit gusseiserner Front und Motiven aus dem Seemannsleben, fand er noch einige Holzscheite. Er warf sie in die Öffnungsklappe und machte Feuer. Der Ofen, der zwischen Küche und Wohnzimmer stand, würde bald für behagliche Wärme sorgen.

»Wie wäre es mit Tee oder Kakao?«, rief er Celine zu.

»Kakao? Ein Bier wär mir lieber.«

John erteilte sich im Stillen einen Tadel. Er hatte es jetzt nicht mehr mit einem kleinen Mädchen, sondern einer beinahe erwachsenen Frau zu tun. Daran musste er sich wohl erst noch gewöhnen.

Es gab einen angebrochenen Kasten Flensburger Pils. John stand einen Moment zögernd davor. Dann erinnerte er sich, wie er mit seinem Vater sein erstes Bier getrunken hatte, als er fünfzehn Jahre alt gewesen war. Es war ein warmer Sommerabend gewesen. Sie hatten es sich draußen auf der Terrasse gemütlich gemacht und ein »Männergespräch« geführt. Der Anlass war Johns erster großer Liebeskummer gewesen.

Manchmal brauchte man einen Vater und ein Bier.

John schnappte sich zwei Flaschen. Er reichte Celine eine, setzte sich ihr gegenüber auf einen der Sessel aus karamellfarbenem Leder und ließ den Verschluss seiner Flasche mit einem Ploppen aufspringen.

»Also, erzähl. Was ist los?«

»Paul hat seinen Job bei der Marineakademie verloren. Angeblich Sparmaßnahmen, Folgen der Pandemie und so weiter blabla. Sie haben ihn freigestellt.« Celine trank einen Schluck. »Er hat seine alten Kontakte aufgewärmt und rumgehört, ob er wieder als Kapitän arbeiten kann.«

Celines Vater war bis zum Tod ihrer Mutter als Frachterkapitän auf den Weltmeeren unterwegs gewesen. Nach dem Schicksalsschlag hatte er der Seefahrt abgeschworen, um für seine Tochter da zu sein.

»Es gab für ihn keine andere Möglichkeit?«, fragte John. »Ich meine … es hätte sich doch bestimmt auch ein Job auf dem Festland finden lassen.«

»Er meint, das wäre das Einzige, was er wirklich kann.« Celine hob die Schultern und lächelte verschmitzt. »Wir sind gut miteinander klargekommen. Ich mag ihn sehr. Aber ehrlich gesagt … ich glaube, er ist ganz froh, dass er wieder raus aufs Wasser kann.«

John seufzte und drehte die Bierflasche in der Hand. Er verstand, was Celine meinte. Paul Jacobs hatte nie etwas anderes gekannt als das Leben auf dem Meer. John konnte sich gut vorstellen, wie schwierig es sein musste, dann ein Leben auf dem Festland zu führen, mit einem geregelten Ablauf, und jeden Tag in einem engen Büro an einem Schreibtisch zu hocken. Celines Vater hatte Freiheit und Weite gegen Regeln und Enge getauscht. Letztendlich hatte er für seine Verhältnisse überraschend lange durchgehalten.

»Sie haben ihm erklärt, dass er den Posten sofort antreten muss, wenn er ihn haben will«, sagte Celine. »Er ist heute Morgen los. Ich habe ihm gesagt, dass ich zu dir gehe. Er will sich bei dir melden.«

»Ich rede mit ihm.« John trank seine Flasche leer. »Du kannst bei mir bleiben, solange du willst. Ich habe nur eine Bedingung.«

»Und die wäre?«

»Mein Haus, meine Regeln. Keine Diskussionen. Keine Eskapaden. Du machst deinen Schulabschluss, dann suchst du dir eine Ausbildung oder gehst studieren.«

Celine schürzte die Lippen. »Das ist auch mein Plan.«

»Dann verstehen wir uns. Ich rede morgen mit deinem Vater. Solange ich auf der Insel zu tun habe, können wir hierbleiben. Es sind ja ohnehin gerade Ferien. Alles andere regeln wir dann, wenn wir wieder in Flensburg sind.«

Celine lächelte und stellte ihre Flasche auf dem Wohnzimmertisch ab. Dann kam sie zu ihm herüber, umarmte ihn und drückte ihm einen langen Kuss auf die Wange. »Danke, Daddy.«

»Kein Problem«, sagte John. Wobei das natürlich gelogen war. Er war kein Familienmensch. Noch weniger hatte er Ahnung vom Umgang mit einem halb erwachsenen Teenager. Es gab überhaupt kein Vertun, dass er Celine in dieser Situation helfen musste, dennoch fragte er sich, ob er dieser Aufgabe gewachsen war. Zumal er gerade genug damit zu tun hatte, den Scherbenhaufen zusammenzukehren, in den sich sein eigenes Leben verwandelt hatte.

»Ich habe Hunger«, meinte er, als Celine sich von ihm gelöst hatte. »Wie schaut es bei dir aus? Wir könnten etwas bestellen.«

»Bessere Idee.« Celine ging hinüber zu ihrem Rucksack, griff hinein und holte einige Einkäufe heraus. »Ich dachte mir schon, dass du hier nichts im Kühlschrank hast. Ich koche.«

»Und was gibt es?«

»Nudeln mit Gemüse, Tomatensauce und Räuchertofu.«

»Tofu. Bist du etwa unter die Veganer gegangen?«

»Was denn sonst? Soll ich tatenlos zusehen, wie der Planet vor die Hunde geht?«

»Natürlich nicht«, beeilte sich John zu sagen und verkniff sich jeden weiteren Kommentar.

Celine verschwand in der Küche.

Der Bilegger hatte das Erdgeschoss bereits auf eine angenehme Temperatur gebracht. John zog die Jacke aus und setzte sich an den Wohnzimmertisch. Der Ermittler des BFU hatte ihnen einen vorläufigen Unfallbericht mitgegeben. John breitete die Unterlagen vor sich auf dem Tisch aus.

Die Akte enthielt Fotos vom Unfallort und der halb ausgebrannten Maschine, die sich in eine Düne gebohrt hatte. Der Rest des Berichts bestand aus Zahlen und technischen Angaben, die das genaue Unfallgeschehen wiedergeben sollten. Leider war alles in einem ausgemachten Fachchinesisch geschrieben, aus dem John beim besten Willen nicht schlau wurde.

Er schob die Papiere wieder zusammen und klappte die Akte zu.

In Gedanken ging er noch mal durch, was sie bislang in Erfahrung gebracht hatten. Ein Fakt bereitete ihm dabei besonders Kopfzerbrechen. Der Koffer mit dem Geld. Aus welchem Grund hatten Bente Roeloffs und ihr Vater Karel Jansen fünfzigtausend Euro in bar mit sich geführt? Was hatten sie mit dem Geld auf Helgoland gewollt, dem mutmaßlichen Ziel ihrer Reise? Kaum jemand reise heutzutage mit einer solchen Summe in der Gegend herum. Solche Beträge überwies man digital – es sei denn, man hegte unlautere Absichten.

Plötzlich hörte John, wie ein Schlüssel im Schloss der Haustür herumgedreht wurde. Jemand betrat die Diele.

Eine Stunde später saß John am Küchentisch mit seinem Vater Ben und dessen Lebensgefährtin Vivienne. Die beiden waren von ihrer Karibikkreuzfahrt zurück. »Nach der Reise ist vor der Reise«, hatte Ben erklärt. Weil es ihnen so gut gefallen hatte, hatten die beiden noch von Bord aus die nächste Schiffsreise gebucht. Diesmal sollte es ans Nordkap gehen, und das bereits in wenigen Tagen. Ben war lediglich hergekommen, weil er für das neue Abenteuer wetterfeste Sachen und einige andere Dinge aus dem Ferienhaus brauchte.

Celine tischte ihnen Essen auf. Sie hatte statt der halben Nudelpackung die ganze gemacht und die Soße ein wenig gestreckt, sodass es auch für vier Personen reichen würde.

»Was haben wir denn da?«, meinte Ben. Sein Gesicht war braun gebrannt von der Karibiksonne, und mit dem Vollbart und den langen grauen Haaren, die er sich bald zu einem Zopf würde binden können, erinnerte er John ein wenig an Robinson Crusoe.

»Es duftet zumindest ganz köstlich«, meinte Vivienne. Zwischen ihr und Ben lagen ohnehin fünfzehn Jahre Altersunterschied, doch mit den halblangen – zweifellos gefärbten – blonden Haaren und dem bronzenen Teint wirkte sie noch jünger. Sie trug Jeans und einen engen Pullover, der ihre sportliche Figur unterstrich.

Ben schob sich genüsslich eine Portion Nudeln in den Mund, kaute, hielt dann aber abrupt inne. »Das schmeckt ja furchtbar.«

»Tofu«, kommentierte John.

»Du liebe Güte, so etwas esst ihr freiwillig?«

»Also, ich find's prima«, schob Vivienne ein.

»Ich weiß nicht, was ihr habt«, sagte Celine und setzte sich an den Tisch. »Schmeckt doch. Außerdem gut fürs Klima.«

»Warum das denn?« Ben blickte sie fragend an.

Celine ließ das Besteck wieder sinken, das sie gerade in die Hand genommen hatte.

»Echt jetzt?« Es folgte ein kurzer Vortrag darüber, warum der überbordende Fleischkonsum weltweit die Erde ein Stück weiter Richtung Klimakatastrophe rückte. »Doch das scheint euch ja eh nicht zu interessieren«, schloss Celine.

»Aber, aber«, meinte Ben. »Gerade hier auf einer Insel im Wattenmeer sind wir der Natur sehr nahe …«

»Dann solltet ihr aufhören, sie mit euren ständigen Kreuzfahrten und Flugreisen zugrunde zu richten. Sonst steht das Häuschen hier bald unter Wasser.«

»Da magst du recht haben«, meinte Vivienne. »Du weißt vermutlich nicht, dass ich früher selbst mal geflogen bin. Ich mag es noch immer sehr, und es fällt mir dementsprechend schwer, davon abzulassen. Über den Wolken zu schweben ... das ist für mich einfach eines der schönsten Erlebnisse ...«

»Du brauchst dich nicht zu rechtfertigen«, sprang ihr Ben zur Seite. »In unserem Alter lassen wir uns doch nicht mehr vorschreiben, was wir zu tun und zu lassen haben. Jeder hat das Recht und die Freiheit ...«

»Mensch, Opa.« Celine verdrehte die Augen. »Erspar mir den Sermon. Ich wette, ihr beiden habt euch auch nicht impfen lassen. Schränkt euch in eurer Freiheit zu sehr ein, was?«

Ben räusperte sich und tauschte mit Vivienne einen betretenen Blick.

John griemelte in sich hinein. Sein Vater hatte ein ähnlich gutes Verhältnis zu Celine wie er. Für Ben war sie wie eine Enkelin. Deshalb ließ er ihr den aufmüpfigen Ton durchgehen. Insgeheim, da war John sich sicher, freute sich sein Vater vermutlich sogar noch darüber, dass die junge Dame ihren Standpunkt so vehement vertrat.

»Nun lasst uns in Ruhe essen«, versuchte Vivienne die Gemüter zu beruhigen. »Alte Bäume verpflanzt man nicht, wie es so schön heißt. Vielleicht gibst du deinem Großvater einfach ein wenig Zeit. Im Alter tut man sich mit neuen Sachen halt etwas schwerer ...«

Sie aßen schweigend, und John entging nicht, dass sein Vater sich trotz der anfänglichen Tofu-Aversion von Celine eine zweite Portion Nudeln auftischen ließ und diese auch vollständig verputzte. So schlecht schien es ihm also doch nicht zu schmecken.

»Und was treibt dich her, mein Junge?«, fragte Ben, als er sich schließlich mit der Serviette den Mund abtupfte. Er schaute auf die Akte, die neben John auf dem Tisch lag. »Ein neuer Fall?«

John berichtete ihm von dem Flugzeugabsturz und dass sie nun in der Sache erste Ermittlungen anstellten. Er tippte mit dem Finger auf die Unfallakte. »Ich werde nur leider nicht schlau aus dem Kauderwelsch.«

»Nun ...« Ben sah seine Freundin an. »Da kann Vivienne dir vielleicht helfen.«

»Wie das?«

»Ich habe früher eine Zeit lang als Ferry-Pilotin gearbeitet«, sagte Vivienne. »Das war, bevor ich mich für ein buchstäblich bodenständiges Leben mit Kindern entschied.«

Wieder einmal wurde John bewusst, dass er recht wenig über die Lebensgeschichte der Frau wusste, mit der sein Vater zusammenlebte. So häufig hatten sie sich noch nicht gesehen, seit die beiden zusammen waren, und wenn John ehrlich war, hatte es ihn auch nicht interessiert – dazu wechselte sein Vater viel zu oft die Bekanntschaften. Mit Vivienne schien es nun allerdings etwas Ernsteres zu sein.

»Was macht man als Ferry-Pilotin?«, erkundigte er sich.

»Flugzeuge müssen nach ihrer Fertigung ausgeliefert werden. Und auch gebrauchte Maschinen müssen oft an ihre Käufer überstellt werden. Ich habe für eine Agentur gearbeitet, die weltweit solche Flugzeugüberführungen arrangiert. Es ging dabei in erster Linie um Privatmaschinen. Trotzdem, ein aufregender Job. Man kommt ganz schön rum.«

Ben stand auf und räumte das Geschirr zusammen. »Wir lassen euch beide dann mal allein. Komm, Celine, wir machen den Abwasch. Und vielleicht verrätst du mir dein Rezept. War doch nicht so schlecht ... also, ich meine, wenn man gar nichts anderes im Haus hat.«

Die beiden gingen in die Küche. John schob Vivienne die

Akte hinüber. »Ich muss dich allerdings bitten, das vertraulich zu behandeln.«

»Selbstverständlich.«

Vivienne studierte den Unfallbericht eine Weile. Dann klappte sie die Akte zu. »Hast du eine Landkarte mit Sylt drauf?«

»Moment.« John ging hinüber ins Wohnzimmer und holte das Tablet, das sie eigens für das Ferienhaus angeschafft hatten. Er rief Google Maps auf.

Vivienne zoomte die Insel heran und wählte den Kartenausschnitt so, dass man den Flughafen Sylt gut sehen konnte.

»Es gibt zwei sich kreuzende Pisten. Eine größere in Längsrichtung, eine kleinere in Querrichtung. Die 14/32 ist die größere. Auf ihr können maximal ein Airbus A320 oder eine Boeing 737 landen ...«

»Entschuldige«, meinte John. »Aber was bedeutet 14/32?«

»Sie heißt 14/32, weil die Ausrichtung der Piste auf der Kompassrose 140 und 320 Grad entspricht. Bei der kleineren Querpiste, der 06/24, also entsprechend 60 und 240 Grad. Die Oliv Tuuli ist am vergangenen Donnerstag um acht Uhr in westlicher Richtung gestartet ...«

»Mit dem Ziel Helgoland.«

»Richtig. Allerdings ist das nicht der Grund, warum sie in westliche Richtung startete. Das wird noch wichtig, deshalb erkläre ich es dir so detailliert.« Vivienne nahm die Packung Streichhölzer zur Hand, mit der Ben vorhin die Kerze angezündet hatte, die auf dem Tisch brannte. »Flugzeuge starten immer gegen den Wind, damit sie den nötigen Auftrieb generieren können. In diesem Fall kam der Wind aus West.«

»In Ordnung. Weiter.«

»Die Maschine stieg auf etwa fünfhundert Meter Höhe.«

»Was bedeutet das? Ich kenne mich wirklich nicht aus, Vivienne, tut mir leid.«

»Ein einmotoriges Flugzeug dieser Art hat eine Reiseflughöhe von tausendfünfhundert bis dreitausend Meter. Abhängig von den Wetterverhältnissen und der zurückzulegenden Distanz zum Ziel.«

»Das bedeutet, Bente Roeloffs hatte ihre Reiseflughöhe noch nicht erreicht.«

»Genau. Dem Protokoll zufolge meldete sie bereits kurz nach dem Start einen Luftnotfall an den Tower. Vermutlich versuchte sie, die Lage in den Griff zu bekommen. Jedenfalls hielt die Maschine noch einige Minuten den Kurs, bevor sie dann zur Umkehr abdrehte.«

»Du sagst *vermutlich*. Aus ihrem Gespräch mit dem Tower geht also nicht genau hervor, was da oben los war?«

»Zum Verhalten in Notfällen lernst du als Pilot eine Regel. Als Erstes: *Aviate, Navigate, Communicate*. Deine oberste Priorität ist, das Flugzeug zu fliegen, danach kommt alles andere. Und du kannst davon ausgehen, dass Bente Roeloffs alle Hände voll damit zu tun hatte, den Vogel in der Luft zu halten.«

John erzählte, was der BFU-Ermittler ihnen über die Ursache des technischen Defekts erklärt hatte. »Der Motor muss also bald nach dem Start versagt haben.«

»Ganz genau. Es ist ehrlich gesagt ein kleines Wunder, dass die Maschine überhaupt auf diese Höhe gestiegen ist«, sagte Vivienne. »Jedenfalls machte sie nach Aussetzen des Motors kehrt und versuchte im Gleitflug zurück zur Insel zu gelangen.«

»War es realistisch, dass sie es schafft?«

»Die Gleitflugeigenschaften jeder Maschine sind individuell. Abhängig von Gewicht, Luftwiderstand, Auftrieb …«

John hob eine Hand. »Mach es nicht zu kompliziert. Mir genügt das Wesentliche.«

Vivienne überlegte einen Moment und massierte sich dabei mit einer Hand die Schläfe. »Wenn du so fragst … schwierig. Unter den gegebenen Umständen sogar sehr schwierig. Aber nicht unmöglich.«

»Sie kehrte also nach Sylt zurück. Warum keine Notwasserung?«

»Die RANS hat ein feststehendes Fahrwerk. Du würdest dich überschlagen, sobald die Räder das Wasser berühren. Nein, eine Landung auf festem Grund war ihre beste Option.«

Ben kam aus der Küche und stellte Vivienne ein Glas Rotwein hin. Sie bedankte sich und trank einen Schluck. Dann fuhr sie fort: »Die Maschine umrundete die Insel im Süden und versuchte dann den Anflug auf die Querwindbahn.«

John unterbrach sie abermals. »Aber warum dieser weite Schlenker? Sie hätte doch direkten Kurs auf die Landebahn nehmen können.« Er beschrieb die Route mit dem Finger auf der Landkarte.

»Deshalb habe ich dir das gerade erklärt: Flugzeuge starten nicht nur gegen den Wind. Sie landen auch gegen den Wind. Sie musste also erst mal um die Insel rum, um dann von Osten aus in den Landeanflug zu gehen.«

»Verstehe.«

»Zu diesem Zeitpunkt war sie allerdings schon zu tief, um die Querwindbahn zu treffen. Deshalb wohl in letzter Minute der misslungene Versuch, auf dem Strand von Munkmarsch aufzusetzen. Der Abschnitt war viel zu kurz.«

Vivienne lehnte sich zurück und verschränkte die Arme. John deutete es als Zeichen, dass sie mit ihrer Interpretation des Unfallberichts ans Ende gekommen war.

»Das klingt so, als hätte sie keine echte Chance gehabt. Was denkst du über die Sabotage-Theorie des BFU-Ermittlers? Welche Kenntnisse braucht man, um so etwas zu machen?«

Vivienne hob den Zeigefinger. »So weit sind wir noch nicht.«

»Wie meinst du das?«

»Da ist noch eine ganze Reihe von Dingen, die mir spanisch vorkommen.« Sie beugte sich wieder über die Unfallakte und studierte auf dem Tablet die Karte der Insel. »Ich kenne mich weder mit der Maschine noch mit den Gegebenheiten hier vor Ort aus. Aber … nein, das ergibt alles nicht wirklich Sinn.«

Ben setzte sich zu ihnen an den Tisch, ebenfalls mit einem Glas Wein bestückt. »Und seid ihr auf etwas gestoßen? Worum geht es in deinem neuen Fall?«

John erklärte seinem Vater das Nötigste. Er vermied es, in Details zu gehen. In der Vergangenheit hatte er oft etwas zu offenherzig mit seinem alten Herrn gesprochen, in der Annahme, dass dieser sich das meiste ohnehin nicht merken würde. Weit gefehlt. Er hatte sich Notizen gemacht, aus denen letztlich sogar ein Buch geworden war, das die Bestsellerlisten erklommen und John über Nacht zu einem der bekanntesten Kriminaler Deutschlands gemacht hatte – Interviews und Auftritt in einer Fernsehshow inbegriffen. Eine Ehre, auf die er rückblickend gerne verzichtet hätte.

Ben machte eine nachdenkliche Miene. »Roeloffs? Der Name sagt mir etwas … aber natürlich!«

»Was denn, Vater?«

»Ist diese Bente Roeloffs zufällig mit einer Inken Roeloffs verwandt?«

»Ja, sie sind Schwestern.«

Ben klatschte in die Hände. »Da hast du dir aber einen prominenten Fall an Land gezogen.«

»Warum das?«

»Nun hör mal, du kennst Inken Roeloffs nicht?«

»Ich schätze, ich werde sie bald kennenlernen. Habe ich etwas verpasst?«

Ben setzte ein verschmitztes Lächeln auf. »Inken Roeloffs ist eine sehr erfolgreiche Autorin. Sie schreibt Romanzen, die hier auf Sylt spielen. Ihr Buch ist im selben Verlag erschienen wie meines.«

»Tatsächlich?«

»Aber ja«, meinte Vivienne amüsiert. »Dein Vater hat auf

der Kreuzfahrt gleich zwei ihrer Wälzer verschlungen. Er ist ein heimlicher Romantiker.«

»Sie wohnt hier auf der Insel«, sagte Ben, dessen Gesicht ein wenig rot geworden war. »Drüben in der Kersig-Siedlung.«

»In der Kersig-Siedlung?« John schürzte die Lippen. »Dann muss es aber wirklich gut für sie laufen.« Die Siedlung in Hörnum mit ihren zahlreichen Reetdachhäusern war den Wohlhabenderen unter den Millionären vorbehalten.

»Sie muss ordentlich was verdient haben«, schätzte Ben.

»Wie dem auch sei.« John wandte sich an Vivienne. »Du sagtest, das ergäbe für dich alles keinen Sinn. Warum?«

»Da wäre zunächst die naheliegendste Frage«, sagte Vivienne. »Warum flog Bente Roeloffs das Flugzeug? Die Maschine gehörte ihrem Vater. Er kannte sich damit aus. Warum saß er also nicht am Steuerknüppel?«

John hob die Schultern. »Er wollte seine Tochter fliegen lassen. So wie man sein Kind mit seinem Auto fahren lässt. Und wer sagt, dass sie zum ersten Mal damit flog?«

»Ich sage das. Ich gehe jede Wette ein, dass Bente Roeloffs diese Maschine nie zuvor geflogen ist und sich damit nicht im Geringsten auskannte.«

»Warum?«

»Da sind zunächst ein paar allgemeine Dinge, die wohl jeden Piloten nachdenklich stimmen würden.« Vivienne trank einen Schluck Wein. »Es ist völlig unerklärlich, warum Bente noch minutenlang weiterflog, nachdem sie die Notlage erklärt hatte. Nachdem der Motor ausgefallen war, hätte sie sofort umkehren müssen.«

»Was schließt du daraus?«

»Sie versuchte vermutlich, den Motor wieder in Gang zu bringen – aber selbst wenn das gelungen wäre, hätte sie nach einem solchen Zwischenfall der Sicherheit wegen umkehren müssen. Jeder vernünftige Pilot hätte sofort beigedreht, um die maximale Gleitflugzeit auszunutzen, und dann versucht, die Maschine zu starten. Doch es scheint, als wollte sie unbedingt weiterfliegen, um ihr Ziel zu erreichen. Jedenfalls beging sie kurz darauf den nächsten Fehler.«

»Und der wäre?«

»Die Entscheidung, die Landung auf der Querpiste zu versuchen.«

»Was soll daran falsch gewesen sein?«, schaltete sich Ben ein. »Ich hätte auch versucht, zum Flugplatz zurückzukommen.«

»Klar, du bist ja auch kein Pilot.« Vivienne lächelte ihn an. »Beim Fliegen ist der Zufall dein Feind. Du willst auf jede mögliche Situation vorbereitet sein, für alles gibt es ein vorab festgelegtes Prozedere. Du bereitest dich penibel auf deinen Flug vor. Im Notfall willst du einen kühlen Kopf bewahren und reagieren können. Deshalb überlegst du dir nicht erst in der akuten Situation, wo du notlanden könntest. Nein. Als Pilotin sehe ich mir vor dem Abflug genau an, wo ein geeigneter Platz für eine Notlandung ist. Ich gehe sogar durch, in welcher Höhe ich mich bei einer bestimmten Steigrate in unterschiedlichen Zeitabständen nach dem Start befinde.« Sie tippte mit dem Finger auf die Landkarte. »Und ohne ins Detail zu gehen, könnte ich dir auf Anhieb ein halbes Dutzend besser geeignete Stellen auf der Insel nennen, wo sie hätte runtergehen können.«

John wog ihre Argumente ab. »Andererseits ist sie die Chefin der hiesigen Airline. Sie kennt sich hier aus. Offenbar war sie sich ihrer Sache sicher.«

»Hier kommt der nächste Faktor ins Spiel, meine Vermutung: Sie kannte die Maschine nicht. Das entnehme ich der Tatsache, dass sie offenbar die Gleitflugeigenschaften völlig falsch einschätzte.«

»Und was schließt du nun aus alledem?«

Vivienne lehnte sich wieder zurück und dachte nach. Dann zählte sie an den Fingern ab. »Sie hat den Flug offenbar nicht gut vorbereitet. Dann fliegt sie eine Maschine, die ihr nicht gehört und mit der sie sich nicht auskennt. Außerdem der Versuch, trotz Problemen zunächst weiterzufliegen … Das kommt mir alles sehr übereilt vor. So, als hätte Bente Roeloffs den Flug sehr spontan übernommen. Außerdem wollte sie ihr Ziel wohl unter allen Umständen erreichen. Warum auch immer.« Vivienne stützte die Arme auf den Tisch. »Bei dieser Sache passt einiges vorn und hinten nicht zusammen, John.«

8 Sanna Harmstorf

Die ersten Strahlen der Morgensonne zeigten sich als vager Schimmer am östlichen Horizont. Sanna genoss den kühlen Wind, der ihr die Haare verwehte, als sie mit dem Fahrrad den Flugplatz umrundete. Schotterwege führten durch die Heidelandschaft, vorbei an einem Golfplatz, direkt nach Westerland. Sie musste kurz bremsen, als ein Kaninchen ihren Weg kreuzte. Sanna hielt an und sah zu, wie die langen Ohren im hohen Gras verschwanden. Auf der Startbahn dahinter machte sich eine kleine Maschine der Fly Sylt zum Start bereit.

Sanna ließ den Blick in alle Richtungen schweifen.

Im Gegensatz zu den großen internationalen Flughäfen war der Sylter Flugplatz kaum von außen gesichert. Keine meterhohen Zäune, keine Überwachungskameras. Lediglich ein Weidezaun aus Holzpfählen und einfachem Draht hinderte Unbefugte hier und da vom Zutritt, was bedeutete, dass es für jeden, der es darauf angelegt hatte, ein Leichtes gewesen wäre, das Gelände zu betreten, hinüber zu den Hangars der Inselfluglinie zu marschieren und die Maschine von Karel Jansen zu sabotieren.

Im Grunde konnte also jeder diese Tat begangen haben. Dennoch hielt Sanna es für das Beste, die Nachforschungen auf das engere Umfeld von Bente Roeloffs und ihrem Vater zu konzentrieren, und das nicht nur in Ermangelung konkreter Hinweise, die ein anderes Vorgehen empfohlen hätten. Bei der überwiegenden Zahl der Tötungsdelikte fanden sich die Täter in der Familie, unter Freunden oder Arbeitskollegen.

Natürlich galt es noch immer zu beweisen, dass sie es tatsächlich mit einem Mord zu tun hatten. Und falls ja, stand die Frage im Raum, wem dieser gegolten hatte: Bente Roeloffs oder ihrem Vater, Karel Jansen?

Sanna setzte sich wieder auf das Fahrrad und fuhr weiter. Eine Viertelstunde später erreichte sie das Westerländer Krankenhaus.

Sie war zu früh, doch sie entschied sich, nicht auf Benthien zu warten, das hier konnte sie auch alleine erledigen. Also ging sie zum Empfang und stellte sich vor. Der Mann wies ihr den Weg, unter der Auflage, sich eine Gesichtsmaske anzulegen. Sanna ließ sich eine von ihm geben. Sie nahm den Aufzug zur Intensivstation, wo sie bereits eine Ärztin erwartete. Sie trug einen blauen Kittel und eine OP-Maske.

»Sie kommen wegen Bente Roeloffs?«

»Ja. Staatsanwaltschaft Flensburg. Ich möchte mich nach ihrem Zustand erkundigen.«

»Folgen Sie mir bitte.«

Die Ärztin brachte sie über einen langen Flur zum Zimmer des Unfallopfers. Sanna vermied es, in die Zimmer rechts und links des Korridors zu blicken. Allzu oft hatte sie bereits solche Stationen besucht und gelernt, dass man sich den mitleiderregenden Anblick besser ersparte, der sich dort bot.

Bente Roeloffs befand sich in keinem guten Zustand. Es bedurfte keiner medizinischen Erklärung, um dies zu erkennen.

Das Bett, in dem sie lag, war von Monitoren und Apparaturen umgeben, von denen die eine Hälfte der Überwachung der Vitalfunktionen diente, während die andere Hälfte sie mit vermutlich überlebenswichtigen Medikamenten versorgte. Ihr Kopf war bandagiert. Jener Teil des Gesichts, den Sanna erkennen konnte, war angeschwollen und von Läsionen überzogen. Der

Schlauch, der aus ihrem Mund ragte, führte zum Beatmungsgerät.

»Wir haben sie in ein künstliches Koma versetzt. Sie kann nicht selbstständig atmen«, erklärte die Ärztin. »Ihr Zustand ist weiterhin kritisch.«

»Wie stehen ihre Chancen?«

»Frau Roeloffs hat ein schweres Schädel-Hirn-Trauma erlitten, als sie aus der Maschine geschleudert wurde. Wir haben außerdem eine Wirbelfraktur festgestellt. Zudem hat sie zahlreiche Quetschungen, Prellungen und Blutergüsse davongetragen, die allerdings weniger ins Gewicht fallen.«

»Wird sie in absehbarer Zeit vernehmungsfähig sein?«

»Tut mir leid, wenn ich das so sagen muss, aber Sie scheinen die Lage nicht begriffen zu haben. Die Frage ist eher, ob diese Frau überhaupt noch einmal aufwachen wird. Und selbst wenn dies der Fall sein sollte, sind bleibende Hirnschäden nicht ausgeschlossen.«

»Mehr wollte ich nicht wissen«, sagte Sanna.

Sie verabschiedete sich und verließ das Krankenhaus auf dem Weg, den sie gekommen war.

Auf der Eingangstreppe lief sie John Benthien in die Arme. Er begrüßte sie mit fragendem Blick. »Warst du schon drin? Warum ...«

»Du hast nichts verpasst«, wiegelte Sanna jeglichen Einwand ab. »Sie wird auf absehbare Zeit nicht vernehmungsfähig sein. Ich schlage vor, du fährst rüber zum Flugplatz und fühlst Johann Roeloffs auf den Zahn. Er war als Letzter an der Maschine.«

»Und du?«

»Ich würde mich gerne mit Inken Roeloffs unterhalten, der Schwester. Haben wir ihre Adresse?« Sanna ging zu ihrem Fahrrad und schloss es auf.

»Sie wohnt drüben in Hörnum in der Kersig-Siedlung. Lilly

kann uns die genaue Adresse aus der Datenbank geben. Soll ich dich rüberfahren?«

»Nicht nötig.« Sie schob Benthien das Fahrrad hin. »Ich fahre selbst. Du leihst mir doch sicher dein Auto?«

»Ich …«

»Danke. Hier ist mein Fahrrad. Ist nicht weit rüber zum Flugplatz.«

Benthien zögerte einen Moment, dann hielt er ihr schließlich den Autoschlüssel hin. »Tommy und Juri sehen sich heute Morgen bei Bente Roeloffs und Karel Jansen um. Lilly redet mit der Rechtsmedizin. Ich schlage vor, wir treffen uns heute Mittag zu einer Besprechung, bringen uns auf den aktuellen Stand.«

»Gerne.«

»Wir können uns in meinem Haus treffen. Haben wir schon oft so gemacht. Dort ist genügend Platz für alle. Wir können uns von meinem Vater und Celine bekochen lassen.«

Familiär. Wieder schoss dieser Begriff Sanna durch den Sinn. Teambesprechung im Ferienhaus, dazu Mittagessen von Vater und Tochter serviert. »Nein. Wir treffen uns auf der Wache in Westerland. Mit den Kollegen habe ich bereits gesprochen. Dann ist die Arbeit auch dort, wo sie hingehört.«

Ohne ein weiteres Wort wandte sie sich ab, ließ Benthien stehen und ging zu seinem Auto hinüber.

Der Weg nach Hörnum führte Sanna über die Rantumer Straße durch eine wellige Heidelandschaft.

Die Kersig-Siedlung lag am südwestlichen Rand von Hörnum, zwischen Nielsglaat und Lorens-de-Hahn-Wai. Sanna fühlte sich in eine Traumwelt versetzt, ein wenig wie im Auenland aus Tolkiens *Herr der Ringe*. In der hügeligen Heide- und Dünenlandschaft lagen verstreut Reethäuser mit weißer Fassade oder roten Klinkern. Einige verschwanden beinahe völlig hinter den Hügeln, nur die Dächer waren noch zu erkennen.

Das Haus der Roeloffs' stand auf einer Erhöhung. Sanna parkte den Wagen und stieg aus. In ihrer Nase mischte sich der Geruch von blühender Heide mit salziger Meeresluft.

Sie ging zur Eingangstür und klingelte. Niemand öffnete. Als sich auch nach zwei weiteren Versuchen nichts tat, lief sie über den Rasen zur Rückseite des Hauses. Dort gab es eine Terrasse und einen Wintergarten, in dem eine Frau an einem Schreibtisch saß. Sie hatte lockiges rotes Haar, trug einen geblümten Rock und darüber eine Strickjacke. Offenbar war sie in Gedanken vertieft, ihr Blick ging über den Laptop, der vor ihr stand, in die Ferne.

Von hier aus konnte man den Hörnumer Leuchtturm und das Meer sehen, bei klarem Wetter vermutlich auch die Nachbarinseln Föhr und Amrum.

Sanna klopfte an die Scheibe des Wintergartens. Die Frau erschrak. Dann stand sie auf, öffnete die Tür zur Veranda und kam heraus.

»Was haben Sie hier zu suchen?« In ihrer Stimme lag keine Furcht, sondern vielmehr die Entschlossenheit, die ungebetene Besucherin nötigenfalls vom Grundstück zu verjagen.

»Tut mir leid, wenn ich Ihnen einen Schreck eingejagt habe.« Sanna stellte sich vor.

»Staatsanwaltschaft«, wiederholte Inken Roeloffs, »Broder Timm rief mich gestern an und sagte, dass Sie im Absturz meiner Schwester ermitteln.«

»So ist es.«

»Sie glauben nicht an ein Unglück?«

»Darüber möchte ich mit Ihnen reden.«

Inken Roeloffs zögerte einen Moment. Dann bat sie Sanna herein. Im Wintergarten gab es eine Sitzgruppe aus Rattanmöbeln. »Setzen Sie sich doch. Möchten Sie Kaffee oder Tee?«

»Gerne Kaffee.«

»Einen Moment.« Inken Roeloffs verschwand im Inneren des Hauses.

Sanna sah sich um. Auf dem Teppich lag Papier verstreut, an einer der bodentiefen Scheiben klebten unzählige Zettel mit Notizen. Sie stand auf und ging zu dem Arbeitsplatz hinüber. Auf dem Laptop blinkte der Cursor auf einer halb vollgeschriebenen Seite. Sanna vermutete, dass sie bei dem Ausblick, der sich ihr hier bot, keine Zeile zu Papier gebracht hätte.

»Es sieht schöner aus, als es in Wahrheit ist«, sagte hinter ihr Inken Roeloffs. Sie stellte zwei Tassen Kaffee auf den Rattantisch. »Die meisten Leute haben romantische Vorstellungen vom Schreiben. Der Geistesblitz, der einen angeblich immer ereilt. Tatsächlich ist es harte Arbeit. Zumindest für mich. Milch, Zucker?«

»Schwarz, danke.« Sanna setzte sich zu Inken Roeloffs. »Aber die Mühe scheint sich zu lohnen. Sie sind erfolgreich.«

Inken Roeloffs sah sich um und verzog die Mundwinkel zu einem Lächeln. »Ich fürchte, von Johanns Mechanikergehalt hätten wir uns so etwas hier nicht leisten können. Das Bücherschreiben ist im Grunde ein großes Lotteriespiel. Mit jedem Buch, das man schreibt, kauft man sich ein Los. Ich habe einfach Glück gehabt.«

»Sie schreiben Liebesromane, richtig?«

»Schnulzen, nennen wir es ruhig beim Namen. Glauben Sie mir, ich hätte nicht gedacht, dass man damit derart erfolgreich sein kann.«

»Ich habe neulich in einer der Mediatheken gesehen, dass Ihre Buchreihe sogar verfilmt wurde.«

»Ja. Das ging alles Schlag auf Schlag. Ist jetzt gute fünf Jahre her, dass der erste Roman auf der Bestsellerliste landete. Dann stand schon bald das Fernsehen vor der Tür …«

Sanna blickte zum Schreibtisch. »Und jetzt schreiben Sie am nächsten Buch?«

»Zumindest versuche ich das. Aber … ich glaube, ich habe zum ersten Mal so etwas wie eine Schreibblockade. Seit dem

Absturz ist es, als wäre mein Kopf voller Watte. Ich kann mich nicht konzentrieren, immer wieder wandern meine Gedanken zu Bente und unserem Vater. Ich kann es noch immer nicht fassen ... Ich meine, wir hatten uns doch eigentlich gerade erst kennengelernt.«

»Wie meinen Sie das?«

»Bente und ich sind bei meiner Mutter aufgewachsen. Unsere Eltern hatten sich getrennt, als wir gerade zur Welt gekommen waren. Wir haben unseren Vater nie kennengelernt ... bis vor zwei Jahren, da stand er plötzlich vor unserer Tür. Und das meine ich buchstäblich. Ich saß mit Bente hier an diesem Tisch, da klingelte es an der Tür. Ich öffnete, und vor mir stand dieser Mann. Er sagte, er sei mein Vater. Verrückt, was?«

»Und glaubten Sie ihm so einfach?«

»Natürlich nicht. Bente besaß ein Foto von Mutter und Karel in jungen Jahren. Er war natürlich älter geworden, aber er war es. Dennoch bestanden wir auf einem Vaterschaftstest. Der war dann eindeutig.« Sie schnalzte mit der Zunge. »Das Leben ist manchmal so verrückt ... Würde ich das in einem meiner Romane schreiben, würde es niemand glauben.«

»Warum hat er sich nicht früher gemeldet?«

Inken Roeloffs hob die Schultern. »Der Kontakt zwischen Mutter und ihm war seit Langem abgerissen. Sicher, wenn er es wirklich gewollt hätte, hätte er uns vielleicht trotzdem finden können. Letztlich waren es meine Bücher und die Fernsehserie, die ihn zu mir geführt hatten. Roeloffs und Sylt, da klingelte es bei ihm. Meine Mutter ist hier auf der Insel aufgewachsen, und so viele Roeloffs gibt es nun auch nicht.«

Sanna trank einen Schluck Kaffee, dann stützte sie sich mit den Ellbogen auf die Knie. »Ihr Vater taucht also hier auf. Er kennt Sie beide nicht, und Sie kennen ihn nicht. Dennoch beschließt er, hier auf der Insel zu bleiben und ein völlig neues Leben zu beginnen. Was hat er denn vorher gemacht? Wo kam er her? Ich meine, war er ganz allein. Hatte er dort, wo er lebte, keine Frau, keine Familie?«

»Offenbar nicht. Ehrlich gesagt sind wir, was das betrifft, nie ganz schlau aus ihm geworden. Er meinte immer, er sei Weltbürger. Er habe mal hier, mal dort gelebt. Seine Passion war das Fliegen, das hatte er mit Bente gemein. Eine Zeit lang hatte er sich wohl sogar als Buschpilot in Südamerika verdingt.« Sie ließ den Blick in die Ferne schweifen. »Jetzt ging es ihm aber um dasselbe wie uns. Nun, wo wir voneinander wussten, wo wir uns wiedergefunden hatten, da wollten wir die verlorene Zeit nachholen. Ich fürchte, das ist uns nicht ganz gelungen. Die Zeit ist uns wie Sand durch die Finger geronnen …«

Diese Familiengeschichte war durchaus ungewöhnlich. Sanna fragte sich, wie es ihr und Jaane wohl ergangen wäre, wenn ihr Vater nach so vielen Jahren unvermittelt aufgetaucht wäre. Diese Möglichkeit hatte bei ihnen nie bestanden, dennoch wäre es eine Überraschung gewesen, die ihr Leben grundlegend verändert hätte.

Sie beschloss, das Gespräch auf das Thema zu lenken, dessentwegen sie hergekommen war. »Ich habe heute Morgen Ihre Schwester im Krankenhaus aufgesucht.«

»Wie geht es ihr? Ich wollte gegen Mittag noch einmal hin.«

»Ihr Zustand ist unverändert. Die Ärztin konnte nicht viel sagen.«

»Ich hoffe, sie kommt durch. Warum glauben Sie nicht an ein Unglück?«

»Es gibt Hinweise darauf, dass eventuell jemand die Maschine manipuliert haben könnte.«

Inken Roeloffs hob die Augenbrauen. »Manipuliert? Was genau ist denn geschehen? Ich weiß nur, dass der Motor offenbar im Steigflug aussetzte.«

»Das Bundesamt für Flugunfalluntersuchung geht der Ursache noch auf den Grund … lauter technische Details. Ich verstehe mich leider nicht darauf.« Es gab keinen Grund, gleich alle Karten offen auf den Tisch zu legen.

»Johann sagte mir, dass er die Maschine gewartet hat. Es war alles in bester Ordnung. Sie glauben doch etwa nicht …«

»Wer könnte Grund für eine solche Tat gehabt haben?«

»Da fällt mir niemand ein. Bestimmt nicht Johann. Warum sollte jemand so etwas tun?«

»Hatten Ihre Schwester oder Ihr Vater Streit mit jemandem? In der Firma, mit Freunden oder in der Familie?«

»Nein. Absolut nicht.«

»Wir haben bei der Maschine einen Koffer mit fünfzigtausend Euro in bar gefunden. Können Sie sich erklären, woher das Geld stammt und was Ihre Schwester und Ihr Vater damit vorhatten?«

Inken Roeloffs setzte sich auf. »Fünfzigtausend Euro? In bar?« Sie schüttelte den Kopf, die Farbe war aus ihrem Gesicht gewichen.

»Sie sind als Teilhaberin an der Fly Sylt beteiligt?«

»Das ist richtig. Allerdings mische ich mich nicht ins Geschäft ein, noch verstehe ich etwas von der Fliegerei. Als Broder Timm meiner Schwester das Angebot machte, die Airline zu übernehmen, brauchte sie Geld. Ich lieh ihr einen Teil …«

»Wann war das?«

»Ungefähr vor drei Jahren.«

»Da entschied sich Broder Timm, in den Ruhestand zu gehen.«

»Genau. Wobei ihm wohl schnell langweilig wurde. Er tauchte bald wieder bei Bente auf und erledigte kleinere Aufgaben. Wen das Flugvirus gepackt hat, den lässt es anscheinend nicht mehr los. Andererseits war es vielleicht ganz gut so, sonst hätte er jetzt kaum so schnell für Bente einspringen können.«

»Aber Ihre Schwester hatte doch einen Stellvertreter, Nick Hansen. Warum hat er die Leitung nicht übernommen?«

»Nun ... Nick war nicht mehr ihr Stellvertreter. Sie hatte ihn dieses Postens entbunden.«

»Wissen Sie, weshalb?«

Inken Roeloffs wog den Kopf hin und her. »Wie gesagt, ich mische mich nicht ins Tagesgeschäft ein.«

»Stimmt es, dass die beiden eine Beziehung hatten?«

Inken Roeloffs trank einen Schluck, dann betrachtete sie die Kaffeetasse in ihrer Hand, ohne etwas zu sagen.

»Frau Roeloffs?«, hakte Sanna nach.

»Es ... ist lange her. Bente und Nick sind alte Kollegen. Sie flogen für dieselbe Chartergesellschaft. Ich glaube, sie hatten damals kurz etwas miteinander, nichts allzu Ernstes.«

»Ihre Schwester stellte Nick Hansen dann später bei Fly Sylt ein.«

»Ja, nachdem sie die Airline übernommen hatte. Er wollte ebenfalls raus aus dem Chartergeschäft. Stress, schlechte Bezahlung ...«

»Wäre es möglich, dass die beiden Streit hatten und Ihre Schwester ihn deshalb degradierte?«

Inken Roeloffs hob die Augenbrauen. »Das kann ich Ihnen beim besten Willen nicht sagen.«

»In Ordnung. Ihre Schwester und Ihr Vater wollten nach Helgoland fliegen. Wissen Sie, weshalb?«

»Papa stammt von der Insel. Er hatte dort ein kleines Haus von seinen Eltern geerbt. Er sah ab und an danach.«

Sanna erhob sich. »Ich halte Sie über unsere Ermittlungen auf dem Laufenden. Sollte Ihnen noch etwas einfallen, melden Sie sich bei mir.«

Inken Roeloffs brachte sie zur Vordertür. Sanna war bereits auf dem Weg zum Auto, als sie ihr hinterherkam.

»Da ist tatsächlich noch etwas, das mir keine Ruhe lässt. Und es wundert mich auch ein wenig, dass noch niemand danach gefragt hat.«

»Und was wäre das?«

»Karel wollte ursprünglich alleine fliegen. Bente muss sich sehr spontan entschieden haben, ihn zu begleiten. Ich … war sehr überrascht, dass sie die Maschine gesteuert hat.«

Auf dem Weg zurück nach Westerland folgte Sanna wieder der Rantumer Straße durch die wellige Landschaft. Das Wetter klarte auf, die Sonne kam zum Vorschein, und es machten sich immer größere Flecken blauen Himmels breit.

Benthiens Citroën verfügte noch über ein altmodisches Kassettenradio. Sanna drehte am Lautstärkeregler, um es einzuschalten. Es erklang die letzte Zeile eines Songs: »… and people call me traitor to my face.« Unverkennbar die Stimme von Leonard Cohen. Bevor das nächste Lied zu spielen begann, drückte Sanna auf den Eject-Knopf. Sie drehte die Kassette in ihrer Hand. Ein klassisches Mixtape. Sie legte es in ein Ablagefach und schaltete das Radio ein. Dort spielte Mark Knopfler »Going Home«, die Titelmelodie des Films *Local Hero*. Das war schon eher nach ihrem Geschmack.

Als sie in der Ferne das Schild zum bekannten Strandlokal Sansibar entdeckte, verlangsamte sie die Fahrt. Es war noch eine gute Stunde hin, bis sie sich mit Benthien und den anderen auf der Westerländer Wache treffen würde.

Man musste das Leben auch zu genießen wissen, wenn sich einem die Chance bot.

Kurz entschlossen bog Sanna auf den Parkplatz ein.

Sie stellte den Wagen ab und wollte schon aussteigen, als sie innehielt. Sie sah sich im Inneren des alten Citroëns um. In den Ablagefächern hatten sich abgelaufene Parktickets gesammelt, unter dem Beifahrersitz lugte eine leere Wasserflasche hervor, das Polster der Rückbank war an einigen Stellen rissig. Sanna öffnete das Handschuhfach. Benthien bewahrte darin ein Serviceheft und Reparaturrechnungen auf. Als Sanna die Papiere beiseiteschob, kam eine kleine Digitalkamera zum Vorschein. Sanna überprüfte den Speicher. Einhundertzwanzig Fotos.

Sie nahm den Apparat an sich und stieg aus.

Der Platz, den sie auf der Terrasse der Sansibar ergatterte, entschädigte für die ihrer Meinung nach unverschämten Preise. Mitten in den Dünen, umgeben vom Strandhafer, dazu das Rauschen des Meeres und eine sanfte Brise. Am liebsten hätte sie alle weiteren Termine abgesagt und den Rest des Tages hier verbracht.

Sie ließ sich die Speisekarte und ein alkoholfreies Bier kommen. Ein Longdrink wäre ihr lieber gewesen, aber nicht im Dienst.

Sie nahm den Fotoapparat zur Hand und scrollte durch die Fotos, die der kleine Bildschirm auf der Rückseite anzeigte.

Benthien nutzte die Kamera offenbar, um Szenen von Tatorten festzuhalten. Die meisten Fotos waren recht unappetitlich, allerdings nichts, was Sanna nicht schon mit eigenen Augen gesehen hätte.

Dann kamen einige private Bilder. Sie zeigten Benthien auf einem Segelschiff. Sanna konnte nur mutmaßen, doch es schien sich um einen Törn im Schärengarten zu handeln.

Bei ihm war eine Frau. Schätzungsweise Anfang bis Mitte dreißig. Durchtrainiert, pechschwarzes Haar.

Das Ende der Fotoreihe zeigte die beiden mit dem Schiff im Hafen. Sanna sah genauer hin und erkannte, dass die Aufnahme auf Föhr entstanden sein musste. Im Vordergrund waren Benthien und die Frau auf dem Steg vor dem Segelschiff zu sehen. Weit im Hintergrund erkannte sie Fiete Föhr, die große Statue in Form eines Seemanns, die die Reisenden im Hafen der Insel begrüßte. Sie und Jaane waren als Kinder einmal mit der Mutter auf der Insel gewesen.

Sanna nahm ihr Smartphone aus der Handtasche und machte ein Foto von dem Bild.

Wer war diese Frau?

9   John Benthien

In besonderen Situationen konnte das menschliche Gehirn äußerst kreativ werden. Unter Druck. In Gefahr. Oder wie in diesem Fall bei Ärger. Johns Gehirn wurde gerade sehr erfinderisch. Es produzierte am laufenden Band Schimpfwörter und Verwünschungen. Für Sanna Harmstorf und die Unverschämtheit, ihn erst zu versetzen und sich dann einfach sein Auto zu schnappen.

Er war schweißgebadet, als er das Fahrrad, das sie ihm gnädigerweise überlassen hatte, an das Bürogebäude von Fly Sylt lehnte. John konnte sich nicht erinnern, wann er das letzte Mal auf einem Drahtesel gesessen hatte, sehr wohl aber daran, weshalb er das Auto dieser Art der Fortbewegung vorzog: Auf den Inseln und an der Küste kam der Wind grundsätzlich aus der falschen Richtung, nämlich immer von vorn. Und dabei hatte er das gesamte Flughafengelände umrunden müssen.

Sein Handy klingelte. Da sich auf der Rollbahn gerade ein Businessjet zum Start bereit machte, wartete er einen Moment, bis die Maschine abgehoben hatte, bevor er ranging.

Am anderen Ende meldete sich Nils Böklund, seines Zeichens Bürgermeister von Sylt. John hatte noch nicht mit ihm zu tun gehabt, der Mann war erst vor wenigen Monaten in sein Amt gewählt worden. Zu jener Zeit musste John eines seiner letzten Wochenenden im Ferienhaus verbracht haben, er konnte sich jedenfalls an das Gesicht auf den Wahlplakaten erinnern. Böklund war einer dieser uniform gestylten Mittdreißiger. Kurzes Haar, gepflegter Dreitagebart, Designerbrille.

»Sie leiten die Ermittlungen in dem Flugzeugabsturz?«, hörte John die junge Stimme.

»Wir sind noch im Stadium der Vorermittlungen. Aber ja, ich leite die Ermittlungen seitens der Polizei. Staatsanwältin Harmstorf ist ebenfalls vor Ort, es wäre also eventuell besser, wenn Sie direkt mit ihr …«

»Die erreiche ich leider gerade nicht. In Flensburg sagte man mir, dass ich mich bei Ihnen nach dem Fortgang der Ermittlungen erkundigen soll.«

»Ich fürchte, ich kann Ihnen nicht viel erzählen.«

Böklund räusperte sich, bevor er sagte: »Dafür scheinen Sie aber schon einigen Wirbel zu verursachen.«

»Ich fürchte, ich kann nicht ganz folgen.«

»Ich werde Ihre Ermittlungen in jeder Form unterstützen, das versteht sich. Aber ich muss auch die Beschwerden meiner Bürger ernst nehmen.«

»Und welche Beschwerden wären das?«

»Die Geschicke der Inselfluggesellschaft betreffen uns alle. Fly Sylt stellt einen großen Teil der Versorgung sicher. Post, Medikamente, Waren, Lebensmittel … für die Insel ist es lebenswichtig, dass die Maschinen regelmäßig fliegen. Sie verstehen das hoffentlich?«

»Durchaus.« Dass die Inselflieger neben dem Zug und der Fähre eine wichtige Verbindung zum Festland darstellten, war John nichts Neues. Besonders, wenn es schnell gehen musste oder das Wetter andere Transportmittel lahmlegte.

»Sehr gut. Dann sind Sie bestimmt mit mir einer Meinung, dass wir die Sache schnell klären und dafür sorgen sollten, dass alle Abläufe bei der Fluglinie reibungslos weitergehen können.«

»Herr Bürgermeister, bitte reden Sie Klartext. Wer hat sich bei Ihnen über uns beschwert?«

»Ich habe versprochen, darüber Stillschweigen zu bewahren. Aber wie gesagt, ich möchte Sie auch bei Ihrer Arbeit unterstützen. Also lassen Sie mich nur so viel sagen, dass wir uns glücklich schätzen können, dass sich so schnell jemand gefunden hat, der für die verunglückte Bente Roeloffs einspringt. Noch dazu jemand so Erfahrenes und Altgedientes. Überdies empfehle ich, dass Sie sich die Tageszeitung besorgen oder deren Onlineseite besuchen. Also dann, viel Erfolg, und melden Sie sich jederzeit bei mir, wenn Sie Hilfe brauchen.«

John starrte das Smartphone an. Böklund hatte aufgelegt.

Auch wenn er keinen Namen genannt hatte, war allzu deutlich, wer sich offenbar bei ihm über die Präsenz der Polizei beschwert hatte.

John steckte das Handy weg und betrat die Geschäftsräume der Fluglinie. Am Empfang hieß ihn Jola Naujoks willkommen. John erwiderte den Gruß und ging an ihr vorbei zu dem dahinterliegenden Büro, an dessen Fensterfront die Jalousien heruntergelassen waren. Broder Timm saß an seinem Schreibtisch und telefonierte. Auf der Stirn des alten Mannes standen Sorgenfalten. Er hielt einen Kugelschreiber in der freien Hand, den er zwischen den Fingern kreisen ließ. Er bedeutete John, sich zu setzen. Mit den Lippen formte er das Wort: »Moment.«

Doch John blieb stehen. »Ich komme gleich wieder. Sie halten sich dann bitte zu meiner Verfügung.«

Broder Timm legte den Stift hin und deckte die Hörmuschel mit der Hand ab. »Bitte was?«

»Wenn Sie das Telefonat beendet haben, halten Sie sich zu meiner Verfügung. Wir beide haben etwas zu bereden.«

Damit ließ er den Mann allein und ging am Empfang vorbei nach draußen. Wie erhofft fand er Johann Roeloffs in einem der Hangars, die für die Wartung des Fluggeräts vorgesehen waren.

Roeloffs trug einen roten Arbeitsoverall und machte sich gerade an einem zweimotorigen Propellerflugzeug zu schaffen. Seine

Haare waren weit zurückgewichen und hatten einer Glatze Platz gemacht, die halbmondförmig von schwarzgrauen Stoppeln umrandet war. Breite Koteletten wuchsen auf seinen Wangen.

John stellte sich vor, zeigte seinen Dienstausweis. »Soweit ich es verstanden habe, waren Sie für die Wartung der Unglücksmaschine verantwortlich.«

Johann Roeloffs legte den Schraubenschlüssel auf einen Werkzeugwagen und wischte sich die Hände an einem Handtuch ab. »Ich ... habe mir die Maschine angesehen. Und sie war tadellos.« Er sprach im Ton eines Mannes, der sich rechtfertigen wollte. »Ich habe selbst einen Flugschein und weiß, welche Verantwortung ich hier trage.«

»Wie kann es dann sein, dass Wasser im Treibstoffsystem und im Motor gefunden wurde?«

»Kann ich mir auch nicht erklären. Ich habe mein Wartungsprotokoll bereits dem Mann vom BFU ausgehändigt. Bei der Überprüfung bin ich gewissenhaft vorgegangen und habe mich an die Vorschriften gehalten.«

John sah sich in dem Hangar um. Außer der Zweimotorigen, an der Roeloffs arbeitete, stand noch ein Businessjet mit der Bemalung der Inselfluglinie hier. »Sind Sie ausschließlich für die Wartung der Fly-Sylt-Maschinen zuständig?«

»Hauptsächlich. Wir übernehmen aber auch den technischen Service für andere kleinere Airlines, wenn wir angefragt werden.«

»Das sind dann Maschinen wie diese hier?«

»Ja. Es geht von kleineren Maschinen bis zum größeren Businessjet. Die ganz großen Vögel der Urlaubsflieger sind aber nicht unser Ding.«

»Genauso wie Privatmaschinen, nehme ich an.«

»Richtig.«

»Warum haben Sie sich dann überhaupt um die Unglücksmaschine gekümmert?«

John entging nicht, wie Roeloffs' Hände leicht zitterten, als er das Handtuch neben den Schraubenschlüssel auf den Werkzeugwagen legte. »Normalerweise würde ich solch eine Maschine tatsächlich nicht warten. Aber ich tat Karel den Gefallen. Er war schließlich mein Schwiegervater.«

»War es das erste Mal, dass Sie sich um das Flugzeug kümmerten?«

»Nein. Ich hatte das schon vorher einige Male für ihn übernommen.«

John trat an die Maschine heran und besah sich eine der Tragflächen. »Wie schwierig ist es, Wasser in einen solchen Tank zu füllen?« Er deutete auf die Einfüllklappe für den Treibstoff.

»Gar nicht schwierig. Dazu bedarf es keiner besonderen handwerklichen oder technischen Kenntnisse.«

»Jeder könnte das also machen, auch ich?«

»Sicher. Es wäre hilfreich, wenn Sie schon mal ein Flugzeug aus der Nähe gesehen hätten und wüssten, wo Sie die Tanköffnung finden, und dann bedarf es noch einer kleinen Einweisung. Aber das würden Sie sicherlich hinbekommen.«

»Können Sie sich vorstellen, dass es hier jemanden gab, der so etwas im Schilde führte?«

»Nein. Ich sicherlich nicht, falls das Ihre Frage ist. Mein Schwiegervater und meine Schwägerin saßen in der Maschine. Warum sollte ich das tun? Und auch sonst würde niemand hier auf eine solche Idee kommen.«

»Wer hat Zugang zu dieser Halle?«

»Ausschließlich das Personal unserer Fluggesellschaft. Aber wie gesagt, ich kann mir nicht vorstellen …«

»Dennoch hat sich jemand an der Maschine zu schaffen gemacht, wenn Ihnen kein Fehler bei der Wartung unterlaufen ist. Sie führten den Check am Abend vor dem Abflug durch, richtig?«

»Ja.«

»Wie spät war es, als Sie fertig waren?«

»Es muss gegen einundzwanzig Uhr gewesen sein, als ich die Halle verließ. Ich wollte mir an dem Abend ein Fußballspiel ansehen. DFB-Pokal. Die erste Halbzeit war schon vorbei, als ich nach Hause kam. Ich habe die Wartung nach meiner regulären Arbeitszeit durchgeführt. Es war ja eine private Sache. Außerdem hatte Karel den Flug recht spontan angekündigt.«

»Wie spontan war das?«

»Am Tag vorher. Ich musste also sehen, wie ich das hinbekomme.«

»Er sagte Ihnen, wohin sein Flug geht?«

»Ja, nach Helgoland. Karel hat … hatte dort ein kleines Haus aus Familienbesitz.«

»War an jenem Abend noch jemand hier in der Halle?«

»Nein.«

»Dann waren Sie der Letzte hier. Auch nach Ihnen kam niemand mehr.«

»Das nehme ich zumindest an.«

»Wann waren Sie am nächsten Morgen wieder hier?«

»Gegen neun.«

»Ihr Schwiegervater und Ihre Schwägerin starteten am vergangenen Donnerstag um acht Uhr morgens. Gab es einen Grund, dass die beiden so früh aufbrachen?«

»Ich nehme an, dass Bente an dem Tag noch andere Dinge zu erledigen hatte.«

John schürzte die Lippen. »Ich verstehe nichts von Ihrem Geschäft. Aber ich finde es doch etwas seltsam, dass die Leiterin einer Fluggesellschaft an einem Wochentag nichts Besseres zu tun hat, als ihren Vater nach Helgoland zu seinem Ferienhäuschen zu fliegen. Finden Sie nicht?«

Roeloffs zögerte einen Moment, dann sagte er: »Wir wussten alle nicht, dass Bente mit ihm fliegen würde. Das ist für mich also ebenso unerklärlich.«

John umrundete die zweimotorige Maschine und sah sich um. Direkt neben den beiden großen Rolltoren des Hangars, durch die die Flugzeuge rangiert wurden, gab es eine Eingangstür. Ein weiterer Zugang war offenbar nicht vorhanden. »Die Maschine stand also in der Nacht vor dem Unglück hier in der Halle.«

»So ist es.«

»Ihre Schwägerin und Ihr Schwiegervater konnten das Flugzeug alleine hier hinausmanövrieren?«

»Ja, das sollte kein Problem für sie gewesen sein.«

»Die beiden waren also an jenem Tag die Ersten, die den Hangar betraten, richtig?«

»Vermutlich.«

»Sie kamen dann um neun Uhr. Sonst war niemand an jenem Morgen um diese Zeit hier.«

»Doch. Mein Kollege Nick Hansen.«

»Was tat er hier?«

»Nick gibt Flugunterricht.« Roeloffs zeigte auf eine der kleineren Maschinen, die auf dem Feld vor der Halle geparkt waren.

»Wann war er an jenem Morgen vor Ort?«

»Das müssen Sie ihn schon selbst fragen ...« Roeloffs ging hinüber zu den Hangartoren. Dann deutete er auf einen Businessjet, der in der Nähe der Geschäftsräume auf dem Vorfeld geparkt stand. »Er ist dort drüben.«

»Wie gut kennen Sie Nick Hansen?«

»Er ist ein Kollege. Ein netter Kerl. Bente stellte ihn vor einigen Jahren ein. Nick hatte die Nase voll von der Charterfliegerei.«

»Vielen Dank«, sagte John.

Er verabschiedete sich und ging wieder zurück zu den Geschäftsräumen. Das Büro von Broder Timm fand er verlassen vor. Jola Naujoks informierte ihn darüber, dass der alte Mann sich gerade auf den Weg zu einem wichtigen Termin begeben habe.

John verließ die Büroräume, verabschiedete sich von Jola Naujoks und trat ins Freie. Nick Hansen stand noch immer in der Nähe des Businessjets. Er unterhielt sich offenbar mit dem Piloten der Maschine, dann verabschiedete er sich und kam mit einem Klemmbrett unter dem Arm zu den Geschäftsräumen herüber. Er trug eine blaue Hose, dazu ein weißes Hemd und eine Fliegerjacke.

John passte ihn ab. »Wir haben uns noch nicht bekannt gemacht. Benthien, Kripo Flensburg.«

Hansen hatte einen kräftigen Händedruck. »Broder sagte mir, Sie ermitteln in Bentes Absturz.«

»Das ist richtig.«

John musterte den Mann. Nick Hansen war das Abziehbild eines Piloten. Sportliche Figur, braun gebrannt, markanter Kiefer, Zahnpastalächeln, krause schwarze Haare, Fliegerbrille.

»Dann vermuten Sie, dass es sich um mehr als einen technischen Defekt handelt?«, fragte er.

»Davon müssen wir leider ausgehen. Sie kennen Bente Roeloffs gut?«

»So gut, wie man seine Chefin eben kennt.«

John wollte nicht lange um den heißen Brei herumreden. »Sie hatten eine Beziehung mit ihr.«

Hansen schmunzelte und blickte über Johns Schulter hinweg zu den Geschäftsräumen. »Ich sehe schon, Sie haben mit Jola gesprochen. Ja, Bente und ich waren mal zusammen. Das ist aber lange her.«

Sie wurden unterbrochen, als der Pilot des Jets zu ihnen herüberkam. Hansen beantwortete dem Mann ein paar Fragen. Dann wandte er sich wieder John zu.

»Entschuldigung.«

»Wohin geht es denn?« John sah zu dem zweistrahligen Jet hinüber.

»Nach Basel. Aber ich mache nur das Ground Handling. Das

da ist keine von unseren Maschinen. Wir fertigen auch Privat-
flüge Dritter ab. Ich übernehme das als Ramp Agent.«

»Was bedeutet das?«

»Ich koordiniere die sichere und pünktliche Flugzeugabferti-
gung. Außerdem plane und organisiere ich die Beladung, Betan-
kung und so weiter.«

»Wäre das nicht eigentlich Sache des Bodenpersonals? Ich
meine, Sie als Pilot ...«

»Schon, ja. Aber wir haben hier gerade ein wenig Not am
Mann, also helfe ich aus.«

»Sie geben außerdem auch Flugstunden, habe ich gehört.«

»Nicht mehr. Das bekomme ich mit meiner neuen Aufgabe
zeitlich kaum hin.«

»Das bedeutet, Sie machen den Job des Ramp Agents erst seit
Kurzem?«

»Ja.«

»An dem Morgen, als Bente und ihr Vater verunglückten, gaben Sie aber noch eine Flugstunde.«

»Es war meine letzte. Der erste Soloflug einer Schülerin. Das
wollte ich noch abschließen.«

»Wann waren Sie an jenem Morgen hier?«

»Um kurz nach sieben. Ich musste noch alles vorbereiten und
die Maschine aus dem Hangar holen.«

»Sie stand im selben Hangar wie Karel Jansens Flugzeug?«

»Ja.«

»Dann sind Ihnen die beiden begegnet?«

»Bente und ihr Vater? Ja. Ich habe sie aber nur aus der Ferne
gesehen. Ich stand hier draußen und habe meine Schülerin über
Funk begleitet.«

»Sie waren nicht überrascht, dass Bente mit ihrem Vater flog?«

»Nein, sie hatte mir das am Abend vorher angekündigt. Sie
sagte, dass Karel sich nicht wohlfühlte und sie ihn begleiten
würde.«

Johns Handy klingelte. Es war Tommy Fitzen.

»Juri und ich sind hier bei Karel Jansen«, sagte er. »Wir sind bei der Durchsuchung auf etwas gestoßen. Vielleicht willst du dir das selbst mal ansehen.«

»Sicher. Es wäre nett, wenn mich einer von euch mit dem Auto abholen könnte.«

»Warum das? Du hast doch selbst ein …«

»Frag nicht. Ich bin auf dem Flugplatz bei Fly Sylt. Ich komm raus auf die Straße. Und besorg bitte unterwegs eine Tageszeitung.«

John machte sich auf den Weg. Das Fahrrad von Sanna Harmstorf ließ er an Ort und Stelle. Sollte sie zusehen, wie sie es wiederbekam.

Staatsanwaltschaft und Kripo ermitteln bei Fly Sylt

Absturz einer Kleinmaschine doch kein Unfall? Erneute Störung des Flugbetriebs nicht ausgeschlossen.

Westerland/Sylt. Im Absturz des Kleinflugzeugs, das am vergangenen Donnerstag am Strand von Munkmarsch notlandete und fast komplett ausbrannte, ermitteln nun die Staatsanwaltschaft und Kriminalpolizei Flensburg.

Nachdem anfangs noch technisches Versagen, ein Pilotenfehler oder eine mangelhafte Wartung als Ursachen im Raum standen, deutet sich nun an, dass die Behörden sogar eine Straftat für möglich halten. Vertraulichen Quellen zufolge könnte die Unglücksmaschine manipuliert und damit vorsätzlich zum Absturz gebracht worden sein.

An Bord der Maschine befanden sich Bente Roeloffs (45), Inhaberin von Fly Sylt, und ihr Vater Karel Jansen (69). Während Bente Roeloffs im Westerländer Krankenhaus noch immer mit dem Leben ringt, konnte ihr Vater dem brennenden Flugzeugwrack nicht entkommen.

Ob die beiden tatsächlich einem Mord zum Opfer fielen, bleibt abzuwarten.

Wahrscheinlich ist derweil, dass die behördlichen Ermittlungen für Fly Sylt weiteres Ungemach bedeuten. Die ohnehin angeschlagene Airline (wir berichteten im vergangenen Jahr) wird sich auf der Suche nach den Gründen des Absturzes einer genauen Überprüfung unterziehen müssen. Eine Störung des Flugbetriebs ist dabei offenbar nicht ausgeschlossen, wie Broder Timm, kommissarischer Leiter der Inselairline, gegenüber dieser Zeitung erklärte.

»Wir werden unsererseits alles tun, um unseren Partnern und Fluggästen hier auf der Insel, aber auch unseren Geschäftskunden den gewohnt verlässlichen Service zu bieten«, so Timm. »Leider kann ich nicht ausschließen, dass es durch die Ermittlungen zu Änderungen im Flugplan oder gar der Streichung von Flügen kommt. Wir können nur hoffen, dass die Behörden ihre Arbeit schnell erledigen. Wir bitten insbesondere unsere Vielflieger und Stammgäste hier auf der Insel um Nachsicht.«

Die Worte des Gründers von Fly Sylt, der nun selbst vorübergehend wieder das Zepter in seiner Firma schwingt, bergen einigen Sprengstoff, ist es doch offensichtlich, wen Timm hier mit Vielflieger und Stammgäste meint: die besonders wohlhabende Klientel, die es sich leisten kann, per Businessjet der Fly Sylt zwischen ihrem Hauptwohnsitz und dem Ferienhäuschen auf Sylt hin und her zu pendeln – und die einigen Einfluss auf die Inselpolitik besitzt.

Sollten die Ermittlungen der Polizei deren gewohnte Kreise stören, könnte das Flugzeugunglück also tatsächlich noch zu einem Politikum werden.

John faltete die Zeitung zusammen und warf sie verärgert auf das Armaturenbrett. Der Artikel war in jeder Hinsicht übertrieben. Allerdings war nun klar, weshalb der Bürgermeister in Panik geraten war. Er fürchtete offenbar den Zorn einiger wohlhabender Inselbewohner. Auch ging aus dem Artikel hervor, was John bereits geahnt hatte: Sehr wahrscheinlich hatte Broder Timm nicht nur mit der Zeitungsredaktion geplaudert, sondern auch mit dem obersten Bürger der Insel. Fragte sich bloß, aus welchem Grund? Jedenfalls glaubte John nicht, dass Timm fürchtete, die Ermittlungen könnten ihm geschäftlich Schaden zufügen, zu dieser Annahme bestand – zumindest zum jetzigen Zeitpunkt – keinerlei Anlass. Es musste also einen anderen Grund geben, warum die Anwesenheit von Staatsanwaltschaft und Polizei den Mann nervös machte.

John blickte aus dem Beifahrerfenster. Tommy war von der Hauptstraße abgebogen, und sie fuhren nun auf einem schmalen Nebenweg. Rechts von ihnen erstreckte sich ein weites Wassergebiet mit Wiesen, Sümpfen und Sandflächen. John sah einen Schwarm Vögel über das gekräuselte Wasser ziehen.

»Weißt du, wie das Rantumbecken entstanden ist?«, fragte Tommy unvermittelt und blickte ebenfalls aus dem Fenster auf die Wasserfläche.

»Keine Ahnung«, antwortete John. Von seinem Kollegen und Kindheitsfreund Tommy war er kurioses Wissen aller Art gewohnt. Manchmal halfen Tommys enzyklopädische Fähigkeiten bei einer Ermittlung weiter. Doch in diesem Fall war John auch so für ein wenig unverfängliche Konversation dankbar. Denn abgesehen von einer kurzen Begrüßung hatten sie kein Wort miteinander gewechselt, seit Tommy ihn vom Flughafen abgeholt hatte.

John hatte gar nicht erst den Versuch gemacht, das Eis zu brechen. Seit ihren letzten gemeinsamen Ermittlungen auf Föhr ließ sich seine Beziehung zu Tommy mit denselben zwei Worten zusammenfassen, mit denen man auch seine Beziehung zu Lilly beschreiben konnte: sachlich-professionell.

Von der Freundschaft und Verbundenheit zwischen ihnen schien nicht mehr viel übrig.

John konnte es Tommy nicht einmal verdenken. Genauso wie er Lilly verstand. Er hatte beiden einen unmöglichen Gefallen abgerungen. Sie hatten mitgespielt, ihm gleichzeitig aber auch auf ihre Weise zu verstehen gegeben, was dies für ihre Freundschaft bedeutete.

»Vor dem Zweiten Weltkrieg wollten die Nazis hier einen tiefenunabhängigen Hafen für Wasserflugzeuge errichten«, erzählte Tommy.

»Eine verrückte Idee.«

»Richtig. Das haben sie dann wohl auch selbst begriffen. Nachdem sie ein knapp sechshundert Hektar großes Wattengebiet mit einem fünf Kilometer langen Deich versehen hatten, beschlossen sie, das ganze Projekt als nicht mehr kriegswichtig einzustufen. Man überließ die Natur wieder sich selbst.«

»Dann wissen wir zumindest, dass die Probleme mit dem Bau von Flughäfen in Deutschland kein neuzeitliches Problem sind. Wir hatten es wohl noch nie drauf.«

»Vermutlich.« Tommy setzte den Blinker und bog in die Einfahrt eines Campingplatzes. »Immerhin haben die Vögel jetzt hier ein schönes Zuhause.«

Der Campingplatz trug den Namen »Der Säbelschnäbler«. Äußerst passend, wie Tommy erklärte, war der Säbelschnäbler doch der Symbolvogel des Rantumbeckens.

Schon als er ausstieg, wurde John klar, dass dies keiner der Plätze war, an denen Urlauber ihre Ferien verbrachten. Auf der breiten Wiese, die von hochgewachsenen Bäumen umgeben war, stand eine Ansammlung von alten Wohnwagen und Mobilheimen, die ihre besten Tage bereits hinter sich hatten. Alles deutete darauf hin, dass man hier mehr Wert auf Alltagstauglichkeit als Idylle legte.

John hatte von solchen Orten gehört. Dort wohnten jene Insulaner, die auf der Insel arbeiteten oder hier geboren waren, die sich aber eine Wohnung oder gar ein Haus auf Sylt nicht mehr leisten konnten. Der Trend hielt bereits seit Jahrzehnten an, doch besonders in den vergangenen Jahren waren die Immobilienpreise explodiert. Immer weniger Menschen waren in der Lage, das Leben hier zu bezahlen. Wer auf der Insel arbeitete, kam meist jeden Morgen mit dem Zug vom Festland angereist. Und wer das nicht wollte, der fand vielleicht auf einem Campingplatz wie diesem ein bescheidenes Zuhause.

Tommy führte John zu einem Mobilheim, das im hinteren Teil der Anlage stand. Ein rechteckiger Schuhkarton aus Kunststoff, von dessen Außenhaut die Farbe abplatzte.

»Hier hat Karel Jansen gewohnt?«

»Allerdings«, antwortete Tommy und hielt John die Tür auf.

Er zog sich Handschuhe und Schuhüberzieher an. Dann stieg er den kleinen Holztritt zur Eingangstür hinauf. Das Innere bot Platz für zwei bis drei Personen. Links ein Wohn- und Esszimmer mit Küchenzeile. Rechts ein Schlafzimmer mit Doppelbett. Dazwischen eine Nasszelle und eine Abstellkammer, die in früheren Zeiten vielleicht einmal als Kinderzimmer gedient haben mochte.

Für den Haushalt eines offenbar alleinstehenden Herrn machte alles einen recht ordentlichen Eindruck. Kein Durcheinander, kein Dreck, kein ungespültes Geschirr, keine leeren Bierdosen. John hatte bereits Behausungen wie diese betreten, die in ziemlich schlimmem Zustand gewesen waren.

Er ging hinüber ins Wohnzimmer. Dort stand Juri Rabanus über einige Landkarten auf dem Esstisch gebeugt.

»Was habt ihr?«, fragte John.

»Das hier sind anscheinend Flugpläne«, erklärte Juri. »Karel Jansen hat darauf seine geplante Route abgesteckt.«

»Wir werden das noch von der KT und entsprechenden Experten analysieren lassen müssen«, sagte Tommy. »Aber ich denke, es ist auch so eindeutig genug.«

Tommy trug ebenfalls Handschuhe. Er legte eine der Karten

so hin, dass John sie gut einsehen konnte. Sie zeigte die Deutsche Bucht und die Nordsee.

»Der Flug sollte von Sylt nach Helgoland gehen.« Tommy fuhr mit dem Finger die mit Bleistift eingezeichnete Linie ab.

»Richtig. So viel wissen wir«, bestätigte John. Er beugte sich näher über die Karte und erkannte sofort, was seine Kollegen entdeckt hatten. »Aber ...«

»... dort sollte offenbar nicht Endstation sein.« Tommys Finger wanderte weiter, auf einer zweiten Linie, die von Helgoland fortführte. »Danach wollten die beiden noch weiterfliegen. Nach Stavanger in Norwegen.«

10   Lilly Velasco

Das kalte Wasser tat gut. Lilly ließ es in die zusammengelegten Hände laufen und tauchte ein weiteres Mal das Gesicht hinein. Dann drehte sie den Wasserhahn zu und trocknete sich mit Papiertüchern aus dem Handtuchspender ab. Langsam fühlte sie sich besser. Bevor sie die Damentoilette verließ, versicherte sie sich mit einem Blick in die Toilettenkabine, dass sie keine Spuren hinterlassen hatte.

Sie kannte Kolleginnen und Freundinnen, die die Schwangerschaft als eine der schönsten Zeiten ihres Lebens beschrieben. Für Lilly absolut nicht nachvollziehbar. Die Übelkeit hatte heute Morgen schon mit dem Aufwachen eingesetzt. Sie hatte nicht einmal einen Kaffee herunterbekommen, sich aber trotzdem irgendwie aufs Präsidium geschleppt. Hier war es dann nahtlos weitergegangen. Sie konnte nur hoffen, dass die Kollegen nichts mitbekommen hatten. Die meisten von ihnen hockten zum Glück in einer Besprechung mit Gödecke, der in einem Vergewaltigungsfall eine Ermittlungseinheit aufstellte.

Lilly schloss die Toilettentür hinter sich und ging rasch zurück zu ihrem Arbeitsplatz. Sie setzte sich ein Headset auf, rief auf dem Computer Zoom auf und startete die Besprechung mit Dr. Radke vom rechtsmedizinischen Institut in Kiel. Der Mann, den alle wegen seiner einsilbigen, brummeligen Art auch Dr. No nannten, wartete bereits auf sie. Er verließ seinen Obduktionssaal im Kieler Institut äußerst ungern, gab sich an Tatorten entsprechend wortkarg. Dass sie während der Pandemie dazu übergegangen waren, die Besprechungen mit ihm überwiegend über Zoom zu führen, musste ihm ganz gelegen gekommen sein.

»Sie sind spät dran«, mahnte er. »Ich habe die Zeit nicht gestohlen. Und Behnke auch nicht.« Er wies mit einem Nicken auf seine junge Kollegin, die neben ihm saß. Lilly wurde bewusst, dass er sie immer nur mit Nachnamen anredete. Sie kannte den Vornamen der blonden Frau gar nicht.

»Tut mir leid, Dr. Radke. Ich ... war noch in einer anderen Besprechung.«

Er grummelte etwas Unverständliches, dann kam er zur Sache. »Wir haben die Leiche von Karel Jansen obduziert. Behnke ist mir dabei zur Hand gegangen.«

Lilly bemerkte, wie auffallend weiß das Gesicht seiner jungen Kollegin war.

»Wir haben am Körper des Toten Verbrennungen zweiten und dritten, teils auch vierten Grades festgestellt. Blasenbildungen, Zerstörungen der Haut und tiefer liegender Gewebsschichten. Muskulatur und andere Gewebe, die wie gekocht aussehen. Aufgebrochene Körperhöhlen ...«

Neben ihm schlug Behnke sich die Hand vor den Mund und verschwand rasch aus dem Bild. Radke blickte ihr kurz nach, dann wandte er sich wieder der Kamera zu. »Ihr erstes Brandopfer.«

Lilly konnte sich noch daran erinnern, wie sie zu Beginn ihrer Laufbahn als Streifenpolizistin zu einem Verkehrsunfall gerufen worden war, bei dem die Insassen eines Pkw in dem Autowrack verbrannt waren. Die junge Kollegin hatte ihr volles Mitgefühl.

»Fahren Sie fort«, forderte sie Radke auf.

»Bei einem Erwachsenen besteht Lebensgefahr, sobald vierzig Prozent der Hautfläche verbrannt sind. Fünfzig Prozent überlebt kaum jemand. Bei älteren Menschen, und um einen solchen handelt es sich ja hier, genügen schon zwanzig Prozent. Um die Ausdehnung der Verbrennung einzuschätzen, haben wir uns der bewährten Neunerregel bedient …«

»Doktor«, warf Lilly ein. Sie spürte schon wieder die Übelkeit in sich aufsteigen, was diesmal allerdings weniger mit ihrer Schwangerschaft zu tun haben mochte. »Bitte nicht zu detailreich.«

»Gut, dann machen wir es kurz. Im vorliegenden Fall handelt es sich um eine kombinierte Todesursache aus Verbrennung und Rauchvergiftung. Wir haben Rußpartikel in den Atemwegen und Kohlenmonoxid im Blut nachweisen können. Die Wucht des Absturzes selbst hat ihn jedenfalls nicht das Leben gekostet. An den wenigen unversehrten Hautstellen gibt es zwar Quetschungen und blaue Flecke. Auch ist das rechte Schlüsselbein gebrochen, vermutlich durch die Einwirkung des Sicherheitsgurtes. Doch daran ist er nicht gestorben.« Radke machte eine Pause und trank einen Schluck aus einer Tasse. »Nach den mir vorliegenden Schilderungen war der Mann in dem Flugzeug eingeklemmt. Die Verletzungen an den Beinen belegen das. Nachdem sie die Flammen erstickt hatten, gelang es den Rettungskräften wohl, ihn zu befreien, doch da war es schon zu spät. Die heftigen Verbrennungen und die Rauchgasvergiftung waren in der Kombination zu viel – wobei er vermutlich schon eines von beidem nicht überlebt hätte.«

Lilly machte sich einige Notizen, wobei der Bericht des Rechtsmediziners im Grunde keine neue Erkenntnis darstellte.

»Vielen Dank, Doktor …«, wollte sie das Gespräch bereits beenden, als Radke erneut zur Rede anhob.

»Da ist allerdings noch etwas, das uns stutzig gemacht hat.«

»Und das wäre?«

»Eine Fraktur am Unterarm.« Er ließ die Worte bedeutungsschwanger in der Luft schweben.

»Ein Bruch. Was verwundert Sie daran?«, fragte Lilly. »Ist das bei einem Aufprall dieser Art nicht zu erwarten? Sie sprachen doch gerade selbst von einem gebrochenen Schlüsselbein …«

Radke hob einen Finger. »Das hier ist etwas anderes. Die Fraktur des Unterarms rührt nicht vom Absturz her.«

»Was macht Sie da so sicher?«

»Es handelt sich um eine Radiusfraktur des rechten Unterarms. Der lang gezogene Schaft der Speiche ist gebrochen. Und wie üblich wurde der Bruch mit Platten und Schrauben aus Titan fixiert. Ich kann Ihnen sagen, dass die Operation nicht lange vor dem Unglück durchgeführt wurde.«

Lilly rückte auf die Kante ihres Bürostuhls. »Können Sie das näher eingrenzen?«

»Die Folgen der Verbrennungen machen das schwer. Aber ich möchte die Vermutung wagen, dass Karel Jansen operiert wurde, und zwar um die vierundzwanzig, maximal achtundvierzig Stunden vor dem Unglück.«

»Eine solche Operation wird in einem Krankenhaus durchgeführt worden sein, nehme ich mal stark an.«

»Ja.«

»Und wird man nach einem solchen Eingriff nicht stationär aufgenommen?«

»So ist es. Wobei Sie natürlich niemand zwingen kann, dies gegen Ihren Willen zu tun.«

Lilly lehnte sich im Stuhl zurück. »Stellt sich also die Frage, weshalb Karel Jansen in einem Flugzeug saß, wenn er doch eigentlich in einem Krankenbett hätte liegen sollen.«

»So ist es. Und da sind wir nun natürlich in Ihrem Metier«, kommentierte Radke. »Ich an Ihrer Stelle würde genau dieser Frage nachgehen.«

»Vielen Dank, Doktor. Sie haben uns wie immer sehr geholfen.«

»War mir ein Vergnügen.«

Lilly beendete das Gespräch. Dann machte sie sich stichpunktartige Notizen, die sie später in die digitale Fallakte übertragen würde, damit die Information allen beteiligten Kollegen zur Verfügung stand.

Sie wurde bei ihrer Arbeit vom Wachhabenden gestört, der an ihr Abteil trat. Er hielt ihr einen Zettel hin.

»Die Nummer der Anruferin neulich«, erklärte der ältere Kollege.

Lilly sah ihn verdutzt an. »Welche Anruferin?«

»In dem alten Fall. Irgendwas mit Wasserleichen.«

Natürlich, der Krabbenkutterfall, Lilly erinnerte sich wieder. Sie nahm den Zettel entgegen, auf den eine Telefonnummer gekritzelt stand.

»Habt ihr schon gecheckt, was das für eine Nummer ist?«

Der Wachhabende nickte. »Der Anruf kam von einem öffentlichen Telefon.«

»Die gibt es noch?«

»Vereinzelt.«

»Das ist dann wohl nicht schwer zurückzuverfolgen.«

»Das Telefon, von dem der Anruf kam, befindet sich in Westerland auf Sylt. Also dann …« Der Wachhabende wandte sich um und ging wieder.

Lilly betrachtete den Zettel in ihrer Hand.

Der Anruf war vor sechs Tagen eingegangen. Es mochte Zufall sein, dass das Gespräch von einer öffentlichen Telefonzelle auf Sylt geführt worden war und sich ihre aktuellen Ermittlungen ebenfalls auf der Insel abspielten. Es gab keinerlei Hinweis, dass hier irgendeine Verbindung bestand. Dennoch hatte Lilly in ihrer Laufbahn gelernt, dass man gerade solchen Zufällen Aufmerksamkeit schenken sollte.

Ihr Telefon klingelte. Es war Juri. Er erklärte ihr, dass sie Informationen über einen Mann namens Nick Hansen benötigten, einen Piloten der Inselfluggesellschaft. Juri gab ihr die Einzelheiten durch, die sie bereits über ihn in Erfahrung gebracht hatten.

Als er aufgelegt hatte, machte Lilly sich sofort an die Arbeit. Zu ihrer Überraschung wurde sie schnell fündig.

Nick Hansen war in den polizeilichen Datenbanken kein Unbekannter.

11   Sanna Harmstorf

Das Polizeirevier in Westerland befand sich in keinem guten Zustand. Das unter Denkmalschutz stehende Gebäude aus rotem Backstein im Kirchweg, das üblicherweise die Sylter Kollegen beherbergte, wurde noch immer kernsaniert. Bei Renovierungsarbeiten des Wachraums hatte man vor Jahren erhebliche Mängel an dem Haus festgestellt. Bis zur Fertigstellung musste die Inselpolizei mit einer Containersiedlung in der angrenzenden Stephanstraße vorliebnehmen.

Sanna Harmstorf parkte Benthiens alten Citroën neben den eintönigen beigefarbenen Containerstapeln. Sie stieg aus und nahm die Metalltreppe zum Eingang, der im ersten Stock lag. Bevor sie die Tür öffnete, las sie noch kurz eine Textnachricht von ihrer Schwester Jaane, die fragte, ob Sanna zum Mittagessen vorbeikäme. Sie antwortete ihr, dass daraus wohl nichts würde, eine wichtige Besprechung.

Hinter dem Empfangstresen standen die Inselkollegen um eine Pinnwand versammelt. Eine junge Frau in Polizeiuniform mit schwarzem Haar und dunkler Hautfarbe heftete gerade Fotos daran und sprach mit ihren beiden männlichen Kollegen. Als sie Sanna bemerkte, unterbrach sie ihren Vortrag.

»Staatsanwaltschaft Flensburg«, stellte Sanna sich vor.

»Dann haben wir telefoniert.« Die junge Frau streckte ihr die Hand entgegen. »Soni Kumari.«

»Freut mich.«

Soni Kumari war die neue Polizeichefin von Sylt, wie sie Sanna am Telefon erklärt hatte, sie ersetzte den altgedienten Kollegen Arndt Schäfer.

»Ihre Kollegen warten schon nebenan.« Kumari deutete mit einem Nicken auf eine Tür, die offenbar zum benachbarten Container führte.

Sannas Blick streifte die Pinnwand. Kumari hatte dort Fotos von einem ausgebrannten Autowrack aus unterschiedlichen Perspektiven aufgehängt. »Das sieht nicht gut aus.«

»Es ist zum Glück niemand zu Schaden gekommen«, erklärte Kumari. »Der Wagen wurde vor anderthalb Wochen auf einem Feldweg nahe dem Alten Schöpfwerk gefunden. Anwohner hatten in der Nacht von Weitem die Flammen gesehen. Die Feuerwehr kam allerdings zu spät. Da war nichts mehr zu retten.«

»Die Insassen?«

»Keine Spur. Wir vermuten, dass jemand den Wagen absichtlich in Brand gesetzt hat. Leider keine Kennzeichen, und auch die Fahrgestellnummer wurde entfernt.« Kumari kratzte sich an der Schläfe. »Vermutlich müssen wir die Sache zu den Akten legen.«

»Trotzdem viel Glück.«

»Können wir brauchen.«

Sanna ging weiter und öffnete die Tür zum Nebenraum. Dort saßen Benthien, Fitzen und Rabanus um einen Konferenztisch versammelt. An der Stirnseite des Raums war ein Whiteboard montiert, auf dem eine Videoübertragung mit Lilly Velasco lief, die aus dem Präsidium zugeschaltet war.

Sanna warf Benthien den Autoschlüssel zu. »Vielen Dank. Die Bremsen quietschen ein wenig. Er steht unten auf dem Parkplatz.«

Benthien steckte den Schlüssel in die Hosentasche. »Wir wären so weit.«

Sanna setzte sich auf einen freien Platz und bedeutete Benthien, fortzufahren.

»In Ordnung«, sagte er. »Lilly, du siehst und hörst uns?«

»Laut und deutlich.«

»Dann fassen wir zusammen, was wir bislang wissen. Beginnen wir mit der Rekonstruktion des zeitlichen Ablaufs. Um Missverständnisse wegen der Gleichheit des Familiennamens zu vermeiden, werde ich zusätzlich die Vornamen der Beteiligten verwenden.« Benthien nahm einen schwarzen Filzstift und schrieb auf das Flipchart. »Am Mittwochabend vergangener Woche übernimmt Johann Roeloffs die Wartung der Unglücksmaschine. Sein Schwiegervater Karel Jansen hat ihn am Vortag über den geplanten Flug informiert. Üblicherweise gehört dies nicht zu Johanns Job, es ist ein privater Gefallen. Laut Johanns Aussage und gemäß dem Wartungsprotokoll, das dem BFU vorliegt, befindet sich das Flugzeug in einem einwandfreien Zustand, als er den Hangar gegen einundzwanzig Uhr an jenem Tag verlässt. Wir sollten uns von Inken Roeloffs bestätigen lassen, wann ihr Mann an diesem Abend nach Hause kam.«

Tommy Fitzen machte sich eine Notiz.

»Soweit wir wissen, haben nur Angestellte von Fly Sylt Zugang zu dem Hangar, in dem die Maschine geparkt stand …«

»Das mag sein«, warf Sanna ein und erinnerte sich an ihre Fahrradrunde um den Flughafen heute Morgen. »Das Gelände ist allerdings nicht sonderlich gut gesichert. Im Grunde könnte sich jeder Zugang verschafft haben. Wissen wir, ob der Hangar über Nacht verschlossen wird?«

»Das habe ich mir angesehen«, sagte Benthien. »Johann meinte, die Rolltore wären dicht gewesen und er hätte die Eingangstür des Hangars abgeschlossen, als er die Wartung beendet hatte. Weder an den Toren noch an der Tür sind Einbruchsspuren festzustellen. Niemand hat diesbezüglich etwas beobachtet, was auf ein gewaltsames Eindringen hindeuten könnte.«

»Also müssen wir annehmen, dass der- oder diejenige, die die Maschine sabotierte, die Tat entweder zu einem Zeitpunkt beging, als der Hangar geöffnet war, oder selbst Zugang hatte«, schloss Sanna.

»Ist es denn mittlerweile sicher, dass wir es mit einem Mordanschlag zu tun haben?«, fragte Juri Rabanus.

»Ja«, antwortete Sanna, die unterwegs einen Anruf von dem Unfallermittler erhalten hatte. »Der BFU-Mann hat sich inzwischen mit seinen Kollegen in Braunschweig über die Sache verständigt, und die kommen zu demselben Schluss. Es war Sabotage. Alle anderen Erklärungen halten sie für zu abwegig.«

Rabanus nickte. »In Ordnung.«

Benthien setzte die Chronologie der Ereignisse fort: »Am vergangenen Donnerstag, dem Unfalltag, betritt Nick Hansen gegen sieben Uhr als Erster den Hangar, in dem Karel Jansens Flugzeug steht. Er bereitet den Soloflug einer Schülerin vor, laut seiner Aussage die letzte Flugstunde, die er gibt. Bente Roeloffs hat ihn darüber verständigt, dass sie ihren Vater auf dem Flug begleiten wird, da es ihm nicht gut gehe – Hansen weiß also, dass sie die Maschine steuern wird. Zu seiner Vergangenheit hat Lilly gleich noch Neuigkeiten. Aber zunächst zu Karel Jansen und warum er die Maschine wohl nicht wie geplant selbst steuerte.«

Benthien gab seiner Kollegin im Präsidium ein Zeichen, woraufhin Lilly Velasco die Ergebnisse der Obduktion vortrug. »Dr. Radke sagt, dass der Bruch des Unterarms nicht von dem Absturz stammt. Seiner Meinung nach wurde Jansen kurz vor dem Unglück in einem Krankenhaus operiert. In dem Zustand konnte er die Maschine nicht fliegen.«

»Wir sollten herausfinden, wo Jansen operiert wurde«, sagte Benthien. »Ich tippe auf das Krankenhaus hier in Westerland. Fraglich ist, warum man ihn nach der OP nicht stationär aufnahm beziehungsweise warum er vielleicht darauf verzichtete.«

»Daran schließt sich die Frage an, warum er trotz der Verletzung und der Operation den Flug unternahm.« Sanna sah in die Runde.

»In der Tat«, pflichtete Benthien ihr bei. »Der Flug scheint für ihn von großer Bedeutung gewesen zu sein. Es gibt noch andere Details, die darauf hindeuten. Aber der Reihe nach.«

Er notierte eine neue Uhrzeit auf dem Flipchart.

»Bente Roeloffs und ihr Vater starten gegen acht Uhr. Das Ziel ihres Flugs ist Helgoland. Im Mobilheim von Jansen haben wir allerdings Karten gefunden, die darauf hindeuten, dass er von dort den Weiterflug nach Stavanger plante.«

»Stavanger?«, warf Sanna ein. »Die beiden mussten doch einen Flugplan einreichen. Ist dieses Ziel darauf genannt?«

»Ja«, sagte Benthien. »Allerdings sind alle Beteiligten lediglich auf dem Stand, dass die beiden nach Helgoland flogen. Von ihrem wahren Ziel, Stavanger, scheinen sie niemandem etwas gesagt zu haben.«

Sanna nickte Benthien zu. »Und was die Sache noch rätselhafter macht, ist der Koffer mit den fünfzigtausend Euro in bar, den die beiden mit sich führten – oder zumindest einer von ihnen. Warum? Was wollten sie mit dem Geld? Und woher stammt es?«

»Ich kann die finanzielle Situation von Bente und Karel Jansen ausleuchten«, bot Lilly an.

»Einverstanden.« Benthien teilte den Bildschirm auf dem Whiteboard und rief eine Karte von Sylt auf, die die Flugroute der Unglücksmaschine zeigte. »Nach dem Start steigt die Maschine auf etwa fünfhundert Meter. Nach dem Motoraussetzer setzt Bente noch einige Minuten den Flug fort – ein weiteres Indiz, dass das Erreichen ihres Ziels für sie und ihren Vater offenbar von großer Bedeutung war. Als es nicht mehr anders geht, versucht sie im Gleitflug zurück zum Flugplatz Sylt zu gelangen. Sie ist mit der Maschine nicht vertraut, schätzt die Segelflugeigenschaften falsch ein. Dass der Entschluss, ihren Vater zu begleiten, sehr spontan gefallen sein muss, zeigt auch die Tatsache, dass ihr offenbar die Vorbereitung fehlte. Sie machte sich kein

Bild über geeignete Notlandeplätze für eine Maschine dieses Typs, sonst hätte sie kaum den Munkmarscher ...«

Sanna hob eine Hand und unterbrach Benthien. Sie erinnerte sich nicht, dass der BFU-Ermittler in ihrem Gespräch solche Vermutungen geäußert hatte.

»Darf ich fragen, woher diese Erkenntnisse stammen?«

»Von der Lebensgefährtin meines Vaters.«

Sanna hob die Augenbrauen. »Der ... Freundin Ihres Vaters? Geht es bei Ihren Ermittlungen immer so familiär zu?«

»Sie ist selbst Pilotin«, verteidigte sich Benthien. »Warum sollte ich mich nicht ihrer Expertise bedienen.«

»Welcher Natur ist die Expertise der guten Dame?«

»Das habe ich doch gerade gesagt.«

»Ist sie selbst schon eine Maschine dieses Typs geflogen? Kennt sie alle Daten des Flugablaufs, die für eine solche Analyse notwendig sind? Ist sie persönlich mit den Gegebenheiten vor Ort vertraut?«

Benthien setzte einen konsternierten Blick auf. »Ich ... habe ihr alle Informationen zur Verfügung gestellt, die mir vorlagen.«

»Ach, das haben Sie getan?« Sanna stützte sich mit den Ellbogen auf den Tisch und schenkte Benthien und seinen Kollegen abwechselnd einen scharfen Blick. »Das hier gilt jetzt für alle, die an diesem Fall beteiligt sind. Und ich sage das auch nur ein Mal. Wir müssen davon ausgehen, dass Karel Jansen ermordet wurde, und wenn seine Tochter nicht aus dem Koma erwacht, gibt es zwei Mordopfer. Ich bestehe darauf, dass unsere Ermittlungen von nun an professionell und vorschriftsmäßig verlaufen. Und dazu gehören für mich weder die Weitergabe von vertraulichen Informationen an Familienangehörige noch deren geschätzte Meinungen. Ich hoffe, das haben alle verstanden.«

12   John Benthien

Er hatte schon so manch brenzlige Situation überstanden. Verdächtige, die im Verhörraum völlig ausrasteten. Flüchtige, die sich der Verhaftung in einer waghalsigen Verfolgungsjagd widersetzten. Schusswechsel, bei denen er froh sein konnte, mit dem Leben davongekommen zu sein.

Doch eine solche Zurechtweisung hatte er noch nicht erlebt. Was bildete sich diese Frau überhaupt ein?

Dabei hatte er nichts Unrechtmäßiges getan. Natürlich, wenn man alles peinlich genau nahm, konnte man sicher darüber streiten, ob es richtig gewesen war, mit Vivienne und Ben über eine laufende Ermittlung zu sprechen. Andererseits hatte er damit keinen Schaden angerichtet, und Viviennes Expertise – die sie seiner Einschätzung nach sehr wohl besaß – hatte ihm weitergeholfen.

Im Stillen wünschte John sich Tyra Kortum zurück, die ihm immer vertraut und den nötigen Freiraum bei Ermittlungen gelassen hatte. In den Gesichtern von Tommy und Juri las er, dass sie dasselbe dachten.

Vermutlich wollte die Staatsanwältin ihnen einfach zeigen, wer das Sagen hatte. John versuchte, seinen Ärger runterzuschlucken. Es war wohl etwas vorschnell gewesen, der Frau das Du anzubieten.

Er räusperte sich. »Ich schlage vor, wir machen weiter.«

Ohne die Antwort von Sanna Harmstorf abzuwarten, stand

er auf und schrieb mit Filzstift auf das Flipchart: *Mittel – Gelegenheit – Motiv.*

»Um das Wasser in das Treibstoffsystem einzufügen, bedurfte es bestimmter Grundkenntnisse. Nichts allzu Komplexes, aber der Täter musste erstens wissen, dass dies eine Methode war, die Maschine zum Absturz zu bringen, und zweitens, wie er das Vorhaben richtig ausführte.«

»Was bedeutet, dass der Kreis jener, die die Mittel gehabt hätten, die Tat zu vollbringen, vermutlich groß ist«, schloss Sanna. »Besonders bei einer Fluggesellschaft.«

John reagierte nicht auf die Bemerkung. Er ging davon aus, dass seine Worte genau dies implizierten, und den Gesichtern seiner Kollegen sah er an, dass auch sie darauf hätten verzichten können, von der Staatsanwältin mit der Nase darauf gestoßen zu werden.

»Etwas anders sieht es mit der Gelegenheit zur Tat aus«, fuhr er fort. »Johann Roeloffs hatte seine Finger an der Maschine. Dass ihm bei der Wartung ein kapitaler Fehler unterlaufen ist, ist unwahrscheinlich, zumindest hat er das Wartungsprotokoll penibel abgearbeitet. Dennoch könnte er es auch fingiert haben. Er hatte das nötige Wissen und die Gelegenheit, wir sollten es also nicht ausschließen. Ähnlich sieht es mit Nick Hansen aus. Er hatte definitiv Zugang zum Hangar.«

»Beide hatten die Gelegenheit und hätten die Tat begehen können«, sagte Sanna Harmstorf. »Fragt sich, warum? Welches Motiv hätten sie gehabt?«

»Da tappen wir noch im Dunkeln«, warf Tommy Fitzen ein.

»Vielleicht nicht ganz«, sagte John. »Aber konzentrieren wir uns doch erst auf das, was wir sicher wissen.«

Er schrieb die Namen der Tatopfer auf das Flipchart. »Bente Roeloffs. Sie übernahm die Inselfluggesellschaft vor drei Jahren von Broder Timm.«

»Sie lieh sich dazu übrigens Geld von ihrer Schwester«

»Ach.« John hob die Augenbrauen. »Sehr zuvorkommend, dass Sie uns an dieser Erkenntnis teilhaben lassen. Und woher stammt das?«

»Inken Roeloffs hat es mir vorhin erzählt.«

»Gut. Bleiben wir aber für den Moment bei Bente.« Er warf seinen Kollegen einen auffordernden Blick zu. »Tommy, Juri?«

»Bente hat eine kleine Wohnung hier in Westerland«, antwortete Juri. »Wir haben uns dort umgesehen. Nichts Außergewöhnliches.«

»Okay.« John tippte auf eine Zeitung, die vor ihm auf dem Tisch lag. »In dem Artikel hier gibt es einen Hinweis, dass die Fluglinie offenbar in Problemen steckte. Ich möchte, dass ihr euch die Finanzen anseht.«

Die beiden bestätigten den Auftrag mit einem Nicken.

»Vielleicht noch ein Wort zu dem anderen Opfer, Karel Jansen. Inken erzählte mir, dass sie und Bente ihren Vater erst vor zwei Jahren kennengelernt haben.« Sanna Harmstorf umriss in kurzen Zügen die Familiengeschichte der Schwestern.

»Ungewöhnlich«, meinte John. »Ähnlich wie der Wohnort des alten Herrn. Ein Mobilheim auf dem Camping. Selbst wenn er sich nichts anderes leisten konnte, zumindest eine seiner Töchter hätte genug Geld gehabt, ihm zu einem angenehmeren Alterssitz zu verhelfen.«

»Wir haben uns mit dem Besitzer des Campingplatzes unterhalten«, berichtete Juri. »Dass die Polizei Fragen stellt, war ihm sichtlich unangenehm. Unter dem Versprechen, nicht weiter nachzubohren, deutete er an, dass wohl mancher Bewohner auf dem Camping sich darum drückt, einen offiziellen Wohnsitz anzugeben.«

»Prüfen wir, ob das bei Jansen auch so war«, sagte Sanna Harmstorf.

»Natürlich. Bevor ich das vergesse …« John nahm die Zeitung vom Tisch und hielt sie hoch. »Ich habe heute Morgen einen

Anruf vom Bürgermeister erhalten, als Blitzableiter. Er wollte eigentlich mit Ihnen reden.« Er blickte Sanna an. »Jedenfalls hat Broder Timm offenbar Druck auf ihn gemacht und auch mit der Zeitung gesprochen. Ihm ist wohl daran gelegen, dass wir unsere Ermittlungen so schnell wie möglich beenden.«

»Interessant«, meinte die Staatsanwältin. »Dann werde ich den Herrn noch einmal aufsuchen und ihm versichern, dass wir unsere Arbeit vorschriftsmäßig machen.«

»Tun Sie, was Sie nicht lassen können«, meinte John knapp. Es kam durchaus vor, dass jemand versuchte, über die Medien oder die Politik Einfluss auf laufende Ermittlungen zu nehmen. Das musste nicht unbedingt etwas bedeuten, und in Broders Fall konnte man von wirtschaftlichen Interessen ausgehen. Wenn sich die Fluglinie ohnehin in finanzieller Schräglage befand, erschien es nur logisch, dass er im Zuge der Ermittlungen Einbrüche bei den Buchungen fürchtete.

»Reden wir zum Schluss über die vielleicht interessanteste Spur, die sich aufgetan hat – Nick Hansen«, sagte John. »Es gibt da einige Dinge, die nicht zusammenpassen. Er und Bente hatten eine Beziehung, als sie für eine Chartergesellschaft arbeiteten. Bente stellte Hansen später als Pilot bei Fly Sylt ein. Sie hatte ihn sogar zu ihrem Stellvertreter ernannt. Doch wenige Tage vor dem Unfall hat sie ihm diese Position aus unbekanntem Grund aberkannt. Die Sache ist außerdem die …« Benthien machte eine kurze Pause. »Ich habe mich mit ihm unterhalten und rausgefunden, dass er gar nicht mehr als Pilot eingesetzt wird. Er geht nun einer neuen Aufgabe am Boden nach.«

»Was bedeutet das?«, fragte Sanna Harmstorf.

»Habe ich mich auch gefragt. Lilly ist da auf eine interessante Spur gestoßen.« Er wandte sich dem Whiteboard zu, auf dem das Videobild seiner Kollegin zu sehen war.

»Nick Hansen hat vor Gericht gestanden«, berichtete Lilly. »Er war nachts in der Frankfurter Innenstadt mit seinem Auto in einen Kiosk gerast. Zum Glück kam niemand dabei zu Schaden. Doch wie sich herausstellte, war Hansen sturzbetrunken. Der Richter erwies sich als vergleichsweise milde. Eine Geldstrafe und Führerscheinentzug.«

»Wann war das?«, erkundigte sich Sanna.

»Vor fünf Jahren.«

»Und wann stellte Bente ihn bei Fly Sylt ein?«

»Ein halbes Jahr später.« Auf dem Bildschirm warf Lilly einen Blick in ihre Notizen. Dann meinte sie: »Beruflich hatte der Unfall weitaus größere Konsequenzen für Hansen. Die Charterfluggesellschaft, für die er flog, kündigte ihm. Wer Millionen teure Flugzeuge mit Hunderten Passagieren an Bord steuert, darf sich eine solche Verantwortungslosigkeit nicht leisten. Seine Karriere konnte er damit beerdigen.«

»Also meldete er sich bei seiner alten Freundin Bente Roeloffs, die bereit war, ihm ein Gnadenbrot zu geben«, sagte John.

»Ja, und da ist noch mehr. Ich habe von der Chartergesellschaft erfahren, dass die Trunkenheitsfahrt nicht der alleinige Grund für den Rauswurf war. Infolge des Unfalls litt Hansen unter gesundheitlichen Problemen. Sein Auto, ein alter MG, hatte keinen Airbag. Er schlug mit dem Kopf auf das Lenkrad. Seitdem ist seine Sehfähigkeit auf einem Auge beeinträchtigt. Offenbar nur minimal, aber das reichte, um die Pilotenlizenz zu verlieren.«

»Moment«, meinte Sanna Harmstorf. »Das heißt, der Kerl besitzt keine gültige Fluglizenz. Trotzdem fliegt er jahrelang für Bente Roeloffs?«

»So ist es«, sagte Lilly. »Das wirft die Frage auf, ob Bente davon wusste.«

13   Sanna Harmstorf

Das Wetter hatte sich verschlechtert, als Sanna wenig später mit schnellen Schritten auf ihr Fahrrad zuging, das am Gebäude der Inselfluglinie lehnte. Immerhin hatte Benthien die Güte besessen, sie herzufahren, nachdem er ihr Rad einfach hatte stehen lassen. Der Himmel verdunkelte sich zusehends, ein frischer Wind wehte jetzt aus West.

Sanna wollte ihr Fahrrad gerade aufschließen, als ihr eine Transportbox auffiel, die vor dem Eingang des Büros stand. Ein tiefer, heiserer Laut drang heraus.

Sie ging hinüber, kniete sich neben die Box und entdeckte ein Robbenjunges, das sie mit großen Augen ansah. Der Heuler gab erneut einen kläglichen Ton von sich. Sanna schüttelte den Kopf. »Nein, mein Kleiner, ich bin nicht deine Mami, tut mir leid.«

Hinter ihr ging die Tür auf. Broder Timm trat heraus.

»Frau Staatsanwältin«, brummte er.

Sanna stand auf. »Gut, dass ich Sie treffe. Ich habe noch einige Fragen …«

»Die müssen warten, fürchte ich.« Timm deutete auf die Transportbox. »Der Heuler muss rüber aufs Festland. Man wartet auf mich. Kommen Sie am besten morgen noch einmal vorbei.«

Er schnappte sich die Kiste und machte sich auf den Weg zu einer einmotorigen Maschine, die in der Nähe geparkt stand.

Sanna folgte ihm und sah zu, wie Timm die Transportbox auf der Rückbank des Flugzeugs verstaute.

»Ich würde Sie gerne begleiten«, sagte sie kurz entschlossen.

Timm wandte sich um und musterte sie mürrisch. »Das kann ein Weilchen dauern. Ich bin sicher drei oder vier Stunden unterwegs.«

»Kein Problem. Ich habe heute keine Verabredungen mehr.«

Timm blickte zum Himmel empor. »Wird aber ungemütlich. Und das Wetter soll noch schlechter werden.«

»Ich habe einen seefesten Magen.« Tatsächlich war das Gegenteil der Fall. Sanna mochte die Fliegerei nicht sonderlich, ihr Magen hob sich bei den kleinsten Turbulenzen. Doch es war ziemlich offensichtlich, dass der Mann sie loswerden wollte.

Timm kniff die Mundwinkel zusammen. Dann gab er sich einen Ruck: »Also gut. Steigen Sie ein. Aber auf eigene Gefahr.«

Wenige Minuten später rollten sie zum Start. Timm steuerte die Maschine auf die kleinere der beiden Startbahnen.

»Die Querwindbahn«, erklärte er. »Der Wind kommt direkt aus Westen.«

»Das ist die Bahn, auf der auch Bente startete?«

»Korrekt.«

Timm holte sich über Funk die Startfreigabe vom Tower, dann drückte er den Schubhebel nach vorne. Der Motor wurde lauter, der Propeller begann sich schneller zu drehen. Erst langsam, dann immer zügiger rollten sie die Startbahn entlang. Als sie genügend Geschwindigkeit aufgebaut hatten, zog Timm den Steuerknüppel nach hinten. Sanna spürte, wie sie leicht in den Sitz gepresst wurde, nur um einen Moment später scheinbar in die Tiefe zu fallen. Timm erhöhte den Schub noch einmal, und sie stiegen wieder. Sanna hielt den Blick geradeaus in den Himmel gerichtet, sie wollte nicht sehen, wie die Tragflächen links und rechts im Wind wackelten und die Insel unter ihnen immer kleiner wurde.

Der Robbe schien der unsanfte Transport ebenfalls nicht zu gefallen, sie gab ein lautes Jaulen von sich.

»Ich sagte ja, dass es ungemütlich wird«, kommentierte Timm.

Er lenkte die Maschine in eine weite Kurve. Sylt lag nun links von ihnen, rechts konnte Sanna die Nachbarinsel Föhr erkennen. Auf dem Meer zogen einige Segelschiffe ihre Bahnen, Möwen umschwirrten einen Fischtrawler.

»Wohin genau geht es eigentlich?«, erkundigte sich Sanna. Erst jetzt kam ihr der Gedanke, dass es vielleicht etwas unbedarft gewesen war, zu diesem Mann ins Flugzeug zu steigen, dessen Absichten in diesem Fall im Dunkeln lagen.

»Der Heuler muss in die Aufzuchtstation in Friedrichskoog. Der Flugplatz Heide-Büsum in Oesterdeichstrich ist einer der nächsten. Die Leute von der Robbenstation erwarten uns dort.«

»Wie lange fliegen Sie schon?«

»Lange genug.«

Timm funkte die Flugkontrolle an, gab Höhe, Geschwindigkeit und Kurs durch. Danach sagte er eine Weile nichts. Sanna versuchte schließlich erneut, ein Gespräch in Gang zu bringen: »Das ist also Ihr Baby, richtig?«

»Sie meinen das da hinten?« Er blickte sich nach dem Robbenjungen um.

»Nein, ich spreche von der Fluglinie. Fly Sylt. Ihr Baby, wie Sie selbst gesagt haben.«

»Das hat mal alles ganz klein angefangen, mit einer Einmotorigen. Ich hab mich um den täglichen Bedarf gekümmert. Post, Lebensmittel, die Grundversorgung und natürlich Notfälle. Dann ist es nach und nach mehr geworden.«

»Muss nicht einfach für Sie gewesen, das alles aufzugeben.«

»Irgendwann gehört man eben zum alten Eisen.« Timm führte eine Kurskorrektur durch, dann sprach er weiter. »Wenn ich ehrlich bin … Je größer der Laden wurde, desto schlimmer wurde es mit der Bürokratie. Ich saß mehr am Schreibtisch als in einem Flugzeug. Jetzt kann ich zumindest wieder das tun, was mir wirklich Spaß macht. Fliegen. Zumindest, solange es noch geht.«

Sanna krallte sich instinktiv am Polster ihres Sitzes fest, als die Maschine abrupt absackte.

»Keine Angst«, beruhigte Timm sie.

»Luftlöcher … erschrecken mich immer ein wenig.«

»Wir nehmen Turbulenzen alle sehr unterschiedlich wahr. Selbst manch erfahrener Pilot empfindet solches Geschaukel als unangenehm, während andere kaum etwas merken. Luftlöcher gibt es übrigens nicht. Sie haben im Meer vermutlich auch noch kein Wasserloch gesehen, oder?«

Sanna schüttelte den Kopf, und Timm schmunzelte.

»Genauso ist es mit der Luft. Sie ist immer da, in allen Höhenlagen umgibt sie uns. Turbulenzen werden von kräftigen Auf- oder Abwinden ausgelöst. Auch Seiten-, Rücken- oder Gegenwind kann eine Maschine durchrütteln. Ich gleiche diese Bewegungen mit dem Ruder aus. Auch wenn es unangenehm ist, Sie brauchen sich keine Sorgen zu machen. Flugzeuge sind für sehr hohe Belastungen ausgelegt. Da muss schon viel zusammenkommen.«

Seine Worte beruhigten Sanna nur wenig. Bei Bente Roeloffs hatten immerhin wenige Milliliter Wasser ausgereicht, um die Maschine zum Absturz zu bringen.

»Was für eine Lizenz braucht man eigentlich, wenn man Passagiere fliegen will?«, fragte sie.

»Wenn es Ihnen nur darum geht, Freunde oder Familie mitzunehmen, genügt eine Privatpilotenlizenz. Für die gewerbsmäßige Fliegerei wird die Berufspilotenlizenz verlangt. Sie gilt allerdings nur für Flugzeuge, die für einen einzelnen Piloten zugelassen sind – was für die meisten Maschinen unterhalb einer Abflugmasse von 12,5 Tonnen zutrifft. Für alles Größere brauchen Sie dann die Verkehrspilotenlizenz.«

»Ich nehme an, Bente war im Besitz einer solchen?«

»Ja, natürlich. Sie hat in ihrer Zeit als Charterpilotin zum

Beispiel den A320 geflogen. Ich selbst habe nur die Berufslizenz. Hat mir immer gereicht, für alles andere habe ich dann später Piloten eingestellt.«

»Wie Nick Hansen?«

»Den hat Bente engagiert.«

»Aber er hat ebenfalls eine Verkehrspilotenlizenz, nehme ich an?« Sanna sah Timm von der Seite an.

Er zögerte einen Moment und betrachtete die Cockpitanzeigen. Dann klopfte er mit einem Fingerknöchel gegen eine von ihnen. »Na, das wird doch nicht …«

»Stimmt etwas nicht?«

»Nein … alles klar.«

Timm drosselte die Motorleistung und drückte den Steuerknüppel nach vorne. Die Maschine begann zu sinken, und Sanna spürte wieder, wie sich ihr Magen hob.

»Pardon«, sagte Timm. »War etwas heftig. Bin in letzter Zeit wohl zu viel allein geflogen.«

Voraus kam nun das Festland in Sicht. Timm ließ die Maschine über die Tragfläche wegkippen und flog eine Rechtskurve, während sie weiter an Höhe verloren. Erst als er das Flugzeug wieder gerade ausgerichtet hatte, beruhigte sich Sannas malträtierter Gleichgewichtssinn ein wenig.

Timm erklärte ihr, dass sie sich bereits im Landeanflug befänden.

»Also?«, fragte sie, nachdem er über Funk mit dem Tower gesprochen hatte.

»Also was?«

»Die Verkehrspilotenlizenz. Nick Hansen hat ebenfalls eine?«

Die Antwort kam auch jetzt zögerlich: »Er … hat natürlich eine.«

Wenig später landeten sie auf dem Flugplatz Heide-Büsum. Eine Mitarbeiterin der Robbenaufzuchtstation erwartete sie bereits mit einem Pick-up-Truck. Broder Timm trug die Transportkiste mit dem Heuler hinüber zu dem Wagen und hievte sie auf die Ladefläche. Dann verabschiedete er sich von der Frau.

»Ich werde mich mal nach dem Wetter erkundigen«, sagte er. »Wenn Sie wollen, holen Sie sich doch in der Zwischenzeit einen Kaffee.«

Sanna folgte ihm hinüber zum Flughafengebäude, einem Flachbau, auf dessen einer Seite die Kanzel des Towers thronte. Timm stieg hinauf zur Verkehrskontrolle, während Sanna sich einen Automatenkaffee besorgte, der schlimmer schmeckte als gedacht. Sie ging wieder an die frische Luft hinaus. Ihr war noch immer leicht unwohl von dem Flug. Zu ihrem Missfallen musste sie feststellen, dass der Himmel sich weiter verdunkelte. Die ersten Regentropfen fielen herab, als Broder Timm schließlich wiederkam.

»Das sieht nicht gut aus«, meinte er.

Der Hinflug mochte ein wenig unbequem gewesen sein. Doch als sie wenig später wieder in der Luft waren, lernte Sanna, was ein erfahrener Pilot unter echten Turbulenzen verstand.

Broder Timm arbeitete mit dem Seitenruder unablässig gegen den Querwind an, was zur Folge hatte, dass die Maschine nicht nur auf und ab geworfen wurde, sondern sich nun auch in der Längsachse heftig hin und her bewegte. Die Tragflächen schwankten, sodass abwechselnd das Meer ein Seitenfenster ausfüllte, während im anderen nur noch grauer Himmel zu sehen war. Sanna hielt sich mit der rechten Hand am Haltegriff der Tür fest, mit der linken hatte sie das Armaturenbrett gepackt. Von Broder Timm hörte sie diesmal keine beruhigenden Worte, er war vollauf damit beschäftigt, die Maschine zu fliegen.

Links von ihnen hatten sich hohe Wolken aufgetürmt, in denen Blitze zuckten und die viel zu schnell näher kamen.

»Hand aufs Herz«, meinte Sanna. »Säßen Sie bei so einem Wetter nicht lieber zu Hause gemütlich im Sessel neben dem Kamin?«

»Wer rastet, der rostet. Gilt auch für die Fliegerei.«

»Ich habe mit den Ärzten gesprochen. Sie wagen keine Prognose zu Bentes Genesung. Wie wird es mit der Fluggesellschaft weitergehen, wenn sie noch länger im Krankenhaus bleibt oder, was wir wohl alle nicht hoffen, gar nicht wiederkommt?«

»Schwer zu sagen.« Timm zuckte die Schultern. »Dann wird es schwierig.«

»Werden Sie weiter das Ruder in der Hand halten?«

»Könnte ich mir schon vorstellen. Zumindest, bis die Airline über den Berg ist. Ich weiß nicht, was Sie so mitbekommen, aber in der Passagierluftfahrt wächst der Druck seit Jahren. Nicht ohne Grund sind Billigflieger wie Air Berlin oder HLX von der Bildfläche verschwunden.«

»Das dürfte aber Fly Sylt kaum betreffen«, wandte sie ein.

»Stimmt. Dafür hat uns die Coronakrise umso heftiger getroffen. Flüge mit Touristen und Geschäftsleuten waren komplett eingebrochen, und das alles kommt erst sehr langsam wieder. Bente musste in den vergangenen beiden Jahren einige Leute entlassen.« Dann deutete er mit dem Finger aus dem Fenster. »Gleich geschafft. Da vorne ist Sylt.«

Sanna versuchte, die Insel zu erkennen, konnte sie aber in der Waschküche, die sich über der Nordsee zusammengebraut hatte, kaum ausmachen.

Just in dem Moment, als Timm den Schub wegnahm, um in den Landeanflug überzugehen, traf eine Bö die Maschine und drückte sie hinunter. Sanna kam es vor, als würde ein Aufzug mehrere Stockwerke im freien Fall hinunterrauschen. Der Motor der Maschine heulte auf. Sie spürte, wie ihr Herz zu rasen begann und sich eine Panikattacke anbahnte.

Sanna schloss die Augen und zwang sich, kontrolliert zu atmen. *So, wie du es gelernt hast. Die Angst ist dein Freund, sie sagt dir, wenn etwas nicht stimmt. Sieh nach, ob deine Furcht wirklich angebracht ist.*

Sie öffnete die Augen und blickte zu Broder Timm hinüber. Der alte Mann hielt das Steuerrad mit beiden Händen fest und brachte das Flugzeug wieder auf Kurs. Seine Gesichtszüge waren entspannt, der Blick konzentriert, aber nicht panisch.

In einer weiten Rechtskurve flogen sie um den Südzipfel der Insel. Sanna konnte den Strand, die Dünen und den Leuchtturm von Hörnum sehen, wenig später das Morsum-Kliff.

»Warum haben Sie mich eigentlich vorhin angelogen?«, fragte sie unvermittelt. Timm, der sich ganz auf das Fliegen konzentrierte, machte ein überraschtes Gesicht.

»Was?«

»Nick Hansen und seine Lizenz. Sie haben mich angelogen.«

»Ich …« Er musste erneut die Maschine abfangen, als ein Windstoß sie traf. »Hätten Sie etwas dagegen, wenn ich uns beide erst mal heil runterbringe? Dann können Sie mich gerne vollquasseln.«

Sanna schwieg, als sie im Tiefflug über die Dächer von Munkmarsch auf die Landebahn zuflogen.

Kurz vor dem Aufsetzen traf sie plötzlich eine heftige Bö. Die Maschine wurde zur Seite gedrückt, raste jetzt fast quer auf die Landebahn zu.

»Scheiße«, entfuhr es Timm. Mit einer schnellen Bewegung hämmerte er den Schubhebel nach vorn, trieb den Motor auf Höchstleistung und riss das Steuerruder nach hinten. »Festhalten. Wir starten durch.«

Sanna kam sich vor wie auf einer dieser Jahrmarktattraktionen, in denen man mit abartiger Geschwindigkeit in die Höhe geschossen wurde. Ein Vielfaches ihres Körpergewichts drückte auf ihre Brust, für einen kurzen Moment wurde ihr schwarz vor Augen.

»Entschuldigung«, sagte Timm, als er die Fluglage wieder stabilisiert hatte. »Der Wind hat gedreht, kommt jetzt quer. Wir machen noch einen Versuch.«

Doch auch der misslang.

Wieder trieb der Wind die kleine Maschine zur Seite von der Landebahn weg, als wäre sie eine Feder. Wieder starteten sie durch.

Nun stand auch in Broder Timms Gesicht die Anspannung geschrieben. Eine Schweißperle lief an seiner Schläfe hinab. Er klopfte gegen eine der Cockpitanzeigen, diesmal allerdings nicht, um einer Frage von Sanna auszuweichen, sondern offenbar aus echter Sorge.

»Ich will Sie nicht beunruhigen«, sagte er, »aber uns geht der Treibstoff aus. Wir haben noch einen Versuch.«

Sanna atmete tief durch. »Nur für den Fall, dass wir es nicht schaffen: Wie wäre es, wenn Sie mir vorher noch die Wahrheit anvertrauen?«

»Welche Wahrheit?«

»Über Nick Hansen. Und über Ihren Anruf beim Bürgermeister … Mir fällt da so einiges ein.«

»Sie haben vielleicht Nerven.« Timm drückte ein paar Knöpfe, regulierte den Schub und brachte die Maschine auf Kurs. »Wir reden, wenn wir gelandet sind.«

Das Flugzeug bockte wie ein wildes Pferd, als sie erneut über Munkmarsch runtergingen und sich der Landebahn näherten. Timm hielt diesmal mit hohem Schub darauf zu, was die Wankbewegungen etwas reduzierte. Kurz vor dem Aufsetzen erwischte sie wieder der Seitenwind. Timm gab Schub, nutzte jetzt die volle Länge der Bahn, tarierte die Maschine aus, nahm dann die Leistung weg und drückte den Steuerknüppel ruppig nach vorne. Das Fahrwerk knallte auf die Piste. Sanna wurde in ihrem Sitz hochgeschleudert.

Als sie schließlich zum Stehen kamen, fehlten nur noch wenige Meter bis zur Wiese am Ende der Landebahn.

Broder Timm stellte den Motor ab, als sie ihre Parkposition vor dem Hangar der Inselfluglinie erreicht hatten, und wartete, bis der Propeller ausgelaufen war. Dann wandte er sich Sanna zu.

»Also, was wollen Sie wissen?«

»Nick Hansen«, sagte sie. »Wir haben herausgefunden, dass er keine gültige Pilotenlizenz besitzt.«

Timm seufzte. »Das ist korrekt. Und ein Riesenproblem.«

»Er hat sie nach einem Autounfall verloren, der schon einige Jahre zurückliegt. Das bedeutet, er ist die ganze Zeit illegal für Fly Sylt geflogen.«

»Richtig.«

»Seit wann wissen Sie das?«

»Ich habe es von Bente erfahren. Vor ungefähr zwei Wochen. Sie suchte mich auf, um meinen Rat einzuholen.« Er machte eine Pause und senkte die Stimme. »Bente hatte ihn aus alter Verbundenheit eingestellt. Und jetzt … stand ihr diese Freundschaft dabei im Wege, die korrekten Konsequenzen zu ziehen.«

»Und die wären welche gewesen?«

»Der Kerl hatte ihr eine gefälschte Lizenz vorgelegt. Das Richtige wäre gewesen, Nick fristlos rauszuwerfen und ihn anzuzeigen. Das habe ich ihr auch genau so empfohlen.«

»Aber sie hat es nicht getan.«

»Nein.«

»Woher hatte er die gefälschte Lizenz?«

»Weiß ich nicht.«

»Wie hat Bente es herausgefunden?«

»Keine Ahnung. Es muss aber kurz vor ihrem Besuch bei mir gewesen sein. Sie war noch völlig fassungslos.«

»Gehe ich recht in der Annahme, dass Ihnen unsere Nachforschungen deshalb unangenehm sind? Darum Ihr Interview in der Zeitung und der Anruf beim Bürgermeister?«

Timm schüttelte den Kopf. »Die Zeitung hat bei mir angerufen. Die haben das wieder total verdreht und aufgebauscht. Ich habe nur gesagt, dass ich nicht weiß, ob sich die Ermittlungen in irgendeiner Form auf unseren Betrieb auswirken.«

»Und der Bürgermeister?«

»Ja, ich wollte wissen, was Sache ist. Wie weit Ihre Ermittlungen gehen.« Er hob entschuldigend die Hände. »Ich möchte die Angelegenheit im Stillen regeln. Sie können sich wohl ausmalen, was geschieht, wenn publik wird, dass bei uns ein Pilot jahrelang ohne Lizenz geflogen ist. Dann kann ich hier die Türen dichtmachen.«

Das entsprach sicher der Wahrheit. Es bedurfte keiner großen Fantasie, sich die Schlagzeilen vorzustellen. »Warum haben Sie Hansen noch nicht vor die Tür gesetzt? Sie haben jetzt das Sagen ...«

»Er hat mir gedroht.«

»Womit?«

»Dass er an die Öffentlichkeit gehen würde. Wenn ich ihn fallen lasse, zieht er alle mit runter«, sagte Timm. »Bente hat ihn ohne Lizenz natürlich nicht mehr weiterfliegen lassen. Sie gab ihm einen Job auf dem Boden. Dabei habe ich es erst mal belassen ... Was werden Sie jetzt tun?«

Sanna überlegte einen Moment. Sie konnte die Beweggründe des Mannes durchaus nachvollziehen, dennoch würde sie ihren Job machen und geltendes Recht durchsetzen. »Ich werde Hansen festnehmen lassen. Und Ihnen würde ich zusätzlich empfehlen, eine zivilrechtliche Klage gegen ihn anzustrengen.«

»Wenn die Medien ...«

»Um die machen Sie sich keine Sorgen. Wir werden kein Aufsehen machen. Und falls doch etwas durchsickert ... Sie könnten sogar als Held dastehen, der den Schwindler zur Strecke gebracht hat. Ich schätze, über die Sache wird schnell Gras wachsen.«

Sanna hatte den Türgriff bereits in der Hand und wollte aussteigen, als sie sich noch einmal umdrehte. »Sagen Sie, wer von Ihnen beiden hat Hansen zur Rede gestellt? Bente oder Sie?«

»Bente. Er versuchte wohl auch gar nicht, sich rauszureden. Aber wie gesagt, sie hat nicht …«

»Wann war das?«

»Am nächsten Tag, nachdem sie mich aufgesucht hatte. Montag vergangener Woche.«

Sanna nickte ihm zu. »Danke.«

Dann stieg sie aus und ging zu ihrem Fahrrad hinüber.

Nick Hansen hatte also erfahren, dass Bente Roeloffs ihm auf die Schliche gekommen war. Drei Tage vor ihrem Absturz mit der Oliv Tuuli.

14 John Benthien

Es gab Momente, in denen ihn die sichere Gewissheit befiel, sich den falschen Beruf ausgesucht zu haben. Und dies war ein solcher Moment.

Der elektrische Golfwagen, gesteuert von einem Mitarbeiter des Golfplatzes, zuckelte über das Grün hinüber zum fünfzehnten Loch. Bei allen vorhergehenden Bahnen waren sie erfolglos gewesen, sodass John hoffte, Doktor Gudefried nun endlich zu finden. Er hatte bereits genügend Zeit mit der Suche nach dem Chirurgen verschwendet, der Karel Jansens gebrochenen Arm operiert hatte. Im Westerländer Krankenhaus hatte man ihm eröffnet, dass der Arzt heute seinen freien Tag habe und vermutlich wie gewohnt an seinem Handicap arbeite.

Immerhin entlohnte der Golfplatz Budersand John mit seiner Aussicht. Hinter den geschwungenen Hügeln, die mit Moos, Strandhafer und Heidekraut bewachsen waren, erstreckte sich die Nordsee. Möwen kreisten über dem Grün.

Lediglich das Wetter ließ zu wünschen übrig. Die grauen Wolken trieben immer wieder leichten Nieselregen über Land und See. Doch hart gesottene Golfer schien das nicht zu schrecken.

Er hatte Glück. Bei dem Mann, der am Abschlag von Loch fünfzehn mit dem Eisen Maß nahm, handelte es sich tatsächlich um Doktor Gudefried, wie der Mitarbeiter des Golfplatzes, der den Wagen lenkte, John versicherte. Er hatte den Arzt bereits aus der Ferne an seiner Statur erkannt.

John stieg aus dem Golfwagen, ging zu Gudefried hinüber und stellte sich vor.

Der Arzt stützte sich auf seinem Golfschläger ab und grinste schief. »Ich wusste nicht, dass die Polizei einen wegen nicht gezahlter Strafzettel jetzt schon bis auf den Golfplatz verfolgt.«

John erklärte ihm, worum es wirklich ging, und Gudefrieds Lächeln erstarb. »Ich habe in der Zeitung darüber gelesen«, sagte der Arzt. »Schlimme Sache.«

»Sie haben den Unterarmbruch von Karel Jansen operiert?«

»Ja.«

»Das war am Tag vor dem Absturz, also am vergangenen Mittwoch, richtig?«

»Ja. Seine Tochter brachte ihn am späten Nachmittag ins Krankenhaus. Er hatte starke Schmerzen.«

»Seine Tochter. Erinnern Sie sich an ihren Namen?«

»Es war Bente Roeloffs.«

John fragte sich, ob Inken Roeloffs ebenfalls von dem Krankenhausaufenthalt ihres Vaters gewusst hatte, wenn ihre Schwester ihn begleitet hatte.

»Sagten die beiden Ihnen, woher die Verletzung stammte?«

»Angeblich von einem Sturz. Aber ...« Gudefried wog den Kopf.

»Sie glaubten Ihnen das nicht?«

»Schwer zu sagen. Ich möchte keine Vermutungen anstellen, für die es keine Belege gibt ...«

Donnergrollen unterbrach ihr Gespräch. Schwarze Wolken zogen von der See her auf. Gudefried deutete auf einen kleinen Unterstand in der Nähe. »Gehen wir lieber in die Blitzschutzhütte.«

Er steckte den Schläger in das Golfbag, das er dann auf einem Trolley hinter sich herzog.

Draußen über dem Meer sah John eine kleine Propellermaschine. Er beneidete die Leute dort oben nicht.

»Was treibt einen eigentlich bei solch einem Wetter auf den Golfplatz?«, fragte er im Gehen.

»Die Herausforderung. Ein echter Links-Kurs stellt einen immer wieder auf die Probe.«

»Bedeutet Links-Kurs, dass gegen den Uhrzeigersinn gespielt wird?« Sie hatten die Schutzhütte erreicht, gerade rechtzeitig, als ein Blitz über den Himmel fuhr und kurz darauf ein heftiger Platzregen einsetzte.

»Nein. Als Linksland bezeichnet man ein Gelände an der Küste, das für die Landwirtschaft nicht genutzt werden kann. Für uns Golfer ist es hingegen besonders reizvoll. Dünenlandschaft, harter Grund, natürliche Sandbunker, wechselhaftes Wetter und immer der Wind. Budersand ist einer von wenigen Golfplätzen in Deutschland, der diese Kriterien erfüllt.«

Wieder wünschte John, er hätte einen Beruf gewählt, der es ihm erlaubt hätte, mitten in der Woche einem solch angenehmen wie interessanten Zeitvertreib nachzugehen. Er schlug den Kragen seiner Lederjacke hoch, da die Hütte nur unzureichend vor der Nässe schützte, die der Wind zu ihnen hereinwehte.

»Erzählen Sie mir von Jansens Verletzung«, brachte er die Unterhaltung auf das eigentliche Gespräch zurück. »Weshalb zweifelten Sie, dass er sich den Bruch bei einem Sturz zugezogen hatte?«

»Wie gesagt, ich kann nur vermuten … Aber da war zum einen die Art des Bruchs. Er musste wirklich sehr heftig und sehr unglücklich gestürzt sein, so etwas zieht man sich nicht zu, wenn man einfach stolpert. Außerdem war da ein großes Hämatom auf dem Oberarm, fast so, als … hätte ihn jemand mit einem stumpfen Gegenstand geschlagen.«

»Das bedeutet, die Verletzung könnte durch Gewalteinwirkung herbeigeführt worden sein?«

»Ja, und ich halte das sogar für die wahrscheinlichere Variante.«

»Sie operierten Jansen noch am selben Nachmittag?«

»Ja, wie gesagt, er hatte starke Schmerzen. Das duldete also keinen Aufschub.«

»Wie lange dauerte die Operation?«

»Ich erinnere mich nicht genau. Um die zwei Stunden.«

»Können Sie sagen, wann Sie ungefähr fertig waren?«

»Genau nicht, aber ich schätze, es war gegen achtzehn Uhr.«

»Ist nach einer solchen Operation eine stationäre Aufnahme nicht obligatorisch?«

»Je nach Schwere der Verletzung können wir solche Eingriffe mittlerweile ambulant machen. Bei Herrn Jansen hielt ich allerdings eine stationäre Aufnahme zur Beobachtung für sinnvoll. Auch angesichts seines fortgeschrittenen Alters.«

»Doch darauf ließ er sich offenbar nicht ein.«

»Nein. Die zuständige Schwester rief mich am Abend zu Hause an und gab mir Jansen ans Telefon. Ich versuchte, ihm Verstand an den Kopf zu reden, aber es war sinnlos. Wir konnten ihn nicht gegen seinen Willen dortbehalten, und er wollte das Krankenhaus unbedingt verlassen.«

»Sagte er, weshalb?«

»Nicht wirklich. Nur, dass er etwas sehr Dringendes zu erledigen habe.«

»Was war mit Bente Roeloffs? Hat sie nicht versucht, ihren Vater zu beruhigen?«

»Überraschenderweise nicht. Sie unterstützte ihn sogar, indem sie behauptete, es handele sich um eine Angelegenheit von Leben und Tod.«

»Das waren die Worte, die Bente Roeloffs verwendete?«, fragte John.

»Ja«, bestätigte Gudefried. »Eine Sache von Leben und Tod.«

Essensgeruch stieg John in die Nase, als er am Abend die Diele des alten Friesenhauses betrat.

»Hallo, Daddy!«, hörte er Celine aus der Küche rufen.

Er hängte seine Jacke an das Mantelbrett, tauschte die Straßenschuhe gegen Hausschlappen und ging ins Wohnzimmer.

Ben und Vivienne saßen am Esstisch, der bereits gedeckt war, und tranken eine klare Flüssigkeit aus einer Karaffe. John deutete darauf und fragte ungläubig: »Ihr trinkt ... Wasser?« Üblicherweise köpfte Ben um diese Zeit die erste Flasche Wein.

»Wir leben heute gesund«, erwiderte sein Vater mürrisch. »Du kommst gerade rechtzeitig zum Essen, wobei ... Vielleicht hättest du dir besser unterwegs irgendwas besorgt.«

Vivienne knuffte ihn in die Seite. »Nun hab dich nicht so.«

»Welche Laus ist euch denn über die Leber gelaufen?« John wartete die Antwort nicht ab und ging hinüber in die Küche, wo Celine am Herd stand. Er drückte ihr einen Kuss auf die Wange.

»Hast du mit Paul gesprochen?«, fragte sie, während sie in der Pfanne rührte.

»Noch nicht. Ich wollte es gleich mal versuchen.«

Tatsächlich hatte John den Anruf bei Celines Vater völlig vergessen. Er hatte erst vorhin daran gedacht, als er nach seinem Gespräch mit Doktor Gudefried einen Blick auf sein Handy geworfen hatte. Paul Jacobs hatte in der Zwischenzeit drei Mal versucht, ihn anzurufen.

»Setz dich schon mal«, sagte Celine, »es geht gleich los.«

John ging hinüber ins Wohnzimmer. Kurz darauf kam Celine aus der Küche und stellte einen dampfenden Topf auf den Esstisch, aus dem sie ihnen reihum auftat.

Ben betrachtete das pastaartige Gericht, das auf seinem Teller landete, mit argwöhnischem Blick.

»Was gibt es denn Leckeres?«, fragte John.

»Zucchini-Nudeln in einer Brühe mit Spinat und Tomaten«, erklärte Celine und setzte sich zu ihnen an den Tisch.

Ben drehte eine der in lange Streifen geschnittenen Zucchini lustlos auf die Gabel. Vivienne setzte derweil ein Lächeln auf und meinte: »Ich glaube, du wirst von nun an sehr gesund leben, John.«

»Darauf kannst du wetten«, meinte Celine und schenkte John ein Zwinkern. »Er soll uns ja noch lange erhalten bleiben.«

»Dann bin ich gespannt, was deine Kochkünste noch parat halten«, sagte John mit einem Zwinkern zu Celine.

Wenig später saß er mit seinem Vater in den Ledersesseln vor dem offenen Kamin. Er hatte mit Celine den Abwasch gemacht, danach war sie mit Vivienne zu einem abendlichen Spaziergang durch die Dünen aufgebrochen. Nun war er mit seinem Vater allein, und sie hatten die Gelegenheit genutzt, sich ein Glas Whisky einzuschenken. Sie prosteten sich zu.

»Morgen werden wir aufbrechen«, sagte Ben. »Wir müssen noch ein paar Dinge in Flensburg erledigen, bevor es wieder auf große Fahrt geht.«

John trank einen Schluck und genoss die Wärme, die sich in seinem Körper ausbreitete. »Wie wäre es, wenn ihr noch ein oder zwei Tage bleibt? Nur solange ich mit dem Fall beschäftigt bin. Dann ist Celine nicht so allein hier.«

»Ich glaube nicht, dass das geht. Vivienne hat auch Kinder, die sie treffen möchte. Das kriegen wir sonst nicht alles unter einen Hut.«

»Und … wenn sie schon mal vorfährt und du allein hierbleibst? Es ist ja nur wegen …«

»Ja, ich weiß. Wegen Celine. Du machst dir Sorgen.«

»So ist es.«

»Verständlich.« Ben goss ihnen beiden ein weiteres Glas ein und machte ein nachdenkliches Gesicht. »Ich war jünger als du, als deine Mutter starb. Damals machte ich mir auch viele Gedanken, ob ich das wohl alleine schaffe. Allerdings warst du noch ein kleines Kind – Celine ist beinahe eine erwachsene Frau.«

John hätte gerne angefügt, dass es noch weitere Unterschiede gab. So hatte sein Vater damals nicht vor einem beruflichen

Scherbenhaufen gestanden, den er sich selbst zuzuschreiben hatte, und er war auch keine Liebesbeziehung eingegangen, die ihn Kopf und Kragen kosten konnte. Doch das alles konnte er seinem alten Herrn unmöglich offenbaren. »Ja, sie ist fast erwachsen. Aber sie hat noch längst nicht alle Klippen umschifft, die in ihrem Alter auf sie lauern.«

»Celine hat dich doch schon immer insgeheim als ihren Vater betrachtet. Ihr kennt euch lange genug, habt ein starkes Band, mach dir da mal keine Sorgen«, sagte Ben. »Wenn du meinen Rat hören willst … Ich habe mich immer gefragt, wie ich es richtig mache. Am Ende habe ich begriffen, dass es eigentlich nur darauf ankommt, für seine Kinder da zu sein, wenn sie einen brauchen. Alles andere erledigen sie selbst. Ich meine, sieh dich an. Du stehst mit beiden Beinen auf der Erde, hast dein Leben im Griff. Und das hast du weitgehend ohne mein Zutun geschafft.«

John fragte sich, was sein Vater wohl denken würde, wenn er wüsste, dass das genaue Gegenteil der Fall war. Sein Leben war ihm vollständig entglitten, und das, weil er mit dem Kopf in den Wolken steckte und sich vermutlich in die falsche Frau verliebt hatte. Er war daher auch froh, dass er nicht auf die Bemerkung seines Vaters eingehen musste, denn dieser schien bereits mit den Gedanken woanders zu sein.

Ben stellte das Glas ab, stand auf und ging hinüber zu dem alten Sekretär, der neben einem Fenster an der Wand stand.

»Mal sehen …«, murmelte Ben und begann, die Schubladen zu durchsuchen.

John setzte sich im Stuhl auf. »Kann ich dir helfen, Vater?«

»Nein, ich suche nur … Ah, da ist ja einer.« Ben nahm einen USB-Stick aus einer der oberen Schubladen.

John verfluchte sich dafür, dass er den Speicherstick an keinem sicheren Ort aufbewahrt hatte. Er sprang auf und schnappte seinem Vater den Stick aus der Hand. »Tut mir leid, darauf befinden sich sensible Daten, den kannst du nicht haben!«

Ben hob entschuldigend die Hände. »Schon gut. Kein Grund, ruppig zu werden.«

»Was willst du überhaupt mit dem Stick?«

»Nur die Fotos unserer Reise darauf ziehen, damit Vivienne sie ihren Kindern zeigen kann.«

John schob den Stick in seine Hosentasche. Dann zog er die große Schublade des Sekretärs auf, wo er weitere Speichersticks und SD-Karten aufbewahrte. Er nahm einen der Sticks heraus und gab ihn Ben. »Hier, nimm den.«

»Danke. Ich geh dann mal nach oben zum Laptop.«

John sah zu, wie sein Vater die knarrende Holztreppe hinauf ins Obergeschoss stieg.

Er wartete noch einen Moment, dann trat er hinaus auf die Terrasse und zog die Verandatür hinter sich zu. Der Himmel hatte aufgeklart, und John konnte die Sterne sehen. Eine kalte, salzige Brise wehte vom Meer her. Er setzte sich in Bewegung und folgte einem Trampelpfad, der in die Dünen führte. Inzwischen waren Monate vergangen, seit er das letzte Mal in dem kleinen Verschlag gewesen war. In der warmen Jahreszeit widmete er sich hier seinem Hobby, der Steinhauerei, oder besser: Das hatte er getan, in den Tagen, als noch alles gut und er und Lilly ein Paar gewesen waren, das die Sommermonate in dem alten Kapitänshaus genossen hatte.

Der Verschlag war überdacht, und es gab eine kleine Lampe. John schaltete sie ein. Auf dem Boden lagen noch immer die Scherben eines Steinkopfes, den er in mühevoller Arbeit geschaffen hatte. Es war der knorrige Kopf eines Fischers. Ein Kamerateam hatte ihn aus Versehen zerbrochen, als es hier Aufnahmen für eine Fernsehsendung gemacht hatte, in der John zu Gast gewesen war.

Die Talkshow. Im Grunde hatte damit alles angefangen. Die Ermittlungen auf Föhr, die Ereignisse und Entscheidungen, die dazu geführt hatten, dass er nicht nur seinen Berufsstand, sondern auch seine besten Freunde und Kollegen verraten hatte.

Er musste an die Frau denken, für die er das alles getan hatte. War sie es wert gewesen? Er glaubte, schon.

John kniete sich hin und sammelte die Scherben auf. Wenn sich die Einzelstücke kleben ließen, würde er den Fischerkopf vielleicht wieder zusammensetzen können.

Ob ihm mit seinem Leben das Gleiche gelingen könnte?

Er legte die Scherben auf die Arbeitsbank. In der größeren Hälfte des Kopfes, die intakt geblieben war, hatte sich ein Riss gebildet. John überlegte kurz, dann holte er den USB-Stick hervor. Er passte genau in die Spalte.

John drehte den Speicher zwischen den Fingern. Er hätte ihn schon vor langer Zeit einfach entsorgen können. Damit wäre alles erledigt gewesen. Doch etwas tief in seinem Inneren hatte ihn daran gehindert. Eine Stimme, die ihm sagte, dass es vielleicht doch nicht zu spät war, das zu tun, von dem er wusste, dass es das Richtige wäre.

Er schob den Stick in die Spalte, dann steckte er die Splitter zusammen. Hier draußen würde niemand sein Geheimnis finden.

John trat aus dem Verschlag ins Freie. Der Wind rauschte im Strandhafer auf den Dünen. Auf seinem Smartphone suchte John die Nummer von Paul Jacobs. Er landete auf der Mailbox und hinterließ eine Nachricht.

Als er das Handy wieder wegstecken wollte, klingelte es. Die Nummer war unterdrückt. John ging ran und hörte eine ihm vertraute Frauenstimme.

Frede.

Sofort spürte er das warme Prickeln in seinem Magen. Sie hatten sich schon zu lange nicht mehr gesehen.

»Ich vermisse dich auch«, sagte er und schlenderte mit dem Telefon am Ohr über den schmalen Pfad in die Dünen. Er drehte sich nicht mehr um, und so sah er auch nicht die schemenhafte Gestalt, die ihn die ganze Zeit beobachtet hatte und nun hinter ihm in den Verschlag huschte.

15 Sanna Harmstorf

Die Gewitter hatten sich verzogen, und ein kühler, nasser Wind strich über die Hausdächer von Munkmarsch. Die Fensterläden, die ihre Mutter vor vielen Jahren nachträglich an das kleine Haus hatte anbringen lassen, klapperten mit jeder Bö, als Sanna mit ihrer Schwester bei Kerzenschein und einem Glas Rotwein in der Küche beisammensaß. Sie hatten gerade das Abendessen beendet, Jaane hatte Heilbutt mit einer Walnusskruste gemacht.

Nach dem Essen und dem ersten Glas Wein fühlte Sanna sich langsam wohler. Der turbulente Flug mit Broder Timm hatte ihr doch einen gehörigen Schreck in die Knochen gejagt, wie sie erst später festgestellt hatte. Sie war mit dem Fahrrad wieder über die Feldwege zurück nach Munkmarsch gefahren. Plötzlich war ihr schwindelig geworden. Sie hatte angehalten, sich auf einen dicken Wackerstein gesetzt und abgewartet, bis ihr Herz nicht mehr gerast hatte und ihre Hände aufgehört hatten zu zittern.

Sanna drehte das Weinglas in ihrer Hand und überlegte, ob sich ihr kleines Abenteuer wenigstens gelohnt hatte.

Bente Roeloffs hatte herausgefunden, dass ihr Pilot und ehemaliger Geliebter Nick Hansen sie jahrelang mit einer gefälschten Lizenz betrogen hatte. Hansen hatte wiederum erfahren, dass Bente ihm auf die Schliche gekommen war. Ihm musste klar gewesen sein, dass er beruflich am Ende war und strafrechtliche Konsequenzen drohten. Ein Motiv. Die Gelegenheit zur Tat hatte er ebenfalls gehabt, als er am Morgen des Unglücksflugs den Hangar mit Karel Jansens Maschine als Erster betreten hatte. Und über das nötige technische Wissen verfügte er ohne Frage. Möglich, dass er es getan hatte. Vielleicht aber auch nicht. Wenn sie auf ihr Bauchgefühl hörte, gab es in diesem Fall einfach noch zu viele Dinge, die Fragen aufwarfen.

Broder Timm traute sie nicht über den Weg. Etwas sagte ihr, dass es außer der Sache mit Nick Hansen noch einen anderen Grund gab, weshalb er so erpicht darauf war, dass sie ihre Ermittlungen alsbald beendete. Auch schien ihr Broder etwas zu erfreut darüber, dass er für Bente Roeloffs einspringen und wieder das Zepter in die Hand nehmen konnte.

Wer ihr ebenfalls keine Ruhe ließ, war Karel Jansen. Der Mann tauchte nach so vielen Jahrzehnten einfach unvermittelt im Leben seiner Töchter auf, stand eines Tages buchstäblich auf der Türschwelle. Wie aus dem Nichts. Was hatte der Mann vorher getrieben? Und warum hatten er und Bente einen Koffer mit fünfzigtausend Euro bei sich, als sie mit der Oliv Tuuli abgestürzt waren? Wer war dieser Mann gewesen?

Jaane holte sie in die Gegenwart zurück: »Es gibt im Dach ein paar undichte Stellen. Ich hatte neulich einen Dachdecker hier. Er meinte, dass wir über kurz oder lang nicht drum herumkommen, alles neu eindecken zu lassen. Falls wir das machen … was hältst du davon, wenn wir bei der Gelegenheit eine Solaranlage anschaffen?«

Sanna trank einen Schluck, um Zeit zu gewinnen. Bislang hatte sie es vermieden, mit ihrer Schwester über die Zukunft des Hauses zu sprechen. Wirtschaftlich machte es wenig Sinn, wenn Jaane hier allein lebte. Von der Miete, die sie verlangen konnten, würde sie sich eine ordentliche Wohnung leisten können, ganz zu schweigen von dem Ertrag, den ein Verkauf erzielen würde. Doch es gab auch die emotionale Seite. Sie hatten mit ihrer Mutter hier einige schöne Momente erlebt, in jenen seltenen Stunden, als sie nicht nur an ihre Arbeit dachte. Sanna verband genauso viele Erinnerungen mit diesem Haus wie ihre Schwester. Und Jaane fühlte sich hier geborgen. Wobei solche Gefühlsduseleien auf Sylt ein teurer Spaß werden konnten – der Unterhalt des Hauses würde auf lange Sicht einiges kosten.

»Ich frage mich«, Sanna sprach leise, »ob wir nicht vielleicht etwas ganz anderes mit dem Haus machen.«

Diese vage Andeutung genügte.

Jaane wich zurück, Überraschung und Unglaube lagen in ihrem Blick. »Du willst doch nicht ...?«

Sanna hob beschwichtigend die Hände. »Ich wollte es nur mal erwähnt haben. Wir sollten über alle Möglichkeiten sprechen. Am Ende möchte ich aber, dass wir beide zufrieden sind.«

»Du willst Mamas Haus wirklich verkaufen?«

»Ich habe mich noch auf nichts festgelegt. Wie gesagt, alle Optionen sind offen.«

»Aber ... wo soll ich dann hin?«

Sanna biss sich auf die Lippe und trank noch einen Schluck. Sie hätte es besser wissen müssen. Jaane war glücklich hier, und Ortswechsel fielen ihr aufgrund ihrer Probleme immer sehr schwer. Als wollte sie Sanna daran erinnern, wechselte Jaane das Thema. »Hast du dir das Schreiben von Dr. Andersen angesehen?«

»Oh, verdammt ...« Sanna war der Brief von Jaanes Psychiater völlig entfallen.

»Ich habe eigentlich übermorgen meine nächste Sitzung, bis dann braucht er meine Unterschrift.«

»Ich sehe mir das gleich an.«

Sanna holte ihre Handtasche, nahm den Brief heraus und überflog die etwas verklausulierten Zeilen. Der Psychiater schrieb, dass er in Zusammenarbeit mit der Therapeutenkammer eine Maßnahme zur Qualitätssicherung und weiteren Verbesserung der Patientensorge durchführe. Aus diesem Grund würden fortan alle Sitzungen auf Tonband aufgezeichnet werden. Er bat um Jaanes Einverständnis. Der Brief war vor einem Monat aufgesetzt worden.

»Wie oft gehst du im Moment hin?«, fragte sie.

»Ab und an. Nach Mamas Tod war ich öfter bei ihm. Aber jetzt geht es mir gut …« Jaane deutete auf den Brief, dem eine Einverständniserklärung beilag. »Er sagte, ich müsse das unterschreiben. Ansonsten könnte ich nicht mehr zu ihm kommen.«

Sanna faltete das Papier zusammen. »Du *musst* gar nichts. Er kann dich nicht dazu zwingen, solch vertrauliche Gespräche aufzeichnen zu lassen …«

»Nein, so meint er das ja auch bestimmt nicht. Vermutlich übertreibe ich …«

»Du brauchst dir keine Vorwürfe zu machen. Wie wäre es, wenn ich mit ihm rede?«

»Wenn du meinst.«

»Das ist eine rechtliche Grauzone. Es ist eigentlich nicht üblich, solche Sitzungen aufzuzeichnen. Und er kann dich nicht damit erpressen, dass er die Therapie beendet, wenn du nicht unterschreibst. Außerdem muss er uns schon genauer erklären, warum diese Maßnahme erforderlich ist.«

Jaane nickte. »Einverstanden.«

Während Sanna den Brief wieder in ihrer Handtasche verschwinden ließ, ging ihre Schwester an den Kühlschrank. Sie kam mit einer Platte mit Käse zurück. »Wie läuft es mit deinen Ermittlungen?«, fragte sie beiläufig.

Sanna musste grinsen. Jaane war schon immer neugierig gewesen. Fernsehkrimis gehörten zu ihrem liebsten Zeitvertreib, daher interessierte sie sich brennend für die Arbeit bei der Staatsanwaltschaft. Allerdings hatte Sanna ihr sehr früh klargemacht, dass sie darüber beim besten Willen nicht sprechen konnte. »Du weißt doch …«

»Schon gut. Ich meinte auch eher, ob du mit den neuen Kollegen klarkommst.«

»Ich denke, schon. Der Ermittler, mit dem ich gerade zusammenarbeite, hat auch ein Haus hier auf der Insel.«

Jaane schob sich einen Käsewürfel in den Mund. »Hier auf Sylt? Das ist doch wohl nicht John Benthien?«

»Sag bloß, du kennst ihn.«

»Natürlich. Hast du da unten in München völlig hinterm Berg gelebt? Du solltest mal öfter fernsehen oder wieder in eine Buchhandlung gehen. Er war vergangenes Jahr sogar in einer Talkshow. Schmuckes Bürschchen! Ich glaube, es ging um den Fall eines vermissten Mädchens. Lag schon lange zurück, sie war irgendwann in den Achtzigern verschwunden. Und stell dir vor, Benthien gelang es später tatsächlich, sie zu finden! Jedenfalls hat sein Vater ein Buch über ihn geschrieben ...«

Sanna hob die Augenbrauen. »Was?«

»Ja, er hat ein Buch über die Fälle seines Sohnes geschrieben. Ein Bestseller.«

»Hast du es gelesen?«

»Nein.«

»Kannst du mir das Buch vielleicht besorgen?«

»Klar, kann ich machen. Ich geh gleich morgen in die Buchhandlung.«

»Und es war der Vater, der es geschrieben hat?«

»Ja, lustig, oder?«

Sanna nahm ein Stück von dem rohen Schinken und kaute darauf. John Benthien schien wirklich eine besondere Beziehung zu seinem Vater zu haben – und eine sehr offene Art, mit Ermittlungsergebnissen umzugehen.

Unvermittelt musste sie wieder an ihren eigenen Vater denken. Mit Jaane hatte sie nur selten über dieses Thema gesprochen.

»Hast du Papa eigentlich sehr vermisst?«

»Weiß nicht.« Jaane hob die Schultern. »Wir haben ihn ja nie richtig kennengelernt. Alles, was ich über ihn weiß, weiß ich von Mama.«

Ihre Mutter hatte ihnen häufig von Vater erzählt, auch später, als sie älter waren. Wie er gewesen war, wie stolz er wohl auf sie sein würde. Natürlich hatte das den echten Menschen nicht ersetzen können.

»Ich habe mich immer gefragt, was von ihm in mir steckt ... Aber wir hatten nur ein paar alte Fotos von ihm.«

Jaane lächelte. »Auf denen sah er aber verdammt gut aus. Ich habe mir immer vorgestellt, ihn eines Tages einfach auf der Straße zu treffen. So aus heiterem Himmel. Er war bei dem Unfall gar nicht gestorben. Er erkennt mich sofort und schließt mich in seine Arme ...«

Sanna sah, wie ihre Schwester die Tränen unterdrücken musste. Sie griff über den Tisch und nahm ihre Hand. »Ja ... so in etwa habe ich mir das auch manchmal ausgemalt.«

»Ich frage mich, wer er wirklich war. Ich meine, Mama hat uns immer nur von seinen guten Seiten erzählt. Aber jeder Mensch hat nun auch mal Schattenseiten. Ich wüsste gerne, ob er mir die mit vererbt hat.«

»Selbst wenn ... das kann dann nicht viel Schlechtes gewesen sein, Jaane. Du bist ein guter Mensch.«

»Ich weiß nicht. Mama hat mir zum Schluss mal erzählt, dass er oft unter Depressionen litt. Wer weiß, vielleicht habe ich ...«

Sanna drückte die Hand ihrer Schwester fester. »Jaane. Lass es. Das bringt nichts.«

»Ja, vermutlich hast du recht. Tut mir leid.«

Sie saßen noch eine Weile zusammen und tranken den Wein. Dann gingen sie zu Bett.

Sanna machte es sich im Gästezimmer unter dem Dach gemütlich. Der Wind rauschte über die Dachpfannen, und in der Ferne hörte sie eine Kirchturmuhr schlagen. Es war beinahe Mitternacht. Sie rückte sich die Kopfkissen im Bett so zurecht, dass sie sich mit dem Rücken dagegen lehnen konnte. Dann nahm sie die Ermittlungsakte zur Hand, die sie aus dem Präsidium mitgenommen hatte. Der Fall Dornieden, in dem Benthien und seine Kollegen auf Föhr zuletzt ermittelt hatten.

Bei dem Mordopfer handelte es sich um Gunilla Dornieden, eine ältere Frau, die man im Keller ihres eigenen Hauses tot aufgefunden hatte. Offensichtlich hatte jemand sie dort in einen Verschlag eingeschlossen, nachdem er ihr eine tödliche Kopfverletzung zugefügt hatte. Als Täter kam ein Mann von der Insel in Betracht, der Gunilla Dornieden damit erpresst hatte, ihre Affäre mit dem Bürgermeister der Insel publik zu machen. Bosse Wolff war der Name des mutmaßlichen Täters. Bei der Durchsuchung seines Hauses hatte man bei dem Mann außerdem Kinderpornografie gefunden, mit der er einen regen Handel getrieben hatte. Eine Sonderkommission arbeitete diesen Fall gerade auf, und es war abzusehen, dass der Kerl allein deshalb für viele Jahre hinter Gittern verschwinden würde.

In dem Mord an Gunilla Dornieden verhielt sich die Sache etwas anders. Es lagen vage Indizien gegen den Mann vor, und Sanna konnte verstehen, weshalb der Oberstaatsanwalt zögerte, eine Anklage zu erheben.

Laut Gödecke hatten Benthien und sein Team weitere vielversprechende Spuren verfolgt. Von denen stand in der Akte allerdings nichts zu lesen. Die Ermittlungen hatten an einem Punkt abrupt geendet und ließen lediglich den Kinderschänder und Erpresser als möglichen Täter zurück.

Der Fall hatte allerdings noch eine zweite Ebene gehabt.

Gunilla Dornieden hatte in erster Ehe einen Mann und eine Tochter gehabt, die in den Achtzigerjahren spurlos verschwunden waren – die Geschichte aus der Talkshow, von der Jaane erzählt hatte. Emma und Mikkel Ahlert.

Benthien war es tatsächlich gelungen, die beiden nach all den Jahren zu finden. Das Skelett des verschwundenen Ehemanns hatte eingemauert in demselben Keller gelegen, in dem man seine Frau viele Jahre später tot aufgefunden hatte.

150

Das Mädchen allerdings lebte noch. Bevor er ermordet worden war, hatte ihr Vater sie zu einem Freund in Dänemark gebracht, wo sie unter anderem Namen aufgewachsen war. Warum er das getan hatte, wer ihn ermordet hatte und weshalb ihre Pflegeeltern nie Kontakt zu ihrer leiblichen Mutter aufgenommen hatten, ging aus der Akte nicht hervor.

Das Mädchen lebte heute unter dem Namen Frede Junicke auf Föhr, und sie war die Polizeichefin der Insel.

Der Ermittlungsakte lag ein Foto von ihr bei.

Sanna nahm es heraus und betrachtete es.

Sie kannte diese Frau. Es war dieselbe wie auf den Fotos, die sie auf der Kamera im Handschuhfach von Benthiens Auto gefunden hatte.

Auf einem davon saß sie mit Benthien auf dem Deck eines Segelboots, und die beiden lächelten sich verliebt an.

Zweiter Teil
DER MANN OHNE VERGANGENHEIT

16   John Benthien

Der Duft von frischem Kaffee wehte ihm entgegen, als John am nächsten Morgen die Holztreppe im Friesenhaus hinabstieg. Celine saß am Esstisch und tippte auf ihrem Laptop. Sie klappte das Gerät zu und nahm die Ohrstöpsel ab, als sie ihn bemerkte.

»Guten Morgen«, sagte sie. »Ausgeschlafen?«

»Einigermaßen.«

»Setz dich, ich habe Frühstück gemacht.«

John nahm sich einen Stuhl, während Celine in der Küche verschwand.

Es lag schon etliche Monate zurück, dass jemand Frühstück für ihn gemacht hatte. John erinnerte sich an *Rundstykker*, noch warm vom Bäcker, mit Blauschimmelkäse und Schinken und als süßen Abschluss *Tebirkes*, die dänische Version des Croissants mit handgemachter Marmelade. Frede war in Dänemark aufgewachsen und hatte es sich nicht nehmen lassen, sie beide auf ihrem gemeinsamen Segeltörn jeden Morgen mit dänischem *Morgenmad* zu verwöhnen.

Nach dem Ende der Ermittlungen auf Föhr hatten sie verabredet, sich möglichst fernab des Alltags zu treffen. Zumindest für die ersten Monate. Auf einer Insel wie Föhr würde es naturgemäß schnell die Runde machen, wenn die Polizeichefin mit einem Kommissar aus Flensburg anbändelte, noch dazu einem, mit dem sie im Mord ihrer Mutter ermittelt hatte. Und hätte sie jemand aus dem Präsidium zusammen in Flensburg gesehen, hätte das ebenfalls für unnötiges Aufsehen gesorgt und Fragen aufgeworfen, denen John lieber aus dem Weg ging.

Umso mehr hatte er den Segeltörn mit Frede genossen.

Sie waren mit seinem Schiff durch das Südfünische Inselmeer mit seinen vielen kleinen und mittleren Inseln gesegelt, hatten immer wieder malerische Ankerplätze gefunden und Abende in alten Hafenstädten wie Ærøskøbing verbracht.

Doch natürlich hatte all das seinen Preis …

Celine holte John aus seinen Gedanken. Sie stellte einige Gläser mit Streichpasten auf den Tisch, dazu einen Korb mit Körnerbrot. Dann füllte sie eine Schale mit Müsli, das sie mit Bio-Hafermilch übergoss. Statt Kaffee gab es hellgrünen Smoothie.

»Voilà«, sagte sie und setzte sich ihm gegenüber.

»Und wie wäre es mit etwas Wurst?«, fragte er vorsichtig.

»Ungesund.« Celine schüttelte den Kopf und deutete auf die kleinen Gläschen auf dem Tisch. »Leckere Tomaten-Basilikum-Paste. Selbst gemachter Hummus. Probier's, wird dir schmecken.«

»Humus?«, kam von hinten Bens Stimme. »Ihr esst Gartenerde zum Frühstück?« Johns Vater kam mit zwei Reisetaschen bepackt die Treppe herunter. Vivienne folgte ihm.

»Hummus, Opa, mit zwei M.« Celine sprach betont laut und langsam. »Das ist was Arabisches.«

»Wollt ihr schon weg?«, ging John dazwischen. »Trinkt doch noch einen Kaffee mit uns.«

Ben winkte ab. »Danke, min Jung, aber das Frühstück lassen wir heute lieber mal aus. Wir haben es eilig.«

John stand auf und ging zu seinem Vater hinüber. Reisende sollte man bekanntlich nicht aufhalten, besonders wenn ihnen mit Hummus und Hafermilch gedroht wurde.

»Ich wünsche euch eine gute Reise.« John nahm Ben in den Arm. Dann drückte er Vivienne einen Kuss auf die Wange. »Passt auf euch auf.«

»Wir melden uns von Bord«, versprach Ben.

Celine war ebenfalls aufgestanden und umarmte die beiden. »Habt ihr euch eigentlich inzwischen impfen lassen?«

Ben rollte die Augen. »Natürlich nicht.«

»Haltet ihr es dann für eine gute Idee, eine Kreuzfahrt zu machen? Ich meine, da draußen gibt es immer noch dieses Virus …«

»Hör zu, mein Kind.« Ben legte die Hände auf Celines Schultern. »Es gibt sehr viele sehr schlimme Krankheiten, an denen man sterben kann. War schon immer so. Gehört zum allgemeinen Lebensrisiko. Ich habe mich mein ganzes Leben nicht impfen lassen und werde auch jetzt nicht damit anfangen, nur weil alle in Panik verfallen. Ich will einfach meine Tage genießen. Das ist mein gutes Recht.«

»Aber …«

»Lass gut sein«, bremste John Celine. Er hatte dieselbe Diskussion bereits oft genug mit seinem Vater geführt. Ohne Erfolg. Vermutlich erging es ihm in dieser Hinsicht ähnlich wie Celine mit ihrem Versuch, ihn auf gesunde Ernährung einzuschwören. »Es ist in Ordnung, wenn ihr anderer Meinung seid. Ihr könnt euch trotzdem lieb haben.«

Celine musste schmunzeln. »Deshalb mach ich mir ja solche Sorgen um euch.«

»Brauchst du nicht«, sagte Ben. »Ist bis jetzt immer gut gegangen.« Er nahm Celine in den Arm, und sie drückte ihm einen Kuss auf die Wange.

Gemeinsam luden sie das Gepäck in den Wagen. John und Celine winkten zum Abschied und blieben noch stehen, bis Ben und Vivienne hinter der nächsten Ecke verschwunden waren. Dann gingen sie wieder hinein. John machte sich einen Kaffee und setzte sich zu Celine an den Esstisch.

»Ich habe gestern versucht, deinen Vater zu erreichen. Bin leider nur auf der Mailbox gelandet. Ich probiere es nachher noch mal.«

»Ist gut. Danke noch mal, Daddy.«

John deutete mit einem Nicken auf den Laptop. »Sieht nach Arbeit aus. Ich dachte, es sind Ferien?«

»Muss noch einen Artikel für die Schülerzeitung fertig machen«, sagte Celine zwischen zwei Bissen.

»Oh, du bist unter die Reporter gegangen? Wusste ich gar nicht.«

»Schon länger. Das Recherchieren macht mir Spaß. Vor allem bei Dingen, die die Leute lieber geheim halten wollen. Mit dem Schreiben tu ich mich noch etwas schwer. Ist nicht so einfach, am Ende alles zu Papier zu bringen, was einem im Kopf rumschwirrt.«

John hob die Hände. »Dann werde ich mich nun wohl besser vorsehen, was ich in deiner Gegenwart erzähle. Sonst lese ich es irgendwann in der Zeitung.«

»Wer weiß …« Celine setzte einen listigen Blick auf.

»Hör zu, ich weiß nicht, wie lange ich hier mit diesem Fall zu tun habe. Du wirst vermutlich kaum Lust haben, die ganzen Ferien mit mir auf Sylt zu verbringen. Wenn du also wegfahren möchtest …«

»Habe ich in der Tat vor.«

»Erzähl.«

»Wir wollen eine Woche nach Paris. Elfie und ich.«

»Wer ist Elfie?« Er würde sich wohl daran gewöhnen müssen, dass sich im Leben von Celine in den vergangenen Jahren neue Freunde angesammelt hatten, die er noch nicht kannte.

»Elfie ist meine beste Freundin. Sie heißt eigentlich Elfriede und hasst ihren Namen. Keine Ahnung, warum ihre Eltern so was Altfränkisches ausgesucht haben. Jedenfalls gefällt ihr Elfie viel besser – so wie Elf aus *Stranger Things*.«

»Stranger *was*?«

»*Stranger Things*. Die Serie.«

John schüttelte den Kopf. Er sah schon lange kein Fernsehen

mehr. Die Unterhaltung in der herkömmlichen Flimmerkiste war ihm zu flach geworden, und die Streamingdienste wollte er sich nicht leisten. Nach der Arbeit entspannte er sich lieber mit einem Buch oder bei einem guten Glas Wein.

»Wir wollen in drei Wochen los«, meinte Celine. »Aber … ich weiß nicht, ich hab da gerade eine Idee.«

»Immer raus damit.«

»Wäre es vielleicht okay, wenn Elfie zu uns kommt?«

John hob die Schultern. »Wenn ihre Eltern damit einverstanden sind? Klar.«

Celine sprang vor Freude auf, lehnte sich über den Esstisch und gab John einen Kuss auf die Stirn.

»Also, ich muss dann mal los«, sagte er und trank einen letzten Schluck Kaffee.

In der Diele zog er sich seine Lederjacke an und sah im Hinausgehen noch, wie Celine den Laptop wieder aufklappte und sich die Ohrstöpsel in die Ohren setzte.

Worüber auch immer sie für die Schülerzeitung schrieb, es schien ein eher ernstes Thema zu sein, denn ihr Blick war ebenso konzentriert wie sorgenvoll.

John parkte den Citroën auf der Wiese des Campingplatzes »Der Säbelschnäbler«. Er stieg aus, schloss die Tür und ging über das noch reifbedeckte Gras auf das Mobilheim von Karel Jansen zu. Das Polizeiband, mit dem Tommy und Juri den Campingwagen versiegelt hatten, war aufgebrochen. John fiel der rote Smart auf, der neben dem Mobilheim geparkt stand. Offenbar hatte die Staatsanwältin ihr Fahrrad gegen den Wagen getauscht.

Er stieg die kleine Treppe zum Eingang hinauf und fand Sanna Harmstorf im Wohnraum. Sie hatte ihr geschäftsmäßiges Outfit gegen legere Kleidung getauscht, trug einen schwarzen Rollkragenpullover über einer schwarzen Jeans, dazu ein Sakko in der gleichen Farbe. Die dunkle Kluft betonte ihre weißen nach hinten gebundenen Haare umso mehr.

Sie hatte darauf bestanden, dass sie sich heute Morgen hier trafen. Tommy und Juri hatten zwar über ihre Durchsuchung berichtet, doch die Staatsanwältin wollte sich offenbar lieber mit eigenen Augen ein Bild davon machen, wie Karel Jansen gelebt hatte.

»Und, neue Erkenntnisse?«, fragte John.

»Nein. Hatte ich auch nicht unbedingt erwartet. Ich möchte ein Gefühl dafür bekommen, was für ein Mensch Jansen war.« Sanna Harmstorf sah sich weiter im Zimmer um, nahm eines der Bücher in die Hand, die auf der Couch lagen, besah es sich kurz und legte es wieder weg.

John zog die Lamellenjalousie über der Küchenzeile hoch, damit mehr Licht ins Innere fiel.

In der Spüle befand sich noch ungewaschenes Geschirr, auf dem Wohnzimmertisch standen eine Tasse mit Kaffeerand und ein Teller mit Brotkrümeln. Daneben eine Zeitung mit dem Erscheinungsdatum des Unfalltags.

Das Handy von Sanna Harmstorf klingelte. Sie ging ran, hörte zu und beendete den Anruf mit den Worten: »In Ordnung, vielen Dank. Wir werden gleich zur Tat schreiten.«

John warf ihr einen fragenden Blick zu.

»Wir haben den Haftbefehl für Nick Hansen«, antwortete sie. »Ich habe gleich heute Morgen mit dem Richter gesprochen.«

»Das ging schnell.«

»Unsere Argumente waren überzeugend. Wir haben die Aussage von Broder Timm. Wir bekommen Hansen wegen Urkundenfälschung dran. Dann sehen wir weiter. Du kümmerst dich?«

»Natürlich.«

»Ich komme später zur Befragung dazu. Vorher möchte ich Inken Roeloffs noch ein paar Fragen stellen.«

Sanna Harmstorf ging an John vorbei durch den schmalen Korridor zum Schlafzimmer auf der anderen Seite des Wohnwagens. Er folgte ihr und sah, wie sie den Kleiderschrank öffnete. Es lagen nur zwei Hosen, ein paar T-Shirts und ein Pullover darin. Der Rest der Regale war leer.

Die Staatsanwältin fuhr mit dem Finger über eines der Bretter. »Kaum Staub. Hier hat etwas gelegen.«

»Sieht aus, als hätte er die meisten seiner Klamotten eingepackt«, schloss John. Im Flugzeugwrack waren lediglich die Reste einer Reisetasche und eines Koffers gefunden worden, zu verkohlt, um Rückschlüsse auf den Inhalt zu ziehen.

»Er wollte wohl länger wegbleiben«, meinte Sanna.

»Möglicherweise. Das Wohnzimmer sieht allerdings nach einem ziemlich übereilten Aufbruch aus.«

»Ja. Und ich wüsste immer noch gerne, warum der Mann ausgerechnet hier auf dem Campingplatz wohnte«, sagte sie. »Fitzen soll rausfinden, ob Jansen hier gemeldet war und wo er vorher gelebt hat.«

»In Ordnung.«

Sanna Harmstorf sah sich eine Lederjacke an, eine typische Fliegerjacke mit Fellkragen. Auf einem Ärmel war ein kreisförmiges Emblem aufgenäht. Ein Flugzeug in Frontalansicht war darauf gemalt – eine Propellermaschine mit Pilotenkanzel.

Es klopfte an der Tür.

»Hallo? Ist hier jemand?«

John ging zum Eingang und sah sich einer Frau mit rotem Lockenschopf gegenüber. Sie hatte einen Hund an der Leine, einen Labrador.

»Was geht hier vor sich?«, verlangte sie zu wissen.

John holte seinen Dienstausweis hervor. »Kripo Flensburg. Und Sie sind?«

Die Frau machte ein erschrockenes Gesicht, und ihr Tonfall wurde sofort zahmer. »Ich ... bin Karels Nachbarin.« Sie zeigte auf den Wohnwagen, der dem Mobilheim auf der linken Seite am nächsten stand. »Stimmt etwas nicht? Wo ist Karel?«

»Meine Kollegen haben nicht mit Ihnen gesprochen?«, fragte John. Tommy und Juri hatten die Bewohner des Campingplatzes gestern befragt. Allerdings hatten sie nicht alle angetroffen.

»Nein. Ich war ein paar Tage verreist.«

»Verstehe. Kannten Sie Karel Jansen gut?«

»So gut, wie man seine Nachbarn eben kennt. Wir haben uns gelegentlich unterhalten.«

»Tut mir leid, Ihnen das mitteilen zu müssen. Karel Jansen ist tot.«

Die Frau schlug erschrocken die Hand vor den Mund. John erzählte ihr, was geschehen war.

»Der Flugzeugabsturz? Wie schrecklich. Ich habe im Radio davon gehört. Das war Karel?«

»Ja. Wir versuchen herauszufinden, wie es zu dem Unglück kommen konnte. Ist Ihnen in letzter Zeit bei Ihrem Nachbarn irgendetwas Besonderes aufgefallen?«

»Nein. Das heißt … doch. Da war dieser Streit. Aber das muss nichts zu bedeuten haben, hier auf dem Camping …«

»Erzählen Sie mir bitte davon.«

Sanna Harmstorf war hinter John getreten. Sie stellte sich der Frau vor und bat sie, fortzufahren.

»Karel bekam eines Morgens Besuch. Ein älterer Mann. Er ging zu Karel in den Wohnwagen. Ich saß draußen und trank gerade Kaffee. Sie fingen an zu streiten. Es wurde sehr laut, ich konnte das kaum überhören. Dann flog die Tür auf, der Mann stürzte wutentbrannt heraus und sprang in sein Auto. Der Idiot ist mit Vollgas hier weg. Das Gras flog in alle Richtungen. Sie können sich die Spuren noch da drüben ansehen.« Sie deutete auf eine Stelle im Rasen, wo deutlich die Reifenspuren zu erkennen waren.

»Erinnern Sie sich, wann das genau war?«

Die Frau brauchte nicht lange nachzudenken. »Ich bin an dem Tag weggefahren. Das war vergangenen Mittwoch.«

»Also einen Tag vor dem Unglück«, schloss Sanna. »Haben Sie mitbekommen, weshalb die beiden stritten?«

»Nicht genau. Es ging mich ja auch nichts an. Aber ... es schien um Geld zu gehen.«

»Können Sie uns den Mann beschreiben?«, fragte John.

»Er hatte krauses graues Haar und einen Vollbart. Er schien von der Inselfluglinie zu kommen.«

»Woran erkannten Sie das?«

»An seinem Wagen. Die Aufschrift von Fly Sylt stand auf der Seite.«

John wandte sich zu Sanna um. Ihrem Blick entnahm er, dass sie dasselbe dachte wie er. Bei dem Mann, der einen Tag vor Karel Jansens tödlichem Absturz einen Streit mit ihm losgetreten hatte, handelte es sich unverkennbar um Broder Timm.

17 Sanna Harmstorf

Das Café Wien an der Ecke Strandstraße und Neue Straße gehörte in Westerland zu den beliebtesten Adressen. Sanna konnte sich noch erinnern, wie ihre Mutter oft mit ihr und Jaane hierhergekommen war, um sich eine ihrer liebsten Naschereien einzuverleiben: Kalter Hund. Für die Schwestern war dabei meist eine Tafel der selbst gemachten Schokolade herausgesprungen, die man nebenan im »kleinen Laden« erstehen konnte, der über und über mit Köstlichkeiten aus der Sylter Schokoladenmanufaktur gefüllt war.

Sanna ging vorbei an der Auslagetheke, in der Kuchen und Torten aller Art auf Abnehmer warteten. Der Gastraum versprühte mit samtbezogenen Stühlen, Kronleuchtern und Blattgoldwänden das behaglich-plüschige Ambiente eines Wiener Caféhauses, in dem man gut und gerne den gesamten Vormittag mit Kaffee, Kuchen und der Tageszeitung zubringen konnte. Es überraschte sie daher nicht, dass Inken Roeloffs mindestens einmal in der Woche herkam, wie sie ihr am Telefon erklärt hatte, um unter Leuten zu sein und beim Arbeiten die Atmosphäre zu genießen.

Sie fand die Schriftstellerin an einem Fensterplatz. Auf dem Tisch standen zwei Tassen Kaffee und die Reste eines Frühstücks. Neben sich auf der Fensterbank hatte Inken Roeloffs ihre Handtasche und den Laptop platziert. Augenscheinlich war sie noch nicht zum Arbeiten gekommen. Ihr gegenüber hatte ein älterer Herr Platz genommen. Er trug Jeans, ein weißes Hemd und darüber eine blaue Strickjacke. Auf seiner Nasenspitze saß eine Brille mit Silbergestell. Der Mann hatte sich leicht über den Tisch gebeugt, hielt eine Hand von Inken Roeloffs und sprach im Flüsterton mit ihr. Die beiden lösten ihre Verbindung, als sie Sanna näher kommen sahen.

»Tut mir leid, wenn ich störe«, sagte Sanna.

»Schon in Ordnung«, erwiderte Inken Roeloffs und stellte die beiden einander vor. »Geert Petersen, das ist Staatsanwältin Harmstorf.«

Der Mann erhob sich und schüttelte Sanna die Hand. »Ich war ohnehin im Begriff zu gehen.«

Inken Roeloffs stand ebenfalls auf, umarmte ihn und ließ sich einen Kuss auf die Wange drücken.

Sanna sah dem Mann nach, wie er sich im Gehen eine orangegraue Outdoor-Regenjacke überstreifte und das Café verließ. Dann setzte sie sich auf den frei gewordenen Platz.

»Ein alter Bekannter«, erklärte Inken Roeloffs.

»Vielen Dank, dass Sie sich Zeit für mich nehmen.«

»Gerne. Ich möchte so schnell wie möglich Klarheit bekommen.«

»Es gibt da ein paar Dinge, zu denen ich noch Fragen hätte.«

»Nur zu.« Inken Roeloffs schenkte ihr einen aufmunternden Blick, allerdings entging Sanna nicht, wie sie dabei die Kaffeetasse etwas nervös zwischen beiden Händen drehte.

»Es geht um Ihren Mann. Er sagte uns, dass er am Abend vor dem Unglück an der Maschine Ihres Vaters arbeitete und den Hangar recht spät verließ …«

»Das stimmt. Er war an jenem Tag um einundzwanzig Uhr zu Hause.«

»Da sind Sie sich sicher?« Es war eher ungewöhnlich, dass Menschen sich aus dem Stegreif an exakte Uhrzeiten erinnerten, zumal sie überhaupt nicht danach gefragt hatte.

»Absolut. Johann beendete seine Arbeit und kam direkt heim.«

»Wie wir herausgefunden haben, hatte Ihr Vater an jenem Nachmittag offenbar einen Unfall.« Sanna beobachtete, wie sich im Gesicht der Frau ehrliche Überraschung zeigte.

»Einen Unfall?«

»Ihr Vater brach sich den Arm und ließ sich im Westerländer Krankenhaus behandeln. Eine stationäre Aufnahme lehnte er allerdings gegen den Rat des Arztes ab.«

»Was ist ihm denn passiert?«

»Das wissen wir noch nicht. Ich hatte gehofft, dass Sie mir helfen könnten. Ihre Schwester begleitete ihn offenbar ins Krankenhaus. Haben Bente oder Ihr Vater mit Ihnen darüber gesprochen?«

»Nein. Ich höre zum ersten Mal davon.«

»Können Sie sich vorstellen, weshalb Ihr Vater die weitere Behandlung ablehnte?«

Inken Roeloffs schüttelte den Kopf. »Nein.«

Eine Kellnerin trat zu ihnen an den Tisch und erkundigte sich, ob alles nach Wunsch sei. Dann räumte sie die Reste des Frühstücks ab. Als sie wieder ging, fuhr Sanna fort: »Ihrem Vater war es offenbar sehr wichtig, den Flug am nächsten Morgen zu unternehmen. Es handelte sich angeblich um eine Sache von Leben und Tod.«

»Von Leben und Tod?«, wiederholte Inken Roeloffs.

»Ja, so erklärte Ihre Schwester dem Arzt die Weigerung Ihres Vaters, im Krankenhaus zu verbleiben. Was hat sie wohl damit gemeint?«

»Das … kann ich mir auch nicht erklären.«

»Die Obduktion Ihres Vaters hat ergeben, dass der Bruch eventuell durch Gewalteinwirkung zustande kam«, behauptete Sanna. »Hatte Ihr Vater Feinde?«

»Vater und Feinde? Nein, ganz und gar nicht.«

Die Antwort kam etwas zu schnell. Deshalb hakte Sanna nach. »An dem Tag, als Ihr Vater sich den Arm brach, suchte ihn Broder Timm morgens in seinem Mobilheim auf. Zeugen zufolge hatten die beiden einen heftigen Streit. Offenbar ging es um Geld.«

Inken Roeloffs hob abwehrend die Hände. »Ich fürchte, ich kann Ihnen wirklich keine große Hilfe sein, Frau Staatsanwältin.«

»Aber Sie verstehen schon, dass all das Fragen aufwirft. Der Streit, der gebrochene Arm, die große Eile, die Ihren Vater antrieb, der Koffer mit fünfzigtausend Euro, den er bei sich führte, die Manipulation seines Flugzeugs.«

»Natürlich«, beeilte sich Inken Roeloffs zu sagen. »Das … wirft mich ehrlich gesagt auch völlig aus der Bahn.«

»Und Sie sind sich sicher, dass Ihre Schwester Sie nicht über den Vorfall mit Ihrem Vater unterrichtete?«

»Sonst wäre ich sofort ins Krankenhaus gefahren. Wer weiß, vielleicht hätte ich ihm Verstand einreden können.«

»Sie wussten also auch nicht, dass Ihre Schwester ihn am nächsten Morgen auf dem Flug begleiten würde.«

»Das sagte ich Ihnen ja bereits. Aber … jetzt ergibt das natürlich langsam für mich Sinn. Mit dem gebrochenen Arm konnte Papa nicht fliegen. Deshalb steuerte Bente die Maschine.«

»Das ist anzunehmen«, bestätigte Sanna. »Allerdings frage ich mich, warum Ihr Vater den Flug nicht einfach verschob.«

Inken Roeloffs hob die Schultern. Dann holte sie ihr Portemonnaie aus der Handtasche, winkte die Kellnerin heran und bezahlte die Rechnung. »Sie müssen mich jetzt leider entschuldigen …«

»Ich dachte, Sie wollten den ganzen Morgen hier im Café verbringen. Wegen der Atmosphäre«, bemerkte Sanna.

»Bitte?«

»Das sagten Sie mir vorhin am Telefon.«

»Normalerweise, ja. Aber … ich habe heute ein wichtiges Gespräch mit meinem Literaturagenten. Das möchte ich gerne zu Hause in Ruhe führen.«

»Selbstverständlich.« Als Inken Roeloffs sich erheben wollte, hielt Sanna sie zurück. »Warten Sie. Da ist noch eine Sache. Bislang sind wir davon ausgegangen, dass Ihr Vater und Ihre Schwester nach Helgoland fliegen wollten.«

Inken Roeloffs setzte sich wieder und holte tief Luft. »Ja.«

»Wie wir herausgefunden haben, plante Ihr Vater aber offenbar einen Weiterflug nach Stavanger.«

»Norwegen?«

»Danach sieht es aus. Was könnte der Grund dafür sein?«

»Das weiß ich beim besten Willen nicht. Mein Vater war mir manchmal ein Buch mit sieben Siegeln. Also … ich habe nicht die geringste Ahnung, was er dort oben wollte.«

Damit stand sie auf und verabschiedete sich.

Sanna folgte ihr mit ein wenig Abstand aus dem Café hinaus. Inken Roeloffs verschwand um die Ecke in die Neue Straße. Sanna wollte sich schon in entgegengesetzter Richtung auf den Weg zur Polizeistation begeben, als sie innehielt. Aus einem Impuls heraus machte sie kehrt und folgte der Frau. Sie trug eine dunkelrote Jacke, weshalb es nicht schwer war, sie zwischen den anderen Passanten auszumachen.

Inken Roeloffs ging vorbei an der Paulstraße und bog dann in die Friedrichstraße ein. Sanna blieb auf Abstand, da Inken Roeloffs sich gelegentlich umsah, als wollte sie sichergehen, dass ihr niemand folgte. Als sie schließlich die Maybachstraße erreichte, machte sie einen Linksschwenk und ging zurück zur Strandstraße. Dort steuerte sie zielstrebig das weiße Gebäude des Hotels Stadt Hamburg an, eines der ersten Häuser am Platz, und betrat es durch den Eingang.

Sanna blieb am Schaufenster einer gegenüberliegenden Boutique stehen. Sie wartete wenige Minuten, bis sie im Fenster beobachtete, wie ein Mann die Straße herunterkam und ebenfalls das Hotel betrat. Er trug eine orangegraue Outdoor-Regenjacke. Es war Inken Roeloffs »alter Bekannter« Geert Petersen.

Die Frau mochte zwar eine begnadete Schriftstellerin sein. Als Schauspielerin hätte sie aber zweifellos ihren Beruf verfehlt.

18   Lilly Velasco

Das Leben hielt viele kleine Freuden für einen bereit, wenn man denn wusste, wo man sie finden konnte. Ein gutes Fischbrötchen war zum Beispiel eine davon. Lilly biss hinein und genoss den frischen Hering, der zart, aber doch würzig schmeckte. Zwiebelringe und zwei Gurkenhälften rundeten die Komposition ab.

Die Hafen Liebe – ein Schnellrestaurant in einer Holzhütte an der Spitze des Flensburger Hafens – bot zwar noch andere Köstlichkeiten, doch die Fischbrötchen gehörten nach Lillys Dafürhalten zu den besten in der ganzen Stadt. So sahen es auch diverse Kollegen, weshalb die Hafen Liebe ein beliebtes Ausflugsziel für die Mittagspause war. In der warmen Jahreszeit konnte man draußen sitzen, mit Blick auf die Förde und den historischen Hafen, doch dafür war es jetzt noch zu kühl.

Lilly ging hinüber zu Juri, der auf den Stufen in der Nähe stand, die hinunter zum Wasser führten. Direkt gegenüber lag das rot-weiße Holzhaus von Gosch, mit eigenem Steg. Juri hatte ein Brot mit Nordseekrabben gegessen, er putzte sich den Mund ab und warf die Papierserviette in den Mülleimer.

»Dir schmeckt es, was?«, fragte er Lilly mit amüsiertem Gesichtsausdruck.

»Absolut. Kann ich nicht genug von kriegen.«

»Offensichtlich. Es ist dein viertes.« Er schob die Hände in die Jackentaschen und wandte sich dem Wasser zu. Während Lilly das Brötchen aß, schwieg er.

Als sie es verputzt hatte, mochte sich noch immer kein Sättigungsgefühl einstellen. Eine Heißhungerattacke war in ihrem Zustand wohl keine Seltenheit, Lilly hatte allerdings nicht damit gerechnet, dass es sich um derartig ausufernde Fressanfälle handeln würde.

Juri räusperte sich. Er hatte auf Lilly schon den ganzen Morgen einen nachdenklichen Eindruck gemacht. Sie hatten die Finanzdaten von Karel Jansen gesichtet, und irgendwie schien er die ganze Zeit nicht voll bei der Sache zu sein. Etwas bedrückte ihn.

Er wandte sich ihr zu, massierte sein kantiges Kinn und lächelte unsicher. »Lilly, ich weiß nicht, wie ich das sagen soll … Das hier ist sicher weder der richtige Ort noch der passende Moment … nur vermutlich gibt es so etwas ohnehin selten, also …«

Lilly hätte ihn am liebsten auf der Stelle in den Arm genommen. Dies war einer der Gründe, weshalb sie Juri Rabanus liebte. Dem Äußeren nach mochte er mit seinen kantigen Gesichtszügen, dem kurzen Haar und dem Dreitagebart wie ein harter Kerl wirken. Die Narbe, die seit ihren Ermittlungen auf Föhr auf einer Seite über sein Gesicht lief, verstärkte diesen Eindruck. Doch Lilly hatte über die Jahre entdeckt, dass sich unter der harten Schale ein sehr weicher Kern befand.

»Sag's einfach offen heraus«, ermunterte sie ihn.

»Ich … weiß nicht, also.« Er wand sich. »Ich meine … wann wolltest du mit mir darüber reden?«

Lilly hob die Augenbrauen, obwohl sie ahnte, worauf er hinauswollte. »Worüber?«

»Nun … es ist doch ziemlich offensichtlich, nicht wahr?«

»Ich verstehe nicht … Was meinst du, Juri?«

Er seufzte und zog die Schultern hoch. »Dein Hunger … dir wird in letzter Zeit öfters übel … Es ist nicht so, als hätte ich so etwas nicht schon einmal erlebt, als Caro mit Amélie schwanger war.« Juris Frau war bei einem Autounfall ums Leben gekommen, seitdem zog er seine Tochter Amélie alleine groß.

Lilly biss sich auf die Lippe. Es hatte keinen Sinn, es länger zu verschweigen. »Du musst es für dich behalten, okay?«

Juri nickte. »Natürlich.«

»Ich … ich bin jetzt bald im dritten Monat.«

»Lilly, das ist wunderbar! Ich freue mich so für dich.« In seinen Augen sah sie, dass die Offenbarung ihn wahrhaft rührte. »Das hast du dir immer gewünscht. Und ich …«

»Juri.« Sie sah ihn ernst an. »Es ist nicht von dir.«

»Nein … natürlich … ist es nicht von mir. Das dachte ich auch gar nicht, ich meine … wir sind ja noch gar nicht so lange …«

»Es ist von John.«

Nun war es raus. Lilly spürte, wie eine Woge der Erleichterung sie überfiel. In den vergangenen Wochen hatte sie immer wieder überlegt, wie sie es Juri schonend beibringen würde, hatte durchgespielt, wie er wohl reagieren würde. Es hatte sich nicht gut angefühlt, so lange damit hinter dem Berg zu halten. Jetzt lagen die Karten endlich offen auf dem Tisch.

»Ja …« Juri sprach leise und nachdenklich. »Natürlich ist es von John. Und das … oh, mein Gott, Lilly, es tut mir so leid. Nach allem, was geschehen ist … Ich ahne, wie du dich fühlen musst.«

Er streckte die Arme aus und zog sie an sich heran. Lilly ließ ihn gewähren und legte den Kopf an seine Brust. Sie fühlte sich augenblicklich geborgen. Ihre Augen füllten sich mit Tränen. »Das … macht es alles etwas komplizierter.«

»Ja, das tut es.« Er streichelte ihren Rücken. »Er weiß es?«

»Nein.«

John hatte nie den Mut gehabt, ihr die Wahrheit über die Ermittlungen auf Föhr offen ins Gesicht zu sagen. Sie hatte es sich selbst zusammengereimt. Ähnlich verhielt es sich mit ihrer Beziehung. Er hatte nicht protestiert oder versucht, den Schaden zu kitten, als sie auf Distanz gegangen war. Lilly interpretierte es als ein stilles Geständnis. Und sie wusste nicht, ob er das Recht hatte, die Wahrheit über sein Kind jemals zu erfahren.

Juri nahm ihren Kopf in die Hände und blickte ihr fest in die Augen. »Aber du sollst wissen, dass das für mich nichts ändert. Es ist dein Kind. Und ich werde es lieben wie mein eigenes.«

Lilly nickte, erwiderte aber nichts.

»Ich meine«, Juri setzte eine zweifelnde Miene auf, »du wirst es John doch auch sagen ...«

Lilly legte den Kopf wieder an seine Brust und ließ den Blick über das Wasser in die Ferne schweifen. Sie erwiderte nichts.

Nach dem Gefühlsausbruch tat es gut, sich für den Moment mit nüchternen Zahlen beschäftigen zu können. Lilly saß mit Juri in einem Besprechungsraum des Präsidiums, und sie versuchten beide, sich wieder auf die Arbeit zu konzentrieren.

Auf dem Konferenztisch hatten sie unzählige Kontoauszüge verteilt, sortiert nach Ein- und Ausgängen. Karel Jansen hatte ein Konto bei einer Online-Direktbank besessen. Es existierte seit etwa einem Dreivierteljahr.

Die Zahlungseingänge, die kurz nach der Eröffnung des Kontos eingesetzt hatten, warfen Fragen auf. In unregelmäßigen Abständen waren kleinere und größere Beträge darauf überwiesen worden. Mal handelte es sich nur um ein paar Hundert Euro, dann wieder um mehrere Tausend.

»So, ich hab's«, sagte Juri. Er legte den Kugelschreiber zur Seite und nahm das Blatt, auf dem er alle Eingänge zusammengerechnet hatte, mit zu dem Flipchart in einer Ecke des Zimmers. Darauf notierte er mit schwarzem Filzmarker die Summe: 33.475 EUR.

Lilly stieß einen leisen Pfiff aus. Dann wanderte ihr Blick noch einmal über die Kontoauszüge.

Bei sämtlichen Zahlungseingängen waren Rechnungsnummern vermerkt, außerdem der Name des Einzahlers: Fly Sylt.

Es handelte sich dabei ganz offensichtlich nicht um Gehaltsüberweisungen. Ebenso unwahrscheinlich war es, dass Karel

Jansen persönlich der Fluglinie Rechnungen für irgendwelche Leistungen gestellt hatte. Denn in diesem Fall hätte er den Rechnungen fortlaufende Nummern geben müssen. Dies war aber nicht der Fall. Die Nummerierung der Rechnungen folgte keinem Muster, sondern war völlig wahllos.

Lilly stand auf und ging hinüber zum Flipchart. Sie hatte ihrerseits die Abhebungen zusammenaddiert. Diese beliefen sich auf 33.000 EUR.

Die Beträge waren fast identisch.

Seit Einführung des neuen Geldwäschegesetzes im Jahr 2017 waren auch Banken dazu verpflichtet, ihren Kunden bei größeren Geldtransfers auf die Finger zu schauen. Karel Jansen hatte allerdings immer nur kleinere Beträge im Rahmen seines Verfügungsspielraums abgehoben, sodass nie jemand Fragen gestellt hatte.

»Denkst du dasselbe wie ich?«, fragte Juri mit Blick auf die Zahlen auf dem Flipchart.

»Ja, ich glaube, es ist ziemlich offensichtlich, was er da getrieben hat.« Für einen endgültigen Beweis ihrer Annahme würden sie sich natürlich noch die Bücher der Fluglinie ansehen müssen. »Rufst du John an?«

»Klar.« Juri wählte die Nummer auf seinem Handy. Lilly hörte nur mit halbem Ohr hin. »Er ist gerade beschäftigt«, sagte Juri, als er den Anruf beendete. »John meint, dass wir uns in der Sache an Broder Timm wenden sollen.«

»Das klärst du wohl am besten vor Ort.«

»Ich muss erst noch ein paar andere Sachen erledigen. Dann fahre ich rüber.«

»In Ordnung.«

Lilly packte die Unterlagen zusammen und ging zurück an ihren Arbeitsplatz im Großraumbüro der Kripo.

Sie startete den Rechner und rief das Mailprogramm auf. Im Posteingang fand sie zu ihrer Überraschung eine Nachricht des Hotels Miramar in Westerland. Über den aktuellen Ermittlungen hatte sie die Angelegenheit beinahe vergessen. Die Mail enthielt den Link zu einem FTP-Server. Lilly klickte darauf, und der Download einer größeren Videodatei startete.

Die anonyme Anruferin im Zuge des Krabbenkutterfalls hatte sich von einer Telefonzelle aus gemeldet. Davon gab es auf Sylt, wie Lilly herausgefunden hatte, lediglich eine einzige – vermutlich hielt man sie aus nostalgischen Gründen in Betrieb. Sie befand sich unweit des Miramars. Und dieses überwachte wie die meisten größeren Hotels seinen Außenbereich.

Lilly hatte umgehend das Überwachungsvideo des betreffenden Tags angefordert. Die Kameraanlage befand sich zum Glück in einem modernen Zustand, sodass die Daten digital gesichert und auch auf diesem Weg übertragen werden konnten.

Der Anruf war um 13.37 Uhr am Tag vor dem Flugzeugunglück eingegangen. Lilly stellte den Schieberegler des Videoprogramms auf die entsprechende Stelle und ließ den Film ablaufen.

Eine Frau betrat die Telefonzelle, nahm den Hörer und wählte eine Nummer. Ihr Anruf dauerte nur wenige Minuten. Dann legte sie auf, verließ die Zelle wieder und ging in die Richtung zurück, aus der sie gekommen war.

Lilly spulte zurück und hielt das Video an der Stelle an, wo die Frau mit dem Hörer in der Hand telefonierte. Sie trug eine Baseballkappe, deren Schirm das Gesicht verdeckte.

Leider eine Niete, dachte Lilly. Wäre auch zu schön gewesen.

Sie wollte das Video schon schließen und die Sache endgültig zu den Akten legen, als sie plötzlich innehielt. Mit wenigen Klicks zoomte sie den rechten oberen Bildausschnitt heran. Darauf war ein Hochzeitspaar zu sehen. Es posierte auf der Strandpromenade. Ein Fotograf machte Bilder mit einem Teleobjektiv, während seine Assistentin einen runden Lichtreflektor in der Nähe des Brautpaars hielt, um den optimalen Lichteinfall zu gewähren. Neben dem Fotografen standen zwei Taschen mit weiterer Ausrüstung auf dem Boden. Angesichts dieser Ausstattung konnte man also von einem Profi ausgehen.

Lilly schloss das Programm und fuhr den Computer wieder herunter. Kurz entschlossen schnappte sie sich ihre Jacke und ging hinüber zu Juris Arbeitsplatz.

»Gut, dass du noch da bist«, sagte sie.

Juri, der auf seiner Tastatur tippte, wandte sich zu ihr um. »Was kann ich für dich tun?«

»Ich möchte mit dir nach Sylt fahren.«

Er legte die Stirn in Falten. »Bist du dir sicher? Ich meine … wir wissen ja nun beide, dass du …«

»Es ist wichtig. Ich möchte mich auf der Insel umhören, wer professionelle Fotos von Hochzeiten macht.«

19   John Benthien

Das General Aviation Terminal, wo Privatpiloten und die meisten Flüge der Fly Sylt abgefertigt wurden, lag am westlichen Ende des Flugplatzes und war über die Straße Zum Fliegerhorst zu erreichen.

John parkte seinen Citroën vor dem niedrigen Gebäude. Tommy saß neben ihm auf dem Beifahrersitz. Sie waren mit Soni Kumari, der Polizeichefin der Insel, verabredet, allerdings verspätete sie sich. John kurbelte das Fenster herunter und ließ frische Luft herein.

Er hatte Tommy auf der Fahrt über die neuesten Erkenntnisse informiert, den Streit zwischen Karel Jansen und einem Mann, bei dem es sich anscheinend um Broder Timm handelte. Danach war ihr Gespräch verstummt.

»Was macht eigentlich deine Beförderung?«, fragte John, um die unangenehme Stille zu brechen. Tommy bemühte sich in jüngster Zeit um einen Karrieresprung, in der Hoffnung auf einen ordentlichen Gehaltszuwachs. Vor etwas mehr als einem Jahr war Tommy mit seiner Ex-Frau Katharina zusammengezogen. Die beiden hatten eine gemeinsame Tochter, Jenny. Ihr erster Eheversuch hatte in einer Trennung geendet, was unter anderem mit Tommys Furcht vor einer festen Bindung zu tun gehabt hatte.

Da waren Tommy und er sich nicht unähnlich, dachte John.

Jedenfalls wollte Tommy beim zweiten Versuch alles richtig machen, und dazu gehörte für ihn wohl auch, für seine Familie zu sorgen, da er nun mal wesentlich bessere Verdienstchancen hatte als Katharina.

Tommy musterte John von der Seite und schnaufte verächtlich. »Ehrlich. Ich wundere mich, dass du das noch fragst.«

John hob beschwichtigend die Hände. »Es interessiert mich wirklich.«

Tommy erwiderte zunächst nichts. Er schaute aus dem Fenster zum Abfertigungsgebäude hinüber. Auf dem Rollfeld davor standen eine kleine Cessna und zwei größere zweimotorige Maschinen. »Nun, wenn es dich wirklich interessiert, sollst du auch eine ehrliche Antwort bekommen«, meinte er schließlich. »Unsere letzten Ermittlungen auf Föhr haben dem Vorhaben nicht unbedingt geholfen. Gödecke hätte sich wohl deutlichere Beweise gegen den ... mutmaßlichen Tatverdächtigen gewünscht. Wenn er denn dieser Variante überhaupt Glauben schenkt. Ich schätze, das war also kein Empfehlungsschreiben für mich ...«

»Es tut mir leid. Das weißt du«, sagte John vorsichtig. »Und wenn es irgendeine Möglichkeit gibt, das wiedergutzumachen, dann werde ich das tun.«

Tommy lachte. »Das glaube ich dir aufs Wort, *alter Freund*.«

Er betonte die letzten beiden Worte, und John spürte einen Stich in der Brust. »Tommy ...«

»Was geschehen ist, ist geschehen. Du kannst die Uhr nicht zurückdrehen. Und wir können alle froh sein, wenn die ganze Chose kein übles Nachspiel hat.«

»Wie meinst du das?«

»Sag nicht, du hättest noch nicht mitbekommen, dass Gödecke uns verschärft auf die Finger schaut.«

»Ich weiß nicht ... Willst du sagen, er ahnt irgendwas?«

»Dachtest du denn, es wäre wirklich so einfach? Unsere Ermittlungen auf Föhr waren schon beendet. Du hast Gödecke überzeugt, sie stillschweigend zu verlängern. Indem du ihn glau-

ben ließest, wir wären an einer heißen Spur dran. Und dann …
plötzlich doch nur heiße Luft.«

»Immerhin haben wir ihm einen Verdächtigen geliefert.«

»Den falschen, wie du sehr genau weißt.«

»Bosse Wolf hat mit Kinderpornos gehandelt. Er war kein
Unschuldiger …« Die Kollegen Leon Kessler und Mike Jessen
leiteten eine Soko, die aktuell noch immer damit befasst war, den
gesamten Ring der Beteiligten offenzulegen. Allein dafür würde
Wolf viele Jahre hinter Gitter wandern. Dass es außerdem Indizien gab, dass er für den Tod der alten Dame, Gunilla Dornieden,
verantwortlich sein könnte, hatte ihnen in die Karten gespielt.

»John, das hatten wir doch schon alles. Gödecke ist jedenfalls nicht dumm. Er hat uns auf dem Kieker.«

»Und da bist du dir sicher?« John hatte im Fall Dornieden
einen ordnungsgemäßen Bericht geschrieben und Gödecke und
dem Oberstaatsanwalt in der Sache Rede und Antwort gestanden. Danach hatten die beiden ihn mit der Angelegenheit nicht
mehr behelligt.

»Gödecke hat mich bereits mehrere Male auf den Fall ange-
sprochen«, berichtete Tommy. »Er nimmt unsere Ermittlungen
bis ins Detail auseinander. Dabei hilft es kaum, dass die Staatsanwaltschaft nicht genügend Beweise sieht, um gegen Bosse Wolf
in der Mordsache Anklage zu erheben. Und was das bedeutet,
kannst du dir ausrechnen.«

Das konnte John allerdings. Wenn man die Ermittlungen als
nicht abgeschlossen betrachtete, würde man annehmen, dass
sich der Mörder noch immer auf freiem Fuß befand. Und das
würde Fragen oder gar neue Ermittlungen nach sich ziehen.

Im Rückspiegel sah John einen Streifenwagen der Inselpolizei
vorfahren. Soni Kumari.

John gab Tommy ein Zeichen. Sie stiegen aus, und John besprach mit der Polizeichefin das Vorgehen.

Eine Angelegenheit wie diese konnte man geräuschlos erledigen. Bei Nick Hansen bestand offenbar keine erhöhte Fluchtgefahr. Er hatte weiter bei der Inselairline gearbeitet, nachdem Bente Roeloffs seinen Betrug aufgedeckt hatte. Wenn er es gewollt hätte, hätte er längst verschwinden können. Warum er das nicht getan hatte, war definitiv eine Frage, auf die sich John eine Antwort von ihm erhoffte.

Nachdem Sanna Harmstorf ihm den Haftbefehl für Hansen vorgelegt hatte, hatte er in der Zentrale von Fly Sylt angerufen und mit Jola Naujoks gesprochen. Er hatte sich erkundigt, wo er Hansen antreffen würde, und erfahren, dass dieser zwei Maschinen am General Aviation Terminal abfertigen musste.

Johns genauer Plan für das weitere Vorgehen war gereift, als Naujoks ihm erzählt hatte, welche Passagiere an Bord der Maschinen gehen würden. Noch während sie gesprochen hatte, war ihm klar geworden, dass eine Festnahme am Terminal für maximale Aufmerksamkeit sorgen würde.

Und diese konnte ihnen zum Vorteil gereichen, besonders, wenn einigen der an diesem Fall Beteiligten ohnehin schon die Schweißperlen auf die Stirn traten, wenn sie an die öffentliche Berichterstattung dachten, wie das bei Broder Timm der Fall war.

Öffentlichkeit und Chaos sorgten für Stress und Druck, was die Menschen nervös und unvorsichtig machen konnte. Nicht selten hatte eine solche Konstellation bei einer Ermittlung Überraschungen zutage gefördert. Und John war sich sicher, dass er in den nächsten Minuten perfekte Bedingungen für Überraschungen schaffen würde.

Er betrat das Terminal mit Tommy und Soni Kumari im Schlepptau. Kumari trug ihre Uniform. Sie baute sich vor dem Abfertigungsschalter auf, stemmte die Hände in die Hüften und sah sich um.

Im Wartebereich saßen zwei Gruppen auf den Sitzbänken. Die einen, ein Trupp von fünf Männern, konnte John anhand ihrer blauen Arbeitsoveralls eindeutig als Handwerker identifizieren. Sie scherzten recht ungehobelt miteinander und tranken Kaffee aus Plastikbechern. Ihnen gegenüber hatten drei Frauen und zwei Männer Platz genommen. Sie hatten eine Fotoausrüstung bei sich. Von Jola Naujoks wusste John, dass es sich bei ihnen um Reporter handelte, die für ein großes Naturmagazin arbeiteten. Sie hatten einen Rundflug gebucht und interessierten sich für das Wattenmeer. Bei der öffentlichen Bekanntmachung des nun folgenden Geschehens vertraute John vor allem auf ihre Mitwirkung.

Er trat an den Abfertigungsschalter, hinter dem ein junger Mann in der Uniform der Inselfluglinie saß. John legte seinen Dienstausweis auf den Tisch. »Wo finde ich Nick Hansen?«

»Er …« Der Mann wandte sich hinter dem Schalter um und sah hinaus auf das Rollfeld. »Nick macht die Maschinen gerade zum Abflug bereit.«

Durch das bodentiefe Fenster sah John einen Tankwagen an die größere der beiden Maschinen heranfahren. Ein Mann mit gelber Warnweste kam um das Flugzeug herum und half, den Tankschlauch anzubringen. Es war Hansen.

»Sagen Sie ihm, er soll reinkommen«, wies John den Mann hinter dem Schalter an.

»Das bringt uns den ganzen Betrieb durcheinander. Ich glaube kaum, dass das jetzt …«

»Das glaube ich sehr wohl.« John blickte kurz über die Schulter. Allein die Präsenz der uniformierten Soni Kumari hatte ihnen bereits die Aufmerksamkeit der wartenden Fluggäste eingebracht. Er zog den Ausdruck des richterlichen Beschlusses aus der Innentasche seiner Jacke. »Uns liegt ein Haftbefehl gegen Nick Hansen vor. Und nun rufen Sie ihn bitte rein.«

Der Abfertigungsmitarbeiter machte große Augen und griff zum Funkgerät, das vor ihm auf dem Tresen lag. »Nick, hier ist ein Herr von der Polizei, der mit dir sprechen möchte.«

John sah, wie Hansen sich neben dem Tanklaster das Funkgerät ans Ohr hielt. »... bin mitten in der Abfertigung ... muss warten ...«, hörte John die verzerrte Stimme aus dem Funkgerät des Abfertigungsmitarbeiters.

»Es ... ist dringend«, gab der Mann zurück. »Du musst kommen.«

Auf dem Vorfeld warf Hansen die Hände in einer verzweifelten Geste in die Höhe und machte sich auf den Weg zum Terminal.

Eine Frau mit rotem Haar und Lederjacke trat neben John an den Schalter. Es war eine der Journalistinnen. »Gibt es Probleme?«, fragte sie.

»Nein«, erwiderte John, »wir sind gleich wieder weg. Seien Sie ganz unbesorgt.«

»Wir werden doch pünktlich loskommen?« Sie wandte sich an den jungen Mann hinter dem Abfertigungsschalter, der eine verunsicherte Miene zog.

Nick Hansen war nun bis auf wenige Meter an das Terminal herangekommen. Soni Kumari stellte sich in die Nähe der Eingangstür, um ihn in Empfang zu nehmen.

In dem Moment blieb er stehen.

Hansens Blick wanderte von Kumari zu John und wieder zurück. Ihm schien gerade bewusst zu werden, dass es sich weder um eine normale Befragung noch um einen Höflichkeitsbesuch handelte. Hastig blickte er sich nach allen Seiten um, dann machte er auf dem Absatz kehrt und rannte los.

Sein Ziel war unschwer zu erkennen: ein schwarz-gelbes Flughafenfahrzeug, das in der Nähe geparkt stand.

»Scheiße«, fluchte Tommy und war schon zur Tür hinaus, um die Verfolgung aufzunehmen. Allerdings war sein Versuch bereits zum Scheitern verurteilt. Hansen würde das Auto erreichen, bevor Tommy zu ihm aufgeschlossen hätte.

»Zum Wagen!«, rief John Soni Kumari zu.

Sie liefen hinaus. Soni Kumari sprang hinter das Lenkrad,

John warf sich auf den Beifahrersitz. Der Abfertigungsmitarbeiter der Fluglinie war zum Glück geistesgegenwärtig genug, ihnen zu folgen und den Schlagbaum zu öffnen, der die Zufahrt zum Rollfeld freigab.

Kumari schaltete Blaulicht und Sirene ein und gab Vollgas.

Hansen hatte das Auto längst erreicht. John sah, wie Tommy langsamer wurde und dem davonrasenden Wagen hinterherblickte.

Soni Kumari hatte nicht die Absicht, sich abschütteln zu lassen. Wenig später klebte sie an der Stoßstange des Flüchtenden.

Hansen jagte zwischen den geparkten Privatmaschinen durch, bog dann scharf rechts ab und fuhr auf das Hauptgebäude des Flughafens zu.

John hatte sich durchaus ein wenig Aufmerksamkeit erhofft, derart turbulent hätte es aber nicht zugehen müssen. Sie konnten nur hoffen, dass Hansen mit dem waghalsigen Manöver niemanden gefährdete – wobei sie wohl von Glück sprechen konnten, dass keine Hauptferienzeit und entsprechend wenig los war.

Abermals bog Hansen scharf rechts ab, dann machte er nach wenigen Hundert Metern einen Linksschwenk. John erkannte zu seinem Bestürzen, dass sie sich nun auf der Querwindbahn befanden. Sie führte in östliche Richtung, und an ihrem Ende lag der kleine Ort Munkmarsch. Vermutlich würde Hansen versuchen, dort das Flughafengelände zu verlassen und auf eine öffentliche Straße zu kommen.

Jeder vernünftige Mensch hätte wohl begriffen, dass die Flucht von einer Insel, die lediglich durch einen Eisenbahndamm mit dem Festland verbunden war, ein sinnloses Unterfangen darstellte. Allerdings hatte John in seinen Dienstjahren genügend Verdächtige verfolgt, die sich der Verhaftung widersetzten. Vernunft war gewiss keine Kategorie, in der Hansen in seiner Lage dachte.

Kumari trat das Gaspedal durch und brachte sie auf gleiche Höhe wie Hansen. John signalisierte ihm mit Handzeichen, den Wagen sofort anzuhalten, und als dies nicht fruchtete, wiederholte er die Aufforderung über Lautsprecher.

Hansens Antwort kam prompt. Er riss das Steuer nach links und krachte in den Streifenwagen.

John hielt sich am Haltegriff über der Beifahrertür fest, als sie bei vollem Tempo ins Schleudern kamen und der Wagen sich um die eigene Achse drehte.

Erfreulicherweise schien Soni Kumari eine talentierte Fahrerin zu sein. Mit einigen beherzten Lenkradeinschlägen brachte sie den Streifenwagen wieder auf Kurs.

Schnell hatten sie Hansen eingeholt.

Vor ihnen lag die Kreuzung von Querwindbahn und Hauptlandebahn. Hansen behielt das Tempo unvermindert bei. Und nun sah John zu seinem Schrecken eine Passagiermaschine, die von Süden her auf die Landebahn zuschwebte. Der Jet flog bereits sehr tief, hatte Landeklappen und Fahrwerk ausgefahren.

Soni Kumari brachte sie erneut auf gleiche Höhe mit Hansen. Diesmal hielt sie aber genügend Abstand, damit er nicht zu einem weiteren Rammstoß ansetzen konnte. John versuchte es mit einer erneuten Lautsprecherdurchsage und wies Hansen auf die landende Maschine zu ihrer Rechten hin. Das Flugzeug war kurz davor aufzusetzen, und sie würden unweigerlich eine Katastrophe provozieren, wenn sie das Tempo beibehielten und die Bahn kreuzten.

Doch Hansen schien sich sicher, dass er es schaffen würde, die Landebahn rechtzeitig vor dem Jet zu überqueren.

John ließ das Seitenfenster hinunter und gestikulierte ihm, den Wagen endlich zu stoppen.

Hansen riss das Steuer zur Seite und rammte den Streifenwagen.

Was nun folgte, ließ sich nur als Kettenreaktion beschreiben.

Soni Kumari steuerte ihrerseits gegen, um den Aufprall abzufangen. Die beiden Wagen kollidierten abermals miteinander.

Hansen verlor die Kontrolle. Er scherte abrupt nach links aus und krachte nun mit voller Wucht in die Seite des Streifenwagens. Dagegen konnte auch Soni Kumari nichts mehr ausrichten.

Die beiden Wagen drehten sich mit quietschenden Reifen einige Male im Kreis, bis sie endlich zum Stehen kamen.

Zu seinem Schrecken stellte John fest, dass sie bis auf die Hauptlandebahn geschleudert waren. Aus dem Seitenfenster sah er die Passagiermaschine auf sie zurasen. Soni Kumari stieß neben ihm einen Schrei aus und versuchte, den Motor wieder zu starten. Doch das würde wenig nutzen. Das Flugzeug jagte viel zu schnell auf sie zu. Sie hatten keine Chance mehr, sich in Sicherheit zu bringen.

Während sich alles rasend schnell ereignete, verlangsamte sich das Geschehen in Johns Wahrnehmung.

Aus dem lieben Herrgott hatte John sich noch nie viel gemacht, dennoch schickte er ein Stoßgebet zum Himmel. In verzweifelten Situationen halfen manchmal verzweifelte Maßnahmen.

Plötzlich heulten die Triebwerke des Passagierjets auf. Die Nase hob sich, und mit lautem Getöse donnerte die schwere Maschine über sie hinweg. Das ganze Auto erzitterte, und John spürte das Dröhnen der Motoren in seinem Magen, als sich die durchstartende Düsenmaschine wieder in den Himmel erhob.

»Für wen halten Sie sich eigentlich? Dirty Harry? Oder doch eher Bruce Willis?« Sanna kam nun richtig in Fahrt. Bislang hatte sie ihren Ärger einigermaßen im Zaum halten können, doch jetzt riss ihr der Geduldsfaden. Sie hatte sich Benthien geschnappt und war mit ihm in einen Nebenraum der Polizeiwache Sylt gegangen.

»Es tut mir wirklich leid.« Er hob die Hände und machte eine schuldbewusste Miene. »Das war so nicht geplant.«

»Glaube ich Ihnen aufs Wort.« Sie war derart in Rage, dass sie automatisch wieder zum Sie gewechselt hatte. Und was Sanna betraf, würde es von jetzt an auch dabei bleiben. Das familiäre Geduze hatte sich von vornherein falsch angefühlt. Sie schüttelte den Kopf. »Mir ist schleierhaft, wie man derart hemdsärmelig vorgehen kann. Ist Ihnen eigentlich klar, was Sie da beinahe angerichtet hätten?«

»Natürlich. Aber wie ich schon sagte … Die Situation ist völlig außer Kontrolle geraten.«

»Wir können von Glück reden, dass der Pilot so geistesgegenwärtig war, sofort durchzustarten. Nicht auszudenken, wenn bei der Aktion einem der Passagiere etwas zugestoßen wäre.«

Das Ganze war natürlich ein gefundenes Fressen für die Medien. Spiegel Online waren die Ersten gewesen, die den spektakulären Zwischenfall zuoberst auf ihrer Seite brachten. Dann hatte das Radio über die Verfolgungsjagd berichtet, die sich die

Polizei auf dem Flughafen Sylt mit einem Verdächtigen geliefert hatte. Und Sanna war sich sicher, dass die Abendnachrichten das Thema später aufgreifen und morgen die Zeitungen damit voll sein würden. Bürgermeister Böklund hatte sich bereits bei ihr gemeldet. Er war fuchsteufelswild gewesen, was sie dem armen Mann nicht verdenken konnte. Er hatte eine Horde aufgebrachter Journalisten am Hals, die ihren Flug nicht wie geplant antreten konnten und mit Schadensersatzforderungen drohten. Gleiches galt für einen Trupp Handwerker, der einige Tage auf der Insel verbracht hatte, um das Dach einer Kirche zu reparieren, und der nun die wohlverdiente Heimreise hatte verschieben müssen. Ganz zu schweigen von allen weiteren Unannehmlichkeiten, die dadurch entstanden waren, dass der Flugverkehr über der Insel erneut für kurze Zeit hatte umgeleitet werden müssen, bis sich die Lage geklärt hatte.

Benthien versuchte sich weiter an einer Rechtfertigung. »Hansen ist einer unserer Hauptverdächtigen. Er wollte sich der Verhaftung entziehen. Tatsächlich wollte ich ein wenig Aufmerksamkeit erregen, auch um Broder Timm aus der Reserve zu locken. Dass Hansen derart reagieren würde, konnte ich nicht …«

Sanna schnitt ihm das Wort ab. »Wissen Sie was, vielleicht sollte ich Sie noch mal auf die Polizeischule schicken. Dort bringen sie einem nämlich bei, selbst bei solchen Aktionen keine Unbeteiligten zu gefährden.«

»Du …« Er zögerte kurz, doch er erkannte wohl an Sannas Blick, dass es ihr ernst war. »Sie haben ja recht, okay. Ich kann mich nur nochmals entschuldigen. Wird nicht wieder vorkommen.«

»Das will ich schwer hoffen. Sie werden von nun an Ihr Vorgehen mit mir absprechen und sich an die Regeln halten.«

Benthien nickte stumm.

»Und jetzt nehmen wir uns Hansen vor.« Sanna ging an Benthien vorbei und öffnete die Tür zum Hauptraum der Wache.

Tommy Fitzen und Soni Kumari saßen sich am Schreibtisch der Polizeichefin gegenüber und waren in ein Gespräch vertieft. Obwohl es schon später Mittag war, fiel das Licht nur spärlich durch die Lamellenjalousien des Containers.

Sanna trat zu den beiden hinüber. Kumari hatte sich von ihr bereits ein paar passende Takte anhören können, Fitzen ebenfalls, wobei die Hauptverantwortung für den Schlamassel bei Benthien als Ranghöherem lag.

Sie drückte Fitzen einen Zettel mit dem Namen *Geert Petersen* in die Hand. Etwas sagte ihr, dass es sich bei dem Mann, mit dem sich Inken Roeloffs im Café und später im Hotel Hamburg getroffen hatte, um mehr als nur einen alten Bekannten handelte. »Finden Sie alles über den Mann heraus«, trug sie Fitzen auf.

Dann verließ sie den Raum und kletterte draußen über die Metalltreppe zu einem höher gelegenen Container. Benthien folgte ihr.

Da die Polizeiwache derzeit ein Provisorium war, gab es keinen eigens dafür hergerichteten Vernehmungsraum. Ein solcher Fall kam im Alltag der Inselpolizei offenbar nicht häufig genug vor, um dafür eine Räumlichkeit bereitzuhalten. Sie hatten Nick Hansen deshalb in einen Container verfrachtet, der normalerweise als Abstellkammer diente. Er saß auf einem Stuhl, links und rechts Regale, in denen Büromaterial und Reinigungsmittel lagerten. Dass der Raum nicht über Fenster verfügte, machte die Situation für ihn zusätzlich unangenehm.

Ein Mann auf einem Stuhl in einem Container, über ihm eine Glühbirne, die lose in der Fassung hing, das erinnerte Sanna an einen Mafiafilm, in dem es dem Gefangenen an den Kragen ging. Wenn Hansen ähnlich empfand, konnte das nur zu ihrem Vorteil sein.

Sein Anwalt, der neben ihm saß, hatte bereits gegen die Unterbringung protestiert. Sanna hatte sich entschuldigt, auf den Zustand der Wache verwiesen und ihm versprochen, seinem

Mandanten einen sehr langen Aufenthalt in einer erstklassigen Gefängniszelle zu besorgen, wenn er nicht kooperierte.

Sanna nahm sich einen Klappstuhl und setzte sich Hansen gegenüber. Benthien schloss hinter ihr die Tür und lehnte sich in einer Ecke an ein Regal.

Sie hatten darauf verzichtet, Hansen Handschellen anzulegen. Er trommelte nervös mit den Fingern auf seinen Oberschenkeln.

Sanna hielt sich nicht lange mit der Vorrede auf.

»Sie sind dran wegen Urkundenfälschung, Fliegen ohne Lizenz, Widerstand gegen die Staatsgewalt und gefährlichem Eingriff in den Luftverkehr.« Sie machte eine Pause, damit die Worte in seinen Verstand einsickern konnten. Hansens Anwalt beugte sich kurz zu ihm hinüber und flüsterte etwas in sein Ohr.

Als Sanna von der waghalsigen Flucht erfahren hatte, hatte sie sich zunächst gewundert, dass ein Pilot wie Hansen überhaupt eine solche Gefahr hatte heraufbeschwören können. Andererseits, was sollte man von jemandem wie ihm erwarten – der Kerl hatte sich, als er noch Pilot einer Chartergesellschaft gewesen war und Ferienflieger geflogen hatte, betrunken ans Steuer seines Autos gesetzt und hatte einen Unfall gebaut, bei dem nur durch Zufall niemand zu Schaden gekommen war. Dann war er für Fly Sylt jahrelang ohne Lizenz unterwegs gewesen, und das, obwohl er gewusst hatte, dass seine Gesundheit und Flugtauglichkeit beeinträchtigt waren. Es schien ihm also nicht sonderlich viel auszumachen, wenn er andere Menschen in Gefahr brachte.

»Ehrlichkeit wird sich für Sie positiv auswirken«, sagte Sanna. »Lügen Sie uns die Hucke voll, werden wir beim Strafmaß aufs Maximum gehen. Ist das klar?«

Hansen schluckte und nickte dann.

»Gut. Wir wissen, dass Sie mit einer gefälschten Lizenz für Bente Roeloffs gearbeitet haben. Sie bestätigen das?«

Hansen nickte abermals.

»Und Bente Roeloffs hatte das herausgefunden?«

»Ja.«

»Dann erklären Sie mir Folgendes: Warum brachte Bente das nicht zur Anzeige? Warum suchten Sie nicht das Weite, sprich, warum arbeiten Sie noch immer für die Fluggesellschaft?«

Hansen rückte auf seinem Stuhl herum und sammelte sich, bevor er sprach. »Bente wollte nicht, dass das an die Öffentlichkeit kommt. Sie fürchtete um den Ruf von Fly Sylt. Also verabredeten wir, dass ich am Boden arbeite und mir dann beizeiten etwas Neues suche. In aller Stille. Und ... nach ihrem Absturz dachte ich mir halt, dass es nicht gut aussehen würde, wenn ich gerade jetzt abgehauen wäre.«

Sanna ließ einen Moment der Ruhe entstehen. Dann meinte sie: »Es sieht auch so nicht gut aus. Tatsächlich glaube ich, dass Bente ihren Schwindel aufdeckte, Sie damit konfrontierte. Und dann entschieden Sie, sie zu beseitigen. Sie waren am Morgen des Unglücks im Hangar. Sie hatten Zugang zu dem Flugzeug, Sie wussten, wie man die Maschine zum Absturz bringt.«

Hansen hob die Hände. »Ehrlich, nein. Das habe ich nicht getan. Bente und ich ... wir waren mal zusammen. Das ist schon lange her, aber sie bedeutet mir noch immer viel.«

»So viel, dass Sie sie mit einer gefälschten Lizenz über den Leisten zogen?«, fragte Benthien von hinten.

»Ich habe ihr nichts angetan. Glauben Sie mir, bitte.«

Die Tür des Containers ging auf, Soni Kumari betrat den Raum. »Sie kommen besser mal runter«, sagte sie im Flüsterton zu Sanna.

»Ist es so wichtig?«

»Ja. Broder Timm ist unten und probt einen Aufstand.«

Sanna erhob sich mit einem Seufzen und folgte Kumari in den Hauptraum der Wache. Benthien blieb bei Hansen.

Broder Timm hatte sich vor dem Empfangstresen aufgebaut. Eine Pilotenbrille steckte in seinem lockigen grauen Haar. Sein Gesicht war rot angelaufen.

»Was für ein Scheißchaos haben Ihre Leute da angestellt«, legte er los, sobald er Sanna erblickte. »Ich musste umdrehen und zurück zum Festland fliegen. Dort habe ich sinnlos rumgehockt, bis der Luftraum über der Insel wieder freigegeben wurde. Und können Sie sich auch nur entfernt vorstellen, welches Durcheinander nun bei uns herrscht? Ohne Hansen fliegen uns gerade alle Abläufe um die Ohren. Was meinen Sie, was wir von unseren Kunden zu hören bekommen …« Er wedelte mit dem Zeigefinger. »Das stelle ich Ihnen alles in Rechnung!«

»Ich entschuldige mich in aller Form für das Vorgehen unserer Ermittlungsbeamten«, sagte Sanna. »Aber jetzt kommen Sie mal wieder runter …«

Er trat einen Schritt an sie heran. »Sie hatten mir Diskretion versprochen, was Hansen angeht. Darunter hatte ich mir etwas anderes vorgestellt.«

»Ich habe Ihnen gar nichts versprochen.«

»Sie …«

»Ich freue mich ebenfalls, Sie zu sehen, Broder. Ich habe nämlich einige Fragen an Sie. Bleiben Sie doch noch ein wenig.« Sanna gab der Polizeichefin einen Wink. »Soni, sehen Sie zu, dass er uns nicht davonläuft.«

Broders lautstarken Protest beachtete sie nicht weiter. Bevor sie rausging, schnappte sie sich noch einen Zettel und einen Stift. Während sie die Treppe hinaufstieg, notierte sie ein paar Zahlen.

Hansen saß wie gehabt auf seinem Stuhl. Benthien signalisierte ihr beim Reinkommen mit einem kaum merklichen Kopfschütteln, dass er weiter nichts Brauchbares von sich gegeben hatte.

Sanna setzte sich wieder und hielt Hansen den Zettel vor die Nase. »Sie erzählen mir noch immer nicht die ganze Wahrheit. Deshalb möchte ich Sie ein wenig motivieren. Ich habe Ihnen hier das maximale Strafmaß für Ihre Vergehen notiert.« Sie las die Zahlen auf dem Zettel vor. »Urkundenfälschung fünf Jahre.

Fliegen ohne Lizenz zwei Jahre, mindestens. Widerstand gegen die Staatsgewalt drei Jahre. Gefährlicher Eingriff in den Luftverkehr bis zu zehn Jahre.«

Sie wartete einen Moment, bevor sie weitersprach: »Auf Sie warten zwanzig Jahre. Dass Sie in den Bau wandern, werden Sie nicht mehr verhindern können. Sie haben allerdings noch Einfluss auf die Dauer und die Bequemlichkeit der Unterbringung. Also?«

»Ich habe Ihnen doch schon erzählt ...«

»Blödsinn haben Sie mir erzählt. Es gab absolut nichts, das Bente davon abhielt, Sie achtkantig rauszuwerfen. Ein Skandal? Den brauchte sie wohl kaum zu fürchten. Sie selbst hatten doch ebenso wenig Interesse, die Sache an die große Glocke zu hängen, wie Bente. Vielmehr hatte sie Sie in der Hand, indem sie den Betrug nicht zur Anzeige brachte. Also ...« Sanna rückte auf ihrem Stuhl vor und sah Hansen in die Augen. »Erzählen Sie mir jetzt, wie Sie Bente dazu gebracht haben, die Sache für sich zu behalten und Sie weiter zu beschäftigen. Oder haben Sie das Problem am Ende doch aus der Welt geschafft, indem Sie die Maschine manipulierten?«

Hansen sah zu Boden und schien zu überlegen. Schließlich hob er den Kopf und sagte: »Ich kenne nicht alle Details, aber ... ich hatte etwas über Bentes Vater herausgefunden.«

»Karel Jansen?« Benthien trat aus der Ecke und stellte sich neben Sanna. »Was war das?«

»Er hatte Gelder der Fluglinie veruntreut.«

»Von Fly Sylt?«

»Ja.«

»Von welcher Summe sprechen wir hier?«, fragte Sanna.

»Dreiunddreißigtausend Euro.« Die Antwort kam von einer weiblichen Stimme hinter ihr. Ohne dass sie es gehört hatte, war jemand zu ihnen in den Container getreten. Lilly Velasco stand im Türrahmen. »Wir wissen, wie er es angestellt hat. Es stimmt, was er sagt.«

Sanna wandte sich wieder Hansen zu. »Sie haben Bente mit diesem Wissen unter Druck gesetzt?«

»Ja. Sie kannte mein Geheimnis, ich kannte ihres, beziehungsweise das ihres Vaters. Wir vereinbarten gegenseitiges Stillschweigen.«

»Warum sind Sie nicht gleich damit rausgerückt?«

»Ich wollte niemanden in Schwierigkeiten bringen.«

»Was soll das bedeuten?«

»Ich war nicht der Einzige, der davon wusste.«

21   John Benthien

So nahe waren Lilly und er sich schon lange nicht mehr gewesen. Zumindest räumlich. Sie hatten nebeneinander im Hauptraum der Sylter Wache Platz genommen. Vor ihnen saß Broder Timm mit vor Empörung rotem Gesicht. Er hatte einen Anwalt an seiner Seite. Nach dem, was sie von Nick Hansen erfahren hatten, hatte Sanna Broder Timm erklärt, dass es sich bei ihrem Gespräch um eine ordentliche Befragung handeln würde und er sich gerne juristischen Beistand holen könne. Die Vernehmung überließ sie Lilly und John. Broder war derzeit nicht sonderlich gut auf Sanna zu sprechen, was seine Auskunftsfreude vermutlich nicht beförderte. Ohnehin kannte Lilly sich in den Details von Karel Jansens Schwindel besser aus.

Soni Kumari hatte dafür gesorgt, dass sie ungestört waren. Außer ihnen beiden und Sanna Harmstorf befand sich nur ein Streifenkollege am Empfangsschalter. Kumari hatte sich mit den beiden anderen Kollegen in einen Nebenraum zurückgezogen. Sie beschäftigten sich wieder mit dem ausgebrannten Auto, dessen Halter sie zwar noch immer nicht ermittelt hatten, dafür gab es neue Indizien, die darauf hindeuteten, dass sie es eventuell mit einem Gewaltverbrechen zu tun hatten. Kumaris Kollegen hatten den Fundort des Autowracks noch einmal genauer untersucht und in der Nähe Blutspuren entdeckt. Die Kriminaltechnik kümmerte sich bereits darum.

Sanna Harmstorf unterhielt sich gerade noch mit dem Anwalt von Broder Timm und erklärte ihm die Situation. Tommy erledigte eine Recherche für die Staatsanwältin. Und Juri sorgte derweil dafür, dass Nick Hansen dem Haftrichter vorgeführt wurde.

John blickte zu Lilly, doch ihre Aufmerksamkeit galt den Notizen, die sie sich auf einem Block gemacht hatte. Außer einer knappen Begrüßung hatte sie noch kein Wort mit ihm gewechselt. Ihre Ausführungen, die den Fall betrafen, hatte sie an Sanna Harmstorf gerichtet. John konnte die Distanz zwischen ihnen förmlich spüren. Früher hatte es zwischen ihnen eine instinktive Verbindung gegeben, eine Art Gedankenübertragung. Sie hatten unterschwellig gewusst, was der jeweils andere dachte. Bei Vernehmungen hatten sie sich die Bälle zugespielt. In Ermittlungen waren sie der Aufklärung immer näher gekommen, wenn sie ihre Gedanken hatten Pingpong spielen lassen; die Theorien des einen und die Fragen des anderen hatten sie gemeinsam weitergebracht. Von all dem war jetzt nichts mehr zu spüren. Dort, wo ein knisterndes Feuer gebrannt hatte, herrschte nur noch Kälte.

Der Anwalt setzte sich neben Broder Timm, und Sanna Harmstorf signalisierte ihnen, dass sie mit der Vernehmung anfangen konnten. John schaltete das Aufnahmegerät ein und ging zunächst die Formalien durch, indem er die Anwesenden aufzählte, das Datum der Vernehmung nannte und kurz sagte, in welcher Sache Broder Timm befragt wurde.

»Wir haben eine Zeugenaussage, der zufolge Sie Karel Jansen am Tag vor dem Absturz – der für ihn tödlich endete – in seinem Mobilheim auf dem Campingplatz aufsuchten. Es kam zu einem Streit zwischen Ihnen und Jansen. Sagen Sie uns bitte, worum es dabei ging.«

Broder Timm sah John misstrauisch an, vergewisserte sich mit einem Seitenblick bei seinem Anwalt, der ihm aufmunternd zunickte. »Es stimmt«, sagte er dann. »Ich war an jenem Morgen bei ihm.«

»Und Sie stritten mit Karel Jansen.«

»Ich … weiß nicht, ob man das so nennen kann.«

»Dann beschreiben Sie uns doch bitte in Ihren Worten, was geschehen ist.«

»Wir hatten einen Meinungsaustausch zwischen Männern. Möglich, dass wir etwas laut geredet haben, ich meine … wir sind ja beide nicht mehr die Jüngsten. Tut mir leid, falls wir irgendeinen Langschläfer gestört haben.«

Lilly ergriff das Wort: »Ich denke, wir wissen ziemlich genau, weshalb Sie mit ihm stritten.« Sie breitete Kontoauszüge und Rechnungsbelege auf dem Tisch zwischen ihnen aus.

Während John sich um Nick Hansen gekümmert hatte, hatten Lilly und Juri ganze Arbeit geleistet. In Absprache mit Sanna Harmstorf, die ihnen die nötigen Genehmigungen erteilt hatte, hatten sie am Morgen Fly Sylt einen Besuch abgestattet und sich Zugang zur Buchhaltung verschafft. Dort hatten sie die Rechnungen gefunden, die zu den Eingängen auf Karel Jansens Konto gehörten.

»Es sind Rechnungen doppelt gebucht worden«, erklärte Lilly. »Kleinere Beträge, die zunächst offenbar nicht aufgefallen sind. Im Laufe der Monate haben sie sich auf rund dreiunddreißigtausend Euro summiert. Das Geld landete auf Karel Jansens Privatkonto.«

John beobachtete, wie die Farbe aus Broder Timms Gesicht wich.

»Jansen veruntreute Geld«, fuhr Lilly fort. »Nick Hansen erfuhr davon, und er sagte uns, dass Sie ebenfalls darüber Bescheid wussten. Wir gehen stark davon aus, dass Sie den Vater von Bente und Inken Roeloffs an jenem Tag wegen dieser Sache aufsuchten und in Streit mit ihm gerieten.«

Broder Timm versuchte sich an einem Lachen, das aber eher verzweifelt als ernsthaft amüsiert klang. »Also, das ist ja …«

»Eine ernste Angelegenheit«, unterbrach John ihn. »Sie sind

doch offenbar sehr darum bemüht, Schaden von der Fluggesellschaft abzuwenden und einen öffentlichen Skandal zu vermeiden. Außerdem werfen diese Erkenntnisse auch ein fragwürdiges Licht auf Sie persönlich. Ich schlage daher vor, Sie unterhalten sich kurz mit Ihrem Anwalt, der Ihnen sicherlich deutlich machen wird, in welcher Situation Sie sich befinden ...«

John wies auf einen Tisch im hinteren Teil des Raums.

Broder Timm und sein Anwalt zogen sich dorthin zurück und berieten sich einen Moment.

John wandte sich an Lilly. Er kannte die Details ihres Besuchs bei der Fluglinie noch nicht. »Wie konnte Karel Jansen die Rechnungen doppelt buchen?«

»Ganz einfach«, antwortete Lilly kühl. Sie hatte sich wieder in ihre Notizen vertieft oder tat zumindest so. »Er kümmerte sich um die Buchhaltung.«

»Bente Roeloffs ließ ihren Vater die Buchhaltung machen?«

»So hat es uns Jola Naujoks zumindest erzählt ...«

Lilly verstummte, als Broder Timm und sein Anwalt zurückkamen.

»Mein Mandant wird Ihre Fragen gerne beantworten«, erklärte der Anwalt. »Ich möchte allerdings vorausschicken, dass er jeden eventuellen Verdacht, es bestünde eine Beteiligung seinerseits, was die Manipulation der Unglücksmaschine angeht, ausdrücklich von sich weist.«

»Wir werden sehen«, sagte John. »Also?« Er sah Broder Timm fragend an.

»Ich muss ein wenig weiter ausholen, damit Sie das alles nachvollziehen können.«

»Dann tun Sie das. Wir haben Zeit.«

»Alles fing vor etwa zwei Jahren an, als Bentes Vater wie aus dem Nichts auftauchte«, erzählte Timm. »Bis dahin hatte sie ihre Angelegenheiten im Griff. Aber Karel ... er tat ihr nicht gut. Wie sich herausstellte, war er ein begeisterter und erfahrener Pilot, eine gemeinsame Leidenschaft, die Bente und ihn sofort miteinander verband. Ich kann mir wirklich nicht vorstellen, wie das ist, wenn man seinen Vater nach so vielen Jahren kennenlernt, das muss sehr emotional sein ... Vermutlich kann man das nicht rational beurteilen. Jedenfalls war Bente ihm regelrecht verfallen.«

Nun schaltete sich doch Sanna Harmstorf ein. »Hat Bente je mit Ihnen über die Vergangenheit ihres Vaters gesprochen, oder tat er selbst das vielleicht?«

»Nein. Er hielt sich da sehr bedeckt. Er hatte offenbar weltweit für kleinere Airlines gearbeitet. Mal hier, mal da. Jedenfalls erzählte er Bente, dass er alles aufgegeben hätte, um seine Töchter kennenzulernen und bei ihnen zu sein. Sie gab ihm einen Job bei Fly Sylt. Zu dem Zeitpunkt war die Firma ohnehin durch die Pandemie gebeutelt. Die Lockdowns, die fehlenden Urlauber, das sinkende Fluggastaufkommen. Bente hatte Leute entlassen müssen, eine helfende Hand war also willkommen.«

»Wissen Sie, ob sie ihrem Vater offiziell ein Gehalt bezahlte?«, fragte Lilly. »Wir haben auf seinen Konten keine entsprechenden Eingänge entdeckt.«

»Das kann ich Ihnen wirklich nicht sagen. Möglich, dass sie es ihm schwarz hat zukommen lassen.«

»Welche Arbeiten übernahm er denn?«, fragte John.

»Karel erledigte zuerst kleinere Botendienste. Dann übertrug Bente ihm kürzere Flüge aufs Festland, keine Passagiere, nur Fracht. Und als er sich ihr Vertrauen verdient hatte, übertrug Bente ihm irgendwann die Buchhaltung.«

»Wer hatte sich bis dahin darum gekümmert?«

»Jola Naujoks. Bentes Personalrochade war durchaus nachvollziehbar. Jola konnte die Ground Services verstärken, wo es an Personal mangelte. Karel hatte offenbar Erfahrung mit der Buchhaltung, zumindest behauptete er das Bente gegenüber, und er schien seine Sache auch gut zu machen.«

»Bis auf die Tatsache, dass er irgendwann anfing, Rechnungen doppelt zu buchen und das Geld einzustreichen«, wandte Lilly ein.

»Genau. Es war Jola, die ihm auf die Schliche kam. Sie hatte ihre Versetzung nur mit Zähneknirschen hingenommen und konnte Bentes Vater nicht ausstehen. Sie schaute ihm heimlich auf die Finger und entdeckte irgendwann diese Unregelmäßigkeiten. Damit wandte sie sich dann an mich.«

»Warum Sie?«, fragte John. »Weshalb ging sie damit nicht direkt zu Bente?«

»Wie gesagt, Bente liebte ihren Vater. Sie war nicht kritikfähig, was ihn anging. Jola hat viele Jahre für mich gearbeitet, sie vertraut mir. Deshalb suchte sie meine Hilfe.«

»Und Sie ahnten ebenfalls, dass Sie bei Bente auf Granit beißen würden«, schloss John. »Deshalb suchten Sie lieber direkt Karel Jansen auf, um ihn mit der Entdeckung zu konfrontieren.«

»Ja. Es war unmöglich zu sagen, wie Bente reagieren würde. Ich wollte es daher erst mal aus seinem Mund hören. Das Beste wäre wohl gewesen, wenn er ehrlich gewesen wäre und die ganze Sache Bente selbst gestanden hätte.«

»Wann haben Sie seinen Schwindel entdeckt?«

»Ganz genau weiß ich das nicht mehr. Ungefähr zwei Monate vor dem Absturz.«

»Dann war das auf dem Campingplatz nicht Ihr erster Besuch in dieser Sache bei ihm?«

»Nein. Und natürlich konnte ich das auch nicht die ganze Zeit vor Bente geheim halten. Ich erzählte es ihr. Aber wie ich befürchtet hatte … sie unternahm in der Sache nichts. Ich wollte es noch einmal versuchen. Herausfinden, warum er das tat, und ihn zur Verantwortung ziehen.«

»Doch daran hatte Jansen ganz offenbar kein Interesse«, bemerkte Sanna Harmstorf.

»Nein.« Broder schüttelte den Kopf. »Karel zeigte plötzlich

sein anderes Gesicht. Er packte mich am Kragen, presste mich gegen die Wand …«

»Er wurde wirklich handgreiflich?«, fragte John.

»Ja, allerdings ließ ich mich davon nicht beeindrucken. Daraufhin sagte er mir, dass ich ja keine Ahnung hätte, mit welchem Feuer ich da spielte.«

»Was meinte er damit?«

»Ich weiß es nicht. Damit ließ ich es auch gut sein. Ich wollte ihn nicht noch mehr gegen mich aufbringen. Ehrlich gesagt … ich hatte Angst vor ihm.«

»Sie haben also nicht von ihm erfahren, weshalb er Geld von der Fluglinie abzweigte?«

»Nein. Ich bin dann erst mal nach Hause, wollte überlegen, was ich nun weiter tue … tja. Und dann sind die beiden am nächsten Morgen abgestürzt.«

»Wir haben an der Unfallstelle einen Koffer mit einer hohen Bargeldsumme gefunden«, erklärte John.

Broder überlegte einen Moment. »Ja, da war ein solcher Koffer. Er lag auf dem Wohnzimmertisch. Allerdings war er verschlossen, ich konnte nicht sehen, was sich darin befand.«

John sah sich nach Sanna Harmstorf um, die ihm zunickte. Nun hatte sie zumindest die Bestätigung, dass der Koffer tatsächlich Karel Jansen gehörte.

Broder Timm hob eine Hand. »Hören Sie, ich weiß, wie das für Sie aussehen muss und was Sie jetzt vielleicht über mich denken …«

Der Anwalt unterbrach ihn: »Sie brauchen nichts auszusagen, mit dem Sie sich selbst belasten. Also überlegen Sie …«

»Ach, lassen wir das. Ich habe nichts zu verbergen.« Broder wischte den Einwand weg. »Es ist doch klar, dass ich jetzt zu den Verdächtigen gehöre. Der alte Mann, der mit ansehen muss, wie sein Lebenswerk den Bach runtergeht. Die Fluglinie in der Krise wegen der Pandemie. Piloten, die ohne Lizenz fliegen. Dann noch der Schlamassel mit Bentes Vater ... Und kaum stürzt sie ab, übernehme ich wieder das Ruder der Firma und versuche, zu retten, was zu retten ist. Sicher, ich hätte die Maschine ohne Weiteres manipulieren können. Aber ...« Er hob einen Zeigefinger. »So war es nicht. Das schwöre ich. Mir mag auf dem Altenteil manchmal langweilig gewesen sein, aber ich habe mich wirklich nicht darum gerissen, den ganzen Stress wieder an der Backe zu haben. Ich tue das für Inken und für Bente. Ich hoffe wirklich, sie kommt wieder ins Leben zurück und kann den Karren selbst aus dem Dreck ziehen. Sie ist überaus fähig, und wenn ich eines Tages in die Kiste springe, wäre mir nichts lieber, als sie wieder in Amt und Würden zu sehen.«

»Das möchten wir Ihnen gerne glauben«, erwiderte John. »Aber Sie verstehen, dass wir unsererseits überprüfen werden, ob das auch wirklich der Fall ist.«

»Selbstverständlich.«

»Ich möchte Sie bitten, sich zu unserer Verfügung zu halten und die Insel nicht zu verlassen«, erklärte Sanna Harmstorf.

»Und wie stellen Sie sich das vor?« Broder hob die Schultern. »Ich bin als Pilot fest eingeplant. Wenn ich die Insel nicht verlassen darf, müssen wir unseren kompletten Betrieb einstellen.«

»Machen Sie einen Vorschlag.« Sanna blieb standhaft.

»Wie wäre es, wenn ich Ihnen die Flugpläne zukommen lasse. Dort steht ganz genau, wann ich wohin fliege. Sie könnten meine Maschine sogar tracken.«

»In Ordnung«, sagte Sanna. »Und Sie sollten sich besser an diesen Plan halten.«

Broder Timm und der Anwalt verließen die Wache. Als sie die Tür hinter sich geschlossen hatten, blickte John abwechselnd zu Lilly und Sanna Harmstorf. Für einen kurzen Moment flackerte zwischen ihm und Lilly wieder die unterbewusste Verbindung auf, die er die ganze Zeit vermisst hatte. Sie stellten sich beide dieselbe Frage – und Sanna Harmstorf offenbar ebenfalls.

»Warum hinterging Karel Jansen seine eigene Tochter?«, fragte die Staatsanwältin. »Was wollte er mit dem ganzen Geld?«

In dem Moment kam Tommy zur Tür herein. Er hatte sich einen Laptop unter den Arm geklemmt. »Ich habe hier etwas über Geert Petersen«, sagte er, ging zielstrebig zu einem Schreibtisch und stellte den Computer darauf.

»Wer ist Geert Petersen?«, fragte John.

»Angeblich ein alter Bekannter von Inken Roeloffs«, erklärte Sanna Harmstorf. »Ich habe sie gestern im Café Wien mit ihm gesehen. Es war … ein Bauchgefühl, dass da vielleicht mehr zwischen den beiden ist.«

»Geert Petersen lebt auf dem Festland, in Fleckeby in der Nähe von Schleswig. Im Hotel Hamburg hat man mir gesagt, dass er sich für eine Woche dort einquartiert hat. Und jetzt seht euch das hier an.«

Tommy winkte sie zu sich heran und deutete auf den Monitor des Laptops.

Darauf war eine Webseite zu sehen, die, der Aufmachung nach zu urteilen, vor Urzeiten erstellt worden sein musste. Offenbar handelte es sich um den frühen Versuch einer Informatik-AG, über das aktuelle Geschehen einer Schule zu berichten, eines Gymnasiums hier auf der Insel. Der Text befasste sich mit einem überregionalen Schreibwettbewerb Mitte der Neunzigerjahre. Eine Oberstufenschülerin des Gymnasiums hatte ihn mit einer Kurzgeschichte für sich entscheiden können. Das zugehörige Bild zeigte die Preisverleihung. Die Schülerin war mit der Siegerurkunde zu sehen, etwas versetzt hinter ihr ein älterer Mann. Eine Unterzeile enthielt weitere Informationen zu dem Bild.

»Die stolze Gewinnerin Inken Roeloffs«, las John laut vor. »Hinter ihr Geert Petersen, der nicht minder stolze …«

Er brach ab. Sanna Harmstorf lehnte sich über den Laptop, dann sah sie John verblüfft an. »… der nicht minder stolze Vater?«

202

22 Sanna Harmstorf

Für einen kurzen Moment erhaschte Sanna einen Blick auf das Wattenmeer, bevor es wieder hinter den geschwungenen Hügeln der Dünenlandschaft verschwand. Es war später Nachmittag, die Sonne stand tief am Himmel und blendete. Sie fuhren auf der Rantumer Straße wieder nach Norden, vor ihnen der gelbe Renault, an dessen Stoßstange sich John Benthien geheftet hatte. Einige überaus langweilige Stunden lagen hinter ihnen, die Sanna wieder in Erinnerung gerufen hatten, welcher Eintönigkeit sich die Ermittlungsbeamten mitunter hingeben mussten.

Sie folgten Geert Petersen nun schon eine ganze Weile.

Sanna hatte den Mann gleich zur Rede stellen wollen. Gemeinsam mit Benthien hatte sie das Hotel Hamburg aufgesucht, in dem Petersen residierte. An der Rezeption hatte man ihnen eröffnet, dass der Herr seine Mittagsruhe pflege und darum gebeten habe, nicht gestört zu werden. Sanna hatte ihre Handynummer hinterlassen, mit der Bitte, Petersen möge sich umgehend bei ihr melden, wenn er den Schönheitsschlaf beendet habe. Doch das hatte er nicht getan.

Sanna hatte mit Benthien in seinem Wagen vor dem Hotel gewartet. Am frühen Nachmittag hatte Petersen die Herberge frischen Schrittes verlassen, war in den gelben Renault einer Mietwagenfirma gestiegen und losgefahren. Benthien hatte gemeint, es sei doch interessant herauszufinden, welche Angelegenheiten der Mann hier auf der Insel zu erledigen habe, die offenbar wichtiger als ein Anruf bei der Staatsanwaltschaft seien.

Und auf diese Frage hatten sie eine eindeutige Antwort erhalten: Petersens ganze Aufmerksamkeit galt Inken Roeloffs.

Er hatte sich auf direktem Weg zum Haus seiner vermeintlichen Tochter in der Hörnumer Kersig-Siedlung begeben. Benthien war an dem Reetdachhaus vorbeigefahren, hatte gewendet und den Citroën ein Stück weiter die Straße rauf geparkt. Er hatte die Stelle so gewählt, dass sie freien Blick auf das Haus und sogar den seitlich dahinterliegenden Wintergarten gehabt hatten. Aus seinem Handschuhfach hatte Benthien einen Feldstecher hervorgeholt. Darauf waren einige der langweiligsten Stunden in Sannas Leben gefolgt.

Petersen und Inken Roeloffs hatten, soweit sie das aus der Ferne beobachten konnten, zunächst im Wintergarten Kaffee getrunken. Dann hatten sie sich über zahllose Papiere und Aktenordner gebeugt, die Inken Roeloffs auf dem Boden ausgebreitet hatte. Später war noch ein kurzer gemeinsamer Spaziergang gefolgt, schließlich war Petersen mit einem Aktenordner unter dem Arm wieder in seinen Mietwagen gestiegen, mit dem er nun zurück Richtung Norden fuhr.

»Macht Sie das eigentlich nicht depressiv?«, fragte Sanna.

»Sie meinen die Observierung? Das gehört halt zu meinem Job.« Benthien richtete den Blick weiter auf die Straße. Sanna hatte den Eindruck, dass er sich ebenfalls wohler damit fühlte, dass sie wieder zum Sie übergegangen waren. Jedenfalls hatte es seinerseits keinen neuerlichen Duzversuch gegeben.

Sanna deutete mit einem Nicken auf das altertümliche Kassettenautoradio. »Nein, ich meine die Musik.«

Seit sie losgefahren waren, spielte Leonard Cohen in Dauerschleife. So sehr Sanna die künstlerische Leistung des Musikers anerkannte, sein Gesang machte sie einfach schläfrig und drückte auf die Stimmung.

Benthien ließ die Kassette aus dem Fach springen. Dann klappte er die Mittelarmlehne hoch, unter der sich ein Schuber mit weiteren Kassetten befand. Benthien wählte eine aus und gab sie in das Einschubfach. »Wie wäre es hiermit?«

In den Lautsprechern begann »Telegraph Road« zu spielen. Benthien sah sie erwartungsvoll an.

Nun konnte auch Sanna sich ein Lächeln nicht verkneifen. »Bingo. Ich denke, auf Dire Straits können wir uns einigen.«

»Na, wer sagt's denn.«

»Gehen wir durch, was wir haben?«

»Einverstanden«, sagte Benthien. »Da wäre Nick Hansen. Er flog ohne gültige Lizenz. Bente Roeloffs fand das heraus. Allerdings wusste Hansen, dass ihr Vater Gelder veruntreute. Broder Timm hatte sich ihm gegenüber offenbar verplappert. Und mit diesem Wissen setzte er Bente unter Druck. Ein Patt. Dennoch, der Absturz kam für ihn nicht ungelegen. Wobei er bestreitet, die Maschine manipuliert zu haben – was wir ihm nach derzeitigem Stand der Dinge auch nicht nachweisen können.«

»So ist es. Ähnlich verhält es sich mit Broder Timm. Er muss zusehen, wie Bente Roeloffs die Fluglinie, die er aufgebaut hat, langsam runterwirtschaftet. Nicht allein ihr Verschulden, aber dennoch. Dann erfährt er von Hansen, einem Piloten ohne Lizenz, und Karel Jansen, der die Firma ausnimmt. Ein Sauhaufen, denkt er sich. Er stellt Jansen zur Rede, sie streiten, Jansen wird handgreiflich. Am selben Tag taucht Jansen abends mit einem gebrochenen Arm im Krankenhaus auf. Und am nächsten Tag ist er tot, und Bente Roeloffs liegt im Koma. Broder Timm übernimmt wieder selbst das Zepter, nachdem Inken Roeloffs als stille Teilhaberin der Airline ihn darum gebeten hat. Jedenfalls hätte er das nötige Wissen gehabt, um die Tat auszuführen, und er hätte sich sicherlich auch Zugang zu der Maschine verschaffen können.«

»Was er allerdings alles abstreitet. Und auch hier …« Benthien hob die Schultern. »Wir können es ihm nicht nachweisen.«

»Was Hansen und Timm betrifft, gilt weiter die Unschuldsvermutung. Dennoch bin ich nicht bereit, die beiden als Verdächtige vom Haken zu lassen.«

»Das wäre auch vorschnell. Was ist mit Karel Jansen selbst?«

»Er gibt mir derzeit die meisten Fragen auf. Vielleicht sollten wir uns mehr auf ihn konzentrieren«, sagte Sanna.

»Allerdings. Jansen taucht vor zwei Jahren unversehens bei seinen Töchtern auf. Das war kurz nachdem Inken Roeloffs ihren ersten Bestseller gelandet hat.«

»Wobei seine Vergangenheit für alle, die mit ihm zu tun hatten, ein Buch mit sieben Siegeln ist. Fragt sich auch, weshalb er nicht früher nach seinen Kindern gesucht hat.«

»Das scheint die beiden jedenfalls nicht gestört zu haben. Nach allem, was wir bislang gehört haben, sind die Schwestern dem Vater geradezu verfallen. Glauben wir Broder Timm, hat Bente darüber ihre Zurechnungsfähigkeit verloren, zumindest teilweise. Sie übertrug dem Vater wichtige Angelegenheiten in der Firma, was dieser ihr mit seinem Betrug dankte. Außerdem wären da noch ein paar Schönheitsfehler.«

»Wie meinen Sie das?«, fragte Sanna.

»Die Gehaltszahlungen, die nirgendwo auftauchen. Ich wette auch, dass seine Anstellung nicht aktenkundig ist. Und dann lebt der Mann auf einem Campingplatz, wo er seinen Wohnsitz nicht angeben musste. Da zieht sich ein Muster durch.«

»Und das wäre?«

»Es liegt doch auf der Hand. Karel Jansen wollte unsichtbar bleiben«, erklärte Benthien.

Sanna musterte ihn von der Seite, während er beide Hände auf dem Lenkrad hatte, den Blick auf die Straße und den gelben Renault gerichtet.

Benthien hatte bislang auf sie den Eindruck eines hemdsärmeligen und, wenn sie dem Oberstaatsanwalt und Kriminalrat Gödecke glauben durfte, zwielichtigen Polizisten gemacht. Und er hatte sich selbst alle Mühe gegeben, diesen Eindruck zu bestätigen. Doch nun schimmerte zum ersten Mal auch ein gewitzter Ermittler durch.

»Und Sie meinen, der Schlüssel könnte in Jansens Vergangenheit liegen?« Sanna blickte ihn fragend von der Seite an.

»Vielleicht. Wofür brauchte er das Geld von der Fluglinie? Warum der Koffer mit Bargeld? Was wollte er auf Helgoland und in Stavanger?«

»Auf der Insel wollte er vermutlich zu seiner Kate. Wir sollten uns dort umsehen.«

»Ja. Es muss einen Grund geben, weshalb er die eigene Tochter betrog und sie in Gefahr brachte … Denn so viel muss den beiden klar gewesen sein. Was sagte Bente noch gleich zu dem Arzt im Krankenhaus: eine Sache von Leben und Tod.«

»Richtig. Wobei man sich fragt, ob er tatsächlich der Vater der beiden Schwestern war. Oder ob der wahre Vater nicht vor uns fährt.« Sie sah durch die Windschutzscheibe zu dem gelben Renault, in dem Geert Petersen auf Kampen zusteuerte.

Auf Sylt schien Petersen sich auszukennen, jedenfalls fuhr er zielstrebig einen der schönsten Orte auf der Insel an. Im Zentrum von Kampen nahm er den Wattweg, von dem aus er nach wenigen Hundert Metern rechts auf den Stapelhooger Wai einbog. Er folgte der Straße, vorbei an einsam gelegenen Friesenhäusern, bis er eine Stichstraße erreichte, auf die er links abbog. Den Parkplatz, auf dem er seinen Wagen abstellte, kannte Sanna nur allzu gut. Er gehörte zur Kupferkanne, einem Traditionscafé, gelegen an einer besonders idyllischen Stelle am Kampener Watt, das Sannas Mutter in ihrer Zeit als Literaturagentin für Treffen mit Autoren und Verlegern gedient hatte, die nach ihrem Dafürhalten den teuren Besuch im Sansibar noch nicht verdienten, andererseits aber doch zu wichtig waren, um sie mit Kaffee und Kuchen in einem x-beliebigen Café abzuspeisen. Die Kupferkanne, oder Kuka, wie sie von den Insulanern genannt wurde, war nach dem Zweiten Weltkrieg von einem ehemaligen Marineleutnant, der sich nun der Bildhauerei verschrieben hatte, in einem ausgedienten Flakbunker errichtet worden. Zunächst hatte ihm die Behausung lediglich als Atelier gedient. Er legte verwinkelte Gänge an, baute halb unterirdische Räume, schuf praktisch die perfekte Zuflucht für einen Eremiten. Doch mit der Zeit fand er wohl Gefallen daran, die Idylle inmitten der Heidelandschaft mit Gästen zu teilen und diese zu bewirten.

Heute überwucherte Gras das Dach des vorne aus roten Backsteinen bestehenden Baus. Im Inneren wartete hinter jeder Ecke eine kleine Überraschung, war doch kein Raum wie der andere. Die Gäste nahmen Kaffee und Kuchen zwischen echten Raritäten zu sich, überall auf den Fensterbänken, in Nischen oder an den Wand- und Deckenbalken standen und hingen alte Registrierkassen und Waagen, Kaffeemühlen, leere Weinfässer oder Kupferkannen und Geschirr.

Als Kind hatte Sanna die urgemütliche Einrichtung gefallen. Nicht minder sehenswürdig war der Cafégarten inmitten von Dutzenden Kiefern, in dem die Pfauen frei herumstolzierten.

Sie fanden Geert Petersen an einem Tisch unter einer hochgewachsenen Kiefer. Der Blick ging von hier weit über die Heidelandschaft auf das Wattenmeer, von wo aus eine frische Brise heraufwehte. Petersen trug eine dunkelgrüne Steppjacke, deren Kragen er hochgeklappt hatte.

Sanna ging hinüber zu dem Tisch und stellte sich und Benthien vor. »Wir haben uns heute Morgen schon kurz im Café Wien getroffen«, sagte sie.

»Natürlich, ich erinnere mich. Wie haben Sie mich hier so zielsicher gefunden?«

»Ihre Tochter sagte uns, dass wir Sie hier antreffen«, log Sanna.

Petersen deutete auf die Kaffeetasse vor sich. »Ich bin eine alte Kaffeetante. Der hier ist selbst geröstet. Der beste auf der Insel, wenn Sie mich fragen. Ich muss mindestens einmal hierher, wenn ich auf Sylt bin. Kindheitserinnerungen. Setzen Sie sich. Was kann ich für Sie tun?«

Sanna zog sich einen Stuhl heran, Benthien tat es ihr gleich. Sie erklärte dem Mann, in welcher Angelegenheit sie ermittelten.

»Ja«, sagte Petersen und rückte die Schiebermütze zurecht, die seine kurzen grauen Stoppelhaare bedeckte. »Inken erzählte mir bereits, dass Sie Nachforschungen anstellen. Sie gehen noch immer davon aus, dass jemand die Maschine absichtlich zum Absturz brachte?«

»So ist es. In welcher Beziehung stehen Sie zu Inken Roeloffs?«

»Wir sind ... alte Bekannte.«

Sanna seufzte innerlich. Sie hatte weder Zeit noch Nerven, sich auf Versteckspielchen einzulassen.

»Lassen Sie mich lieber gleich zum Punkt kommen«, sagte sie und griff in die Innentasche ihrer Jacke. Sie zog einen Ausdruck des Fotos hervor, das sie im Internet von Petersen und der jungen Inken Roeloffs gefunden hatte. Sanna legte es auf den Tisch. »Das sind unverkennbar Sie. Unter dem Bild steht, Sie seien der Vater von Inken Roeloffs. Die hat uns ihrerseits allerdings erklärt, dass Karel Jansen ihr Vater war. Der ist nun leider tot. Ich finde das alles sehr erklärungswürdig. Sie nicht?«

Petersen ließ die Kaffeetasse sinken, die er gerade an seine Lippen führen wollte. Er nahm das Foto in die Hand und betrachtete es. »Der Schreibwettbewerb. Sie hatte immer schon großes Talent.«

»Ich wiederhole meine Frage: In welcher Beziehung stehen Sie zu Inken Roeloffs?«

Petersen blickte Sanna und Benthien wechselseitig über den Rand seiner Stahlgestellbrille an. »Diese Frage sollten Sie besser Inken persönlich stellen.«

»Ich frage aber ...«

Er ließ Sanna nicht zu Wort kommen. »Seit ihrem Erfolg steht Inken in der Öffentlichkeit. Sie ist bemüht, ihre Familie und Privates aus den Klatschspalten rauszuhalten.«

»Und das ist ihr gutes Recht«, erwiderte Sanna. »Allerdings schreibe ich nicht für ein Revolverblatt. Das hier ist eine Mordermittlung. Wir können uns gerne in Flensburg auf dem Präsidium weiter unterhalten. Ich frage ein letztes Mal: Sind Sie der Vater von Inken Roeloffs?«

»Kein Grund, feindselig zu werden.« Petersen hob beide Hände. »Ich möchte mir von Inken nur nichts vorwerfen lassen. Unsere Beziehung ... Wir haben schwierige Zeiten hinter uns.«

»Sie sind also ihr Vater?«, hakte Benthien nach.

»Gewissermaßen. Es ist eine lange Geschichte.«

»Dann schlage ich vor, wir lassen uns zwei Kaffee kommen und hören Ihnen in aller Ruhe zu«, sagte Sanna und winkte die Kellnerin heran.

Nachdem sie ihre Bestellung aufgegeben hatten, begann Petersen zu erzählen. Wolken hatten sich vor die Sonne geschoben und verdunkelten den Himmel. Sanna zog den Reißverschluss ihrer Jacke hoch.

»Ich kannte die Mutter der beiden noch aus der Schule. Gyde Roeloffs. Wir sind zusammen auf der Insel aufgewachsen. Damals konnte man sich als Einheimischer hier noch ein Leben leisten.« Petersen trank einen Schluck Kaffee. »Gyde und ich gingen zusammen, wie man damals sagte. Nach der Mittleren Reife verließ sie die Insel, sie machte auf dem Festland eine Ausbildung. Wir verloren den Kontakt. Mitte der Achtziger kam sie dann zurück. Sie hatte Zwillinge bekommen, Inken und Bente, die beiden waren noch kein Jahr alt. Gyde arbeitete in einem Restaurant. Wir trafen uns zufällig dort, und ... was soll ich sagen ... die alte Liebe flammte wieder auf, und wir zogen bald zusammen.«

»Was machten Sie zu jener Zeit?«, fragte Sanna.

»Ich hatte eine kaufmännische Ausbildung absolviert. Ein Baufachhandel beschäftigte mich als Buchhalter.«

»Ihre alte Liebe taucht also wieder auf, und Sie heiraten sie vom Fleck weg ...«

»Nein, wir waren nie verheiratet. Gyde wollte das nicht.«

»Erzählte sie Ihnen, wer der Vater der Kinder war?«, wollte Sanna wissen.

»Nein. Aber sie ...« Petersen stützte die Ellbogen auf den Tisch und senkte den Kopf. Als er wieder aufblickte, lag ein ängstlicher Blick in seinen Augen. »Wir kommen jetzt zu dem Teil, der meine Beziehung zu Inken lange belastet hat. Wir ... reden selten darüber, und ... nun ja, ich wäre Ihnen dankbar, wenn Sie ihr nicht verraten, dass wir darüber gesprochen haben. Zumindest, wenn es sich irgendwie vermeiden lässt.«

Sanna nickte still, und Petersen fuhr schließlich fort. »Ich musste Gyde ein Versprechen geben. Die Mädchen sollten nie erfahren, wer ihr leiblicher Vater ist.«

»Sie nannte also keinen Namen.«

»Nein. Sie sagte nur, sie habe sich von ihm getrennt, weil er ein schlechter Mensch sei. Es wäre besser für die Mädchen, wenn sie ihn nie träfen. Mehr bräuchte ich nicht zu wissen.«

»Das bedeutet«, meinte Sanna, »Gyde Roeloffs ließ ihre Töchter in dem Glauben, dass Sie ...«

»Ja, genau. Inken und Bente wuchsen die ersten Jahre ihres Lebens in der Annahme auf, dass ich ihr leiblicher Vater sei. Mir war nicht ganz wohl bei dieser Charade, und sie sollte sich noch als schwerer Fehler erweisen. Doch ich spielte das Spiel aus Liebe zu Gyde mit, und ... tja, irgendwann fühlten sich die beiden wirklich an wie meine Töchter.« Die Kellnerin brachte die Getränke für Sanna und Benthien.

Petersen machte eine Pause und sprach weiter, als die Frau sich wieder vom Tisch entfernte. »Leider war die Beziehung zwischen Gyde und mir nicht von langer Dauer. Wir trennten uns nach sechs Jahren wieder.«

»Die Mädchen ließen Sie aber in dem Glauben, Sie seien ihr Vater?«, fragte Sanna.

»Ja. Gyde schirmte sie nach unserer Trennung jedoch zunehmend von mir ab. Den beiden erzählte sie wohl, dass ich kein Interesse mehr an ihnen hätte. Als ich dann eine besser bezahlte Anstellung auf dem Festland annahm, riss der Kontakt vollends ab.«

»Aber ganz offenbar verstehen Sie und Inken sich heute bestens«, stellte Sanna fest.

»Inken machte mich eines Tages ausfindig. Der Draht zu ihr war immer stärker gewesen als der zu Bente. Inken ging bereits in die Oberstufe des Gymnasiums, aus ihr war eine hübsche junge Frau geworden. Und«, er wies auf das ausgedruckte Bild, »sie war gerade dabei, ihr schriftstellerisches Talent zu entdecken.«

»Ich nehme an«, meinte Benthien, »ihre Mutter hatte den beiden noch immer nichts von ihrem leiblichen Vater erzählt?«

»Nein.«

»Und Sie beließen es bei der Lüge?«

»Schweren Herzens, ja. Inken erzählte mir, wie sehr sie darunter gelitten hatte, dass ich keinen Kontakt mehr zu ihr gewollt hatte. Zumindest dieses Missverständnis klärte ich auf. Alles andere … ließ ich lieber unangerührt.«

»Bis die beiden dann vor zwei Jahren selbst herausfanden, wie es tatsächlich um ihre Familienverhältnisse bestellt ist«, sagte Sanna.

»Ja. Karel Jansen stand plötzlich vor ihrer Tür. Die Wahrheit war ein ziemlicher Schock. Für beide …« Petersen holte tief Luft. »Das sollte ich wohl wirklich nicht erzählen, aber … Inken hatte sich schon früher Hilfe bei einem Therapeuten gesucht. Doch nun kam auch Bente nicht mehr allein damit klar.«

»Bente und Inken nahmen beide psychologische Hilfe in Anspruch?«, fragte Sanna. »Wir werden das diskret behandeln.

Aber besonders im Fall von Bente könnte es wichtig sein, dass wir mit dem Therapeuten sprechen.«

»Ja«, antwortete Petersen. »Ein Dr. Jasper Andersen, wenn ich mich recht entsinne.«

Sanna brauchte sich den Namen nicht zu notieren. Es war derselbe Psychiater, den ihre Schwester Jaane aufsuchte.

Benthien beugte sich vor. »Gyde behauptete Ihnen gegenüber, dass es sich beim Vater der Mädchen um einen schlechten Menschen handelte. Was meinte sie damit?«

»Das kann ich Ihnen nicht sagen. Inken und Bente sprachen nicht über die Vergangenheit des Mannes, und ihn selbst habe ich nie kennengelernt. Allerdings ...«

»Was?« Benthien rührte ein Stück Zucker in den Ostfriesentee, den er bestellt hatte.

»Ich hatte das Gefühl, dass der Mann die Zuneigung der beiden ausnutzte.«

»Wie kommen Sie zu der Einschätzung?«, fragte Sanna.

»Inken lieh ihm Geld.«

»Wie viel? Und wissen Sie, zu welchem Zweck?«

»Das kann ich Ihnen nicht sagen. Sie erwähnte das nur einmal beiläufig, und ich wollte nicht nachbohren.«

»Und was treibt Sie jetzt hierher auf die Insel?«

»Ich möchte Inken in dieser schweren Zeit beistehen. Und sie hat mich gebeten, ihr bei der Fluglinie ein wenig unter die Arme zu greifen.«

»Erklären Sie uns das bitte genauer.«

»Inken ist durch und durch Literatin, kein Zahlenmensch. Ich mag zwar in Rente sein, aber ich habe mein Leben mit Buchführung verbracht.« Er legte die Hand auf einen Aktenordner, der auf dem Stuhl neben ihm lag. »Sie hat mich gebeten, einen Blick auf die Zahlen zu werfen.«

Sanna legte die Stirn in Falten. »Inken erzählte uns, sie sei lediglich stille Teilhaberin.«

»Das ist korrekt. Bente zahlt Inken das Geld, das sie sich von ihr geliehen hat, nach und nach zurück. Ein kleiner Teil der Airline gehört ihr dennoch. Und nun, wo Bente im Koma liegt, fühlt sie sich verantwortlich. Sie möchte gerne Klarheit haben.«

»Klarheit worüber?«, wollte Sanna wissen, und Petersens Gesicht konnte sie ansehen, dass er plötzlich realisierte, vielleicht ein Wort zu viel gesagt zu haben.

»Über … ein paar Unregelmäßigkeiten. Die Pandemie hat die Fluglinie sehr gebeutelt. Es … geht hauptsächlich um Personalkosten und solche Dinge.«

Sanna setzte ein Lächeln auf. »Und könnte darüber hinaus vielleicht auch das Geld eine Rolle spielen, das ihr Vater von der Firma abzweigte?«

Petersen sagte erst nichts, sondern erkaufte sich Zeit, indem er seine Brille abnahm und die Gläser putzte.

»Wusste Inken, dass ihr Vater Gelder veruntreute?«, versuchte Sanna es noch einmal direkter.

Petersen setzte die Brille wieder auf und blickte in die Ferne auf das Meer. Dann: »Ja. Das wäre durchaus möglich.«

23   Lilly Velasco

Die Abenddämmerung setzte bereits ein, als sie Haus Kliffende im Norden Kampens erreichten. Während Tommy auf den
Parkplatz des alten Friesenhauses mit weißer Fassade und aus-
ladendem Reetdach zufuhr, kamen Lilly die vielleicht berühm-
testen Zeilen aus dem Gästebuch der ehemaligen Herberge in
den Sinn: »Nicht Glück oder Unglück – der Tiefgang des Lebens ist es, worauf es ankommt.« Thomas Mann hatte sie am
Ende des Sommers geschrieben, den er hier verbracht hatte. Für
ihn mochte diese Feststellung durchaus zutreffen, und generell
sprach nichts dagegen, sein Leben in vollen Zügen zu genießen.
Was ihre Ermittlungen betraf, waren aber wohl doch eher Glück
oder Unglück über den Fortgang entscheidend.

Auf der Suche nach demjenigen, der in der vergangenen
Woche die Hochzeitsfotos vor dem Hotel Miramar geschossen
hatte, hatten sie bereits sechs Fotografen abgeklappert. Erfolglos. Lilly hoffte, dass auf den Aufnahmen der Hochzeit vielleicht
im Hintergrund die Telefonzelle zu sehen war, von der aus die
unbekannte Frau im Krabbenkutterfall angerufen hatte.

Der Fotograf Pascal Wibe war der Letzte auf ihrer Liste. In
seinem Ladenlokal hatte seine Assistentin ihnen gesagt, dass er
sich gerade für ein Shooting am Roten Kliff befand.

Lilly stieg aus und blickte hinüber zu Haus Kliffende. Einst
hatte die Schauspielerin Clara Tiedemann in dem alten Friesenhaus prominente Gäste beherbergt, inzwischen befand sich das

Anwesen allerdings im Besitz von Privatinvestoren und blieb der Allgemeinheit verschlossen. Das Haus stand am Ende des Roten Kliffs nahe der Abbruchkante. Jeder größere Sturm bedrohte heutzutage seine Existenz.

Lilly wartete, bis Tommy den Wagen abgeschlossen hatte, dann folgten sie dem Fußweg hinunter zum Strand.

Die gut fünfzig Meter hohe Steilküste, die vor Urzeiten aus der Grundmoräne eines Gletschers entstanden war, leuchtete rotbraun im Licht der untergehenden Sonne. Vor ihnen lag der kilometerlange Strand. Lilly hätte jetzt nichts dagegen gehabt, einfach weiterzulaufen, den Sand zwischen den Zehen zu spüren. Dazu das Rauschen der Brandung. Der Ruf der Möwen. Die Seele baumeln lassen.

Lilly sah den Fotografen bereits von Weitem. Er hatte ein Stativ aufgebaut und das Kliff ins Visier genommen.

Sie stellte sich und Tommy vor, als sie heran waren.

»Pascal Wibe«, er hielt ihnen die Hand hin. »Ist irgendetwas Schlimmes passiert?«

»Nein, keine Sorge. Es geht um einen alten Fall, in dem Sie uns vielleicht helfen könnten.«

Lilly hatte ein Bild der Überwachungskamera ausgedruckt, das die Hochzeitsgesellschaft zeigte. »Das war vergangene Woche Mittwoch. Erinnern Sie sich, ob Sie die Fotos geschossen haben?«

Der Fotograf schürzte die Lippen. »Das ist gut möglich. Ich hatte vergangene Woche mehrere Brautpaare, drei davon vor dem Miramar. Ist eine beliebte Stelle.« Er betrachtete die Aufnahme von Nahem. Dann deutete er mit dem Zeigefinger auf eine Stelle. »Aber natürlich. Der Hund. Die Hochzeit werde ich wohl nie vergessen.«

»Darf ich mich erkundigen, weshalb?«

»Der Bräutigam war ein Hundertprozentiger, mit ganz genauen Vorstellungen, wie das alles auszusehen hatte – wobei er natürlich keinen Dunst von Fotografie hatte. Seine Braut hat ihm dann einen Strich durch die Rechnung gemacht, beziehungsweise ihr Hund, den sie unbedingt mit auf dem Foto haben wollte. Ein Cockerspaniel war das, völlig durchgedrehtes Tier. Irgendwann ist er ausgebüxt, den Strand runter. Der Bräutigam musste hinterher. Später kam er dann mit Hund und völlig nassen und sandigen Schuhen zurück.« Wibe lachte. »Der Köter hat das ganze Shooting vermasselt.«

»Haben Sie noch die Bilddateien?«, fragte Tommy.

»Natürlich. Ich stelle sie immer auf einen Server, wo die Kunden die Bilder auswählen können.«

»Wäre es möglich, dass wir uns die Fotos ansehen?«, erkundigte sich Lilly.

»Tja, also ich weiß nicht. Da müssten Sie wohl das Brautpaar fragen.«

»Wir interessieren uns nicht für die Leute«, erklärte Lilly und wies auf die Telefonzelle auf dem Foto. »Wir hoffen, dass das Gesicht dieser Frau vielleicht im Hintergrund zu sehen ist.«

»Möglich wäre das. Die Auflösung der Fotos ist jedenfalls groß genug, für den Fall, dass ich sie zufällig erwischt habe.« Der Fotograf überlegte einen Moment. »Machen wir es so … Wenn die Frau drauf ist, kann ich Ihnen den Ausschnitt vergrößern.«

»Mehr wollen wir nicht.«

»Ich rufe meine Kollegin im Laden an. Sie kann Ihnen die Bilder zeigen.«

»Wäre das jetzt gleich möglich?«

»Lässt sich machen.« Wibe tätigte einen kurzen Anruf. »Erledigt. Und jetzt müssen Sie mich leider entschuldigen. Das Licht ist gerade gut, und … wer weiß, wie lange man das Kliff noch fotografieren kann.«

»Sie meinen wegen der Stürme?«, fragte Lilly. Erst neulich hatte einer der Frühjahrsstürme auf den Inseln Strandabschnitte weggespült.

»Ja. Die Stürme und der Meeresspiegelanstieg setzen dem Kliff ganz schön zu. Jedes Jahr gehen hier ein bis vier Meter Steilküste verloren. Ich hoffe, das Kliff bleibt uns noch ein wenig erhalten.«

Wibe vergewisserte sich noch, dass sie die Adresse seines Ladens hatten. Dann verabschiedeten sie sich, und Lilly und Tommy traten den Rückweg über den Strand an.

»Hast du in letzter Zeit mal mit John gesprochen?«, fragte Tommy beiläufig.

»Du meinst, abgesehen vom Beruflichen?« Lilly sah ihn von der Seite an. »Nein. Nicht wirklich.«

So, wie sie in letzter Zeit John gemieden hatten, hatten sie es auch vermieden, über ihn zu sprechen. Dennoch wusste Lilly, dass es Tommy ähnlich ergehen musste wie ihr. Er und John hatten die Kindheit und Jugend miteinander verbracht – und beste Freunde konnte man nie vollends aus seinem Herzen verbannen, selbst, wenn sie beruflich wie privat einen kapitalen Flurschaden angerichtet hatten.

Lilly ahnte, dass Tommy auf etwas Bestimmtes hinauswollte. »Worum geht es dir?«

»Ich mache mir Sorgen.«

»Um John?«

»Ja …«

»Das brauchst du nicht. Er wusste, was er tut. Nun muss er die Suppe auslöffeln.«

»Es geht nicht nur um ihn. Die ganze Sache betrifft letztlich auch uns.«

»Tommy, rück raus mit der Sprache.«

»Ich habe ein paar Gerüchte aus der Staatsanwaltschaft über den Fall Dornieden aufgeschnappt.« Tommy hatte Freunde dort und war stets gut informiert, was in der obersten Strafverfolgungsbehörde vor sich ging. »Bleicken und Gödecke wollen die Sache wohl nicht auf sich beruhen lassen.«

»Was genau soll das bedeuten?«, fragte Lilly.

»Bleicken reichen die Beweise gegen den Hauptverdächtigen nicht aus, den wir ihm geliefert haben. Und Gödecke argwöhnt, dass wir nicht jeder Spur nachgegangen sind.«

»Sie glauben, wir haben geschlampt?«

»Dass wir einfach unseren Job nicht ordentlich gemacht haben, wäre wohl noch die harmlose Variante. Möglich, dass sie glauben, wir hätten absichtlich Beweise unter den Tisch fallen lassen. Ob sie einen weitergehenden Verdacht gegen John hegen, weiß ich nicht. Jedenfalls hatte die neue Staatsanwältin an ihrem ersten Tag eine lange Unterredung mit Bleicken und Gödecke.«

»Aber ist das nicht normal, wenn man eine neue Stelle antritt und noch dazu gleich einen Fall wie diesen aufs Auge gedrückt bekommt?«

»Schon. Allerdings muss man sich doch fragen, weshalb Bleicken sie gleich an ihrem ersten Tag auf einen mutmaßlichen Mord ansetzt und ihr nicht mal Zeit zum Ankommen gibt. Außerdem musst du zugeben, dass sie sich ungewöhnlich intensiv in die Ermittlungsarbeit einmischt.«

»Das stimmt. Und was schließt du daraus?«

»Vielleicht haben Bleicken und Gödecke ihr einen Sonderauftrag gegeben.«

Lilly blieb stehen und blickte Tommy fragend an. »Einen Sonderauftrag? Was sollte das deiner Meinung nach sein?«

»Nun, das ist doch recht offensichtlich.« Er hob die Schultern. »Harmstorf soll John und uns auf die Finger schauen.«

Eine Viertelstunde später betraten sie das Fotogeschäft von Pascal Wibe in Wenningstedt. Seine Mitarbeiterin hatte bereits ein Schild mit der Aufschrift »Geschlossen« in die Tür gehängt. Sie ließen sich von der Frau in einen Hinterraum führen, wo ein Computer mit den Bilddateien zu ihrer Verfügung stand.

Lilly setzte sich neben Tommy und verfolgte, wie er auf dem Monitor durch die Fotos der Hochzeit scrollte.

»Sieh dir das an«, meinte Tommy und vergrößerte einen Bildausschnitt. Man konnte die Telefonzelle, aus der der anonyme Anruf gekommen war, tatsächlich im Hintergrund erkennen. Allerdings war sie leer.

Lilly bat Tommy, den Zeitstempel des Fotos aufzurufen. Diesen verglich sie mit dem Zeitpunkt des Anrufs. Zu früh. Die Anruferin hatte erst drei Minuten später die Nummer des Präsidiums gewählt.

»Such weiter«, sagte sie, als ihr Handy klingelte.

Sie nahm den Anruf entgegen und ging hinüber in den Verkaufsraum. Am anderen Ende der Leitung hörte sie die Stimme von Celine, Johns Stieftochter. Lilly wunderte sich, dass das Mädchen hier auf der Insel war. Sie hatte schon länger nicht mehr mit ihr Kontakt gehabt, aber sie kannten sich natürlich von früher. Celine sprach sehr aufgeregt.

»Können wir uns treffen, Lilly?«

»Beruhig dich erst mal. Was gibt es denn?«

»Das … kann ich dir nicht am Telefon sagen.«

Lilly überlegte einen Moment. Celine hätte sich wohl kaum so überraschend bei ihr gemeldet, wenn es nicht wirklich wichtig wäre. »Wie wäre es, wenn ich zu dir komme. Du bist bei John im Friesenhaus?«

»Nein. Ich bin in Westerland. Und … es geht um John …«

Lilly spürte, wie es in ihrem Nacken zu kribbeln begann. Irgendetwas stimmte da ganz und gar nicht. Sie hörte zu, was Celine ihr vorschlug.

»Einverstanden. In einer halben Stunde dann«, sagte sie, legte auf und ging zurück zu Tommy.

»Wer war das?«, fragte er.

»Celine.«

»Johns Tochter?«

»Ja.«

»Was wollte sie.«

»Sie will mich dringend sprechen.«

»Worum geht es?«

»Hat sie nicht gesagt. Ich treffe mich gleich mit ihr, sie ist wohl gerade in Westerland. Hast du was gefunden?«

»Ich glaube, schon.«

Tommy hatte auf dem Bildschirm zwei Bilder nebeneinander geöffnet. Beide zeigten eine Frau in der Telefonzelle. Auf dem einen Bild war sie nur von hinten zu sehen, auf dem anderen aber schräg von der Seite.

»Zoom mal ran«, sagte Lilly.

Tommy vergrößerte den Ausschnitt.

»Das kann doch nicht sein«, meinte Lilly.

Aber es bestand kein Zweifel.

Bei der Frau, die einen Tag vor dem Absturz aus der Telefonzelle in Westerland angerufen hatte, weil sie angeblich über neue Informationen im lange zurückliegenden Tod zweier Menschen verfügte, handelte es sich eindeutig um Bente Roeloffs.

»*Vaterentbehrung*. So nennen wir das. Beide Schwestern litten eindeutig unter Vaterentbehrung.« Dr. Jasper Andersen saß nach hinten gelehnt in einem Ohrensessel, die Beine übereinandergeschlagen und die Hände wie zum Gebet verschränkt. Sanna schätzte den Psychiater auf Mitte fünfzig. Er trug einen dunkelblauen Tweedanzug mit Karomuster und Weste. Die welligen grauen Haare hatte er mit Pomade oder Wachs nach hinten gekämmt.

Es hatte Sanna einige Überredung gekostet, damit Andersen sich zu einem Gespräch bereit erklärte. Er nahm die ärztliche Schweigepflicht sehr ernst. Letztlich hatten ihn der Umstand, dass die Staatsanwaltschaft in einem mutmaßlichen Mord ermittelte, und die Vereinbarung, lediglich über Bente Roeloffs zu sprechen, zum Einlenken bewegt. Sanna hatte ihm zu verstehen gegeben, dass der mentale Zustand von Bente bei der Aufklärung des Absturzes eventuell eine entscheidende Rolle spielen könnte.

Sanna hoffte außerdem, dass Andersen ihr mehr über das Verhältnis der Schwestern zu ihrem Vater eröffnen würde.

Sie saßen in seinem Behandlungszimmer. Andersen hatte Sanna gebeten, auf der Couch Platz zu nehmen, der einzigen anderen Sitzgelegenheit außer seinem Ohrensessel. Jaane musste hier schon einige Sitzungen verbracht haben, ging es ihr durch den Sinn. Und vielleicht sollte sie wegen ihrer Albträume und Angstattacken selbst auch noch einmal Hilfe in Anspruch nehmen. Kurz nach Marios gewaltsamem Tod hatte sie die Polizeipsychologin aufgesucht. Sanna hatte gelernt, ihre Probleme mit sich selbst auszumachen; umso mehr hatte es sie überrascht, dass die Gespräche tatsächlich Wirkung zeigten und es ihr langsam besser ging.

»Ein fehlender Vater kann Mädchen in ihrer Entwicklung schwer belasten«, fuhr Andersen fort. »Inken und Bente waren in dieser Hinsicht Paradebeispiele.«

»Wann suchte Bente Sie zum ersten Mal auf?«, fragte Sanna.

»Kurz nachdem ihr leiblicher Vater in ihr Leben getreten war.«

»Inken befand sich da bereits länger bei Ihnen in Behandlung?«

»Wie gesagt, über Inken Roeloffs möchte ich nicht sprechen, aber … ja. Wir kennen uns seit ihrer Jugend. Ich hatte ihr damals geraten, Kontakt zu Geert Petersen zu suchen, den wir beide zu jener Zeit noch für ihren Vater hielten.«

»Ich bin ebenfalls ohne meinen Vater aufgewachsen. Ich kann mich in die Situation der beiden hineinversetzen …«

»Väter helfen uns als Kinder, die Welt zu erkunden. Sie schubsen uns raus in das Abenteuer Leben. Fehlt dieser Impuls, reagieren wir sehr unterschiedlich darauf. Als ich Inken als Mädchen kennenlernte, war sie sehr introvertiert. Sie hatte wenige Freunde, vergrub sich nachmittags in Büchern, schrieb Geschichten und Tagebücher, fürchtete sich vor der Welt dort draußen. Sie sah zu ihrer Schwester Bente auf, die alle Probleme für sie löste.« Andersen machte eine kurze Pause und sah nachdenklich zum Fenster hinaus.

Auf der Straße vor dem Haus stand der Citroën geparkt, in dem Benthien wartete. Sanna hatte ihm gesagt, dass sie lieber allein mit Andersen sprechen wollte.

»Die beiden sind ein wirklich interessanter Fall«, fuhr der Psychiater fort. »Als Bente mich vor einem Jahr erstmals aufsuchte, erkannte ich schnell, dass sie eine völlig konträre Entwicklung zu ihrer Schwester durchlaufen hatte. Die Schwestern waren zu unterschiedlichen Persönlichkeiten herangewachsen, die jeweils anders auf Herausforderungen reagierten. Bente wuchs zu einer Amazone heran, voller Trotz, die der Welt erst recht zeigen wollte, was in ihr steckt. Sie konzentrierte sich auf ihre Leistungen in der Schule und im Beruf, ihr Starksein. Sie legte sich eine Art Schutzpanzer zu, spaltete ihre Gefühle ab. Bente entdeckte früh ihre Faszination für das Fliegen – vielleicht auch eine Art Fluchtimpuls, ein Abheben von den Tatsachen … Jedenfalls ist sie nie wirklich glücklich gewesen. Und die unterdrückten Gefühle brachen sich dann Bahn, als ihr wahrer Vater eines Tages vor der Tür stand.«

»Wissen Sie, welches Verhältnis Bente zu Geert Petersen hatte?«

Andersen lächelte kurz. »Sie suchte Kontakt zu Petersen. Allerdings aus gänzlich anderem Grund als ihre Schwester. Inken sehnte sich nach dem vermeintlichen Vater. Bente stellte Petersen zur Rede. Als sie alt genug war, wollte sie von ihm wissen, weshalb er sich nicht mehr um seine Töchter kümmerte, nachdem er die Mutter verlassen hatte. Und … da gestand er ihr die Wahrheit.«

»Er sagte Bente, dass er nicht ihr leiblicher Vater ist?«

»Ja. Die beiden vereinbarten, Inken gegenüber Stillschweigen zu bewahren. Bente wusste, wie viel ihrer Schwester an Petersen lag, und ich schätze, sie wollte sie wohl vor der Wahrheit beschützen. Bente konfrontierte ihre Mutter damit. Diese sagte ihr, dass ihr leiblicher Vater ein schlechter Mensch sei und es besser wäre, sie würde ihn niemals kennenlernen.«

»Geert Petersen berichtete mir, dass Gyde Roeloffs ihm gegenüber dieselben Worte gebrauchte«, erinnerte sich Sanna. »Hat Bente Ihnen erzählt, was ihre Mutter damit genau meinte?«

»Nein. Und Gyde konnte es ihr bald auch nicht mehr sagen.

Sie wurde dement. Immerhin nannte sie Bente aber den Namen ihres richtigen Vaters ...«

»Moment, Sie meinen, die Mutter nannte Bente den Namen, als sie ... wie alt war sie da?«

»Neunzehn«, sagte Andersen. »Sie brach mit der Mutter. Wie sie mir erzählte, suchte Bente einige Jahre nach ihrem Vater, fand ihn aber nicht, sodass sie schließlich aufgab.«

»Eines verstehe ich nicht. Wenn Bente all das wusste – dass Geert Petersen nicht ihr leiblicher Vater war, sondern Karel Jansen, dessen Namen sie sogar kannte und nach dem sie suchte ... Warum warf es sie dann dermaßen aus der Bahn, als er auftauchte, dass sie sich bei Ihnen in Behandlung begab?«

Andersen seufzte und hob die Hände. »Unsere Emotionen, lang verborgene seelische Leiden, all das kann plötzlich an die Oberfläche kommen. Es macht einen Unterschied, die Wahrheit nur zu kennen oder ihr – in diesem Fall buchstäblich – in die Augen zu sehen.«

Sanna stützte die Arme auf die Knie. »Wann genau suchte Bente Sie auf?«

»Das muss vor etwa einem Jahr gewesen sein.«

»Da kannte sie Karel Jansen schon ein Jahr lang. Warum ist sie nicht gleich zu Ihnen gekommen, nachdem er aufgetaucht war?«

»Das kann ich nicht sagen. Manchmal braucht unser Geist Zeit. Es fällt den meisten Menschen schwer, über solch hochemotionale Dinge mit jemand Fremdem zu reden.« Andersen setzte sich auf und zog seine Krawatte zurecht. »Für Inken jedenfalls war es ein Schock. Sie hatte ein gutes Verhältnis zu Geert Petersen, und dass der Mann nun gar nicht ihr leiblicher Vater sein sollte und ihre Mutter und er sie zeit ihres Lebens angelogen hatten, stellte für sie alles auf den Kopf. Inken verfiel in eine Depression, konnte nicht mehr schreiben. Ich musste ihr Medikamente verordnen.«

»Behandelten Sie Bente ebenfalls medikamentös?«

»Nein, sie lehnte das ab.«

»Wie würden Sie ihren mentalen Zustand zum Zeitpunkt des Unglücks schildern?«

»Als stabil. Stellen Sie sich das aber bitte nicht wie eine gewöhnliche Krankheit vor. Was die Schwestern erlebt haben, hat langfristige Auswirkungen, die sich erst über die Jahre zeigen. Ein Beispiel: Bente hatte immer Beziehungsprobleme. Sie führte kurze, wechselnde Beziehungen, war nicht im Stande, etwas Dauerhaftes einzugehen ...«

»Sprach Sie mit Ihnen jemals über ihre Beziehung zu Nick Hansen?«

»Durchaus. Das war nicht unproblematisch für sie. Für Bente war er einer von vielen, ein flüchtiges Abenteuer. Hansen meinte aber, in ihr die Frau fürs Leben gefunden zu haben. Er war tief enttäuscht, und das sagte er Bente auch eindringlich. Ich glaube, da realisierte sie erstmals, was sie mit ihrer ... Sprunghaftigkeit anderen antun konnte. Sie sah sich daher in seiner Schuld, meinte, etwas bei ihm gutmachen zu müssen.«

Deshalb stellte sie ihn bei ihrer Fluglinie ein, als er seinen Job verlor, dachte Sanna. Und sie beschloss vermutlich aus diesem Grund, seinen Betrug nicht zur Anzeige zu bringen. Wenn Hansen sich bewusst darüber war, dass Bente sich in seiner Schuld sah, musste er womöglich wirklich nichts von ihr befürchten. Womit sie ihn wohl endgültig von der Liste der Tatverdächtigen streichen konnten.

Andersen war nun in Redefluss gekommen, und Sanna bremste ihn nicht, als er sagte: »Die Schwestern sind ein wirklich interessanter Fall. Nur, um Ihnen dies deutlich zu machen – ich verrate dabei keine Geheimnisse. Was Beziehungen angeht, entwickelte sich Inken Roeloffs völlig konträr. Sie suchte etwas Beständiges, ältere Männer, die ihr Schutz boten. Ihr Mann Johann übernimmt heute praktisch die Rolle, die Bente in jungen Jahren innehatte. Er hält seine schützende Hand über sie, räumt die Probleme aus dem Weg. So wie an dem Abend, als sie sich kennenlernten ...« Er brach unvermittelt ab, als realisierte er, dass er nun doch etwas zu weit ging.

»Erzählen Sie mir davon.«

Andersen wand sich, meinte aber schließlich: »In Ordnung. Die Geschichte wird man Ihnen hier ohnehin überall erzählen, wenn Sie sich erkundigen. Inken lernte Johann in einer Kneipe kennen, hier in Kampen. Johann bekam mit, wie jemand Inken ... anmachte. Auf die unangenehme Art. Als der Mann nicht von ihr ablassen wollte, knöpfte Johann ihn sich vor und beförderte ihn durch ein Fenster nach draußen. Er erklärte sich auf der Stelle bereit, dem Wirt den Schaden zu ersetzen, und bot Inken an, sie nach Hause zu begleiten.«

Sanna fragte sich unwillkürlich, wie weit dieser Beschützertrieb von Johann Roeloffs auch heute wohl ging. Doch es gab noch etwas anderes, das sie beschäftigte: »Wie würden Sie die Beziehung von Bente zu Karel Jansen beschreiben, nachdem sie erfahren hatte, dass er ihr Vater ist?«

Andersen brauchte offenbar nicht lange zu überlegen. »Viel zu eng. Unter den Umständen eine natürliche Reaktion. Dennoch habe ich Bente geraten, sich nicht emotional abhängig von ihm zu machen. Sie suchte nach Bestätigung, nach Liebe. Nachvollziehbar, allerdings empfahl ich ihr, eine gewisse Distanz zu wahren. Normalerweise vollziehen wir diesen Schritt im Heranwachsendenalter. Wir trennen uns emotional ein Stück weit von unseren Eltern, emanzipieren uns. Das ist nur natürlich. Bente machte nun eine eher umgekehrte Entwicklung durch und ...«

Er brach ab und sagte einen Moment nichts, dann: »Da ist etwas, das mich beschäftigt. Es ist ... so ein Gefühl, das ich an nichts Konkretem festmachen kann. Wissen Sie, es war Inken, die Bente zu einem Besuch bei mir überredete. Es ist nicht die beste Ausgangslage für eine Therapie, wenn jemand dazu überredet werden muss, und dafür lief es wirklich gut mir ihr. Allerdings hatte ich immer das Gefühl, dass Bente gehemmt war. Was ihren Vater anging … sie hielt mit irgendetwas hinter dem Berg. Und ich habe nicht die geringste Ahnung, was das sein könnte.«

»Sie haben mir auch so schon sehr geholfen«, sagte Sanna.

Sie erhob sich, und Andersen geleitete sie zur Haustür. Als sie sich verabschiedete, realisierte Sanna, dass sie beinahe den zweiten Grund vergessen hätte, aus dem sie hier war. Sie zog den Brief, den Jaane ihr gegeben hatte, aus der Innentasche ihrer Jacke.

»Meine Schwester befindet sich bei Ihnen in Behandlung. Jaane Harmstorf.«

»Ja, so etwas hatte ich mir schon gedacht, als Sie vorhin Ihren Namen nannten. Ich war mir allerdings nicht sicher …«

»Sie haben ihr diesen Brief geschrieben. Eine Einverständniserklärung, dass die Gespräche mit Jaane fortan aufgezeichnet werden.«

»Richtig.«

»Soweit ich weiß, ist das unüblich und verstößt gegen das Patientengeheimnis.«

Andersen blickte zu Boden. »Normalerweise zeichnen wir die Sitzungen nicht auf, das stimmt. Es handelt sich um eine zeitlich beschränkte Maßnahme zur Qualitätsverbesserung, die ich in Zusammenarbeit mit der Therapeutenkammer durchführe. Ich arbeite mit einem Supervisor zusammen … Sehen Sie es als eine Art Fortbildungsmaßnahme an. So stelle ich sicher, dass meine Behandlung auf dem aktuellen Stand der Wissenschaft ist.«

Sanna musterte den Psychiater. Er lächelte verstohlen und hielt ihr die Haustür auf. Sie beschlich das Gefühl, dass der Mann ihr nur die halbe Wahrheit sagte.

Sie verabschiedete sich, ging hinüber zu Benthiens Wagen und stieg auf der Beifahrerseite ein. Er ließ den Motor an und fuhr los.

»Und, erfolgreich?«, fragte Benthien.

»Ich weiß nicht.« Sanna erzählte ihm in kurzen Zügen, was Andersen preisgegeben hatte.

»Interessant«, meinte Benthien. »Das lässt die Sache noch mal in einem etwas anderen Licht erscheinen. Laut Geert Petersen wusste Inken Roeloffs, dass ihr Vater die Fluglinie ihrer Schwester um einige Zehntausend Euro erleichtert hatte. Vielleicht hat sie ihrem Mann davon erzählt. Und was sagte Andersen noch gleich über Johann Roeloffs?«

»Dass Johann für seine Frau die Probleme aus dem Weg räumt«, zitierte Sanna.

25   John Benthien

Nachdem er Sanna Harmstorf am Haus ihrer Schwester in Munkmarsch abgesetzt hatte, fuhr John auf der Listlandstraße nach Hause. Im Westen stand am Horizont das letzte Tageslicht. Rechts von ihm hatte sich bereits die Nacht über das Meer gelegt. Die blinkenden Lichter eines Flugzeugs waren zu sehen, das zur Landung ansetzte. Im Autoradio spielte noch die Kassette der Dire Straits, die er vorhin eingelegt hatte.

John kurbelte das Fenster herunter und zündete sich eine Zigarette an. Eigentlich hatte er das Rauchen vor langer Zeit aufgegeben. Aber Frede hatte ihn wieder dazu animiert. Vermutlich wäre es besser, er würde das Laster ebenso schnell wieder aufgeben.

Zu dieser Jahreszeit, wenn das Wetter noch unentschlossen zwischen nasskaltem Winter und den ersten warmen Frühlingsboten schwankte, herrschte wenig Betrieb auf der Insel. Ihm kam nur ab und an ein Auto entgegen, in der Ferne schienen die Lichter der Siedlungen.

John zog an der Zigarette und blies den Rauch zum Fenster hinaus. Insgeheim musste er Sanna Harmstorf Respekt zollen. Sie hatte sich als eine ziemlich fähige Ermittlerin entpuppt. Normalerweise waren Staatsanwälte Paragrafenreiter, die sich im Alltag auf der Straße ungeschickt anstellten – ein Grund, weshalb John es wie viele seiner Kollegen lieber sah, wenn man ihnen freie Hand ließ. Doch Sanna Harmstorf war aus einem anderen Holz geschnitzt. Sie brachte die Sache voran.

Trotzdem stand noch immer die Frage im Raum, weshalb sie sich derart in die Ermittlungsarbeit einbrachte. Es gab dazu eigentlich keine Veranlassung. Oder doch?

Vermutlich machte er sich zu viele Gedanken. Am Ende wollte sie einfach einen guten Eindruck bei Bleicken machen. Neue Besen ... Sie würde sich sicherlich bald wie ihre Kollegen auf die Arbeit im Gerichtssaal beschränken.

Außerdem, ermahnte er sich, sollte er sich auf die wirklich relevanten Dinge fokussieren. Es gab genügend ungeklärte Fragen in diesem Fall. Er hatte das Gefühl, sie stünden immer noch am Anfang eines viel tiefergehenden Rätsels.

Jedes Ding hat drei Seiten. Eine, die du siehst, eine, die ich sehe, und eine, die wir beide nicht sehen.

John kam das alte chinesische Sprichwort in den Sinn, von dem er sich bei den Ermittlungen leiten ließ. Jeder Fall hatte eine Seite, die allen Beteiligten zunächst verborgen blieb. Der Schlüssel lag darin, diesen blinden Fleck offenbar zu machen.

Hatte Johann Roeloffs seinen Schwiegervater ermordet, indem er dessen Flugzeug manipulierte? Johann hatte nicht gewusst, dass Bente die Maschine fliegen würde, sie wäre ein Kollateralschaden. Doch wäre er wirklich so weit gegangen, weil sein Schwiegervater die Fluglinie, an der seine Frau beteiligt war, um Geld betrogen hatte? Es hätte definitiv andere Lösungen gegeben, wobei heutzutage schon Menschen wegen ein paar Euro auf der Straße abgestochen wurden. Nichts war unmöglich. Sie würden noch einmal mit Johann sprechen müssen.

Außerdem waren da noch andere Ungereimtheiten. Warum hatte Jansen seine Töchter betrogen? Wer hatte ihm den Arm gebrochen? Und weshalb? Erklärte die Antwort auf diese Fragen, weshalb er und Bente es mit dem Flug nach Helgoland so eilig gehabt und sich durch nichts davon hatten abbringen lassen?

Was hatten sie auf der Insel gewollt? Warum der Koffer mit dem Bargeld?

Und nach Sanna Harmstorfs Gespräch mit dem Psychiater taten sich noch auf einer anderen Ebene Fragen auf. Warum hatte Bente Roeloffs ihren Vater nie ausfindig machen können, obwohl sie dessen Namen kannte und offenbar jahrelang intensiv nach ihm gesucht hatte? Wollte er nicht gefunden werden? Und was warf sie dermaßen aus der Bahn, dass sie Dr. Andersen aufsuchte, nachdem sie ihren Vater kennengelernt hatte? Was verschwieg sie dem Therapeuten?

John bog in die Einfahrt seines Friesenhauses. Er stellte den Motor ab und hatte schon den Türgriff in der Hand, als sein Handy vibrierte. Es war eine Nachricht von Ben. Er schickte ein Foto von Bord des Kreuzfahrtschiffes. Sie hatten heute Mittag in Kiel abgelegt. John schrieb kurz zurück und wünschte ihnen eine gute Reise.

Dann stieg er aus und betrat das Haus. Das Erdgeschoss lag im Dunkeln. Er machte Licht und zog seine Jacke in der Diele aus.

»Celine?« Keine Antwort.

Auf dem Wohnzimmertisch fand er einen gelben Post-it-Zettel mit einer handgeschriebenen Notiz: *Bin Elfie am Bahnhof abholen. Kommen mit dem Bus. Bis später!* Darunter war mit Kugelschreiber ein kleines Herz gemalt.

John ging in die Küche. Wenn die beiden heimkamen, würden sie sicherlich Hunger haben. Er inspizierte den Kühlschrank. Celine hatte eingekauft. Gemüse, Obst und allerhand andere gesunde Sachen. Fleisch oder Fisch suchte er vergebens.

Gut, dass es das Internet gab. John fand rasch eine Seite, die sich auf vegane Gerichte spezialisiert hatte. Eine Zucchinipfanne. Damit konnte auch er etwas anfangen.

Als er zwanzig Minuten später den Tisch deckte, wurde die Haustür geöffnet. Celine kam herein. Im Schlepptau hatte sie eine junge Dame in ihrem Alter. Sie trug Chucks, Armeehose, eine Jacke aus Lederimitat und ein Hardrockcafé-Shirt.

»Daddy, das ist Elfie, Elfie, das ist Daddy«, machte Celine sie miteinander bekannt.

John tat einen Schritt auf das Mädchen zu und schüttelte ihm die Hand.

»Vielen Dank, dass ich herkommen durfte«, sagte sie. Elfie hatte lockige knallrote Haare. Ob gefärbt oder echt, das konnte John nicht mit Sicherheit sagen.

Celine verkündete lauthals: »Wir haben Hunger!«

»Dann setzt euch.« John deutete mit einem Nicken auf den Esstisch im Wohnzimmer. Daraufhin ging er in die Küche und holte die Pfanne mit der Mahlzeit, die er zubereitet hatte.

»Oh, Zucchinipfanne. Du lernst schnell«, lobte Celine und tat ihnen auf.

»Du hättest ruhig etwas sagen können«, meinte John. »Ich hätte dich fahren oder euch zumindest vom Bahnhof abholen können.«

»Nicht nötig. Der Bus ist doch prima.«

»Schmeckt sehr klasse, Herr Benthien«, meinte Elfie.

»Kannst mich John nennen. Sonst fühle ich mich so alt.«

»Bist du ja auch«, frotzelte Celine.

Im weiteren Verlauf des Abendessens erfuhr John, dass sich Celine und Elfie vom Basketball her kannten, sie waren im selben Verein – wobei ihm generell neu war, dass Celine diese Sportart betrieb. Außerdem spielte Elfie in einer Rockband die Leadgitarre. Celine begleitete die *Thundergrrrlz*, wie sie sich nannten, regelmäßig zu ihren Auftritten. Elfie berichtete, dass sie auf Spotify bereits knapp fünfhundert Follower versammelt hatten.

Nach dem Abwasch verabschiedeten sich die beiden Mädchen nach oben. Elfie würde bei Celine im Zimmer schlafen. Celine hatte dort bereits ein Feldbett aufgeschlagen, das sie auf dem Dachboden entdeckt hatte.

»Ich mache gleich noch einen Spaziergang«, rief John ihnen hinterher, doch oben fiel bereits die Tür ins Schloss.

John schenkte sich ein Glas Rotwein ein und trat hinaus auf die Terrasse hinter dem Haus.

Es war beinahe windstill. Der Vollmond stand am Himmel und leuchtete die Dünen hell an. John setzte sich auf einen Gartenstuhl und blickte hoch zu den Sternen. Als er das Weinglas an die Lippen führte, stieg ihm plötzlich ein wohlbekannter Geruch in die Nase – und es war definitiv nicht der des Weins.

Gras. Hier rauchte jemand Gras.

Er stand auf und schlich um das Haus herum.

Im oberen Stock stand das Fenster von Celines Zimmer einen Spaltbreit offen. Es brannte kein Licht.

John ging wieder zurück, stellte das Weinglas auf dem Gartentisch ab und hatte schon die Terrassentür in der Hand, als er innehielt.

Was soll das werden?, fragte er sich.

In Gedanken ließ er die Szene ablaufen: Er stürmte wütend und mit vorwurfsvollem Blick in das Zimmer. Celine und ihre Freundin Elfie saßen auf dem Bett, einen Joint in der Hand. Überraschte Blicke. Vielleicht der panische, sinnlose Versuch, die Tüte noch schnell irgendwo verschwinden zu lassen. Dann eine Standpauke. Gefolgt von heftiger Gegenwehr seitens Celines. Einfach so in ihr Zimmer zu stürmen! Und so weiter …

Natürlich war es verboten.

Natürlich war er Polizist.

Aber was sollte das bringen? Er konnte die beiden ja wohl schlecht festnehmen.

Teenager taten so etwas. Sie probierten sich aus. Ermahnungen, Streit, Geschrei, Verbote – all das brachte meist wenig, erzielte im schlimmsten Fall eher noch den gegenteiligen Effekt, dass sich Celine zurückziehen und einfach woanders heimlich damit weitermachen würde.

Ihr Vertrauen war ein zartes Pflänzchen, das er nicht zertrampeln durfte. Besser wäre es, die Sache zunächst bei sich bewenden zu lassen, so zu tun, als hätte er nichts bemerkt. Dann ein passendes Wort an geeigneter Stelle, möglichst beiläufig vorgetragen und allgemein formuliert. Darüber, wie ein vermeintlich harmloser Joint schon so manche Drogenkarriere befeuert hatte. Vermutlich würde er diese Erkenntnis in den kommenden Wochen wiederholt erwähnen müssen, bis sich die erhoffte Wirkung einstellte. Und wenn das nichts half, konnte er immer noch schärfere Maßnahmen ergreifen.

Also schloss John die Terrassentür wieder, ging zurück zum Gartentisch, leerte das Weinglas in einem Zug und tat das, was er angekündigt hatte: Er machte einen ausgiebigen Spaziergang in den Dünen.

Dabei kam er an seinem Steinmetzschuppen vorüber. Etwas trieb ihn dazu, darin kurz nach dem Rechten zu sehen. Er schaltete das Licht ein und besah sich den zersplitterten Fischerkopf, den er notdürftig zusammengesteckt hatte.

Der USB-Stick steckte noch immer in dem schmalen Schlitz. Allerdings hätte John schwören können, dass er ihn mit der Abdeckklappe nach außen hineingeschoben hatte.

Nun steckte er genau umgekehrt darin.

John spürte, wie ein Brennen sich aus seiner Magengegend im gesamten Körper ausbreitete und ein heißer Schwall Panik seine Gedanken flutete. Jemand musste hier gewesen sein und sich an dem Stick zu schaffen gemacht haben.

26   Lilly Velasco

Juri und Tommy warteten auf der Terrasse eines Strandlokals auf sie. Leer gegessene Teller standen vor ihnen auf dem Tisch. Unterhalb des Restaurants lag der Westerländer Strand, wo sich die Abendspaziergänger tummelten. Die Ebbe hatte eingesetzt, das Wasser war bereits ein gutes Stück zurückgewichen.

Lilly setzte sich neben Juri an den Vierertisch.

»Du bist spät dran. Entschuldige, dass wir schon angefangen haben«, meinte er mit Blick auf die leeren Teller.

»Schon gut. Ich habe keinen Hunger.« Tatsächlich war ihr nach ihrem Treffen mit Celine der Appetit für diesen Abend gründlich vergangen. Nicht unwahrscheinlich, dass sie selbst morgen keinen Bissen runterbekommen würde.

»Alles gut bei dir?«, fragte sie Juri.

»Ja. Nick Hansen sitzt in einer Zelle, ein Zustand, an den er sich jetzt gewöhnen muss. Und, wer weiß … wenn er am Ende doch etwas mit dem Absturz von Bente und Karel Jansen zu tun hat, kann er sogar für den Rest seines Lebens dort bleiben.«

»Tja, fraglich, ob wir ihn wirklich noch zu den Verdächtigen zählen können«, überlegte Tommy. »Ich meine, dieser Fall ist schon rätselhaft genug, und jetzt … das hier.«

Tommy tippte mit dem Zeigefinger auf das Foto, das sie im Laden von Pascal Wibe ausgedruckt hatten. Die Anruferin trug eine Jacke der Inselfluglinie, der Schriftzug von Fly Sylt war eindeutig zu erkennen. Es war Bente Roeloffs. Neben dem Bild lag auf dem Tisch die Akte des alten ungelösten Falls. Juri und Tommy hatten sich zwischenzeitlich offenbar gründlich informiert.

»Was zum Kuckuck hat Bente Roeloffs mit dem Krabbenkutterfall zu tun?«, fragte Juri. »Das Ganze liegt Jahrzehnte zurück. Und nun ruft ausgerechnet sie auf dem Präsidium an und behauptet, neue Erkenntnisse in der Sache zu haben. Kann mir das jemand erklären?«

»Nicht wirklich.« Tommy stützte das Kinn auf die gefalteten Hände. »Aus der Akte geht keinerlei Verbindung hervor.«

Juri nahm den Ordner in die Hand und blätterte darin. »Soweit ich das sehe, sind alle Beteiligten in dem Fall bereits verstorben …«

»Nein, nicht alle«, wandte Tommy ein. Er bat Juri, eine bestimmte Seite aufzuschlagen, auf der das Foto eines jungen Mannes zu sehen war. »Tore Ralstett. Er war damals Anfang zwanzig.«

»Wissen wir, wo er heute lebt?«

»Ja, ich habe mich erkundigt. Tore Ralstett verkauft Fischbrötchen. Seine Bude steht bei der Surfschule in Munkmarsch.«

»Dann sollten wir uns mit ihm unterhalten, herausfinden, ob er Bente kannte … ob da doch irgendeine Verbindung besteht.«

»Leute.« Lilly brachte die beiden mit einer Handbewegung zum Schweigen. Sie war mit allem, was sie gesagt hatten, einverstanden, und es war tatsächlich eine gute Idee, mit dem Mann zu sprechen. Allerdings beschäftigte Lilly gerade ein völlig anderes, womöglich viel größeres Problem. Und deshalb konnte sie unmöglich klar denken, geschweige denn, sich auf diesen Fall konzentrieren.

»Was ist, Lilly?« Juri sah sie besorgt an.

»Es ist wegen Celine, Johns Stieftochter … Ich glaube, wir haben ein Problem.« Dann begann sie zu erzählen.

Sie hatten sich in der Kirche St. Niels nahe des Westerländer Bahnhofs getroffen. Celine hatte diesen Ort vorgeschlagen. Obwohl die »Dorfkirche«, wie sie auch genannt wurde, allein wegen ihres Alters eine Sehenswürdigkeit war – sie stammte aus dem Jahr 1637 und war damit eines der ältesten Gebäude der Inselhauptstadt –, verirrten sich eher selten Touristen hierher, besonders um diese Uhrzeit.

Es war bereits dunkel, als Lilly die Kirche durch das Hauptportal betrat. Außer Celine gab es keine anderen Besucher. Johns Stieftochter saß auf einer der vorderen weißen Kirchenbänke und blickte hoch zu dem Passionskreuz, das über dem Bogen zur Apsis hing, als suchte sie dort nach Rat. Rechts davon stand ein dreiflügeliger spätgotischer Schnitzaltar. Über den Bänken hingen zwei üppige Kronleuchter.

Lilly schob sich neben Celine in die Kirchenbank. Erst jetzt sah sie, dass Celine einen Laptop auf dem Schoß hielt.

»Danke, dass du gekommen bist«, sagte sie. »Ich wusste nicht, an wen ich mich sonst hätte wenden sollen.«

Dann berichtete Celine, was sie bedrückte.

Am Abend zuvor hatte sie beobachtet, wie John hinter dem Friesenhaus in seinen Steinmetzverschlag gegangen war. Lilly erinnerte sich an die kleine Holzhütte, sie hatten einige schöne Stunden darin verbracht.

Für Celine war die Hütte neu. Als John sie wieder verließ, schlich sie sich im Schutz der Dunkelheit hinein und sah sich um. Ein zerbrochener Steinkopf, den John offenbar notdürftig wieder zusammengeflickt hatte, weckte ihr Interesse. Sie berührte ihn nur vorsichtig, dennoch fiel ein Stück ab. Celine wollte es wieder an Ort und Stelle setzen, als sie etwas entdeckte. Einen USB-Stick, der in einem Riss im Innern des Steinkopfes steckte.

Celine kannte diesen Stick. Es war der USB-Stick, um den sich John und sein Vater Ben noch kurz zuvor gestritten hatten. Der alte Herr hatte den Sekretär im Wohnzimmer nach einem Speichermedium durchsucht und war auf den Stick gestoßen. John hatte ihn Ben geradezu aus der Hand gerissen.

Celine nahm den Stick an sich, ging hoch in ihr Zimmer und öffnete ihn auf ihrem Laptop.

»Es … ist ein Mitschnitt«, berichtete Celine, »ein Mitschnitt von einem Gespräch.«

»Du hast die Datei auf deinem Laptop?« Lilly deutete mit einem Nicken auf den Computer, den Celine auf dem Schoß hielt.

»Ja. Und ich weiß nicht, was das ist. Warum versteckt John das? Ich … war mir nicht sicher, ob ich ihn fragen sollte. Andererseits ist das vielleicht wichtig …« Sie blickte Lilly hilfesuchend an. »Ich dachte, dir kann ich vertrauen.«

»Das kannst du. Darf ich mir das anhören?«

Celine nickte. Sie rief die Datei auf und reichte Lilly zwei Ohrstöpsel.

Ein Geistlicher betrat den Altarraum und zündete Kerzen an. Sie warteten kurz, bis er wieder verschwunden war. Dann spielte Celine die Datei ab.

Was sie nun hörte, ließ Lilly das Blut in den Adern gefrieren. Und sie begriff, warum Celine diesen Ort gewählt hatte, um sich in aller Heimlichkeit mit ihr zu treffen. Es handelte sich tatsächlich um den Mitschnitt eines Gesprächs. Zwischen John und Frede Junicke. Und es bestätigte, was Lilly bislang nur vermutet hatte.

Frede war unter dem Namen Emma Dornieden auf Föhr zur Welt gekommen. Ihre Mutter Gunilla misshandelte sie im Kindesalter. Als ihr Vater davon erfuhr, brachte er die Tochter nach Dänemark zu Freunden. Dann wollte er seine Frau zur Rede stellen, sie zur Vernunft bringen, sie dazu bewegen, sich Hilfe zu suchen. Doch Gunilla dachte nicht daran, sie tötete ihn. Ihre Tochter sah sie nie wieder. Frede, wie sie nun hieß, wuchs in Dänemark auf. Viele Jahre später, als sie die Wahrheit über ihre Herkunft erfahren hatte, kehrte sie nach Föhr zurück. Nur um festzustellen, dass Gunilla dasselbe böse Spiel mit ihrer Halbschwester und deren Tochter trieb. Frede sah rot. Sie tötete Gunilla im Affekt, um ihre Schwester und die Cousine vor Schlimmerem zu beschützen.

Das war immer Lillys Hypothese gewesen. Sie hatte keinen Beweis dafür gefunden. Bis jetzt.

In der Audioaufnahme erzählte Frede ihre Lebensgeschichte in allen Einzelheiten und gestand die Tat.

John hatte ihr dieses Geständnis abgerungen.

Er hielt den Beweis in Händen, dass Frede Junicke ihre Mutter ermordet hatte. Dennoch hatte er sie mit der Tat davonkommen lassen. Und Lilly kannte den Grund dafür: Er hatte sich in Frede verliebt.

Langsam nahm sie die Kopfhörer ab. Sie musste sich Mühe geben, die Contenance zu bewahren und sich nichts anmerken zu lassen. Celine sah sie erwartungsvoll an. »Und?«

Lilly nahm sich noch einen Moment Zeit, bevor sie antwortete.

»Das … ist der Mitschnitt einer Vernehmung.«

»Diese Frau. Sie gesteht einen Mord.«

»Ja. Das kommt bei Vernehmungen vor, wenn wir unsere Arbeit gut machen. Und es ist normal, dass wir solche Gespräche aufzeichnen.«

»Aber warum versteckt John das dann in seiner Hütte?«

Lilly hob die Schultern und versuchte, möglichst gleichgültig zu klingen. »Er wird seine Gründe haben.«

»Du glaubst doch nicht, dass er … etwas Unrechtes getan hat? Ich meine, so wie er Opa angefahren hat, als der den Stick gefunden hat.«

»Nein. Wir nehmen unsere Arbeit oft mit nach Hause …« Lilly wandte sich Celine zu. »Weißt du, ich glaube, insgeheim ist es John im Nachhinein doch nicht so recht gewesen, dass Ben ein Buch über seine Fälle veröffentlicht hat. Und jetzt … versucht er sich einfach von ihm abzuschirmen. Vielleicht hat er die Aufnahme auch deshalb vor ihm versteckt.«

Sie sah Celines Gesicht an, dass sie zweifelte, ob sie ihr diese Erklärung abkaufen sollte.

»Aber irgendwas ist komisch. Mit euch stimmt was nicht. Früher hast du bei uns im Friesenhaus gewohnt, wenn ihr auf Sylt ermittelt habt. Tommy auch. Was ist los? Es ist aus zwischen Daddy und dir, richtig?«

Lilly biss sich auf die Unterlippe. »Sagen wir einfach, wir machen gerade eine schwierige Zeit durch. Ich … werde John mal fragen, was es damit auf sich hat, okay?«

»Okay.«

»Kannst du mir vielleicht eine Kopie davon machen?«

Celine griff in den Rucksack, der zwischen ihren Füßen stand, und holte einen USB-Stick hervor. »Schon erledigt.«

Lilly nahm ihn an sich. »Das ist aber nicht der originale Stick von John?«

»Nein. Den habe ich wieder zurückgelegt.«

»In Ordnung. Soll ich dich nach Hause bringen?«

»Nicht nötig. Ich hole noch eine Freundin vom Bahnhof ab.«

Sie verabschiedeten sich mit einer Umarmung, und Lilly sah Celine nach, wie sie mit dem Rucksack über der Schulter aus der Kirche ging. Dann drehte sie sich zu dem Kruzifix über der Apsis um.

Es machte einen Unterschied, die Wahrheit nur zu vermuten oder ihr in die Augen zu sehen. Wenn das hier jemals herauskam, konnten sie wirklich nur noch zu Gott beten.

Im Geiste hörte Lilly wieder die entscheidenden Sätze, die Frede in der Aufnahme sagte.

… ich weiß nicht, ich habe noch nie in meinem Leben eine solche Wut verspürt, John. Im nächsten Moment hatte ich den Schlagstock in der Hand. Und Gunilla lag blutend auf dem Boden.

Lilly blickte in die perplexen Gesichter von Juri und Tommy, als sie ihre Erzählung beendet hatte.

Sie waren die einzigen Gäste, die sich auf der Terrasse unter die Heizstrahler gesetzt hatten, und entsprechend ruhig war es um sie herum. Nur die gedämpften Stimmen der Spaziergänger drangen vom Strand herauf und das Rauschen der langsam auflaufenden See.

Juri fand als Erster die Sprache wieder, nachdem er einen Schluck Pils getrunken hatte. »Du hattest recht, Lilly. Die ganze Zeit hattest du recht.«

»Ich fürchte, in diesem Fall hätte ich lieber danebengelegen«, sagte sie. »Euch ist klar, was das bedeutet?«

Juri hob die Augenbrauen und stieß einen Seufzer aus. »John kannte die Wahrheit. Und er hatte ganz offensichtlich einen Mitschnitt des Geständnisses. Trotzdem hat er Frede vom Haken gelassen. Er hat die Sache vertuscht.«

»Ich denke, uns ist allen klar, weshalb er das getan hat«, schob Tommy ein. »So leid mir das für dich tut, Lilly.«

»Auf meine Gefühle brauchst du keine Rücksicht zu nehmen. Sollte das hier rauskommen, stecken wir alle in großen Schwierigkeiten.« Lilly musste an Tommys Mutmaßungen denken, was einen eventuellen Sonderauftrag der neuen Staatsanwältin anging. »Im Moment stelle ich mir vor allem eine Frage: Woher stammt diese Aufnahme? Hat John sie selbst gemacht?«

Sie sah, wie jegliche Farbe aus Tommys Gesicht verschwand. Er blickte auf das nachtschwarze Meer hinaus, holte tief Luft und sagte: »Nein. Ich habe sie gemacht. Heimlich. Und dann habe ich sie John gegeben. Er sollte selbst entscheiden, was er damit tut.«

Lilly kam es vor, als würde sich der Boden unter ihren Füßen in einen schwammigen Sumpf verwandeln, der sie in die Tiefe zog. »Du ... kanntest die Wahrheit? Und du hast es für dich behalten?«

Tommy schüttelte mit verzweifelter Miene den Kopf. »Lilly, John ist mein Freund. Unser Freund. Sollte ich ihn einfach ans Messer liefern?«

»Du hättest es uns sagen müssen«, wandte Juri ein.

»Stimmt. Hätte ich tun können. Aber ich dachte, es reicht, wenn man mich der Mitwisserschaft bezichtigen kann, falls es hart auf hart kommt. Ich wollte euch da raushalten.«

»Das ehrt dich, aber …«, sagte Juri, dessen Wangen rot angelaufen waren. Lilly spürte, wie er in Rage geriet. Sie legte besänftigend die Hand auf seine Schulter.

»Gegenseitige Vorwürfe bringen uns jetzt nicht weiter«, sagte sie. »Tommy. Wer hat außer uns, Celine und John noch eine Kopie von dieser Aufnahme?«

27   Sanna Harmstorf

Mit den Jahren hatte Jaane sich immer mehr zu einem Menschen entwickelt, der sich von anderen abschottete, der selten rausging und wenige oder genauer gesagt gar keine Freunde hatte. Einerseits aus dem Wissen um die eigenen Schwächen, vor allem aber aus Angst vor Enttäuschungen und weil sie Menschen im Allgemeinen nicht mochte. So gesehen war das kleine Haus in Munkmarsch, das sie von ihrer Mutter geerbt hatten, das perfekte Domizil für eine Einsiedlerin wie sie. Gelegen auf einer ruhigen Insel, die Nachbarhäuser weit genug entfernt, das Meer, die Dünen und der Strand direkt vor der Tür.

Umso höher rechnete Sanna es ihrer Schwester an, dass sie mit ihren Gewohnheiten brach – sie bestellte üblicherweise gerne bei Lieferdiensten – und jeden Tag frische Zutaten besorgte, um etwas für sie zu kochen. Heute Abend hatte sie Scholle mit Kartoffeln und Gemüse auf den Tisch gezaubert.

»Hast du mir Dr. Andersen sprechen können?«, fragte Jaane und gestikulierte mit der Gabel, auf der ein Stück Fisch steckte.

»Ja.« Sanna berichtete von ihrem Gespräch, zumindest jenem Teil, der sich mit dem Schreiben an Jaane und den Gründen dafür beschäftigt hatte.

»Wenn er es in Zusammenarbeit mit der Therapeutenkammer macht, dann ist es doch wohl in Ordnung«, schloss Jaane.

»Ich weiß nicht.« Sanna kaute den Mund leer. »Patientengespräche aufzuzeichnen ist schon sehr ungewöhnlich.« Sie sagte ihrer Schwester nicht, dass Dr. Andersen ihr außerdem etwas zu geschwätzig gewesen war. Im Rahmen der Ermittlungen hatte sie diese Schwäche gerne ausgenutzt. Der Gedanke, dass der Mann Dritten gegenüber vielleicht genauso unbedarft über ihre Schwester plauderte, wie er das über Bente und Inken Roeloffs getan hatte, behagte ihr nicht. Andererseits wusste Sanna, wie wichtig die regelmäßigen Sitzungen bei dem Psychiater für Jaane waren.

»Aber die Therapeutenkammer schaut ihm doch auf die Finger ...«

»Ich mache dir einen Vorschlag«, sagte Sanna. »Mir kommt das irgendwie spanisch vor. Man kann sich auch fortbilden, ohne die Unterhaltungen mit seinen Patienten aufzunehmen. Lass mich noch ein paar weitere Erkundigungen einholen. So lange wartest du mit der Unterschrift.«

Jaane schürzte die Lippen und widmete sich wieder dem Fisch. »Klar, wenn du meinst.«

Nach dem Essen räumten sie die Teller in die Spülmaschine und öffneten eine zweite Flasche Wein. Auch hier brach Jaane mit ihren Gewohnheiten. Allein trank sie nie. Für Sanna hatte sie aber eine Flasche Söl'ring gekauft, ein Wein, der hier in der Nähe auf der Insel angebaut wurde.

»Der Mann im Weinladen hat mir vorgeschwärmt, dass der Söl'ring nach Pfirsich, reifer Ananas, Papaya und Mango schmeckt.« Jaane ließ den Wein im Glas kreisen. »Opulent cremig, mit einer leichten Rauchigkeit.«

Sanna schnupperte kurz und probierte dann einen Schluck.

Jaane beobachtete sie erwartungsvoll. »Und, was meinst du?«

»Er schmeckt ...« Sanna ließ einen weiteren Schluck in ihrem Mund kreisen und gab dabei Schmatzlaute von sich. »Doch, tatsächlich, er schmeckt ... lecker.«

Sie musste lachen, und Jaane prustete ebenfalls los. Aus Weindegustation hatten sie sich beide nie viel gemacht, dazu waren ihre Gaumen offenbar zu unterentwickelt. Ihre Geschmackspapillen reichten gerade dazu aus, einen Wein in zwei Kategorien einzuteilen: lecker und nicht lecker.

»Mhm.« Jaane stellte ihr Glas ab und verschwand kurz im Wohnzimmer. Sie kam mit einem Buch in der Hand zurück. »Das sollte ich dir doch besorgen.«

Es war das Buch, das Ben Benthien über die Fälle seines Sohns geschrieben hatte. Auf dem Umschlag befand sich ein runder roter Aufkleber mit dem Vermerk: Spiegel-Bestseller.

»Danke«, sagte Sanna.

Ihr Handy klingelte. Sie entschuldigte sich und ging hinaus in den Garten. Es war der Oberstaatsanwalt.

»Wie kommen Sie voran?«, wollte Bleicken wissen.

»Wir gehen mit sehr hoher Wahrscheinlichkeit von einem Mord aus«, berichtete Sanna. »Derzeit verfolgen wir noch mehrere Spuren.«

»Ich habe gehört, der Bürgermeister hat Ihnen Druck gemacht?«

»Nun, er hat es zumindest versucht.«

»Er hat mich heute wegen des Zwischenfalls bei der Festnahme auf dem Flughafen angerufen. Ich konnte ihn beruhigen. Und die Presse habe ich auch schon abgewimmelt.«

»Ich entschuldige mich dafür. Das war nicht korrekt ...«

»Richtig. Und dieses Mal reiße ich Ihnen dafür auch nicht den Kopf ab. Beim nächsten Mal sieht das anders aus. Es wäre aber hilfreich, wenn Benthien und seine Truppe auf weitere Action-Einlagen verzichten.«

»Natürlich.«

»Wie sieht es in der anderen Sache aus?«

»Benthien? Ich halte Augen und Ohren offen.«

»Gut. Es dürfte Sie interessieren, was Kriminalrat Gödecke mir erzählt hat. Der Gute hat sich vergewissert. Es ist das erste

Mal, dass Benthien, Fitzen, Rabanus und Velasco wieder gemeinsam an einem Fall arbeiten. Seit Monaten.«

»Sie meinen, seit den Ermittlungen in der Dornieden-Sache auf Föhr?«

»Korrekt.«

»Hat Gödecke irgendeinen ersichtlichen Grund dafür genannt?« Grundsätzlich war es nicht unüblich, dass die Teams bei der Kriminalpolizei in unterschiedlichen Zusammensetzungen arbeiteten, je nach Fall und individuellen Fähigkeiten, die zu seiner Lösung beitragen konnten.

»Nein. Aber es gab mehrere Male die Möglichkeit, dass die vier in einer Einheit zusammenarbeiteten. Entweder war es Benthien, der sich zurückzog, oder es waren die anderen drei.«

»Interessant.«

»Halten Sie mich auf dem Laufenden.«

»Das mache ich.«

Sanna beendete den Anruf und kehrte ins Haus zurück. Jaane hatte es sich auf dem Sofa mit einer Tüte Chips gemütlich gemacht.

»Ich fange heute mit der neuen Marvel-Serie auf Disney an. Willst du mitgucken?«

»Nein, danke.« Sanna war mit den Marvel-Superhelden nie warm geworden, vielleicht weil im realen Leben nie ein Kerl mit rotem Cape um die Ecke geflogen kam, der die aufrechten Bürger vor den Verbrechern rettete. »Ich schau mir lieber das Buch an, das du für mich besorgt hast.«

Sie ging hoch in ihr Zimmer, machte es sich im Bett gemütlich und schlug Benthiens Buch auf. Wind war aufgekommen und rauschte draußen vor dem Fenster in der alten Buche, die im Garten stand.

Sanna las schnell. Dabei konzentrierte sie sich weniger auf die Details der Ermittlungen, die Benthiens Vater beschrieb. Wesentlich interessanter fand sie die zwischenmenschlichen Passagen, die von John Benthiens Zusammenarbeit mit seinen Kollegen erzählten.

Gegen Mitternacht hatte sie das Buch zu drei Vierteln überflogen. Mehr brauchte es nicht.

Kollegen. Beste Freunde.

So wurden sie immer wieder beschrieben.

John. Lilly. Tommy. Juri.

Ein eingeschworenes Team, eine Gemeinschaft, die auch abseits der Arbeit harmonierte. Man ging miteinander zum Abendessen. Traf sich zu Grillfesten mit der Staatsanwältin Tyra Kortum, die zufällig die beste Freundin von Benthiens Mutter gewesen war. Wenn es die Ermittlungsarbeit anbot, wohnten alle für deren Dauer in Benthiens Friesenhaus. Und auch wenn es nirgendwo explizit erwähnt wurde, schimmerte zwischen den Zeilen durch, dass Velasco und Benthien großes Interesse aneinander hatten.

Sanna legte das Buch auf den Nachttisch, schloss die Augen und entspannte sich. So kam sie immer am besten voran, wenn ihr Geist allein den Gedanken nachgehen konnte.

Sie ließ noch einmal Revue passieren, was sie seit ihrem Amtsantritt erlebt hatte.

Beste Freunde.

Das beschrieb nicht die Menschen, die sie kennengelernt hatte und mit denen sie an diesem Fall zusammenarbeitete. Professionell, ja, das waren sie, und vielleicht zählten Benthien und seine Truppe sogar zu den besten Ermittlern, mit denen sie bislang zu tun gehabt hatte.

Aber Freunde? Oder, wie im Buch über Benthien und Velasco angedeutet, ein Liebespaar?

Nein.

Doch offenbar waren sie das einmal gewesen. Was bedeutete, dass zwischen ihnen etwas vorgefallen sein musste. Und zwar etwas Gravierendes.

Auffallend war, dass Benthien alleine dastand, während die anderen drei noch gut miteinander auszukommen schienen.

Seit Monaten hatten sie nicht mehr zusammengearbeitet. Bleickens Worte. Seit den Ermittlungen auf Föhr.

Sanna stand auf und holte die Ermittlungsakte im Mordfall Dornieden, die auf der Kommode neben dem Kleiderschrank lag. Sie setzte sich damit aufs Bett und blätterte darin.

Denk nach. Folge den Fakten.

Was ist das Bindeglied zwischen Benthien, seinen Kollegen und dem Fall, in dem sie nach Ansicht von Bleicken und Gödecke Beweise unterschlagen oder in dem sie zumindest nicht allen Spuren nachgegangen waren?

Es war nicht schwer, diese Verbindung zu finden.

Die Fotos in Benthiens Handschuhfach. Ihre Rolle in den Ermittlungen. Es war Frede Junicke, um die sich alles drehte.

Sanna schlug die Stelle in der Akte auf, die sich mit ihr beschäftigte. Frede Junicke war unter dem Namen Emma Dornieden geboren worden. Ihre Mutter hatte sie misshandelt, woraufhin der Vater sie zu Freunden brachte, wo sie aufwuchs. Später kehrte sie unter anderer Identität zurück. Angeblich, um ihre wahre Familie kennenzulernen.

Das hatte Frede selbst in einer Vernehmung zu Protokoll gegeben, nachdem sie ihre Befangenheit in diesem Fall offenbart hatte. Zunächst hatte sie dies verschwiegen, um an den Ermittlungen teilzunehmen und den Mörder ihrer Mutter zu fassen. So lautete zumindest ihre Version.

Der Akte war auch zu entnehmen, dass man sich bemüht hatte, allzu private Details wie den Missbrauch aus späteren Presseerklärungen in diesem Fall herauszuhalten, um Junicke zu schützen.

Sanna legte die Akte beiseite und trat ans Fenster. Über der windgepeitschten Buche standen die Sterne am Nachthimmel.

Frede Junicke taucht nach vielen Jahren auf Föhr auf. Sie

will ihre Mutter kennenlernen. Gunilla Dornieden. Diese liegt kurze Zeit später tot im Keller ihres Hauses. Angeblich hat sie Frede und ihre Halbschwester als Kinder missbraucht. Das Ermittlungsteam von John Benthien liefert einen Verdächtigen, der Stein und Bein schwört, die Tat nicht begangen zu haben. Die Indizien sind so dünn, dass der Oberstaatsanwalt mit einer Anklage zögert. Es ist das letzte Mal, dass Benthien und seine Kollegen zusammenarbeiten. Danach gehen sie getrennte Wege, meiden einander. Selbst Lilly, die vielleicht eine Liebesbeziehung mit John unterhielt, distanziert sich. Und dann wittern Bleicken und Gödecke, dass vielleicht Beweise unterschlagen wurden.

Ein sehr übler Verdacht keimte in Sanna auf. Es war ein reines Gedankenspiel. Aber dennoch. Unmöglich war es nicht.

Frede Junicke hatte noch immer ihren Posten als Polizeichefin von Föhr inne.

Vielleicht sollte sie bei Gelegenheit Kontakt zu der Frau suchen und ihr auf den Zahn fühlen.

Polizei sorgt für Chaos am Himmel

Einsatz von Staatsanwaltschaft und Kripo bringt Flugverkehr auf Sylt erneut durcheinander.

Sylt. Am gestrigen Tag ist es auf dem Flugplatz von Sylt wiederholt zu einer Störung des Flugbetriebs gekommen. Betroffen waren dieses Mal vor allem die Flüge der Insel-airline Fly Sylt. Bereits vor anderthalb Wochen hatte der Absturz einer Maschine der Fluglinie für eine Sperrung des Luftraums über der Nordseeinsel geführt. Auslöser für die erneuten Störungen war ein Großeinsatz von Staatsanwaltschaft und Kripo Flensburg. Ein Sondereinsatzkommando versuchte am späten Vormittag, Nick H., einen Mitarbeiter von Fly Sylt, am General Aviation Terminal zu verhaften. Nick H. war mit der Abfertigung einer Maschine betraut. Er widersetzte sich der Festnahme, was zu einer atemberaubenden und zugleich haarsträubenden Verfolgungsjagd auf dem Rollfeld des Flugplatzes führte.

Eine Passagiermaschine musste die Landung abbrechen und durchstarten. Wie durch ein Wunder kam niemand zu Schaden. Fly Sylt musste aufgrund der Festnahme mehrere Flüge streichen. Weitere Beeinträchtigungen bei der Inselfluglinie seien laut einer vertraulichen Quelle nicht ausgeschlossen, besonders die täglichen Verbindungen zum Festland, die für den Alltag vieler Insulaner essenziell sind. Chaos scheint vorprogrammiert. Der Pilot Nick H. wurde unter dem Vorwurf festgenommen, mehrere Jahre ohne gültige Fluglizenz für Fly Sylt gearbeitet zu haben. Welche Auswirkungen dies auf die Reputation der Airline haben wird, ist ungewiss. Zu Stellungnahmen waren weder die Fluglinie noch Staatsanwaltschaft und Polizei bereit.

John warf die Zeitung, die Sanna Harmstorf ihm gegeben hatte, verärgert auf den Rücksitz seines Wagens. Er hatte die Staatsanwältin gerade in Munkmarsch abgeholt, und sie waren auf dem Weg zum Flugplatz.

»Sondereinsatzkommando!«, er lachte. »So ein Blödsinn.«

»Mag sein. Trotzdem ist das nicht hilfreich für uns. Bleicken hat sich gestern Abend deshalb bei mir gemeldet.«

»Da ist von einer internen Quelle die Rede. Glauben Sie, das war wieder Broder Timm?«

»Möglicherweise. Wobei ihm eigentlich nicht an einer solchen Berichterstattung gelegen sein sollte. Wie auch immer. Der Oberstaatsanwalt wünscht, dass wir uns in Zurückhaltung üben.«

»Na, prima.« John umfasste das Lenkrad etwas fester als nötig. Falsche Zurückhaltung wäre besonders bei der vor ihnen liegenden Befragung wenig hilfreich.

Sie erreichten den Flugplatz, stellten den Wagen ab und gingen hinüber zu den Hangars von Fly Sylt. Heute herrschte reger Betrieb, am Hauptterminal standen gleich drei große Passagiermaschinen zur Abfertigung, und auf dem Stellplatz in der Nähe der Hangars machten einige Privatpiloten ihre Flugzeuge zum Start bereit.

Sie fanden Johann Roeloffs in der Wartungshalle. Er machte sich gerade an einem Businessjet zu schaffen. Bei ihm war Broder Timm.

»Nicht Sie schon wieder«, begrüßte Timm sie. »Wen wollen Sie heute verhaften?«

»Das ist noch nicht entschieden«, sagte Sanna Harmstorf.

»Bevor Sie fragen: Ich habe nicht mit der Presse gesprochen. Dieser Artikel regt mich genauso auf wie Sie.«

»Wer war es dann?«, fragte John. »Die Zeitung hat offenbar eine Quelle bei Ihnen.«

»Ich weiß es wirklich nicht.« Er hob die Hände. In einer davon hielt er einen Schraubenschlüssel. »Wir haben zu tun. Also, was wollen Sie?«

»Wir möchten mit Herrn Roeloffs sprechen«, sagte John.

»Das haben Sie doch schon. Es ist alles geklärt. Und wenn Sie uns nun entschuldigen. Wir müssen diese Maschine startklar bekommen. Dank Ihnen ist bei uns einiges durcheinandergeraten.«

John wollte etwas erwidern, doch Sanna Harmstorf kam ihm zuvor. Sie stemmte die Hände in die Hüften. »Uns liegen neue Erkenntnisse vor, die eine weitere Befragung nötig machen. Ich bin durchaus bereit, das informell gleich hier zu erledigen. Wenn Sie und Herr Roeloffs es wünschen, kann ich ihn aber auch vorladen. Dann darf er uns gleich auf die Wache begleiten.«

Broder Timm rollte die Augen und seufzte. »Schon gut. Alles, nur das nicht. Ich brauche Johann hier.« Er sah zu Roeloffs, der mit einem Nicken sein Einverständnis signalisierte.

»Allein«, schob John nach, woraufhin Broder Timm sich entfernte.

Johann Roeloffs legte sein Werkzeug beiseite und bedeutete ihnen, dass sie ihm in einen Nebenraum folgen sollten. Dort standen ein Campingtisch und einige Klappstühle. Roeloffs ging hinüber zu einem Kapselkaffeeautomaten, der auf einer kleinen Anrichte stand, und kehrte mit drei Tassen zurück.

»Also, bringen wir das hier schnell hinter uns.«

John blickte kurz zu Sanna Harmstorf, die ihm signalisierte, dass er die Befragung übernehmen sollte.

»Wir wissen, dass Ihr Schwiegervater Rechnungen doppelt buchte und die Fluglinie so um etwas mehr als dreißigtausend Euro schädigte. Das Geld wanderte auf sein Privatkonto.« John beobachtete Roeloffs' Mienenspiel, in dem sich keine Überraschung zeigte. »Weiterhin liegen Hinweise vor, dass Sie und Ihre Frau von diesem Schwindel wussten.«

»Nein …«, begann Roeloffs, doch John ließ ihn nicht ausreden.

»Sie hatten darüber hinaus Zugang zur Wartungshalle, in der die Unglücksmaschine stand. Sie nahmen den letzten Check des Flugzeugs vor. Und Sie verfügten über das nötige Wissen, die Maschine zu sabotieren … und damit ein Problem aus der Welt zu schaffen.«

»Nein, nein …« Roeloffs hob abwehrend die Hände. »Das habe ich nicht getan.«

»Aber Sie wussten von dem Betrug Ihres Schwiegervaters?«

»Ja … Ich wusste es. Und Inken wusste es auch.«

»Und was taten Sie mit diesem Wissen?«, fragte Sanna Harmstorf.

»Darüber … waren wir uns noch nicht im Klaren.«

»Herr Roeloffs«, sagte John. »Ihre Schwägerin liegt im Koma. Sollte sie es nicht überleben, haben wir es mit einem Doppelmord zu tun. Wir wollen Ihnen gerne glauben, dass Sie nichts damit zu schaffen haben. Aber dann helfen Sie uns bitte zu verstehen, was hier geschehen ist.«

Roeloffs überlegte und rührte dabei Milch und Zucker in seinen Kaffee. Dann trank er einen Schluck. Schließlich sagte er: »Broder Timm kam mit der Sache an. Er hatte bereits versucht, mit Bente darüber zu sprechen. Bente ... sagen wir, sie hatte Scheuklappen auf, was ihren Vater betraf. Mich hingegen überraschte die ganze Sache nicht.«

»Warum?«

»Ich habe Karel nie über den Weg getraut. Natürlich verstehe ich, dass das für Inken und Bente anders war, sie sind ohne ihn aufgewachsen. Aber er hat sich nie für sie interessiert. Dann schreibt Inken einen Bestseller, verdient viel Geld ... und plötzlich steht der Kerl auf der Matte. Halten Sie es für abwegig, wenn ich da gleich einen Hintergedanken vermutet habe?«

»Nein«, antwortete Sanna. »Ich hätte mir vielleicht dieselbe Frage gestellt.«

»Inken und Bente sahen das anders. Sie wischten meine Bedenken beiseite. Sie waren neugierig, was ihr Vater für ein Mensch war. Sie sehnten sich nach seiner Zuneigung und Anerkennung. Irgendwie versuchten sie die verlorene Zeit nachzuholen.«

»Und Ihre Bedenken haben sich dann am Ende als gerechtfertigt herausgestellt?«, sagte John.

»Ganz offensichtlich. Wie gesagt, selbst als wir mit ihr über den Abrechnungsschwindel sprechen wollten, mochte Bente das nicht wahrhaben. Inken und ich haben überlegt, was wir tun sollten ...«

»Und zu welchem Entschluss kamen Sie?«

»Sicherlich nicht, dass ich ihn umbringe, falls Sie das meinen. So ärgerlich und emotional die Situation war – wir hätten sie gelöst. Das Geld wäre mir egal gewesen, er hätte es ruhig behalten können. Aber dafür hätte ich ihm klargemacht, dass er ein für alle Mal aus dem Leben meiner Frau verschwindet.« Er hob die Hände. »Das war für Inken und Bente jedoch keine Option. Sie liebten ihn zu sehr. Und dann ... der Absturz.«

John lehnte sich zurück und verschränkte die Arme. Er sah noch keinen Beleg, dass Roeloffs am Ende nicht doch die Maschine manipuliert hatte. Dass Bente mit an Bord sein würde, hatte er nicht gewusst, er musste also davon ausgegangen sein, dass Karel Jansen allein die Maschine fliegen würde. Andererseits, für einen Mörder redete er viel zu offenherzig.

Das Handy von Sanna Harmstorf klingelte. Sie ging ran, sprach ein paar Worte und wandte sich dann an Roeloffs.

»Vielen Dank für das Gespräch. Halten Sie sich bitte zu unserer Verfügung.«

Als sie den Hangar verlassen hatten, fragte John: »Was sollte das gerade?«

»Tut mir leid, ging nicht anders«, erklärte sie. »Das war Soni Kumari. Wir sollen umgehend auf die Wache kommen. Sofort. Es gibt eine neue Entwicklung.«

29   Sanna Harmstorf

In der Polizeiwache von Sylt roch es nach Kaffee und frischen Croissants. Durch das einzige Fenster des Containers fiel nur spärlich Licht in den Raum, und hätte Sanna es nicht besser gewusst, wäre sie wohl davon ausgegangen, es wäre später Nachmittag. Doch die Kollegen von der Insel waren augenscheinlich mit dem Frühstück beschäftigt, als sie und John Benthien die Wache betraten.

Der Mann am Empfangstresen schob sich gerade ein Croissant in den Mund, das mit einer dicken Lage Marmelade beschmiert war. Soni Kumari saß dahinter an ihrem Schreibtisch. Sie hielt Sanna eine Tasse Kaffee entgegen.

»Wollen Sie auch einen?«

»Nein«, antwortete Sanna. »Kommen wir lieber gleich zur Sache.«

Kumari nahm einen Zettel vom Schreibtisch. »Hier. Eine Frau hat von Helgoland aus angerufen. Sie wollte Karel Jansen sprechen.«

»Weshalb?«

»Hab ich nicht so genau verstanden. Sie klang etwas wirr. Es hat mit seinem Haus auf der Insel zu tun.«

Sanna nahm den Zettel entgegen, eine Festnetznummer war darauf notiert. Sie schnappte sich Kumaris Telefon und wählte die Nummer. Das Freizeichen erklang. Es dauerte einen Moment, dann hörte Sanna eine dünne, gebrechliche Stimme.

»Staatsanwaltschaft Flensburg, Sie haben versucht ...«

»Vielen Dank, dass Sie zurückrufen, Frau Staatsanwältin. Klaasen ist mein Name. Ich verstehe das alles nicht. Was hat er nur mit der Polizei zu schaffen? Er war doch ein anständiger Mann. Nun, wie auch immer ... ich würde dann jetzt gerne mit ihm sprechen.«

»Ich nehme an, Sie meinen Karel Jansen?«

»Richtig. Man sagte mir, dass ich bei Ihnen anrufen muss.«

»Wer sagte Ihnen das?«

»Eine Kollegin von Ihnen. Ich habe unter Karels Nummer angerufen.«

Sanna hatte den Lautsprecher des Telefons aktiviert und sah Benthien an, der mithörte. Er hob eine Augenbraue, womit er wohl bestätigen wollte, dass auch ihm die Dame etwas verwirrt erschien.

»Und nannte diese Frau ihren Namen?«, hakte Sanna nach.

»Den habe ich wohl vergessen. Jedenfalls ... ich glaube, sie arbeitete in einem Labor.«

Nun verstand Sanna. Die Dame hatte augenscheinlich auf Karel Jansens Mobiltelefon angerufen, das sich gegenwärtig zur Auswertung in der Kriminaltechnik befand.

»Ihre Kollegin meinte, ich solle bei der Kripo Flensburg anrufen«, fuhr die alte Dame am Telefon fort. »Und dort hat man mir dann gesagt, ich solle mich in Sylt auf der Wache melden ...«

»Verstehe. Sagen Sie mir doch bitte, wer Sie sind und weshalb Sie mit Karel Jansen sprechen wollen.«

»Mein Name ist Margrit Klaasen. Ich bin eine Nachbarin von Karel ...«

»Sie meinen auf Helgoland?«

»Richtig. Sein altes Häuschen steht gleich gegenüber.«

Sanna wartete einen Moment. Ihr war bewusst, welchen Schock sie der alten Dame versetzen würde.

»Es tut mir leid, Ihnen mitteilen zu müssen, dass Ihr Nachbar vor Kurzem verstorben ist.«

Sie hörte, wie die Frau am anderen Ende der Leitung nach Luft rang. »Ach du lieber Himmel ... Wie konnte das denn passieren?«

Sanna berichtete in kurzen Zügen, was geschehen war, ohne allzu sehr ins Detail zu gehen.

»Wie furchtbar. Der Arme. Ich hoffe, er hatte es wenigstens schnell hinter sich.«

Sanna tauschte abermals einen Blick mit Benthien. »Weshalb wollten Sie Herrn Jansen denn sprechen?«

»Nun, wissen Sie, Karel hat hier diese alte Kate ... Das Haus gehörte mal seinen Eltern. Er ist darin aufgewachsen. Ich weiß noch, wie er ein kleiner Junge war. Er hat draußen auf der Wiese immer ...«

»Uns ist bekannt, dass er auf der Insel aufgewachsen ist.«

»Ja, entschuldigen Sie, ich schweife ab. Jedenfalls hat Karel das Haus behalten. Einige hier hätten wohl gerne gesehen, wenn er es verkauft hätte und sie dann Ferienwohnungen auf dem Grundstück hätten bauen können ... Nun, jedenfalls kam er ab und an her und sah nach dem Rechten.«

Sanna ermahnte sich, die Ruhe zu bewahren. »Und Sie wollten ihn nun *weshalb* sprechen?«

»Ja ... Es ist so, dass Karel nur selten herkam. Er hatte immer so viel zu tun. Er erzählte mir, dass er schließlich doch Pilot geworden war, so wie er sich das als Junge immer erträumt hatte. Wissen Sie, seine Eltern wollten, dass er einen richtigen Beruf lernt, deshalb ist er Polizist geworden, aber ... ach, ich schweife schon wieder ab. Jedenfalls bat mich Karel darum, dass ich ein Auge auf sein kleines Häuschen habe, wenn er nicht da ist.«

»Aha. Und?« Sanna sah Benthien mit dem Zeigefinger eine Dauerschleife drehen. Seine Geduld war offenbar ebenfalls aufgebraucht.

»Nun. Er sagte, wenn irgendetwas mit dem Haus nicht stimmt oder sich vielleicht mal jemand dafür interessieren sollte, dann möge ich ihn doch sofort anrufen. Und das habe ich dann getan.«

»Das bedeutet … Sie wollten ihn sprechen, weil an seinem Haus etwas zu reparieren ist?«

»Nein, nein. Es ist so, dass sich offenbar tatsächlich jemand für das Haus interessiert.«

»Wie meinen Sie das genau?«

»Da ist ein Mann. Er ist heute Morgen ganz früh zum ersten Mal aufgetaucht. In meinem Alter kann man nicht mehr so gut schlafen, wissen Sie, daher …«

»Schon klar. Wie spät war es ungefähr?«

»Es muss gegen sechs gewesen sein. Er klingelte und blieb vor der Tür stehen. Als sich nichts tat, sah er durch die Fenster und ging dann. Und nun ist er wieder da.«

»Sie meinen, der Mann steht vor dem Haus?«

»Er hat wieder geklingelt. Niemand öffnete. Er sah sich um, dann verschwand er auf die Rückseite.«

»In Ordnung«, sagte Sanna in ernstem Ton. »Sie befinden sich derzeit in Ihrem Haus?«

»Ja …«

»Dann bleiben Sie bitte genau dort, wo Sie jetzt sind. Verlassen Sie Ihr Haus nicht. Machen Sie niemandem auf. Bleiben Sie weg vom Fenster. Und schon gar nicht gehen Sie rüber zu Jansens Haus. Haben Sie mich verstanden?«

»Ja, Frau Staatsanwältin.«

»Gut. Ich verständige jetzt die Kollegen von der Insel. Sie werden bald bei Ihnen sein und nach dem Rechten sehen. Ich werde ebenfalls kommen. Dann sprechen wir uns wieder, einverstanden?«

»Ja, sehr wohl.«

Sanna beendete das Telefonat und sagte zu Benthien: »Wir sollten zusehen, dass wir schleunigst dort rüberkommen.«

»Soll ich einen Hubschrauber herbeordern?«

»Dauert zu lange.« Sie überlegte kurz. »Ich glaube, ich habe eine bessere Idee.«

In der Verbindungstür zum angrenzenden Container stand Lilly Velasco. Sie hatte offenbar einen Teil des Gesprächs mitgehört. »Es geht um Karel Jansen?«, erkundigte sie sich.

Sanna nickte.

»Dann habe ich hier vielleicht noch etwas Interessantes.« Sie kam mit ein paar Papieren in der Hand zu ihnen herüber. »Ich habe mit Juri und Tommy mal nachgesehen, wo der Mann überall aktenkundig ist.«

»Und?«, fragte Benthien.

»Erstaunlicherweise haben wir nur wenig gefunden. Er war aktuell weder auf dem Campingplatz noch irgendwo anders in Deutschland gemeldet. Ein Karel Jansen taucht zuletzt Mitte der Achtzigerjahre in Hamburg auf. Er war dort in einer Zweizimmerwohnung gemeldet, die er mit einer Gyde Roeloffs bewohnte.«

»Die Mutter von Inken und Bente«, warf Benthien ein.

»Richtig«, sagte Lilly. »Jansen war Streifenpolizist auf der Wache St. Pauli, bis er den Dienst quittierte. Danach verliert sich seine Spur. Der Mann wurde regelrecht zu einem Geist.«

30   John Benthien

Zwei Stunden später saß John auf dem Co-Pilotensitz einer Cessna Skyhawk, die auf Helgoland zuhielt. Broder Timm steuerte die Maschine. Er hatte sich zunächst geweigert, sie zu fliegen. Doch Sanna Harmstorf, die auf der hinteren Passagierbank saß, hatte ihm zu verstehen gegeben, dass es nicht nur eilte, sondern sich die Kooperation mit den Behörden für ihn vorteilhaft auswirken könnte und es sich deshalb sehr wohl lohnte, dafür erneut die Abläufe bei der Fluggesellschaft ein wenig durcheinanderzubringen.

Der Wind hatte in der letzten Stunde aufgefrischt, zog unter ihnen Schlieren über die See und schob die ersten höheren Wellenkämme vor sich her.

Die beiden Inselhälften lagen direkt voraus. Links die Hauptinsel, rechts Helgoland-Düne, auf der sich der Flugplatz befand. Broder Timm deutete mit dem Zeigefinger auf das Landstück, das aus der Luft kaum größer als eine Briefmarke schien.

»Fast, als würde man auf einem Flugzeugträger landen«, sagte Timm. »Ist nicht viel Platz für Fehler.«

Auf diese Erläuterung hätte John gerne verzichtet. Das Fliegen behagte ihm nicht, und in einer solch kleinen Maschine waren die Kräfte, die auf den Körper wirkten, noch direkter zu spüren. Wie zur Bestätigung von Broders Mahnung sackte die Cessna ab, rappelte sich mühsam wieder auf, nur um dann erneut an Höhe zu verlieren.

John blickte sich nach Sanna Harmstorf um. Sie kannten sich noch nicht lange, doch er meinte in ihrem Gesicht zu lesen, dass sie sich ebenfalls schönere Situationen vorstellen konnte.

Broder Timm nahm Gas weg und brachte die Maschine in den Landeanflug. Trudelnd näherten sie sich der Insel, bis Timm die Cessna schließlich wie im freien Fall auf die Landebahn fallen ließ. John hatte noch nie eine solch harte Landung erlebt. Es kam ihm vor, als würden seine Rückenwirbel wie eine Ziehharmonika zusammengestaucht.

»'tschuldigung«, sagte Timm. »Bei dem Wetter geh ich lieber keine Kompromisse ein. Unten ist unten.«

Am Fähranleger von Helgoland-Düne wartete ein kleines Polizeiboot auf sie. John hatte die Inselkollegen über ihr Kommen informiert und sie auch gebeten, nach dem Haus von Karel Jansen zu sehen. Sollten sie dort tatsächlich jemanden antreffen, wäre er festzuhalten.

Die Fahrt zur Hauptinsel gestaltete sich wegen des Wellengangs nicht weniger ruppig als der Anflug, doch das Auf und Ab auf See war John als Segler gewohnt. Am Anlegesteg nahmen sie die Inselkollegen in Empfang. Mit dem Fahrstuhl ging es hinauf ins Helgoländer Oberland.

Karel Jansens alte Kate befand sich am Klippenrandweg. Das aus weißem Stein gemauerte Häuschen duckte sich mit seinem spitzen Dach zwischen zwei größere Gebäude links und rechts.

Ein uniformierter Kollege mit grauem Bart kam ihnen aus dem Haus entgegen. »Rickmer. Polizeichef«, stellte er sich vor.

»Haben Sie jemanden hier angetroffen?«, fragte John.

»Nein. Aber es hat sich jemand in dem Haus umgesehen. An der Terrassentür haben wir Einbruchsspuren entdeckt. Einige Schubladen sind aufgerissen und Schränke durchwühlt. Schätze, der Streifenwagen hat den Eindringling vertrieben. Wir haben ihn leider nicht zu fassen bekommen.«

»Was ist mit den Anwohnern?«, fragte Sanna.

»Frau Klaasen. Sie wohnt links im Nachbarhaus. Sie hatte den Mann um das Haus herumschleichen sehen. Nach dem Anruf bei Ihnen hat sie sich an Ihre Anweisungen gehalten und ist dem Fenster ferngeblieben. Die Nachbarn rechts sind nicht zu Hause.«

»Kann Frau Klaasen uns eine Beschreibung des Mannes geben?«, wollte John wissen.

»Ja. Ein Kollege nimmt gerade die Daten auf.«

»Gut«, sagte John. »Die Dame soll sich dann noch für die Kriminaltechnik zur Verfügung halten.« Er hatte Claudia Matthis, der Leiterin der Kriminaltechnik, Bescheid gegeben, dass sie die nötige Ausrüstung für eine Phantombilderstellung mitbringen sollte, damit vor Ort mit der alten Dame gearbeitet werden konnte.

»Was macht die Suche nach dem Flüchtigen?«, fragte Sanna Harmstorf. »Können wir davon ausgehen, dass er sich noch auf der Insel befindet?«

Der Polizeichef hob die Schultern. »Schwer zu sagen. Wir wissen nicht genau, wann der Mann hier weg ist. Er könnte noch die Fähre erwischt haben. Außerdem sind, seit wir hier sind, einige Flugzeuge gestartet. Danach ist aber nichts mehr rausgegangen, und die nächste Fähre kommt erst in fünf Stunden.«

»In Ordnung«, sagte Sanna. »Bis wir die Personenbeschreibung haben, keine weiteren Abflüge. Und ich will wissen, wohin die Maschinen geflogen sind.«

»Geht in Ordnung.« Polizeichef Rickmer nickte. »Wollen Sie sich dann umsehen?«

»Nach Ihnen«, sagte Sanna, und sie folgten dem Mann ins Innere der Kate.

Sie gingen durch den schmalen Flur, in dem lediglich ein leeres Mantelbrett und ein Spiegel hingen, vorbei an einem kleinen Bad in das Wohn-Esszimmer, dem einzigen anderen Raum im Erdgeschoss. Hier standen ein Sofa, ein Sessel, ein Fernseher und ein VHS-Videorekorder, die beide noch aus den späten Neunzigerjahren stammen mussten. In der Nähe der Kitchenette fanden sich ein schmaler Esstisch und zwei Stühle. Keine Bilder an den unverputzten Steinwänden, keine Vorhänge, keine Vorräte in den Küchenschränken. Ein ähnliches Bild zeigte sich im Dachgeschoss, in das sie über eine steile Wendeltreppe gelangten. Dort diente ein altes Doppelbett als Schlafstätte. Der Kleiderschrank war bis auf einen abgetragenen Troyer und eine Jeans unbenutzt. Sowohl hier oben als auch im Wohnzimmer waren offensichtlich Wände herausgetrennt worden, um die Räume zu vergrößern.

Wie Rickmer beschrieben hatte, war das Haus durchsucht worden, ohne dass es einen Hinweis darauf gab, worauf der Eindringling es abgesehen hatte.

»Jansen scheint nicht oft hier gewesen zu sein«, sprach Sanna Harmstorf das Offensichtliche aus.

»Ja«, bestätigte John. »Fragt sich, wozu man dann ein solches Haus hat.«

Polizeichef Rickmer führte sie wieder ins Erdgeschoss und zeigte ihnen die Terrassentür. Den Spuren nach zu urteilen, musste sie mit einem Stemmeisen oder Ähnlichem aufgebrochen worden sein.

Hinter dem Haus gab es einen kleinen Garten, dessen Rasen und Büsche so hoch gewuchert waren, dass das Grundstück nicht von den Nachbarn eingesehen werden konnte. Die einzige Möglichkeit, es zu betreten und zu verlassen, bestand in einem kleinen Trampelpfad, der neben dem Haus vorbeiging.

Neben der Steinterrasse führte eine schmale Treppe zu einer Eisentür hinab. Der Mitarbeiter eines Schlüsseldienstes machte sich gerade daran zu schaffen.

»Ein Kellerraum?«, fragte John.

»Vermutlich«, sagte der Polizeichef.

Sie warteten ein paar Minuten, bis der Mann vom Schlüsseldienst seine Arbeit getan hatte. Dann stiegen sie nacheinander die Treppe hinunter. Rickmer tastete nach dem Lichtschalter.

Der Keller verfügte lediglich über einen Raum. Eine moderne Gastherme und ein alter, stillgelegter Kohleofen standen darin, außerdem eine Werkbank mit einer Werkzeugleiste darüber. Sonst nichts.

»Tja«, meinte der Polizeichef, »nichts Ungewöhnliches. Ihre Leute von der Kriminaltechnik können sich ja dann um die Spuren kümmern. Unser Job hier wäre dann getan ...«

»Da bin ich mir nicht so sicher«, meinte John.

Er hatte sich weiter umgesehen und mit der Taschenlampe seines Handys den Raum ausgeleuchtet. Er ließ den Lichtkegel über der Bodenplatte des alten Kohleofens schweben. Diese war mit vier Schrauben in den Boden eingelassen. Allerdings passten die Schrauben nicht ganz zum Baujahr des Kessels. Dem Äußeren nach musste dieser schon ziemlich alt sein. Man hätte also alte, vielleicht schon rostige Schrauben erwartet. Doch diese vier waren neu. Kein Rost, keine sonstigen Alterserscheinungen. Die Köpfe der Schrauben blitzten silbern und neu.

Was John zusätzlich argwöhnisch machte, waren die Kratzspuren auf dem Boden. Es sah aus, als wäre etwas Schweres dort entlanggeschleift worden. Vermutlich der Kohleofen selbst.

John ging zur Werkbank hinüber und suchte einen passenden Schlüssel, mit dem er die vier Schrauben löste.

»Packen Sie mal mit an«, bat er den Polizeichef, und sie schoben den Ofen zur Seite, der etwas leichter war als gedacht.

Darunter kam eine rechteckige Aussparung zum Vorschein, eine Art Geheimfach. John kniete sich neben Sanna Harmstorf und leuchtete hinein. Im Lichtkegel seines Handys lagen zwei Sporttaschen.

Die eine war etwa zur Hälfte mit Bargeld gefüllt. Alles alte D-Mark-Scheine.

Die andere Tasche war bestückt mit einem guten Dutzend Goldbarren.

31   Lilly Velasco

Der Streifenwagen der Sylter Polizei rollte über den Heefe-
wai, vorbei an einem Segelclub, auf die kleine sichelförmige
Sandbucht im Norden von Munkmarsch zu. Calle Schmidt, ein
deutscher Windsurfing-Pionier, hatte hier in den Siebzigerjahren
Europas erste Surfschule errichtet.

Lilly sah ein gutes Dutzend dreieckiger Segel auf dem Wasser, die vom strammen Wind zügig vorangetrieben wurden. In
Strandnähe versuchten sich einige Stand-up-Paddler im flache-
ren Wasser, hatten bei dem Wind aber Mühe, sich aufrecht zu
halten. Einige ungeübte Windsurfer schleppten bereits ihre Bretter und Segel an Land.

Ein Kollege der Inselpolizei hatte sich bereit erklärt, Lilly und
Juri hierherzufahren. Er steuerte direkt auf eine Imbissbude zu,
die am Ende der Straße beim Zugang zum Strand stand. Sie gehörte Tore Ralstett, Besatzungsmitglied des Fischkutters, der vor
über drei Jahrzehnten zwei bis heute nicht identifizierte Tote aus
der Nordsee geborgen hatte. Lilly schätzte die Chance als gering
ein, dass der Mann ihnen erklären konnte, in welcher Verbindung Bente Roeloffs zu dem alten Fall stand. Aber den Versuch
war es wert.

»Halten Sie dort drüben«, sagte Juri vom Rücksitz aus und
deutete auf eine Stelle gegenüber vom Imbissstand.

Die Bude war aus einfachen Holzbrettern gezimmert. Über
dem Verkaufsfenster hing ein verwittertes Bord, auf dem in ro-

ter Schrift »Tores Snackstopp« geschrieben stand. Zwei jüngere Frauen mit Rucksäcken gaben gerade ihre Bestellung auf.

»Tore ist bei den Surfern hier sehr beliebt«, erklärte der Streifenpolizist. »Macht angeblich die besten Fischbrötchen.«

»Wie lange hat er den Stand schon?«, fragte Lilly.

»Drei oder vier Jahre. Hab mich mal mit ihm unterhalten. Mit der Fischerei ist es immer mehr bergab gegangen. Und jetzt reicht ihm die Rente wohl nicht.«

Der Streifenkollege parkte den Wagen. Tore Ralstett, der eine Küchenschürze trug, und eine der beiden Frauen sahen kurz zu ihnen herüber. Sie hatte ein in eine Serviette eingeschlagenes Brötchen in der Hand und wollte gerade nach etwas anderem greifen, das Ralstett ihr reichte und bei dem es sich eindeutig nicht um einen handelsüblichen Snack handelte. Lilly meinte eine kleine Plastiktüte zu erkennen.

Es dauerte den Bruchteil einer Sekunde.

In dem Moment, als sie den Streifenwagen sah, ließ die junge Frau das Brötchen fallen und verzichtete darauf, die Plastiktüte von Ralstett entgegenzunehmen. Stattdessen drehte sie sich um und sprintete los. Ihre Freundin, die eine Kapuze über den Kopf geschlagen hatte, zögerte kurz, dann rannte sie ihr hinterher.

Tore Ralstett blickte den beiden Frauen nach. Anschließend wanderte sein Blick wieder herüber zum Streifenwagen.

Seinem Gesicht war anzusehen, dass er nicht so recht wusste, was er als Nächstes tun sollte.

Doch da traf auch er eine Entscheidung.

Er riss sich die Küchenschürze vom Leib. Im nächsten Moment flog die seitliche Tür des Imbissschuppens auf, und Tore Ralstett suchte ebenfalls das Weite.

»Verdammt«, fluchte Lilly, »was soll das denn jetzt?«

Ralstett rannte zum Strand hinunter. Die beiden Frauen flüchteten rechts zwischen einigen abgestellten Holzruderbooten hindurch in Richtung des Seglerhafens.

Juri hatte eine der hinteren Türen bereits aufgerissen. »Sie schnappen sich die beiden Frauen!«, wies er den Streifenbeamten an.

»Die kommen nicht weit.«

»Ich hole mir Ralstett.« Juri sprang aus dem Auto und lief los.

Lilly öffnete die Tür und folgte ihm. Hinter ihr hörte sie noch den Streifenwagen wenden und mit durchdrehenden Rädern und Blaulicht hinter den Frauen herjagen.

Ralstett rannte auf den Strand. Ein paar entgegenkommende Surfer rempelte er dabei rüde zur Seite, sodass deren Bretter Juri in den Weg fielen. Er stolperte, rappelte sich aber rasch wieder auf.

Lilly versuchte, mit den beiden mitzuhalten, doch sie spürte, dass ihre Kondition gehörig zu wünschen übrig ließ – was in diesem Fall weniger ihrer Schwangerschaft als ihrem unkontrollierten Naschtrieb geschuldet war. Außerdem schien eine Ewigkeit vergangen, seit sie zuletzt ein Fitnessstudio oder eine Sportstätte anderer Art von innen gesehen hatte. Schon bald waren Ralstett und Juri ihr einige Hundert Meter voraus.

Ralstett rannte den Strand entlang, bog dann nach links in die Dünen ab. Dort oben würde er bald auf eine Straße kommen. Vielleicht hoffte er, ein Auto anzuhalten. Juri war ihm dicht auf den Fersen.

Als sie ebenfalls die Dünen erreicht hatte und ansetzte, die mit Strandhafer bewachsenen Hügel zu erklimmen, spürte Lilly plötzlich einen Stich in der Seite. Ihre Beine gaben nach, und sie fiel der Länge nach hin.

Auf dem Rücken liegend, rang sie nach Luft, während ihr Herz wild hämmerte.

Dann wurde ihr schwarz vor Augen.

32   John Benthien

Der Rückflug von Helgoland nach Sylt gestaltete sich ähnlich unangenehm wie die Anreise, allerdings wusste John den Umstand zu schätzen, dass seine Gedanken von ihrer jüngsten Entdeckung abgelenkt waren und Sanna Harmstorf ihn in ein Gespräch darüber vertiefte, was es mit dem Geld und den Goldbarren in Karel Jansens Kate wohl auf sich haben mochte. Dennoch überkam ihn Erleichterung, als Broder Timm die Cessna Skyhawk nach einer Flugzeit von einer guten Dreiviertelstunde sicher auf der Landebahn des Flughafens Sylt aufsetzte.

Broder ließ die Maschine ausrollen und brachte sie vor den Hangars von Fly Sylt zum Stehen.

»Ich entschuldige mich für den etwas rumpeligen Flug«, sagte er im Spaßeston, »würde mich aber freuen, wenn Sie bald wieder mit uns fliegen. Wobei ich persönlich ...«

»... gut darauf verzichten könnte«, vollendete Sanna Harmstorf den Satz. »Ich weiß. Wir danken Ihnen trotzdem, dass Sie uns so spontan zur Verfügung standen.«

»Da kommen wohl schon Ihre nächsten Gäste«, sagte John und deutete auf den Mann und die Frau, die mit Jola Naujoks aus dem General Aviation Terminal traten und auf die Cessna zuhielten.

Broder seufzte. »Ja. Der Anlass für ihren Flug ist leider ähnlich unerfreulich.«

»Nämlich?«, erkundigte sich John.

»Eine Urnenbestattung.«

»Wie muss ich das verstehen? Sie fliegen die Herrschaften zu einer Beerdigung?«

»Etwas in der Art, allerdings handelt es sich um keine gewöhnliche Beisetzung«, erklärte Broder. »Die Urne wird auf See aus dem Flugzeug heraus bestattet.«

»Sie ... werfen sie aus dem Flugzeug?«, fragte Sanna Harmstorf mit ungläubigem Unterton.

»Richtig. Es kommt selten vor, dass Angehörige mitfliegen. Allenfalls ist auf Wunsch ein Pastor dabei, der ein paar letzte Worte spricht.«

»Das ist mir neu«, gestand John. »Wird dieses ... Angebot häufig nachgefragt?«

»Tatsächlich, ja. Es scheint immer mehr Leute zu geben, die nicht auf einem gewöhnlichen Friedhof ihre letzte Ruhe verbringen wollen. Wir führen die Urnenbestattungen noch nicht lange durch, vielleicht ein Jahr, aber die Buchungen steigern sich rasant. Bislang hat Karel sich darum gekümmert. Jetzt übernehme ich das bis auf Weiteres.«

John bedankte sich seinerseits bei Broder für den Flug. Dann stieg er aus und hielt der Staatsanwältin die Tür auf. Gemeinsam gingen sie zu seinem Wagen hinüber, während Broder Timm seine nächsten Passagiere in Empfang nahm.

Wenig später saßen sie mit Tommy auf der Wache in Westerland beisammen. Lilly und Juri waren unterwegs, um Nachforschungen in einem alten Fall anzustellen.

Sie hatten sich in einen Nebenraum zurückgezogen, wo Tommy gerade auf einem Laptop ein Videogespräch startete. Claudia Matthis, die Leiterin der Kriminaltechnik, konnte ihnen bereits erste Ergebnisse der Spurensicherung durchgeben. Ihr hageres Gesicht erschien auf dem Bildschirm. Sie trug noch einen weißen Overall, dessen Kapuze sie vom Kopf zog. Fahrig strich sie sich durch die kurzen braunen Haare.

»Wir haben so schnell gemacht, wie es geht, sind aber noch nicht ganz durch«, sagte sie. »Einen ausführlichen Bericht könnt ihr erst später haben.«

»Uns genügt eine erste Übersicht«, sagte John. »Was ist mit dem Geld?«

»Haben wir sichergestellt und auf Spuren untersucht. Leider nichts Verwertbares. Aber wir haben das Geld in der Tasche gezählt. Es sind etwa fünfzigtausend Mark. Wegen der Goldbarren habe ich einen Fachmann herangezogen. Seiner ersten Schätzung nach dürften sie einen Wert von knapp hunderttausend Euro haben.«

Tommy stieß einen leisen Pfiff aus. »Ein Ferienhäuschen mit so einem Keller hätte ich auch gerne.«

»Bei den Taschen, in denen beides verstaut war, handelt es sich um No-Name-Produkte, außerdem schon ziemlich alt. Es lässt sich unmöglich nachverfolgen, woher sie stammen. Also auch eine Sackgasse.«

»Was ist mit der Terrassentür?«

»Die Einbruchsspuren können von einem Brecheisen stammen, wie ihr schon vermutet habt. Wir haben aber keine Fingerabdrücke, DNA-Spuren oder andere verwertbare Spuren feststellen können. Fingerabdrücke gibt es natürlich in dem Haus. Doch sie scheinen alle von ein und derselben Person zu stammen. Der Abgleich steht noch aus, aber ich vermute stark, dass sie zum Eigentümer der Kate gehören.«

»In Ordnung, dafür schon mal vielen Dank«, sagte John.

»Kein Problem. Wie gesagt, vollständiger Bericht folgt. Ach, und die Phantomzeichnung ist fertig. Wir schicken sie euch gleich rüber.«

Tommy beendete die Verbindung.

John lehnte sich im Stuhl zurück, nahm einen Bleistift vom Tisch und ließ ihn zwischen den Fingern kreisen. »Eine hübsche Summe, die Karel Jansen da gebunkert hat.«

»Allerdings«, meinte Sanna Harmstorf. »Ich frage mich, woher das Geld und die Goldbarren stammen …«

»… und warum es alte D-Mark-Scheine sind«, ergänzte John. »Aber es erklärt vielleicht, weshalb Jansen und Bente nach Helgoland flogen. Sie wollten an das Geld oder das Gold.«

»Oder sie wollten weiteres Geld dort bunkern. Ich denke da an den Koffer mit Bargeld, der bei der Unglücksmaschine gefunden wurde.«

»Auch das wäre möglich. Was aber nicht die Frage beantwortet, wo das Geld und das Gold herkommen.«

»Immerhin wissen wir, weshalb Jansen die alte Kate so wichtig war und er sie nie verkaufte«, brachte sich Tommy ein. »Er muss einen guten Grund gehabt haben, das Geld und die Barren dort zu verstecken.«

»Das alles lässt den Mann jedenfalls reichlich zwielichtig erscheinen.« John sah Tommy und Sanna Harmstorf wechselseitig an. »Er taucht wie aus dem Nichts bei seinen Töchtern auf, nachdem eine von ihnen zu Reichtum gekommen ist. Die andere hat ihn jahrelang ergebnislos gesucht. Seine Vergangenheit ist ein Rätsel. Der Mann ist nirgendwo offiziell gemeldet. Er zweigt Geld von der Fluggesellschaft seiner Tochter ab. Dann verunglückt er mit ihr, vermutlich war es ein Mordattentat. Im Gepäck ein Koffer mit Bargeld. Und dann hortet er auf einer Insel ein kleines Vermögen …«

»… das wohl kaum aus legalen Quellen stammte, sonst hätte er es nicht versteckt.« Sanna Harmstorf kaute auf ihrer Unterlippe. Dann meinte sie: »Seine Nachbarin, die uns verständigt hat … Sie erzählte, Jansen habe ihr aufgetragen, sich bei ihr zu melden, falls sich irgendwann einmal jemand für die Kate interessiert.«

»Hat sie das wortwörtlich gesagt?«, fragte John.

»Ja. Ich dachte zuerst, er meinte, sie solle sich melden, falls jemand ein ernstes Kaufinteresse zeigt …«

»… aber darum ging es gar nicht.« John lehnte sich vor.

»Nein«, sagte die Staatsanwältin. »Er rechnete vielmehr damit, dass eines Tages jemand nach dem Haus sehen und vielleicht versuchen würde, dort einzudringen.«

»Wie der Fremde heute.«

»Ganz genau. Karel Jansen hat ihn erwartet.«

»Fragt sich, wer der Mann ist.«

»Nun, wir wissen jetzt zumindest, wie er aussieht.« Tommy zog ein Blatt Papier aus dem Drucker. »Hat die KT gerade geschickt.«

Er legte die Phantomzeichnung auf den Tisch. John hatte schon detailliertere Fahndungsbilder gesehen, aber es war besser als nichts, wenn man bedachte, dass die Nachbarin von Karel Jansen den Mann aus einiger Entfernung beobachtet hatte.

Der Mann schien im fortgeschrittenen Alter zu sein. Sicherlich über sechzig. Er hatte stoppelige Haare mit weiten Geheimratsecken. Sein kantiges Kinn, das fast eckig wirkte, war unrasiert. Auffallend waren die buschigen Augenbrauen.

Insgesamt ein relativ nichtssagendes Bild. Es gab sicherlich unzählige Personen, auf die diese Beschreibung zutraf. Lediglich die Augenbrauen mochten ein Anhaltspunkt sein.

Das Handy von Sanna Harmstorf klingelte. Sie ging ran, sprach ein paar Sätze, bat dann um Zettel und Stift. Tommy reichte ihr beides. Sie machte ein paar Notizen, dann legte sie auf.

»Das war Polizeichef Rickmer. Sie haben die Flüge nachverfolgt, die in der fraglichen Zeit rausgegangen sind.« Sie warf einen Blick auf den Zettel und las ab: »Hamburg. Wien. Düsseldorf. Und … eine kleine Privatmaschine nach Sylt.«

»Haben wir die Kennung der Maschine?«, fragte John.

»Ja.«

John wandte sich an Soni Kumari, die an ihrem Schreibtisch saß. »Verständigen Sie bitte umgehend den Flughafen, dass die Maschine, falls sie noch da ist, keine Starterlaubnis bekommt.

Und dann schicken Sie einen Wagen hin. Ich will mit dem Piloten reden und wissen, wen er geflogen hat.« John stand auf, streifte seine Jacke über und ging hinüber in den Hauptraum der Wache. Tommy und die Staatsanwältin folgten ihm.

Die Eingangstür öffnete sich. Ein Streifenbeamter kam herein und schob zwei junge Frauen vor sich her, denen er Handschellen angelegt hatte und die völlig verängstigt aussahen.

John kannte die beiden.

Es waren Celine und ihre Freundin Elfie.

Der Schock stand John Benthien ins Gesicht geschrieben, als er die beiden jungen Frauen sah. Der Streifenbeamte bugsierte sie vor sich her in den Wachraum.

Sanna hätte es keiner expliziten Erklärung bedurft, dass Benthien die Mädchen kannte, doch die Blonde, die schwarze Jeans, einen Troyer und einen olivfarbenen Anorak trug, klärte die Situation endgültig mit den Worten: »Daddy, wir haben nichts gemacht.« Ihre Stimme und die weit aufgerissenen Augen verrieten ihre Angst.

Der Streifenbeamte zeigte sich ungerührt und führte die beiden durch eine Seitentür in den anliegenden Container mit Arrestzellen.

Erneut öffnete sich die Tür des Wachcontainers. Juri Rabanus und Lilly Velasco kamen herein, im Schlepptau einen älteren Mann, der etwas gebeutelt aussah. Seine Haare und seine Kleidung waren voller Sand, das rechte Auge zu einem Veilchen angeschwollen.

»Hat sich der Verhaftung widersetzt«, erklärte Juri Rabanus und schob den Mann ebenfalls zum Zellentrakt.

»Kann mir bitte jemand erklären, was das hier soll?«, verlangte Benthien zu wissen.

Lilly Velasco richtete sich an Sanna und würdigte Benthien dabei nur eines kurzen Blicks. »Tore Ralstett. Betreibt eine Imbissbude am Munkmarscher Surfstrand. Wir wollten ihn in einem alten Fall befragen. Er und die beiden Damen haben die Flucht ergriffen. Wohl aus gutem Grund.« Sie hielt zwei Beweismittelbeutel in die Höhe. »In seinem Stand haben wir noch mehr Cannabis sichergestellt. Die beiden Damen waren gerade im Begriff, sich welches zu kaufen. Ein Beutelchen mit zwanzig Gramm, das sie fallen ließen, als sie uns sahen.«

Rabanus kam mit dem Streifenbeamten aus dem Zellencontainer zurück. Er legte Lilly Velasco die Hand auf die Schulter. »Und jetzt zu dir. Willst du einen Arzt aufsuchen?«

»Nicht nötig. Mir geht es gut«, wehrte sie ab.

»Warum?« Benthien sah Rabanus fragend an. »Was ist mit dir, Lilly?«

»Nichts. Nur ein kleiner Schwächeanfall. Es geht schon wieder.« Sie wandte sich zum Gehen. »Ich muss mich nur kurz frisch machen. Wenn ihr mich also entschuldigt ...«

Sie verließ den Wachraum.

Benthien gab nicht nach. »Was ist mit ihr, Juri?«

»Vergiss es. Wie sie schon sagt ... die Kondition hat sie ein wenig im Stich gelassen.«

Benthien schüttelte den Kopf. Dann eilte er schnellen Schrittes zu den Arrestzellen.

»Das Mädchen ist seine Tochter?«, wandte sich Sanna an Rabanus.

»Seine Stieftochter. Celine.«

Sanna fluchte innerlich. Noch ein Familienmitglied von Benthien, das Ärger machte. Solche Komplikationen konnten sie nicht gebrauchen. Sie setzte sich in Bewegung und folgte Benthien.

Es gab zwei Container mit Zellen. Die beiden Mädchen waren getrennt von Tore Ralstett untergebracht. Sie saßen nebeneinander auf der Metallpritsche und hielten die Köpfe gesenkt.

Benthien hatte sich vor den Gitterstäben aufgebaut, als Sanna den Container betrat. »Was ist da gelaufen?«, fragte er. »Und erzählt mir nicht, ihr hättet nichts gemacht.«

Es war Celine, die als Erste die Stimme wiederfand. Sie rang noch immer mit den Tränen. »Wir … wir wissen, dass das dumm war. Und es tut uns echt leid, Daddy.«

»Wolltet ihr Gras von dem Kerl kaufen?«

Es dauerte einen Moment, dann nickte Celine. Ihre Freundin hielt noch immer den Kopf gesenkt.

»Wessen Idee war das?«

Zunächst sagte keine von beiden etwas. Elfie hob schuldbewusst den Kopf, doch gerade, als sie etwas sagen wollte, meinte Celine: »Meine. Es war meine Idee. Ich … wollte das mal ausprobieren.«

»Tatsächlich. Und dafür brauchst du gleich zwanzig Gramm, ja?« Er seufzte und schüttelte den Kopf.

Sanna trat neben ihn und musterte die Mädchen. »Wie heißt ihr?«

»Celine. Und das hier …«, sie zeigte auf ihre Freundin, »… ist Elfie.«

»Elfie. Kann Elfie auch selbst reden?«

»Ja«, sagte das Mädchen mit dünner Stimme. »Kann ich.«

»Wie alt seid ihr beiden?«

»Siebzehn«, kam es wie aus einem Mund.

»Man hat euch beim Kauf von zwanzig Gramm Cannabis erwischt. Ihr wisst wohl, was das bedeutet?«

»Das war für unseren Eigenbedarf bestimmt.« Celine sprach nun mit festerer Stimme. »Eine so geringe Menge darf man besitzen.«

Sanna lächelte. »Ich fürchte, da bist du falsch informiert, junge Dame. Auch der Besitz geringer Mengen ist nicht erlaubt. Die Staatsanwaltschaft kann in einem solchen Fall und unter bestimmten Voraussetzungen lediglich von einem Strafverfahren absehen.«

»Ach, tatsächlich?« Celine verschränkte trotzig die Arme vor der Brust. »Und das sagt wer?«

Sanna stellte sich vor. »Ich bin die Staatsanwaltschaft.«

Benthien drehte sich halb zu ihr um. Er wollte etwas sagen, sah dann aber die Mädchen an und realisierte wohl, dass sie besser nicht in ihrer Gegenwart sprachen. Er bat Sanna, mit ihm nach draußen zu gehen.

»Wohin soll das denn führen?«, fragte er, als sie vor dem Container auf der Metalltreppe standen. »Sie wissen doch auch, dass das eine Bagatelle ist …

»Als geringe Menge werden in Schleswig-Holstein sechs Gramm angesehen«, sagte Sanna. »Zwanzig Gramm liegen deutlich darüber, selbst wenn ich bedenke, dass sie sich den Stoff zu zweit geholt haben und ihn sich teilen …«

»Ich bitte Sie. Vier Gramm rauf oder runter pro Person …«

»… machen einen Unterschied. Bei zwanzig Gramm drücken die wenigsten Richter noch ein Auge zu und die Staatsanwaltschaft ebenfalls nicht.«

In der Praxis verhielt es sich natürlich oft anders, dessen war sich Sanna bewusst. Die Gerichte waren überlastet, und die Staatsanwaltschaft hatte genug damit zu tun, echte Verbrecher hinter Gitter zu bringen. Selbst wenn wie in diesem Fall nicht mehr von einer tolerierbaren Menge die Rede sein konnte, gab es noch andere Faktoren, die eine Rolle spielten: War die Person nicht vorbestraft, lag lediglich eine geringe Schuld vor, und konnte man davon ausgehen, dass die Droge tatsächlich nur für den Eigenbedarf erworben wurde, wurde häufig von einer Strafverfolgung abgesehen. Und selbst wenn, dann fielen die beiden noch unter das Jugendstrafgesetz, was bedeutete, dass der Richter ihnen gehörig die Leviten lesen und sie dann zu Sozialstunden, im schlimmsten Fall zu einer Bewährungsstrafe verurteilen würde.

Doch so weit würde es hierbei gar nicht kommen.

Sanna ging es um etwas völlig anderes.

Korrektheit. Wahrhaftigkeit.

Das Strafgesetzbuch galt auch für die Stieftochter eines Kriminalkommissars. Und Sanna war sich nicht sicher, ob Benthien dies ebenfalls so sah.

»Haben Sie Kinder?«, fragte er.

»Nein. Wieso?«

»Die beiden sind in einem Alter, wo man sich ausprobiert, wo man schon mal über die Stränge schlägt und etwas Dummes anstellt. Ich weiß nicht, was Sie in Ihrer Jugend so getrieben haben, aber ... bei uns ist gelegentlich auch schon mal eine Tüte rumgewandert.«

Sanna verschränkte die Arme. »Aha. Und was schlagen Sie jetzt vor?«

»Wir lassen die beiden gehen. Sie wohnen ohnehin zurzeit hier bei mir auf der Insel. Ich werde ihnen heute Abend eine ordentliche Standpauke halten und ihnen klarmachen, dass sie das nächste Mal nicht so glimpflich davonkommen. Außerdem werde ich ihnen noch mal in Erinnerung rufen, wohin Drogenkonsum führen kann. Wenn wir hier fertig sind, könnte ich sie mit ein paar Junkies bekannt machen und ihnen eine kleine Führung durch die Drogenszene geben. Ich schätze, das wird abschreckend genug sein. Was meinen Sie?«

Vermutlich hatte er recht. Sanna hielt es sogar für einen ziemlich guten Vorschlag, ihnen bei Gelegenheit einen Einblick in die harte Drogenrealität zu geben. Andererseits ... die wenigsten konnten in einer vergleichbaren Situation auf einen Polizistenvater als ihren Fürsprecher setzen und wären nicht so schnell wieder auf freiem Fuß.

Soni Kumari kam aus dem benachbarten Container zu ihnen. »Wir haben den Piloten, der den Flüchtigen von Helgoland hergeflogen hat, auf dem Flugplatz angehalten.«

»Ausgezeichnet«, sagte Sanna.

»Sollen wir ihn herbringen?«

»Nein. Wir sprechen auf dem Flugplatz mit ihm. Es gibt da ohnehin noch ein paar Leute, mit denen ich sprechen möchte.«

»Was machen wir mit den beiden Mädchen?«, fragte Kumari.

Sanna überlegt kurz. Dann öffnete sie die Tür zum Zellencontainer. »Kommen Sie mit.«

Benthien und Kumari folgten ihr. Sanna baute sich vor dem Zellengitter auf und blickte Celine und ihre Freundin mit ernster Miene an.

»Es wird für euch beide keine Sonderbehandlung geben«, sagte sie. »Ihr bleibt hier.«

»Sie wollen die beiden die Nacht in der Zelle verbringen lassen?«, fragte Benthien ungläubig.

Sanna ließ sich nicht beeindrucken. »Dann werde ich ein Verfahren gegen euch einleiten. Auf euch warten Sozialstunden, gegebenenfalls auch eine Bewährungsstrafe. Wenn der Richter gnädig ist.«

Die Farbe wich aus den Gesichtern der Mädchen.

Ohne ein weiteres Wort wandte sich Sanna ab und ging nach draußen. Ihr entging allerdings nicht, wie Benthiens Gesicht vor Wut dunkelrot anlief.

Auf dem kurzen Weg zum Flugplatz sprachen sie kein Wort miteinander. Sanna machte das Schweigen nichts aus. Im Gegenteil, sie genoss die Stille, um ihren Gedanken nachzugehen. Dabei beschäftigten die beiden Mädchen sie schon gar nicht mehr. Sie hatte nicht wirklich die Absicht, gegen die beiden vorzugehen. Eine Nacht in einer Gefängniszelle hatte aber schon so manchem Jugendlichen die Flausen ausgetrieben. Was das betraf, hatte sie selbst einschlägige Erfahrungen gesammelt. Denn natürlich war auch bei ihnen früher mal eine Tüte rumgegangen, wie Benthien das formuliert hatte, und eben eine solche hatte ihr gemeinsam mit Jaane einen unbequemen, aber zum Glück folgenlosen Aufenthalt in einer Arrestzelle der Hamburger Polizei verschafft. Sie konnte daher sehr gut mit den beiden Mädchen mitempfinden. Ihr selbst war damals der Appetit auf solche Abenteuer gründlich vergangen, und sie hoffte, dass ihnen dies genauso ergehen würde. Sie hätte Celine damit trösten können, dass diese kleine erzieherische Maßnahme nicht nur ihr und ihrer Freundin, sondern auch ihrem »Daddy« galt. Von derartigen Erwägungen brauchte Letzterer natürlich nichts zu wissen.

Sannas Überlegungen kreisten wieder um ihren aktuellen Fall. Sie konnte sich weder einen Reim darauf machen, weshalb Karel Jansen das Geld und das Gold in seinem Haus auf Helgoland versteckt hatte, noch, woher es stammen mochte. Und was war mit seinen Töchtern – hatten sie davon gewusst? Jedenfalls war nicht ausgeschlossen, dass der Mann, der offenbar heute versucht hatte, in das Haus einzudringen, genau gewusst hatte, was er dort suchte.

Benthien steuerte den Wagen durch die Kontrollschranke und fuhr dann hinüber zum General Aviation Terminal, in dessen Nähe sich die Stellfläche für kleine Privatmaschinen befand.

Ein Streifenwagen stand neben einem der Propellerflugzeuge. Der uniformierte Kollege unterhielt sich mit einem Mann, bei dem es sich vermutlich um den Piloten handelte.

Sanna stieg aus und ging zu den beiden hinüber. Benthien folgte ihr.

»Das ist unser Mann?«, fragte sie den Streifenpolizisten.

»Ja. Stefan Zug heißt er. Und er hat bereits zugegeben, dass er den Gesuchten heute geflogen hat. Er hat den Mann auf dem Phantombild identifiziert.«

Sanna ging zu dem Mann hinüber und stellte sich vor. »Sie kennen den Mann, den Sie heute geflogen haben?«

Stefan Zug, dem Äußeren nach Mitte dreißig, hob die Schultern und fuhr sich durch die langen blonden Haare, die er zu einem Seitenscheitel trug. »Kann man nicht unbedingt sagen. Ich hab ihn zum ersten Mal mitgenommen.«

»Wie ist sein Name?«

»Falk.«

»Und weiter?«

»Weiß ich nicht. Ich sollte ihn nur Falk nennen.«

Benthien schob sich neben Sanna. »Aber Sie werden vor dem Flug wohl seine Personalien aufgenommen haben.«

»Nun … nicht wirklich. Wir haben das telefonisch abgesprochen.«

»Das erklären Sie mir bitte«, forderte Sanna.

»Ich habe den Flug über Wingly angeboten …«

»Was ist das?«

»Das … ist eine Mitflugbörse. Im Internet. Sie können dort Mitfluggelegenheiten bei Privatpiloten buchen. Ich … finanziere mir damit meine Flüge. Ich meine, die Charter des Flugzeugs, den Treibstoff …«

»Moment, Moment.« Sanna unterbrach ihn mit erhobener Hand. »Ganz von vorne. Sie sind also Privatpilot und haben diese Maschine hier gemietet.«

»Richtig. Ich wäre heute ohnehin nach Sylt geflogen.«

»Wo sind Sie gestartet?«

»Düsseldorf.«

»Und von dort aus haben Sie diesen Herrn Falk auch mitgenommen.«

»Ja.«

»Der Kontakt zwischen Ihnen ist durch besagte Internetbörse zustande gekommen. Sie haben den Flug dort eingestellt … wie bei einer Mitfahrzentrale, richtig?«

»Genauso funktioniert das. Üblicherweise läuft die Buchung online ab. Doch der Herr rief mich an und erkundigte sich, ob wir das nicht auch unter uns ausmachen könnten. Sie wissen schon …«

»Nein, weiß ich nicht. Was denn?«

Der Pilot druckste herum. »Die Internetplattform zweigt für sich üblicherweise eine Gebühr ab. Privatabsprachen sind daher nicht gern gesehen. Aber wir haben es so gemacht, und er fragte mich, ob wir einen Zwischenstopp auf Helgoland machen könnten. Das war kein Problem. Wir waren heute Morgen dort und sind dann hierher weitergeflogen.«

»Ich nehme an, er zahlte in bar«, sagte Benthien. »Sie haben also keine Kontodaten, Adresse oder andere Daten von ihm.«

»Nein, habe ich nicht. Hören Sie ...«

»Keine Sorge«, sagte Sanna. »Uns interessiert nicht, was Sie mit dem Kerl unter der Hand abgemacht haben. Wir wollen nur mit ihm sprechen. Sagte er Ihnen, ob er hier auf Sylt bleiben will?«

»Nein. Wir landeten. Er gab mir das restliche Geld. Wir verabschiedeten uns. Er stieg aus und ging zu Fuß davon. Das war's. Kurz darauf tauchte dann Ihr Kollege auf.«

»Und Sie, was haben Sie auf der Insel vor?«

»Ehrlich gesagt nichts Besonderes. Ich will hier einen schönen Abend und morgen einen netten Tag verbringen. Morgen Nachmittag geht's dann zurück.«

»In Ordnung. Ich nehme an, Sie haben meinem Kollegen bereits Ihre Daten mitgeteilt?« Sie sah zu dem Streifenbeamten hinüber.

»Das habe ich. Bin ich jetzt festgenommen?«

»Sind Sie nicht.«

Sie verabschiedeten sich. Dann ging Sanna zurück zu Benthiens Citroën. »Verdammt«, zischte sie zwischen den Zähnen, »wäre ja auch zu schön gewesen.«

Benthien hatte bereits die Fahrertür in der Hand, als Sanna einen Landrover sah, der in der Nähe vor dem Gebäude von Fly Sylt hielt. Inken Roeloffs stieg aus und ging hinüber zum Wartungshangar.

Sanna gab Benthien ein Zeichen, dass er ihr folgen solle.

Inken Roeloffs stand mit ihrem Mann bei einer zweimotorigen Maschine. Johann wischte sich die ölverschmierten Hände mit einem Lappen ab. Die beiden schienen sich aufgeregt über etwas zu unterhalten. Inken Roeloffs gestikulierte mit den Händen, ihr

Mann schüttelte den Kopf und blickte sie ratlos an. Die beiden verstummten abrupt, als sie Sanna und John kommen sahen.

»Verzeihen Sie die Störung«, sagte Sanna, »gut, dass wir Sie hier antreffen. Wir hätten Sie ohnehin aufgesucht.«

»Warum, ist etwas passiert?«, fragte Inken Roeloffs.

»In der Tat. Wir müssen Sie darüber in Kenntnis setzen, dass es heute einen Einbruch im Haus Ihres Vaters auf Helgoland gab. Der mutmaßliche Täter ist flüchtig.«

»Wie kann denn so etwas geschehen …«, meinte Inken. »Warum sollte jemand dort einbrechen wollen?«

»Das kann ich Ihnen sagen. Ihr Vater versteckte im Keller des Hauses Bargeld und Goldbarren.«

Johann und Inken tauschen einen kurzen Blick. Dann meinte Johann: »Er … versteckte dort *was*?«

»Sie haben richtig gehört. Ein Vermögen im Wert von mehr als hunderttausend Euro.«

Sanna ließ die Stille, die entstand, im Raum schweben. Es war augenscheinlich, dass diese Eröffnung die Roeloffs nicht über die Maßen überraschte. »Wussten Sie, dass das Geld und die Goldbarren sich im Besitz Ihres Vaters befanden?«

Inken Roeloffs schüttelte den Kopf. »Nein. Das ist mir wirklich neu.«

Sanna ließ sich von Benthien das Phantombild geben und hielt es den beiden hin. »Das ist der Mann, der vermutlich in das Haus Ihres Vaters eingebrochen ist. Haben Sie ihn schon einmal gesehen?«

Beide betrachteten das Bild nur flüchtig.

»Nein. Kenne ich nicht«, sagte Inken Roeloffs, und ihr Mann stimmte ein: »Ist mir auch nicht bekannt.«

»Sind Sie sicher?«

»Ja. Wir waren gerade auf dem Weg nach Hause«, sagte Inken Roeloffs. »Also …«

Sanna hob eine Augenbraue und blickte zur Uhr, die an der

Wand über dem Eingang zum Pausenraum hing. »Es ist sechzehn Uhr. Machen Sie immer so früh Schluss?«

»Heute schon«, beeilte sich Johann Roeloffs zu sagen. Er legte das Handtuch zur Seite, mit dem er sich die Hände abgewischt hatte. Dann verabschiedeten sich die beiden und gingen nach draußen.

Sanna blieb noch einen Moment stehen und sah ihnen nach. Sie schienen seltsam unbeeindruckt. Sanna war sich sicher, dass sie selbst zahlreiche Fragen gehabt hätte, wenn man im Haus ihrer Mutter eingebrochen und dann einen solchen Schatz gefunden hätte. Sie hätte zum Beispiel wissen wollen, wo das ganze Geld und das Gold herstammten.

Mit dem Blick folgte Sanna John Benthien, der sich in dem Hangar umsah. Er ging an der Maschine vorbei zu dem Werkzeugwagen, auf den Johann Roeloffs das Handtuch gelegt hatte, dann zu der dahinterliegenden Werkzeugbank. Eine Tasse und ein Aschenbecher standen dort. Benthien winkte Sanna zu sich herüber.

Er deutete auf den Ascher, in dem eine brennende Zigarette lag. Dann berührte er die Tasse. »Der Kaffee ist noch heiß. Ich würde meinen, das war wirklich ein sehr spontaner Feierabend.«

»Ja, das scheint mir auch so.«

Eine Cessna rollte draußen vor den Hangar. Der Propeller lief aus, dann öffneten sich die Türen. Auf der Passagierseite stieg das Ehepaar aus, das vorhin zu der Urnenbeisetzung gestartet war. Auf der Pilotenseite kletterte Broder Timm aus der Maschine.

Er verabschiedete sich von seinen Passagieren. Dann kam er in den Hangar. Im Gehen deutete er auf das Bürogebäude. »Wir haben drüben noch eine Abstellkammer. Die kann ich Ihnen gerne zurechtmachen. Wenn Sie wollen, stell ich auch zwei Feldbetten rein.«

»Wir sind eben hartnäckig«, entgegnete Sanna, der der amüsierte Unterton in Broders Stimme nicht entgangen war.

Broder blieb stehen und deutete mit einem Nicken auf das Phantombild, das Sanna noch immer in der Hand hielt.

»Ist das etwa der Kerl, der mir den Vormittag versaut hat?«

»Ja, das ist er.«

»Zeigen Sie mal her.«

Sanna reichte ihm das Bild. Broder betrachtete es, dann hob er die Augenbrauen. »Verdammt ...«

»Sie kennen ihn?«

Broder runzelte die Stirn und machte ein entlarvtes Gesicht, als würde ihm gerade bewusst, dass er sich mit seiner Reaktion verraten hatte. »Ja ... das ist ein Freund von Karel Jansen. Ich habe die beiden ein paarmal zusammen gesehen.«

34   Lilly Velasco

Lilly betätigte die Spültaste, dann lehnte sie sich gegen die Wand der Toilettenkabine und rang nach Luft. Die Übelkeit ebbte nur langsam ab.

Ich habe ihn im Stich gelassen, dachte sie wieder.

Juri hatte sich auf sie verlassen. Sie waren Partner. Und als solche hätte sie an seiner Seite bleiben müssen.

Sie war ohnmächtig geworden. Vielleicht zwei oder drei Minuten, viel länger nicht. Als sie wieder zu sich gekommen war, hatte sie in den Dünen auf dem Rücken gelegen, über sich der blaue Himmel.

Kaum hatte sie sich aufgerappelt, da war Juri auf dem Dünenweg zurückgekommen, Tore Ralstett am Schlafittchen. Er hatte sie besorgt angesehen, aber nichts gesagt, und Lilly hatte sich nichts anmerken lassen, um gegenüber dem Verhafteten keine Schwäche zu zeigen.

Lilly hörte, wie die Tür der Toilette geöffnet wurde. Schritte hallten auf dem Fliesenboden. Sie konnte durch den Spalt unter der Tür sehen, wie zwei Füße vor der Kabine stehen blieben.

»Lilly?« Juris Stimme.

»Das ist die Damentoilette.«

»Lilly, geht es dir gut?«

»Könnte schlimmer sein.«

»Wir sollten einen Arzt aufsuchen ...«

»Nein.« Sie rappelte sich hoch und schloss die Kabinentür

auf. Juri nahm sie sofort in seine muskulösen Arme, und sie ließ ihn gewähren, legte den Kopf an seine Brust.

»So geht das nicht weiter. Du bist schwanger. Du musst auf dich aufpassen und auf dein Kind.«

»Ich habe mich vorhin nur ein wenig übernommen, Juri.«

»Ich fahre dich nach Hause. Und morgen …«

»Nein. Wir haben zu tun.«

»Lilly …«

Sie hob den Kopf und sah ihm in die Augen. »Nur dieser Fall noch. Ich will wissen, was dahintersteckt. Dann setze ich mich wieder an meinen Schreibtisch und bleibe dort. Versprochen.« Sie löste sich von ihm und ging zur Tür.

»Lilly?«

»Was noch?« Sie blieb stehen und drehte sich zu Juri um.

»Ich weiß, dass das schwierig für dich ist, aber … du solltest es John sagen. Und der Staatsanwältin ebenfalls. Sie sind unsere Vorgesetzten. Wenn wir hier zusammenarbeiten, haben sie ein Recht …«

»Auf dem Präsidium wissen diejenigen, die es etwas angeht, schon Bescheid. Und wie gesagt, nur noch diese eine Sache. Bist du auf meiner Seite?«

Juri zog einen Mundwinkel hoch, dann nickte er.

Lilly öffnete die Tür des Containers und stieg die Treppe zu den Arrestzellen hoch. Juri folgte ihr.

Tore Ralstett lag auf der Pritsche, die Arme hinter dem Kopf verschränkt. Als er sie hereinkommen sah, richtete er sich auf.

Lilly zog sich einen Stuhl heran und setzte sich vor die Gitterstäbe. Juri trat neben sie.

»Hören Sie, man hat mir da etwas untergeschoben«, begann Ralstett. »Ich habe das Zeug noch nie gesehen. Und diese beiden Mädchen …«

»Halten Sie den Mund«, sagte Lilly. »Ihre Drogengeschäfte interessieren uns nicht.«

Ralstett klappte der Kiefer herunter. »Was … was soll das heißen?«

Juri lachte. »Dumm gelaufen, mein Freund. Wenn du einfach die Füße stillgehalten hättest, würdest du vermutlich jetzt noch Fischbrötchen schmieren, und wir hätten nichts bemerkt.«

»Aber …«

»Was Sie da getrieben haben, ist jetzt Sache der Kollegen«, erklärte Lilly. »Wir möchten mit Ihnen in einer ganz anderen Sache sprechen.«

»Soll … soll das etwa heißen … Sie wollten gar nicht …« Der Mann schien sein Pech noch immer nicht fassen zu können.

»Nein, wir waren wirklich nicht wegen deiner Drogengeschäfte da«, bekräftigte Juri.

»Wenn Sie offen und ehrlich zu uns sind«, sagte Lilly, »dann verspreche ich Ihnen, dass ich bei den Kollegen ein gutes Wort für Sie einlegen werde. Verstanden?«

Ralstett nickte zögerlich.

»Es geht um einen ungeklärten Fall aus dem Jahr 1985«, sagte Lilly. »Soweit wir wissen, waren Sie damals Besatzungsmitglied auf dem Fischkutter Alea Haien. Ist das korrekt?«

Wieder nickte Ralstett. »Schon verdammt lange her.«

»Ja, das ist es. Sie zogen damals zwei Tote aus der Nordsee …«

Ralstetts Augen weiteten sich. »Wegen dieser ollen Kamelle wollten Sie zu mir?«

»Richtig.«

»Ist ja nicht zu fassen«, meinte er in sarkastischem Ton. »Ich bin wirklich ein Glückspilz.«

»Können Sie sich noch erinnern, was damals geschehen ist?«

»Natürlich. Das war vermutlich die gruseligste Nacht in meinem Leben. Die Augen dieser Toten … die werde ich nie vergessen.«

»Waren Sie es, der die Leichen im Wasser entdeckte?«

»Nein, das war Paula. Paula Feddersen. Eine junge Frau, wir waren ungefähr im selben Alter. Wissen Sie, damals gab es kaum Frauen auf den Kuttern. Paula wollte später selbst mal ein Schiff haben. Aber alle haben sie ausgelacht.«

»Sie barg also die Toten?«

»Ja. Wir hatten gerade einen Fang gemacht. Die Männer waren unter Deck. In der ›Fabrik‹, wie wir das nannten. Dort wurde der Fisch verarbeitet. Paula war an Deck und flickte die Netze. Dann schlug sie Alarm, als sie einen Körper im Wasser treiben sah.«

»Wo waren Sie zu dem Zeitpunkt?«

»Ich war mit dem Kaptein auf der Brücke und hielt das Steuer in der Hand. Wir stoppten sofort die Maschinen und holten den Mann aus dem Wasser. Da war aber schon nichts mehr zu machen. Paula entdeckte dann noch eine zweite Leiche, eine Frau.«

»Die Identität der beiden ist bis heute ungeklärt. Ebenso, was ihnen zugestoßen ist. Sie sagen, Sie standen am Ruder. Haben Sie in jener Nacht etwas beobachtet, was erklären könnte, was geschehen war?«

»Nein. Das war wirklich verdammt seltsam. Die See war flach wie ein Spiegel. Ich meine … kommt ja vor, dass Segler über Bord gehen. Oder dass jemand von einem Kreuzfahrer fällt, weil er betrunken ist. Aber … da war weit und breit kein anderes Schiff.«

Lilly hatte solche Spekulationen auch in der Fallakte gelesen. Man war damals alle möglichen Erklärungen durchgegangen. Selbst, dass die beiden einen Tauchunfall hatten – wogegen eindeutig sprach, dass sie Straßenkleidung trugen – oder als blinde Passagiere von einem Frachtschiff geworfen worden waren. Doch all dem widersprachen die Schifffahrtsrouten und die vorherrschenden Strömungs- und Windverhältnisse. Letztlich hatte man sich mit der Theorie begnügt, dass die beiden wohl schon vor längerer Zeit an einer ganz anderen Stelle ins Wasser gelangt waren und dann dorthin getrieben worden waren – was angesichts des nicht vorhandenen Verwesungsgrades der Leichen allerdings eigentlich auch nicht sein konnte. Die Sache blieb ein Rätsel.

»Haben Sie den Namen Bente Roeloffs schon einmal gehört?«, fragte Lilly.

Ralstett legte die Stirn in Falten. »Nee. Sollte ich?«

»Nun, sie taucht zumindest nicht auf der Besatzungsliste der Alea Haien auf. Aber Bente Roeloffs hat uns in diesem Fall kontaktiert. Daher liegt die Vermutung nahe, dass sie mit jemandem auf dem Schiff in Verbindung steht.«

Ralstett schüttelte den Kopf. »Nee, wirklich, nie gehört, den Namen. Wir waren sechs Mann plus Paula. Der Kaptein und der 1-O waren glücklich verheiratet und hatten beide Kinder. Die haben so oft von ihren Familien erzählt, da wäre der Name bestimmt gefallen. Die anderen … ein Witwer, ein ewiger Junggeselle und der fünfte Mann … nun ja, der stand nicht so auf Frauen. Von einer Bente hat da niemand erzählt. Und die Paula, die hatte ihren Tim.«

Lilly lehnte sich zurück. Sackgasse. Es war ohnehin ein Schuss ins Blaue gewesen. »Haben Sie noch Kontakt zu den ehemaligen Besatzungsmitgliedern?«

Ralstett schüttelte den Kopf. »Nee. Die Jungs waren alle älter als ich und sind schon hinüber. Aber …« Er hielt inne und sah zur Decke, als erinnerte er sich plötzlich an etwas. »Die Paula.«

»Was ist mit ihr?«

»Die Paula hat sich ihren Traum wahr gemacht. Sie hat selbst einen Kutter. Einen der Letzten hier auf Sylt. Und … nun ja, Paula hatte damals ihre ganz eigene Theorie.«

»Sie meinen eine Theorie darüber, was geschehen war?«

»Ganz genau. Die war allerdings so spinnert … das hat niemand geglaubt.« Er lachte. »Der Kaptein hat noch zu ihr gesagt, wenn sie das den Bull… der Polizei erzählt, dann sperren die sie in die Klappse.«

Lilly lehnte sich nahe an die Gitterstäbe vor. »Warum? Was dachte Paula Feddersen denn, wäre den beiden Toten zugestoßen?«

»Nun. Das fragen Sie sie mal besser selbst. Sonst glauben Sie es ja doch nicht.«

35   John Benthien

Die Abenddämmerung hatte bereits eingesetzt, und der Himmel über Westerland leuchtete in orangeroten Tönen, als John seinen Wagen vor dem Polizeirevier parkte. Während Sanna Harmstorf bereits ausstieg, blieb er noch kurz sitzen und überprüfte das Display seines Smartphones. Zwei entgangene Anrufe. Frede Junicke hatte versucht, ihn zu erreichen. Jetzt war wohl kaum der geeignete Moment, um mit ihr zu reden. Er würde sie später zurückrufen.

John stieg aus und folgte der Staatsanwältin hoch in den Wachraum. Auf der Fahrt hatten sie sich über ihre Eindrücke ausgetauscht. Inken und Johann Roeloffs hatten sichtlich nervös gewirkt, irgendetwas schien sie sehr zu beschäftigen – etwas, was nichts mit der Offenbarung zu tun hatte, die sie ihnen über die Kate auf Helgoland gemacht hatten.

Was den Mann betraf, den sie bislang nur unter dem Namen Falk kannten, hatten die beiden schlichtweg gelogen, dessen war John sich sicher. Als Sanna Harmstorf ihnen das Phantombild gezeigt hatte, meinte er einen Moment des Erkennens in ihren Mienen bemerkt zu haben. Beide, sowohl Inken Roeloffs als auch ihr Mann, hatten dieses Gesicht nicht zum ersten Mal gesehen. Dafür sprach auch, dass Broder Timm den Mann erkannt hatte als jemanden, der offenbar regelmäßig mit Karel Jansen verkehrte. Nun konnte man nicht davon ausgehen, dass Kinder alle Freunde der Eltern kannten. Dennoch erschien es wahrscheinlich, dass Inken und Johann den Mann namens Falk schon einmal an der Seite Karel Jansens gesehen hatten, besonders wenn man auf einer Insel wie dieser lebte und sich fast täglich über den Weg lief. Es stellte sich also die Frage, weshalb sie nicht die Wahrheit sagten.

Kaum hatte John den Wachraum betreten, kam ihm Tommy entgegen. »Ich habe das Phantombild an alle Hotels und Vermieter von Ferienimmobilien rausgeschickt«, berichtete er. »Sollte unser Mann sich hier auf der Insel ein Zimmer oder eine Wohnung genommen haben, werden wir es wohl bald erfahren.«

John bedankte sich. Er hatte Tommy noch von unterwegs aus angewiesen, diesen Schritt zu unternehmen.

Tommy nahm John ein Stück zur Seite. Im Flüsterton meinte er: »Du und ich … wir müssen reden.«

»Können wir gerne tun.«

»Ich denke …«

Tommy sah sich in der Wache um. Soni Kumari und ihre Kollegen hatten sich wieder um die Pinnwand mit den Bildern des ausgebrannten Autos versammelt, dessen Halter weiterhin nicht ermittelt werden konnte. Den Gesprächsfetzen zufolge wussten sie inzwischen zumindest, dass es sich um einen Audi A3 älteren Baujahrs in der Farbe Silber zu handeln schien. Tommys Blick blieb schließlich an Sanna Harmstorf haften, die an einem vakanten Schreibtisch mit dem Oberstaatsanwalt telefonierte und Bericht erstattete.

»Ich denke, es ist nicht für alle Ohren bestimmt …«

»Verstehe«, sagte John. »Gib mir ein paar Minuten. Ich will erst mal nach den Mädchen sehen.«

Er ging hoch zum Container mit den Arrestzellen. Celine und ihre Freundin Elfie saßen mit hängenden Köpfen auf den Pritschen. Sie standen auf und traten an die Gitterstäbe, als sie John kommen sahen.

»Daddy«, sagte Celine, »du musst uns hier rausholen. Wir …«

»Ganz ruhig.« John bedeutete ihnen, sich wieder hinzusetzen, und zog sich selbst einen Stuhl heran. »Das kommt alles in Ordnung. Ich regele das. Versprochen. Wichtig ist, dass ihr mir jetzt erst mal erzählt, was geschehen ist. Und bleibt bitte bei der Wahrheit.«

Die beiden nickten.

»Ihr wolltet wirklich bei diesem Mann Gras kaufen?«

»Ja«, antwortete Celine nach kurzem Zögern.

»Was hattet ihr damit vor?«

Die beiden Mädchen sahen sich an.

»Nun ja …« Elfie hob die Schultern. »Was man halt so damit tut …«

John hob die Hände. »Hört zu, ich rede jetzt nicht als Polizist, sondern als … Freund zu euch. Und ich bin kein Moralapostel. Ich weiß, dass man gewisse Dinge mal ausprobieren möchte. Mir geht es nur darum, ob ihr das Zeug für euch kaufen wolltet.«

»Ja«, sagte Celine, »für wen denn sonst?«

»In Ordnung. Hätte ja sein können, dass ihr es weiterverkaufen wolltet.«

Ehrliche Entrüstung lag in Celines Stimme: »Du hältst uns für Dealer?«

»Nicht wirklich. Konsumiert ihr das Zeug regelmäßig?«

»Nun ja …, ich weiß nicht, ich …«, stotterte Celine, und ihre Freundin kam ihr zu Hilfe.

»Ich habe Celine neulich dazu überredet, es mal zu probieren«, erzählte sie. »Ich … hab schon öfter mal was geraucht.«

»Und dabei ist es geblieben? Ich meine, ihr habt nicht mit härteren Sachen rumexperimentiert …«

Elfie schüttelte den Kopf. »Natürlich nicht. Wir sind doch nicht blöde.«

»Daddy, wir haben uns in der Schule genügend Vorträge über

Drogen anhören können. Wir haben wirklich nicht die Absicht, als Junkies zu enden. Ein Joint ist jetzt auch nicht viel schlimmer als die Flasche Rotwein, die du und Opa regelmäßig köpft ...«

»Mit dem Unterschied, dass ihr beiden in einer Gefängniszelle hockt und im schlimmsten Fall mit einer Anklage rechnen müsst. Rotwein ist legal, Gras nicht.«

Das brachte die beiden augenblicklich wieder zum Schweigen. Celine sah John hilfesuchend an. Obwohl sie sich nun schon eine Weile nicht gesehen hatten, kannte er sie gut genug. Sie hatte noch nicht alles gesagt. Da war noch mehr, was sie ihm vielleicht erzählen wollte. Er beschloss, nicht zu fordernd zu sein.

»Ich werde mit deinen Eltern reden, Elfie. Wissen sie davon?«

Sie schüttelte den Kopf. »Nein. Musst du es ihnen denn wirklich sagen?«

»Führt kein Weg dran vorbei.« Er ließ sich von ihr die Telefonnummer geben. Dann sagte er in bestimmtem Ton: »Wenn du und Celine weiterhin Freundinnen bleiben wollt, dann hört das auf, verstanden?«

Elfie nickte.

»Und wie geht es jetzt weiter?«, fragte Celine. »Wie lange wollen die uns hierbehalten?«

»Ich spreche mit der Staatsanwältin. Streng genommen habt ihr gegen das Gesetz verstoßen. Dennoch ... es ist eine Bagatelle. Sie wird das nicht weiterverfolgen. Ich vermute, sie will euch nur einen gehörigen Schrecken einjagen.« Ganz so sicher war John sich da tatsächlich nicht. Er kannte Sanna Harmstorf noch nicht gut genug und vermochte kaum zu sagen, wie genau sie es mit den Regeln nahm und wie weit sie gehen würde.

»Wir müssen also wirklich die Nacht hier drinbleiben?«

»Ich fürchte schon. Das habt ihr euch selbst eingebrockt. Ihr seid aber nicht allein. Die Nachtschicht ist unten im Wachraum und wird regelmäßig nach euch sehen.«

John ging nach draußen, stieg die Treppe hinunter und setzte sich auf die Motorhaube seines Wagens. Dann wählte er auf seinem Smartphone die Nummer von Elfies Eltern.

Er bekam den Vater an den Apparat, der sich bestürzt darüber zeigte, was seine Tochter angestellt hatte. Der Mann erklärte ihm, dass Elfie noch nie etwas mit Drogen zu tun gehabt habe. Ein einmaliger Fehltritt, der vermutlich dem schlechten Einfluss ihrer Freundin geschuldet sei.

Es waren die üblichen Beschwichtigungsversuche von Eltern. John kannte sie zur Genüge.

Er hörte geduldig zu.

Dann erklärte er dem Mann, dass er Kriminalkommissar und der Vater eben jener Freundin sei, die angeblich den schlechten Einfluss ausübe. Am anderen Ende der Leitung entstand verschämtes Schweigen. Dann folgte ein Ausbruch größter Dankbarkeit, als John versprach, die Angelegenheit geradezurücken und dafür zu sorgen, dass die beiden Mädchen allenfalls mit einer Rüge davonkamen.

Der nächste Anruf bereitete John mehr Unbehagen.

Auch wenn er bislang ein klärendes Gespräch mit Paul Jacobs versäumt hatte, existierte mit Celines leiblichem Vater doch eine unausgesprochene Abmachung: Wer sich um das Kind kümmerte, der sorgte auch für sein Wohlergehen. Und John machte sich insgeheim Vorwürfe, genau dies nicht getan zu haben.

Seit Soni Kumari die beiden Mädchen auf die Wache gebracht hatte, musste John immer wieder an den gestrigen Abend denken, als er auf der Terrasse seines Friesenhauses diesen eindeutigen Geruch wahrgenommen hatte. Vielleicht hätte er Schlimmeres verhindert, wenn er doch zu Celine ins Zimmer gegangen und sie und ihre Freundin zurechtgewiesen hätte.

Paul Jacobs nahm den Anruf erst nach mehrmaligem Klingeln entgegen. Die Verbindung war schlecht. Er erklärte, dass er sich gerade auf See befände, und entschuldigte sich vielmals dafür, sich noch nicht bei John gemeldet zu haben. Jedenfalls war er ihm überaus dankbar, dass Celine bis auf Weiteres bei ihm unterkommen konnte.

John wunderte sich ein wenig und fragte sich, was Celines Vater wohl getan hätte, wenn er nicht Gewehr bei Fuß gestanden hätte, um das Mädchen aufzunehmen. Aber er kannte den Mann gut genug, um zu wissen, dass die See seine große und einzige Passion war. Sie beherrschte seine Gedanken und sein Tun.

Über die Reaktion, die Paul Jacobs zeigte, als John ihm von Celines Straftat berichtete, war er aber dann doch sehr überrascht. Der Mann entschuldigte sich vielmals mit den Worten: »Es tut mir so leid. Das ist alles meine Schuld …«

Dann brach die Verbindung ab.

John startete die Anrufwiederholung. Nichts. *Der Teilnehmer ist zurzeit nicht zu erreichen.* John steckte das Smartphone weg und blickte nachdenklich in den Nachthimmel, an dem groß und rund der Vollmond stand.

Das ist alles meine Schuld …

Was meinte Paul Jacobs damit?

Die Tür der Wache öffnete sich, und Tommy kam die Metalltreppe heruntergelaufen. Er blickte über die Schulter, als wollte er sichergehen, dass niemand ihm folgte.

»Wir haben vielleicht ein Problem, John.«

Tommy erzählte, er habe aus gut unterrichteten Quellen bei der Staatsanwaltschaft vernommen, dass Sanna Harmstorf Nachforschungen im Fall Dornieden anstellte. Vielleicht hatte man ihr sogar einen Sonderauftrag gegeben – so nannte es Tommy –, der darin bestand, John und seinem Ermittlungsteam auf die Finger zu schauen.

»Der Oberstaatsanwalt und Gödecke haben uns die Geschichte nicht abgekauft«, sagte Tommy. »Wenn uns das um die Ohren fliegt …«

John brachte seinen Freund mit erhobener Hand zum Schweigen. »Beruhig dich. Nichts fliegt uns hier um die Ohren. Und wenn, dann bin ich dran. Das war meine Entscheidung, und ich übernehme die volle Verantwortung mit allen Konsequenzen. Du und die anderen, ihr habt nichts zu befürchten.«

Tommy stieß ein heiseres Lachen aus. »Abgesehen davon, dass ich einen Mitschnitt davon gemacht habe, wie du Frede ein Geständnis entlockst und sie dann mit der Tat davonkommen lässt.«

»Davon gibt es genau eine Kopie. Und die habe ich. Von Frede haben wir nichts zu befürchten. Sie reitet sich ja nicht selbst rein …«

»Hast du sie in letzter Zeit oft gesehen?«

»Nein. Wir wahren absichtlich Distanz. Und wenn wir Zeit miteinander verbringen, dann dort, wo niemand uns sieht, der entsprechende Schlüsse ziehen könnte.«

Doch das schien Tommy nicht zu beruhigen. »Der Mitschnitt …«

»Was ist damit?«

»Du hättest ihn vernichten sollen.«

»Ja, vielleicht … Ehrlich gesagt habe ich lange gehadert, was ich damit tun soll.«

»Jedenfalls sind wir jetzt nicht mehr die Einzigen, die eine Kopie haben.«

John kam es vor, als würde sein Herz einen Moment aussetzen. »Was sagst du da?«

»Es gibt noch jemanden, der in Besitz der Aufnahme gekommen ist.«

»Wer?«

»Es ist vielleicht an der Zeit, eine Entscheidung zu treffen, John.«

»Das habe ich bereits getan. Und zwar für Frede. Sie wurde von ihrer Mutter im Kindesalter schwer misshandelt. Gleiches gilt für die Halbschwester. Frede hat deren Tochter davor beschützt, dasselbe Schicksal zu erleiden. Was sie getan hat ... es geschah nicht absichtlich. Es war im Affekt.«

»Du weißt genauso gut wie ich, dass es Sache eines Richters wäre, darüber zu urteilen.« Tommy trat einen Schritt auf John zu. »Noch hast du vielleicht die Gelegenheit, reinen Tisch zu machen. Ansonsten ... wäre es vielleicht für uns alle besser, wenn Frede das Weite sucht und von der Bildfläche verschwindet.«

John wollte etwas erwidern, doch da hörte er die Stimme der Staatsanwältin. »Wir haben ihn.«

Sie stieg die Treppe vom Container zu ihnen herunter. John konnte nicht sagen, wie lange sie schon dort oben gestanden und ob sie etwas von ihrer Auseinandersetzung mitbekommen hatte.

»Unser Mann heißt Falk Lohse«, sagte Sanna Harmstorf. »Das Hotel, in dem er abgestiegen ist, hat sich gerade gemeldet. Es ist das Miramar.«

36   Sanna Harmstorf

Es gab diese Momente, in denen die Unterhaltungen verstummten, sobald man einen Raum betrat, sodass man instinktiv wusste, dass sich das Gespräch um einen selbst gedreht hatte. Sanna hatte das sichere Gefühl, dass es sich vorhin vor der Wache um genau einen solchen Moment gehandelt hatte. Sie hätte zu gerne gewusst, worüber Benthien und Fitzen sich so angeregt unterhalten hatten. Natürlich mochte es etwas Lapidares gewesen sein. Aber warum hatten die beiden ihr Gespräch dann so abrupt beendet, als sie ihrer gewahr geworden waren? Und weshalb zogen sie es vor, dort draußen an einem unbeobachteten Ort miteinander zu sprechen?

Doch sie musste ihre Gedanken auf Wichtigeres richten.

Vielleicht hatten sie den Mann gefunden, der heute in das Haus von Karel Jansen eingebrochen war. Möglich, dass er von dem Vermögen wusste, das im Keller der alten Kate schlummerte, und genau deshalb dorthin gekommen war. Möglich auch, dass er wusste, woher das Geld und das Gold stammten und warum der Vater der Roeloffs-Schwestern es dort versteckte.

Der Anruf aus dem Miramar hatte sie erreicht, kaum dass Sanna ihr Telefonat mit Oberstaatsanwalt Bleicken beendet und ihn auf den aktuellen Stand gebracht hatte. Auch wenn der Fund auf Helgoland mehr Fragen aufwarf, als er beantwortete, hatte Bleicken den Fortgang der Ermittlungen gelobt und hinzugefügt, er erhoffe sich in anderer Sache ebenso rasche Erkenntnisse. Er hatte nicht ausdrücklich sagen müssen, was er damit meinte.

Benthien parkte den Citroën vor dem Miramar. Sie stiegen aus und betraten das Fünf-Sterne-Hotel durch den Haupteingang. Der dicke Teppich, der in der Lobby ausgelegt war, dämpfte ihre Schritte. Hinter dem Empfangstresen, der aus dem gleichen dunklen Holz gefertigt war wie die Holzbalken der Decke, erwartete sie die Concierge, eine schlanke Dame mittleren Alters, mit zurückgebundenen blonden Haaren und tadellosem schwarzem Kostüm.

Sanna stellte sie beide vor und erläuterte den Grund ihres Kommens. Die Empfangsdame musste nicht im Gästebuch nachschlagen und fragte nicht weiter nach, sie hatte den Anruf bei der Polizei vorhin selbst getätigt.

»Herr Lohse ist erst heute bei uns eingezogen«, erklärte sie. »Als uns die Suchmeldung Ihrerseits erreichte, hielten wir es für unsere Pflicht, Sie zu verständigen. Verstehen Sie aber bitte, dass Herr Lohse bei uns ein gern gesehener Gast ist. Es wäre uns daher lieb, wenn wir Unannehmlichkeiten vermeiden könnten.«

»Selbstverständlich«, sagte Sanna. »Wir wollen uns nur mit ihm unterhalten.«

Die Concierge blickte flüchtig zum Speisesaal hinüber. »Herr Lohse hat sich zu Tisch begeben … Ist es notwendig, die Unterhaltung jetzt sofort zu führen? Wir würden es bevorzugen, kein Aufsehen zu erregen.«

»Das verstehen wir selbstverständlich. Ich hätte da einen Vorschlag …« Sanna machte ein nachdenkliches Gesicht. »Was halten Sie davon, wenn wir uns für die Dauer von Herrn Lohses Abendessen zurückziehen. Ich telefoniere in der Zeit mit dem zuständigen Richter und besorge uns einen Haftbefehl. Dann kommen wir später mit Streifenwagen und Blaulicht zurück und führen Herrn Lohse in Handschellen aus Ihrem schönen Speisesaal ab. Wäre Ihnen das recht?«

Während die Miene der Concierge versteinerte, lehnte sich Benthien auf den Tresen und lächelte sie an. »Die Presse interessiert sich übrigens brennend für den Fall, an dem wir gerade arbeiten. Ich sehe schon das Foto auf den Titelseiten, wie ein Verdächtiger aus dem bekanntesten Grand Hotel der Insel abgeführt wird.«

Die Concierge schluckte. Dann wies sie ihnen den Weg ins Restaurant. »Dort entlang, bitte.«

Falk Lohse saß an einem Tisch in einer Nische, etwas abseits von den anderen Gästen, die ihnen mit den Blicken folgten, als sie quer durch den Speisesaal gingen. Sanna wäre mit dem dunkelblauen Jackett über der Jeans vielleicht noch als Dienstpersonal durchgegangen, doch Benthien fiel mit seiner speckigen Lederjacke definitiv aus dem Rahmen.

Ohne um Erlaubnis zu fragen, setzten sie sich zu Lohse an den Tisch. Er trug eine graue Strickjacke über einem weißen Hemd und war gerade mit einer Suppe beschäftigt.

Der geschwungene Fensterbogen hinter ihm, der von der Form her an ein überdimensioniertes Schlüsselloch erinnerte, gab den Blick auf den Strand und die Nordsee frei. Weit am Horizont war ein letzter dunkelroter Streifen Tageslicht zu sehen.

Lohse nahm die Serviette von seinem Schoß und tupfte sich den Mund ab. »Ich kann mich nicht erinnern, dass wir verabredet waren. Mit wem habe ich denn die Ehre?«

Sanna und Benthien zeigten ihm ihre Ausweise.

Lohse machte auf Sanna einen völlig ungerührten Eindruck. Dass sich Staatsanwaltschaft und Kriminalpolizei unangekündigt zu ihm an den Tisch setzten, schien ihn nicht im Geringsten aus der Fassung zu bringen.

Mit seinem scharf geschnittenen Gesicht, dessen Wangenknochen deutlich hervortraten, der Adlernase und den leicht verschlagenen schmalen Augen erinnerte der Mann Sanna ein wenig an den Schauspieler Lee van Cleef, dessen Western in ihrer Kindheit im Fernsehen gelaufen waren.

»Sind Sie mit einem Karel Jansen befreundet?«, fragte Sanna.

Lohse löffelte weiter seine Suppe, wobei er sich etwas zu tief über den Teller beugte und das eine oder andere Schlürfen nicht vermeiden konnte. Sanna konnte sich des Eindrucks nicht erwehren, dass der Mann nicht häufig in Etablissements wie diesem verkehrte.

»Karel?«, meinte er. »Klar kenne ich Karel. Wir sind alte Freunde.«

»Woher kennen Sie ihn?«

»Woher man sich eben so kennt. Wir haben uns vor Urzeiten mal in einer Kneipe getroffen.«

»Ist es richtig, dass Sie einen Privatflug gechartert haben und heute auf die Insel Helgoland geflogen sind?«

»Mhm, gechartert würde ich nicht unbedingt sagen. Der Kerl wäre auch ohne mich gestartet. Ich bin einfach mitgeflogen.«

»Sie sahen davon ab, den Flug regulär über die entsprechende Onlineplattform zu buchen. Sie trafen eine private Verabredung und zahlten den Piloten unter der Hand.«

Lohse sah von seinem Teller auf. »Und … wollen Sie mich deshalb jetzt verhaften?«

»Ich würde gerne den Grund dafür erfahren.«

»Ist doch klar, oder? Ich wollte die Gebühren sparen.«

Tatsächlich vermutete Sanna, dass es einen ganz anderen Grund gab, weshalb Lohse vermeiden wollte, dass sein Flug irgendwo offiziell auftauchte und er damit Spuren hinterließ. »Was war der Anlass für Ihre Reise nach Sylt?«

Lohse hatte den Teller leer gegessen und legte den Löffel beiseite. Er musterte Sanna einen Moment, bevor er antwortete: »Das war privat. Da das hier wohl keine ordentliche Vernehmung ist, muss ich Ihnen keine Auskunft geben.«

»Nein, müssen Sie nicht. Wir können uns aber auch gerne auf

dem Revier weiter unterhalten, wenn Ihnen das lieber ist. Es gibt ausreichend Grund, Sie vorzuladen.«

»Tatsächlich. Und welcher wäre das?«

»Sie wurden heute auf Helgoland bei dem Haus von Karel Jansen gesehen.«

Lohse hob die Schultern. »Und wenn schon. Das ist doch nicht verboten.«

»Karel Jansen ist tot. Er starb vor etwas mehr als einer Woche bei einem Flugzeugunglück hier auf der Insel. Ich glaube also kaum, dass Sie mit ihm auf Helgoland verabredet waren.«

Wieder dauerte es einen Moment, bis Lohse antwortete, ein Moment, der zu lange dauerte und Sanna verriet, dass ihn die Nachricht vom Tod seines angeblichen Freundes in Wahrheit alles andere als überraschte.

»Karel … ist tot? Das wusste ich nicht. Das erklärt natürlich, warum ich ihn nicht angetroffen habe. Wir waren nämlich verabredet, ob Sie es nun glauben oder nicht.«

»Es gibt Zeugen, die Sie dabei beobachtet haben, wie Sie auf die Rückseite des Hauses schlichen. Es wurde eingebrochen.«

Sanna wusste, dass sie dem Mann dies mangels Fingerabdrücken oder anderer eindeutiger Spuren nicht nachweisen konnten – was auch der Grund war, weshalb sie von dem Versuch abgesehen hatte, einen Haftbefehl gegen ihn zu erwirken. Doch wenn sie gehofft hatte, Lohse auf diese Weise nervös zu machen, sah sie sich eines Besseren belehrt.

Er hob nur die Schultern. »Ich bin tatsächlich ums Haus herumgegangen. Vorne machte ja keiner auf. Da wollte ich nach dem Rechten sehen.«

Der Kellner kam an den Tisch, um den Teller abzuräumen. »Hat die Krabbensuppe dem Herrn gemundet?«

»Vorzüglich«, antwortete Lohse.

»Wollen wir mit dem Hauptgang noch ein wenig warten?«

Der Kellner sah demonstrativ zu Sanna und John Benthien hinüber.

»Nein. Machen Sie ruhig weiter. Die Herrschaften sind ja extra hergekommen, um mir beim Essen zuzusehen.« Lohse grinste, als der Kellner mit dem Teller davoneilte.

»Als Sie nach hinten auf die Terrasse gingen«, meinte Sanna, »müssen Ihnen die Einbruchsspuren aufgefallen sein.«

Nun stutzte Lohse. »Also … wo Sie das jetzt erwähnen … da waren tatsächlich Kratzer an der Terrassentür. Und es sah etwas unordentlich im Inneren aus.«

»Und dabei haben Sie sich nichts gedacht? Sie hätten die Polizei verständigen können.«

»Karel war nie besonders ordentlich. Und wer rechnet schon damit, dass jemand in die alte Kaschemme einbricht. Da gibt es doch nichts zu holen.«

»Da ist noch etwas, das Sie mir erklären müssen …« Benthien stützte sich mit dem Ellbogen auf den Tisch. »Wenn Sie mit Ihrem Freund Karel Jansen auf Helgoland verabredet waren, weshalb ließen Sie dann den Piloten auf Sie warten?«

Dieser Punkt war Sanna auch schon in den Sinn gekommen. Lohse hatte offenbar nur eine kurze Stippvisite auf Helgoland geplant, mit direktem Weiterflug nach Sylt.

»Ich wollte nicht lange dortbleiben«, antwortete er. »Nur auf einen Kaffee mit Karel, dann weiter hierher.«

»Und was treibt Sie nach Sylt?«, fragte Sanna.

»Ich werde hier meinen Urlaub verbringen.«

Der Kellner kam zurück und brachte den Hauptgang. Jacobsmuscheln und Wildgarnelen, dazu Spinat, Tagliatelle und Curryschaum. Während der Kellner Lohse erklärte, welche Speisen er auf seinem Teller vorfand, warf Sanna John Benthien einen kurzen Blick zu. Er schien die Geschichte, die ihnen der Mann auftischte, ebenfalls für Unfug zu halten.

»Ich möchte ehrlich zu Ihnen sein«, setzte Sanna die Unterhaltung fort, als sich der Kellner entfernt hatte. »Die Medien haben ausführlich über das Unglück und den Tod Ihres Freundes berichtet. Ich kaufe Ihnen nicht ab, dass Sie nichts davon mitbekommen haben.«

Lohse verzog das Gesicht vor Freude. Dann deutete er mit der Gabel auf seinen Teller. »Köstlich, die Muscheln. Schade, dass Sie sie nicht probieren können.«

»Antworten Sie bitte auf meine Frage.«

»Ich bin da etwas altertümlich. Aus diesem ganzen neumodischen Kram …«, er wedelte mit der Gabel, »… diesem Internet, den sozialen Medien und so weiter, da mache ich mir nichts draus. Einen Fernseher habe ich nicht. Und Zeitung lese ich nur ab und an. Wenn etwas wirklich wichtig ist, erfahre ich es auch so.«

»Was machen Sie beruflich, Herr Lohse?«, erkundigte sich Benthien.

Lohse kaute den Mund leer, legte das Besteck auf dem Teller ab und sagte mit kaltem Blick: »Ich denke, diese Unterhaltung ist jetzt beendet. Sie haben meinen guten Willen bereits über Gebühr strapaziert. Und nun würde ich gerne dieses köstliche Abendessen genießen.«

»Wir werden auf Sie zurückkommen«, sagte Sanna. Dann stand sie auf und verließ mit Benthien das Hotel.

Als sie wieder im Auto saßen, meinte sie zu ihm: »Glauben Sie ein Wort von dem, was der Kerl von sich gegeben hat?«

»Nein.« Benthien ließ den Wagen an und steuerte ihn vom Parkplatz. »Er wusste, dass Karel Jansen tot ist. Und er ist in dessen Haus auf Helgoland eingedrungen, weil er dort etwas ganz Bestimmtes suchte. Möglich, dass er auf das Vermögen im Keller aus war. Ganz sicher können wir uns da nicht sein. Was er jetzt hier auf Sylt tut? Schwer zu sagen. Urlaub macht er hier jedenfalls nicht.«

»So sehe ich das auch. Wir sollten gleich morgen versuchen, so viel über den Mann herauszufinden, wie wir können.«

Benthien lenkte den Wagen auf die Dünenstraße. Leichter Regen hatte eingesetzt, und er schaltete die Scheibenwischer ein. »Es gibt da noch etwas anderes, über das wir reden müssen.«

»Und das wäre?«, fragte Sanna.

»Celine und Elfie. Sie haben nicht wirklich die Absicht, die beiden die ganze Nacht in der Zelle zu lassen, oder?«

»Doch, die habe ich allerdings.«

»Kommen Sie, sie sind noch minderjährig. Das werden sie ihr Leben lang nicht vergessen.«

»Das will ich auch hoffen.«

»Ich habe Ihnen doch schon gesagt, dass ich mich darum kümmern werde. Ich sorge dafür, dass sich Celine und Elfie nie wieder mit Cannabis oder irgendwelchen anderen Drogen abgeben werden. Sie wollen den beiden doch nicht ernsthaft das ganze Leben versauen, weil sie wegen einer solchen Lappalie am Ende noch eine Vorstrafe und einen Eintrag in ihr Führungszeugnis kassieren.«

Sanna schwieg einen Moment und sah den Wischern dabei zu, wie sie quietschend den Regen beiseiteschoben, der nun in dicken Tropfen niederging. Es widerstrebte ihr noch immer, bei den Mädchen andere Maßstäbe anzulegen, nur weil sie mit Benthien bekannt waren. Jeder andere würde an ihrer Stelle den normalen Prozess durchlaufen. Andererseits, wenn Benthien es so spielen wollte, konnte sie die Situation vielleicht zu ihren Gunsten nutzen.

»Ich mache Ihnen einen Vorschlag«, sagte sie schließlich. »Die beiden verbringen die Nacht in der Zelle. Irgendeine Form von Strafe müssen sie erfahren. Zusammen mit Ihrem anschließenden väterlichen Einsatz wird das dann hoffentlich seine Wirkung tun. Die Staatsanwaltschaft wird darauf verzichten, die Sache weiterzuverfolgen. Im Gegenzug tun Sie mir aber auch einen Gefallen.«

»Einverstanden«, meinte Benthien sofort. »Und welcher Gefallen wäre das?«

»Der Fall Dornieden.«

Benthien nahm abrupt den Fuß vom Gas und blickte Sanna erschrocken an. Sie war überaus froh, dass sie zu dieser Uhrzeit das einzige Fahrzeug auf der Straße waren.

»Was ist damit?«, fragte er.

»Oberstaatsanwalt Bleicken hat mich gebeten, die weitere Bearbeitung des Falls zu übernehmen, nun, wo er befördert wurde und andere Aufgaben wahrnimmt.« Das war freilich gelogen, aber das musste Benthien nicht wissen. »Ich habe mir die Ermittlungsakte bereits angesehen und hätte ein paar Fragen.«

Benthien brauchte einen Moment, bis er meinte: »Klar, natürlich. Die beantworte ich Ihnen gerne. Aber eigentlich steht alles in der Akte ...«

»Ich interessiere mich für die Dinge, die nicht in der Akte stehen.«

»Was ... sollte das sein?«

»Es gibt immer Dinge, die nicht in den Akten landen ...«

Weiter kam Sanna nicht. Ihr Smartphone klingelte.

Es war Soni Kumari.

»Wir brauchen Sie und Benthien umgehend am Rantumbecken«, hörte sie die Stimme der Polizeichefin. »Wir haben eine Leiche gefunden.«

Dritter Teil
DIE SPUR FÜHRT ZURÜCK

37 John Benthien

Tommy hatte recht, dachte John Benthien, als er seinen Citroën vorbei an den geparkten Streifenwagen langsam über den Deich steuerte, der das Rantumbecken vom Wattenmeer trennte.

Die Staatsanwältin interessierte sich tatsächlich für den Fall Dornieden. Und das auf eine ungute Weise.

John war sich ziemlich sicher, dass sie ihn anlog. Oberstaatsanwalt Bleicken hatte ihr mit großer Wahrscheinlichkeit den Fall nicht zur weiteren Bearbeitung übertragen, wie sie vorgab. Bleicken bereitete gegen den Hauptverdächtigen bereits in anderer Sache den Prozess vor. Bosse Wolff würde wegen seines Handels mit Kinderpornografie vor Gericht stehen. Ein sehr medienwirksamer Fall, der Bleicken bei einer Verurteilung des Angeklagten – wovon auszugehen war – viele Sympathien einbringen würde.

Naheliegender war für John daher eine andere Erklärung.

Bleicken zögerte, Bosse Wolff auch wegen des Mordes an Gunilla Dornieden zu belangen. Vermutlich genügte ihm die Beweislage nicht. Die Sache war für ihn nicht abgeschlossen. Und dass die neue Staatsanwältin nun ausgerechnet so eng mit ihnen zusammenarbeitete und sich in die Ermittlungsarbeit einmischte, konnte nach Johns Auslegung nur eines bedeuten: Bleicken mutmaßte, dass er noch nicht die ganze Wahrheit im Fall Dornieden kannte. Er hatte Sanna Harmstorf losgeschickt, um ihnen auf die Finger zu schauen.

John parkte den Wagen hinter dem Polizeihubschrauber, der auf dem schmalen Weg auf der Deichkrone gelandet war. Die Scheinwerfer der Kriminaltechnik tauchten die Umgebung in taghelles Licht. Das in weiße Schutzanzüge gekleidete Team der Kriminaltechnik durchkämmte bereits das Gebiet. Wobei die Kollegen kaum auf brauchbare Spuren stoßen würden, wie John von Claudia Matthis erfahren hatte. Die Leiterin der KT war von Helgoland direkt hierhergekommen.

Spaziergänger, die sich den Sonnenuntergang hatten ansehen wollen, hatten die Leiche am Ufer entdeckt und die Polizei verständigt. Möglich, dass der Tote an dieser Stelle sein Leben verloren hatte, aber ebenso gut konnte er an einem völlig anderen Ort ins Wasser gelangt und lediglich hier angetrieben worden sein.

John stieg aus und wartete mit Sanna Harmstorf, bis ihnen ein Kollege der Kriminaltechnik zwei Schutzanzüge und Gummistiefel gebracht hatte. Dann bahnten sie sich den Weg durch das Uferschilf zu einer schmalen Landzunge, die ins Wasser ragte. Eine kleine Gruppe hatte sich dort um einen am Boden liegenden Körper versammelt. John erkannte Doktor Radke, den Rechtsmediziner, und seine Assistentin, von der er bislang nur den Nachnamen kannte, eine Frau Behnke. Neben ihnen stand Soni Kumari.

»Sehr schwer. Vielleicht sogar unmöglich«, sagte Radke soeben zu seiner Assistentin.

Diese schüttelte den Kopf. »Aber warum? Mit modernen Methoden sollte das durchaus gehen …«

»Behnke, wollen Sie etwa meine Erfahrung anzweifeln?«

»Das habe ich doch überhaupt nicht gesagt. Sie brauchen nicht immer gleich eingeschnappt zu sein. Oder ist es, weil ich eine Frau bin?«

»Nun kommen Sie mir doch nicht wieder damit …« Radke hielt inne, als er John und Sanna Harmstorf erblickte.

»Danke, dass Sie gleich gekommen sind«, meinte Soni Kumari.

»Wo wir schon mal auf der Insel sind.« John kniete sich neben Radke und Behnke zu der Leiche. »Was haben wir hier?«

»Er ist in gar keinem guten Zustand«, urteilte Radke. »Nein, wirklich nicht.«

Es gab zwei Arten von Leichen, die in John trotz der vielen Toten, die er bereits gesehen hatte, immer wieder Abscheu hervorriefen und ihn manchmal bis in die Träume verfolgten. Brandopfer und Wasserleichen. Hier handelte es sich augenscheinlich um Letztere. Und wie der Doktor schon sagte, bot sich ein besonders furchtbarer Anblick.

Der Tote hatte offenbar bereits etwas länger im Wasser gelegen. Die Fäulnisgase hatten seinen Leib aufgedunsen, die Haut war aufgequollen und löste sich in Teilen bereits ab. Aus Erfahrung wusste John, dass dies unabsichtlich bei der Bergung einer Wasserleiche geschehen konnte und daher große Sorgfalt geboten war. In diesem Fall gab es aber kein Vertun, dass Mutter Natur für diesen Zustand verantwortlich war.

John konnte unmöglich sagen, in welchem Alter sich der Mann befand. Er lag auf dem Rücken, Radke hatte ihm das T-Shirt abgenommen, das er offenbar getragen hatte und das nun neben der Leiche lag. Der Tote war lediglich mit einer blauen Jeans bekleidet, seine Füße steckten in schwarzen Bikerstiefeln.

Der aufgeblähte Leib war nicht nur mit Leichenflecken übersät. Tiere hatten sich daran zu schaffen gemacht.

»Fische«, sagte Radke, der wohl Johns Blick bemerkt hatte. »Als die Leiche nach oben trieb, sind dann die Vögel gekommen.« Er deutete auf Wunden am Körper und im Gesicht, die wie Einschusslöcher aussahen, aber offenbar von spitzen Schnäbeln stammten. Einer davon musste das linke Auge des Toten erwischt haben.

»Was schätzen Sie«, meinte Sanna Harmstorf, »wie lange lag der Mann im Wasser?«

»Die Waschhaut ist sehr ausgeprägt.« Radke zeigte auf den

Kopf, wo sich ein Stück der schwarzen Haare und der Haut gelöst und den Schädelknochen freigegeben hatten. Auch die Haut der Hände glich eher einem Handschuh, den man leicht abziehen konnte. »Außerdem ist der ganze Körper mit Algen besiedelt. Ich würde sagen ... vielleicht etwas mehr als vierzehn Tage.«

»Lässt sich irgendetwas über die Todesursache sagen?«, fragte John. Er wusste, dass Radke diese Frage ebenso hasste wie die nach dem Todeszeitpunkt. Üblicherweise zog er es vor, eine Leiche erst eingehend in seinem Institut zu obduzieren, bevor er sich zu irgendwelchen Äußerungen hinreißen ließ. Doch diesmal schien er ungewohnt auskunftsfreudig.

»Tatsächlich, ja.« Der Rechtsmediziner drehte den Kopf der Leiche etwas zur Seite, sodass der Hals frei lag. Die Würgemale konnte man kaum übersehen.

»Sie glauben, der Mann wurde erwürgt?«, fragte Sanna Harmstorf.

»Halte ich für möglich«, bestätigte Radke.

»Wenn der Mörder ihn im Rantumbecken entsorgen wollte, hat er seine Sache jedenfalls nicht besonders gründlich gemacht ...« John beugte sich zu den Füßen des Toten, die mit einem Seil umwickelt und zusammengeknotet waren. Von dem Knoten ging ein weiteres Stück Leine ab, das allerdings am anderen Ende abgerissen war. Vermutlich hatte irgendeine Form von Gewicht daran gehangen, das die Leiche hätte unter Wasser halten sollen.

Radke hob die Schultern. »Künstlerpech. Ist schon den Besten passiert.«

»Haben Sie etwas bei der Leiche gefunden, das uns bei der Identifizierung helfen könnte?«

»Nein. Kein Portemonnaie, kein Handy, kein Ausweis ... nichts.«

»Wie schaut es mit den Fingerabdrücken aus?« Angesichts des Zustands der Leiche ahnte John, dass es schwer werden würde.

»Ich weiß nicht ...« Radke betrachtete die Hand, von der sich die Haut bereits in Teilen ablöste. »Vermutlich wird das nichts werden.«

John entging nicht, wie Behnke die Mundwinkel zusammenkniff und dem Doktor einen kritischen Blick schenkte. Das schien auch Sanna Harmstorf zu bemerken.

»Sie sehen das anders?«, fragte sie.

»Nun«, Behnke räusperte sich, »ich denke, dass wir mithilfe moderner Verfahren durchaus die Fingerabdrücke wiederherstellen könnten.«

»Nein, das ist ausgeschlossen ...« Radkes Gesicht lief rot an.

»Geben wir der jungen Kollegin doch eine Chance«, unterbrach John ihn. Es gefiel ihm grundsätzlich nicht, wenn man eine Möglichkeit kategorisch ausschloss. Noch die unwahrscheinlichsten Dinge hatten manchmal zu einem Ermittlungserfolg beigetragen.

Sanna Harmstorf nickte der Assistentin aufmunternd zu. »Was schwebt Ihnen vor?«

»Thanatoprint«, sagte Behnke. »Ein Verfahren, das die morphologische Rekonstruktion bei postmortal stark veränderten Leichen ermöglicht. Dem Gewebe wird Feuchtigkeit entzogen, und so werden die ursprüngliche Spannung und das Volumen wiederhergestellt. Damit ist es bereits häufig gelungen, selbst in Fällen wie diesem hier hochwertige Fingerabdrücke zu gewinnen.«

»Wie lange dauert das?«, fragte John.

»Wenn ich gleich damit anfange ...«, Behnke überlegte, »dann haben Sie die Abdrücke vielleicht morgen früh.«

»Ich denke, ein wenig Nachtruhe ist Ihnen schon vergönnt«, meinte John.

»Nein, nein, das ist schon okay. Ich mache das gern. Bin eh eine Nachteule.« Die junge Kollegin schien Feuer und Flamme – und vielleicht auch glücklich, dass ihr jemand eine Chance gab, sich zu beweisen.

»In Ordnung«, sagte Sanna. »Und wie heißen Sie?«

»Behnke. Jasmin Behnke. Aber nennen Sie mich ruhig Jassie.«

Doktor Radke stand auf und zog den Reißverschluss seines Schutzanzugs runter. »Fein. Da ich offensichtlich nicht mehr gebraucht werde, kann ja zumindest ich jetzt meiner Nachtruhe frönen.« Ohne ein weiteres Wort ging er zum Hubschrauber hinüber.

»Ihre Vorgänger haben es nicht lange bei dem alten Brummbären ausgehalten«, sagte John. »Lassen Sie sich nicht unterkriegen, Jassie.«

Er stand auf und ging mit Sanna Harmstorf zurück zum Wagen. Sie zogen ihre Schutzanzüge aus und gaben sie der Kriminaltechnik zurück.

Kurz darauf steuerte John den Citroën durch das nächtliche Keitum in Richtung Munkmarsch. Er hatte Sanna Harmstorf angeboten, sie nach Hause zu fahren, was sie nicht abgelehnt hatte.

Über den Leichenfund gab es nicht viel zu sagen. Sie würden die Fingerabdrücke und die Ergebnisse der Kriminaltechnik abwarten und dann entscheiden, ob sie sich der Sache annehmen oder ob eine weitere Mordkommission in dem Fall ermitteln würde.

Während sie schweigend durch die Nacht fuhren, kehrten Johns Gedanken zurück zu seinen persönlichen Problemen.

In den vergangenen Tagen hatte Sanna Harmstorf bewiesen, dass sie nicht nur Staatsanwältin, sondern auch eine durchaus fähige Ermittlerin war. Und nun, wo es, wie Tommy sagte, mehrere Kopien des Geständnisses von Frede Junicke gab, war es vermutlich nur eine Frage der Zeit, bis sie die Wahrheit herausfand.

Daher machte es keinen Sinn, sich auf ein Versteckspiel einzulassen. Es gab nur eine Möglichkeit. John musste die Initiative zurückgewinnen.

»Sie wollen über den Fall Dornieden reden?«, fragte er.

Sanna Harmstorf nickte.

»Es gibt da vielleicht wirklich etwas, das nicht in der Akte steht. Aber dafür lassen wir Celine und Elfie frei. Jetzt. Sie werden die Nacht nicht in dieser Zelle verbringen.«

Die Staatsanwältin wandte den Blick von der Straße und musterte John einen Moment lang. »Also gut. Holen Sie die beiden nach Hause. Und dann will ich die Wahrheit wissen.«

38   Lilly Velasco

Lilly ritzte das Polizeisiegel mit ihrem Schlüssel ein, dann öffnete sie die Wohnungstür und tastete nach dem Lichtschalter. Juri, der bereits hier gewesen war und sich besser auskannte, kam ihr zu Hilfe. Er schob sich an ihr vorbei in den Flur und ging ins Wohnzimmer, wo er eine Stehlampe einschaltete.

»Es gibt in der ganzen Wohnung keine Deckenlampen«, erklärte er. »Scheint wohl nicht mehr in Mode zu sein.«

Lilly schloss die Tür hinter sich. Der Flur war recht geräumig, bot Platz für ein Holzregal mit Schuhen, das bis unter die Decke reichte, einen Garderobenschrank und einen Mantelhalter, an dem ein Ostfriesennerz und eine blaue Winterjacke mit einem aufgenähten Emblem von Fly Sylt hingen. Geradeaus ging es ins Badezimmer, dessen Tür offen stand. Linker Hand lagen das Schlafzimmer, eine kleine Küche und das Wohnzimmer.

Lilly trat zu Juri, der eine weitere Lampe einschaltete, die auf einem rechteckigen Raumtrenner stand, der mit Büchern bestückt war und eine Arbeitsecke mit Schreibtisch vom gemütlichen Teil des Wohnzimmers abgrenzte. Ein Kordsofa und ein breiter Fernseher luden dort zum Verweilen ein.

Sie ging zur Balkontür hinüber. Draußen auf dem Balkon standen zwei Holzklappstühle und ein Beistelltisch. Die Wohnung lag im Dachgeschoss eines Mehrfamilienhauses im Sjipwai im Osten von Westerland. Der Blick ging in den Garten hinaus, der von hochgewachsenen Bäumen umrandet war. Zwischen deren knorrigen Ästen hindurch konnte Lilly die Autos auf der Keitumer Landstraße fahren sehen.

Sie wusste nicht, was sie genau erwartet hatte. Vielleicht hatte sie sich die Wohnung einer Pilotin abenteuerlicher vorgestellt. Weltkarten an den Wänden, Souvenirs und Einrichtungsgegenstände, die von weiten Reisen an abgelegene Orte erzählten. Weniger gewöhnlich.

Andererseits konnte man sich fragen, was an einer Wohnung auf Sylt überhaupt noch gewöhnlich war. Wenn man bedachte, dass sich viele Leute, die auf der Insel geboren waren, das Leben vor Ort nicht mehr leisten konnten, und selbst von jenen, die hier arbeiteten, die meisten jeden Morgen mit dem Zug vom Festland anreisten, hatte es Bente Roeloffs recht gut getroffen.

»Ehrlich gesagt weiß ich nicht, was du hier zu finden hoffst«, meinte Juri. »Tommy und ich haben uns schon alles angesehen.«

»Ja, allerdings habt ihr nach etwas ganz anderem gesucht. Ihr habt nach Hinweisen Ausschau gehalten, die mit dem Flugzeugunglück oder der sabotierten Maschine zu tun haben könnten. Ich will wissen, was Bente Roeloffs mit dem alten Fall der Krabbenkutter verbindet.«

Juri hob die Schultern. »Du hast es ja gehört: nichts. Niemand auf dem Schiff kannte sie.«

»Sagt Tore Ralstett. Und der kann sich irren.«

»Wie du meinst. Was ist mit dieser Paula Feddersen, die er erwähnte, die Fischerin? Sollten wir nicht mit ihr sprechen?«

»Das werden wir auf jeden Fall noch tun.«

»Sieh dich in Ruhe um«, meinte Juri. »Es ist nur ... Ich glaube, es gibt andere Dinge, um die wir uns dringend kümmern müssten.« Er schob die Hände in die Taschen seiner Jeans und blickte Lilly mahnend an.

Sie wusste, was er meinte. John und Frede. Die Aufzeichnung ihres Geständnisses. Die Staatsanwältin, die möglicherweise falsches Spiel witterte. Und dann war da natürlich noch Johns Kind, das sie unter ihrem Herzen trug.

Juri kam zu ihr herüber. »Hör zu, ich weiß, wie dir zumute sein muss. John hat dich betrogen und angelogen. Er hat unseren Berufsstand und damit uns alle entehrt. Trotzdem bringt es nichts, so weiterzumachen. Ich meine, wir schneiden ihn und reden jetzt schon seit Monaten nicht mehr vernünftig mit ihm ...«

»Und nichts anderes hat er verdient.«

»Lilly.« Juri legte die Arme um sie und drückte sie einen Moment an sich. Dann blickte er ihr fest in die Augen. »Das hier geht uns alle an. Wir hätten Johns Fehlverhalten melden müssen. Haben wir aber nicht getan. Und damit haben wir ihn gedeckt. Indem wir nichts unternommen haben – dabei haben wir zumindest alle etwas geahnt. Aber wir können das noch ändern, es ist nicht zu spät. Ich lasse mich jedenfalls nicht von John mit runterziehen. Ich habe eine Tochter. Amélie braucht mich.«

»Falls es dich beruhigt, ich habe auch nicht die Absicht, mein Kind hinter schwedischen Gardinen zur Welt zu bringen«, erwiderte Lilly. »Andererseits möchte ich den Vater ebendieses Kindes ungern im Gefängnis sehen.«

»Das verstehe ich. Und ich meinte auch nicht, dass wir John ans Messer liefern sollten. Viel Zeit bleibt uns aber nicht mehr. Wenn Tommy recht hat und die Staatsanwältin tatsächlich nach Unstimmigkeiten sucht ... Wir müssen mit John gemeinsam eine Lösung suchen. Und deshalb sollten wir mit ihm reden.«

»Ich weiß nicht ...«

»Ich glaube, dass Frede Johns Zuneigung für ihre Zwecke ausgenutzt hat. Sie hat ihn um den Finger gewickelt.«

»Mag sein. Ändert aber nichts am Endergebnis.«

»John ist für uns immer mehr gewesen als nur ein Kollege – für uns alle, nicht nur für dich. Wir sind Freunde. Jeder begeht Fehler, trifft dumme Entscheidungen, tut Dinge, von denen er selbst weiß, dass er es besser gelassen hätte. Doch gerade dann braucht man seine Freunde. Dann, wenn es besonders wehtut. Wir müssen ihm helfen.«

Lilly seufzte und löste sich von ihm. In ihrem tiefsten Inneren regte sich etwas, das ihr sagte, dass Juri recht hatte. Man löste Probleme nicht, indem man sich aus dem Weg ging. Sondern indem man sie löste und miteinander redete. Sie wusste nur nicht, ob sie dazu schon bereit war.

Juri schien das zu spüren. Er ließ die Sache für den Moment auf sich beruhen und holte sein Smartphone heraus, um seine Tochter anzurufen. Wie so oft, wenn die Arbeit verlangte, dass er von zu Hause fernblieb, hatte er seine Schwiegermutter eingespannt, damit sie auf Amélie aufpasste.

Lilly begann währenddessen die Wohnung von Bente Roeloffs zu durchsuchen. Wobei es nicht allzu viel gab, was sie in Augenschein nehmen konnte. Es war die Wohnung einer alleinstehenden Frau, die den überwiegenden Teil ihres Lebens der Arbeit widmete – was Lilly auch daraus schloss, dass der Schreibtisch der meistgenutzte Platz zu sein schien. Während sich in dem Lowboard unter dem Fernseher lediglich einige Staffeln bekannter Fernsehserien befanden, war die Arbeitsecke mit zahlreichen Ordnern, Karten und Unterlagen versehen. Darunter Flugkarten, Abrechnungen der Fluggesellschaft, Kopien von Flug- und Dienstplänen. Lilly blätterte alles kurz durch, entdeckte aber nichts, das mit ihrem alten Fall in Verbindung stand.

Genauso wenig ergiebig war der Blick in das Bücherregal. Einige alte Klassiker neben historischen Romanen und Liebesschmökern.

Lilly durchstreifte die anderen beiden Räume, in denen sie aber nichts fand, was nicht dorthin gehörte. In der Küche gab es Geschirr und Besteck für vier Personen. Die Töpfe und Pfannen wirkten wenig benutzt. Und der Kühlschrank enthielt lediglich das Nötigste für ein rudimentäres Frühstück.

Das Schlafzimmer fiel so unspektakulär aus, wie man es bei einem normal veranlagten Menschen erwarten konnte. Ein einfaches Bett, Decke und Kopfkissen ordentlich zurechtgelegt. Ein Kleiderschrank aus Birkenfurnier, eher funktional als stylisch, in dem außer Kleidung nichts anderes zu finden war.

Lilly wollte das Schlafzimmer bereits wieder verlassen, als ihr Blick auf den Nachttisch fiel. Ein schlichter weißer Kubus, auf dem eine kugelförmige Lampe stand. Unter der Schublade gab es ein viereckiges Fach, in dem sich mehrere große Fotoalben befanden.

Lilly setzte sich auf das Bett und zog zunächst die Schublade auf. Taschentücher, Ohrstöpsel, eine Schlafmaske, eine Packung Kondome. In ihrer Anfangszeit hatte sie es als peinlich empfunden, solch private Einblicke in das Leben anderer Menschen zu erhalten. Doch sie hatte sich schnell daran gewöhnt. Es gehörte nun einmal zu ihrem Job.

Sie schloss die Schublade wieder. Dann nahm sie die drei Fotoalben aus dem unteren Fach und legte sie neben sich aufs Bett.

Das erste Buch zeigte Bilder aus der frühen Kindheit von Bente und ihrer Schwester Inken. Die Schwestern mit der Mutter beim Spielen oder bei Spaziergängen. Der erste Kindergartentag. Das erste Fahrrad. Urlaub am Strand. Einschulung mit Schultüte. Auf einigen Aufnahmen war auch Geert Petersen zu sehen. Lilly hatte von Sanna Harmstorf gehört, dass die Schwestern den Mann lange Zeit für ihren leiblichen Vater gehalten hatten, bis sie eines Tages die Wahrheit erfuhren.

Das zweite Fotoalbum war einer späteren Lebensphase gewidmet. Lilly wähnte sich in ihre eigene Kindheit und Jugend in den Achtzigern und Neunzigern zurückversetzt. Bilder von Klassenfahrten und Schüleraustausch. Von Partys und den ersten Reisen ohne Eltern.

Das dritte Album entsprach wohl eher dem, was Lilly vom Leben einer Pilotin erwartet hatte. Bente Roeloffs hatte Fotos von den Orten gesammelt, an die sie ihre Flüge geführt hatten. Meist war sie vor bekannten Wahrzeichen zu sehen, wie dem Eiffelturm, der Golden Gate Bridge, dem Taj Mahal, den Petronas Towers. Einige Male tauchte auch Nick Hansen auf den Bildern auf. Bente und er küssten sich vor Palmen, umarmten sich bei einem Sonnenuntergang oder prosteten mit Cocktails in die Kamera.

Lilly wollte das Buch wieder zuklappen, als zwischen den hinteren Seiten eine Reihe von Zeitungsartikeln herausrutschte.

Volltreffer. Manchmal brauchte man einfach Glück.

Es waren Kopien und Ausdrucke von Meldungen, die im Jahr 1985 in regionalen, aber auch überregionalen Zeitungen erschienen waren und sich mit dem Krabbenkutter beschäftigten, der in einer Spätsommernacht zwei Leichen aus der Nordsee gefischt hatte. Nüchtern und sachlich wurde der jeweils aktuelle Kenntnisstand in der Sache wiedergegeben. Die Schilderungen entsprachen mehr oder weniger dem, was auch in der Fallakte stand. Lediglich ein Artikel wich davon ab. Er stammte aus einem viel gelesenen Boulevardblatt. Das Veröffentlichungsdatum befand sich in der Chronologie der Publikationen sehr weit hinten, in einer Phase, als das öffentliche Interesse an der Sache vermutlich bereits längst verebbt war. Lilly kannte diese Entwicklung von anderen Fällen, der Ablauf war immer derselbe. Um überhaupt noch Aufmerksamkeit zu erregen, wurden in dieser späten Phase selbst die unwahrscheinlichsten Theorien durchgespielt und auch unglaubwürdige Quellen zitiert, solange es denn spektakulär genug war.

Und das konnte man von dieser Geschichte wohl wirklich sagen. Die Überschrift des Artikels war in fetten Lettern gesetzt. Sie lautete:

DIE NACHT, IN DER ES MENSCHEN REGNETE.

Der Name Paula Feddersen tauchte gleich in der zweiten Zeile des Berichts auf und war rot eingekreist worden.

39 John Benthien

John schaltete das Licht ein und betrat den Flur des alten Friesenhauses. Celine und ihre Freundin folgten ihm. Er hatte die Staatsanwältin nach Munkmarsch gefahren und dann auf dem Rückweg die Mädchen abgeholt. Mittlerweile war es kurz vor zehn Uhr. Er freute sich auf ein kühles Pils oder noch besser ein Glas Rotwein.

Celine zog ihre Jacke aus und hängte sie an die Garderobe. Dann ging sie ins Wohnzimmer, warf ihren Rucksack in eine Ecke, fläzte sich aufs Sofa und schloss die Augen. Ihre Freundin schien noch erschöpfter zu sein. Sie gähnte mit weit aufgerissenem Mund.

»Danke«, meinte Elfie, »echt super, dass Sie uns da rausgeholt haben.«

»Schon gut. Und wie gesagt, nenn mich ruhig John.«

»Geht klar.«

»Habt ihr noch Hunger?«, fragte John.

»Nee«, sagte Elfie, »ich lass euch beide mal allein und leg mich hin. Bin echt platt.« Sie gab Celine einen kurzen Wink und schlurfte dann die Wendeltreppe ins Obergeschoss hinauf.

John sah ihr nach. So lässig und abgebrüht Elfie auch tun mochte, mit ziemlicher Sicherheit empfand sie gerade genau das Gegenteil. Er hatte beinahe hören können, welcher Stein den beiden von den Schultern gefallen war, als sie die Wache verlassen durften. Celine ging es vermutlich ähnlich wie ihrer Freundin, doch sie meinte: »Ich könnte noch einen Bissen vertragen. Was ist mit dir, Daddy?«

»Ja, ich hatte auch noch kein Abendessen.«

Johns Handy gab den Ton mehrerer eingehender Mitteilungen von sich. Während er das Smartphone aus der Hosentasche zog, raffte Celine sich auf und ging hinüber in die Küche.

John legte Holzscheite in den Bilegger und machte Feuer. Dann setzte er sich auf das Sofa und wischte über den Bildschirm seines Smartphones.

Ben hatte ihm eine Nachricht und eine ganze Reihe von Bildern geschickt, hauptsächlich Aufnahmen vom Leben an Bord. Ben und Vivienne auf dem Balkon ihrer Kabine. Mit Büchern in Deckchairs sitzend, hinter sich das weite Meer. Beim Abendessen mit fürstlichem Büffet. Fotos von der Fahrt in einen Fjord. Oder vom Landgang in Trondheim.

Die darunter stehende Nachricht lautete:

Wie schön das Leben doch ist. Schade, dass du nicht dabei sein kannst. Morgen geht's weiter nach Tromsø!

John schrieb kurz zurück, wünschte weiterhin eine gute Reise und bat seinen Vater, ihn mit neuen Impressionen auf dem Laufenden zu halten.

Celine kam mit belegten Stullen aus der Küche und setzte sich neben ihn. Sie aßen schweigsam, dann holte John zwei Gläser und eine Flasche Rotwein. Er entkorkte sie und schenkte Celine ein. Streng genommen war es wohl unpassend, einer jungen Dame Alkohol zu verabreichen, wenn man sich mit ihr ausgerechnet über Drogen unterhalten wollte. Doch er hoffte, damit einen behaglicheren Rahmen zu schaffen.

Er stieß mit ihr an und trank einen Schluck. Dann meinte er: »Ich möchte mit dir reden. Hier und jetzt. Dieses eine Mal, danach belästige ich dich nicht mehr mit dem Thema, weil ich davon ausgehe, dass du es verstanden hast.«

Celine lächelte. »Nun leg schon los.«

»Ich war auch mal in deinem Alter. Auch wir haben da allerhand ausprobiert, wo sich unsere Eltern die Haare gerauft haben. Auch damals waren Drogen schon eine ernste Gefahr. Hier und da mal eine Tüte rauchen … das gab es auch bei uns. Und damals wie heute wurde und wird es verharmlost. Ich kenne einige aus meiner Jahrgangsstufe an der Schule, die darüber den Einstieg in eine wenig ruhmreiche Drogenkarriere gemacht haben. Und in meinem Beruf habe ich leider oft genug erlebt, wohin einen dieses vermeintlich harmlose Zeug bringen kann, das angeblich nicht schlimmer als Alkohol oder Zigaretten sein soll …«

Celine drehte das Weinglas in der Hand und wog den Kopf. »Du und Opa kippt ja 'ne Menge von dem Zeug. Ich will nicht wissen, was euer Arzt dazu sagt.«

John ging nicht darauf ein, sondern blieb beim Thema. »Der Punkt ist, das Zeug, das heute auf dem Markt unterwegs ist, hat nichts mit dem zu tun, mit dem die Hippies oder Punks früher rumexperimentiert haben. Wir kriegen täglich neueste Studien dazu auf den Tisch. Der Wirkstoffgehalt in Cannabisprodukten wie Gras oder Hasch ist in den vergangenen Jahren und Jahrzehnten um ein Vielfaches gestiegen. Das hat auch mit synthetischen Cannabinoiden zu tun. Der THC-Gehalt ist wesentlich höher als früher. Unter den Produzenten läuft ein regelrechter Wettbewerb, wer das Zeug herstellt, das am meisten knallt. Das bedeutet auch, dass es schneller abhängig macht, was für den Umsatz gut, für dich und deine Gesundheit aber schlecht ist.« Er machte eine Pause und sah Celine eindringlich an. »Ich kann dir nur wärmstens empfehlen, die Finger von dem Zeug zu lassen. Und das sage ich dir nicht nur als Vater oder Freund, sondern aus meiner täglichen Erfahrung als Polizist. Ich kann dir und Elfie gerne mal eine Rundführung durch ein paar einschlägige Quartiere in Hamburg verschaffen. Falls ihr euch einen Eindruck verschaffen wollt, wie das Leben als Junkie so ist.«

Celine stellte das Weinglas auf den Wohnzimmertisch. Im Kamin knisterte das Feuer. Sie nahm Johns freie Hand und klang aufrichtig, als sie sagte: »Ich schwöre dir, dass ich gestern zum ersten Mal an einem Joint gezogen habe ...«

»Ja, das habe ich draußen auf der Terrasse gerochen.«

Sie setzte ein schiefes Lächeln auf. »Danke, dass du nichts gesagt hast.«

»Vielleicht hätte ich ...«

»Nein, keine Sorge, wirklich. Mir ist schwindelig und kotzschlecht davon geworden. Außerdem stinkt es schlimmer als Kuhkacke. Ich werde das Zeug nie wieder anrühren. Versprochen.«

»Und warum habt ihr dann versucht ...«

Sie unterbrach ihn mit erhobener Hand. »Sag mir erst, ob ich jetzt mit dem Polizisten-John oder dem Daddy-John rede.«

»Mit ... dem Daddy-John.«

»Gut. Elfie wollte das Gras kaufen. Für sich. Ich wollte nichts davon.«

»Warum hast du das nicht gesagt?«

»Weil Elfie meine Freundin ist.«

»Du ... lässt dich für deine Freundin einbuchten?«

»Daddy, nur weil sie etwas Dummes tut, lasse ich sie nicht im Stich oder verrate sie. Elfie ... sie hat schon länger Probleme mit Drogen. Eigentlich will ich ihr helfen, davon loszukommen ...«

»Wissen ihre Eltern davon?«

»Ja, aber ...« Celine hob die Schultern. »Sie sind der Grund, weshalb Elfie das überhaupt macht.«

John hatte bei seinem Gespräch mit Elfies Vater sofort das Gefühl gehabt, dass dieser ihm etwas vormachte. »Das musst du mir erklären.«

»Ist nicht so einfach ...« Celine rückte auf die Sofakante. John sah, wie sich in ihren Augen Tränen bildeten, als sie ihn ansah. »Ich ... ich habe versucht, es Paul zu erklären. Aber er ...«

»Hör zu. Egal, was du mir sagen möchtest, es ist bei mir gut aufgehoben. Ich werde nicht schimpfen, ich werde dir nicht böse sein. Wir reden darüber und ...«

»Und du wirst es für dich behalten. Versprochen?«

»Ja. Versprochen.«

»Ich liebe Elfie.«

Celine hielt den Atem an und sah John erwartungsvoll an.

Er wusste nicht, was er sagen sollte. Zum ersten Mal in seinem Leben hatte es ihm die Sprache verschlagen. Und das nicht, weil er etwas gegen das gehabt hätte, was Celine da andeutete. Nein, er spürte vielmehr, dass er sich nun auf sehr dünnem Eis bewegte und die Situation Feingefühl erforderte. Feingefühl, von dem er nicht wusste, ob er es in ausreichender Menge besaß. Unwillkürlich wünschte er sich Lilly an seine Seite.

Es brauchte einen Moment, bis die Worte über seine Lippen kommen wollten. »Du meinst, du liebst sie, so wie ...«

»Ja, so wie man jemanden liebt, mit dem man zusammen ist. Wir sind ein Paar. Wir knutschen miteinander. Verstehst du?«

»Ja, ich denke ... ich verstehe.«

Sie hob verdruckst die Schultern. »Ich stehe eben auf Jungs und Mädchen.«

»Ach so ...« John tastete nach dem Glas Rotwein und trank einen Schluck. »Ich ... also, ich denke, das ist doch völlig in Ordnung.«

»Meinst du das ehrlich?«

»Warum nicht? Wenn es das ist, was du empfindest und was dich glücklich macht ... warum sollte es nicht in Ordnung sein? Wir leben schließlich im einundzwanzigsten Jahrhundert.«

»Tja, damit scheinen überraschend viele Leute noch immer ein Problem zu haben.«

»Ich nicht. Jeder soll auf seine Art glücklich werden. Für mich ändert sich dadurch gar nichts. Ich liebe dich, so wie du bist.«

John schloss Celine in seine Arme und drückte sie an sich.

»Du sagtest, du hast Paul davon erzählt?« John hatte mit den

Dienstjahren einige Kollegen kennengelernt, denen die anders geartete sexuelle Orientierung ihrer Kinder große Probleme bereitet hatte. Er konnte sich vorstellen, dass sich dies unter Seeleuten wie Celines Vater ähnlich verhielt.

John musste an sein Telefonat mit Paul Jacobs denken und dessen Worte: *Das ist alles meine Schuld.*

»Er ist damit nicht klargekommen«, erzählte Celine. »Nicht dass er ausfallend geworden wäre oder so. Er … hat das nur in seinem Oberstübchen nicht auf die Reihe bekommen. Das hab ich gemerkt. Er war plötzlich irgendwie reserviert mir gegenüber. Ich weiß nicht … vielleicht war er am Ende auch ganz froh, dass er wieder zur See fahren kann.«

»Nein, das glaube ich nicht. Er ist dein Vater. Er liebt dich genauso sehr wie ich … vermutlich noch mehr.«

Das entsprach der Wahrheit. John kannte Paul gut genug. Und er bezweifelte, dass er seiner Tochter aus ihrer Neigung eine Vorhaltung machen würde. Allerdings war Paul ein eher verschlossener Mann, der nicht mit seinen Gefühlen hausieren ging. Möglich, dass er einfach nicht gewusst hatte, wie er sich Celine gegenüber ausdrücken sollte.

»Was soll ich auch tun …« Sie hob die Schultern. »Wir haben es ja nicht in der Hand, wo unsere Liebe hinfällt.«

»So ist es. Aber etwas anderes haben wir in der Hand.«

»Und das wäre?«

»Unser Leben. Auch das gemeinsame«, sagte John. »Manchmal können einem Freunde ganz schön Probleme bereiten. Man muss seiner großen Liebe nicht ins Verderben folgen oder still danebenstehen, wenn sie etwas Unrechtes tut. Das bedeutet nicht, dass wir Verrat an ihr üben müssen. Aber wir können ihr helfen, wieder auf den Pfad der Tugend zurückzufinden und das Richtige zu tun.«

»Das klingt bei dir so einfach …«

»Wenn du willst, helfe ich dir … helfe ich euch beiden dabei.«

Celine nickte. »Danke. Aber ich schau vielleicht erst mal alleine, ob ich Elfie wieder in die Bahn bekomme.«

John zögerte. Seine Erfahrung sagte ihm, dass es den wenigsten Menschen gelang, ihren Partner von einer Sucht loszubekommen. Wenn, dann funktionierte die Hilfe über Dritte. Doch er wollte Celine nicht entmutigen.

»Also gut, versuch es. Und, wie gesagt, falls es nicht gelingt …«

Celine lächelte. »Danke, Daddy.«

John beugte sich zum Beistelltisch vor, um sich Wein nachzuschenken. Er spürte förmlich, wie die Verantwortung, die ohnehin auf seinen Schultern lastete, einige Kilo schwerer wurde. Celine würde zwar bald volljährig sein, doch das bedeutete ganz offenbar nicht, dass sie niemanden mehr brauchte, der Leitplanken in ihrem Leben setzte, die sie auf der richtigen Spur hielten. Mit ihrem Einzug bei ihm hatte er eine große Aufgabe übernommen, wie ihm erst jetzt bewusst wurde.

Celine stand auf und ging in den Flur, um ihren Rucksack zu holen. Sie würde sich jetzt sicher auch hinlegen wollen, es war ein langer, aufreibender Tag für sie gewesen. Was letztlich auch für ihn selbst galt.

John trank einen Schluck und spürte, wie seine Augenlider schwer wurden. Abseits von Celine kreisten noch zu viele andere Fragen in seinen Gedanken.

Was hatte es mit diesem Falk Lohse auf sich? Es gab kein Vertun, dass der Mann ihnen Märchen erzählt hatte.

Kannten Johann Roeloffs und seine Frau Inken ihn? Sie hatten nicht aufrichtig geklungen, als sie es geleugnet hatten. Und beim Anblick seines Phantombilds war ein Moment des Erkennens in ihren Augen aufgeflackert.

Hatten die beiden wirklich nichts von dem Vermögen gewusst, das Karel Jansen in seinem Haus auf Helgoland versteckt hatte? Immerhin Bente konnte darüber im Bilde gewesen sein. Der Koffer mit Bargeld, den sie bei ihrem Unglücksflug dabeigehabt hatten – vielleicht war das Geld für das Versteck bestimmt gewesen.

Und dann der Tote, den sie heute Abend aus dem Rantumbecken gefischt hatten. Wer war der Mann?

Celine setzte sich wieder zu ihm auf das Sofa. Sie zog etwas aus dem Rucksack, den sie auf den Knien balancierte, hielt es aber für den Moment in der geschlossenen Hand versteckt.

»Daddy … wo wir schon mal bei der Wahrheit sind. Es gibt da noch etwas anderes, über das wir sprechen müssen.«

»Nur zu.«

»Ich fürchte, du wirst mir diesmal wirklich böse sein. Denn … ich war vielleicht etwas zu neugierig und hab meine Nase in Sachen gesteckt, die mich nichts angehen.«

John legte den Arm über die Rückenlehne des Sofas. »Du hast mir doch erzählt, dass du Journalistin werden möchtest. Neugier und eine ordentliche Portion Unverfrorenheit gehören wohl dazu, wenn du in dem Job gut sein möchtest.«

»Nun ja, ich weiß nicht. Es … es geht um das hier.« Celine öffnete ihre rechte Hand. Ein USB-Stick lag darin.

John spürte, wie sich seine Nackenhaare aufstellten.

Er musste an den Stick denken, den er in dem alten Fischerkopf versteckt hatte. Als er noch mal danach gesehen hatte … Er hatte schwören können, dass er ihn andersherum in den Riss im Stein geschoben hatte.

»Du erinnerst dich an den Stick, den Opa aus dem Sekretär genommen hat und den du sofort an dich genommen hast?«

John nickte stumm. Sie hatte ihn wirklich gefunden.

»Du bist damit in deinen Steinmetzverschlag in den Dünen gegangen. Ich … war neugierig und bin dir hinterher.«

Wenn sie die Aufnahme gefunden hatte, dann wusste sie alles. Nein. Sie wusste nicht alles, korrigierte sich John sofort in Gedanken. Sie hatte lediglich den Mitschnitt einer Befragung gehört, in der eine Frau einen Mord gestand.

»Ich habe den Stick in dem Fischerkopf entdeckt«, erzählte Celine weiter. »Das war tatsächlich Zufall, weil ich mir nur den zersprungenen Kopf ansehen wollte. Und dann … hab ich mich natürlich gefragt, warum du ihn dort versteckst …«

John hob eine Hand. »Schon in Ordnung. Hast du dir die Datei angehört, die sich auf dem Stick befindet?«

Celine biss sich auf die Unterlippe. »Ja.«

»Es ist ein Beweismittel in einem Mordfall.«

»Aber … gehört es dann nicht in die Asservatenkammer? Oder zumindest aufs Präsidium?«

John öffnete den Mund, um etwas zu sagen, schloss ihn dann aber wieder.

Daddy … wo wir schon mal bei der Wahrheit sind.

Celine hatte gerade ihr Innerstes nach außen gekrempelt. Sie hatte ihm ihr wohl intimstes Geheimnis anvertraut.

Er brachte es nichts übers Herz, sie anzulügen.

»Ich … habe noch nicht entschieden, was ich damit machen werde.«

Celine legte den Kopf schief zur Seite. »Daddy. Ich kenne dich lange genug. Aus deiner Unterhaltung mit der Frau …«

»Frede. Sie heißt Frede.«

»Jedenfalls ist mir ziemlich schnell klar geworden, dass du sie … sehr magst. Kann das sein?«

John nahm das Weinglas und trank bedächtig einen Schluck, während Celine ihn taxierte.

Tatsächlich hatte er noch nie mit irgendjemandem darüber geredet. In den vielen Verhören, die er geführt, bei den vielen Geständnissen, die er Tätern und Täterinnen entlockt hatte, war ihm eines aufgefallen: Von den meisten fiel eine große Last ab, wenn sie ihr Verbrechen schließlich zugaben. Es tat ihnen gut, endlich mit jemandem darüber zu reden. John konnte das in diesem Moment absolut nachempfinden.

»Ja«, sagte er. »Ich mag sie sehr.«

»Was dann wohl der Grund ist, warum du und Lilly euch aus dem Weg geht.«

»Ja, mag sein.«

»Diese Frau … Frede … sie hat einen Mord gestanden. An ihrer Mutter. Ist sie dafür verhaftet worden?«

John atmete tief durch, bevor er antwortete. »Ich habe dir vorhin versprochen, dass ich dein Geheimnis für mich behalte. Kannst du meines auch für dich behalten?«

Celine nickte langsam.

»In Ordnung«, sagte John. »Nein, sie ist nicht verhaftet worden. Sie lebt weiterhin auf Föhr. Sie ist die Polizeichefin der Insel.«

»Und warum hat man sie dafür nicht belangt?«

»Weil … es keinen Beweis für ihre Schuld gibt.«

Celines Blick wanderte langsam zu dem USB-Stick in ihrer Hand. »Du meinst, außer diesem hier.«

»Korrekt.«

Celine sah wieder auf, und ihre Augen weiteten sich. »Daddy! Du lässt eine Mörderin davonkommen, weil du … weil du dich in sie verknallt hast?«

»Wie du eben schon selbst sagtest: Wir haben es nicht in der Hand, wo unsere Liebe hinfällt.«

Celine hob die freie Hand und führte Daumen und Zeigefinger zusammen, bis nur noch ein dünner Spalt zwischen ihnen war. »Dir ist schon klar, dass es da einen klitzekleinen Unterschied gibt? Elfie hat niemanden umgebracht.«

»Natürlich. Trotzdem …« John brach ab und fuhr sich mit der Hand durchs Haar. Es war unmöglich, jemand anderem rational und nachvollziehbar zu erklären, was er getan hatte. Er hatte aus einem Gefühl heraus gehandelt, aus dem Moment heraus.

»Daddy, du bist Polizist. Kriminalkommissar«, sagte Celine, »es ist dein Job, solche Leute vor Gericht zu bringen, egal, was du empfindest.«

»Ich weiß. Mir ist ja selbst klar, was für einen Schlamassel ich da angerichtet habe.« Er machte eine Pause. »Wenn du den Mitschnitt gehört hast, dann kennst du Fredes Geschichte. Sie hat erzählt, warum sie so gehandelt hat, wie sie es tat. Sie hat andere beschützt ... Was hättest du an meiner Stelle getan?«

»Nun ...« Celine überlegte einen Moment, dann sagte sie langsam: »Wie du eben selbst gesagt hast. Man muss seiner großen Liebe nicht ins Verderben folgen.«

»Ja, das ist richtig.«

»Dann ist es vielleicht noch nicht zu spät, das Richtige zu tun und alles geradezurücken. Wer weiß schon, wie ein Gericht über sie urteilen wird. Bei der Vorgeschichte ...«

»Das weiß man nicht. Aber ... es wäre sicher der korrekte Weg.« John deutete mit einem Nicken auf den USB-Stick in Celines Hand. »Du hast eine Kopie angefertigt?«

»Ja.«

»Und das da ist die einzige?«

Celine antwortete nicht sofort. Sie schien ihre Worte abzuwägen, dann sagte sie: »Nein. Es gibt noch jemanden, der eine hat.«

»Wer?«

»Lilly.«

40   Sanna Harmstorf

Wieder war sie bei den Toten.

Sie stand vor der Doppeltür aus Metall im Keller des rechtsmedizinischen Instituts. Weiß gefliese Wände. Flackernde Leuchtstoffröhren. Und über allem lag der Geruch von Tod und Verwesung.

Sanna drückte einen Flügel der Tür mit der Hand auf.

Marios lebloser Körper lag auf dem Obduktionstisch. Seine Brust war mit einem Spreizer geöffnet. Der Rechtsmediziner entnahm ein Organ und legte es auf die Waage. Marios Herz, wie Sanna im Näherkommen erkannte. Mit zwei letzten Kontraktionen hörte es auf zu schlagen.

Die Stimme des Rechtsmediziners.

Er wurde aus nächster Nähe erschossen. Dem Eintrittswinkel nach zu urteilen, muss er vor seinem Mörder gekniet haben.

Es war eine Hinrichtung.

Wie immer kamen die Worte aus weiter Ferne.

Was hatte er überhaupt dort zu suchen? Er muss gewusst haben, in welche Gefahr er sich begibt?

Sanna wollte antworten, wollte die Wahrheit herausschreien. Doch sie konnte es nicht. Ihre Lippen klebten buchstäblich aufeinander, sodass sie den Mund nicht öffnen konnte, so sehr sie es auch versuchte.

In diesem Moment schlug der Tote die Augen auf und richtete sich kerzengerade auf.

Mario sah sie aus bleichen, toten Augen an. Das Blut lief aus der Wunde an der Schläfe und verteilte sich über die rechte Gesichtshälfte. Er sah hinüber zu dem leblosen Körper des Mannes auf dem Obduktionstisch neben ihm.

Seine Lippen formten eine Frage.

Warum?

Dann hob Mario den rechten Arm, streckte ihn aus und öffnete die Faust. Eine Patrone lag in seiner Hand. Eine Patrone Action 4 der Firma Dynamit Nobel. Kaliber 9 mm x 19.

Munition, wie sie die Polizei verwendete.

Sanna erwachte und schnappte nach Luft. Ihr Herz schlug wild, sie hörte das Blut in ihren Ohren pulsieren. Sie setzte sich auf.

Atmen. Ein. Aus. So, wie wir es besprochen haben. Die Angst ist dein Freund. Es ist in Ordnung, wenn sie da ist. Ein Gefühl von vielen. Bei dir ist nichts kaputt. Du bist in Ordnung. Jetzt nimm die Angst an. Sie ist dein Freund. Sie sagt dir, wenn etwas nicht stimmt …

Sanna sprang aus dem Bett und riss das Schlafzimmerfenster auf. Ein Schwall klarer, kühler Luft wehte herein. Sie stützte sich mit beiden Händen auf das Fensterbrett und atmete mehrere Male tief ein. Ihr Puls beruhigte sich. Die Enge in ihrer Brust verschwand langsam.

Und nun nimm die Angst. Schiebe sie wieder in den Raum, aus dem sie hervorgekrochen ist, und verschließe die Tür.

Sanna setzte sich auf das Fenstersims und lehnte sich gegen den Rahmen. Im Garten rauschte der Seewind in der alten, hochgewachsenen Buche. Die Sterne standen am Himmel. Sanna blickte auf und sah die blinkenden Lichter einer landenden Maschine, die beinahe lautlos über Munkmarsch hinwegschwebte.

Mario.

Sie fragte sich, wie lange er sie wohl noch in ihren Träumen besuchen würde. Es braucht Zeit, hatte die Psychologin gemeint. Sie hatte nur nicht gesagt, wie viel Zeit.

Marios Tod war nicht Sannas Schuld gewesen, darüber hatten sie gesprochen, und die Psychologin hatte bis zum Schluss daran gearbeitet, dass sie dies akzeptierte.

Es wäre ihr auch beinahe gelungen.

Sanna hatte tatsächlich für einen kurzen Moment versucht, den Gedanken zuzulassen, dass sie den Lauf der Dinge nicht hatte beeinflussen können. Dass das Schicksal oder ein böser Zufall es so gewollt hatten. Dass nicht sie allein für Marios Tod verantwortlich war.

Doch sie war schnell wieder in die Realität zurückgekehrt.

Sie hatte den Befehl gegeben, ihn dorthin geschickt, wo man ihm eine Kugel in den Kopf gejagt hatte.

Eine Exekution. Das war es gewesen.

Und seitdem nagte ein Gedanke an ihr. Was wäre gewesen, wenn sie die Sache einfach auf sich hätte bewenden lassen? Wenn sie nicht die edle Verfechterin von Recht und Gesetz gespielt und über einen Fehltritt hinweggesehen hätte, dann … ja, dann wäre alles anders verlaufen. Mario wäre noch am Leben. Eine Frau hätte noch ihren Mann, ein Kind seinen Vater.

Sanna machte gar nicht den Versuch, noch einmal zu schlafen. Es war früher Morgen, kurz vor halb sechs Uhr. Sie schlich sich in Jaanes Schlafzimmer und schaffte es, Trainingssachen von ihr aus dem Schrank zu borgen, ohne ihre Schwester aufzuwecken. Dann ging sie geräuschlos in den Flur hinunter und verließ das Haus.

Sie joggte am Küstenpfad entlang Richtung Braderuper Heide, vorbei am weißen Kliff. Die Flut spülte kleine Schaumkronen an Land. Am Himmel zogen einige Möwen ihre Bahnen, offenbar Frühaufsteher auf der Suche nach Futter, während im Osten die ersten Sonnenstrahlen über den Horizont krochen.

Die frische salzige Luft sorgte dafür, dass sich Sannas Gedanken klärten und die Geister der Nacht verschwanden.

Auf Höhe des Wracks Mariann suchte sie sich durch die Dünen einen Weg zum Ufer und lief dann am Strand zurück nach Munkmarsch.

Jaane kam erst verschlafen aus ihrem Zimmer, als Sanna bereits geduscht hatte und sich ein schnelles Frühstück machte.

»Was ist mit Doktor Andersen?«, fragte sie und gähnte. Von ihnen beiden war Jaane immer die Nachteule gewesen.

»Was soll mit ihm sein?«

»Du meintest, du wolltest noch Erkundigungen über ihn einholen. Irgendwas schien dir da nicht koscher. Er hat gestern Nachmittag noch mal angerufen und gefragt, wie es nun ausschaut. Er meint, er muss den Therapieplatz sonst anderweitig vergeben.«

»Tut mir leid«, sagte Sanna. »Ich habe nicht dran gedacht. Wir … hatten gestern einen recht trubeligen Tag.«

»Der Mann, den man im Rantumbecken gefunden hat?«

»Unter anderem, ja.«

»Es kam im Radio.«

»Ich kümmere mich um Andersen, okay?«

Sanna verabschiedete sich und machte sich mit dem Fahrrad auf den Weg zur Wache.

Sie war nicht die Erste. Soni Kumari saß bereits an ihrem Schreibtisch und tippte einen Bericht.

»Auch schlaflos?«, fragte Sanna im Reinkommen.

»Schon lange«, sagte Kumari und deutete auf die Kaffeemaschine. »Nehmen Sie sich einen. Es hilft. Ich habe seit der Geburt meines Sohnes keinen echten Schlafrhythmus mehr.«

Sanna ging sich einen Kaffee holen. »Wie alt ist er?«

»Inzwischen sieben. Aber die ersten Jahre waren hart. Er war eines jener Kinder, die einen mitten in der Nacht mit Essens- und Getränkebestellungen konsultieren. Heute schläft er wie ein Murmeltier.«

»Die Autosache?« Sanna deutete mit einem Nicken auf die Akte, die auf Kumaris Schreibtisch lag.

»Ja. Wir legen den Fall jetzt zu den Akten.«

»Eine Sackgasse, was?«

»Tja. Es war ganz augenscheinlich Brandstiftung. Aber wir werden weder den Täter noch den Halter ermitteln können. Zeitverschwendung, sich weiter damit zu befassen.«

Sanna setzte sich an einen freien Schreibtisch, klappte ihren Laptop auf und rief in der Datenbank des Präsidiums die digitale Fallakte auf, in der sie ihre bisherigen Erkenntnisse gesammelt hatten. Sie scrollte mit der Maus die Einträge durch, als sie aus einem Impuls heraus innehielt und auf die Uhr blickte. Beinahe acht.

Sie nahm sich ein Telefon und wählte die Nummer des Westerländer Krankenhauses, wo sie sich mit der Intensivstation verbinden ließ. Bente Roeloffs, so sagte man ihr, ging es besser. Zwar lag sie noch im Koma, doch ihre Werte hatten sich stabilisiert. Blieb das so, wollten die Ärzte bald den Prozess des Aufwachens einleiten.

In der nächsten halben Stunde trudelte nach und nach das Ermittlungsteam ein. Erst Benthien, dann Fitzen und schließlich Velasco und Rabanus.

Gegen neun Uhr meldete sich Jasmin Behnke, oder Jassie, wie sie sich nennen ließ, aus dem Rechtsmedizinischen Institut in Kiel. In einer Nachtschicht war es ihr tatsächlich gelungen, die Fingerabdrücke des Toten aus dem Rantumbecken zu rekonstruieren.

Sanna nahm sich einen Moment, um den Einsatz der jungen Kollegin ausdrücklich zu loben, was diese ein wenig verlegen machte. Offenbar war sie Lob von ihrem Chef nicht gewohnt.

Die Fingerabdrücke gehörten einem Mark Molitor. Jassie hatte seinen Namen durch die Datenbanken und das Melderegister laufen lassen. Molitor war offenbar Privatdetektiv.

Sanna bedankte sich und beendete das Telefonat. Dann trug sie dem Team auf, alles über den Mann zusammenzutragen, was sie auf die Schnelle finden konnten.

Eine halbe Stunde später saßen Benthien, Fitzen, Velasco und Rabanus wieder um ihren Schreibtisch versammelt.

»Mark Molitor hat sein Büro in Hamburg-Blankenese«, sagte Benthien. »Ich habe mich kurz mit den Hamburger Kollegen unterhalten. Sie kennen ihn. Einer der Besten seines Fachs, sagen sie. Spezialisiert auf Reiche und Prominente.«

»Familie, Angehörige, Freunde?«, fragte Sanna.

»Soweit wir wissen, ist er nicht liiert, hat auch keine Kinder. Die Eltern sind verstorben. Und Freunde ... tja, da er kein Social-Media-Profil hat, konnten wir darüber nicht viel erfahren.«

»Ein schlauer Mann«, kommentierte Sanna.

»Offenbar nicht schlau genug«, Benthien hob eine Augenbraue, »sonst wäre er nicht als Leiche im Rantumbecken geendet.«

»Ich habe in seinem Büro angerufen«, schaltete sich Fitzen ein. »Nur die Mailbox.«

»Einen interessanten Punkt gibt es aber dann doch«, meinte Lilly Velasco. »Er dürfte die Kollegen hier interessieren.«

Soni Kumari hörte auf zu tippen und lehnte sich über den Schreibtisch vor. »Was gibt es denn?«

»Auf Mark Molitor ist ein Pkw zugelassen«, berichtete Velasco. »Ein silberfarbener Audi A3.«

»Welches Baujahr?«, erkundigte sich Kumari.

»2004. Ein älteres Modell.«

Kumari warf einen raschen Blick in ihre Unterlagen. »Das entspricht dem Fahrzeug, das hier abgebrannt ist. Ebenfalls ein silberner A3 von 2004.«

»Ob das Molitors Wagen war?«, fragte Benthien.

»Möglich«, antwortete Sanna. »Sie und Fitzen fahren nach Hamburg und sehen sich im Büro von Molitor um. Velasco und

Rabanus kümmern sich in der Zwischenzeit um Falk Lohse. Graben Sie alles aus, was Sie über seine Vergangenheit herausfinden können. Ich will wissen, wer der Mann ist.«

Sanna wartete, bis Benthien und Fitzen die Wache verlassen und Velasco und Rabanus in einem Nebenraum verschwunden waren, um ihre Recherchen zu verrichten.

Dann ging sie nach draußen und vergewisserte sich mit einem raschen Blick, dass ihr niemand zuhörte. Sie zog ihr Smartphone aus der Hosentasche. Zeit, sich dem anderen Fall zu widmen, in dem sie ermittelte.

Sanna wählte die Nummer der Polizeiwache auf Föhr und ließ sich mit der Polizeichefin verbinden.

41   John Benthien

»Wir brauchen einen Plan«, sagte Tommy.

John hatte ihm das Steuer seines Wagens überlassen. Er selbst saß auf dem Beifahrersitz und hatte gerade ein Telefonat beendet. Sie fuhren über die am heutigen Morgen erfreulich leere A7 auf Hamburg zu.

Seine Hoffnung, dass ein anderes Ermittlungsteam sich um den Toten aus dem Rantumbecken kümmern und sie sich auf den Flugzeugabsturz konzentrieren konnten, hatte sich rasch zerschlagen. Sanna Harmstorf vertrat wohl die Meinung, dass sie sich auch um diesen Mord kümmern konnten, wo sie ohnehin schon auf der Insel waren. Und sie hatte Rückendeckung von Bleicken bekommen, als sie mit ihm und dem zuständigen Richter die Durchsuchung von Mark Molitors Büroräumen abgeklärt hatte.

»Wir haben einen Plan«, erwiderte John. Er hatte gerade mit den Kollegen in Hamburg gesprochen. »Sie sind bereits auf dem Weg und sorgen dafür, dass wir Zugang zu den Räumen haben und nichts verändert wird. Die Kriminaltechnik steht ebenfalls bereits, falls wir sie brauchen.«

»Das meine ich nicht.« Tommy nahm kurz den Blick von der Straße und sah John mit ernstem Gesicht an. »Gödecke hat offenbar gestern Bosse Wolff einen Besuch im Gefängnis abgestattet. Keine Ahnung, worüber die geredet haben. Aber ich bekomme wirklich den Eindruck, dass er die Geschichte, Wolff sei der Mörder von Gunilla Dornieden, nicht schluckt.«

John antwortete nicht sofort. Dass der Kriminalrat einen In-haftierten persönlich aufsuchte, kam tatsächlich nicht alle Tage vor. Völlig ungewöhnlich war es allerdings nicht, und es gab si-cherlich zahlreiche Gründe, weshalb Gödecke mit ihm gespro-chen hatte. Vielleicht dramatisierte Tommy die Situation.

Andererseits musste John an sein Gespräch mit der Staatsan-wältin denken. Dass sie mit ihm über den Fall Dornieden reden wollte und Zweifel an der Vollständigkeit der Ermittlungsakte hatte, sprach für sich.

Vermutlich war es besser, Tommy nichts davon zu erzählen.

Eine andere Entwicklung konnte er ihm wohl kaum vorent-halten, er würde ohnehin davon erfahren, wenn er es nicht schon längst wusste. »Lilly hat eine Kopie des Geständnisses.«

Tommy wirkte nicht überrascht. »Sie hat es dir gesagt?«

»Nein. Es war Celine. Sie hat eine Kopie des Sticks gemacht.«

»Celine? Das bedeutet … sie hat sich die Aufnahme auch an-gehört und ist im Bilde?«

»Mhm.«

Tommy schüttelte den Kopf. »Mein Gott, John, das gerät völ-lig außer Kontrolle. Zu viele Leute wissen jetzt davon. Es ist nur eine Frage der Zeit, bis es rauskommt.«

»Celine wird nichts sagen …« Er wollte anfügen, dass Lilly dies ebenfalls nicht tun würde. Allerdings konnte er sich da nicht sicher sein. Sie hatte wohl jeden Grund, sich an ihm zu rächen.

»Ich hätte diese Aufnahme nie machen sollen«, fluchte Tommy und schlug auf das Lenkrad. »Oder ich hätte sie besser gleich gelöscht.«

»Nein. Es ist meine Schuld. Ich hätte einfach meinen Job ma-chen und ihr Handschellen anlegen sollen.«

»Das hättest du tun sollen, ja. Aber du hast dir ja wie ein Schuljunge den Kopf verdrehen lassen.«

»Wir lieben uns wirklich, Tommy. Frede ist …«

»Tatsächlich? Wie oft habt ihr euch denn in letzter Zeit gesehen?«

»Wir … waren gemeinsam segeln …«

»Und ansonsten?«

»Sind wir bewusst auf Distanz gegangen, um keinen Verdacht zu erregen.«

Tommy grinste. »Wessen Vorschlag war das denn?«

»Das … war Fredes Idee.«

»Sieh an. Und wie oft ruft sie dich noch an? Wie viele SMS oder WhatsApp-Nachrichten schickt sie dir noch?«

John sagte nichts. Die abendlichen Telefonate, die Kurznachrichten und Bilder, die sie sich schickten, das alles war in jüngster Zeit tatsächlich weniger geworden.

War er wirklich so blauäugig gewesen?

»Es wäre noch immer das Beste, wenn Frede von der Bildfläche verschwindet«, meinte Tommy. »Sie kann untertauchen, woanders neu anfangen.«

»Ich fürchte, dass das Problem damit nicht aus der Welt wäre. Sanna Harmstorf, Bleicken und Gödecke werden nicht so schnell klein beigeben, wenn sie wittern, dass wir etwas vertuscht haben.«

Tommy räusperte sich und fuhr langsamer, als brauchte er für das, was nun kam, seine volle Konzentration. »Es … gäbe da vielleicht noch eine andere Möglichkeit«, sagte er. »Ich könnte das Datum der Aufnahme verändern. Wir könnten es so aussehen lassen, als hättest du Frede absichtlich noch eine Weile in Sicherheit gewogen und sie dann in die Falle gelockt …«

»Und dann? Du meinst …?«

»Genau. Dann tust du deinen Job und bringst sie hinter Gitter.«

Sie parkten den Wagen auf der Blankeneser Hauptstraße. Das Haus mit Mark Molitors Büro befand sich im Treppenviertel.

John ging, gefolgt von Tommy, die steilen Stufen hinunter, die zum Elbufer führten. Zwei uniformierte Kollegen erwarteten sie bereits vor einem renovierten Altbau mit grau-weißer Fassade. Das Haus war sehr schmal, vielleicht gerade so breit wie ein Zimmer, dafür aber länglich in den Berg hineingebaut. Ornamente verzierten die Fenster, zur Flussseite ging im ersten Stock ein Balkon mit Messinggeländer hinaus.

Neben den Streifenbeamten stand eine ältere Frau, die Vermieterin von Mark Molitor, wie sich herausstellte.

»Herr Molitor ist ein sehr zuverlässiger Mieter«, berichtete sie, »es hat noch nie Probleme gegeben. Ihre Kollegen wollten mir nicht sagen, weshalb es nun diese ganze Aufregung gibt.«

»Es ist leider so, dass wir Herrn Molitor tot aufgefunden haben«, sagte John. Die Frau schlug sich vor Schreck die Hand vor den Mund, doch John wusste, dass es der beste und einzig gangbare Weg war, nicht lange um die betrübliche Wahrheit herumzureden. »Wir würden uns gerne in seinem Büro umsehen.«

Es brauchte einen Moment, bis die alte Dame die Fassung wiedergefunden hatte. Dann nahm sie den Durchsuchungsbeschluss entgegen, den Tommy ihr hinhielt, und überflog ihn kurz.

»Das wird kein Problem sein«, sagte sie. »Die Schlüssel habe ich da. Sie können auch gerne in seine Wohnung.«

»Er wohnte hier?«

»Ich habe ihm das komplette Erdgeschoss vermietet. Er hatte das Zimmer vorne raus abgetrennt und nutzte es als Büro. Dahinter liegen die Wohnräume.«

»Die würden wir uns tatsächlich gerne ansehen.«

Die Frau reichte ihnen die Schlüssel. »Ich wohne im ersten Stock. Wenn Sie mich brauchen, klingeln Sie einfach.« Sie sah kurz zu ihrem Haus hoch und meinte dann im Gehen: »Er hat mir immer den Einkauf hochgetragen. Ein wirklich netter Mensch. So ein Jammer.«

John bedankte sich bei den Uniformierten. »Ich denke, wir brauchen Sie dann nicht mehr.«

Dann stieg er, gefolgt von Tommy, die Treppe zum Eingang hinauf. Er schloss das Büro auf und gab Tommy die Schlüssel. »Sieh du dir die Wohnung an.«

John betrat das Büro. Der Raum war minimalistisch eingerichtet. Ein Schreibtisch mit Stuhl. Daneben ein Deckenstrahler. An der einen Wand ein Aktenschrank und ein Bücherregal. An der anderen ein abgewetztes Ledersofa, ähnlich dem, wie es in Johns Friesenhaus stand. Auf dem Holzparkett lag ein großer beigefarbener Fransenteppich. Unter einem der Fenster hatte Molitor einen Hundekorb mit Decke und Kauknochen platziert. Da das Tier nirgendwo zu sehen war, kam John der unangenehme Gedanke, dass es vielleicht mit seinem Herrchen auf dem Boden des Rantumbeckens geendet war.

Er streifte Handschuhe über, ging zum Schreibtisch und setzte sich auf den Bürostuhl aus braunem Leder.

Der Schreibtisch stand vor einem großen Erker. Durch die Fenster sah John die Containerschiffe auf der Elbe vorbeiziehen. Am Strand waren Fußgänger und Jogger unterwegs.

Wenn man es clever anstellte, schien der Verdienst eines Privatdetektivs nicht schlecht zu sein. Ansonsten hätte sich Molitor eine Adresse wie diese wohl kaum leisten können. Zudem konnte man sich die Arbeit frei einteilen …

John riss sich aus den Gedanken und betrachtete den Schreibtisch. Es gab lediglich einen Stiftehalter, ein Telefon und eine Dockingstation für einen Laptop. Wenn sich das Gerät nicht hier befand, mussten sie davon ausgehen, dass der Täter es entsorgt hatte. Ansonsten hätten die Sylter Kollegen es wohl im ausgebrannten Auto von Molitor gefunden.

Tommy kam herein. »Ziemlich unspektakulär«, berichtete er. »Ein Zimmer mit Schlafcouch, Küche, Diele, Bad. Auf den ersten Blick nichts, was uns irgendwie weiterbringt.«

»Ein Laptop?«

»Nein, habe ich nicht gesehen.«

»Siehst du dir mal das Telefon an?« John deutete mit einem Nicken auf das Mobilteil auf dem Schreibtisch, dessen Blinken vermutlich darauf hinwies, dass sich Nachrichten auf dem Anrufbeantworter befanden.

John drehte sich zu dem Aktenschrank hinter sich um und sah die Schubladen durch. In den Hängeregistern hatte Molitor Ermittlungsunterlagen aufbewahrt. Die Ordner waren mit kleinen Kärtchen versehen, auf denen die Namen der Klienten standen. Einige davon kannte John aus den Medien.

Während er sie durchblätterte, spielte Tommy im Hintergrund die eingegangenen Nachrichten ab.

Plötzlich hielt John inne und drehte sich zu ihm herum.

»Stopp«, sagte er. »Spiel das noch mal ab.«

Tommy drückte ein paar Knöpfe, und kurz darauf lief die Nachricht von Neuem.

Hallo, Herr Molitor. Ich versuche jetzt schon eine ganze Weile, Sie zu erreichen. Auf dem Handy hat es nicht geklappt, und auf meine Mail haben Sie auch nicht reagiert. Es wäre wirklich sehr nett, wenn Sie sich bei mir melden würden. Jedenfalls, wenn Sie Ihren nächsten Vorschuss erhalten wollen.

Der Anrufer nannte zwar seinen Namen nicht, doch er gab zum Schluss seine Mobilnummer durch.

Tommy legte den Kopf zur Seite. »Du kennst den Mann?«

»Allerdings«, sagte John.

Es war die Stimme von Johann Roeloffs.

42   Sanna Harmstorf

Von dem Punkt aus, wo sie parkte, konnte Sanna die Kersig-Siedlung überblicken. Die Landschaft mit den Reetdachhäusern, die sich zwischen die mit Gras und Strandhafer bewachsenen Dünen duckten, erinnerte sie wieder an das Auenland aus Tolkiens *Herr der Ringe*. Mit dem Unterschied, dass die Lage direkt am Meer alles noch idyllischer machte. Beinahe rechnete man damit, dass einem jeden Moment Bilbo Beutlin Pfeife rauchend über den Weg schlenderte.

Allerdings waren es keine Fantasiefiguren, die Sanna beobachtete. Ein paar Hundert Meter weiter lag das Haus der Roeloffs. Johann machte sich mit einer Heckenschere an den Büschen im Vorgarten zu schaffen. Inken saß im Wintergarten an ihrem Laptop und schrieb offenbar an ihrem nächsten Buch. Eine Idylle anderer Art.

Benthien hatte sie soeben aus Hamburg angerufen und von der Entdeckung berichtet, die er und Fitzen im Büro von Mark Molitor gemacht hatten. Johann Roeloffs Anruf auf der Mailbox legte zumindest nahe, dass er den Privatdetektiv beschäftigt hatte. Fragte sich, weshalb.

Jedenfalls weckte es Sannas Argwohn, dass ein Klient von Molitor auf Sylt lebte und der Mann auf dieser Insel auch den Tod gefunden hatte. Zumal sie Johann Roeloffs auch in dem Mord an Karel Jansen – und Bente Roeloffs, falls sie doch nicht überlebte – noch nicht von der Verdächtigenliste gestrichen hatten.

Sanna aß das Brötchen mit Backfisch auf, das sie sich in der Nähe der Wache besorgt hatte, knüllte das Papier zusammen, in das es eingewickelt gewesen war, und stieg aus dem Streifenwagen.

Sie ging gemessenen Schrittes die Straße hinunter. Johann Roeloffs sah sie kommen und unterbrach das Schneiden der Büsche.

»Guten Tag, Frau Staatsanwältin«, sagte er. »Was kann ich für Sie tun?«

»Broder Timm sagte mir, dass Sie sich den Tag freigenommen haben.«

»So ist es. Heute müssen die Vögel ohne mich starten. Der Garten ruft.« Er lächelte.

»Wir müssen uns unterhalten. Wenn Sie nicht wollen, dass die Nachbarn alles mit anhören, gehen wir wohl besser rein.«

Sanna folgte Johann Roeloffs ins Haus. Er bot ihr einen Platz am Küchentisch an. Das Interieur war im Landhausstil gehalten, mit weißen Ober- und Unterschränken. Durch das Fenster sah man seitlich am Haus vorbei auf die Nordsee.

Inken Roeloffs kam zu ihnen. »Gibt es etwas Neues?«

»In der Tat. Und darüber möchte ich gerne mit Ihrem Mann sprechen.«

»Etwas dagegen, wenn ich dabei bin?«

»Absolut nicht.«

Die beiden Roeloffs setzten sich Sanna gegenüber an den Tisch.

»Wir haben gestern Abend die Leiche eines Mannes aus dem Rantumbecken geborgen«, sagte Sanna. »Die Fotos, die ich Ihnen nun zeigen möchte, sind leider unappetitlich. Sie brauchen Sie sich nicht anzusehen, wenn Sie nicht möchten. Es wäre aber wichtig.«

Die beiden nickten.

Sanna nahm ein Foto, das die Rechtsmedizin ihnen von dem toten Mark Molitor geschickt hatte, aus der Innentasche ihrer

Jacke und legte es mittig auf den Tisch. »Haben Sie diesen Mann schon einmal gesehen?«

Das Gesicht des Toten wirkte nicht mehr ganz so schlimm wie gestern Abend, als sie ihn frisch aus dem Wasser gezogen hatten. Dennoch hatte die feuchte Lagerung die Haut derart aufgeschwemmt, dass das Gesicht vielleicht nicht mehr viel Ähnlichkeit mit dem zu Lebzeiten hatte. Sanna rechnete daher damit, dass die Roeloffs' einen Moment brauchen würden, um den ersten Ekel zu überwinden und dann vertraute Gesichtszüge zu erkennen.

Doch ihre Reaktion kam überraschend schnell.

Im ersten Moment wirkten sie abgestoßen. Das war zu erwarten gewesen. Aber sie fingen sich rasch wieder, wechselten einen kurzen Blick. Dann sagte Johann Roeloffs: »Nein, noch nie gesehen.«

»Ich auch nicht«, fügte Inken hinzu.

Sanna nahm das Foto wieder an sich und steckte es zurück in ihre Jackentasche. Sie lehnte sich zurück, ließ den Blick zum Fenster hinausschweifen und einen Moment der Stille entstehen.

Die Roeloffs sahen sich wieder an, offenbar irritiert über Sannas Schweigen.

»Sollten wir ihn denn kennen?«, fragte Johann.

»Der Name des Mannes ist Mark Molitor«, erklärte Sanna. »Ein Privatdetektiv aus Hamburg. Sie sind sich sicher, dass Sie ihn nicht kennen?«

Roeloffs wollte antworten, doch Sanna ließ ihn nicht zu Wort kommen. Sie stützte die Ellbogen auf den Tisch und faltete die Hände wie zum Gebet.

»Ich möchte, dass Sie sich über die Situation im Klaren sind«, sagte sie. »Das hier ist eine informelle Unterhaltung. Dennoch muss ich Sie zum jetzigen Zeitpunkt unseres Gesprächs darauf aufmerksam machen, dass Sie sich mit Ihren Angaben nicht selbst belasten müssen. Es steht Ihnen auch frei, einen Anwalt hinzuzuziehen.«

»Einen Anwalt?« Johann Roeloffs setzte sich auf und blickte alarmiert zu seiner Frau. »Ist das … ist das denn …«

»Sie sind sicher, dass Ihre Frau diesem Gespräch weiter beiwohnen soll, Herr Roeloffs?«

»Ja, natürlich. Weshalb … weshalb denn nicht?«

»Mir liegen handfeste Beweise vor, dass Sie, Herr Roeloffs, Kontakt mit Mark Molitor hatten. Er ist Ihnen kein Unbekannter. In Anbetracht der Profession, die Herr Molitor ausübte, bin ich durchaus bereit, Ihnen zugutezuhalten, dass Sie nicht mit der Wahrheit rausrücken, weil Sie ihn vielleicht mit einem sensiblen Auftrag betraut haben … etwas, das nicht für die Ohren Ihrer Gattin bestimmt ist. Es ist allerdings so, dass Herr Molitor ermordet wurde. Wir ermitteln in dem Fall. Und wenn Sie sich entscheiden, einen Anwalt hinzuzuziehen, oder mich weiterhin anlügen, sprechen wir auf der Polizeiwache miteinander.«

Sanna entging nicht, wie Inken unter dem Tisch nach der Hand ihres Mannes griff. Sie wollte etwas sagen, doch er kam ihr zuvor. »Schon gut, schon gut. Ich kenne Molitor. Vermutlich hätte ich Ihnen das gleich bei unserem ersten Gespräch sagen sollen …«

»Ja, das wäre besser gewesen. Mit welchem Auftrag hatten Sie ihn denn betraut?«

Wieder dieser rückversichernde Blick zu seiner Frau, dann: »Ich … hatte ihn auf meinen Schwiegervater angesetzt.«

»Karel Jansen?«

»Ja.«

Sanna konnte sich im Stillen schon zusammenreimen, was ihn vermutlich zu diesem Schritt getrieben hatte. Dennoch musste sie die Frage stellen: »Weshalb?«

»Wir hatten erfahren, dass Karel Gelder bei der Fluggesellschaft veruntreute. Außerdem … nun ja, wir haben Ihnen ja schon erzählt, dass er eines Tages wie aus dem Nichts vor unserer Tür stand. Weder Inken noch Bente wussten etwas über seine

Vergangenheit. Er sprach auch nie darüber. All das ... hat mich doch argwöhnisch gemacht. Ich meine, Inken ist durch ihren Erfolg zu einem kleinen Reichtum gekommen. Ich wollte wissen, mit wem wir es da wirklich zu tun hatten. Vielleicht führte er abseits von dem Betrug in der Firma noch etwas anderes im Schilde.«

»Wussten Sie davon?«, wandte sich Sanna an Inken Roeloffs, doch es war Johann, der antwortete.

»Nein. Ich habe es ihr erst nach dem Unglück erzählt.«

»Und Sie beide hielten es nicht für angebracht, uns darüber zu unterrichten? Molitors Erkenntnisse könnten für unsere Ermittlungen hilfreich sein.«

»Tatsächlich stand er noch ganz am Anfang seiner Nachforschungen«, sagte Inken Roeloffs. »Er hatte noch nicht viel herausgefunden.«

»Dann erzählen Sie mir doch bitte zumindest das Wenige, was Sie von ihm erfahren haben. Alles kann für uns in dieser Sache von Belang sein.«

»Molitor erzählte uns, dass Karel zuletzt in den Achtzigerjahren in Hamburg gemeldet war. Danach war es, als wäre er vom Erdboden verschwunden ...«

»So weit sind wir selbst auch schon gekommen.«

»Er fand auch heraus, dass Karel als Streifenpolizist in St. Pauli gearbeitet hatte. Irgendwann Mitte der Achtziger ist er dann wohl aus dem Dienst ausgeschieden.«

»Das ist alles?«

»Fürs Erste«, sagte Johann. »Molitor forderte einen weiteren Vorschuss. Dann hörte ich nichts mehr von ihm ...«

»Nun wissen wir ja, weshalb. Wann hatten Sie zuletzt mit ihm Kontakt?«

»Das muss vor etwa zwei Wochen gewesen sein. Ich habe mich mit ihm an einer Imbissbude in Hörnum getroffen. Er meinte, das wäre am unauffälligsten.«

Sanna ging die Daten in Gedanken durch. Es passte ungefähr. Kurz nachdem die beiden sich getroffen hatten, hatten die Inselkollegen Molitors brennenden Wagen gefunden.

Allerdings lag kein Grund auf der Hand, weshalb Johann Roeloffs den Detektiv hätte ermorden sollen, den er selbst mit Schnüffeleien im Familienkreis beauftragt hatte.

»Sagte Molitor, wo er nach Ihrem Treffen hinwollte?«

»Ja. Er wollte einen ehemaligen Kollegen von Karel treffen. Der Mann lebt in Hamburg und tat seinen Dienst damals ebenfalls auf der Wache in St. Pauli.«

»Nannte er den Namen des Mannes?«

»Ja.«

Sanna notierte ihn sich. Dann sagte sie: »Sie verlassen die Insel nicht und halten sich zu meiner Verfügung. Das gilt für Sie beide.«

Daraufhin verließ sie das Haus und ging zurück zum Streifenwagen. Dort angekommen, wählte sie auf dem Handy Benthiens Nummer.

»Sind Sie schon auf dem Rückweg?«, fragte sie. »Dann können Sie gleich wieder umkehren.«

43 Lilly Velasco

Die Syltfähre, die den Lister Hafen mit der dänischen Insel Rømø verband, legte gerade an. Lilly ging vorbei an einigen Holzhäusern im skandinavischen Stil, die in unterschiedlichen Farben gestrichen waren, zu dem Fischkutter, um den sich eine Menschentraube gebildet hatte. Das Schiff hatte direkt gegenüber von Gosch festgemacht und schien der renommierten Fischbude – der nördlichsten Deutschlands – an diesem Tag Konkurrenz zu machen. Die Fischer verkauften fangfrische Krabben, die augenscheinlich reißenden Absatz fanden – nicht nur bei den Menschen, sondern auch bei den Möwen, die in einem Schwarm um den Kutter kreisten, in der Hoffnung, dass etwas für sie abfiel.

Ansonsten herrschte im Hafen wenig Betrieb. Die Vorsaison hatte noch nicht richtig begonnen, nur eine Handvoll tapferer Segler, die offenbar jedem Wetter trotzten, hatte mit ihren Schiffen angelegt.

Lilly hatte sich mit Juris Erlaubnis davongestohlen. Er hatte gemeint, die Informationen über Falk Lohse auch allein zusammentragen zu können. So hatte Lilly Zeit, ihre eigenen Nachforschungen voranzubringen.

Die Besatzung des Fischkutters schien überwiegend aus Frauen zu bestehen. Lilly konnte lediglich zwei junge Männer ausmachen. Einer von ihnen schrubbte das Deck des Schiffs, während seine Kolleginnen sich an den Fangkörben zu schaffen machten. Der andere Mann half beim Verkauf. Außer ihm bedienten zwei Frauen im mittleren Alter sowie eine ältere die Leute.

Lilly ging zu der Frau, die sie dem Äußeren nach auf Mitte bis Ende fünfzig schätzte. Sie stellte sich vor und sah sich in ihrer Annahme bestätigt, dass es sich um Paula Feddersen handelte.

»Kripo Flensburg?« Feddersen hob die Augenbrauen, während sie einem Touristenpaar eine Schale Krabben abwog. »Habe ich etwas verbrochen?«

»Nein. Es geht um eine ziemlich alte Geschichte. Den mir vorliegenden Informationen nach waren Sie damals Besatzungsmitglied der Alea Haien ...« Lilly vollendete den Satz nicht, in der Hoffnung, dass dies Erinnerungen bei Feddersen wecken würde und sie nicht vor der Kundschaft die unappetitlichen Details des Falls erläutern musste. Die Frau schien das zu verstehen.

»Die Alea Haien?«

»Ja. Es geht um eine Nacht im Spätsommer des Jahres 1985.«

»An die erinnere ich mich sehr gut.« Feddersen wünschte dem Touristenpaar einen schönen Urlaub und nahm dann die nächste Bestellung auf. »Wir sprechen gleich darüber, ja?«

»Sicher. Ich habe allerdings nicht den ganzen Tag Zeit.«

»Sagen wir, in einer halben Stunde?«

»Abgemacht.«

Lilly trat ein paar Schritte von dem Krabbenkutter zurück. Sie sah sich um und überlegte, was sie in der Zwischenzeit tun sollte. Ihr Blick fiel auf die Terrasse von Gosch.

Warum nicht?

Sie setzte sich unter einen der Heizstrahler, bestellte Kaffee und ein Krabbenbrot. Soni Kumari hatte Juri und sie zwar in ihre Mittagsbestellung bei einem Pizzadienst einbezogen, und die Capricciosa in der Ausführung extra groß hatte wirklich vorzüglich geschmeckt, doch der Anblick der fangfrischen Nordseekrabben hatte schon wieder Lillys Appetit angeregt.

Während des Essens studierte sie noch einmal den Artikel des Boulevardblatts aus dem Jahr 1985. Ein Foto zeigte die jüngere Version von Paula Feddersen bei der Arbeit an Fischernetzen an Deck eines Kutters.

Aus einem bestimmten Grund hatte Bente Roeloffs sich für diese alte Geschichte interessiert. Irgendetwas hatte sie in der Vergangenheit gesucht.

Lilly schluckte den letzten Bissen Krabbenbrot herunter, legte die Papierserviette auf den Teller und bedankte sich bei der Kellnerin, als sie abräumen kam.

Dann trank sie einen Schluck Kaffee und ließ den Blick über den Hafen hinweg auf das kabbelige Wasser des Lister Tiefs schweifen.

Die Vergangenheit war in manchen Fällen ein unbekanntes Land voller Unwägbarkeiten und Überraschungen. In ihren Berufsjahren hatte sie gelernt, dass es vielen Leuten sehr lieb war, wenn andere dieses Land nicht betraten. Aus Angst vor dem, was sie dort entdecken mochten.

Lilly stellte die Tasse auf dem Tisch ab.

Der Gedanke hatte sie auf eine Idee gebracht – in einer anderen Sache, die sie des Nachts seit Monaten unruhig schlafen ließ.

Wenn Tommy richtiglag, was die neue Staatsanwältin betraf, drohte John und in der Folge ihnen allen großes Ungemach. Lilly kannte sich selbst inzwischen gut genug, um zu wissen, dass sie ein Elefantengedächtnis hatte. Sie konnte nachtragend sein. Sehr lange. Doch sie hatte auch gelernt, ihre Gefühle im Griff zu haben. Und jetzt war zweifellos der Moment, über den eigenen Schatten zu springen. Weder wollte sie den Vater ihres ungeborenen Kindes im Gefängnis sehen noch einen ihrer Kollegen und Freunde und schon gar nicht sich selbst.

Ihr war nicht entgangen, wie Sanna Harmstorf mit Celine

und ihrer Freundin umgesprungen war. Auf irgendeinem Weg hatte John es zwar geschafft, dass sie die beiden letztlich doch wieder auf freien Fuß setzte. Doch es bestand kein Zweifel, wie es ohne seine Initiative geendet hätte. Bei Sanna Harmstorf handelte es sich um jemanden, der dem Gesetz Geltung verschaffte. Und Lilly war sich sicher, dass sie bei einem Vergehen in größerem Maßstab keine Milde würde walten lassen.

Sie nahm ihr Handy und suchte die Nummer einer alten Freundin, mit der sie gemeinsam die Polizeiakademie besucht hatte. Mittlerweile hatten sie schon einige Jahre keinen Kontakt mehr gehabt. Doch Lilly wusste, dass sie nach ihren Anfangsjahren in Hamburg aus familiären Gründen nach München gezogen war, wo ihr Mann herstammte. Dennoch würde sie sich erinnern. Lilly hatte ihr auf der Polizeiakademie einen Gefallen getan, einen großen, der verhinderte, dass sie der Schule verwiesen wurde. Sie schuldete ihr etwas.

Lilly wählte die Nummer. Nach mehrmaligem Klingeln hörte sie die vertraute Stimme ihrer Bekannten. Sie tauschten die üblichen Begrüßungsfloskeln aus. Dann kam Lilly zur Sache.

»Es gibt da etwas, bei dem du mir behilflich sein könntest …«

Zur verabredeten Zeit stand Lilly wieder vor dem Krabbenkutter. Paula Feddersen half gerade, den Verkaufsstand abzubauen. Sie gab ihrer Crew noch ein paar Anweisungen, dann nahm sie Lilly zur Seite. »Kommen Sie.«

Sie gingen auf den nördlichen Teil der Hafenmole, der ins Meer hinausragte. Außer einem Angler waren keine anderen Menschen hier. An der Spitze der Mole, wo der Seewind in ihren Ohren rauschte, waren sie schließlich allein und vollständig außer Hörweite.

Lilly zeigte Feddersen den alten Artikel. »Ich habe mit Tore Ralstett gesprochen. Er war damals ebenfalls auf der Alea Haien und erinnerte sich an Sie.«

»Tore. Natürlich.«

»Er sagte mir, dass Sie eine ganz eigene Version der Ereignisse haben. Ich glaube, ich bin bereits in diesem alten Bericht darauf gestoßen. Allerdings würde ich gerne aus Ihrem Mund hören, ob es stimmt, was hier geschrieben steht.«

Feddersen betrachtete den Zeitungsausschnitt kurz und gab ihn Lilly zurück. »Ich war noch so jung. Heute würde ich lieber bei Windstärke zwölf freiwillig rausfahren, als diesem Schmierblatt noch einmal ein Interview zu geben.«

»›Die Nacht, in der es Menschen regnete‹«, zitierte Lilly die Überschrift des Artikels. »Es ist also übertrieben, was hier steht?«

»Nein. Sie haben mich korrekt zitiert, und ich stehe zu meiner Geschichte. Allerdings hatte ich mir von dem Artikel mehr erhofft. Ich dachte, dass sich endlich jemand für die Wahrheit interessieren und der Sache auf den Grund gehen würde. Aber denen ging es nur um den schnellen Aufreger für ihre Auflage.«

»Nun, ich bin hier, um der Sache auf den Grund zu gehen. Es gibt eine Entwicklung, weshalb wir den Fall noch einmal untersuchen. Sie waren also in jener Nacht auf dem Kutter …«

»Ja. Ich hatte gerade angefangen. Wollte unbedingt zur See, ein eigenes Schiff. Das hat ja letztlich auch geklappt. Aber … wissen Sie, das waren damals andere Zeiten. Für uns Frauen war kein Platz. Ich wurde als unnötiger Ballast angesehen und durfte die Drecksarbeit machen. Ich flickte gerade die Fangnetze, als es geschah.«

»Ich kenne zwar den Ablauf des Geschehens aus der Fallakte. Aber erzählen Sie mir bitte, wie sich das alles aus Ihrer Sicht zugetragen hat.«

»Ich sah etwas im Wasser schwimmen«, erinnerte sich Feddersen. »Bram, einer der Älteren, kam an Deck, um eine zu rauchen. Ich zeigte es ihm, und er richtete den Suchstrahler aus. Wir sahen einen Körper im Wasser treiben. Bram schlug Alarm und machte sich mit den anderen Männern daran, den Mann aus dem Wasser zu fischen. Und während sie beschäftigt waren ... sah ich einen zweiten Menschen.«

Lilly deutete auf den Artikel. »Der Zeitung haben Sie damals erzählt, dass Sie sahen, wie der Körper ...«

»Die Geschichte hat mir damals niemand geglaubt. Weder die Jungs auf dem Schiff noch später die Polizei. Sie meinten, dass mich die Situation wohl überfordert habe und ich unter Schock stünde. Da bilde man sich schon mal was ein, besonders zu später Stunde auf hoher See. Klar, auf Fangfahrt bekamen wir alle wenig Schlaf, waren übernächtigt. Aber ich weiß, was ich gesehen habe.«

»Erzählen Sie es mir.«

»Wie gesagt, die anderen waren damit beschäftigt, den Mann aus dem Wasser zu ziehen. Währenddessen ließ ich den Suchstrahler über das Wasser fahren. Ich dachte mir, dass vielleicht noch andere dort wären. Man weiß ja nie. Und dann ... war da dieses Geräusch. Ich hatte es schon gehört, kurz bevor ich den Mann im Wasser entdeckt hatte. Jetzt war es wieder da. Ein Rauschen. Ich blickte zum Himmel hinauf. Und dort sah ich einen menschlichen Körper im freien Fall. Er schlug auf der anderen Seite des Schiffs auf dem Wasser auf.«

»Das war die Frau, die Sie und Ihre Kollegen dann ebenfalls leblos geborgen haben?«

»Ja, genau.«

»Und Sie sahen sie tatsächlich aus dem Himmel fallen?«

»Es war eine helle Nacht. Der Vollmond stand am Sternenhimmel. Nur vereinzelt gab es ein paar Wolken. Die Sicht war also gut. Und diese Frau fiel aus dem Himmel. Der Menschenregen, so habe ich das bei mir immer genannt. Der Reporter hatte das von mir.« Sie deutete mit einem Nicken auf den Zeitungsausschnitt in Lillys Hand.

Lilly überlegte einen Moment und versuchte abzuwägen,

wie viel Glauben sie dieser Geschichte wohl schenken konnte. In Anbetracht der Tatsache, dass man im Laufe der Ermittlungen nie hatte herausfinden können, wie die beiden Menschen ins Wasser gelangt waren, war es fast noch die beste Erklärung.

»Warum interessieren sich nach all den Jahren die Leute plötzlich wieder für diese Sache?«, fragte Feddersen.

Lilly wurde hellhörig. »Wen meinen Sie mit ›die Leute‹?«

»Sie sind nicht die Einzige, die sich in letzter Zeit bei mir danach erkundigt hat.«

»Wer war noch bei Ihnen?«

»Eine Frau. Sie sagte mir ihren Namen, aber ich weiß nicht mehr ...«

»Roeloffs. War das ihr Name? Bente Roeloffs. Blonde Haare, sportliche Figur ...«

»Ja, Roeloffs, kommt hin. Ich glaube, so hieß sie. Sie trug eine Jacke von einer Fluggesellschaft.«

»Wann war sie bei Ihnen?«

»Ist noch nicht lange her. Vielleicht drei, vier Wochen.«

»Und Sie erzählten ihr dieselbe Geschichte?«

»Das tat ich. Sie interessierte sich dann besonders für ein Detail, das mir erst wieder einfiel, als ich mit ihr darüber sprach. Ich hatte es völlig verdrängt, dachte, es wäre unwichtig. Ich habe es damals auch nicht gegenüber der Polizei oder den Reportern erwähnt.«

»Was war das?«

»Da war noch ein anderes Geräusch, das ich in jener Nacht hörte. Kurz nachdem der Körper der Frau auf dem Wasser aufgeschlagen war. Es war der Motor eines Flugzeugs.«

»Ein Flugzeug?«

»Richtig. Frau Roeloffs wollte wissen, wie der Motor genau klang, ob es eine Düsenmaschine war oder etwas anderes.«

»Und, konnten Sie sich erinnern?«

»Ja. Es musste der Motor einer kleineren Propellermaschine gewesen sein, die sich in großer Höhe schnell entfernte.«

»In welche Richtung flog sie?«

»Nach Nordwesten. Sie flog definitiv nach Nordwesten in Richtung Helgoland.«

44   John Benthien

Mats Cordes, der ehemalige Kollege von Karel Jansen, wartete auf sie an einem Tisch unter den weißen Rundbögen der Alsterarkaden mit Blick auf das Hamburger Rathaus und das Altsterfleet. Sanna Harmstorf hatte John am Telefon den Namen des Mannes genannt, und es hatte nur weniger Anrufe bedurft, um dessen Kontaktdaten zu ermitteln. Cordes genoss bereits seinen Ruhestand, und Johns Anruf schien ihm eine willkommene Abwechslung. Er sagte, dass sie ihm gerne bei seinem täglichen Nachmittagstee in den Alsterarkaden Gesellschaft leisten dürften. Eigentlich waren sie bereits auf dem Rückweg nach Sylt gewesen, zum Glück aber noch nicht weit gekommen. Also hatten sie kehrtgemacht und waren in die Stadt zurückgefahren.

Cordes bedeutete John und Tommy, sich auf die freien Stühle ihm gegenüber zu setzen.

»Ihr Anruf hat mich einigermaßen überrascht«, sagte der alte Mann. Er trug eine braun karierte Jacke mit Fellkragen und eine Schiebermütze. Ein buschiger grauer Bart rahmte sein Gesicht ein. »Den Namen Karel Jansen habe ich schon eine Ewigkeit nicht mehr gehört.«

»Sie haben mit ihm Dienst in St. Pauli getan«, sagte John.

»Richtig. Das war in den Achtzigern. Ich war schon ein paar Jahre auf der Wache, als Karel dazustieß. Wie jung wir damals waren. Eine bessere Zeit, die Leute hatten noch Hoffnung. Seitdem ist es mit unserer Welt bergab gegangen.«

»Wie ich Ihnen sagte, ermitteln wir in zwei Mordfällen.«
John hatte darauf verzichtet, dem Mann am Telefon zu sagen,
dass es sich bei einem der beiden Opfer um seinen alten Kollegen
handelte. »Karel Jansen ist bei einem Flugzeugabsturz ums Leben gekommen ...«

Cordes schüttelte ungläubig den Kopf. »Mein Gott. Ich habe
ihm schon damals gesagt, dass er sich mit diesen fliegenden Kisten irgendwann umbringt.«

»Wir müssen leider davon ausgehen, dass seine Maschine sabotiert wurde. Der zweite Tote ist Mark Molitor, ein Privatdetektiv hier aus Hamburg. Den Informationen nach, die uns vorliegen, hat er offenbar versucht, mit Ihnen in Kontakt zu treten.«

»Tut mir leid, da muss ich passen. Der Name sagt mir nichts,
und der Mann hat sich auch nicht bei mir gemeldet.«

»Da sind Sie sich ganz sicher?«

»Selbstverständlich.«

Das bedeutete, dass Molitor kurz nach seinem letzten Gespräch mit Johann Roeloffs ermordet worden sein musste, noch
bevor er den Kontakt mit Cordes aufgenommen hatte.

»Was können Sie uns über Karel Jansen erzählen?«, fragte
John. »Wir wissen ehrlich gesagt noch recht wenig über den
Mann. Seine Vergangenheit ist ein ziemliches Rätsel.«

»Falls es Sie tröstet, da sind Sie nicht der Einzige, dem das so
geht.«

»Das müssen Sie mir erklären.«

Cordes' Blick wanderte zum Fleet hinaus. »Eigentlich war Karel ein allseits beliebter Kollege. Er hat sich von Anfang an reingehängt, war wissbegierig, lernfähig und ein guter Teamplayer.
Man konnte sich auf ihn verlassen, wenn man ihn an der Seite
hatte. Auch privat war bei ihm alles in bester Ordnung. Er hatte
eine Freundin, Gyde. Eine wirklich Nette. Sie wollten heiraten.
Im Urlaub fuhren sie oft nach Norwegen, Karel liebte das Land.
Alles lief gut. Bis zu jenem Tag im Januar 1984.«

»Was ist da geschehen?«

»Wir waren auf Streife, Karel und ich, als wir zu einem Familienstreit gerufen wurden. Wenn man auf Pauli Dienst tut, ist man ohnehin auf Gröberes gefasst. Aber was an jenem Tag auf uns wartete ... Manchmal träume ich noch heute davon.« Cordes machte eine Pause, bevor er weitersprach. »Wir klingelten, niemand öffnete. Dann schrie eine Männerstimme, dass wir draußen bleiben sollten. Sonst würde er das Feuer eröffnen. Wir brachen die Tür auf. Arbeiteten uns von Zimmer zu Zimmer durch die Wohnung. Dann kamen wir in die Küche. Dieser Anblick ... Ein Mann kniete auf dem Fliesenboden. Vor ihm lag die Leiche einer Frau. Blut lief aus ihrer aufgeschnittenen Kehle auf den Boden, ein Messer steckte in ihrer Brust. Der Mann hielt mit dem einen Arm ein Mädchen fest. In der anderen Hand hatte er eine Waffe. Anscheinend hatte es Streit gegeben. Der Kerl war durchgedreht, hatte seine Frau abgestochen, und jetzt hatte er das Kind in seiner Gewalt. Wir dachten, der Irre ist zu allem fähig. Ich wollte mit ihm reden, aber er eröffnete sofort das Feuer auf uns. Wir gingen in Deckung. Dann schrie er, er würde abdrücken, wenn wir nicht verschwinden. Ich schaute aus meiner Deckung, sah, wie er dem Mädchen den Lauf der Pistole an die Schläfe hielt. Karel war etwas besser positioniert als ich. Für einen Moment, als der Kerl weiter quasselte und mit der Pistole in unsere Richtung fuchtelte, hatte Karel freies Schussfeld. Der Mann hielt das Mädchen schräg vor sich. Sein Kopf und der eine Teil seines Torsos waren ungeschützt. Karel war ein sehr guter Schütze, er hätte es schaffen können. Doch er zögerte. Und dann ... der Kerl richtet die Waffe wieder auf das Kind und drückt ab. Das Bild, wie der Kopf explodierte, hat sich mir für immer eingebrannt. Wir waren unter Schock. Noch bevor wir etwas tun konnten, erschoss er sich selbst.«

John ließ dem älteren Mann einen Moment, um mit der Erinnerung klarzukommen. Es fiel ihm sichtlich schwer, darüber zu reden. »Eine schlimme Geschichte.«

»Das war es. Definitiv. Ich habe eine Weile gebraucht, um darüber hinwegzukommen. Karel ... Er machte sich große Vorwürfe, dass er gezögert hatte. Wir sagten ihm alle, dass es in Ordnung sei. Wenn er geschossen hätte ... wer weiß, ob er nicht doch das Mädchen getroffen hätte. Karel kam damit gar nicht klar. Albträume jagten ihn. Er hatte Schlafstörungen und Panikanfälle. Ein Psychiater stellte eine Posttraumatische Belastungsstörung bei ihm fest.« Cordes lachte leise. »Wissen Sie, das waren damals andere Zeiten. Heute ... da würde man das ernst nehmen, sich um ihn kümmern, ihm eine Rente zahlen oder ihn zumindest an einen schönen Schreibtisch versetzen. In den Achtzigern war das noch anders. Wer rumjammerte oder gar zu einem Seelenklempner ging, galt als weich, unzuverlässig, vermutlich schwachsinnig. Karel verlor den Rückhalt in der Truppe. Niemand wollte mehr mit ihm zu tun haben. Es folgten lange Krankschreibungen. Das alles machte es nicht besser. Ich fühlte mich verantwortlich, sah nach ihm. Er stritt mit Gyde, schlug sie. Sie drohte, ihn zu verlassen ... Karel fühlte sich von der Welt im Stich gelassen, vom System ungerecht behandelt. Er begann die Menschen zu hassen. Es gab nur einen Ort, wo er sich wohlfühlte, wo Karel noch er selbst war. Über den Wolken. Die Fliegerei war schon immer sein Hobby gewesen, und eigentlich hatte er Pilot werden wollen. In der Familie gab es kein Geld, er machte den Flugschein dann spät, als er ein ordentliches Gehalt bezog. Auch als es ihm schlecht ging, charterte er regelmäßig kleine Privatmaschinen. Zum Unmut von Gyde, die natürlich sah, dass sie sich das nicht mehr lange würden leisten können, falls Karel seine Probleme nicht in den Griff bekam. Ich glaube, dort oben am Himmel ... da fühlte er sich frei, da konnte er den Problemen entschweben. Ein Mal hat er mich mitgenommen. Zu einer alten Kate auf Helgoland, die er von seinen Eltern geerbt hatte. Das war der letzte schöne Tag mit ihm. Man drohte ihm bald mit Suspendierung, wenn er seinen Dienst nicht mehr geregelt tun konnte. Das gab ihm den Rest. Er reichte die Kündigung ein.«

»Wissen Sie noch, wann das war?«

»Muss irgendwann im Frühjahr 1985 gewesen sein.«

»Haben Sie danach noch weiter Kontakt mit ihm gehabt?«

»Eine Weile. Dann, im Herbst desselben Jahres, verschwand er plötzlich von der Bildfläche. Niemand wusste, wo er hin ist. Selbst Gyde nicht – und sie erwartete zu dem Zeitpunkt zwei Kinder von ihm.«

»Und Sie haben nie herausgefunden, was aus ihm geworden ist?«

»Ich versuchte es anfangs. Auch für Gyde. Sie zog dann recht bald nach seinem Verschwinden nach Sylt, wo sie herkam. Ich glaube, so wie die Dinge zuletzt in ihrer Ehe gelaufen waren ... Sagen wir, sie war nicht unglücklich, wieder allein zu sein.« Cordes hob die Schultern. »Aber wo Karel abgeblieben war ... das blieb ein Rätsel.«

45 Sanna Harmstorf

»Und Cordes hörte nie wieder von ihm?«, fragte Sanna. Sie saß Benthien und Fitzen am Besprechungstisch in der Sylter Wache gegenüber. Ein Schauer ging gerade über der Insel nieder, der Regen klatschte gegen das einzige Fenster des Containers. Sie hatten das Licht eingeschaltet, eine einfache Resopalröhre an der Decke, die bereits so altersschwach war, dass sie nur noch auf einer Seite leuchtete. Entsprechend schummrig war es im Raum.

»Richtig«, bestätigte Benthien, der von ihren Nachforschungen in Hamburg berichtet hatte.

»Machte Cordes denn überhaupt den Versuch, Karel Jansen zu finden?«, wollte Lilly Velasco wissen. Sie hatte sich neben Sanna gesetzt und aß einen »Bürgermeister«, eine Gebäckspezialität der Insel.

»Die Kollegen versuchten es mit den üblichen Mitteln, legten die Sache aber schnell ad acta, als sie nichts erreichten.«

»Was ist mit der Frau? Stellte Gyde Roeloffs eine Vermisstenanzeige?«

»Nein.«

»Warum nicht?«

Benthien hob die Schultern. »Laut Cordes kam ihr die Entwicklung wohl nicht ganz ungelegen. Sie hatte oft Streit mit ihrem Mann, die Ehe stand auf der Kippe. Und nachdem die Suche seiner Kollegen schon erfolglos geblieben war … vermutlich sah sie keinen Sinn in einer Vermisstenanzeige.«

»Karel Jansen tat also Dienst als Streifenpolizist in St. Pauli«, resümierte Sanna. »Nach diesem … grauenvollen Einsatz, bei dem ein Mann seine ganze Familie und sich selbst tötete, ist er ein gebrochener Mensch. Sein Leben zerfällt, beruflich wie privat. Und dann verschwindet er eines Tages. Seine Frau Gyde ist zu diesem Zeitpunkt schwanger, erwartet Zwillinge von ihm …« Sie stockte. »Wann wurden Inken und Bente geboren?«

Tommy Fitzen machte auf seinem Laptop ein paar Klicks. Er hatte die Ermittlungsakte aufgerufen. »Sie kamen zwei Monate vor Jansens Verschwinden zur Welt.«

»Gyde zieht mit den beiden Neugeborenen zurück nach Sylt, in ihre alte Heimat«, fuhr Sanna fort. »Ihren Mann scheint sie nicht zu vermissen, sie stellt nicht mal eine offizielle Suchanzeige, was für sich schon seltsam genug ist. Wenig später kommt sie wieder mit ihrer Jugendliebe Geert Petersen zusammen. Ihren Kindern gaukelt sie vor, der Mann sei ihr leiblicher Vater. Als junge Frau erfährt zumindest Bente die Wahrheit, sie stellt Petersen zur Rede. Ihrer Schwester Inken erzählt sie von alldem allerdings nichts, um sie zu schützen. Bente sucht nach ihrem wahren Vater, findet ihn aber nicht.«

»Es ist also nicht so, als hätte niemand versucht, Karel Jansen ausfindig zu machen«, meinte Benthien. »Sie hatten keinen Erfolg …«

»… weil er nicht gefunden werden wollte«, warf Lilly ein. »Vor zwei Jahren taucht er hier aus dem Nichts auf. Macht ein Geheimnis um seine Vergangenheit. Lebt auf einem Campingplatz, umgeht die Meldepflicht.«

Benthien sah Sanna an. »Was hatte Gyde noch gleich zu Geert Petersen gesagt, weshalb sie nicht wollte, dass die Schwestern ihren leiblichen Vater kennenlernten?«

»*Weil er ein schlechter Mensch ist*«, zitierte Sanna. Sie lehnte sich zurück und massierte sich die Schläfen. »Ich weiß nicht … Nachdem ihr leiblicher Vater in ihr Leben getreten war, suchte

Inken bald einen Psychiater hier auf der Insel auf, einen Dr. Andersen. Die Wahrheit machte ihr wohl sehr zu schaffen. Anderthalb Jahre später wandte sich dann auch Bente an ihn.«

Benthien schürzte die Lippen. »Ich kann mir durchaus vorstellen, dass man eine solche Familiengeschichte nicht so ohne Weiteres wegsteckt.«

»Vielleicht.« Sanna blickte in die Runde. »Dr. Andersen erklärte mir das auf ähnliche Weise, aber ich bin mir nicht sicher, ob das der wahre Grund ist ...«

»Ich glaube, ich verstehe, worauf Sie hinauswollen«, sagte Lilly Velasco. »Bente kam anfangs mit der Situation klar, weil sie die Wahrheit bereits kannte. Doch dann brauchte auch sie plötzlich Hilfe. Vielleicht ... weil sie etwas herausgefunden hatte, etwas über die Vergangenheit ihres Vaters.«

»Klingt weit hergeholt«, gab Sanna zu. »Möglich wäre das aber.«

»Immerhin hat Karel Jansen auch Inken und ihrem Mann Johann genug Rätsel aufgegeben, dass sie einen Privatdetektiv engagierten«, sagte Benthien. »Mark Molitor.«

»Und der ist vielleicht der Wahrheit zu nahe gekommen und hat mit dem Leben bezahlt«, schloss Sanna.

Die Tür zum Nebenraum öffnete sich, und Juri Rabanus kam mit einem Packen Papierzettel und Ausdrucken von Zeitungsartikeln herein. Er hatte sich in der Zwischenzeit weiter mit dem Hintergrund von Falk Lohse beschäftigt.

»Ich habe hier was«, sagte er. »Lohse mag vielleicht ein alter Freund von Karel Jansen gewesen ein. Doch eines war er gewiss nicht ... ein unbescholtener Bürger. Lohse wurde erst vor einem knappen Jahr aus der Justizvollzugsanstalt Fuhlsbüttel entlassen.«

»Lohse hat wegen Raub mit Todesfolge eine lebenslange Haftstrafe mit anschließender Sicherungsverwahrung verbüßt«, erzählte Juri, nachdem er sich einen Kaffee besorgt und zu ihnen an den Tisch gesetzt hatte. »Er war einer der sogenannten ›Gentlemenräuber‹. Vielleicht klingelt es bei dem Stichwort ja bei einem von euch?« Er blickte in die Runde.

Sanna schüttelte den Kopf. »Sagt mir nichts.«

Benthien und Velasco wirkten ebenfalls ratlos.

Nur Tommy Fitzens Augen weiteten sich. »Aber sicher. Das war doch diese Diebesbande ... ich glaube, der Fall wurde nie aufgeklärt. Sie berichteten damals im Fernsehen davon, ich glaube, sogar bei *XY ... ungelöst*. Ich war noch ein Kind ...«

»Richtig.« Rabanus nickte. »Die Gentlemenräuber überfielen Mitte der Achtzigerjahre Banken im Hamburger Umland. Sie hatten sich auf kleine Filialen mit veralteter Sicherheitstechnik spezialisiert. Den Namen Gentlemenräuber gaben ihnen die Medien. Denn die Bande trat zwar resolut, aber immer höflich auf. Beispielsweise entwendeten sie der Angestellten einer Bank in Stuvenborn die Autoschlüssel, um ihren Pkw als Fluchtwagen zu benutzen, nachdem das eigentlich dafür vorgesehene Gefährt unversehens den Geist aufgegeben hatte. Sie schickten der Dame den Schlüssel später zurück, mitsamt einem Hunderter und einer Packung Merci-Schokolade. Nach einem anderen Überfall, bei dem sie einen Warnschuss abgegeben hatten, entschuldigten sie sich später mit einem persönlichen Schreiben bei allen Angestellten für den Schrecken, den sie ihnen eingejagt hatten.«

»Äußerst zuvorkommend«, kommentierte Lilly Velasco. »Haben sie denn bei den Kleinbanken überhaupt große Beute gemacht?«

»Wie man's nimmt. Die erfolgreichsten Bankräuber der Geschichte waren sie sicher nicht. In einem Dreivierteljahr bekamen sie aber immerhin 1,2 Millionen Mark zusammen. Vielleicht wurden sie deshalb gierig. Ihr großer Coup sollte der Überfall auf einen Geldtransporter in der Hamburger Innenstadt werden. Es ging schief. Die Polizei bekam einen Tipp von einer anonymen Anruferin. Die Gentlemenräuber zeigten sich nicht mehr so charmant. Sie eröffneten das Feuer. Ein Streifenbeamter kam dabei ums Leben. Falk Lohse wurde ebenfalls angeschossen und von seinen Komplizen am Ort des Überfalls zurückgelassen.«

»Und die Beute?«, erkundigte sich Sanna. »Wie viel war in dem Geldtransporter?«

»Einige Millionen. Es war ein Sondertransport, über den sie sich vermutlich vorher schlaugemacht hatten. Einen Großteil konnten sie wegen des Feuergefechts nicht mitnehmen. Sie erbeuteten achthunderttausend Mark in bar. Aber – und jetzt kommt es – neben Bargeld befanden sich in dem Transporter Goldbarren.«

»Wie viel haben sie davon mitgehen lassen?«, fragte Benthien.

»Barren im Wert von einer Million Mark.«

»Üblicherweise sind neben der Feinheit und der Marke des Herstellers eine Seriennummer und das Produktionsjahr auf solchen Barren eingestanzt«, sagte Sanna. »Vielleicht lässt sich nachvollziehen …«

Rabanus setzte ein schiefes Lächeln auf. »Darum habe ich mich schon gekümmert. Sie stimmen überein.«

Benthien setzte sich auf. »Du meinst, sie sind …«

»Absolut identisch. Es sind die Barren, die wir im Keller von Karel Jansens Haus auf Helgoland gefunden haben. Allerdings entsprechen sie nur einem Teil der Barren, die gestohlen wurden.«

»Dann gehörte Karel Jansen zu den Gentlemenräubern?«, fragte Lilly.

»Möglicherweise.« Rabanus warf einen Blick in seine Notizen. »Es war eine Bande von vier Leuten. Heute würde man auf die Zuschreibung ›Gentlemen‹ wohl verzichten oder sie zumindest korrekt gendern und von ›Gentlepersons‹ sprechen. Denn neben drei Männern gehörte auch eine Frau zu der Bande.«

»Kam es bei dem Überfall auf den Transporter zu Festnahmen?«, fragte Sanna.

»Lediglich Falk Lohse. Er blieb wie gesagt verletzt zurück und wurde festgenommen. Der Tod des Polizeibeamten bei der Schießerei wie auch der Umstand, dass Lohse schon im Jugendalter zwei kurze Strafen wegen Einbruchs und Körperverletzung abgesessen hatte, stimmten den Richter wenig gnädig. Er hat die volle Zeit abgesessen, dabei wurde ihm mehrfach ein Handel angeboten, für den Fall, dass er auspackt. Doch Lohse gab die Namen seiner Komplizen nie preis. Er schwieg eisern. Die Beute wurde nie gefunden. Und es ist bis heute ein Rätsel, wer außer ihm noch zu den Gentlemenräubern gehörte.«

»Wann hat sich der Überfall auf den Geldtransporter ereignet?«, wollte Sanna wissen.

»Im Jahr 1985.« Rabanus lächelte. »Eine Woche, bevor Karel Jansen spurlos verschwand.«

46   John Benthien

Es dämmerte bereits, und noch immer ging leichter Nieselregen nieder, als John Benthien ins Freie trat. Er zog den Reißverschluss seiner Lederjacke hoch. Dann schloss er die Tür des Containers hinter sich, in dem sich der Hauptraum der Wache befand.

Eine Zigarette.

Die Lust auf einen Glimmstängel wurde übermächtig in Situationen wieder dieser, wenn ihm der Kopf vor Informationen und Gedanken schwirrte. John zündete sich eine Zigarette an und sah hoch zum gegenüberliegenden Funkmast, dessen Spitze in den tief hängenden Wolken verschwand.

Es lag auf der Hand, welche Theorie sich aus den neuen Informationen ergab.

1985 fanden die Beutezüge der Gentlemenräuber mit dem misslungenen Überfall auf den Geldtransporter ein jähes Ende. Falk Lohse wurde verhaftet und ging lieber lebenslang in den Bau, anstatt seine Komplizen preiszugeben. Zur selben Zeit verschwand Karel Jansen spurlos von der Bildfläche.

Jahrzehnte später fanden sich in Jansens Kate auf Helgoland Goldbarren, die eindeutig dem Geldtransporter zuzuordnen waren. Und Falk Lohse tauchte sowohl auf der Hochseeinsel als auch auf Sylt auf. Er nannte sich selbst einen alten Freund von Karel Jansen. Dann starb Jansen bei einem Flugzeugabsturz, die Maschine wurde manipuliert.

Es deutete alles darauf hin, dass Jansen einer der Gentlemen-räuber gewesen war oder zumindest mit der Bande zu tun gehabt hatte.

Falk Lohse, sein ehemaliger Komplize, war schon vor dem Absturz einige Male mit Jansen gesehen worden. Vermutlich hatte er von ihm seinen Anteil eingefordert, den er sich auch damit verdient hatte, dass er all die Jahre geschwiegen und seine Komplizen gedeckt hatte. Anscheinend war es bisher nicht zu einer Übergabe gekommen, warum sonst hätte Lohse wieder hier auftauchen sollen? Hatte er das Flugzeug von Karel Jansen vielleicht manipuliert, weil dieser ihm seinen Teil verweigerte? Wäre Lohse dazu in der Lage gewesen?

Andererseits war da noch der Koffer mit Bargeld, den man bei der Unglücksmaschine gefunden hatte. War Karel Jansen auf dem Weg gewesen, um Lohse auszubezahlen? Hatten sie sich auf Helgoland treffen wollen? Das würde erklären, weshalb er es so eilig gehabt und den Flug trotz seiner Verletzung hatte antreten wollen. Aber wer hatte dann die Maschine manipuliert und aus welchem Grund?

John zog an der Zigarette und ließ den Dampf langsam in den Himmel steigen.

Nein, das passte alles noch nicht zusammen. Aber die offenen Fragen würde Lohse ihnen möglicherweise beantworten können.

John warf einen Blick auf sein Smartphone, das er auf stumm geschaltet hatte. Ein Anruf und eine Kurznachricht waren in der Zwischenzeit eingegangen.

Frede. Auf der Mobilbox bat sie um einen dringenden Rück-ruf.

Die Kurznachricht kam von Ben und Vivienne. Sie waren in Tromsø angekommen. Johns Vater berichtete von der Stadt, der atemberaubenden Landschaft und dass sie einen Rundflug über die vorgelagerten Inseln unternehmen würden. Ben hatte ein Bild angehängt, das ihn und seine Freundin vor einem Wasserflug-zeug zeigte.

John antwortete kurz, schaltete das Handy aus und wollte es schon wieder in seiner Jackentasche verschwinden lassen, als er innehielt. Er aktivierte das Smartphone erneut, rief noch einmal das Bild von Ben auf und vergrößerte es.

Der Rumpf des Wasserflugzeugs war mit einem gelb-blau gestreiften Muster bemalt. Auf dem Seitenruder und den beiden Kufen war das Emblem der Fluglinie zu sehen, auf dem Rumpf stand der Name: Jøkulkyrkja. John zog mit Daumen und Zeige-finger das Bild noch weiter auf, bis das Logo der Airline den ge-samten Bildschirm ausfüllte. Ein Kreis und in dessen Mitte eine stilisierte Propellermaschine in Frontalansicht.

»Ich hoffe, es ist wirklich wichtig«, hörte John eine Männer-stimme sagen. »Ist ja nicht so, als hätte ich nicht genügend ande-res zu tun.«

Broder Timm kam die Metalltreppe heraufgestapft. Er trug einen dunkelgrünen Friesennerz und hatte mehrere längliche Rollen unter dem Arm.

John löschte seine Zigarette in der kleinen Regenlache, die sich auf dem Treppengeländer gebildet hatte, und beförderte sie in den Mülleimer, der neben der Tür zum Wachraum stand.

»Was kann ich für Sie tun?«, erkundigte er sich.

»Ihre Kollegin, Frau Velasco, hat mich einbestellt. Ich sollte die hier mitbringen.« Broder deutete mit der freien Hand auf die Rollen unter seinem Arm.

»Was ist da drin?«

»Karten.«

»Und ... was wollen Sie damit?«

»Ich seh schon, Sie sind genauso ahnungslos wie ich. Wo finde ich Ihre Kollegin?«

»Kommen Sie mit.«

John bedeutete Broder Timm, ihm zu folgen. Er öffnete die

Tür zum Wachraum und ließ dem alten Piloten den Vortritt. Broder klopfte sich drinnen als Erstes den Regen von der Jacke. »Ein Schietwetter ist das!«

Lilly, die sich mit Sanna Harmstorf unterhielt, sah auf. »Ah, da sind Sie ja.« Sie kam zu ihnen herüber und schüttelte Broder die Hand. »Danke, dass Sie es so schnell einrichten konnten.«

»Natürlich.« Broder hob eine Augenbraue. »Wenn ich dazu beitragen kann, dass Sie Ihre Ermittlungen rasch zu einem Ende führen und alles wieder seinen gewohnten Gang geht, dann tue ich das doch gerne.«

»Darf ich fragen, worum es hier …«, versuchte John es, doch Lilly ließ ihn nicht zu Wort kommen.

»Nur eine Idee«, sagte Lilly, nahm Broder am Arm und schob ihn vor sich her. »Ich möchte etwas überprüfen. Juri, Tommy, kommt ihr mit?«

Die beiden folgten ihr, und zusammen verschwanden sie in dem Nebenraum mit dem großen Konferenztisch.

John deutete mit dem Daumen auf die Tür, die Lilly hinter sich schloss, und fragte an Sanna Harmstorf gewandt: »Können Sie mir erklären, was hier läuft?«

Die Staatsanwältin kam zu ihm herüber. Im Hintergrund klingelte das Telefon, und Soni Kumari nahm den Anruf entgegen.

»Die Kollegin Velasco hat einen vagen Verdacht, wo die anderen beiden Mitglieder der Gentlemenräuber abgeblieben sein könnten«, erklärte Sanna Harmstorf. »Ist doch merkwürdig, dass zwar Falk Lohse hier auftaucht, von den anderen Komplizen aber jede Spur fehlt, oder?«

John hob die Schultern. »Wenn wir davon ausgehen, dass Karel Jansen ebenfalls zu der Bande gehörte und er die Beute auf Helgoland bunkerte … Er könnte den anderen beiden Komplizen ihren Teil längst ausbezahlt haben. Sie werden vor langer Zeit abgetaucht sein.«

»Das wäre möglich. Es gibt aber noch eine andere Theorie.«

Sanna Harmstorf deutete mit einem Nicken auf die Tür zum Nebenraum. »Broder wird uns vermutlich schnell sagen können, ob es überhaupt möglich gewesen wäre.«

Dass was genau möglich gewesen wäre?, wollte John nachbohren, doch dazu kam er nicht. Soni Kumari unterbrach sie. Die Polizeichefin legte gerade den Telefonhörer auf.

»Das war das Krankenhaus«, berichtete sie. »Bente Roeloffs ist aus dem Koma erwacht.«

»Ist sie ansprechbar?«, fragte Sanna Harmstorf.

»Ja, der Arzt sagt, Sie können mit ihr reden. Wenn auch nur kurz.«

»In Ordnung.« Die Staatsanwältin ging zurück zum Schreibtisch und holte die Jacke, die sie über den Bürostuhl gehängt hatte. »Kommen Sie mit?«

John überlegte kurz. »Ich schätze, Sie kriegen das auch allein hin.«

»Durchaus.«

»Gut. Dann würde ich gerne etwas überprüfen.«

»Was denn?«

John lächelte. »Nur eine Theorie.«

Er ließ die Staatsanwältin stehen, verließ die Wache über die Metalltreppe und stieg in sein Auto. Der Motor des alten Citroëns erwachte erst beim dritten Versuch. John schaltete die Scheibenwischer ein, die quietschend den Regen zur Seite schoben. Er bog auf den Bahnweg ein und folgte dann bald der Hörnumer Straße nach Süden.

Es war das Emblem der Fluggesellschaft, mit der sein Vater in Tromsø unterwegs war, das John nicht aus dem Kopf ging.

Er hatte es schon einmal gesehen.

Abseits der Touristensaison herrschte wenig Leben auf den Campingplätzen der Insel, und »Der Säbelschnäbler« bildete da keine Ausnahme. Lediglich in den Behausungen der Dauergäste brannte hier und dort Licht. Das Mobilheim von Karel Jansen lag im Dunkeln unter zwei hohen Bäumen. Auch im benachbarten Camper, wo sie vor wenigen Tagen noch die auskunftsfreudige Nachbarin angetroffen hatten, schien sich niemand aufzuhalten.

John stellte seinen Wagen auf der Wiese ab. Den Motor und die Scheibenwischer ließ er noch einen Moment laufen und betrachtete das verlassene Mobilheim durch die regenüberlaufene Frontscheibe.

Karel Jansen hatte die Nähe seiner Töchter gesucht. Warum? Das würden sie vielleicht nie zweifelsfrei erfahren. Möglich, dass ihn der Reichtum von Inken, der Bestsellerautorin, gelockt hatte. Wo auch immer er nach den Raubzügen über zwei Jahrzehnte lang untergetaucht war, der Erfolg seiner Tochter hatte ihn aus seinem Versteck getrieben. Vielleicht waren tatsächlich Neugier, väterlicher Stolz oder sogar Liebe im Spiel gewesen. Auf jeden Fall hatte Jansen darauf geachtet, weiter unter dem Radar zu bleiben.

John zog den Zündschlüssel ab, stieg aus und ging zu dem Mobilheim hinüber. Er nahm die kleine Treppe zur Eingangstür, öffnete sie und machte Licht. Die Luft im Inneren des Campers roch abgestanden. John machte ein Fenster auf. Dann ging er nach rechts, vorbei am Badezimmer und der Toilette zum Schlafzimmer. Die Fliegerjacke, die er suchte, hing noch immer an einem Knauf, der seitlich am Kleiderschrank angebracht war. Abgewetztes Leder, Fellkragen, auf dem rechten Ärmel ein aufgenähtes Emblem, so wie John es in Erinnerung hatte.

Ein weißer Kreis mit einem stilisierten Propellerflugzeug. Das Symbol war identisch mit jenem, das auf dem Wasserflugzeug zu sehen war, vor dem Ben und Vivienne in Tromsø posiert hatten.

John ging hinüber ins Wohn- und Esszimmer, setzte sich an den Küchentisch und nahm sein Smartphone heraus. Die Googlesuche nach Jøkulkyrkja und Tromsø führte ihn auf die Webseite einer kleinen Fluglinie, die Rundflüge anbot. Entscheidend war neben dem Namen das Logo im Header: ein weißer Kreis mit Propellerflugzeug. John blickte auf die Uhr. Es war schon spät, aber zumindest einen Versuch wert.

Er wählte die Nummer, die auf der Seite angegeben stand.

Das Freizeichen erklang mehrere Male, dann hörte John ein kurzes Knacken, erneut gefolgt vom Freizeichen. Offenbar eine Anrufweiterleitung. Schließlich wurde abgenommen. Eine raue Männerstimme. »God kveld. Hva kan jeg gjøre for deg?«

»Excuse me, do you speak English?«, versuchte es John, der des Norwegischen nicht mächtig war.

»Little bit. To make reservation please call tomorrow. We closed. This is only for emergency.«

John erklärte dem Mann mit wenigen Worten, wer er war und dass er dringend eine Information benötigte. Der Norweger gab sich als Chef der Fluglinie Jøkulkyrkja zu erkennen.

»You call me Erik.«

»Okay, I'm John. Erik, do you know a man called Karel Jansen?«

»Never heard of him.«

»I can send you a picture of him. Could you give me your mobile number?«

Der Mann am anderen Ende der Leitung schien einen Moment zu zögern. Dann diktierte er John seine Handynummer.

John legte auf und wählte im Anschluss sofort Tommys Nummer.

»Was gibt es, John? Wir sind hier gerade mitten in …«

»Haben wir ein Bild von Karel Jansen im System?«

»Natürlich.«

»Kannst du es mir aufs Handy schicken?«

»Sicher. Es kann einen Moment dauern, wie gesagt, wir sind …«

»Ich brauche es jetzt sofort. Bitte, Tommy.«

»Geht klar.«

Zwei Minuten später meldete Johns Smartphone den Eingang des Fotos mit einem lauten Pling. Das Bild zeigte Karel Jansen in späten Jahren. John leitete das Bild an die Mobilnummer weiter, die Erik ihm genannt hatte.

Wenig später klingelte sein Telefon wieder.

»I know this man«, meldete sich der Norweger. »His name is Leif Christensen.«

»Leif Christensen?«

»Yes.«

»Are you sure?«

»Yes. He good friend of me.«

Erik erzählte, dass Leif Christensen über zwanzig Jahre für seine Fluglinie als Pilot gearbeitet habe. Er sei Mitte der Achtzigerjahre bei ihm aufgetaucht. Leif war angeblich in Hamburg aufgewachsen, seine Mutter Deutsche, sein Vater Norweger. Nun wollte er im Land seines Vaters leben. Er sprach nur gebrochen Norwegisch, lernte die Sprache aber schnell und erwies sich als zuverlässiger, überaus talentierter Mitarbeiter.

»And then he suddenly disappeared«, beendete Erik seine Erzählung.

John umfasste sein Smartphone fester. »When?«

»Two years ago.«

Vor zwei Jahren war Leif Christensen also verschwunden und als Karel Jansen unversehens bei seinen Töchtern auf Sylt aufgetaucht. »Thank you, Eric. You really helped me.«

»Yes. Call again when need help. Tell me when you find Leif!«

John legte auf. Er wollte dem Mann nicht sagen, dass er Leif Christensen bereits gefunden hatte. Er lag mit ziemlicher Sicherheit in der Leichenhalle des Rechtsmedizinischen Instituts in Kiel.

»Also, worum geht es hier?« Broder Timm hatte eine der Landkarten, die er mitgebracht hatte, auf dem Konferenztisch ausgebreitet. Er stützte sich mit beiden Händen darauf ab und sah Lilly mit erwartungsvollem Blick an. Der Regen war stärker geworden und trommelte unablässig gegen die Metallwände des Containers, in dem sie sich befanden.

»Das wüsste ich auch gern«, stimmte Tommy ein. »Du machst ein ganz schönes Rätsel um deine Theorie.«

»Lilly wird sie uns jetzt sicher erklären. Geduld«, sagte Juri, der gerade den Raum betrat und die Tür hinter sich schloss. »Sanna Harmstorf lässt sich entschuldigen. Sie ist auf dem Weg ins Krankenhaus zu Bente Roeloffs.«

Lilly nickte. Für das hier brauchten sie die Staatsanwältin nicht. Sie hatte sich und Broder einen Kaffee besorgt. Es war früher Abend, ihr Körper signalisierte ihr, dass er entweder eine Couch oder Koffein brauchte. In Gedanken ermahnte sie sich selbst, es nicht zu übertreiben. Sie trug nun große Verantwortung für das kleine Leben, das in ihr heranwuchs. Doch sie hoffte, dass Broder schnell für Aufklärung sorgen konnte und das hier nicht lange dauern würde.

Bei der Karte auf dem Tisch handelte es sich um eine Flugkarte, die den norddeutschen Luftraum abbildete. Der westliche Teil Schleswig-Holsteins, die Küste und ein großer Teil des Wattenmeers und der Nordsee waren zu sehen. Die Karte war übersät mit Kompassrosen, Landmarken und allerhand anderen Symbolen, die Lilly nicht das Geringste sagten.

Sie löste den Blick von der Karte und schlug die Ermittlungsakte des Krabbenkutterfalls auf, die vor ihr auf dem Tisch lag. Sie nahm ein Blatt heraus und reichte es Broder. »Könnten Sie diesen Kurs in die Karte einzeichnen?«

Broder studierte die Angaben auf dem Papier, dann nickte er. »Kein Problem.«

Er nahm Geodreieck, Lineal, Zirkel und einen Bleistift zur Hand; alles befand sich in einem Etui, das er mitgebracht hatte. Mit dünnem Strich zeichnete er eine Route ein, die vom Lister Hafen auf Sylt zunächst hinaus auf die Nordsee, dann in südlicher Richtung um Helgoland herum und schließlich zurück zur Insel führte.

»Das ist der Kurs, den die Alea Haien am 18. September 1985 abfuhr«, sagte Lilly, woraufhin Broder sie fragend anblickte.

»Es geht um einen ungelösten Fall«, erklärte Tommy. »Die Alea Haien war ein Krabbenkutter, der an jenem Tag zwei Tote aus dem Meer fischte.«

Lilly warf Broder einen mahnenden Blick zu. »Das hier bleibt unter uns.«

»Natürlich«, brummte er.

»Jetzt wüsste ich gerne, welchen Kurs ein Flugzeug am selben Tag von Hamburg aus nach Sylt genommen hätte«, sagte Lilly.

Broder kratzte sich an der Stirn. »Das hängt von ziemlich vielen Faktoren an. Von welchem Typ Flugzeug sprechen wir hier?«

»Vermutlich eine kleine Maschine, wie sie ein Privatpilot chartern würde.«

»Dann sprechen wir über eine einmotorige Cessna oder etwas Vergleichbares. Von wo aus ist die Maschine gestartet?«

Lilly warf Tommy einen auffordernden Blick zu. Sie hatte ihm dieselbe Frage gestellt, woraufhin er sich noch einmal telefonisch mit Mats Cordes in Verbindung gesetzt hatte, dem ehemaligen Polizisten, den John und er in Hamburg getroffen hatten.

»Cordes hat mir gesagt, dass sie immer von Uetersen-Heist gestartet sind.«

Broder suchte den Flugplatz auf der Karte. Er lag nordwestlich von Hamburg. Er machte ein kleines Kreuz an der Stelle. Dann fragte er: »Wann erfolgte der Start?«

Lilly ging im Kopf die Daten durch, die ihr bekannt waren, die ungefähre Uhrzeit, als die Alea Haien die Leichen aus dem Wasser gefischt hatte, der Moment, als Paula Feddersen den Flugzeugmotor gehört hatte. »Wie lange braucht man von Uetersen nach Helgoland?«

»Eine knappe Stunde«, antwortete Broder.

»Dann wird unser Mann gegen 21 Uhr gestartet sein.«

»Gut.« Broder massierte sich das unrasierte Kinn. »Das geht natürlich nur, wenn er eine NFQ hatte.«

»Eine was?«, fragte Lilly.

»Night Flying Qualification. Eine Nachtfluglizenz, die üblicherweise mit einer Ausbildung für den Instrumentenflug einhergeht. Bei Privatpiloten kann man das nicht als gegeben voraussetzen. Wer sie nicht hat, kann nur bei Tag und bei klarer Sicht unterwegs sein. Wissen Sie, ob unser Mann eine NFQ hatte? Sonst wird er diesen Flug um diese Tageszeit gar nicht unternommen haben.«

Lilly überlegte, wie viel sie Broder anvertrauen konnte. Letztendlich blieb ihr aber keine andere Wahl. »Ich vermute, dass Sie selbst diese Frage beantworten können. Sie kennen den Mann, um den es hier geht. Karel Jansen.«

»Soso.« Broder hob lediglich die Augenbrauen, ließ sich ansonsten aber nichts anmerken. »Karel. Karel besaß allerdings eine Nachtfluglizenz.«

»Da sind Sie sich sicher?«

»Hundert Prozent. Sie erinnern sich an Nick Hansen und den Schlamassel mit seiner gefälschten Lizenz?«

»Sicher.«

»Es war eine meiner ersten Amtshandlungen, als ich für Bente eingesprungen bin. Ich habe mir die Unterlagen unseres fliegenden Personals angesehen, um sicherzugehen, dass wir nicht noch ein schwarzes Schaf haben. Dabei habe ich auch die Lizenzen von Karel geprüft. Selbst wenn er nur Fracht für uns flog und die Seebestattungen aus der Luft durchführte ... Auf jeden Fall hatte er eine Nachtfluglizenz. Wenn ich mich recht entsinne, datierte sie auf Anfang der Achtzigerjahre.«

»Also hätte er diesen Flug unternehmen können.«

»Absolut. Muss nur noch das Wetter mitgespielt haben.«

Auch an diesen Punkt hatte Lilly gedacht und Juri gebeten, die entsprechende Information zu beschaffen, die im Zeitalter des Internets nur wenige Klicks entfernt war. Er warf bei diesem Stichwort einen Blick auf das Blatt Papier, das er in der Hand hielt. »Das Wetter in jener Nacht war gut. Leichte Bewölkung, ansonsten heiter und sternenklar. Kaum Wind.«

Das deckte sich mit den Aussagen der Besatzung der Alea Haien, die ebenfalls von ruhiger See und gutem Wetter kündeten.

»Gut«, meinte Broder. Dann beugte er sich über die Karte und zeichnete einen Kurs ein. »Es gibt noch einige andere Dinge zu berücksichtigen, aber ich möchte Sie nicht mit zu vielen Details und Fachchinesisch quälen. Bei den vorherrschenden Wetterverhältnissen wird er wohl einen relativ direkten Kurs gewählt haben.«

Lilly folgte der Linie, die Broder eingezeichnet hatte. Sie führte vom Flugplatz Uetersen aus in westlicher Richtung, überquerte die Elbe, ging dann vorbei an Cuxhaven auf die offene See hinaus in Richtung Helgoland. Einige Seemeilen unterhalb der Insel traf der Kurs, den Karel Jansen vermutlich geflogen war, auf die Route der Alea Haien. Lilly nahm einen Bleistift und markierte den Schnittpunkt.

Dann richtete sie sich auf und meinte zu Broder: »Sie können die Karte entbehren?«

»Ja. Und ich deute das jetzt mal als Zeichen, dass ich mich meinem wohlverdienten Feierabend widmen darf?«

»So ist es«, sagte Lilly. »Vielen Dank.«

Als Broder den Raum verlassen hatte, traten Juri und Tommy zu Lilly an den Tisch und betrachteten die Karte.

»Dir ist schon klar, dass das eine ziemlich dünne Theorie ist?«, meinte Juri. »Wir haben keinen einzigen Beleg dafür, dass Karel Jansen diesen Flug wirklich unternommen hat.«

»Gehen wir das Ganze mal von vorne durch«, sagte Lilly. »Der Überfall der Gentlemenräuber auf den Geldtransporter fand zwei Tage vorher, am Montag, dem 16. September 1985, statt. Falk Lohse wird angeschossen und verhaftet. Seine drei Kompagnons entkommen. Wenn man alles zusammennimmt, sind auf ihren Beutezügen drei Millionen Mark zusammengekommen, in Bargeld und Goldbarren. Für unsere Arbeitshypothese gehen wir davon aus, dass Karel Jansen einer dieser Verbrecher ist. Er war Polizist, er weiß, was los ist. Die gesamte Polizei der Stadt Hamburg ist hinter ihm und seinen beiden Komplizen her, zumal bei der Aktion ein Polizist tödlich verletzt wurde.« Sie machte eine kurze Pause. »Jansen und seine beiden Partner, eine Frau und ein Mann, hocken auf der Beute. Eine Menge Bargeld und etliche Goldbarren, die auch ihr Gewicht haben. Sie müssen damit schleunigst verschwinden.«

»Was nicht so einfach ist«, meinte Juri. »Wir gehen davon aus, dass es unter ihnen eine Absprache gibt, für den Fall, dass einer geschnappt wird?«

»Ja. Ausgehend davon, dass Falk Lohse seine Mitstreiter nie verraten hat«, meinte Tommy. »Die anderen verwahren seinen Anteil, bis er wieder auf freiem Fuß ist. Egal, wie lange es dauert.«

»Sie müssen also die drei Millionen durch vier teilen«, überlegte Lilly. »Was dann pro Person schon nicht mehr so viel ist.«

Tommy schürzte die Lippen. »Na ja … Eine dreiviertel Million Mark für jeden.«

»Du musst bedenken, dass es keinen Weg zurück ins normale Leben gibt«, wandte Juri ein. »Sie müssen komplett von der Bildfläche verschwinden, brauchen eine neue Identität, ein neues Leben im Ausland. Dafür ist eine dreiviertel Million dann schon nicht mehr so viel.«

»Besonders, wenn man eine Familie hat. Wie Karel Jansen«, sagte Lilly.

»Was ist mit seiner Frau, Gyde? Weiß sie davon?«, fragte Juri.

Lilly ließ sich durch den Kopf gehen, was sie bislang über die Familiengeschichte der Roeloffs' in Erfahrung gebracht hatten. »Möglicherweise … Wenig später siedelt sie ja alleine mit ihren Töchtern nach Sylt um. Sie hält den Vater vor ihnen geheim, weil er, wie sie sagt, ein schlechter Mensch wäre.«

»Also ist es sehr wahrscheinlich, dass sie zumindest etwas ahnte«, schloss Tommy. »Es kommt zum endgültigen Zerwürfnis zwischen den beiden. Jansen ist auf sich allein gestellt, beziehungsweise sind da noch seine beiden Komplizen …«

»Hier kommt Lillys Theorie ins Spiel«, ergänzte Juri und tippte auf die Karte. »Ich ahne, welche Idee du in Bezug zu dem alten Krabbenkutterfall hattest.«

»Und sie erscheint dir doch nicht mehr so abwegig?« Lilly lächelte. »Betrachten wir es noch mal von der finanziellen Seite. Falk Lohse ist Karel Jansen los, der wird für lange Zeit hinter Gittern sitzen. Würde er jetzt noch die beiden anderen los, bräuchte er mit niemandem mehr die Beute zu teilen. Drei Millionen Mark, damit lässt sich ein neues Leben aufbauen.«

»Du denkst, er hat die beiden beseitigt, indem er …?« Tommy beendete die Frage nicht.

»Die Polizei mutmaßte damals, dass die Gentlemenbande aus drei Männern und einer Frau bestand. Die Alea Haien fischte die Leiche eines Mannes und einer Frau aus der Nordsee.« Lilly blickte Juri und Tommy abwechselnd an. »Man hat ihre Identität nie ermittelt, und man hat sich nie einen Reim daraus machen können, wie ihre Leichen dorthin gelangten. Ich finde, meine Theorie wäre eine ziemlich gute Erklärung.«

Draußen schien der Regen noch schlimmer geworden zu sein. Die Tropfen knallten nun wie kleine Geschosse gegen das Metall des Containers. Donnergrollen erklang, und das Licht der Leuchtstoffröhre an der Decke flackerte kurz.

»Die Seebestattungen …«, flüsterte Tommy. »*Vuelos de la muerte.*«

»Was sagst du?« Juri blickte seine Kollegen fragend an.

»Lilly könnte recht haben«, sagte Tommy. »John erzählte, dass Karel Jansen Seebestattungen für Fly Sylt durchführte. Genau so könnte er es gemacht haben.« Tommy umrundete den Tisch, stellte sich neben Lilly und fuhr mit dem Finger die angenommene Flugroute von Jansen nach, bis zu der Stelle, wo er sich mit dem Kurs der Alea Haien traf. »*Vuelos de la muerte.* So wurden die Todesflüge genannt, die die argentinische Militärjunta zwischen 1976 und 1983 durchführte.«

Es wunderte Lilly nicht, dass Tommy mit solchem Geschichtswissen auftrumpfte, er hatte sie bereits früher mit manch abseitigen Kenntnissen überrascht.

»Erzähl«, forderte sie ihn auf.

»Man beseitigte auf diese Weise Regimekritiker oder Gefangene. Den Opfern wurde weisgemacht, man würde sie in die Freiheit fliegen. Dann spritzte man ihnen Betäubungsmittel, manchmal vor dem Flug, manchmal, wenn sie schon an Bord waren. Man zog sie aus und warf sie aus großer Höhe über dem Atlantik oder dem Rio de la Plata ab.«

»So genau hatte ich mir das noch gar nicht überlegt«, meinte Lilly. »Aber so ähnlich könnte er es gemacht haben. Versetzen wir uns in die Situation. Alle Fluchtwege sind verbaut, es läuft eine Großfahndung nach ihnen. Karel Jansen bietet seinen Komplizen – einem Mann, einer Frau – einen Flug in die Freiheit an. Sie starten von Uetersen aus. Karel fliegt oft von dort, hat schon häufiger ein Flugzeug gechartert, die Flüge führen ihn meist nach Helgoland zur alten Kate seiner Eltern. Niemand schöpft Verdacht. Er hat schon einmal seinen Kollegen von der Polizei mitgenommen ...«

»Mats Cordes«, half Tommy aus.

»... diesmal hat er zwei andere Gäste bei sich. Niemand denkt sich etwas dabei. Auch die Taschen, in denen sie das Geld und die Goldbarren verstaut haben, verwundern keinen, denn vermutlich wollen sie ein paar Tage auf der Insel verbringen. Sie heben gegen einundzwanzig Uhr ab. Jansen betäubt seine Komplizen ... etwa, indem er ihnen etwas in ein Getränk mischt.« Lilly tippte auf den Schnittpunkt der beiden Linien auf der Karte. »Er zieht sie aus, ihre Pässe und alles andere, womit man sie identifizieren könnte, behält er bei sich und entsorgt es später. Dann wirft er sie aus dem Flugzeug.«

Juri meinte: »Jansens Pech ist nur, dass dort unten die Alea Hainen kreuzt. Die beiden sterben beim Aufschlag auf das Wasser, ihre Leichen werden aber von den Fischern geborgen. Sein Glück: Sie können nicht identifiziert werden, niemand bringt sie je mit der Gentlemenbande in Verbindung.«

»Karel Jansen fliegt derweil nach Helgoland, wo er einen Teil der Beute im Keller der alten Kate versteckt«, fuhr Tommy fort. »Dann macht er sich daran, sich irgendwo ein neues Leben unter anderer Identität aufzubauen. Und wenn ich John gerade am Telefon richtig verstanden habe, hat er herausgefunden, wo.«

»Das bedeutet, Karel Jansen wäre nicht nur ein Bankräuber gewesen, sondern auch ein kaltblütiger Mörder«, schloss Juri.

Lilly stützte sich mit beiden Händen auf den Tisch, trank dann einen Schluck Kaffee und betrachtete die Karte nachdenklich.

»Was ist, Lilly?«, fragte Juri.

»Der Anruf … Es war der anonyme Anruf von Bente Roeloffs, der mich diesen alten Fall wieder hat aufrollen lassen. Sie war auf derselben Spur.« Lilly sah zu Juri auf. »Ob sie wusste, dass ihr Vater ein Mörder war?«

48   Sanna Harmstorf

Über der Insel tobte inzwischen ein ausgewachsener Gewittersturm. Durch die Fenster des Flurs im obersten Stockwerk des Westerländer Krankenhauses sah Sanna, wie die Bäume von den Böen zur Seite gedrückt wurden, als rollte in regelmäßigen Abständen eine unsichtbare Walze über sie. Blitze zuckten in den Wolken.

»Verstehe«, sagte sie in ihr Mobiltelefon. »Das ist eine mögliche Theorie.«

Sie hörte zu, was Lilly Velasco zu sagen hatte, und wandte den Blick zu dem mit Lamellen verhangenen Fenster des Krankenzimmers. Die Jalousien waren nicht ganz geschlossen. Ein Arzt stand am Bett von Bente Roeloffs und sprach mit ihr.

»Ich werde sehen, was ich herausfinden kann. Sie steckte das Handy weg und wartete, bis der Arzt schließlich aus dem Zimmer kam.

»Es geht ihr den Umständen entsprechend gut«, sagte er. »Sie können mit ihr sprechen. Aber nur kurz, und bitte regen Sie Frau Roeloffs nicht auf.«

»Ich tu mein Bestes.«

Der Arzt wandte sich ab, und Sanna betrat das Patientenzimmer.

Bente Roeloffs lag umstellt von einem Heer unterschiedlicher Überwachungsapparate in ihrem Bett. Ihr linkes Bein war eingegipst und wurde von einer Hängeschlaufe gehalten. Auch die rechte Hand befand sich in einem Gips, der bis über den Unterarm reichte. Von Fotos wusste Sanna, dass Bente langes blondes Haar gehabt hatte. Man hatte es ihr für eine Operation abrasiert. Ihr Kopf war bandagiert, das Gesicht mit kleineren und größeren Hämatomen übersät.

Sanna nahm sich einen Besucherstuhl und setzte sich neben das Bett ans Kopfende. Es fiel ihr nicht leicht, nüchterne Sachlichkeit zu bewahren. Die Frau hatte nur knapp einen schweren Unfall überlebt, war mehrfach operiert worden, und nachdem sie aus dem Koma erwacht war, hatte sie von den Ärzten erfahren, dass ihr Vater den Absturz nicht überlebt hatte.

Bente Roeloffs drehte den Kopf zu ihr und betrachtete sie aus glasigen, von roten Äderchen durchzogenen Augen.

»Ich habe es nicht geschafft ...«, sagte sie im Flüsterton. »Ich habe ihn nicht retten können.«

»Sie haben Ihr Bestes gegeben.«

»Das hat nicht gereicht. Dabei ...« Bente Roeloffs' Unterlippe bebte. Sanna holte tief Luft und ließ der Frau einen Moment Zeit. Es war nicht schwer, sich vorzustellen, was sie gerade durchmachte.

»Ich verstehe nicht viel von der Fliegerei«, meinte Sanna behutsam, »doch nach allem, was man mir gesagt hat, grenzt es wohl an ein Wunder, dass es Ihnen überhaupt gelungen ist, die Maschine zurück zur Insel zu bringen.«

»Der Arzt wollte mir nicht alles sagen ... aber er deutete an, dass Sie ermitteln, weil etwas ... mit der Maschine nicht stimmte.«

»Das ist korrekt. Wir gehen davon aus, dass jemand das Flugzeug Ihres Vaters absichtlich manipuliert hat, um es zum Absturz zu bringen. Können Sie sich vorstellen, wer so etwas getan haben könnte?«

Bente Roeloffs wandte den Blick ab und sah zum Fenster hinaus. Noch immer zuckten Blitze über den Himmel, und der Regen strömte wasserfallartig von der Dachkante herab. Sie schloss kurz die Augen. »Nein ... das kann ich mir nicht erklären.«

»Es besteht die Möglichkeit, dass dieser Anschlag Ihrem Vater galt.« Sanna ließ einen Moment der Stille entstehen und beobachtete die Wirkung ihrer Worte. Eine Reaktion blieb aus. Bente Roeloffs vermied den Blickkontakt und schaute weiter zum Fenster hinaus. Dass jemand ihrem Vater nach dem Leben getrachtet haben könnte, schien sie nicht zu überraschen.

»Ich habe Durst«, wich sie aus. Mit einem Nicken deutete sie auf die leere Sprudelflasche, die auf dem Nachttisch stand. »Könnten Sie mir eine neue besorgen?«

Sanna tat ihr den Gefallen. Sie ging zum Schwesternzimmer auf dem Flur und holte eine neue Flasche Wasser, aus der sie Bente Roeloffs ein Glas einschenkte. Dann half sie der Pilotin, deren Hände noch zu sehr zitterten, das Glas an die Lippen zu führen.

»Besser?«, fragte Sanna, obwohl sie vermutete, dass die Aktion nur dazu gedient hatte, ein wenig Zeit zu schinden.

Bente Roeloffs nickte.

Sanna beschloss, dass Mitgefühl und falsche Umsicht sie nicht weiterbrachten und es an der Zeit war, die Karten auf den Tisch zu legen.

Sie hatte mit John Benthien telefoniert, der eine wichtige Lücke geschlossen und herausgefunden hatte, dass Karel Jansen unter anderem Namen in Norwegen gelebt hatte, bevor er hier auf Sylt bei seinen Töchtern aufgetaucht war. Danach hatte Sanna mit Lilly Velasco gesprochen, die ihr ins Gewissen geredet hatte, nicht zu zimperlich zu sein. Bente Roeloffs hatte wegen des Krabbenkutterfalls Kontakt zu Lilly gesucht. Ihr Interesse an dem Cold Case war nur damit zu erklären, dass sie wenigstens geahnt haben musste, dass ihr Vater mit der Sache in Verbindung stand. Was wiederum bedeutete, dass sie vermutlich etwas über dessen dunkle Vergangenheit gewusst hatte. Sanna lief also kaum Gefahr, die Frau mit der Wahrheit in Schock zu versetzen.

»Sie sollten wissen, dass wir über den Hintergrund Ihres Vaters im Bilde sind«, sagte sie. »Die Gentlemenräuber. Sein Leben in Norwegen. Die Beute. Der Koffer mit dem Geld. Mark Molitor. Falk Lohse. Das Geld, das Ihr Vater bei Ihrer Fluglinie auf die Seite schaffte.«

Nun wandte Bente Roeloffs den Kopf zu ihr. Ein alarmierter Ausdruck lag in ihren Augen. Bevor sie etwas sagen konnte, fuhr Sanna fort: »Verzeihen Sie mir, wenn ich das so hart sage. Aber Ihr Vater ist tot. Sie brauchen ihn nicht mehr zu schützen. Und ich gehe davon aus, dass Sie nicht Ihr eigenes Flugzeug sabotieren, mit dem Sie fliegen. Das bedeutet, dort draußen ist ein Mörder auf freiem Fuß. Er hat Ihren Vater auf dem Gewissen, und er hätte beinahe auch Sie getötet. Helfen Sie uns, ihn zu fassen.«

Wieder dauerte es einen Moment. Bente Roeloffs trank erneut einen Schluck Wasser, wobei sie diesmal auf staatsanwaltschaftliche Hilfe verzichtete. Ihre Finger schienen etwas weniger zu zittern.

»Es ist alles wahr«, sagte sie dann. »Einen Teil habe ich selbst herausgefunden. Den Rest erledigte der Privatdetektiv, jedenfalls, bis er plötzlich von der Bildfläche verschwand.«

»Sie wissen also, dass Ihr Vater zu dieser Diebesbande gehörte?«

»Ich war von Beginn an argwöhnisch. Ich hatte schon vor Jahren in Erfahrung gebracht, dass unsere Mutter gelogen hatte, was unseren Vater anging. Dann suchte ich nach ihm. Ohne Erfolg. Als er nun unvermittelt bei Inken vor der Tür stand ... das hat mich nachdenklich gemacht. Inken hatte gerade ihren großen Bucherfolg ...« Sie stieß ein knappes Lachen aus. »Mein Gott, sie war über Nacht reich geworden, bei ihr regnete es Geld. Schon ein seltsamer Zufall, dass unser Vater dann auftauchte, nachdem er sich nie für uns interessiert hatte. Aber dennoch ... ich meine, er war unser Vater. Sie können sich das vermutlich nicht vorstellen, wie es ist, wenn man sich ein Leben lang nach einem Vater sehnt, und dann steht er plötzlich vor einem.«

»Doch, ich glaube, das kann ich sehr gut«, wandte Sanna ein. »Mein Vater ist bei einem Unfall gestorben, als ich noch ein Kind war. Ich habe ihn nie wirklich kennengelernt. Ich würde alles dafür geben ...« Sanna beendete den Satz nicht. Ihre Emotionen waren hier fehl am Platz.

Bente Roeloffs musterte sie. »Dann wissen Sie, wovon ich spreche. Die Neugier und Freude überwiegen, man kann nicht wirklich objektiv urteilen. Als ich dann erfuhr, dass er Geld veruntreute, wollte ich das zuerst nicht wahrhaben ... Der Detektiv war Johanns Idee. Aber dann verschwand Molitor plötzlich ...«

»Ich muss Sie leider darüber in Kenntnis setzen, dass Mark Molitor nicht mehr am Leben ist«, sagte Sanna. »Er wurde ebenfalls ermordet.«

»Das weiß ich.«

Sanna setzte sich auf. »Sie wissen es? Woher?«

»Vater hat sich mir am Ende anvertraut. Er erzählte mir alles. Die Gentlemenräuber. Seine Flucht. Der Flug ... auf dem er seine Komplizen loswurde ... Die Probleme begannen, als dieser Falk Lohse aus der Haft entlassen wurde. Bald darauf tauchte er bei Vater auf und forderte Geld. Viel Geld. Diese ... Bande hatte wohl eine Abmachung. Lohse wollte seinen Teil der Beute. Davon war aber nicht mehr viel da, zumindest nicht genug, um ihn restlos auszubezahlen. Vater hatte das Geld über die Jahre verlebt ... Deshalb zweigte er heimlich Geld von der Fluglinie ab, um ihm zumindest etwas zahlen zu können. Doch Lohse gab keine Ruhe. Er setzte Vater eine Frist, und dann ...« Bente Roeloffs brach ab, und Sanna sah, wie sie mit den Tränen rang.

»Erzählen Sie weiter. Was ist geschehen?«

»Ich erzählte ihm, dass Johann und Inken einen Detektiv engagiert hatten. Das war ein Fehler von mir. Vater ...« Sie griff nach dem Wasserglas und trank einen weiteren Schluck. »Lohse kam eines Abends zu Vater auf den Campingplatz. Er sagte, das Problem sei erledigt.«

»Damit meinte er Mark Molitor?«

»Ja.«

»Ihr Vater hatte ihm von Molitor erzählt?«

»Vermutlich. Wie gesagt, mein Fehler, ich hätte ihm das nicht offenbaren dürfen. Aber ... zu dem Zeitpunkt hatte ich Vater noch vertraut. Jedenfalls sagte Lohse ihm, er habe Molitor beseitigt. Und wenn Vater nicht wollte, dass er ebenfalls auf dem Grund des Rantumbeckens endete, sollte er ihm endlich den Anteil geben.«

»Lohse gestand Ihrem Vater gegenüber also den Mord an Molitor.«

»Ja.«

»Und Ihr Vater erzählte es Ihnen?«

»Er war in heller Aufregung. Das war zwei Tage vor unserem Flug. Lohse wollte eine dreiviertel Million Euro. Vater wusste nicht, wo er die Summe herbekommen sollte. Der ermordete Molitor schien ihn hingegen nicht sonderlich zu kümmern. Ich glaube, erst da habe ich wirklich begriffen, was für ein Mensch mein Vater war. Er beruhigte mich damit, dass Molitor die Leiche im Rantumbecken versenkt und das Auto des Mannes angezündet hatte. Alle Spuren wären beseitigt, die Leiche würde nie jemand finden. Ich bräuchte mir keine Sorgen zu machen.« Bente Roeloffs schüttelte den Kopf, und jetzt liefen ihr Tränen über die Wangen. »Was für ein Mensch tut so etwas?«

»Was wusste Ihre Schwester von alledem?«

Sie zögerte. »Inken wusste nur, was Molitor ihr und Johann berichtet hatte. Von dem Mord an Molitor habe ich ihr nichts gesagt. Sie hat natürlich mitbekommen, dass Falk Lohse Vater regelmäßig aufsuchte, aber ... ich glaube, sie hat nie das ganze Bild gesehen.«

»Sie beschlossen offenbar trotz allem, Ihrem Vater zu helfen.

Oder wie muss ich mir den Unglücksflug erklären? Sie waren mit ihm auf dem Weg nach Helgoland ... um schließlich doch das Geld für Lohse zu beschaffen?«

»Lohse hatte Vater ein letztes Ultimatum gestellt. Um diesem Nachdruck zu verleihen, brach er Vater den Arm. Damit konnte er nicht fliegen, also bat er mich um Hilfe. Ein letzter Rest der Beute befand sich in seiner Kate auf Helgoland. Den wollten wir holen, in der Hoffnung, uns Lohse vom Hals zu schaffen.«

»Und der Anteil, den Lohse einforderte, war tatsächlich eine dreiviertel Million Euro?«, fragte Sana nachdenklich. »Und diese Summe befand sich in der Kate?«

»Ja, das behauptete Vater.«

»Hm.« Sanna stand auf und stellte sich ans Fenster. Der Regen hatte die Straßen regelrecht überflutet. Unten spritzten die vorbeifahrenden Autos hohe Wasserfontänen auf.

Bente Roeloffs' Erzählung passte nicht ganz mit den Tatsachen zusammen. In der Kate auf Helgoland hatte sich keine dreiviertel Million befunden. Das Geld und die Goldbarren hatten lediglich einen Wert von etwas mehr als einhunderttausend Euro gehabt. Und selbst wenn man die fünfzigtausend Euro im Koffer hinzuzählte, der bei dem Flugzeugwrack gefunden worden war, hätte es nicht gereicht, um Lohse auszubezahlen.

Der Koffer. Noch ein Detail, das nicht passte.

Sanna wandte sich um und setzte sich wieder an das Bett. »Sagen Sie, wenn Ihr Vater den Rest der Beute auf Helgoland holen wollte ... weshalb hatte er dann bereits einen Koffer mit Geld bei sich?«

Bente stutzte, und ihre Frage klang aufrichtig: »Was für einen Koffer?«

»An der Unglücksstelle wurde ein Koffer gefunden. In ihm befand sich Bargeld im Wert von fünfzigtausend Euro.«

»Davon wusste ich nichts ...«

Sanna meinte zu sehen, wie kurz der Schatten einer Erkenntnis über Bente Roeloffs' Gesicht huschte. Doch dann fing sie sich wieder. »Was ist mit Lohse? Haben Sie ihn schon festgenommen?«

»Nein, noch nicht. Aber nach Ihrer Aussage ist es das Nächste, was wir tun werden. Er ist zum Glück gerade auf der Insel, daher ...«

Roeloffs richtete sich im Kissen auf. »Er ist hier? Auf Sylt?«

»Ja.«

Sie griff nach Sannas Hand. »Inken. Sie müssen Sie beschützen. Lohse wird keine Ruhe geben. Jetzt, wo Vater nicht mehr da ist, wird er versuchen, das Geld von uns zu bekommen. Er nimmt vermutlich an, dass wir es jetzt haben.«

»Keine Sorge«, sagte Sanna im Aufstehen. »Ich werde mich um Ihre Schwester kümmern.«

Sie verabschiedete sich und verließ das Zimmer. Noch während sie den Krankenhausflur entlanglief, wählte sie die Nummer von Inken Roeloffs.

Sanna schlug die Kapuze ihrer Jacke über den Kopf und rannte durch den strömenden Regen hinüber zu dem Smart, den sie sich von Jaane geborgt hatte. Kaum hatte sie sich auf den Fahrersitz geworfen und die Tür mit einem Knall hinter sich zugezogen, wählte sie erneut die Nummer von Inken Roeloffs. Es war der dritte Versuch, erst jetzt nahm endlich jemand ab. Sanna hörte die Stimme der Frau.

»Ich hätte noch ein paar Fragen an Sie«, sagte Sanna. »Wäre es möglich, dass wir uns morgen treffen?«

Stille.

»Frau Roeloffs?«

Ein zögerliches »Ja ...«

Sanna kam die Situation seltsam vor. »Ich möchte mich noch einmal mit Ihnen unterhalten. Wir können das auf der Wache erledigen, ich kann aber auch zu Ihnen kommen.«

Wieder Stille. Dann: »Ach ja ... das ... das ist sehr lieb von dir, Mutter.«

Mutter?

Nein, hier stimmte etwas ganz und gar nicht.

»Frau Roeloffs ... kann es sein, dass Sie nicht frei sprechen können?«

»Ja.«

»Dann werde ich Ihnen ab jetzt Fragen stellen, die Sie mit einem einfachen Ja oder Nein beantworten können. Und Sie tun weiter so, als ob Sie mit Ihrer Mutter sprächen.«

»Das ... ist gut, Mutter.«

»Sie sind also nicht alleine, richtig?«

»Ja.«

»Wer ist bei Ihnen, Ihr Mann?«

»Ja.«

»Tut er Ihnen etwas an?«

»Nein.«

»Es ist also noch jemand anderes da?«

»Ja.«

»Bedroht er Sie?«

»Ja.«

»Ist er bewaffnet?«

»Ja, mit einem ...«

»Still. Sagen Sie nur Ja oder Nein«, mahnte Sanna. »Ich vermute, es ist Falk Lohse, der bei Ihnen ist und Sie bedroht?«

»Ja.«

»Ich gehe jetzt verschiedene Waffen durch. Bei der richtigen sagen Sie einfach Ja.«

»In Ordnung, Mutter.«

Sanna entschied sich, die Waffengattungen von schwer nach leicht durchzugehen. »Gewehr ... Pistole ... Messer ...«

»Ja. Das ist gut.«

»Lohse bedroht Sie also mit einem Messer.« Sanna musste

kurz tief durchatmen, sie spürte, wie das Adrenalin durch ihre Adern raste. »Frau Roeloffs, Sie bleiben bitte ganz ruhig. Tun Sie, was er sagt. Und verlassen Sie nach Möglichkeit nicht das Haus mit ihm. Sie lassen Ihr Handy jetzt eingeschaltet und schieben es in eine Tasche. Ich halte die Leitung auf meiner Seite ebenfalls offen, so höre ich alles. Ich mache mich sofort auf den Weg zu Ihnen und bringe Verstärkung mit. Es wird alles gut ...«

Während sie den Motor startete, legte Sanna das Gespräch auf Halten und tätigte einen zweiten Anruf. Es klingelte mehrere Male, bis endlich jemand ranging.

»Benthien, wo stecken Sie?«

49   John Benthien

Als John die Kersig-Siedlung erreichte, schaltete er die Scheinwerfer seines Wagens aus. Er fuhr noch einige Hundert Meter weiter auf der Nielsglaat, bis er den Citroën schließlich am Straßenrand parkte. Von hier aus konnte er das Haus der Roeloffs' sehen. Die Vorderseite lag im Dunkeln, lediglich in einem Zimmer auf der Rückseite schien Licht zu brennen. Viel mehr konnte er nicht erkennen. Der Gewittersturm hing über der Insel fest und hatte sich noch einmal intensiviert. Die Böen schaukelten den Citroën hin und her, und der Regen fegte nun beinahe waagerecht über die Straße.

John überlegte, was er tun sollte.

Sanna Harmstorf hatte ihn unterwegs noch einmal angerufen. Sie hörte über ihr Smartphone mit, was im Haus der Roeloffs' vor sich ging. Falk Lohse bedrohte Inken und Johann mit einem Messer und forderte von ihnen das Geld, das Inkens Vater ihm schuldete. Offenbar ging er davon aus, dass sie wussten, wo es sich befand.

Sollte er auf die Verstärkung warten?

Sanna Harmstorf war mit Soni Kumari und weiteren Streifenkollegen unterwegs hierher, vermutlich würden auch Tommy, Juri und Lilly sie begleiten. Auf die Schnelle konnten sie kein Sondereinsatzkommando auf die Insel schaffen, das für solche Situationen trainiert war.

John vermochte nicht einzuschätzen, was für ein Typ Falk

Lohse war. Würde er die Ruhe bewahren, wenn die Roeloffs seiner Aufforderung nicht nachkamen? Oder würde er durchdrehen? Eine Lage wie diese konnte sich binnen Sekunden ändern, Zögern Menschenleben kosten.

Instinktiv griff sich John an die Hüfte, dorthin, wo er bei einem Einsatz dieser Art üblicherweise das Holster mit seiner Dienstwaffe tragen würde. Doch natürlich fasste er ins Leere. Er hatte die Pistole zwar mit auf die Insel gebracht, doch sie befand sich dort, wo sie hingehörte, in einem Schließfach auf der Wache in Westerland.

Dennoch wollte er keine kostbare Zeit verstreichen lassen.

Er öffnete die Fahrertür und stieg aus.

Als er am Haus ankam, war er bereits bis auf die Haut durchnässt. Er kauerte sich hinter die Hecke, die den Vorgarten umrandete. Die Fenster, die zur Straße hinausgingen, waren nach wie vor dunkel, nichts regte sich.

In geduckter Haltung wagte sich John weiter vor. Er schlich an der Hauswand entlang auf die Rückseite. Dabei kam er am Sprossenfenster des Wohnzimmers vorbei. Gedämpft hörte er die Stimme von Falk Lohse, der mit den Roeloffs diskutierte. Er klang aufgebracht.

John richtete sich vorsichtig auf und riskierte einen Blick durch das Fenster. Inken und Johann saßen auf dem Sofa. Lohse stand vor ihnen und richtete wechselseitig das Messer auf sie.

Der Regen, der Wind und der Donner machten es John unmöglich, jedes Wort zu verstehen, das gesprochen wurde. Doch es schien, als wollte Lohse, dass die Roeloffs mit ihm kamen, um ihn zu dem Geld zu bringen. Offenbar ging er davon aus, dass sie das Versteck kannten.

Wenn sie tatsächlich das Haus verließen und zu ihm ins Auto stiegen, drohte die Situation komplett außer Kontrolle zu geraten.

John zog sein Smartphone aus der Jackentasche und wählte die Nummer von Sanna Harmstorf.

»Wo stecken Sie?«, flüsterte er.

»Wir sind in fünf Minuten da.«

»Bis dahin ist die Sache hier gelaufen. Sie verlassen gleich das Haus.«

»Scheiße!«

»Was tun wir?«

»Sehen Sie irgendeine Möglichkeit, ihn aufzuhalten, ohne dass die Sache eskaliert.«

»Ich kann es versuchen.«

John beendete den Anruf. Geduckt schlich er wieder auf die Rückseite des Hauses, wo sich der Wintergarten befand. Er rüttelte vorsichtig an der Schiebetür aus bodentiefem Glas. Sie war nicht verschlossen. Leise schob John sie auf.

Er musste achtgeben, nicht auf die vielen Papiere zu treten, die auf dem Boden neben dem Schreibtisch verstreut lagen, an dem Inken Roeloffs ihre Romane schrieb. Durch den Wintergarten gelangte er in einen schmalen Flur, der geradeaus zur Küche und der Eingangstür führte. Links von ihm befand sich die Tür zum Wohnzimmer.

John drückte sich gegen die Wand.

»Los, stehen Sie auf!« Die Stimme von Lohse.

»Ich sagte Ihnen doch, wir wissen nicht …« Das war Inken Roeloffs.

»Halt dein Maul! Dein Alter hat mich schon an der Nase herumgeführt. Dir wird das nicht gelingen. Und wenn es nicht sein Geld ist, das du mir gibst, dann deines. Du hast genug davon. Aufstehen. Jetzt!«

»Nehmen Sie mich mit.« Johann Roeloffs. »Lassen Sie meine Frau aus dem Spiel. Es gibt einen Safe im Büro der Airline. Ich kann Ihnen geben, was sich darin befindet. Den Rest … muss ich von der Bank abheben. Da komme ich heute nicht ran. Ich kann morgen …«

Das Geräusch eines harten Schlags und ein Schrei. Dann:

»Ich habe lange genug gewartet! Mein ganzes verdammtes Leben lang!«

John lugte um die Ecke. Lohse war mit Johann Roeloffs beschäftigt, die Chancen, dass er gerade in seine Richtung schaute, waren gering.

Lohse stand mit dem Rücken zu ihm. Vor ihm auf der Couch die beiden Roeloffs. Johann fasste sich ans linke Auge, das offenbar den Schlag abbekommen hatte. Lohse richtete das Messer nicht direkt auf die beiden, sondern hielt es locker in der linken Hand nach unten, mit der rechten hatte er wohl den Schlag durchgeführt. Zwischen ihm und John lagen nur wenige Meter.

John wusste, dass das, was er nun tun würde, gegen so ziemlich alles verstieß, was man ihnen in der Ausbildung und später während Übungen immer wieder eingebläut hatte. Doch die Lage drohte zu eskalieren. Er beschloss, auf das Überraschungsmoment zu bauen.

Mit schnellen Schritten eilte er ins Wohnzimmer. Lohse kehrte ihm weiter den Rücken zu und hörte ihn nicht kommen.

John war weniger als einen Meter von ihm entfernt, und es wäre ihm sicher gelungen, Lohses Arm zu packen und ihm das Messer zu entwinden.

Doch ausgerechnet in dem Moment erhellte ein Blitz das Wohnzimmer. Johns Schatten wurde auf die Wand hinter dem Sofa geworfen.

Ansatzlos wirbelte Lohse herum und führte einen weiten Hieb mit dem Messer aus. Er erwischte John quer über die Brust.

Die Klinge drang durch das Leder seiner Jacke, doch immerhin war sie dick genug, um zu verhindern, dass der Schnitt auf voller Breite bis auf die Haut durchging. Lediglich in der Mitte, wo die Jacke offen stand, zerfetzte das Messer Johns T-Shirt.

Er kümmerte sich nicht um das Blut, das sofort aus der Wunde trat. Dazu war auch keine Zeit. Lohse setzte bereits zum nächsten Hieb an. John wich ihm mit einem Schritt zur Seite aus, das Messer verfehlte nur knapp seinen Hals.

Lohse hatte so viel Kraft in die Attacke gelegt, dass er aus dem Gleichgewicht geriet. John versetzte ihm einen Schlag in die Nieren. Dann griff er mit beiden Armen unter Lohses Achseln hindurch und packte dessen Nacken, sodass er erst mal keinen weiteren Angriff ausführen konnte. Lohse warf sich mit seinem Gewicht nach hinten, und sie taumelten durch den Flur in den Wintergarten.

Inken Roeloffs gab einen Schrei von sich.

Lohse lehnte sich nach vorne, sodass John in der Luft baumelte. Seine Beine streiften diverse Gegenstände, die krachend zu Boden fielen. Dann flog John. Mit dem Rücken prallte er gegen einen Tisch und ging zu Boden.

Aus dem Flur hörte er Stimmen.

Jetzt rannte Lohse auf ihn zu und warf sich auf ihn.

John gelang es gerade noch, die Arme hochzureißen und sein Gesicht vor dem Messer zu schützen.

Lohse holte erneut aus. Mit beiden Händen packte John den Arm, in dem Lohse das Messer hielt. Der Kerl war stark. Er setzte sein ganzes Gewicht ein und drückte das Messer nieder.

»Weg mit der Waffe!« Eine Frauenstimme, die John dumpf wahrnahm, als befände er sich unter Wasser. Alles, worauf er sich konzentrieren konnte, war die Spitze des Messers, die sich Zentimeter für Zentimeter seiner Brust näherte.

Dann krachte ein Schuss.

Ein Teil von Lohses Kopf platzte in einer roten Wolke aus Blut und Knochen weg. Sein Körper wurde nach hinten geworfen.

John brauchte einen Moment, um wieder zu Atem zu kommen. Dann rappelte er sich auf und kroch zu Lohse. Er atmete nicht mehr. John fühlte an der Halsschlagader nach einem Puls. Nichts.

Falk Lohse war tot.

John drehte sich herum, um zu sehen, wer den Schuss abgegeben hatte. Über ihm, im Türrahmen des Wintergartens, stand mit vorgestreckter Waffe Lilly.

Das Gewitter war abgezogen. Die Luft duftete nach Regen und nasser Erde. Nur ein paar vereinzelte Tropfen fielen noch vom Dach der Veranda, unter der Sanna mit ihrer Schwester Jaane in ihrem Haus in Munkmarsch saß. Jaane hatte eine Flasche Rotwein entkorkt, einen Merlot aus dem Supermarktregal, sicherlich kein Glanzlicht des Weinanbaus, doch er tat seine Wirkung. Sanna spürte, wie sich ihre Muskeln lockerten und die Anspannung wich, als der Alkohol ihre Sinne in ein warmes Wattebett packte.

»Du siehst furchtbar aus«, meinte Jaane.

»So fühle ich mich auch.« Sanna leerte ihr Glas, stellte es auf den Tisch und sah zu, wie Jaane ihr nachschenkte.

»Willst du darüber reden?«

»Du weißt, dass ich das nicht kann.«

»Und du weißt, dass ich immer wieder fragen werde. Falls du es doch irgendwann einmal möchtest.«

»Das ist lieb von dir.«

Vier Stunden waren seit dem Vorfall im Haus der Roeloffs vergangen. Ohne Frage würde das Geschehen bereits Gegenstand zahlloser Onlineartikel und Social-Media-Posts sein. Ein völlig aus dem Ruder gelaufener, hemdsärmeliger Polizeieinsatz mit einem Toten und einem Verletzten, und das auf Deutschlands prominentester Nordseeinsel. Ein gefundenes Fressen.

Soni Kumari und ihre Leute hatten noch vor Ort alle Hände

voll damit zu tun gehabt, die neugierigen Zuschauer abzuhalten, die sich aus der Nachbarschaft versammelt hatten. Das flackernde Licht der Krankenwagen und Streifenwagen hatte sie angezogen wie Motten in der Nacht.

Der Notarzt hatte nur mehr den Tod von Falk Lohse feststellen können. Anschließend hatte er sich um John Benthien gekümmert und die Schnittwunde, die quer über dessen Brust verlief, noch vor Ort genäht, um die Blutung zu stoppen.

Lilly Velasco hatte unter Schock gestanden. Auch wenn mancher Film anderes suggerierte, kam es im Alltag einer Polizistin eher selten vor, dass sie einen Menschen erschoss – und es ließ sie dementsprechend nicht unbeeindruckt.

Ähnlich war es um die seelische Verfassung der Roeloffs' bestellt. Daher war auch an eine weitergehende Befragung der beiden nicht zu denken gewesen. Sie hatten sich überaus dankbar gezeigt, dass die Polizei, insbesondere John Benthien, ihnen die Haut gerettet hatte. Sanna hoffte, dass dies ihre Gesprächsbereitschaft erhöhen würde, wenn sie sie morgen wieder aufsuchte. Vorausgesetzt natürlich, sie waren überhaupt im Zustand für eine Befragung.

Johann hatte angegriffener gewirkt als seine Frau, da er sich Vorwürfe machte, diese nicht beschützt zu haben. Inken hingegen schien das Geschehen relativ unbeeindruckt zu lassen, zumindest hatte sie sich nach dem anfänglichen Schock schnell wieder gefangen und alles Weitere nüchtern über sich ergehen lassen. Eine solche Reaktion war Sanna nicht unbekannt. Es gab Menschen, die in einer solchen Situation einen natürlichen Schutzschirm hatten, der sich wie eine Kugel aus Panzerstahl um ihr Innerstes legte und es hermetisch abschirmte. Erst in den nachfolgenden Tagen sickerte die Realität langsam zu ihnen durch, und der Verarbeitungsprozess konnte beginnen.

Ihr selbst war es nicht anders ergangen. Sanna erinnerte sich noch an den Moment, als ein Kollege in ihr Büro gekommen war und ihr von Marios Tod berichtet hatte. Sie hatte einen Stich im Herzen gefühlt, danach hatte sie mit kalter Sachlichkeit die Emotionen ferngehalten, die später umso härter in ihr aufgewallt waren. Die Polizeipsychologin hatte diesen Prozess lang und breit mit ihr verarbeitet.

Mario. Ihre Entscheidung, ihn in eine unwägbare Situation zu schicken, in der er den Tod gefunden hatte. Und heute? Hatte sie es wieder getan. Das Ergebnis: ein verletzter Beamter, ein toter Verdächtiger und eine traumatisierte Kollegin. Doch hatte es überhaupt eine Alternative zu diesem Vorgehen gegeben?

Sanna hatte noch auf dem Weg in die Kersig-Siedlung mit Gödecke gesprochen. Er hatte umgehend das SEK verständigt, doch so, wie sich die Lage entwickelt hatte, war ihnen beiden klar gewesen, dass die Expertentruppe viel zu spät kommen würde. Hätte Benthien nicht eingegriffen, wer weiß, was dann geschehen wäre. Und der finale Rettungsschuss von Velasco war unvermeidbar gewesen.

Lilly Velasco. Die obligatorische Ermittlung wegen tödlichen Schusswaffengebrauchs gegen sie war unumgänglich. Doch Gödecke hatte nicht nur deshalb gezürnt, als Sanna ihn über den Ausgang der Aktion informiert hatte. Was hatte eine Beamtin in ihrem Zustand überhaupt bei einem solchen Einsatz zu suchen?, hatte er gepoltert. Die Kollegin sei schon vor Wochen in den Innendienst versetzt worden. Weil sie schwanger war, wie Sanna bei dieser Gelegenheit erfuhr.

Warum hatte Velasco sie nicht darüber informiert? Es schien, dass nicht nur Benthien, sondern auch sein Umfeld es mit den Regeln nicht allzu genau nahm.

Andererseits, fragte sich Sanna, tat sie selbst das denn überhaupt? Ansonsten hätte sie Benthien niemals das Go für sein Eingreifen geben dürfen. Wäre es nach Vorschrift gegangen, hätten sie ganz in Ruhe auf das SEK und den Unterhändler gewartet.

Als Staatsanwältin hatte sie nicht nur eine Weisungsbefugnis bei den Ermittlungen. Sie trug auch eine Verantwortung für ihre Untergebenen. Dieser war sie nicht nachgekommen.

Wie auch?

Sie war nicht gut darin, andere zu beschützen. Verdammt, sie hatte es ihr Leben lang noch nicht einmal geschafft, sich um den Menschen zu kümmern, der ihr am wichtigsten war, weil er alles war, was ihr an Familie geblieben war.

Jaane.

Sie hatte schon als Kind Probleme gehabt und war Sanna immer wie ein Bremsklotz vorgekommen. Deshalb hatte es ihr auch nichts ausgemacht, sie mit Mutter allein zurückzulassen, als sie sich mit fliegenden Fahnen in das Abenteuer Leben gestürzt hatte. Paris, London, Stockholm – im Grunde konnten ihr die Studienorte nicht weit genug von zu Hause weg sein. Ihre erste Stelle in Berlin. Dann München, am anderen Ende der Republik.

Dabei hatte sie gewusst, dass Mutter sich um sich selbst drehte. Ihre wahre Familie waren immer ihre Bücher und Autoren gewesen. Jaane blieb sich selbst überlassen.

Sicher, sie war nun hergekommen, um es wiedergutzumachen. Um endlich für Jaane da zu sein. Aber wenn sie ehrlich zu sich selbst war, machte sie sich da vielleicht etwas vor. Denn natürlich gab es einen ganz anderen Grund, weshalb sie die Versetzung beantragt hatte: Sie hatte versagt, als es darauf ankam.

Sie musste an ihren Vater denken, den Mann, den sie nie wirklich kennengelernt hatte. Er hatte bei der Feuerwehr gearbeitet. Mutter hatte ihr einmal von einem seiner Einsätze erzählt. Ein Brand in einem Mehrfamilienhaus, der unkontrollierbar geworden war. In einer der Wohnungen waren noch Kinder vermutet worden. Vater hatte drei seiner Leute losgeschickt, obwohl er gewusst hatte, dass sie sich in große Gefahr begaben. Er hatte die Kinder retten wollen – und drei Männer in den sicheren Tod geschickt. Sie waren in den Flammen umgekommen und hatten ihn danach Nacht um Nacht in seinen Träumen verfolgt.

Sanna fragte sich, wie viel von ihrem Vater in ihr steckte. Konnte sich schlechtes Karma weitervererben?

Sie musste an die Roeloffs denken, Inken und Bente. Sie teilten etwas miteinander, den blinden Fleck in ihrer Identität. Ihren Vater.

»Hast du dich mal gefragt, wie es wäre, ihn jetzt kennenzulernen?« Die Überlegung war Sanna laut rausgerutscht. Jaane und sie hatten sich nie wirklich über ihre Gefühlswelt ausgelassen. Aber vielleicht war dies ein guter Zeitpunkt, eine Gelegenheit, an einer echten Verbindung zwischen ihnen zu stricken. Sich zu kümmern.

»Was meinst du?«

»Vater. Ich meine ... was wäre, wenn er morgen plötzlich vor der Tür stehen würde?«

Jaane hob die Schultern. »Weiß nicht. Wäre schön, oder?«

»Ja. Oder vielleicht auch nicht ...«

»Warum? Ich wüsste gerne, was für ein Mensch er ist. Ist er wie ich, bin ich wie er?«

»Vielleicht fürchte ich mich vor dem, was ich finden würde. Was wäre, wenn er ein Monster ist?«

»Ein Monster? Papa? Wie kommst du denn darauf?«

»So meinte ich das nicht.« Sanna stieß einen Seufzer aus. Sie war im Begriff, gegen den Vorsatz zu verstoßen, auf dem sie eben noch bestanden hatte. Nicht über die Arbeit zu reden. Andererseits, es waren keine heiklen Informationen, die sie preisgab.

Sanna trank noch einen Schluck Wein. Dann gab sie sich einen Ruck und beschloss, nicht zu sehr ins Detail zu gehen und keine Namen zu nennen. Sie erzählte die Geschichte von zwei Schwestern, die im Erwachsenenalter ihren Vater fanden und mit Entsetzen entdeckten, dass er ein Krimineller und mutmaßlicher Mörder war. Ein Monster.

Jaane blies die Backen auf. »Puh. Harter Tobak.«

»In der Tat.«

Jaane schwenkte den Wein im Glas. »Ich habe mit Dr. Andersen ein paarmal über Vater gesprochen. Er sagte ... ich kann das nicht professionell wiedergeben, aber ... er meinte, unsere Eltern bilden die beiden Teile unserer Persönlichkeit. Fehlt einer von ihnen, bleibt uns dieser Teil von uns verborgen.«

»Und dann findest du heraus, dass dieser Teil ein Verbrecher ist. Trägst du diese Veranlagung dann auch in dir?«

»Gute Frage.« Jaane wog den Kopf. »Weißt du was? Dr. Andersen ist wirklich gut. Es hilft, mit ihm zu reden. Wenn dich das also beschäftigt ... vielleicht solltest du auch mal mit ihm sprechen. Was ist übrigens mit der Einverständniserklärung, hast du ...«

Sanna stellte das Weinglas etwas zu heftig auf dem Tisch ab, sodass es ein Klirren gab.

»Was hast du?«, fragte Jaane.

Sanna spürte, wie sich der Nebel des Alkohols lichtete und sich ihre Gedanken klärten.

Dr. Andersen. Die Einverständniserklärung.

Warum hatte sie nicht gleich daran gedacht?

»Kleine Schwester«, sagte sie, »du bist ein Genie.«

51   John Benthien

»Wird es denn gehen?«, fragte Tommy, während er den Citroën vor dem alten Friesenhaus in den Lister Dünen parkte.

»Gib mir einen Moment.« John stieg aus und atmete die regennasse Luft ein. Mit zitternden Händen zündete er sich eine Zigarette an. Er musste zur Ruhe kommen, bevor er zu Celine ins Haus ging. Sie hatte ihm bereits mehrere Kurznachrichten geschickt und eine sorgenvolle Ansage auf der Mailbox hinterlassen, wo er denn blieb.

Tommy stieg ebenfalls aus, schloss die Fahrertür und setzte sich neben John auf die Motorhaube. »Es war richtig, wie du gehandelt hast.«

»Da bin ich mir nicht so sicher.« John stieß den Rauch aus und blickte hinüber zum Haus. Im Sprossenfenster der Küche brannte Licht. »Ein Mann ist tot. Lilly steht unter Schock. Die Roeloffs ebenfalls. Und das Ganze hätte noch viel schlimmer ausgehen können ...«

John sprach den Gedanken nicht aus, der ihm im Kopf herumging: Was, wenn Lilly und die anderen auch nur eine halbe Minute später eingetroffen wären ... Dann wäre Celine jetzt auf sich allein gestellt.

Als Falk Lohse das Messer immer weiter runtergedrückt und ihm beinahe ins Herz gerammt hatte, war John für einen Moment Celines Gesicht erschienen.

Beinahe hätte er sie im Stich gelassen.

»Nun, wenn man ihren Zustand betrachtet, dann …« Tommy brach mitten im Satz ab.

»Wessen Zustand?« John war in Gedanken noch ganz bei Celine.

»Lillys … Zustand.« Tommy räusperte sich. »Sie hat wohl einen Anflug von Grippe. Nichts Ernstes, aber sie sollte sich wohl besser schonen. Ich meine … gerade in der heutigen Zeit rennt man nicht mehr krank in der Gegend rum …«

Tommy lächelte, doch es wirkte unecht. Auf John machte es fast den Eindruck, als hätte sich sein Freund in irgendeiner Weise verplappert.

»Eine Grippe, ja?«

»Genau.« Tommy stand von der Motorhaube auf. »Komm, ich bring dich rein.«

John zog noch einmal an der Zigarette, ließ sie zu Boden fallen und trat sie aus. Dann folgte er Tommy.

Im Flur hinter der Haustür hängte John seine Lederjacke an einen der Mantelhaken. Lohses Messer hatte das Leder auf Brusthöhe durchtrennt. Vermutlich würde er sich von dem guten Stück, das er seit seinen Anfangsjahren bei der Polizei besaß, verabschieden müssen.

»Bin wieder da!«, rief er in das Haus hinein.

Die Antwort kam umgehend. »Wir sind in der Küche!«

»Celine hat eine Freundin hier«, erklärte John auf Tommys fragenden Blick hin.

Sie gingen mit wenigen Schritten durch den Flur zur Küche. In der Tür blieb John wie angewurzelt stehen. Celine saß bei einer Tasse Tee am Küchentisch – allerdings nicht in Gesellschaft ihrer Freundin Elfie. Eine erwachsene Frau saß ihr gegenüber. Sie hatte John den Rücken zugekehrt, doch er erkannte sie an ihrem Körperbau und dem pechschwarzen Haar, das sie zu einem Zopf nach hinten gebunden hatte.

Frede drehte sich mit einem Lächeln um. »Hallo, John.«

Er erwiderte nichts. Seine Kehle schnürte sich zu, und die Haut auf seinen Armen und in seinem Nacken fühlte sich an, als würden kleine, stachelige Eiskristalle darauf wachsen.

Er verspürte dasselbe Gefühl wie vorhin, als Falk Lohse ihm beinahe das Messer in die Brust gerammt hatte: Angst. Allerdings fürchtete er jetzt nicht um sich selbst.

»Oh mein Gott, Daddy!« Celine sprang auf und kam zu ihm herüber. Mit Schreck in den Augen betrachtete sie seine Brust.

Frede stand ebenfalls auf. »Du bist verletzt.«

John trug noch immer dasselbe T-Shirt. In Brusthöhe klaffte ein Riss, darunter lag der Verband, den der Notarzt ihm angelegt hatte. Der weiße Stoff des Shirts war mit Blut getränkt.

»Halb so schlimm«, sagte er. »Ich zieh mir erst mal was anderes an. Tommy erzählt euch, was los war. Und … wo steckt eigentlich Elfie?« Erst jetzt fiel ihm auf, dass Celines Freundin fehlte. John hoffte, dass sie nicht im Begriff war, sich in Schwierigkeiten zu bringen. Doch dem war offenbar nicht so.

Celine deutete zur Decke. »Ist oben.«

John ging hoch ins Schlafzimmer und legte sich frische Sachen raus. Dann begab er sich nach nebenan ins Badezimmer. Vor dem Spiegel hob er den Verband an und betrachtete die Wunde. Die Blutung hatte aufgehört. Bei den vielen Stichen, die der Arzt gebraucht hatte, würde mit Sicherheit eine Narbe bleiben.

John wusch sich mit einem Waschlappen das verkrustete Blut vom Körper. Dann zog er ein neues T-Shirt und eine bequeme Leinenhose an.

Bevor er wieder hinunterging, klopfte er an die Tür von Celines Zimmer. Als niemand antwortete, machte er auf.

Elfie saß am Schreibtisch vor dem Computer und spielte mit dem Gamepad in der Hand ein Spiel, offenbar online gegen Freunde, denn sie sprach aufgeregt in das Headset, das sie auf dem Kopf trug. Als sie John bemerkte, grüßte sie kurz mit einem Nicken.

Er schloss die Tür wieder.

Im Wohnzimmer hatten sich Tommy und Frede an den Tisch gesetzt. Offenbar waren sie jetzt an dem Punkt der Erzählung angelangt, der nicht für Teenagerohren bestimmt war. Celine machte sich in der Küche zu schaffen.

»Ich mache euch eine Kleinigkeit zu essen«, sagte sie, als John den Kopf zur Tür hineinstreckte.

»Aber wirklich nur eine Kleinigkeit.« John schloss die Tür hinter sich und setzte sich vor Kopf an den Wohnzimmertisch.

In Tommys Gesicht lag tiefe Verachtung. Es war das erste Mal seit dem Ende ihrer Ermittlungen im Fall Dornieden, dass er Frede von Angesicht zu Angesicht gegenübersaß. Seine Miene wirkte versteinert, er sprach in nüchternen, kurzen Sätzen. Offenbar war er gerade am Ende seines Berichts angelangt.

»Dann blieb Lilly wohl nichts anders übrig, als ihn zu erschießen«, meinte Frede.

Tommy zog die Mundwinkel nach unten. »Darüber zu urteilen wird Aufgabe der internen Ermittlung sein. Das wird nach Vorschrift laufen. Aber wenn du mich nach meiner persönlichen Einschätzung fragst … Sie hat John das Leben gerettet.«

»Und ihr habt einen Mörder zur Strecke gebracht.«

Tommy lehnte sich im Stuhl zurück, verschränkte die Arme vor der Brust und musterte Frede mit kühlem Blick. »Ganz richtig, das ist es, was wir tun. Wir bringen Mörder hinter Schloss und Riegel.« Nach einer kurzen Pause fügte er hinzu: »Normalerweise.«

Frede erwiderte nichts, sondern warf John aus dem Augenwinkel einen Blick zu. Er hatte ihr nie erzählt, dass Tommy über alles Bescheid wusste und sogar über eine Audio-Aufnahme verfügte, die Frede sicher ins Gefängnis befördern würde und John eine Nachbarzelle garantierte.

Tommy erhob sich und zog die Jacke an, die er über die Rückenlehne des Stuhls gelegt hatte. »Ich lasse euch dann mal allein.«

John brachte seinen Freund zur Haustür. »Danke, dass du mich gefahren hast.«

»Kein Problem. Ich nehme den Wagen mit und hole dich morgen früh ab.« Tommy wandte sich zum Gehen, drehte sich dann aber noch einmal um. »Du musst das klären, John. Zu viele Leute wissen inzwischen Bescheid.«

»Ich weiß.« John starrte betreten auf seine Füße, die in Hausschuhen steckten. Tommy ging zum Citroën und fuhr davon.

»Die beiden haben etwas miteinander, oder?«, fragte Frede, als Celine sie alleine gelassen und hoch zu ihrer Freundin gegangen war.

»Meinst du?« John kaute den letzten Bissen des Abendbrots, das Celine für ihn gemacht hatte, Rührei mit Graubrot – ausnahmsweise ungesund, da es ihn so übel erwischt hatte.

»Konnte mir gar nicht entgehen«, meinte Frede mit einem Lächeln. »Du kommst damit klar?«

»Jeder soll auf seine Weise glücklich werden.«

Frede trank einen Schluck Wein. John hatte ein Feuer in dem alten Bilegger entfacht, und die Wärme und der Alkohol ließen Fredes Wangen erröten.

»Wird Celine bei dir in Flensburg wohnen, jetzt, wo ihr euren Fall abgeschlossen habt?«

»Ja«, meinte John. »Kann aber noch ein paar Tage dauern, bis wir zurückfahren. Was den Fall angeht, sind wir vielleicht noch nicht am Ende angelangt.«

»Aber ihr habt den Täter.«

»Da bin ich mir noch nicht so sicher. Ich habe meine Zweifel, ob Falk Lohse wirklich im Stande gewesen wäre, ein Flugzeug abstürzen zu lassen.«

Frede schürzte die Lippen. »Tja ... vielleicht verwandelt sich Sylt auch einfach zu einer Art neuem Bermudadreieck. Nach allem, was hier in letzter Zeit los war.«

»Wie meinst du das? Gab es noch mehr Flugzeugabstürze in letzter Zeit?«

»Das muss jetzt etwa vier Wochen her sein«, erzählte Frede. »Ich bin an dem Tag von hier aus nach Dänemark geflogen, um …« Sie machte eine Pause und ließ den Rest des Satzes unausgesprochen. Doch sie brauchte John den Grund ihrer Reise nicht zu erklären. Ihre Adoptivmutter, die sie als Kind vor ihrer übergriffigen Mutter beschützt hatte, lebte in Skagen. »Auf dem Rückflug mussten wir lange in der Warteschlange kreisen. Die Landebahn auf Sylt war gesperrt, weil es einen Zwischenfall mit einer Privatmaschine gegeben hatte.«

John hob eine Augenbraue. »Wann war das?«

»Das muss jetzt einen Monat her sein.«

»Weißt du Genaueres?«

»Nein. Wir konnten dann irgendwann landen.«

John machte sich in Gedanken eine Notiz, der Sache morgen nachzugehen. Er putzte sich den Mund mit der Serviette ab und brachte seinen Teller in die Küche. Dann goss er sich ebenfalls ein Glas Wein ein und kam auf das Unvermeidliche zu sprechen.

»Weshalb bist du hier, Frede?«

Ihre Miene verfinsterte sich. »Sanna Harmstorf, die Staatsanwältin … sie hat mich vorgeladen.« Bevor John etwas sagen konnte, schob sie hinterher: »Keine offizielle Vorladung. Sie hat mich um ein Gespräch im Fall Dornieden gebeten. Sie meinte, sie hätte noch ein paar Fragen.«

John überlegte, was er darauf antworten sollte. Vielleicht war es an der Zeit, Frede den Ernst der Lage zu offenbaren – die Nachforschungen, die Sanna Harmstorf offenbar auf Geheiß von Bleicken und Gödecke anstellte, der Audio-Mitschnitt, über den zu viele Leute Kenntnis erlangt hatten.

»Sie kommt uns auf die Schliche, oder?«

John schüttelte langsam den Kopf. Er musste daran denken, was Frede durchgemacht hatte, die Qualen, denen ihre Mutter sie unterzogen hatte, dann vom eigenen Vater verschleppt zu werden, eine Kindheit bei Fremden, weit weg von zu Hause, später die Offenbarung, wer sie wirklich war. Er wollte sie nicht hinter Gittern sehen, sondern frei und glücklich.

Als Polizeibeamter sollte er nicht so denken. Doch er konnte nicht leugnen, dass er diese Frau noch immer liebte, trotz allem.

»Nein«, sagte er »Harmstorf hat nichts in der Hand.«

»Aber sie ahnt etwas. Sonst würde sie wohl keine Nachforschungen anstellen, wo die Sache doch eigentlich abgeschlossen ist.«

»Vielleicht ahnt sie etwas.« John griff über den Tisch und nahm Fredes Hände. »Aber sie blufft. Sie kann nichts beweisen.«

Noch kann sie nichts beweisen, verbesserte sich John insgeheim, denn dies galt natürlich nur so lange, wie sie keine Kopie des Audio-Mitschnitts in die Finger bekam.

»Wann musst du zu ihr?«

»Sie will mir noch einen Termin nennen. Vermutlich, wenn ihr hier fertig seid.«

»Also haben wir Zeit. Wir legen uns etwas zurecht, einverstanden? Mach dir keine Sorgen.«

Frede nickte. Allerdings wirkte sie alles andere als beruhigt. »Weißt du ... ich träume von ihr.«

»Von wem?«

»Von meiner Mutter. Ich sehe immer wieder ihr Gesicht, wie sie da unten im Keller ... Ich meine ... vielleicht hätte ich ...« Sie biss sich auf die Unterlippe. »Haben wir wirklich das Richtige getan, John?«

Frede brach in heftiges Weinen aus. John ging zu ihr hinüber, setzte sich neben sie und nahm sie in die Arme. Auf ihre Frage antwortete er nicht, denn inzwischen zweifelte er selbst daran, ob er nicht einen schrecklichen Fehler begangen hatte. Doch jetzt gab es kein Zurück mehr. Sie mussten mit ihrer Entscheidung leben. Es sei denn, sie wollten beide im Gefängnis landen.

Wenig später lagen sie nebeneinander im Bett.

Es hatte wieder zu regnen begonnen, und John hörte die Tropfen auf dem Reetdach prasseln. Frede schlief bereits.

Ein Gedanke ließ ihn nicht zur Ruhe kommen und seine Emotionen Achterbahn fahren.

Er galt Celine. Wie sie mit Frede am Küchentisch gesessen hatte ... John hatte in dem Moment ein Gefühl überwältigt. Furcht. Die nackte Furcht um seine Tochter.

Celine hatte ohne Zweifel den Audio-Mitschnitt gehört, der Frede entlarvte. Was, wenn sie sich ihr gegenüber verplappert hätte? Was hätte Frede getan? John war sich nicht sicher, und er mochte nicht die Hand für sie ins Feuer legen.

Denn eines war ihm in diesem Moment ebenfalls in aller Deutlichkeit bewusst geworden, etwas, das bislang vom Schleier der Verliebtheit verdeckt worden war. Seine Tochter hatte mit einer Frau am Tisch gesessen, die ihre eigene Mutter ermordet hatte.

Eine Mörderin, die er auf freien Fuß gesetzt hatte und von der er nicht sagen konnte, ob sie unter bestimmten Umständen eine solche Tat wiederholen würde.

Eine Mörderin, die offenbar Gewissensbisse plagten. John kannte das Phänomen. Die wenigsten Menschen konnten mit einer solchen Tat leben. Irgendwann holte sie die Wahrheit ein, sie begriffen, was sie getan hatten, dass sie einem anderen Menschen das Leben genommen hatten. Das verfolgte sie, jeden Tag und jede Nacht. Bis sie irgendwann unter der Last zusammenbrachen. Viele waren froh, wenn sie ihr Verbrechen jemandem gestehen und es sich von der Seele reden konnten.

Würde es bei Frede genauso sein? Bei der Frau, die er nun beinahe so sehr fürchtete, wie er sie liebte?

52   Lilly Velasco

Zuerst erklang der Schuss wie eine Explosion. Ihre Trommelfelle schienen zu zerreißen. Dann der Ausdruck auf seinem Gesicht, die weit aufgerissenen Augen, als ein Teil seines Kopfes aufplatzte und Hirn, Blut und Knochen spritzten. Der gebrochene Blick, als er tot auf dem Boden lag.

Er hatte über John gekniet, der sich heftig wehrte, den Kampf aber ganz offensichtlich verlor. Stück für Stück hatte sich die Spitze des Messers seinem Herzen genähert.

Sie hatte auf den Kopf gezielt.

John durfte nicht sterben.

Sie hatte tief eingeatmet, die Ruhe bewahrt.

Fester Stand. Die Waffe in beiden Händen.

Kimme. Korn. Zielen.

Nicht auf die Schultern oder den Bauch. Auch nicht auf den Oberkörper, die größte Trefferfläche, wie man ihnen beigebracht hatte. Denn so, wie Lohse über John gekauert und das Messer niedergedrückt hatte, hätte sie vielleicht nicht genug Schaden angerichtet.

Im Kopf. Dort sollte die Kugel ihn treffen.

Und das hatte sie auch getan.

Weil sie es so gewollt hatte.

Lilly schoss auf dem Schlaf in die Höhe und schnappte nach Luft. Das Herz schlug ihr bis zum Hals. Sie hörte den Puls in ihren Ohren pochen.

Einige Minuten saß sie einfach da. Als sie sich langsam beruhigt hatte, schob sie die verschwitzten Bettlaken beiseite und ging hinüber ins Badezimmer. Dort kniete sie sich vor die Toilette, klappte den Deckel hoch und übergab sich mehrere Male.

Erst dann fühlte sie sich besser.

Im Kühlschrank in der Küche fand sie eine kalte Flasche Limo. Im Nachthemd ging sie damit hinaus auf den Balkon ihrer Wohnung in Flensburg. Die frische Luft tat gut. Die Übelkeit verschwand vollends, das Herz in ihrer Brust schlug wieder langsamer. Unten sah sie in der Ferne die Förde und die Lichter des Hafens.

Lilly stellte die Flasche auf dem Terrassentisch ab.

Mit beiden Händen umfasste sie ihren Bauch.

Tut mir leid, kleines Baby. Ich hab dir heute ganz schön was zugemutet. Soll nicht wieder vorkommen. Mama wird von nun an alles tun, damit es dir gut geht.

So hatte der Arzt es ihr aufgetragen. Sie sei eine werdende Mutter, hatte er ihr ins Gewissen geredet. Bei einem solchen Einsatz habe sie nichts zu suchen. Es hätte seinen guten Grund, wenn ihre Vorgesetzten sie in den Innendienst beorderten. Zu ihrem Schutz und vor allem dem ihres Babys.

Gödecke hatte sich bereits bei ihr gemeldet und sich nach ihrem Wohlbefinden erkundigt. Seine Standpauke war verhalten ausgefallen, was vermutlich auch daran lag, dass Lilly zwar nicht um seine Erlaubnis für ihre Nachforschungen gebeten hatte, es aber durchaus auf ihn zurückgefallen wäre, wenn ihr etwas zugestoßen wäre. Beinahe hatte es wie eine flehentliche Bitte geklungen, als er sie an ihren Schreibtisch auf dem Präsidium zurückbeordert hatte.

Natürlich hatte er mit Sanna Harmstorf gesprochen. Sie wusste jetzt Bescheid, das war unumgänglich gewesen. Ohnehin würden es wohl bald noch viel mehr Kollegen erfahren, denn ewig konnte sie den Babybauch nicht mehr verbergen.

Lilly setzte sich auf einen der Balkonstühle und nahm ihr Smartphone zur Hand. In ihrem E-Mail-Eingang fand sie eine Nachricht von ihrer Kollegin und Freundin der Münchner Polizei. Lilly hatte bei ihr einen Gefallen eingefordert, und offenbar war sie diesem Anliegen nachgekommen. Der kurze Text lautete:

> Du hattest recht. Jeder hat eine Leiche im Keller.
> Siehe Anhang.
> Grüße B.

Lilly öffnete das Attachment. Kopien mehrerer Zeitungsartikel. Sie speicherte sie ab und rief sie dann nacheinander auf.

Als sie zwei der Berichte gelesen hatte, verstand Lilly, worum es ging. Es hatte einen überaus tragischen Grund, weshalb Sanna Harmstorf – aufsteigender Stern der Münchner Staatsanwaltschaft mit großen Karrierechancen – sich auf eigenen Wunsch in die Diaspora nach Flensburg hatte versetzen lassen.

»Alles klar?«

Juri kam auf den Balkon hinaus und sah sie aus schlaftrunkenen Augen an. Er hatte sie nach Hause gebracht.

»Alles gut. Ich hatte nur Durst.« Lilly nahm die Limonade und trank einen Schluck.

Juri legte die Arme um sie. »Komm zurück ins Bett.«

»Gleich. Ich ... möchte noch ein wenig die frische Luft genießen.«

»Es ist bitterkalt. Du holst dir noch was.« Er setzte sich auf den Stuhl neben ihr und betrachtete sie kritisch. »Du hast geträumt, stimmt's?«

Lilly nickte.

»Das ... geht vorbei.«

»Hoffen wir es.«

»In der Nacht sehen wir manchmal Gespenster ...« Juri blickte auf den Bildschirm ihres Smartphones. »Was hast du da?«

»Nichts.« Lilly schloss den Artikel über Sanna Harmstorf mit einem schnellen Wisch. Sie wollte das Gerät schon ausschalten, als ihr Blick an einem Foto hängen blieb, das sie abgespeichert hatte.

Sie öffnete es. Es war das Bild, das Bente Roeloffs in der Telefonzelle zeigte, als sie wegen des Krabbenkutterfalls auf dem Präsidium angerufen hatte.

In der Nacht sehen wir manchmal Gespenster.

Lilly zog das Foto groß auf.

»Was ist?«, fragte Juri.

Sie überlegte einen Moment und setzte in Gedanken die Puzzlestücke zusammen. »Oh, verdammter Mist. Ich blindes Huhn.«

Juri zog die Stirn kraus. »Ich verstehe nicht ...«

»Wir müssen morgen noch mal rüber auf die Insel.«

»Hältst du das für eine gute Idee? Nach allem, was heute war?«

»Doch, und zwar aus einem einfachen Grund«, sagte Lilly bestimmt und stand auf. »Weil der Mann, den ich heute erschossen habe, nicht der Mörder von Karel Jansen ist.«

Vierter Teil
DAS VERSTECK

53 Sanna Harmstorf

Am nächsten Morgen kroch das erste Tageslicht gerade über den Horizont, als Sanna das Haus in Munkmarsch verließ. Sie war als eine der Ersten auf der Westerländer Wache. Lediglich Soni Kumari und zwei Kollegen, die die Nachtschicht ablösten, waren zugegen. Sanna machte sich einen Kaffee und setzte sich an einen freien Schreibtisch. Sie mochte die frühen Morgenstunden auf einem Polizeirevier – es herrschte noch Ruhe, und die eigenen Gedanken waren frisch und klar. Sie nahm sich Stift und ein Blatt Papier. Dann ging sie alle Aspekte in dem Fall noch einmal sorgfältig durch.

Als sie gestern Abend telefoniert hatten, hatte Bleicken von ihr wissen wollen, ob die Ermittlungen nun beendet seien und Falk Lohse als Täter gelten könne. Sanna hatte wahrheitsgemäß und mit der Standardantwort einer Juristin geantwortet: Es kommt darauf an.

Dies war die erste Ermittlung, die sie für die Staatsanwaltschaft Flensburg leitete, und sie wollte sich keinen Schnitzer durch voreilige Schlüsse erlauben. Zumal es noch einige offene Fragen gab.

Karel Jansen.

Sanna schrieb den Namen als Erstes auf das Blatt.

Jansen, ein ehemaliger Polizist, war in den Achtzigerjahren durch einen albtraumhaften Einsatz praktisch dienstunfähig geworden. Er schloss sich den Gentlemenräubern an, einer Gruppe

429

aus drei Männern und einer Frau. Gemeinsam erbeuteten sie ungefähr drei Millionen Mark in Bargeld und Goldbarren – umgerechnet etwa anderthalb Millionen Euro.

Jansens Frau Gyde wusste anscheinend von seinem Verbrecherleben und war damit nicht einverstanden, sie trennte sich, zog mit den gerade geborenen Zwillingen Inken und Bente nach Sylt.

Jansen selbst versteckte die Beute, die er für sich allein beanspruchte, in seiner Kate auf Helgoland. Sein Komplize Falk Lohse landete lebenslang hinter Gittern, die anderen beiden, einen jungen Mann und eine Frau, beseitigte Jansen, indem er sie betäubte und über der Nordsee aus dem Flugzeug warf. Ein kaltblütiger Mord.

Unter dem Namen Leif Christensen lebte Jansen die folgenden Jahrzehnte in Norwegen. Dann tauchte er plötzlich bei seinen Töchtern auf Sylt auf. Vielleicht hatte ihn ehrliches Interesse an seinen Töchtern hergetrieben – vielleicht aber auch der plötzliche Reichtum, der eine von diesen ereilt hatte. Immerhin denkbar, denn die Beute, die er auf Helgoland versteckte, war über die Jahre arg zusammengeschrumpft. Nur noch etwas mehr als einhunderttausend Euro waren übrig. Was hat Jansen mit dem ganzen Geld gemacht?

Dann starb Jansen. Bei einem Unglück mit seiner eigenen Maschine, der Oliv Tuuli, die manipuliert worden war. Am Steuer saß seine Tochter Bente. Im Gepäck: ein Koffer mit einer hohen Summe Bargeld.

Was hatte es mit diesem Koffer auf sich?

Die nächsten Namen, die Sanna auf das Papier schrieb:

Inken und Bente Roeloffs. Die beiden Schwestern, die ihr Leben lang unter der Vaterentbehrung gelitten und sich umso mehr gefreut hatten, ihn doch noch kennenzulernen. Was hatten sie über seine Vergangenheit gewusst? Was hatte der Privatdetektiv, den Inken und ihr Mann Johann engagiert hatten, alles herausgefunden? Immerhin Bente schien sich im Klaren darüber gewesen zu sein, dass ihr Vater ein Verbrecher war. Aber hatte auch Inken davon gewusst? Sanna hatte nicht das Gefühl, dass die beiden Schwestern ihr die ganze Wahrheit gesagt hatten, sie verschwiegen etwas, vor allem Bente, den Eindruck hatte sie bei ihrem Besuch im Krankenhaus gewonnen. Was hatte Dr. Andersen gesagt: Bente war die starke der beiden Schwestern, sie beschützte Inken. Tat sie das auch jetzt?

Und dann war da noch *Falk Lohse*. Sie unterstrich den Namen. Der Komplize von Karel Jansen, der nach Sylt gekommen war, um seinen Teil der Beute einzufordern, nachdem er im Gefängnis eisern geschwiegen hatte. Laut Bente Roeloffs war er der Mörder von Mark Molitor. Aber hatte er auch seinen alten Freund Karel Jansen auf dem Gewissen?

Denkbar war es, denn er hatte immerhin ein plausibles Motiv gehabt. Allerdings würden sie nach gestern Nacht die Wahrheit nicht mehr von ihm erfahren.

Dieser Meinung war auch John Benthien, als er etwas später an diesem Morgen Sanna am Schreibtisch gegenübersaß, ebenfalls mit einer Tasse dampfendem Kaffee. Tommy Fitzen hatte sich nach der Ankunft auf der Wache ohne Umschweife in den Nebenraum begeben, um mit den Kollegen in Norwegen zu telefonieren und die Hintergründe von Leif Christensen zu klären.

Sanna hatte Benthien ihre Notizen rübergeschoben. Er überflog das Blatt, trank einen Schluck Kaffee und meinte dann: »Vorstellbar ist es. Jansen hat seinen alten Kumpan immer wieder vertröstet und ihn mit Kleckerbeträgen abgespeist, die er bei der Fluglinie abgezweigt hatte. Lohse reißt schließlich der Geduldsfaden. Er stellt Jansen eine letzte Deadline, bricht ihm sogar den Arm, um ihm klarzumachen, dass er es ernst meint. Als Jansen ihn abermals hinhält, beschließt er, den Kerl ins Jenseits zu befördern.«

»Da klingt ein Aber mit«, sagte Sanna.

»Richtig. Es ist *vorstellbar*. Aber ist es auch plausibel?«

»Lohse müsste klar gewesen sein, dass er sein Geld niemals bekommen würde, wenn er Jansen das Licht ausknipst.«

»Vielleicht hatte er die Hoffnung aufgegeben.«

»Könnte sein«, überlegte Sanna. »Andererseits ... er hat auf Helgoland die Kate von Jansen durchsucht. Also wusste er offenbar, dass das Geld dort versteckt ist.«

»Richtig. Auf irgendeinem Weg hat er das herausbekommen. Oder er hat es sich zusammengereimt, weil Jansens Unglücksflug auf die Insel führen sollte. Vielleicht hat Jansen es ihm auch selbst gesagt. Als Lohse ihm den Arm bricht und ihm die Pistole auf die Brust setzt, rückt er damit raus. Er sagt ihm, dass er auf die Insel fliegen muss, um das Geld zu holen. So lange muss Lohse sich noch gedulden.«

»Dann wäre es ziemlich dämlich von ihm gewesen, die Maschine zu manipulieren.«

»Allerdings«, stimmte Benthien zu. »Jansen wird ihm wohl kaum gesagt haben, dass er den Gutteil der Beute verjubelt hat und nur noch ein letzter Rest in seiner Kate versteckt ist. Lohse geht also davon aus, dass Jansen rüberfliegt und ihm seinen vollen Anteil liefert.«

»Kein Grund, ihn zu töten. Außerdem ...« Sanna spielte mit dem Stift zwischen den Fingern. »Ich frage mich, ob Lohse überhaupt die Mittel dazu gehabt hätte.«

»Tja, er hätte sich bestimmt Zugang zu dem Hangar verschaffen können, aber ob er über das technische Wissen verfügte ... Ich würde es zumindest stark anzweifeln.«

»Womit wir wieder bei null wären. Wenn er es nicht war, wer dann?«

»Bleiben wir bei dem Flug«, sagte Benthien. »Lohse bricht Jansen am Tag vor dem Absturz den Arm. Mit seiner Verletzung kann Jansen die Maschine nicht selbst steuern, aber Lohse hat ihm ein Ultimatum gesetzt. Er bittet Bente um Hilfe. Die weiß inzwischen, dass ihr alter Herr ein Verbrecher und Mörder ist. Trotzdem hilft sie ihm. Sie starten im Morgengrauen nach Helgoland, um das Geld zu holen ... obwohl sie wissen, dass es nicht reichen wird, um Lohse die volle Summe zu geben.«

»Ja«, stimmte Sanna zu. »Vielleicht hoffte Jansen, dass Lohse sich auch mit weniger zufriedengab. Laut Bentes Aussage ging sie davon aus, dass das Geld ausreichen würde, um Lohse auszubezahlen. Ihr Vater hat ihr also nicht die ganze Wahrheit gesagt. Angeblich wusste sie auch nichts von dem Koffer ...«

Benthien schnipste mit den Fingern. »Der Koffer. Wir wissen noch immer nicht, woher das Geld stammt. Außerdem ... Wenn sie auf die Insel fliegen, um Geld zu holen, warum nehmen sie dann welches mit? Welchen Sinn ergibt das?«

»Keinen«, sagte Sanna nachdenklich. »Es sei denn ...« Erst jetzt fiel ihr ein Detail ein, das sie völlig verdrängt hatte.

»Was?«, fragte Benthien.

»Es sei denn, sie wollten das Geld gar nicht holen.«

Benthien hob die Augenbrauen. »Sie meinen ... sie wollten das Weite suchen?«

»Zumindest Karel Jansen. Erinnern Sie sich an die Flugpläne, die Fitzen und Rabanus in seinem Camper gefunden haben.«

Nun schien es auch Benthien wie Schuppen von den Augen zu fallen. »Aber natürlich. Er hatte einen Weiterflug nach Stavanger geplant ... nach Norwegen. Und da er selbst nicht fliegen konnte ...«

»... hätte Bente Roeloffs davon wissen müssen. Oder er hätte sie spätestens unterwegs in seinen wahren Plan einweihen müssen.«

»Fragt sich allerdings noch immer, von wem das viele Geld in dem Koffer stammt.«

»Es kann nicht das Geld sein, das Jansen von der Fluglinie entwendet hat. Denn damit hat er mutmaßlich Lohse hingehalten.«

»Die Konten der Fluglinie haben wir überprüft, dort gibt es

keine weiteren Ungereimtheiten. Und Bente Roeloffs haben wir ebenfalls unter die Lupe genommen, sie hatte nicht so viel Geld herumliegen.«

»Nun …« Sanna lehnte sich vor und stützte sich mit den Ellbogen auf den Schreibtisch. »Jemand in der Familie Roeloffs hat sehr wohl eine Menge Geld …«

Die Tür zum Nebenraum öffnete sich, und Tommy Fitzen kam heraus. Er zog sich einen Stuhl heran und setzte sich zu ihnen an den Schreibtisch. »Wollt ihr zuerst die langweilige oder die aufregende Nachricht hören?«

»Steigern wir uns«, meinte Benthien. »Fang mit der langweiligen an.«

»Die Kollegen in Tromsø waren sehr flink und hilfsbereit«, begann Fitzen zu erzählen. »Leif Christensen war dort amtlich mit Wohnsitz gemeldet. Seine Papiere und alles andere waren in bester Ordnung. Wir dürfen wohl davon ausgehen, dass Jansen sich gefälschte Unterlagen besorgt hat. Als ehemaliger Polizist wird er gewusst haben, wie man an so etwas herankommt …« Fitzen räusperte sich. »Ein Vergleich der Fingerabdrücke steht noch aus, aber über die Fotos, die wir haben, konnten wir ihn schon eindeutig identifizieren: Karel Jansen und Leif Christensen waren ein und dieselbe Person.«

»Immerhin etwas, bei dem wir uns sicher sein können«, kommentierte Benthien.

»Und jetzt kommt es«, sagte Fitzen und machte eine Kunstpause. »Leif Christensen war verheiratet.«

»Tatsächlich?«, fragte Sanna.

Fitzen warf einen Blick in seine Notizen. »Ja, und zwar mit einer Ilvy Christensen, geborene Nilsen.«

»Wo wohnt die Frau?«

»Keine Ahnung.« Fitzen hob die Schultern. »Mehr konnten die Kollegen mir auf die Schnelle nicht sagen. Sie melden sich aber noch mal …«

»Das lässt sich auch schneller herausfinden«, meinte Benthien und hatte schon sein Smartphone in der Hand. Er stellte den Lautsprecher ein und wählte die Nummer der Fluglinie Jøkulkyrkja. Dort ließ er sich mit Eric verbinden, dem Mann, mit dem er neulich bereits gesprochen hatte, wie Benthien erklärte.

»John, my friend«, erklang die Stimme am anderen Ende. »You find Leif?«

Benthien eröffnete dem Mann, dass Leif Christensen bei einem Flugunglück auf Sylt verstorben war – er verzichtete darauf, ihm die vollständige Geschichte und dessen Doppelidentität zu berichten.

»This is terrible ...«

»Eric«, sprach Benthien weiter, nachdem er dem Mann einen Moment gegeben hatte, um die Nachricht zu verdauen. »Leif was married. We need to talk to his wife.«

»Oh, I am sorry, but this not possible. Ilvy died ten years ago. Cancer ...«

»I didn't know this ...« Sanna sah Benthiens Gesicht an, wie seine Gedanken rasten. Schließlich fragte er: »Did they have children?«

»Sorry ...« Sie hörten ein Husten am anderen Ende, und es knackte in der Leitung, sodass die nächsten Worte nur bruchstückhaft durchkamen. »Oliv Tuuli.«

»What? You mean his plane?«, hakte Benthien nach.

»His plane?«

»Yes, he called his plane Oliv Tuuli.«

Sie hörten Eric lachen. Dann: »Oh no, my friend. Oliv Tuuli is much more than a plane.«

Oliv war die norwegische Variante von Olivia und bedeutete so viel wie »die Friedliche«.

Tuuli kam aus dem Finnischen und bedeutete »Wind«.

Oliv Tuuli. Friedlicher Wind.

So hatten Leif und seine Frau Ilvy Christensen, die vor zehn Jahren an Krebs gestorben war, ihre Tochter genannt. Das hatte John von Eric erfahren.

Oliv Tuuli litt seit jungen Jahren an einer seltenen Krankheit, die ihre motorischen Nervenzellen in Rückenmark und Gehirn nach und nach absterben ließ. Nach dem Tod seiner Frau hatte Leif Christensen – alias Karel Jansen – seine Tochter in einem speziellen Heim zur Pflege untergebracht. Davon gab es nur eines in Norwegen, nämlich in Stavanger.

John hatte dort angerufen und erfahren, dass die Unterbringung recht kostspielig war. Jansen hatte die Summe offenbar immer im Voraus für ein ganzes Jahr bezahlt, außerdem in bar. Das erklärte vieles, nicht nur, wo der Großteil der Beute über die Jahre geblieben war, sondern vielleicht auch den Geldkoffer, der an der Absturzstelle gefunden wurde. Denn die Kosten für das Pflegeheim betrugen jährlich exakt fünfzigtausend Euro.

Zudem hatte Jansen eine Verfügung hinterlassen – schriftlich, eingereicht vor etwa einem Monat. Für den Fall seines Ablebens bestimmte er darin, wer sich seiner Tochter fortan annehmen sollte: Bente Roeloffs.

All das zeigte John eines nur allzu deutlich, nämlich dass sie in diesem Fall noch lange nicht bis auf den Grund der Wahrheit vorgedrungen waren. Zu viele Fragen waren noch offen, neue Rätsel taten sich auf – und das nicht nur in der Vergangenheit und der Familie von Karel Jansen.

Da war auch noch eine andere seltsame Begebenheit, die aus den Schilderungen von Frede Junicke hervorging und die John keine Ruhe gab. Das erhöhte Aufkommen von Flugstörungen auf der Insel Sylt. Es mochte unerheblich wirken, doch John tat seinen Beruf schon zu lange, als dass er an Zufälle glaubte.

Mit schnellen Schritten stieg er die Stufen des Kontrollturms vom Sylter Flughafen hinauf. Peter Kolster, der Leiter der Flugverkehrskontrolle, hatte ihm am Telefon zu verstehen gegeben, dass er der Kripo gerne Auskunft erteilte, diese sich aber am besten sputen würde. Denn ab Mittag erwartete er ein erhöhtes Verkehrsaufkommen, das seine volle Aufmerksamkeit erforderte.

Außerdem trieb John die Neugierde.

Ein Mann mit weißem Hemd, einem Headset auf dem Kopf und einem Becher Kaffee in der Hand öffnete ihm die Tür zum Kontrollraum. John zeigte ihm seinen Ausweis. »Wir haben telefoniert.«

»Peter Kolster.« Der Mann reichte ihm die Hand. »Kommen Sie rein.«

Der Tower war rundum verglast, sodass man einen weiten Blick über das gesamte Flugfeld und einen Teil der Insel hatte. Die Wolken hatten sich verzogen. Der Himmel strahlte heute in hellem Blau, und John musste die Hand vor die Augen nehmen, um nicht von der Sonne geblendet zu werden.

Kolster setzte seine Sonnenbrille auf und deutete auf die Startbahn. »So ein Schätzchen sieht man auch nicht alle Tage aus der Nähe.«

Dort unten stand mit laufenden Rotoren ein Propellerflugzeug mit silberner Außenhaut, wie John es aus den Geschichtsbüchern kannte. »Eine Ju52?«

»Richtig. Sie kennen sich aus, was?«

»Ich schätze, die alte Tante Ju erkennt selbst ein Kurzsichtiger aus der Ferne.«

»Vermutlich. Dient heute der Touristenbespaßung. Die Herrschaften haben sich einen wunderbaren Tag für einen Rundflug ausgesucht.«

Kolster hielt das Mikrofon seines Headsets mit Daumen und Zeigefinger fest, als er hineinsprach. »Runway 06 cleared for take-off.«

Das Dröhnen der Motoren war selbst durch die Scheiben des Kontrollturms zu hören, als die betagte Maschine zunächst mühsam beschleunigte, dann immer schneller wurde und sich schließlich in das endlose Blau erhob, um in einer Linkskurve auf das Wattenmeer hinauszusteuern.

»Die nächste Kundschaft erwarten wir erst in einer halben Stunde«, meinte Kolster. »Also, was kann ich für Sie tun?«

»Es geht um einen Zwischenfall, der sich hier kürzlich ereignet hat.«

»Der Absturz von Bente Roeloffs und ihrem Vater? Ich habe gehört, Sie ermitteln in der Sache.«

»Das ist richtig. Ich meine aber ein Unglück, das sich in den Wochen zuvor ereignet haben muss. Offenbar war ebenfalls ein Kleinflugzeug verwickelt, und der Flugplatz musste kurzzeitig gesperrt werden …«

Kolster nickte. »Sicher, ich erinnere mich«, sagte er, während er mit einem Fernglas über das Flugfeld blickte. »Meine Kollegen mussten die Start- und Landebahnen sperren und diverse Flüge umleiten. Ehrlich gesagt war ich ziemlich froh, dass ich an dem Tag keinen Dienst tun musste.«

»Wissen Sie, wann der Zwischenfall sich genau ereignete?«

»Müsste jetzt über vier Wochen her sein.«

John trat neben Kolster und ließ den Blick schweifen. Auf dem Flugfeld stand kein einziges größeres Flugzeug. Lediglich bei den Hangars von Fly Sylt, die von hier aus gut zu erkennen waren, herrschte Betriebsamkeit. John erkannte einige Personen, die anscheinend mit der Abfertigung eines Privatjets befasst waren.

»Was ist an jenem Tag genau geschehen?«

Kolster stellte das Fernglas wieder auf dem Kontrollpult vor ihm ab. »Ein Kleinflugzeug hatte den Start abbrechen müssen und war dabei über die Landebahn hinausgeschossen. Die Maschine steckte in der Wiese fest, und die Kollegen mussten erst mal sehen, wie sie sie dort wieder freibekamen. Dem Piloten war zum Glück nichts zugestoßen.«

»Wer flog die Maschine?«

»Da muss ich passen.« Kolster hob entschuldigend die Hände. »Der Vorfall ist aber erfasst worden. Wenn Sie es unbedingt wissen wollen, müsste ich im System nachschauen.«

»Dann tun Sie das bitte.«

Kolster setzte sich an einen Bildschirm im hinteren Teil des Kontrollraums. Er machte einige Klicks mit der Maus, dann zog er plötzlich die Augenbrauen zusammen und blickte zu John auf. »Das hier dürfte Sie interessieren ...«

John ging zu ihm hinüber. »Erzählen Sie.«

»Der Kollege hat den genauen Hergang notiert. Die Maschine hatte bereits den Point of no Return erreicht ...«

»Was bedeutet das?«

»Das ist der Moment, wenn das Flugzeug so schnell ist, dass ein Abbruch des Starts eigentlich nicht mehr möglich ist. Der Weg bis zum Ende der Rollbahn reicht für ein Abbremsen nicht aus. Tut man es trotzdem ... nun, dann geht es aus wie in diesem Fall. Wobei der Pilot offenbar gar nicht anders konnte. Denn es kam plötzlich zu Motoraussetzern.«

»Er konnte also gar nicht abheben und musste zwangsläufig in der Wiese am Ende der Piste landen?«

»So ist es. Der spannende Punkt ist, dass es sich bei der Unglücksmaschine um eine RANS S-6S Coyote II handelte.«

John spürte, wie es ihm plötzlich kalt den Rücken runterlief. »Moment mal …«

»Ja, mit diesem Typ Flugzeug sind Bente Roeloffs und ihr Vater verunglückt. Es handelte sich aber nicht nur um dasselbe Modell, sondern um exakt dieselbe Maschine. Es war die RANS von Karel Jansen. Und er saß bei diesem Zwischenfall selbst am Steuer.«

John wandte sich ab und ging an einer der großen Scheiben mit Blick auf das Rollfeld, um die Information zu verarbeiten, die er eben erhalten hatte.

Drei Wochen vor dem tragischen Unglück, das ihn das Leben kostete, war Karel Jansen also mit seiner Maschine schon einmal havariert. Offenbar aus demselben Grund.

John drehte sich wieder zu Kolster um.

»Wissen Sie, was die Motoraussetzer ausgelöst hat?«

»Das steht hier nicht.«

»Aber das BFU wird sich der Sache doch angenommen und die Ursache erforscht haben?«

»Nein«, Kolster schüttelte den Kopf. »In diesem Fall nicht. Der Zwischenfall ist von uns zwar gemeldet worden. Das BFU leitet aber nur Ermittlungen ein, wenn bestimmte Kriterien erfüllt sind, wie zum Beispiel Tote, Schwerverletzte oder ein Totalschaden. Das alles war hier nicht gegeben.«

»Das bedeutet, der Fall wanderte schnell zu den Akten?«

»So ist es.«

Das erklärte zumindest, weshalb er nur durch Zufall von diesem Unfall erfahren hatte, dachte John. Die Sache war beim BFU schnell in Vergessenheit geraten, und vermutlich hatte der zuständige Ermittler in dem späteren Absturz davon überhaupt keine Kenntnis gehabt.

»Was ist mit der Maschine nach dem Zwischenfall geschehen?«, fragte er.

»Ich nehme an, Jansen hat sie reparieren lassen.« Kolster
deutete mit einem Nicken in Richtung der Hangars von Fly Sylt.
»Die Kollegen dort drüben werden der Sache schnell auf den
Grund gegangen sein. Zum Glück hat das Flugzeug ja keinen
größeren Schaden davongetragen.«

»Vielen Dank«, sagte John. »Sie haben mir sehr geholfen.«

Er ließ den Blick hinüber zu den Hangars der Inselfluggesellschaft wandern. Jemand dort hatte ihm einige Fragen zu beantworten.

»Johann Roeloffs«, schnaubte Broder Timm mit hochrotem
Kopf, als John wenige Minuten später in dessen Büro stand.
»Fragen wir Johann Roeloffs.«

Der kommissarische Leiter der Inselfluglinie schien ebenso
überrascht wie er selbst, nachdem John ihm offengelegt hatte,
was er soeben erfahren hatte. Broder schwor, von dem Zwischenfall nichts gewusst zu haben. John konnte ihm kaum das
Gegenteil beweisen, also beschloss er, ihm für den Moment zu
glauben.

Bei der Frage, wer die verunfallte Maschine wohl repariert
hatte, verwies er auf seinen Chefmechaniker.

»Wo finde ich ihn?«, wollte John wissen.

»Kommen Sie. Er ist draußen.«

Broder führte John hinaus zu den Hangars. Vor einem davon
stand eine kleine zweimotorige Propellermaschine. Johann Roeloffs hievte gerade zwei Sporttaschen auf die hinteren Sitze. Er
schien die Ereignisse des gestrigen Abends schnell verdaut zu haben, lediglich ein Veilchen, das er von Lohses Schlag zurückbe-
halten hatte, zeugte äußerlich von den Geschehnissen. Allerdings
wirkte er überrascht, John zu sehen.

Der hielt sich nicht lange mit der Vorrede auf, sondern kam

sofort auf den Punkt und konfrontierte Johann Roeloffs mit dem, was er erfahren hatte. »Ich nehme an, Sie wussten von diesem Unglück?«

»Nun ... ja, ich denke, schon«, sagte Roeloffs unsicher.

»Sie denken, schon? Und weshalb haben Sie uns nichts davon erzählt?«

»Es erschien mir nicht so wichtig.«

»Ach ja.« John riss nun endgültig der Geduldsfaden. »Sie hielten es nicht für erwähnenswert, dass Ihr Schwiegervater mit derselben Maschine, mit der er abstürzte, bereits Wochen vorher ein Unglück hatte? Und rein zufälligerweise spielten auch dabei Motoraussetzer eine Rolle?«

Roeloffs sah zu Boden. »Es tut mir leid ... Sie haben natürlich recht, das hätte ich Ihnen sagen müssen.«

»In der Tat. Was geschah mit der Maschine nach dem Zwischenfall?«

»Karel bat mich darum, sie zu reparieren und den Grund für die Motoraussetzer herauszufinden.«

»Und das taten Sie?«

»Ja. Die Erklärung lag in einem Zusatztank, den Karel eingebaut hatte. Durch den Verschluss war Wasser in das Treibstoffsystem eingedrungen. Ich fand in einer der beiden Schwimmerkammern des Vergasers Wasserrückstände. Karel hatte noch großes Glück. Die Menge an Wasser war so hoch, dass der Motor bereits auf der Rollbahn während der Startphase aussetzte. Wir reden da von Millilitern. Wäre es etwas weniger gewesen, hätte er vielleicht abgehoben, und dann ...«

»... wäre das geschehen, was etwa drei Wochen später passierte, als Ihre Schwägerin Bente mit ihm aufstieg. Der Motor setzte mitten im Flug aus, mit dem bekannten Ergebnis«, sagte John. »Das bedeutet, dass die Ursache für den ersten Zwischenfall dieselbe war wie für den späteren Absturz, richtig?«

»So ist es.« Johann Roeloffs nickte betreten.

»Ich hoffe, Sie haben dafür eine gute Erklärung ...« John musste den Satz nicht beenden, es war klar, was seine Worte implizierten. Wenn die Ursache dieselbe war, bestand die reelle Möglichkeit, dass Johann Roeloffs bei seiner Arbeit geschlampt und das Problem nicht beseitigt hatte. Dann hatten sie es am Ende eventuell doch mit einem einfachen Wartungsfehler zu tun, woran John aber nicht so recht glauben mochte.

Roeloffs hob die Hände. »Ich habe die Maschine in einen einwandfreien Zustand versetzt. Ich baute den Tank aus, überprüfte das gesamte Treibstoffsystem und den Motor und beseitigte einige leichte Schäden an Fahrwerk und Rumpf, die beim Ausritt in die Wiese entstanden waren. Als Karel und Bente mit der RANS starteten, war sie in einem einwandfreien Zustand und flugtauglich. Bente hat sich selbst davon überzeugt.«

John trat einen Schritt auf ihn zu. »Bente wusste also ebenfalls von diesem ersten Zwischenfall.«

»Selbstverständlich. Und sie wollte sichergehen, dass ihr Vater kein Risiko einging, wenn er wieder mit der Maschine abhob. Deshalb ließ sie sich von mir alles genau zeigen.«

»Sie erklärten ihr also den Grund für den Zwischenfall ... das Wasser im Treibstoffsystem.«

»So ist es.«

John wusste nicht, was das zu bedeuten hatte. Bente Roeloffs hatte wohl kaum selbst die Maschine sabotiert, mit der sie flog. Andererseits ... Sie landeten bei diesem Fall immer wieder bei ihr.

Und da war noch eine Sache, die John klären wollte. »Was sagt Ihnen der Name Oliv Tuuli?«

Roeloffs hob die Augenbrauen. »Das ... war der Name von Karels Flugzeug.«

»Das Flugzeug. Sonst nichts?«

»Nein.«

»Wir gehen davon aus, dass Ihr Schwiegervater am Tag des

Absturzes von Helgoland aus weiter nach Stavanger fliegen wollte. Haben Sie eine Ahnung, was er dort wollte?«

»Absolut nicht.«

Es war unmöglich zu ergründen, ob Roeloffs die Wahrheit sagte. Bente hatte offensichtlich von ihrer Halbschwester Oliv Tuuli gewusst, oder zumindest hatte ihr Vater sie im Falle seines Todes als deren Betreuerin bestimmt. Schwer vorstellbar, dass Inken und ihr Mann nichts davon erfahren hatten.

»Sie halten sich bitte zu unserer Verfügung«, wies John Roeloffs an.

»Meine Frau und ich … wir wollten gleich wegfliegen.«

»Daraus wird leider nichts. Wo wollten Sie denn hin?«

»Nach Helgoland. Zu dem Haus meines Schwiegervaters.«

»Ihre Schwägerin ist gerade aus dem Koma erwacht. Wollen Sie und Ihre Frau nicht bei ihr sein? Ein seltsamer Zeitpunkt für einen Besuch im Ferienhaus, finden Sie nicht?«

»Nun ja, wir müssen uns jetzt wohl oder übel darum kümmern.«

John spähte an Roeloffs vorbei ins Innere der Maschine, wo zwei große Sporttaschen lagen. »Sieht aus, als wollten Sie länger bleiben.«

»Ein paar Tage.«

»Schminken Sie sich das ab. Sie verlassen die Insel nicht. Weder Sie noch Ihre Frau.«

John wandte sich zum Gehen und hatte bereits das Handy in der Hand, um Sanna Harmstorf anzurufen, als er innehielt. Er wandte sich noch einmal zu Johann Roeloffs um.

»Antworten Sie ehrlich auf meine Frage, wenn Sie nicht doch noch in Handschellen landen wollen«, sagte er. »Als Sie mit Bente über die Ursache des ersten Zwischenfalls sprachen … wo war das?«

»In ihrem Büro.«

»War außer Ihnen beiden noch jemand im Zimmer?«

Johann Roeloffs zögerte. »Nein ... wir waren allein.«

»Danke.« John musterte den Mann noch einen Moment, dann wandte er sich ab. Wenn er seinem Bauchgefühl vertrauen durfte, hatte Roeloffs ihn gerade angelogen.

John wollte zu seinem Wagen, überlegte es sich aber anders, als er eine Frau vom General Aviation Terminal zu den Büroräumen von Fly Sylt gehen sah. Es war Jola Naujoks, die Frontdesk-Mitarbeiterin der Fluglinie.

Einem Impuls nachgehend, folgte John ihr. *Mädchen für alles*, so hatte Naujoks ihre Position bei ihrem ersten Gespräch selbst bezeichnet. Jemand wie sie war üblicherweise gut informiert. Sie setzte sich gerade hinter die Empfangstheke, als er die Geschäftsräume betrat.

»Herr Kommissar«, begrüßte ihn Naujoks. »Was kann ich für Sie tun?«

»Es geht noch mal um Karel Jansen«, sagte er. »Jansen hatte vor dem Unglück schon einmal einen kleineren Unfall mit seiner Maschine. Ein missglückter Start.«

»Ja ... da war was. Ich war zu der Zeit in Urlaub, aber das hat hier in den Wochen danach noch alle beschäftigt, vor allem Bente.«

»Wie kommt es eigentlich, dass mir bislang niemand davon erzählt hat, obwohl es alle wissen?«

Naujoks hob die Schultern. »Weil die Sache erledigt war. Johann hatte die Maschine repariert. Bente hat sich von ihm ausführlich Bericht erstatten lassen. Sie wollte genau wissen, wo der Fehler lag und wie Johann ihn behoben hatte. Sie wollte wohl sichergehen, dass ihrem alten Herrn nicht noch mal so etwas widerfuhr.«

»Dieses Gespräch zwischen den beiden, als Johann ihr alles erklärte ... das fand hier in Bentes Büro statt?«

»Ja.« Naujoks nickte und sah kurz zu dem Einzelbüro, in dem jetzt Broder Timm hinter verschlossener Tür telefonierte.

»Sie haben diese Unterhaltung mitgehört?«

»Ja, ich saß hier am Frontdesk.«

»Waren Bente und Johann allein, oder war noch jemand bei ihnen?«

Naujoks blickte sich noch einmal unsicher nach Broder Timm um, der aber noch immer mit seinem Telefonat beschäftigt war. Dann schüttelte sie langsam den Kopf. »Nein, sie waren nicht allein. Da war noch jemand im Zimmer.«

55   Lilly Velasco

Im Radio kamen die Mittagsnachrichten, als der Autozug nach Westerland über den Hindenburgdamm rollte, und prompt auf die Minute meldete sich Lillys Magen mit einer Hungerattacke. Ihr Verdauungstrakt gab ein derart verzweifeltes Knurren von sich, dass es auch Juri nicht entging. Er hatte das Fahrerfenster einen Spalt weit geöffnet und ließ die frische Seeluft hereinströmen. Links und rechts von ihnen brandeten die Wellen der hoch auflaufenden Flut gegen den Fuß des Bollwerks, das Sylt mit dem Festland verband.

»Klingt, als wärst du kurz vorm Verhungern«, kommentierte Juri.

Lilly schmunzelte. Die Vorstellung, ihm die Fressgelüste zu offenbaren, die sich in ihrer Fantasie abspielten – von Petit fours bis zu ganzen Torten –, war ihr zu peinlich. Daher begnügte sie sich mit der Feststellung: »Eine kleine Stärkung wäre willkommen.«

Juri griff über ihre Knie hinweg zum Handschuhfach. Er zauberte ein Schokotörtchen in Plastikverpackung hervor. »Notration für längere Fahrten mit Amélie«, erklärte er. »Der Wagen ist gebraucht. Und das gekühlte Handschuhfach hatte ich für ein überflüssiges Extra gehalten. Im Sommer mit Kind hat es sich aber schon bezahlt gemacht.«

Lilly sah, dass noch weitere Küchlein, eine Tafel Schokolade sowie eine Flasche Cola darin lagen. Ihr Herz machte einen Satz.

Sie riss die Verpackung des Schokotörtchens auf und schlang es in wenigen Bissen hinunter. Sie hielt inne, als sie Juris amüsierten Blick bemerkte. »Ich muss jetzt für zwei essen«, rechtfertigte sie sich.

»Und das, wo du doch schon immer so gerne gegessen hast.« Er richtete den Blick auf die Gleise vor ihnen und trommelte mit den Fingern auf dem Lenkrad. »Dir ist schon klar, dass die Staatsanwältin einen Aufstand proben wird, wenn du bei ihr auftauchst?«

Lilly nickte mit vollem Mund. »Mhm.«

»Und du meinst, das ist es wert.«

»Abfolut ...«

»Wenn du mit deinem Verdacht richtigliegst ... ändert das einiges. Allerdings ist es genau das und nicht mehr – ein Verdacht.«

Lilly kaute den letzten Bissen herunter. »Kommt Zeit, kommt Beweis. Es ist die einzige logische Erklärung.«

»Vielleicht. Wir sollten uns nicht zu irgendetwas versteigen. Du weißt, dass Harmstorf uns auf die Finger schaut ...« Juri machte eine Pause, und Lilly ahnte seine nächste Frage bereits. »Es ... wäre gut, wenn du mit John sprichst.«

»Meinst du?« Sie hörte nicht hin, was Juri antwortete, sie wollte sich lediglich Zeit erkaufen. Ihr Blick wanderte auf das Meer hinaus, wo in der Ferne ein Kutter seine Netze seitlich hinter sich herzog. Möwen umschwirrten ihn.

In Gedanken wanderte sie wieder zu dem Moment, als sie abgedrückt und die tödliche Kugel auf Falk Lohse abgefeuert hatte. Als sie John gesehen hatte, wie er verzweifelt um sein Leben rang ... da war etwas gewesen. Nach allem, was er getan hatte, nach dem Hass und Zorn, den sie in den vergangenen Monaten auf ihn empfunden hatte, hatte sich plötzlich ein anderes, altbekanntes Gefühl Bahn gebrochen, das sie irgendwo in den Tiefen ihres Herzens verborgen hatte.

»... steht nicht nur seine Karriere auf dem Spiel«, drangen

Juris Worte wieder zu ihr, »sondern auch unser aller Wohl. Wenn sie die Wahrheit erfährt oder gar der Audio-Mitschnitt in ihre Hände fällt, sind wir geliefert.«

Lilly seufzte. Sie hatte es für sich behalten wollen, doch Juri war wohl einer der wenigen Menschen, dem sie vertrauen konnte, vielleicht derzeit sogar der einzige.

»Um Sanna Harmstorf brauchst du dir keine Sorgen mehr zu machen«, beruhigte sie ihn.

»Warum?«

»Ich werde bei Gelegenheit ein Gespräch mit ihr führen. Von Frau zu Frau.«

»Was soll das bedeuten?« Juri musterte sie argwöhnisch von der Seite. »Du führst irgendetwas im Schilde, hab ich recht?«

»Hm.« Lilly nahm sich noch ein weiteres Schokoladenküchlein und hob die Schultern. »Ich will nur mit ihr reden.«

»Keine gute Idee. Man legt sich nicht mit der Staatsanwaltschaft an. Das kann komplett nach hinten losgehen.«

»Ich weiß«, sagte Lilly und biss in das Schokoküchlein.

Sie würde es trotzdem tun. Und zwar nicht nur, um ihren eigenen Kopf aus der Schlinge zu ziehen, wie ihr in diesem Augenblick klar wurde. Nein. Sie würde es auch tun, weil sie John Benthien, den Vater ihres Kindes, in einem weit entfernten Winkel ihres Herzens immer noch liebte.

Eine halbe Stunde später parkten sie vor der Westerländer Wache. Lilly stieg die Stufen zum Eingang hinauf und wollte gerade die Tür öffnen, als diese aufflog und Sanna Harmstorf herausgestürmt kam. In ihrem Schlepptau hatte sie Soni Kumari. Die Staatsanwältin starrte Lilly entgeistert an. »Was zum Teufel haben Sie hier zu suchen? Haben Gödecke und ich uns nicht klar ausgedrückt?«

»Ich bin auf etwas gestoßen, das die ganze Sache in einem neuen Licht erscheinen lässt …«

»Das muss warten. Wir sind auf dem Weg ins Krankenhaus zu Bente Roeloffs.«

Juri kam hinter ihnen die Treppe herauf. »Sie sollten sich wirklich anhören, was Lilly zu sagen hat.«

Harmstorf seufzte. »Kommen Sie mit. Sie können es mir später erzählen ... und dann setze ich Sie in den nächsten Zug zurück nach Flensburg.« Und an Juri gewandt: »Fitzen kann Ihre Hilfe gebrauchen. Wir haben ein paar überraschende Details herausgefunden. Es gibt noch eine dritte Schwester. Außerdem nehmen wir die Finanzen der Roeloffs' noch mal genauer unter die Lupe.«

»In Ordnung«, nickte Juri und ging hinein.

Lilly folgte Harmstorf und Kumari zu einem Streifenwagen.

Während der Fahrt zum Westerländer Krankenhaus brachte die Staatsanwältin Lilly auf den neuesten Stand der Erkenntnisse.

Im Klinikum nahmen sie den Aufzug ins oberste Stockwerk, wo sich die Intensivstation befand. Dort herrschte hektisches Treiben. Einige Krankenpfleger rannten über den Flur, Lilly sah einen Arzt mit schnellen Schritten hinter einer Flügeltür zu den Operationssälen verschwinden.

Die Schwester am Empfang hielt sie zurück. »Sie können Frau Roeloffs derzeit nicht besuchen. Es gibt Komplikationen.«

»Welcher Art?«, fragte Sanna Harmstorf.

Die Schwester verzog den Mundwinkel, stand auf und ging in das dahinterliegende Zimmer. Sie kam mit einer älteren Kollegin zurück, bei der es sich wohl um ihre Vorgesetzte handelte. Sie ließ sich von Sanna und Lilly die Dienstausweise zeigen. Dann erklärte sie: »Frau Roeloffs hat eine Gehirnblutung erlitten. Das kam sehr unerwartet. Sie befindet sich derzeit im OP.«

»Wie sind die Aussichten?«, fragte Sanna Harmstorf mit besorgter Miene.

»Für eine genaue Einschätzung müssten Sie mit einem Arzt reden, aber ... es sieht nicht gut aus.«

»Wie lange wird die Operation dauern?«

»Kann ich nicht sagen. Sie müssen verstehen, dass wir jetzt um das Leben der Frau kämpfen.«

Sanna reichte der Schwester eine Visitenkarte. »Meine Mobilnummer. Rufen Sie mich bitte an.«

»Das werden wir tun.«

Sie verließen das Krankenhaus auf dem Weg, den sie gekommen waren. »Hoffen wir, dass das gut ausgeht«, meinte Sanna Harmstorf vor der Tür. »Sieht aus, als hätten wir ein wenig Zeit. Wollen Sie mir erzählen, was Sie herausgefunden haben?«

»Ja«, sagte Lilly. »Gehen wir ein Stück.«

Sie folgten der Straße, die vom Klinikum zwischen den Dünen zum Strand hinunterführte. Der Wind verwirbelte Lilly die Haare. Auf dem Wasser tummelten sich einige Kitesurfer, und der Strand war mit Spaziergängern gefüllt.

Sie gingen ein Stück weiter und blieben schließlich am Saum der Brandung stehen.

Lilly rief auf ihrem Smartphone das Foto auf, das Bente Roeloffs in der Telefonzelle auf Sylt zeigte.

»Sie entsinnen sich«, begann Lilly, »Bente hatte versucht, mich im Krabbenkutterfall zu erreichen.«

Harmstorf nickte. »Ja.«

»Wir nahmen an, dass Bente dies tat, weil sie auf irgendeinem Weg die Wahrheit herausgefunden hatte. Sei es durch Mark Molitor, eigene Recherchen oder einfach, weil ihr Vater es ihr beichtete: Bente wusste, dass ihr Vater ein Verbrecher war, der die beiden Menschen auf dem Gewissen hatte, welche die Krabbenfischer in jener Nacht aus dem Wasser zogen. Bente rief an, um der Gerechtigkeit Genüge zu tun. Vermutlich hasste sie ihren Vater für das, was er getan hatte.«

»So unsere bisherige Annahme.«

»Richtig. Die Theorie hat nur einen Schönheitsfehler. Denn wenn Bente in dem Krabbenfischerfall die Wahrheit ans Licht bringen wollte und bereit war, ihren Vater zu verraten ... warum wollte sie ihm dann helfen und ihn nach Helgoland fliegen?«

»Klingt, als hätten Sie darauf eine Antwort.«

»Vielleicht.« Lilly deutete auf das Foto. »Der Fehler liegt ganz am Anfang. Die Person auf diesem Bild trägt eine Jacke von Fly Sylt. Deshalb bin ich automatisch davon ausgegangen, dass es sich um Bente Roeloffs, die Chefin der Airline, handelt.«

»Ja ...« Plötzlich weiteten sich Sanna Harmstorfs Augen. »Moment ... Sie wollen sagen ...«

»Natürlich. Wir haben uns mit der augenscheinlichsten Erklärung begnügt. Dabei sind Bente und Inken Zwillinge. Sie ähneln sich sehr. Die Frau auf diesem Foto könnte genauso gut Inken Roeloffs sein.«

»Und wenn das so ist ...«

»... ergibt plötzlich alles einen Sinn.«

Das Smartphone der Staatsanwältin klingelte. Sie nahm den Anruf entgegen. Als sie wieder auflegte, war die Farbe aus ihrem Gesicht gewichen. »Der Chefarzt«, sagte sie. »Bente Roeloffs ist eben im OP verstorben. Sie konnten nichts mehr für sie tun.«

Lilly holte tief Luft. »Dann geht noch ein Opfer auf das Konto des Täters.«

»Oder besser, der Täterin.« Harmstorf steckte ihr Handy wieder weg. »Als ich gestern mit Bente sprach ... ich habe es zunächst auf ihren Zustand geschoben und mir gesagt, dass sie noch nicht wieder ganz im Vollbesitz ihrer geistigen Kräfte wäre. Aber sie hat mir definitiv nicht alles erzählt. Ich hatte das Gefühl, als wollte sie jemanden beschützen.«

»Ihre Schwester.«

»Ja, möglicherweise.«

Lilly zuckte mit den Schultern. »Das werden wir jetzt nicht mehr in Erfahrung bringen können.«

Sanna Harmstorf sah gedankenverloren auf das Meer hinaus. »Es gibt da vielleicht noch eine Möglichkeit.«

56   Sanna Harmstorf

Die Praxis von Dr. Jasper Andersen befand sich in demselben Haus, in dem er auch wohnte. Ein länglicher Reetdachbau, der in früheren Zeiten vielleicht mal ein Bauernhof gewesen war. Im linken Teil des Gebäudes lagen die Privaträume, im rechten die Praxis, wie ein Messingschild neben der zweiten Eingangstür verriet. Während sie telefonierte, beobachtete Sanna vom Fahrersitz ihres Wagens aus, wie eine Briefträgerin mit Lastenrad vorfuhr und mit einem Paket in der Hand an der Tür des Wohnbereichs klingelte. Es dauerte einen Moment, bis Andersen in Jeans und Pullover öffnete und die Lieferung entgegennahm. Anschließend verschwand er wieder im Haus.

Sanna hatte das Fenster auf ihrer Seite einen Spalt weit geöffnet und hörte in der Ferne eine Kirchturmuhr die Mittagsstunde schlagen. Dr. Andersen machte also vielleicht einfach eine Pause. Wenn Sanna den Worten der Dame von der Therapeutenkammer glauben durfte, mit der sie telefonierte, dann gab es aber noch einen ganz anderen Grund, weshalb es für den Psychiater vielleicht gerade nicht so gut lief und sich keine Patienten an seiner Tür drängten.

»Und?«, erkundigte sich Lilly Velasco auf dem Beifahrersitz, als Sanna das Gespräch beendete und das Handy weglegte.

Sanna wog ab, was die Frau ihr erzählt hatte. Eines stand jedenfalls fest, allein in Jaanes Sinne hätte sie den Anruf bei der Therapeutenkammer wesentlich früher machen sollen. Sie würde ihrer Schwester ans Herz legen, keine weiteren Sitzungen bei diesem Mann zu besuchen.

»Der gute Doktor hat ein Problem«, sagte Sanna. »Was wiederum gut für uns sein könnte.« Sie berichtete Velasco, was sie erfahren hatte.

»In der Situation wird er nicht auch noch Scherereien mit der Staatsanwaltschaft haben wollen«, meinte Lilly. »Wollen Sie allein mit ihm sprechen?«

»Ist vielleicht das Beste.«

Sanna stieg aus und ging zur Tür des Privathauses. Andersen öffnete ihr mit einem Butterbrot in der Hand.

»Tut mir leid, wenn ich Sie beim Mittagessen störe«, sagte Sanna. »Es gibt eine Entwicklung, die eine Ihrer Patientinnen betrifft ... und die wir vielleicht nicht an der Haustür besprechen wollen.«

»Schon gut«, sagte Andersen zwischen zwei Bissen und winkte sie mit dem Butterbrot hinein. Er führte sie in die Küche. Offenbar war er gerade dabei, sich einen Salat zu machen. Auf der Arbeitsplatte lagen Rucola, Feldsalat und einige Tomaten.

Andersen bat Sanna, an einem Holztisch Platz zu nehmen. Kaum hatte sie sich gesetzt, kam eine rot gescheckte Katze angelaufen und schmiegte sich an ihre Beine.

»Darf ich Ihnen einen Kaffee anbieten?«, fragte der Doktor.

»Das ist nett. Aber ich würde lieber gleich zur Sache kommen.«

»Wie Sie wünschen.« Andersen setzte sich Sanna gegenüber.

»Ich habe eine traurige Mitteilung. Bente Roeloffs ist heute Morgen im Krankenhaus verstorben. Eine Gehirnblutung, vermutlich eine Spätfolge des Unglücks, wie die Ärzte vermuten.«

Andersen seufzte, sagte nichts weiter, sondern blickte zu Boden. Die Nachricht schien ihn zu berühren. Sanna konnte sich vorstellen, dass die Beziehung eines Psychiaters zu seinen Patienten intensiver war als die eines Hausarztes, bei den vielen persönlichen Dingen, die man besprach.

»Das ist sehr betrüblich«, sagte er schließlich.

»In der Tat. Halten Sie mich bitte nicht für pietätlos. Aber mein Beruf verlangt es, dass ich mit aller Sachlichkeit vorgehe. Der Tod von Bente Roeloffs stellt für unsere Ermittlungen ein großes Problem dar. Wir gehen davon aus, dass sie uns gewisse Dinge über ihre Familie ... genauer, über ihren Vater verschwiegen hat. Nach unserem aktuellen Ermittlungsstand müssen wir davon ausgehen, dass der Mann eine kriminelle Vergangenheit hatte ... Es sind nun drei Menschen in diesem Fall ermordet worden. Und wir können nicht mehr ausschließen, dass sich der Täter oder die Täterin im engsten Familienkreis befindet.«

Andersen faltete die Hände und legte sie auf den Tisch. »Ich verstehe noch nicht, welche Rolle ich in dieser Sache spiele.«

»Sie erinnern sich an die Einverständniserklärung, die Sie meiner Schwester Jaane geschickt haben? Sie zeichnen Patientengespräche auf. Ich vermute, dass es auch Mitschnitte der Unterhaltungen mit Bente Roeloffs gibt.«

»Ich fürchte, dass ich Ihnen darüber keine Auskunft geben kann. Das Arztgeheimnis gilt auch über den Tod ...«

»Das weiß ich alles. Und ich weiß auch, dass es sich bei den Mitschnitten, die Sie anfertigen, nicht um eine gewöhnliche Qualitätssicherungsmaßnahme handelt. Ich habe gerade mit der Therapeutenkammer gesprochen.« Sanna sagte ihm, was ihr die Dame von der Kammer am Telefon offenbart hatte.

Vor etwa einem halben Jahr hatte eine Patientin, die sich lange bei Andersen in Behandlung befunden hatte, Suizid begangen. Ihr Ehemann erhob nun schwere Vorwürfe gegen ihn und drohte mit einer Klage. Die Therapeutenkammer ergriff offenbar vorsorglich Maßnahmen und stellte den Therapeuten unter Beobachtung, indem er seine Sitzungen aufzeichnen und von einem Auditor prüfen lassen musste.

»Nun ist es so«, beendete Sanna ihre Rede, »wir ermitteln in einem Kapitalverbrechen. Ich könnte also den offiziellen Weg gehen und mir eine richterliche Genehmigung verschaffen. Allerdings würde uns das Zeit kosten, Zeit, die wir in diesem Fall nicht haben. Außerdem könnte ich mir vorstellen, dass man bei der Therapeutenkammer die Ohren spitzen würde, wenn die Staatsanwaltschaft hier einen solchen Wirbel veranstaltet …«

Andersens Miene hatte sich versteinert, und die Farbe war aus seinem Gesicht gewichen. Er benetzte seine trockenen Lippen mit der Zunge. »Ich denke, das können wir uns ersparen. Tatsächlich … würden Sie mir sogar eine Last von den Schultern nehmen. So, wie sich Ihre Ermittlungen offenbar entwickelt haben, hätte ich vielleicht schon früher mit Ihnen reden müssen.«

»Sie müssen mir die Aufnahmen nicht aushändigen«, schlug Sanna vor, um dem Mann eine Brücke zu bauen. »Mir genügt es für den Moment, wenn ich mir die letzten Gespräche mit Bente Roeloffs anhören kann. Ich vermute …«

»Das können wir machen«, sagte Andersen. »Allerdings … sind es nicht die Sitzungen mit Bente, die Sie sich anhören möchten.«

»Und, wie ist es gelaufen?«, erkundigte sich Lilly Velasco, als Sanna eine Dreiviertelstunde später wieder zu ihr ins Auto stieg.

»Besser als erwartet.« Sanna holte ihr Smartphone heraus. »Ich habe einen kurzen Mitschnitt der entscheidenden Stellen gemacht.«

Sanna legte das Handy auf die Mittelkonsole und ließ die Aufnahme ablaufen. Die Sitzung datierte auf einen Mittwoch vor etwas mehr als zwei Wochen.

Erst war Geraschel zu hören, dann ein Stuhl, der über einen Holzboden gezogen wurde. Die Stimme von Dr. Andersen erklang. »Also, worüber wollen wir heute sprechen?«

»Über meinen Vater.« Das war Inken Roeloffs.

Sie erzählte dem Therapeuten zunächst, was sie über Karel Jansen in Erfahrung gebracht hatte. Über seine kriminelle Vergangenheit, die Gentlemenräuber, seine Komplizen, die er beseitigt hatte. Sie wusste alles.

Was sie nicht von Mark Molitor erfahren hatte, hatte ihr Bente offenbart. Also war es so, wie Sanna geahnt hatte. Bente hatte sie bei ihrem Gespräch im Krankenhaus angelogen. Sie hatte ihre Schwester bis zum Schluss beschützt.

»Er ist ein böser Mensch«, war Inken auf dem Mitschnitt zu hören, »so wie Mama es immer gesagt hat. Jetzt verstehe ich es. Ein Dieb und Mörder. Er hat zwei Menschen auf dem Gewissen. Er … er hat …« Inken schluchzte.

»Hier, nehmen Sie das.« Andersen schien ihr ein Taschentuch zu reichen.

»Er hat unsere Liebe ausgenutzt«, fuhr Inken fort. »Er hat gelogen. Wie alle anderen auch. Wie Mutter und wie Geert. Keiner von ihnen war jemals ehrlich zu uns. Und Vater … er ist doch nur wegen meinem Geld gekommen.«

Eine Pause, in der niemand etwas sagte.

Dann Andersen. »Das ist eine sehr schwierige Situation, in der Sie sich befinden. Dennoch … Sie müssen sich von Ihrem Vater lösen, Inken.«

»Ich … weiß nicht, ob ich das kann. Ich bin noch immer froh, dass er überhaupt da ist. Nach den vielen Jahren …«

»Das ist verständlich. Jedem würde es so gehen. Doch Sie müssen jetzt den Weg beschreiten, den wir alle im Verhältnis zu unseren Eltern gehen, wenn wir eigenständige Persönlichkeiten werden wollen. Dabei spielt es keine Rolle, ob wir das in jungen Jahren tun oder erst später im Leben. Wir trennen uns emotional von unseren Eltern, werden unabhängig. Wir legen es nicht mehr darauf an, unbedingt von ihnen geliebt zu werden und Anerkennung zu finden.«

»Das möchte ich auch nicht mehr. Ich glaube … inzwischen hasse ich diesen Menschen aus ganzem Herzen.«

»Verzeihen Sie meine Wortwahl, Inken, aber das ist gut. Es ist nur natürlich. Lassen Sie es mich bewusst drastisch ausdrücken: Wenn wir uns von unseren Eltern lösen, dann stoßen wir sie ab, wir … wir töten sie quasi innerlich.«

Wieder ein Moment der Stille. Dann die leise Stimme von Inken Roeloffs. »Ja. Vielleicht ist es genau das, was ich tun sollte.«

Sanna stoppte die Aufnahme.

Lilly Velasco blickte nachdenklich aus dem Fenster und kaute auf der Unterlippe. »Sie hat es getan. Hundert Prozent. Sie hat den Flieger sabotiert, um ihren Vater ins Jenseits zu befördern.«

»Wenn sie denn über das technische Wissen verfügte. Aber … ja, mir erscheint es auch immer plausibler.«

»Die Frage ist nur, wie wir ihr das nachweisen.« Velasco deutete mit einem Nicken auf das Handy. »Als Beweis wird das vor Gericht kaum taugen.«

»Nein. Aber vielleicht schaffen wir es, ihr ein Geständnis zu entlocken. Allerdings werden das Benthien und ich erledigen. Ich fahre Sie jetzt zum Bahnhof.« Sie schob den Schlüssel in das Zündschloss, hielt dann aber inne und bedachte Velasco mit einem Lächeln. »Sie haben diese Ermittlung entscheidend vorangebracht. Dafür danke ich Ihnen. Und ich würde gerne weiter mit Ihnen zusammenarbeiten. Allerdings trage ich auch eine Verantwortung. Sie sollten jetzt erst mal auf sich und Ihr Kind aufpassen. Wenn Sie dann später wieder in den Dienst eintreten möchten … bei mir stehen Ihnen alle Türen offen.«

»Das weiß ich zu schätzen«, sagte Lilly Velasco. Sie taxierte Sanna für einen Moment und schien mit ihren nächsten Worten zu ringen. Dann gab sie sich einen Ruck. »Wir sind ein gutes Team, finde ich auch, und deshalb … hoffe ich, dass wir zu einer guten Lösung kommen. Und ich entschuldige mich vorab, wenn ich nun Ihre Gefühle verletzen sollte. Es ist wirklich nichts Persönliches.«

»Ich fürchte, ich kann nicht ganz folgen …«

»Der Fall Dornieden.« Velasco griff in ihre Jackentasche und holte einen USB-Stick hervor, den sie Sanna hinhielt. »Ich habe hier auch etwas, das Sie sich anhören sollten. Bevor Sie das tun, brauche ich aber eine Zusicherung von Ihnen.«

Sanna legte die Stirn in Falten. »Ich glaube, mir gefällt nicht, in welche Richtung sich das hier entwickelt …«

»Das verstehe ich. Vielleicht sollten wir uns dann über Ihre Vergangenheit unterhalten.«

»Meine Vergangenheit?«

»Ja«, sagte Lilly. »Über Mario. Das war doch sein Name. Mario Russo. Der Mann, den Sie in den Tod geschickt haben.«

57 John Benthien

John hatte sich eine Zigarette angezündet und steuerte den Citroën mit einer Hand am Lenkrad. Er nahm nicht den direkten Weg vom Flugplatz zurück zur Wache, sondern folgte der Keitumer Landstraße und überquerte die Bahnschienen in Richtung Tinnum. In einer Seitenstraße des Silwai hatte jemand ein Strandbistro eröffnet, das seinen Namen dadurch rechtfertigte, dass man einige Lastwagenladungen Sand vor einer Bambushütte aufgeschüttet und darauf ein paar Stehtische und Deckchairs platziert hatte. Ganz augenscheinlich handelte es sich nicht um eine der ersten Adressen der Insel, doch John erschien es als der perfekte Ort, wenn man bei einem Kaffee ungestört seinen Gedanken nachgehen wollte.

Das seltsame Gefühl von gestern Abend war wieder da. Es hatte ihn schon heute Morgen beschlichen, als er das Haus verlassen hatte. Celine und Elfie hatten noch geschlafen, als er sich nach dem gemeinsamen Frühstück von Frede verabschiedet hatte. Als er die Haustür hinter sich zugezogen hatte, hatte es ihm nicht behagt, die beiden Mädchen mit Frede allein zu lassen. Mit Frede, der Mörderin.

John parkte den Wagen vor der Strandbar, holte sich einen Kaffee an der Bambusbude und ging an einen der Stehtische.

Auf seinem Handy war ein Anruf eingegangen, als er auf dem Flugplatz gewesen war. Frede. John startete den Rückruf.

»Was gibt es?«, fragte er, als sie abnahm.

»Ich hatte gerade eine Unterhaltung mit Sanna Harmstorf. Sie hat mich angerufen«, sagte Frede. »Ich soll morgen früh auf die Wache kommen. Sie will mit mir reden.«

John stutzte. »Warum hat sie es plötzlich so eilig? Sie wollte doch mit dir reden, wenn die Ermittlungen hier beendet sind.«

»Glaubst du …?«

»Mach dir keine Sorgen. Wie gesagt, sie hat nichts in der Hand.«

»Ich weiß nicht.«

»Sie hat den Fall von jemand anderem übernommen, und jetzt hat sie noch ein paar Fragen. Reine Routine.«

Frede schwieg. Im Hintergrund hörte John ein Geräusch, es klang wie das Rauschen von Wellen.

»Kann ich noch bis morgen bei dir bleiben«, fragte sie schließlich. »Ich mache mich auch nützlich und koche was für deine beiden jungen Damen.«

Da war es schon wieder, dieses Gefühl. John spürte, wie sich sein Magen verkrampfte – und es lag nicht am Kaffee, für den die Besitzer der Strandbar besser einen Waffenschein beantragt hätten. »Natürlich … kein Problem«, sagte er dennoch. »Wo bist du gerade, es klingt so …«

»Am Meer. Ich wollte ein Stück laufen und einen klaren Kopf bekommen.«

»In Ordnung. Dann sehen wir uns später.«

Er beendete den Anruf und wählte Celines Nummer. Sie ging erst nach mehrmaligem Klingeln ran. »Daddy?«

»Wo steckst du?«

»Zu Hause … also im Friesenhaus. Was ist denn los?«

John überlegte einen Moment, ob er das Richtige tat oder überreagierte. Doch er beschloss, seinem Bauch zu vertrauen. »Du packst jetzt bitte deine Sachen und fährst mit Elfie nach Flensburg in meine Wohnung. Dort bleibt ihr …«

»Was soll das denn? Hast du die Nase voll von uns?«

»Nein. Es ist nicht wegen euch …« Er wusste nicht, wie er es am besten verpacken sollte.

»Ach«, meinte Celine, »ich glaube, ich verstehe. Es ist wegen ihr, oder?«

»Könnte sein. Ja.«

»Du hast Angst um mich, weil sie jemanden umgebracht hat …«

»Celine!«

»Mach dir nicht ins Hemd, Daddy. Ich verplappere mich schon nicht. Sie ist gerade nicht da, und Elfie steht unter der Dusche. Kriegt niemand mit. Ehrlich gesagt finde ich es interessant, mit jemandem zu sprechen, der … du weißt schon was getan hat. Ich glaube, ich würde sie gerne interviewen.«

»Celine!«, rief John, diesmal so laut, dass sich der Barmann und ein anderer Gast, der in seine Zeitung vertieft war, zu ihm umdrehten. Er sprach leiser weiter: »Du wirst den Teufel tun.«

»War ein Spaß. Dein Geheimnis ist bei mir sicher. Vertrau mir. Außerdem hast du Frede laufen lassen, so gemeingefährlich kann sie also nicht sein.«

John vergrub sein Gesicht in der freien Hand. Was hatte er da bloß angerichtet? Er setzte nicht nur seine Karriere und seine Freundschaften aufs Spiel, sondern jetzt auch noch die Moralvorstellungen seiner Tochter.

Es gab wohl nur eine Möglichkeit, ihr die Lage verständlich zu machen. »Hör zu, Celine. Ich habe da einen gewaltigen Fehler gemacht. Frede wird morgen ein Gespräch mit der Staatsanwaltschaft führen. Ich weiß nicht, was dabei herauskommt. Aber ich möchte dich und deine Freundin nicht in ihrer Nähe haben, verstehst du? Deshalb packt ihr jetzt eure Sachen, nehmt den nächsten Bus nach Westerland und steigt dort in den Zug. Frede ist gerade am Strand. Ihr seid weg, bevor sie wiederkommt.«

»Und … was soll sie denken?«

»Das regle ich. Ich erzähle ihr, dass ihr noch ein wichtiges Projekt für die Schule habt, das euch gerade erst wieder eingefallen ist. Oder etwas Ähnliches. Haben wir uns verstanden?«

»Ist gut. Wir hauen gleich ab. Und …« Sie machte eine kurze Pause. »Ist lieb, dass du dich so um mich sorgst, Daddy.«

»Ich liebe dich, Celine. Wirklich. Passt auf euch auf.«

Er beendete den Anruf. Dann trank er seinen Kaffee und sah hinauf zum Himmel, wo sich wieder dunkle Wolken auftürmten.

Wie um alles in der Welt sollte er das geradebiegen? Das Klingeln seines Handys riss ihn aus den Gedanken. Es war eine Kurznachricht von Tommy.

Sie lautete: *Komm zur Wache. Wir haben sie!*

John eilte die Metalltreppe zum Hauptraum der Sylter Wache hinauf. »Was ist los?«, fragte er, kaum, dass er durch die Tür war. Tommy saß mit Juri an einem der hinteren Schreibtische. John ging zu ihnen hinüber.

»Wir haben uns die Finanzen von Inken und Johann Roeloffs angesehen«, erzählte Tommy. »Sanna Harmstorf hat uns die nötigen Beschlüsse besorgt.«

»Und?«

»Zwei Tage vor dem Absturz sind von einem Tagesgeldkonto von Inken Roeloffs fünfzigtausend Euro abgehoben worden.«

Die Summe deckte sich mit dem Bargeld in dem Koffer, den man an der Absturzstelle gefunden hatte. »Wissen wir, wer das Geld abgehoben hat?«, fragte John. »Inken oder Johann?«

»Inken«, antwortete Juri. »Ich habe mit dem Bankdirektor gesprochen. Die Auszahlung einer solch hohen Summe geht nicht an ihm vorbei. Es schien ihr dringend zu sein. Sie holte das Geld persönlich in der Filiale ab. Mit einem schwarzen Lederkoffer.«

»Der Koffer, der bei dem havarierten Flugzeug gefunden wurde. Sie gab das Geld also ihrem Vater«, sagte Juri.

»Nicht nur das.« John setzte sich zu den beiden an den Schreibtisch. »Ich habe mit Johann Roeloffs gesprochen ...«

Er berichtete den beiden von dem ersten Zwischenfall, den Karel Jansen mit seiner Maschine drei Wochen vor dem Absturz gehabt hatte, und seinem Gespräch mit Jola Naujoks. »Johann Roeloffs reparierte die Maschine. Er erklärte Bente später ganz genau, was den Fehler ausgelöst hatte. Wasser im Treibstoffsystem. Bei dieser Unterhaltung waren die beiden aber nicht allein. Inken Roeloffs bekam ebenfalls alles mit.«

»Du willst sagen ...?« Tommys Augen weiteten sich.

»Ja«, bestätigte John. »Inken hat von ihrem Mann eine detailgenaue Beschreibung erhalten, wie man ein solches Flugzeug zum Absturz bringt.«

»Bleibt trotzdem die Frage, warum sie das getan haben sollte«, meinte Juri. »Ihr Vater bat sie um Geld. Weil er selbst nicht genug hatte, um Lohse auszubezahlen? Was ist mit dem Vermögen in der Kate auf Helgoland?«

»Der Reihe nach«, sagte John. »Die fünfzigtausend entsprechen exakt dem Betrag, den Jansen jährlich an das Sanatorium entrichtete, in dem seine Tochter Oliv Tuuli untergebracht ist. Er zahlte immer in bar.«

»Das Geld nahm er vermutlich von der Beute«, überlegte Tommy. »Er muss über die Jahre die alten DM-Scheine getauscht und die Goldbarren eingeschmolzen haben. Immer in kleinen Teilen und an verschiedenen Orten, sodass er nicht auffiel.«

»Richtig«, stimmte John zu. »Und dann taucht Lohse auf. Er will seinen Anteil. Eine dreiviertel Million Euro. Die hat Jansen aber nicht, und er hat auch nur einen sehr kleinen Teil an Barvermögen herumliegen. Davon gibt er Lohse etwas. Doch der will mehr. Nun steckt Jansen in der Klemme. Er kann nicht alles auf einmal tauschen, ohne Aufsehen zu erregen. Also beginnt er, Geld von der Fluglinie abzuzweigen. Lohse will aber den gesamten Anteil. Und dann sind auch noch die Kosten für die Heimunterbringung fällig.«

»Wo soll Jansen so viel Geld auf einmal lockermachen?«, fragte Juri. »Er holt es sich von Inken. Zumindest die fünfzigtausend.«

»Aber weiß sie zu dem Zeitpunkt von Oliv Tuuli?« Tommy hob die Augenbrauen.

»Vermutlich nicht«, sagte John. »Zumindest, wenn wir Johann Roeloffs glauben. Gehen wir also von folgendem Szenario aus: Inken gibt ihrem Vater das Geld für Lohse, wie sie denkt. Die fünfzigtausend alleine reichen natürlich nicht. Jansen will die Restsumme aus dem Versteck in Helgoland holen. Das erzählt er Inken. Tatsächlich aber plant er den Weiterflug nach Stavanger, wie wir wissen ...«

»Inken erfährt auf irgendeinem Weg davon«, warf Tommy ein.

»Richtig«, sagte John. »Wir wissen noch nicht, wie, aber sie hat es herausgefunden. Sie glaubt, er hat sie belogen. Sie vermutet, dass er das Weite suchen will.«

»Dann hatte sie nicht nur das nötige Wissen, sondern auch ein verdammt gutes Motiv«, meinte Juri. »Und als Mitinhaberin der Airline dürfte es ihr nicht schwergefallen sein, sich Zutritt zu dem Hangar zu verschaffen, in dem die Maschine stand.«

»Das sind allerdings immer noch lediglich Indizien und Hypothesen«, wandte Tommy ein.

»Aber es wird reichen, um sie gehörig unter Druck zu setzen«, sagte John. »Besonders, wenn wir davon ausgehen, dass Inken den wahren Grund, weshalb ihr Vater nach Stavanger wollte, nicht kennt. Außerdem ist da noch ein ziemlich gravierender Punkt, den wir bislang übersehen haben ...«

Tommy und Juri sahen ihn fragend an, doch John holte bereits sein Handy aus der Jackentasche und rief Sanna Harmstorf an. Als sie ranging, kam er gleich zur Sache: »Wir treffen uns in einer halben Stunde bei Inken Roeloffs. Wir haben neue ...«

»Ich stehe gerade vor dem Haus der Roeloffs'«, hörte er die Stimme der Staatsanwältin. »Und Sie können sich den Weg sparen. Inken ist nicht da.«

John verstand instinktiv, dass dies nur eines bedeuten konnte. »Ich rufe Sie gleich zurück«, sagte er und legte auf. Dann wählte er die Nummer von Fly Sylt und ließ sich mit Broder Timm verbinden.

»Sie müssen wirklich Sehnsucht nach mir haben«, hörte er die Stimme des Mannes. »Sie sind doch gerade erst hier weg.«

»Wo steckt Inken Roeloffs?«

»Woher soll ich das wissen, ich bin doch nicht ihr Sekretär.«

»Und Johann?«

»Er ... ist gerade unpässlich.«

»*Unpässlich?* Was soll das bedeuten?«

»Er ist mit einer komplizierten Wartung beschäftigt.«

»Ich bin in fünf Minuten bei Ihnen. Bis dahin sollte er besser wieder aufgetaucht sein.«

John legte auf und rief wieder Sanna Harmstorf an. »Kommen Sie zum Flughafen. Schnell.«

Die Staatsanwältin traf nach ihm am Verwaltungsgebäude der Inselfluglinie ein. John hatte in seinem Wagen auf sie gewartet.

»Können Sie erklären ...«, begann sie, als er ausstieg, doch John brachte sie mit erhobenem Zeigefinger zum Schweigen.

»Werden Sie gleich selbst erleben.«

Er riss die Tür zum Büro auf und ging, ohne auf die Empfangsdame zu achten, schnurstracks in das Büro von Broder Timm. Dieser saß mit kalkweißem Gesicht in seinem Ledersessel und blickte zum Fenster hinaus. Schweiß stand auf seiner kahlen Stirn.

»Also«, verlangte John zu wissen, »wo steckt Johann Roeloffs?«

Broder drehte sich langsam auf dem Stuhl zu ihnen. »Er ist vor einer Viertelstunde abgeflogen. Mit seiner Frau.«

»Ich hatte ihn angewiesen, die Insel nicht zu verlassen«, sagte John. »Warum haben Sie ihn nicht gehindert?«

»Sie sind die Polizei. Nicht ich. Was hätte ich denn tun sollen?«

»Wo sind die beiden hin?«, schaltete sich Sanna Harmstorf ein.

»Er hat mir gesagt, sie wollen nach Helgoland.«

»Unsinn«, erklang eine Frauenstimme. Jola Naujoks schob sich hinter ihnen in die Tür.

Broder sah sie mit großen Augen an. »Was ...?«

»Johann und Inken sind nicht nach Helgoland geflogen. Sie sind nach Stavanger.«

»Da sind Sie sich sicher?«, fragte John.

»Absolut sicher.« Naujoks verschränkte die Arme vor der Brust. »Ich habe mir gerade den Flugplan angesehen. Weil ich wissen wollte, ob die beiden uns reingelegt haben.«

»Jola«, versuchte Broder sie zu unterbrechen.

Doch Naujoks ließ sich nicht irritieren. »Broder, es ist Zeit, mit der Charade aufzuhören. Hast du es denn noch immer nicht verstanden? Die beiden sind auf und davon. Wir müssen uns endlich ehrlich machen, wenn wir nicht den Rest unseres Lebens hinter Gittern verbringen wollen.«

Es dauerte einen Moment, doch dann setzte sich in Johns Gedanken das Puzzle zusammen. Aus einem Gefühl wurde Gewissheit. Die entsprechenden Stücke hatten die ganze Zeit vor ihrer Nase gelegen, sie hatten sie nur nicht in der richtigen Kombination zusammengebracht.

»Aber natürlich«, sagte er langsam. »Sie wussten Bescheid. Alle. Die ganze Zeit.«

58   Sanna Harmstorf

Sanna beobachtete amüsiert, wie Benthiens Finger sich in die Sitzlehne krallten, als der H155 Helikopter der Bundespolizei einen kleinen Satz machte. Sie ließen jetzt das dänische Festland hinter sich und nahmen Kurs auf Norwegen. Unter ihnen kräuselten sich die Wellen der Nordsee.

Der Flugdienst der Bundespolizei hatte umgehend auf ihr Amtshilfe-Ersuchen reagiert. Der Hubschrauber würde sie in knapp zwei Stunden nach Stavanger bringen. Die Roeloffs hatten mit ihrer ungefähr gleich schnellen Cessna mittlerweile einen Vorsprung von etwas mehr als einer Stunde. Sie hatten jedoch den Nachteil, dass der Flughafen im Süden von Stavanger lag. Von dort aus würden sie erst noch nach Egerland im Osten der Stadt fahren müssen, wo sich das Sanatorium befand, in dem Oliv Tuuli untergebracht war. Der Hubschrauberpilot hatte Sanna dies alles auf einer Karte erklärt und mit Zahlen über Reisegeschwindigkeiten, maximale Flughöhen, Gegenwind und dergleichen um sich geworfen. Entscheidend war für sie nur sein Resümee gewesen: Der Hubschrauber würde direkt auf der weitläufigen Wiese des Sanatoriums landen können, sodass sie zeitgleich oder höchstens kurz nach den Roeloffs eintreffen würden.

Sanna hatte Broder Timm und Jola Naujoks noch vor Ort von Soni Kumari abholen und in die Arrestzelle bringen lassen. Broders Gezeter über Flugpläne und Abläufe, die es einzuhalten gab, hatte sie dabei nicht interessiert. Sie tat ihren Job, und wenn das bedeutete, dass die Fluglinie ihren Betrieb mit sofortiger Wirkung einstellen musste, dann war das eben so.

Fitzen und Rabanus würden eine erste Vernehmung der beiden noch in der Wache durchführen und sie dann für alles Weitere nach Flensburg bringen. Und auch mit Nick Hansen würde man noch einmal sprechen müssen.

Sanna musterte Benthien von der Seite. An eine Unterhaltung war wegen des Rotorenlärms nicht zu denken, selbst mit den Headsets, die sie trugen, beschränkte man sich automatisch auf das Nötigste. Benthien blickte mit sorgenvoller Miene aus dem Fenster, ganz so, als vertraute er noch immer nicht darauf, dass der Helikopter tatsächlich in der Luft blieb.

Zum Glück dauerte sein Martyrium nicht allzu lange, denn schon bald schwebten sie auf das Sanatorium zu.

Das alte Herrenhaus war umgeben von einer grünen Parklandschaft, direkt am Wasser. Aus der Luft sah Sanna die verschiedenfarbigen Holzhäuser in der Nachbarschaft, von denen die meisten über einen eigenen Bootsanlegesteg verfügten.

Der Hubschrauber ging auf der Wiese vor dem Haus nieder, dort, wo in einem Kreis ein großes H eingezeichnet war.

Ein älterer Herr in Anzug und zwei Uniformierte erwarteten sie bereits. Sanna hatte die Kollegen von der hiesigen Polizei aus der Luft verständigt und um ihre Unterstützung gebeten. Sie stieg aus und duckte sich instinktiv vor den auslaufenden Rotorblättern. Benthien kam ihr nach.

Bei dem Herrn im Anzug handelte es sich um den Leiter der Klinik. Er informierte sie darüber, dass die Roeloffs kurz vor ihnen eingetroffen seien. Auf Sannas Nachfrage hin erklärte er, dass die beiden ihm nicht unbekannt seien. Erst vor Kurzem waren Inken und Johann erstmals hier erschienen. Ein bewegender Moment, wie sich der Mann erinnerte, schließlich habe Inken zum ersten Mal ihre Schwester Oliv Tuuli besucht. Eine späte

Familienzusammenführung unter tragischen Umständen. Inken hatte ihn darüber informiert, dass ihr Vater verstorben sei und sich ihre Schwester Bente im Koma befinde. Sie wollte sich um Oliv kümmern, bis sich die Umstände geklärt hätten.

Der Klinikleiter führte sie über einen Kiesweg zum Haupthaus. Das Zimmer von Oliv Tuuli befand sich im oberen Stockwerk des Westflügels. Sie stiegen eine breite Holztreppe hinauf und gingen bis ans Ende eines langen Flurs. Der Leiter des Sanatoriums blieb vor einer Tür mit der Nummer sieben stehen. Sanna bat den Mann und die beiden Uniformierten, draußen zu warten. Dann betrat sie mit Benthien das Zimmer.

Oliv Tuuli lag in einem Krankenbett, dessen Kopfende aufrecht gestellt war. Ihre Gesichtszüge waren entspannt, die Augen zur Decke gerichtet. Aus den Informationen, die ihnen vorlagen, wusste Sanna, dass die Frau durch ihre Krankheit mittlerweile vollständig bewegungsunfähig war. Auch um ihre geistigen Fähigkeiten war es nicht gut bestellt. Sie war Anfang dreißig. Dennoch waren ihre halblangen blonden Haare bereits von zahlreichen grauen Strähnen durchzogen. Auch wenn sie nur Halbschwestern waren, war die Ähnlichkeit zu Inken und Bente nicht zu verkennen.

Die Einrichtung des Zimmers konnte man nur als spartanisch bezeichnen. Außer dem Bett gab es lediglich einen kleinen Tisch und zwei Stühle. An der Wand war ein Fernseher angebracht, und in einer Ecke stand eine alte Standuhr. Keine Bilder an den weißen Wänden, keine Blumen, keine persönlichen Gegenstände.

Inken Roeloffs saß auf einem Klappstuhl am Kopfende des Bettes. Ihr Mann Johann stand am Fußende, neben sich eine große Sporttasche auf dem Boden. Beide drehten sich zur Tür, als Sanna und Benthien eintraten. Überraschung lag auf ihren Gesichtern.

»Was haben Sie hier zu suchen?«, fand Johann Roeloffs als Erster die Sprache wieder.

»Sie warten bitte draußen auf dem Flur auf uns«, wies Sanna ihn an. »Die Kollegen werden sich um Sie kümmern.«

Beim Anblick der beiden Uniformierten, die vor der Tür warteten, wich bei Johann Roeloffs offenbar jeder Gedanke an Widerstand. Er senkte den Kopf und ging nach draußen.

Inken Roeloffs sah zu Sanna auf. »Ich verstehe nicht, was das soll.«

Sanna nahm sich den zweiten Besucherstuhl und setzte sich Inken auf der anderen Seite des Betts gegenüber. Benthien stellte sich ans Fußende.

»Ich nehme an, das Krankenhaus hat Sie bereits darüber unterrichtet, dass Ihre Schwester Bente vor wenigen Stunden einer Gehirnblutung erlegen ist«, sagte Sanna in nüchternem Tonfall. Sie wartete die Antwort nicht ab, solange das Momentum auf ihrer Seite war. Im Gesicht von Inken zeigte sich jedoch keine Überraschung. Sie wusste vom Tod ihrer Schwester, und das hatte sie nicht davon abgehalten, diese Reise anzutreten. Sanna fuhr fort: »Wir nehmen an, dass Sie für den Tod Ihrer Schwester und den Ihres Vaters verantwortlich sind.«

Kurz zuckten die Mundwinkel von Inken Roeloffs nach oben. »Das ... das muss wohl ein Missverständnis sein.«

»Keineswegs.« Bente holte ihr Smartphone hervor und spielte den Mitschnitt ab, den sie angefertigt hatte.

Erst erklang Dr. Andersens Stimme.

Verzeihen Sie meine Wortwahl, Inken, aber das ist gut. Es ist nur natürlich. Lassen Sie es mich bewusst drastisch ausdrücken: Wenn wir uns von unseren Eltern lösen, dann stoßen wir sie ab, wir ... wir töten sie quasi innerlich.

Dann etwas leiser Inkens Antwort.

Ja. Vielleicht ist es genau das, was ich tun sollte.

Sanna ließ das Handy wieder in ihrer Jackentasche verschwinden. »Vor etwa einem Monat hatte Ihr Vater bereits ein erstes Unglück mit seiner Maschine, das noch glimpflich ausging.

Der Motor setzte während des Starts aus. Ursache war Wasser im Treibstoffsystem – derselbe Grund, weshalb Bente und er später abstürzten. Wir wissen, dass Johann Ihnen und Bente in aller Ausführlichkeit berichtete, was diesen ersten Zwischenfall ausgelöst hatte. Sie wussten also, wie man seine Maschine zielsicher manipulieren und zum Absturz bringen konnte.«

Als Inken Roeloffs etwas sagen wollte, stoppte Sanna sie mit erhobenem Zeigefinger und gab Benthien ein Zeichen.

»Außerdem haben wir das hier.« Er zog zwei gefaltete Papiere aus der Innentasche seiner Jacke. Die Kontoauszüge und die schriftliche Aussage des Bankdirektors. »Sie haben zwei Tage vor dem tödlichen Unglück fünfzigtausend Euro in bar von Ihrem Tagesgeldkonto abgehoben. Dies entspricht der Summe in dem Koffer, den wir bei der havarierten Maschine Ihres Vaters sichergestellt haben.«

»Wir gehen davon aus, dass Sie Ihrem Vater dieses Geld gegeben haben. Sie waren über seine kriminelle Vergangenheit im Bilde«, sagte Sanna. »Sie wussten, dass Falk Lohse ihn unter Druck setzte und seinen Anteil einforderte.«

Wieder übernahm Benthien und legte Inken das Foto vor, das sie in einer Telefonzelle zeigte. »Wir haben Belege, dass Sie es waren, die in einem alten Fall auf dem Präsidium anrief, unter der Vorgabe, Sie hätten neue Informationen. Die hatten Sie wohl tatsächlich und wollten Ihr Gewissen erleichtern. Denn Sie hatten herausgefunden, dass Ihr Vater zwei Komplizen beseitigt hatte, indem er sie über der Nordsee aus dem Flugzeug warf.«

»Sie wussten, dass Ihr Vater in der Vergangenheit gestohlen und gemordet hatte.« Sanna machte eine Pause. Doch von Inken kam keine Reaktion. Sie sah Sanna nur mit versteinerter Miene an. »Wir nehmen an, dass Sie Ihrem Vater das Geld gaben, um Lohse auszuzahlen. Sie wussten, dass er einen Rest der Beute auf Helgoland versteckte. Den wollte er am Tag des Absturzes holen, zumindest gab er das vor.«

»Doch Sie fanden heraus, dass er Sie belog«, fuhr Benthien fort. »Tatsächlich wollte er das Weite suchen. Mit dem Rest der Beute und Ihrem Geld. Irgendwo neu anfangen. Sie fanden heraus, dass er von Helgoland nach Stavanger weiterfliegen wollte. Und da beschlossen Sie, die Maschine zu sabotieren.«

Inken blickte zwischen Sanna und John hin und her.

Sanna hatte vor Gericht unzählige Male erlebt, wie jemand unter der Last der Beweise klein beigab und schließlich von seiner Lügengeschichte abrückte. Sie spürte, dass auch Inken kurz davorstand, einzuknicken. Es bedurfte eines letzten kleinen Stupsers. Sanna beschloss, etwas zu tun, von dem sie wusste, dass sie es normalerweise tunlichst unterlassen sollte: Berufliches und Privates miteinander zu vermischen.

»Sehen Sie, Inken, in gewisser Hinsicht verstehe ich Sie sogar.« Sanna schlug einen versöhnlichen Ton an. »Ich weiß, wie es ist, ohne einen Vater aufzuwachsen. Ich habe meinen durch einen Unfall verloren, als ich ein Kind war. Immer habe ich mich gefragt, was er wohl für ein Mensch war, wie viel von ihm in mir steckt. Wenn ich mir vorstelle, er wäre in meinem späteren Leben aufgetaucht und ich hätte das über ihn herausgefunden, was Sie über Ihren Vater erfahren haben ... ich vermute, ich hätte dasselbe gefühlt. Ich hätte ihn gehasst. Und wer weiß, was ich getan hätte. Jedenfalls glaube ich, dass es Ihnen tatsächlich nur um ihn ging. Sie hatten nicht die Absicht, Ihrer Schwester zu schaden. Als sie an jenem Morgen erfuhren, dass Bente mit ihm in der Maschine saß ... das muss schrecklich gewesen sein.«

Ihre Worte verfehlten die beabsichtigte Wirkung nicht. Inken Roeloffs senkte den Kopf. Dann begann ihr Körper zu beben, und sie brach in Tränen aus. »Ich habe das nicht gewollt«, schluchzte sie. »Ich wollte Bente nichts antun, das müssen Sie mir glauben.«

»Natürlich«, sagte Benthien, »es war ein Unglück.« Er griff

in die Jackentasche und holte ein Paket Taschentücher hervor, das er der Frau reichte. Dann hockte er sich neben sie auf das Bett. »Inken, warum erzählen Sie uns nicht alles in Ruhe. Von Anfang an.«

Es dauerte einen Moment, bis sie sich wieder gefangen hatte, dann begann Inken Roeloffs zu erzählen.

»Ich … hatte mich schon damit abgefunden, meinen leiblichen Vater nie kennenzulernen. Karel war ein netter Mann, zumindest dachte ich das anfangs. Wir unternahmen viel, er kam oft abends zum Essen, interessierte sich für meine Bücher. Und Bente und er teilten die Liebe zur Fliegerei. Sie holte ihn in die Firma. Wir vertrauten ihm. Alles war gut.« Sie trocknete sich die Augen mit dem Taschentuch. »Dann kam eines Tages Broder Timm zu uns. Jola Naujoks, seine alte Sekretärin, hatte Ungereimtheiten in Karels Buchführung entdeckt. Sie wusste, wie eng Bente mit unserem Vater war, deshalb wandte sie sich an ihn. Broder sprach mit Bente darüber, doch sie wollte nichts davon wissen, hielt es für ein Versehen. Deshalb suchte Broder unsere Hilfe.

Johann … er hatte schon immer Zweifel, was unseren Vater betraf. Er argwöhnte, es sei vielleicht kein Zufall gewesen, dass er so kurz nach meinem großen Bucherfolg aufgetaucht war. Tatsächlich hielt Vater sich immer reichlich bedeckt, was seine Vergangenheit betraf. Er war geschickt darin, uns auszufragen, von sich selbst offenbarte er aber selten etwas. Johann schlug einen Detektiv vor. Wir engagierten Mark Molitor.«

»Molitor fand wesentlich mehr heraus, als Sie uns gesagt haben, oder?«, fragte Sanna. In Gedanken fügte sie hinzu: Und auch mehr, als Ihre tote Schwester mir offenbart hat.

Inken nickte. »Er observierte Vater. Zu dieser Zeit trieb sich Falk Lohse schon auf der Insel herum und traf sich mit ihm. Molitor überprüfte ihn und kam darüber zu den Gentlemenräubern.«

»Konfrontierten Sie Ihren Vater damit?«, wollte Benthien wissen.

»Nein. Molitor riet uns, das noch nicht zu tun. Wir wollten erst mehr über Lohse herausfinden und was genau er von Vater wollte. War er der Grund, weshalb Vater das Geld von der Fluglinie veruntreut hatte? Wir waren uns noch nicht sicher. Außerdem wussten wir, dass es sich bei den Gentlemenräubern um eine Bande von vieren handelte. Wo waren die anderen beiden Komplizen, mussten wir damit rechnen, dass noch mehr ›alte Freunde‹ unseres Vaters auftauchten?«

»Was wusste Ihre Schwester zu diesem Zeitpunkt von alledem?«, fragte Sanna.

»Wir hatten Bente eingeweiht. Sie wollte das erst alles nicht wahrhaben. Sie liebte Vater. Aber dann begriff auch sie …«

»Wie ging es weiter? War es Molitor, der auf den Krabbenkutterfall stieß?«

»Nein. Bente und ich … wir kamen durch Zufall auf diese alte Sache. In einem Fotoalbum von Mutter … Wir fanden ein Foto, das Vater mit Falk Lohse in jungen Jahren zeigte. Bei ihnen standen eine Frau und ein Mann – ihre Komplizen. Ich nahm das Foto an mich. Und dann beschlossen Bente und ich, ihn endlich zur Rede zu stellen.«

»Wie reagierte er?«, fragte Benthien.

»Er stritt es nicht ab. Zumindest nicht seine Beteiligung an den Beutezügen der Gentlemenräuber. Er erzählte uns die ganze Geschichte, sagte, er habe es getan, weil sie das Geld brauchten. Mutter war schwanger mit uns. Er wollte für die Familie sorgen. Doch dann ging bei diesem letzten Überfall auf den Geldtransporter alles schief.« Sie machte eine kurze Pause. »Ich zeigte Vater das Foto. Er nannte mir die Namen der anderen beiden: Martin Duven und Nina Kampen. Ein kriminelles Pärchen, bei dem Vater wohl mal ein Auge zugedrückt hatte, als er noch Polizist gewesen war. Die beiden revanchierten sich später, als er in Problemen steckte, indem sie ihn mit Lohse in Kontakt brachten. Ein todsicheres Ding, wie sie ihm sagten. Dann begannen sie ihre Raubzüge und ... nun ja, wir wissen, wie es endete. Vater flüchtete und begann ein neues Leben in Norwegen. Lohse wanderte ins Gefängnis. Von den anderen beiden hörte er nie wieder, sagte Vater.«

»Sie sagten ihm, dass Sie einen Detektiv engagiert hatten?«

»Ja, und er wurde fuchsteufelswild, als er erfuhr, dass Molitor auch Lohse unter die Lupe nahm. Er meinte, wir wüssten gar nicht, in welcher Gefahr wir schwebten. Lohse sei ein gefährlicher Mann. Offenbar gab es eine Abmachung in der Bande. Sollte einer von ihnen festgenommen werden, würden die anderen seinen Anteil verwahren. Und genau deshalb hatte Lohse ihn aufgesucht. Er wollte seinen Teil der Beute.«

»Doch Ihr Vater hatte das Geld nicht«, sagte Sanna.

»Oder zumindest machte er Sie das glauben«, präzisierte Benthien. »Auf Helgoland hatte er durchaus noch etwas versteckt. Doch die alten Scheine und vor allem die Goldbarren konnte er nicht so schnell flüssig machen, ohne damit aufzufallen. Also zweigte er Geld von der Fluglinie ab und gab es Lohse.«

»Richtig. Doch Lohse wollte seinen kompletten Anteil. Er ließ nicht locker. Und ich machte mir Sorgen, dass die beiden anderen Komplizen vielleicht auch noch auftauchen würden. Vater hatte sich jahrelang versteckt gehalten. Was, wenn Lohse die beiden darüber informiert hatte, dass er wieder da war und sie sich ebenfalls ihren Anteil holen sollten.«

»Der Krabbenkutterfall.« Sanna lehnte sich im Stuhl zurück. »Sie fanden die Wahrheit heraus.«

»Von Molitor hörten wir nichts mehr. Also machte ich mich selbst an die Arbeit. Als Buchautorin entwickelt man gewisse Fähigkeiten, was das Recherchieren angeht. Und ich kannte die Namen der beiden. Ich suchte nach ihnen, fand sie aber nirgendwo. Ich sah mir dann Vermisstenmeldungen und Todesfälle aus jener Zeit an. Und dabei stieß ich auf den Krabbenkutterfall.

Die Leichen einer Frau und eines Mannes, die von einem Boot aus dem Wasser gefischt wurden, das in der Nähe von Helgoland kreuzte. Es mochte ein Zufall sein …«

»… oder eben nicht.« Benthien stützte sich mit den Händen auf dem Bettgeländer ab. »Hat Ihr Vater es zugegeben?«

»Das hat er. Lohse hatte ihm inzwischen ein Ultimatum gestellt. Und jetzt wollte Vater Geld von mir. Ich sagte, dass ich zuerst die Wahrheit von ihm erfahren wollte, und zwar die ganze Wahrheit. Ich konfrontierte ihn mit meinem Verdacht und er … er stritt es nicht ab. Er gab zu, die beiden ermordet zu haben. Zwei Probleme weniger, sagte er. Es schien beinahe so … als wäre er froh, sich das von der Seele reden zu können … Erst da habe ich begriffen, was für ein Mensch mein Vater wirklich ist.«

»Aber Sie gaben ihm trotzdem das Geld.«

»Ja. Vater erzählte mir von der Beute, die er auf Helgoland versteckt hatte. Er meinte, das Geld und das Gold hätten einen Wert von über einhunderttausend Euro. Dazu die fünfzigtausend in bar von mir … das wäre nicht mal annähernd der Betrag, den Lohse forderte. Doch Vater hoffte, dass er sich eines Besseren besinnen und sich auch mit weniger zufriedengeben würde, wenn er das Bargeld und die Goldbarren erst einmal in Händen hielt. Ich hatte da so meine Zweifel … Ich forderte Vater auf, die Sache in Ordnung zu bringen und für immer aus meinem Leben zu verschwinden.«

»Und darauf ging er ein?«, fragte Sanna.

»Das tat er. Er versprach es mir … dass er für immer verschwinden würde. Und es war diese Kaltschnäuzigkeit, die meinen Zorn erst so richtig anstachelte.«

»Sie händigten Ihrem Vater die fünfzigtausend in bar aus.«

»Ja.«

»Aber dann keimte in Ihnen der Verdacht auf, dass er vielleicht doch nicht die Absicht hatte, das Geld an Falk Lohse zu übergeben«, sagte Benthien.

»Ich traute ihm nicht mehr. Ich fürchtete, dass er sein Versprechen wörtlich meinte und mit dem Geld tatsächlich verschwinden würde. Ich zog Broder Timm ins Vertrauen. Er kannte ohnehin schon einen Teil der Geschichte. Broder sah den Flugplan ein, den Vater eingereicht hatte. Er führte nach Helgoland – dann aber weiter nach Stavanger. Daraus schloss ich, dass er tatsächlich verschwinden wollte.«

»Da wussten Sie noch nichts von Ihrer Schwester.« Inken warf einen Blick auf Oliv Tuuli.

»Nein.«

»Also nahmen Sie an, dass Ihr Vater Sie betrog und mit dem Geld verschwinden wollte. Sie ergriffen entsprechende Maßnahmen.«

»Es ging mir nicht um das Geld. Es war das Gefühl, wieder belogen worden zu sein, so wie ich es auch Dr. Andersen gesagt habe. Sie alle hatten uns ein Leben lang belogen. Mutter. Geert Petersen. Und jetzt Vater. Das sollte ein Ende haben. Und da war noch etwas. Bente ist immer die Starke von uns beiden, diejenige, die die Dinge in die Hand nahm. Sie hat mich beschützt. Nun wollte ich mich revanchieren. Sie liebte Vater zu sehr, um die Wahrheit zu erkennen und das zu tun, was nötig war. Jetzt konnte ich die Starke sein und sie beschützen.«

»Sie gingen in der Nacht in den Hangar und manipulierten die Maschine.«

»So ist es. Johann hatte mir, ohne sich dessen bewusst zu sein, genau erzählt, was ich zu tun hatte. Ich füllte einige Milliliter Wasser in den Tank. Das würde genügen, damit Vater ein für alle Mal aus unserem Leben verschwand.«

»Doch Lohse hatte Ihrem Vater den Arm gebrochen, um seinen Forderungen Nachdruck zu verleihen. Und Sie wussten nicht, dass er Bente aufgrund dieser Verletzung gebeten hatte, ihn zu begleiten und seine Maschine zu fliegen.«

»Nein, das wusste ich wirklich nicht«, sagte Inken Roeloffs, und in ihrer Stimme lag Erschütterung. »Ich ... kann dieses Gefühl nicht beschreiben, als ich am nächsten Tag von dem Absturz erfuhr und hörte, dass Bente die Maschine geflogen hatte. Immerhin hatte sie knapp überlebt. Ich hoffte, dass sie es schaffen würde, aber jetzt ...« Sie verstummte und schaute mit leerem Blick zum Fenster hinaus.

»Dies war allerdings nicht die einzige überraschende Entdeckung, die Sie machten, habe ich recht?«, fragte Sanna. »Auf irgendeinem Weg müssen Sie herausgefunden haben, wofür die fünfzigtausend Euro in Wahrheit bestimmt waren.«

Inken Roeloffs nickte. »Es war ein Schreiben, das ich an jenem Morgen in meinem Briefkasten fand. Vater musste es in der Nacht eingeworfen haben. Er schrieb, dass er meinem Wunsch nachkommen und für immer aus meinem Leben verschwinden würde. Es gäbe da allerdings etwas, das ich erfahren müsste. Etwas, von dem Bente bereits wusste und das er mir nicht länger vorenthalten wollte ...«

»Oliv Tuuli«, sagte Benthien.

»Richtig. Er offenbarte mir, dass ich noch eine Halbschwester hatte. Oliv. Sie sei schwerkrank, lebe hier in diesem Sanatorium ... wenn man das Leben nennen kann. Die Krankheit ist in einem fortgeschrittenen Stadium. Sie kann sich nicht mehr bewegen, und ... niemand weiß, was sie noch mitbekommt.« Inken machte eine Pause und betrachtete ihre Schwester. »Jedenfalls bat Vater in dem Brief darum, dass Bente und ich uns um Oliv kümmern. Wenn er abtauchte, würde er selbst nicht mehr hierherkommen können. Er wollte ihr einen letzten Besuch abstatten, den anstehenden Beitrag entrichten, alles so regeln, dass Bente und ich die nötigen Vollmachten erhielten. Er meinte wohl, dass es für mich kein Problem sein würde, den Heimbeitrag zu berappen, bei dem Vermögen, das ich mit meinen Büchern verdiente ...«

»Ja ...« Benthien stand auf und stellte sich ans Fenster. »Das Ganze hat nur einen kleinen Schönheitsfehler.«

Inken Roeloffs drehte sich zu ihm herum.

»Ich habe mich die ganze Zeit gefragt, weshalb Ihr Vater nach all den Jahren so plötzlich bei Ihnen auftauchte«, fuhr Benthien fort. »Anfangs dachte ich, es sei ihm vielleicht nur darum gegangen, von Ihrem Reichtum zu profitieren. Aber so war das nicht ...« Benthien trat an das Bett und musterte die Schwerkranke. Dann sah er Inken Roeloffs an: »Ihm lag sehr viel an Oliv. Bis zum Schluss sorgte er sich um ihr Wohlergehen. Und ich glaube, dass es ihm mit seinen anderen beiden Kindern ebenso erging. Er liebte Sie genauso, Inken. Sie und Bente. Und deshalb hätte er nicht das Weite gesucht, so wie Sie es wünschten, ohne sich davon zu überzeugen, dass alles geregelt und Sie in Sicherheit waren. Wenn er davon ausging, dass Falk Lohse ein gefährlicher Mann war, dann wäre Ihr Vater nicht so ohne Weiteres verschwunden. Er musste davon ausgehen, dass Lohse sich an Sie wenden würde ... was er ja schließlich auch getan hat. Ich glaube deshalb, dass Ihr Vater ihn tatsächlich ausbezahlen wollte. Sehen Sie, ich habe mich auch gefragt, weshalb Lohse von der Kate auf Helgoland wusste. Wer hatte ihm davon erzählt? Ich glaube, es war Ihr Vater selbst. Er wollte Lohse mit dem Vermögen abfinden, das er auf Helgoland versteckte. Deshalb suchte Lohse in der Kate danach. Ihr Vater hatte sich mit ihm dort für die Übergabe verabredet.«

Inken nickte langsam, doch bevor sie etwas sagen konnte, redete Benthien weiter.

»Ihr Vater war am Ende vielleicht doch kein so schlechter Mensch – zumindest kein so schlechter, wie Sie dachten. Er hätte alles ins Reine gebracht und wäre dann Ihrem Wunsch nachgekommen. Er wäre verschwunden. Doch ...« Er hob einen Finger. »... die Sache hatte einen Haken. Wenn er Lohse ausbezahlt und die fünfzigtausend hier im Sanatorium abgegeben hätte ... womit hätte er ein neues Leben beginnen sollen? Sehen Sie, und da ist der Denkfehler, den auch wir die ganze Zeit gemacht haben. Wir dachten, es wäre wirklich nur noch ein kleiner Rest der Beute übrig, der, den wir auf Helgoland gefunden haben. Aber so ist es nicht. Es gibt ein zweites Versteck. Eine letzte eiserne Reserve, die Ihr Vater für einen Fall wie diesen angelegt hatte. Und sie ist hier in diesem Zimmer.«

Sanna sah zu, wie Benthien zur Standuhr hinüberging.

»Hier gibt es keinen einzigen persönlichen Gegenstand«, erklärte er. »Eine reine Krankenhauseinrichtung. Aber dort in der Ecke steht diese alte Standuhr ...«

Er öffnete die Vordertür der Uhr und nahm das Innere in Augenschein. Es dauerte einen Moment, dann holte er sein Smartphone hervor, aktivierte die Taschenlampe und ging in die Knie. Es gab ein lautes Knacken, und als er aufstand, hielt er in einer Hand einen dünnen Goldbarren. »Ich nehme an, dass ich Ihnen nichts Neues erzähle. Sie sind vermutlich deshalb hier.«

Sanna musterte Inken Roeloffs. Sie war in sich zusammengesunken, ließ die Schultern hängen und sah geschlagen aus.

»Wir haben mit Broder Timm und Jola Naujoks gesprochen«, sagte Sanna. »Und wir nehmen an, dass Nick Hansen ihre Geschichte bestätigen wird, wenn wir ihm Hafterleichterung in Aussicht stellen. Sie kamen in den Tagen nach dem Absturz hierher, um den ausstehenden Heimbeitrag zu begleichen und Ihre Schwester kennenzulernen ...«

Inken Roeloffs nickte. »Ja. Nachdem ich Vaters Brief gelesen hatte ... ich wollte Oliv sehen. Johann und ich flogen her und regelten alles. Und als wir dann hier saßen, ging es uns wie Ihnen ...« Sie blickte zu der Standuhr hinüber. »Ich kannte die Uhr aus alten Fotoalben meiner Mutter. Sie stand früher in der Kate auf Helgoland. Mutter war mit Vater einige Mal dort gewesen, als sie frisch verliebt waren ... Ich konnte mir nicht recht erklären, aus welchem Grund Vater sie hergeschafft hatte ... Ich meine, Oliv bekommt wohl nicht mit, was um sie herum los ist, und selbst wenn ... sie dürfte überhaupt keinen Bezug zu dem alten Stück haben. Johann sah sich die Uhr genauer an, und ... wurde fündig.«

»Sie erkauften sich das Schweigen von Broder Timm und Nick Hansen«, kam Sanna nun auf das zu sprechen, was sie vorhin erfahren hatten. Inken erwiderte nichts, weshalb sie nachschob: »Broder Timm wusste zu viel. Und wenn wir Nick Hansen glauben dürfen, dann hat Ihre Schwester ihn ins Vertrauen gezogen. Sie brauchte jemanden, dem sie ihr Herz ausschütten konnte. Sie erzählte ihm nicht alles, aber genug.«

Benthien griff den Ball auf: »Sie versprachen den beiden, dass das Vermögen Ihres Vaters ausreichen würde, um die angeschlagene Fluglinie zu retten. Broder kam das nur gelegen, er fürchtete um sein Lebenswerk. Und Nick Hansen versprachen sie eine ansehnliche Summe, die ihm auch ohne gültige Pilotenlizenz ein angenehmes Leben gesichert hätte. Im Gegenzug sollten alle dichthalten. Doch der Plan begann zu bröckeln, als wir den einen Teil der versteckten Beute auf Helgoland entdeckten ...«

Inken bestätigte die Annahme mit einem knappen Nicken.

»Gehe ich recht in der Annahme, dass Sie sich auch anfangs mit dem Bürgermeister und der Zeitung in Verbindung gesetzt haben, um unsere Ermittlungen unter Druck zu setzen, in der Hoffnung, dass wir bald wieder verschwinden?«

»Ja. Als Bestsellerautorin hat man Zugang zu solchen Leuten ...«

»Doch jetzt wurde Ihnen das Pflaster endgültig zu heiß unter den Füßen«, sagte Sanna. »Sie beschlossen, das zu tun, was Sie Ihrem Vater unterstellt hatten: mit dem restlichen Vermögen, das hier versteckt ist, das Weite suchen und irgendwo anders neu anfangen.«

Inken kaute auf ihrer Unterlippe, schließlich gab sie zu: »So ist es.« Dann blickte sie noch einmal zu der Standuhr. »Erst als ich die Goldbarren hier entdeckt habe, habe ich begriffen, was mein Vater wirklich vorhatte. Er und Bente … sie könnten noch leben, wenn alles anders gelaufen wäre.«

»Ich fürchte, für solche Erkenntnisse ist es zu spät.« Sanna erhob sich. »Ich muss Sie bitten, mit uns zu kommen, Frau Roeloffs. Ich verhafte Sie wegen des Mordes an Ihrem Vater Karel Jansen und Ihrer Schwester Bente Roeloffs.«

59   John Benthien

Es war kurz vor Mitternacht, als John an diesem Abend die Haustür des alten Friesenhauses aufschloss. Er schaltete das Licht im Flur an und hängte seine Jacke auf. Auch wenn er erschöpft war, durchströmte ihn ein zufriedenes Gefühl. Sie hatten die Wahrheit ans Licht gebracht, der Gerechtigkeit Genüge getan und eine Übeltäterin überführt. Aus ihrer Sicht mochte Inken Roeloffs gute Gründe für die Tat gehabt haben – auch wenn diese auf einem folgenschweren Irrtum beruht hatten –, doch darüber würde nun ein Gericht urteilen.

So, wie es sein sollte, dachte John.

Was unterschied Inken Roeloffs von Frede?

Nichts.

Beide hatten aus Wut und einem für sie nachvollziehbaren Grund gehandelt. Beide hatten jemand anderen beschützen wollen.

Dennoch machte sie das zu nichts anderem als zu Mörderinnen. Sie unterschieden sich in nichts von all denen, die John hinter Gitter gebracht hatte. Die wenigsten von ihnen waren verrückt oder böse gewesen, sondern gewöhnliche Menschen, die in einer dunklen Nacht auf einer schlecht beleuchteten Straße die falsche Abfahrt genommen hatten.

John ging ins Wohnzimmer, wo er ebenfalls Licht machen musste. Im gesamten Haus war es dunkel und still.

Er hatte Celine noch von unterwegs angerufen. Sie und ihre

Freundin waren gut in Flensburg angekommen. Elfie war nun wieder bei ihren Eltern, Celine in der Altbauwohnung im St.-Jürgens-Viertel. Er würde gleich morgen früh zu ihr fahren.

Trotzdem war es zu still im Haus.

»Frede?« Als er keine Antwort bekam, rief er ein zweites Mal nach ihr. Wieder nichts.

John ging nach oben. Auch hier war alles dunkel. Das Doppelbett im Schlafzimmer fand er ordentlich gemacht, aber leer vor. Von Fredes Reisetasche und ihren Sachen keine Spur.

Er ging wieder runter und blieb am Fuß der Holztreppe stehen. Erst jetzt bemerkte er das Blatt Papier, das mittig auf der Schreibplatte des Sekretärs lag. Er nahm es an sich und las, was darauf geschrieben stand.

John.
Ich dachte, so ist es besser. Statt vieler Worte und eines tränenreichen Abschieds.
Ich liebe dich. Schon immer. Für immer.
Zwischen uns – das war alles echt.
Aber es darf nicht sein. Kann nicht sein.
Wir verraten alles, wofür wir gelebt haben. Und alle, die uns etwas bedeuten. Besonders du.
Damit kann ich nicht leben.
Ich hoffe, du verstehst. Entschuldige das, was ich tun werde. Es muss so sein.
Ich werde immer an dich denken.

Deine Frede

60 Sanna Harmstorf

Zwei Menschen könnten noch leben. Zwei Menschen, die gestorben waren, weil ein anderer sich das Recht herausgenommen hatte, über sie zu richten und ihr Leben zu beenden.

Manchmal wusste Sanna nicht, welche Art von Mördern die schlimmere war. Jene, die einfach wahnsinnig waren und aus einem irren Trieb heraus handelten? Oder jene, die dem organisierten Verbrechen entstammten, wo das Töten zum Berufsalltag gehörte? Oder waren es in Wirklichkeit vielmehr Menschen wie Inken Roeloffs, die sich aus einem Gefühl der Kränkung heraus das Recht nahmen, über andere zu richten? Denn ein solches Recht stand niemandem zu, außer Justitia selbst. Das Leben mochte ungerecht sein. Immer wieder warf es einem in vollem Lauf Knüppel zwischen die Beine, es war voller Enttäuschung, Kränkungen und Ungerechtigkeiten. Damit musste jeder auf seine Weise klarkommen. Auf keinen Fall aber erwuchs daraus der Freibrief, anderen das Leben zu nehmen.

Und das galt auch für Polizeiangehörige beziehungsweise Menschen, die sie liebten. Sannas Gedanken wanderten zu John Benthien und Frede Junicke.

Sie saß unter der Terrasse des Hauses in Munkmarsch und blickte mit einem Glas Madeira in der Hand zum sternenklaren Himmel hinauf.

Anfangs hatte sie Benthien für einen aufgeblasenen Wichtigtuer gehalten, einen Selbstdarsteller. Es gab viele talentierte und eifrige Kriminaler, die still ihren Dienst taten und eine ähnliche Erfolgsquote aufweisen konnten wie er. Kein Grund, seinen Vater Bücher darüber schreiben zu lassen oder sich in Talkshows zu setzen.

Inzwischen dachte sie anders. Denn da war noch mehr. Etwas, was viele andere nicht besaßen. Ein Gespür, das Benthien wie eine Kompassnadel unbeirrbar ans Ziel führte.

Sie hätte gerne weiter mit ihm zusammengearbeitet. Und ein Mann wie er konnte es im Polizeiapparat zweifellos weit bringen. Kriminalrat Gödecke würde wohl nicht mehr allzu lange im Dienst bleiben, zumindest schätzte Sanna sein Alter dem Äußeren nach nahe der Pensionsgrenze. Benthien hätte sicherlich Chancen auf seine Nachfolge.

Zu dumm, dass er sich sein eigenes Grab geschaufelt hatte.

Sanna griff nach dem USB-Stick, der vor ihr auf dem Tisch lag. Lilly Velasco hatte ihn ihr gegeben.

Sanna kannte nicht die gesamte Aufnahme, die sich darauf befand. Aber Velasco hatte den Stick in den USB-Slot des Autoradios geschoben und ihr die wichtigste Stelle vorgespielt. Das allein genügte.

Benthien durfte mit einem langen Gefängnisaufenthalt rechnen – zumindest, wenn alles seinen normalen Gang ging.

Doch an dieser Situation war nichts normal.

Denn Lilly Velasco war offenbar eine ebenso talentierte Ermittlerin wie Benthien. Sie hatte Sanna mit einer unbequemen Wahrheit konfrontiert, von der sie gehofft hatte, sie hinter sich gelassen zu haben.

Mario Russo.

Sanna war sich sicher, dass er und Benthien sich bestens verstanden hätten.

61 Lilly Velasco

Alles ist gut. Du hast das Richtige getan.

Lilly lehnte sich mit den Ellbogen auf das Geländer ihres Balkons, holte tief Luft und wiederholte in Gedanken die beiden Sätze.

Alles ist gut. Du hast das Richtige getan.

Sie war nicht besonders gut in Autosuggestion. Vermutlich würde sie das Spielchen noch den ganzen Abend treiben können, ohne wirklich an ihre eigenen Worte zu glauben. Musik wäre bestimmt hilfreicher.

Lilly ging hinein ins Wohnzimmer, suchte ein Album aus dem CD-Regal aus und legte die Silberscheibe in die Stereoanlage. Dann holte sie sich aus der Küche noch ein Glas Wasser und ging wieder hinaus auf den Balkon.

Aus den Lautsprechern der Anlage begann Eivør zu singen, ein Live-Konzert der färöischen Sängerin aus dem alten Theater in Tórshavn. Nordische Klänge beruhigten Lillys Nerven.

Sie lehnte sich wieder an das Geländer, ließ den Blick über die Lichter der Stadt und der Boote unten im Hafen schweifen.

Juri hatte sie vorhin von Sylt aus angerufen. Er war auf dem Heimweg. Sie hatten den Fall gelöst.

Es ist vorbei, hatte Juri gesagt.

Ja, hatte Lilly geantwortet. Dabei wusste sie, dass es noch längst nicht vorbei war. Es fing gerade erst an.

Alles ist gut. Du hast das Richtige getan.

Tatsächlich hatte sie keine andere Möglichkeit gesehen, die zumindest die Chance auf einen halbwegs glimpflichen Ausgang bot. Natürlich, sie hätte den Dingen auch ihren Lauf lassen können, doch damit hätte sie die Zügel aus der Hand gegeben. Und das konnte sie nicht. Nicht jetzt, wo sie eine Verantwortung trug. Den Dingen ihren Lauf lassen, das konnte sie alle in große Schwierigkeiten bringen. So hatte sie zumindest die Initiative übernommen und der Roulettekugel einen Stoß in die richtige Richtung geben können, bevor sie losrollte.

Aber natürlich existierte die Möglichkeit, dass sie die Staatsanwältin völlig falsch einschätzte.

Was, wenn sie zu hoch gepokert hatte?

Dann bestand eine gute Chance, dass der Vater ihres ungeborenen Kinds für unabsehbare Zeit hinter Gittern landete.

62   John Benthien

Seine Schuhe sanken tief in den Sand ein, als John Benthien am nächsten Morgen über den Munkmarscher Strand ging. Um diese Uhrzeit und bei dem Wetter – im Radio hatten sie ergiebigen Regen aus Westen angekündigt – verirrte sich kaum jemand hierher. John sah schon von Weitem die einsame Gestalt, die unterhalb der Dünen stand und den Blick auf das Meer gerichtet hatte.

Die Schwarzen Dünen. Dorthin hatte Sanna Harmstorf ihn vorhin am Telefon bestellt.

Die Einheimischen hatten der Stelle, an der das Flugzeug mit Bente Roeloffs und ihrem Vater abgestürzt war, diesen Namen gegeben. Schwarze Dünen. Noch immer hatte sich die Natur von dem Desaster nicht erholt. Die Flammen des brennenden Flugzeugs waren auf den Bewuchs der Dünen übergesprungen. Auch jetzt war er an vielen Stellen noch immer schwarz verkohlt.

Sanna Harmstorf trug einen dunkelblauen Mantel, darunter eine Stoffhose in derselben Farbe. Die weißen Haare hatte sie nach hinten gebunden. Geschäftsmäßig sah sie aus. Wie vor einem Auftritt bei Gericht.

Und vielleicht würde es auch genau das werden. Ein Gericht, dachte John. Sein Gericht.

Denn er hatte wenig Zweifel, weshalb sie ihn am frühen Morgen an einem solchen Ort zu einer Unterredung bat.

Trotzdem fragte er, als er sie erreicht hatte: »Warum hier?«

Sie schürzte die Lippen und hob die Augenbrauen. »Nun, ich dachte mir, dass ein einsamer Ort für das, was wir zu besprechen haben, genau richtig ist.«

»Und worüber sprechen wir? Der Fall ist abgeschlossen.«

»Dieser Fall ja. Ein anderer noch nicht.«

»Der Fall Dornieden.« John hatte mit seiner Vermutung offenbar richtiggelegen. »Sie wollen mit mir darüber sprechen.«

Sanna Harmstorf drehte sich zu ihm und schob die Hände in die Manteltaschen. »Frede Junicke ist heute Morgen auf die Westerländer Wache gekommen, um mit mir zu reden. Sie hat ein umfassendes Geständnis abgelegt.«

John kam es vor, als würde der weiche Sand unter seinen Füßen nachgeben und ihn in die Tiefe ziehen. Er hatte heute Nacht kaum ein Auge zugetan. Immer wieder hatte er erfolglos versucht, Frede zu erreichen. Er hatte mit allem gerechnet, von Flucht bis zum Suizid, aber nicht hiermit.

»Sie … hat *was* getan?«

»Frede hat mir in allen Details erklärt, wie und weshalb sie ihre Mutter ermordet hat. Sie stellt sich nun der Gerichtsbarkeit.«

John spürte einen Stich in seinem Herzen, die Furcht, Frede für immer verloren zu haben. Gleichzeitig rasten seine Gedanken und gingen die verschiedenen Varianten durch, wie sich diese Geschichte nun weiter entwickeln mochte. Was diese Wendung für seine Kollegen und Freunde, aber auch für ihn nach sich ziehen mochte.

Sanna Harmstorf zog eine Hand aus der Jackentasche und bedeutete ihm, zu schweigen. »Ich will das hier nicht unnötig in die Länge ziehen. Frede Junicke hat in ihrem protokollierten Geständnis angegeben, dass Sie es waren, der sie dazu gebracht hat, sich zu stellen. Sie sagt, sie habe bereits geglaubt, mit der Sache davongekommen zu sein. Doch nach dem offiziellen Ende der Ermittlungen hätten Sie weiter Kontakt zu ihr gesucht und nicht lockergelassen. Es sei einzig und allein Ihnen zu verdanken, dass sie einen Sinneswandel erfahren habe, denn ... aus Mangel an harten Beweisen wäre es der Polizei sonst nicht möglich gewesen, ihr den Mord nachzuweisen.«

John sagte nichts. Warum hatte Frede das getan? Worauf lief das hier hinaus?

»Diese Version wird in den Akten landen«, fuhr Harmstorf fort. »Eine gute Version, finden Sie nicht auch?«

John nickte vorsichtig.

»Ich sehe schon die Schlagzeilen.« Die Staatsanwältin malte mit beiden Händen eine breite Überschrift in die Luft. »Deutschlands Top-Cop stellt zwei Mörderinnen in zwei unterschiedlichen Fällen. Sensation!«

Sanna Harmstorf ließ ein flüchtiges Lächeln über ihre Lippen wandern, dann wurde sie wieder ernst. »Machen Sie sich aber keine falschen Vorstellungen. Ich weiß Bescheid. Über Ihre Beziehung zu Frede. Die Beweise, die Sie unterschlagen haben. Alles. Und ich bin mir ziemlich sicher, dass ich unter Ihren Kollegen jemanden finde, der mir bestätigt, wie die Geschichte in Wahrheit gelaufen ist, wenn es hart auf hart kommt. Stimmen Sie mir da zu?«

Wieder nickte John.

»Gut. Dann können wir ehrlich miteinander sein.« Sanna Harmstorf trat einen Schritt auf ihn zu. »Ich werde im Fall Frede Junicke die Anklage vertreten. Die Tatsache, dass sie sich gestellt hat und sich kooperativ zeigt, ihre Kindheitsgeschichte wie auch die Misshandlungen, die sie durch ihre Mutter erfahren hat, werden als mildernde Umstände gelten. Ich werde nicht mit der Forderung nach einer Maximalstrafe in den Prozess gehen. Frede wird eine angemessene Strafe absitzen, aber sie wird die Chance haben, sich zu rehabilitieren und irgendwann vielleicht ein neues Leben anzufangen. Wie klingt das für Sie?«

»Ich ... denke, das klingt gerecht.«

»Ja, das sehe ich auch so. Denn das ist es doch, was wir tun. Wir vertreten Recht und Gerechtigkeit. Und ich würde mich sehr freuen, wenn Sie von nun an wieder nach diesem Prinzip agieren und sich daran erinnern würden, auf welcher Seite des Gesetzes Sie stehen.«

Sanna Harmstorf musterte ihn mit kaltem Blick.

Nach einem Moment des Schweigens fragte er: »Und welche Geschichte wird man sich über mich erzählen?«

»Man wird sich jedenfalls nicht die Geschichte von dem prominenten Kriminalkommissar erzählen, der seinem besten Stück das Denken überließ, seinen Beruf mit Füßen trat, seine Kollegen und Freunde beinahe mit in den Abgrund riss.« Sie machte eine Pause. »Nein. Man wird John Benthien als einen der Besten seines Faches in Erinnerung behalten. Auf der Höhe seines Schaffens löste er zwei ebenso verzwickte wie aufsehenerregende Mordfälle. Das kostete Sie viel Kraft. Deshalb entschieden Sie, kürzerzutreten. Mehr Zeit für die Familie, für Ihre Stieftochter, die Sie braucht.«

John erwiderte nichts darauf. Er verstand, dass dies ein Moment war, in dem er besser schwieg. Sanna Harmstorf versuchte gerade, ihm eine goldene Brücke zu bauen – eine Brücke, die ihm das Überleben ermöglichte.

»Es gibt hier in der Nähe eine kleine Gemeinde, die einen neuen Polizeichef sucht«, erklärte Harmstorf. »Ein ruhiger Ort, an dem Sie sich von den Strapazen erholen können. Ich schlage vor, dass Sie sich noch heute auf diese Stelle bewerben. Kriminalrat Gödecke und Oberstaatsanwalt Bleicken haben mir übrigens signalisiert, dass sie diesen Schritt zutiefst bedauern würden. Dennoch haben sie Verständnis und werden Sie in Ihrem Versetzungsgesuch unterstützen. Und mit zwei solch hochrangigen Fürsprechern … Ich bin mir sicher, dass es mit der neuen Stelle klappen wird. Meinen Sie nicht auch?«

»Doch, das … klingt gut.« John verstand. Sie hatte sich bereits von oberster Stelle grünes Licht für dieses Vorgehen geben lassen. Bleicken und Gödecke würden sie vermutlich für ein Bundesverdienstkreuz vorschlagen, weil sie einen Weg gefunden hatte, einen Skandal für die Polizei abzuwenden und gleichzeitig eine Mörderin ihrer Strafe zuzuführen. Ein gelungener Einstand für die neue Staatsanwältin.

»Schön. Also sind wir uns einig. Und weil das so ist …« Die Staatsanwältin lächelte. Dann griff sie in die Jackentasche und holte einen USB-Stick hervor, den sie John hinhielt. »… habe ich hierfür keine Verwendung mehr. Ich brauche Ihnen wohl nicht zu erklären, was das ist. Ich an Ihrer Stelle wüsste, was ich damit mache.« Sie sah aus dem Augenwinkel kurz auf das Meer hinaus.

John nahm den Stick entgegen.

Mehr gab es nicht zu sagen. Sie hatten einen Deal. Einen, der ihn mit einem blauen Auge davonkommen ließ.

Er wandte sich zum Gehen.

»Benthien«, hörte er Harmstorf in seinem Rücken und drehte sich noch einmal um.

»Ja?«

»Der Roeloffs-Fall … das war wirklich gute Arbeit. Danke. Ich hätte gerne mit Ihnen weitergearbeitet. Schade, dass es so laufen musste.«

»Ja. In der Tat«, antwortete John. »Darf ich Sie etwas fragen?«

»Natürlich.«

»Warum?«

Sanna Harmstorf zögerte einen Moment und schien ihre Worte abzuwägen. Dann sagte sie: »Lilly Velasco. Sie sollten sich bei ihr bedanken.«

63 Lilly Velasco

Das Mariencafé an der Westerallee in Flensburg gehörte zu ihren absoluten Lieblingsorten. Lilly suchte es stets auf, wenn sie sich ein ausgedehntes Frühstück gönnen wollte. Aber auch die hausgemachten Torten waren nicht zu verachten. Notfalls konnte man beides miteinander verbinden.

Das Café befand sich in einer roten Villa mit weißen Fenstern, einem Erker und einem Holzgiebel. Die hochgewachsene Rotbuche im Garten war ebenso ein Markenzeichen wie die vielen Kaffeekannen, die an der Decke hingen oder in den Regalen standen. Lilly fühlte sich immer an die gute Stube ihrer Großeltern erinnert. Ein behagliches Fleckchen, wo man den ganzen Tag mit Kaffee und einer Zeitung verbringen konnte.

Lilly beschmierte ein weiteres Croissant mit Marmelade. Es war ihr drittes. Juri machte sich ihr gegenüber an einem Brot mit Lachs zu schaffen – der Fisch rutschte ihm bei jedem Bissen herunter. Als er es schließlich geschafft hatte, tupfte er sich den Mund mit der Serviette ab und sah Lilly mit ernstem Blick an. Er schien mit sich zu ringen. Dann fragte er: »Was hast du getan, Lilly?«

Sie konnte sich ein Schmunzeln nicht verkneifen. Die Frage musste ihm schon die ganze Zeit auf der Leber gelegen haben.

Gestern war kurz vor Dienstschluss bekannt geworden, dass John sich auf eine Stelle als Polizeichef in einem kleinen Kaff beworben hatte. Was natürlich allseits für Erstaunen und Rätselraten gesorgt hatte – wo er doch gerade auf spektakuläre Weise gleich zwei Mordfälle aufgeklärt hatte.

»Ich habe Sanna Harmstorf den USB-Stick ausgehändigt«, antwortete Lilly.

»Du hast *was?*«

»Und dann habe ich ihr ins Gewissen geredet.«

»Was soll das bedeuten?«

Lilly legte den Zeigefinger an die Lippen und gab Juri zu verstehen, doch etwas leiser zu sprechen. Er war nun sehr aufgeregt, was sie absolut nachvollziehen konnte. Dennoch wollten sie die Aufmerksamkeit der anderen Frühstücksgäste nicht über Gebühr auf sich ziehen.

»Hast du dich denn nie gefragt, weshalb die Frau Staatsanwältin sich aus dem lebendigen München hier in den kühlen Norden hat versetzen lassen?«

Juri schob die Unterlippe vor. »Kann doch viele Gründe haben. Sie hat ja auf Sylt eine Schwester. Vielleicht will sie bei ihr sein. Und sie kommt doch gebürtig von hier. Eventuell ist es ihr im Süden auch zu heiß geworden, du weißt schon, der Klimawandel und so ...«

»Mag sein«, erwiderte Lilly. »Aber nicht, wenn man der aufstrebende Stern der Münchner Staatsanwaltschaft ist, der bereits offen für einen Posten als Oberstaatsanwältin gehandelt wird. Nein, dann verschwindet man nicht Hals über Kopf aus dem gemachten Nest.«

»Verstehe. Du hast etwas über sie herausgefunden, ja?«

»So ist es.« Lilly biss von ihrem Croissant ab. »Willst du die komplette Geschichte oder nur das Wesentliche?«

»Das, was ich brauche, um zu verstehen.«

»Sein Name war Mario Russo. Hauptkommissar der Münchner Kriminalpolizei. Sanna Harmstorf sprang mit ihm in die Kiste«, erzählte Lilly. »Dann erfuhr sie eines Tages, dass Russo einen korrupten Ermittler in seiner Einheit deckte. Ein Kollege und Freund von ihm, von dem er wohl hoffte, dass er wieder auf den rechten Weg finden würde. Harmstorf sah das anders. Sie ging streng nach den Regeln vor und trat eine interne Ermittlung los. Sie machte Russo klar, dass er seinen Freund und Kollegen ans Messer liefern musste, wenn er seinen Kopf aus der Schlinge ziehen wollte. Daraufhin machte sich Russo auf die Suche nach handfesten Beweisen und … Sagen wir einfach, er begab sich zur falschen Zeit an den falschen Ort. Sein Kollege machte gemeinsame Sache mit der italienischen Mafia. Und denen lief Russo in die Finger. Es kostete ihn und seinen Freund das Leben. Es war eine regelrechte Hinrichtung. Sie zwangen Russo, seinen Kollegen zu erschießen. Dann töteten sie Russo. Mit seiner Dienstwaffe. Russo war ledig. Der Kollege allerdings hinterließ eine Frau und eine Tochter.«

»Scheiße«, meinte Juri. Er trank einen Schluck Kaffee. »Die Sache muss Harmstorf ganz schön um die Ohren geflogen sein.«

»Die unangenehmen Details konnte man aus den Medien raushalten. Aber sie musste sich in psychologische Behandlung begeben, war für einige Zeit dienstunfähig. Und bei den Kollegen war sie natürlich unten durch. Niemand von der Truppe wollte mehr mit ihr zusammenarbeiten.«

»Und daran hast du sie erinnert?«

»Ja. Sie hat den Tod eines Polizisten mitverschuldet, indem sie ihn in eine unwägbare Situation brachte. Und nun hatte sie es wieder getan, als sie John und mich an jenem Abend in das Haus der Roeloffs' schickte, als Falk Lohse die beiden bedrohte. Die Sache hätte auch ganz anders enden können. Ich habe sie gefragt, was die Medien wohl von der Geschichte halten würden. Besonders, wenn sie erführen, dass die betreffende Kollegin, die sich da in großer Gefahr befand, schwanger ist.«

»Wie hat sie reagiert?«

»Sie hat verstanden, dass für sie in der Angelegenheit nun genauso viel auf dem Spiel stand wir für uns.« Lilly gab der Bedienung das Zeichen, ihr noch einen Tee zu bringen. »Daraufhin habe ich ihr den USB-Stick mit Fredes Geständnis ausgehändigt. Mit dem Versprechen, dass sie Frede zur Rechenschaft zieht, aber John verschont.«

»Hm«, machte Juri und taxierte sie mit kritischem Blick. »Das ist hart. Eigentlich bedienen sich die schweren Jungs auf der anderen Seite des Gesetzes solcher Methoden.«

»Juri. Ich habe das nicht gern getan. So möchte ich nicht sein. Und ich hoffe, ich komme nie wieder in eine solche Lage. Du sollst wissen, dass ich das weder für John noch für Tommy, dich oder für mich getan habe. Sondern für mein Kind. Es braucht mich. Und es soll keinen Vater haben, der hinter Gittern sitzt.«

»Nachvollziehbar. Hoffen wir, dass die Sache nun beendet ist. Offenbar hat sie mit John einen Handel gemacht.«

»Danach sieht es aus. Ich frage mich nur, weshalb Frede Junicke sich am Ende freiwillig gestellt hat? Aus welchem Grund?«

»Vielleicht hat tatsächlich John sie dazu gebracht. Wer weiß das schon. Am Endergebnis ändert das jetzt auch nichts mehr.«

Lillys Handy klingelte. Sie hatte vergessen, es auf lautlos zu stellen. Schnell holte sie es aus ihrer Handtasche und drückte den Anruf weg. Das Display war aber offenbar groß genug, dass Juri den Namen des Anrufers sehen konnte. »John?«

Lilly nickte.

»Hast du es ihm eigentlich inzwischen erzählt?«

»Nein. Dazu war noch keine Gelegenheit.«

»Die wird jetzt wohl auch so schnell nicht mehr kommen. Ich meine ... seine neue Dienststelle liegt nicht gerade um die Ecke.«

»Ich werde es ihm sagen. Beizeiten. Ich möchte, dass er eine Rolle im Leben meines Kindes spielt ...«

»Du liebst ihn noch immer, nicht wahr?«

Lilly setzte ein Lächeln auf. »Juri, glaubst du, dass man zwei Menschen gleichermaßen lieben kann? Nur auf völlig verschiedene Weise.«

»Ist vorstellbar, ja.«

»John wird immer in meinem Leben sein. Als Freund, den ich sehr mag. Vielleicht noch nicht jetzt, aber später. Mein Kind soll seinen Vater kennen.« Sie faltete die Serviette zusammen und legte sie auf den Tisch. »Wo wir nun schon einmal bei dem Thema sind ... Ich hatte mir das eigentlich für später aufheben wollen, aber ... ich meine ... wir leben in modernen Zeiten, oder ...«

»Natürlich. Was ist denn, Lilly?«

Sie zögerte. In ihrem Bauch kochte eine Glut auf, deren Hitze auf ihren ganzen Körper ausstrahlte. Es gab ganz gewiss passendere Momente, romantischere Momente. Doch man sollte doch immer seinem Bauchgefühl nachgehen. Und das schrie ihr ganz einfach zu: *Nun tu es endlich, du alte Memme! Er selbst wird dich garantiert nie fragen! Er ist viel zu schüchtern in solchen Dingen.*

Und deshalb nahm Lilly Velasco all ihren Mut zusammen.

Sie stand auf, umrundete den Tisch und ging unter den Augen der anderen Gäste vor ihrem Freund und Kollegen auf die Knie.

»Juri Rabanus«, sagte sie, wollte feierlich klingen, konnte aber doch die Tränen vor Aufregung nur schwer unterdrücken. »Möchtest du mein Mann werden?«

64   Sanna Harmstorf

Benthien hatte nichts gewusst, da war Sanna Harmstorf sich sicher. Frede Junicke hatte zwar angegeben, dass er es gewesen war, der sie überredet hatte, sich zu stellen. Doch seine Reaktion, als sie ihm dies berichtet hatte, hatte Sanna gezeigt, dass er absolut ahnungslos gewesen war. Blieb also die Frage, weshalb Junicke diesen Schritt getan hatte. Natürlich änderte es nichts, aber Sanna hätte es trotzdem gerne gewusst.

»Ich finde, hier kann man es aushalten.« Jaane streckte sich in ihrem Stuhl und sah sich auf der Terrasse von Sannas Hausboot im Flensburger Hafen um.

»Für den Anfang ist es in Ordnung«, sagte Sanna. »Ich werde mich nur dran gewöhnen müssen, dass mein neues Zuhause ab und zu ein wenig schaukelt.«

Die ersten Frühlingsboten waren da, und man konnte es in Jeans und Pullover gut draußen aushalten. Sanna hatte ihre Schwester eingeladen, um ihr ihre neue Bleibe zu zeigen und sie mit einem Frühstück zu verwöhnen. Bei blauem Himmel gab die Förde sich heute von ihrer reizvollen Seite.

»Und du meinst, ich sollte wirklich nicht mehr zu ihm gehen?«, fragte Jaane.

»Ja.« Sie hatten über Dr. Andersen gesprochen. Nach allem, was Sanna über den Therapeuten in Erfahrung gebracht hatte, zweifelte sie an dessen Fähigkeiten. »Wir suchen gemeinsam nach einem anderen, einverstanden?«

Jaane hob die Schultern. »Ich hatte überlegt, es mal ganz ohne zu versuchen.«

»Bist du sicher?« Sannas innere Alarmglocken schlugen an. Ihre Schwester hatte schon mehrere Male die Therapie ausgesetzt, was allerdings eher chaotische Phasen ihres Lebens eingeläutet hatte. Sie konnte nur hoffen, dass dies nicht wieder der Fall sein würde.

Doch Jaane schien zuversichtlich. »Ich schaffe das. Jetzt bist du ja in der Nähe.«

»Was hältst du davon, wenn wir das hier zu einer Institution machen.« Sanna deutete mit einem Nicken auf den Frühstückstisch. »Immer samstags. Wir können uns ja abwechseln. Mal treffen wir uns hier, mal in Munkmarsch.«

»Gerne.« Jaane strahlte. »Apropos. Hast du dir überlegt, was wir mit dem Haus machen? Du wolltest es ja …«

Sanna winkte ab. Sie hatte inzwischen begriffen, dass ein Umzug wohl nur noch mehr Unsicherheit ins Leben ihrer Schwester bringen würde. Sie hatte sich mit dem kleinen Häuschen eine behagliche Höhle gebaut, in der sie sich wohl- und sicher fühlte. »Bleib darin wohnen, solange du willst. Wie schaut es aus, magst du noch einen Tee oder Kaffee?«

»Tee«, sagte Jaane. »Hast du auch Rooibos?«

»Sicher.« Sanna stand auf und ging ins Innere des Hausboots. An der Küchenzeile ließ sie Wasser aufkochen und goss neuen Tee auf. Dann holte sie rasch ihr Smartphone aus dem Schlafzimmer, sie hatte es auf dem Nachttisch am Aufladekabel liegen lassen. Auf dem Display waren keine neuen Nachrichten vermeldet.

Ihr Blick blieb an dem Bild hängen, das auf dem Nachttisch stand. Mario. Sanna nahm das Foto in die Hand und setzte sich auf das Bett.

Ob sie diesmal das Richtige getan hatte? Sie war sich noch immer nicht sicher. Wenn es den Regeln und ihrem Gefühl nach gegangen wäre, dann hätte Benthien den vollen Preis für sein Fehlverhalten bezahlt.

Immerhin konnte sie sich damit trösten, dass sie nicht noch eine Frau unglücklich gemacht hatte und nicht noch ein Kind ohne seinen Vater aufwachsen musste. Denn einer Sache war Sanna sich sicher: Das Kind, das Lilly Velasco unter ihrem Herzen trug, stammte von John Benthien. Anders war nicht zu erklären, dass sie sich derart für ihn in die Bresche geworfen hatte.

Vermutlich, dachte Sanna, hätte sie an ihrer Stelle dasselbe getan. Ob Velasco ihre Drohung wahrgemacht hätte, konnte sie nicht sagen. Vielleicht war es nur ein Bluff gewesen.

Allein die Aussicht, erneut wegen eines zweifelhaften Vorgehens im Rampenlicht zu stehen, hatte Sanna genügt. Viel schlimmer war allerdings der Gedanke gewesen, dass Velasco mit Sicherheit dafür gesorgt hätte, dass ihre Kollegen bei der Kriminalpolizei erfuhren, dass Sanna es gewesen war, die Benthien ans Messer geliefert hatte. In München hatte sie schon einmal das Vertrauen der Ermittler verloren. Ein zweites Mal wollte sie das nicht erleben, und sie konnte es sich auch nicht leisten, denn dann konnte sie ihren Job hier gleich an den Nagel hängen.

Vermutlich hatte sie also die richtige Entscheidung getroffen. Der Ansicht waren auch Bleicken und Gödecke gewesen. Sie hatten ihr dafür gedankt, durch diese umsichtige Lösung des Problems das Ansehen von Polizei und Staatsanwaltschaft vor großem Schaden bewahrt zu haben. Denn ohne Frage hätten sich die Medien mit Begierde auf den Fauxpas von Deutschlands bekanntestem Ermittler gestürzt.

Ein gelungener Einstand, hatte Bleickens Resümee gelautet.

Vielleicht war es an der Zeit, die Vergangenheit hinter sich zu lassen.

Sanna öffnete die Schublade des Nachttischs, legte das Foto behutsam hinein und schloss sie dann wieder.

Sie ging nach draußen und brachte Jaane den Tee. »Was hast du heute noch vor, Schwesterchen?«, fragte diese.

»Keine Ahnung.«

Jaanes Blick ging hinüber zu den Segelbooten, die am gegenüberliegenden Steg festgemacht waren. »Wie wäre es, wenn wir uns ein Boot leihen und raus auf die Förde segeln?«

»Klar. Nur, dass ich nicht segeln kann.«

»Aber ich. Ich habe es gelernt, während du in Bayern auf den Bergen rumgekraxelt bist. Also, wie schaut's aus?«

»Meinetwegen ...« In dem Moment klingelte Sannas Handy. Sie ging ran. Es war Oberstaatsanwalt Bleicken.

»Tut mir leid, dass ich Sie stören muss«, sagte er. »Wir haben eine Leiche, ein unnatürlicher Todesfall, vermutlich Mord. Die Staatsanwaltschaft wird die Ermittlungen übernehmen.«

»Und da dachten Sie an mich.« Das war wohl der Fluch des Erfolgs. Noch dazu war sie nach wie vor die Neue – die man natürlich als Erstes anrief, wenn es Wochenendarbeit zu verteilen gab.

»So ist es«, sagte Bleicken. »Sie dürfen sich übrigens freuen, Sie haben die freie Auswahl, wen Sie mit der Ermittlung betrauen wollen.«

»Wie meinen Sie das?«

»Oh, eine Kollegin bei der Kripo schwärmt in höchsten Tönen von der Zusammenarbeit mit Ihnen. Nachdem Sie so aktiv bei der Sache waren, denken die Kollegen vielleicht auch, Sie nehmen Ihnen die Arbeit ab.« Bleicken stieß ein heiseres Lachen aus.

»In Ordnung«, sagte Sanna. »Bin auf dem Weg.«

Sie legte auf und wandte sich Jaane zu.

»Tut mir leid, Schwesterherz«, sie hob entschuldigend die Arme. »Aber die Arbeit ruft.«

Epilog

Zwei Monate später

Die warme Frühlingsluft rauschte durch das offene Fenster, und außer dem Abrollgeräusch der Reifen glitten sie beinahe geräuschlos über die Straße. Ein bisschen wie Segeln, dachte John Benthien bei sich und sah zum Beifahrersitz, wo Celine lässig zurückgelehnt saß, eine Sonnenbrille auf der Nase und die Füße zur Seitenscheibe rausgestreckt. Der Fahrwind verwirbelte ihre Haare.

Das neue Elektroauto war ihre Idee gewesen. Wenn schon ein neuer Wagen, dann klima- und umweltverträglich, hatte sie gemeint und nicht lockergelassen. Es war ein asiatisches Fabrikat, günstiger als viele deutsche, aber immer noch zu teuer, als dass John es sich alleine hätte leisten können. Sie verdankten das neue Gefährt zu großen Teilen Großvater Ben, den Celine um eine Spende gebeten hatte, sozusagen als Ablasshandel für dessen ständige Flugreisen und Kreuzfahrten.

John lehnte sich in seinem Sitz zurück und richtete den Blick wieder auf die Fahrbahn.

Sie hatten gerade Husum passiert und waren auf der B 5 auf dem Weg in Richtung Süden.

Ein neues Leben lag vor ihnen.

Alles würde anders sein. Ein neues Haus. Eine neue Schule. Neue Kollegen. Neue Lehrer. Neue Freunde.

Vermutlich würde er die Ermittlungsarbeit vermissen. Nein,

mit ziemlicher Sicherheit sogar. Doch das spielte keine Rolle. Er durfte sich glücklich schätzen, dass es so ausgegangen war.

Wobei es natürlich nicht reines Glück gewesen war. Er hatte mit Juri gesprochen, und der hatte angedeutet, welcher Umstand dazu geführt hatte, dass Sanna Harmstorf die Schlinge, die bereits um seinen Hals gelegen hatte, nicht zugezogen hatte.

Lilly.

John hatte versucht, mit ihr zu sprechen, sich zu bedanken, doch sie zeigte ihm immer noch die kalte Schulter. Er konnte es ihr nicht verdenken. Vermutlich würde noch viel Zeit vergehen müssen.

Ein anderes Rätsel hatte er hingegen nicht lösen können.

Warum hatte Frede sich gestellt?

Ihr Prozess würde bald beginnen. Er hatte sie in der Haft besuchen wollen, doch sie hatte niemanden empfangen.

»Können wir nicht mal was anderes hören?«, riss ihn Celine aus den Gedanken. »Das ist ja Beerdigungsmusik.«

Im Autoradio – das in Johns Augen eigentlich kein Autoradio mehr war, sondern eher eine Art NASA-Hochleistungscomputer – spielte Leonard Cohen.

Celine tippte auf ihrem Smartphone herum, und kurz darauf leuchtete auf dem Display des Mediasystems der Name Ed Sheeran auf. »Heute fängt ein neues Leben an. Also beginnen wir es mit etwas Fröhlichem.«

Sie drehte die Lautstärke auf.

John musterte seine Tochter. Er war stolz auf sie. Sie hatte das alles wie selbstverständlich mitgemacht. Ein neues Umfeld, eine neue Schule, neue Freunde suchen.

»Danke«, sagte er. Bislang hatte er es nicht über die Lippen gebracht, und dieser Moment war wohl so gut wie jeder andere.

»Wofür?«, fragte Celine. »Dafür, dass ich Cohen abgestellt habe?«

»Das meine ich nicht.«

»Sondern?«

»Dass du das alles mitmachst.«

»Solange ich bei dir lebe, bleibt mir wohl keine andere Wahl.«

»Trotzdem. Veränderungen sind immer schwierig. Selbst für Erwachsene. Deshalb rechne ich dir das hoch an.«

»Wie hoch? Eine neue Switch hoch?«

Celine lag ihm schon seit Wochen mit dem Wunsch nach der neuen Spielkonsole in den Ohren, seitdem die alte den Geist aufgegeben hatte.

»Vielleicht«, sagte er und lächelte. »Was deine Freundin Elfie angeht, sie kann uns natürlich jederzeit besuchen und auch bei uns übernachten …«

»Nicht mehr nötig«, sagte Celine und zog eine Strähne ihres Haars glatt.

»Warum?«

»Hab sie in die Wüste geschickt.«

John räusperte sich. »Ich hoffe, das hast du nicht wegen mir getan. Du weißt, dass ich kein Problem mit eurer Beziehung habe …«

»Es ist nicht deshalb, Daddy.« Sie seufzte. »Na ja, irgendwie ist es schon wegen dir … du hattest recht.«

»Womit?«

»Du hast gesagt, dass Freunde einem manchmal ganz schön Probleme bereiten können. Und dass man seiner großen Liebe nicht ins Verderben folgen muss … oder so ähnlich. Jedenfalls habe ich Elfie gesagt, dass ich Schluss mache, wenn sie die Finger nicht von den Drogen lässt. Und … nun ja, jetzt ist es eben so.«

»Vielleicht solltest du ihr noch eine Chance geben. Es ist nicht leicht, davon loszukommen, und eine Beziehung kann in dieser Phase Halt geben.«

»Da waren noch andere Sachen, die nicht passten. Daher … ich glaube, deine Bemerkung war ein Stupser zur richtigen Zeit. Und … brauchen wir alle nicht manchmal einen Stoß in die richtige Richtung? Selbst du?« Celine sah ihn an und lächelte verschlagen.

»Was soll das, warum siehst du mich jetzt so an?«, fragte John.

Celine richtete den Blick auf die Straße, griemelte aber weiter. »Ich habe dir auch einen kleinen Stupser verpasst. Du hast es nur nicht mitbekommen.«

»Was soll das heißen?«

»Hast du dich denn noch gar nicht gefragt, weshalb deine Freundin Frede plötzlich so geständig war?«

John spürte, wie seine Kehle trocken wurde. Eine düstere Ahnung beschlich ihn plötzlich. »Du ... hast da doch wohl nicht deine Finger im Spiel gehabt?«

»Der Tag, an dem du angerufen und gesagt hast, dass Elfie und ich aus dem Friesenhaus verschwinden sollen ... du erinnerst dich?«

»Ja.«

»Bevor wir weg sind, habe ich den USB-Stick mit Fredes Geständnis auf den Wohnzimmertisch gelegt. Dazu einen Zettel mit ihrem Namen. Ich denke, sie hat die Botschaft verstanden.«

In Johns Gedanken spielte sich die Szene ab, wie Frede nach ihrer Wanderung den Stick entdeckt haben musste. Wenn sie sich die Aufnahme angehört hatte, war ihr mit Sicherheit schnell klar geworden, dass es für sie nur zwei Möglichkeiten gegeben hatte, zwei Arten von Flucht: entweder die Flucht in die Ferne oder die Flucht nach vorne. Sie hatte unter dem, was sie getan hatte, gelitten. Vermutlich hatte sie sich deshalb für Letzteres entschieden. Um mit ihrem Gewissen ins Reine zu kommen und eine mildere Strafe zu erhalten, wenn sie sich stellte.

Aber natürlich hätte das auch anders ausgehen können.

»Das war nicht ungefährlich«, sagte John und bedachte Celine mit einem strengen Blick. »Du musst mir versprechen, dass du so etwas nie wieder tust.«

»Geht klar.« Celine nickte. »Wenn du mir dasselbe Versprechen gibst.«

»Ja«, sagte John und seufzte, »geht auch klar. Versprochen.« Dann schob er hinterher: »Und ... danke. Du weißt, dass du damit ...«

»Dass Lilly und ich dir den Hintern gerettet haben? Ja, weiß ich. Du kannst dich auch bei ihr bedanken.«

»Habe ich versucht. Sie ... hat mir wohl noch nicht verziehen.«

»Aber das wird sie«, sagte Celine.

»Woher willst du das wissen?«

»Weil ich mit ihr gesprochen habe. Sie wollte wissen, wie es jetzt bei uns läuft. Sie mag dich noch immer, weißt du. Deshalb ... Sie hat gesagt, dass sie uns bestimmt mal besuchen kommt. Und dann ...«

»Dann was?«

»Nun ja, sie wird ein paar Neuigkeiten für dich im Gepäck haben.«

»Und die wären?«

»Das soll sie dir mal schön selbst erzählen. Eine davon ist jedenfalls besonders schön. Ich freue mich schon darauf.« Celine griemelte wieder und stellte die Musik noch ein bisschen lauter.

John entschied, nicht weiter nachzubohren, sondern sich überraschen zu lassen. Die Aussicht, dass eine Versöhnung mit Lilly tatsächlich möglich war, ließ in seinem Bauch ein warmes Gefühl aufsteigen.

Mit einem Lächeln auf den Lippen steuerte er den Wagen am Ortsschild ihrer neuen Heimat vorbei.

Friedrichstadt.

Das »Holländerstädtchen«, das mit seinen Grachten und alten Häusern als ein wahres Idyll des Nordens galt.

John hoffte, dass dies während seiner Dienstzeit als Polizeichef auch so bleiben würde.

John Benthien ermittelt auf Föhr in seinem berührendsten Fall

Nina Ohlandt / Jan F.
Wielpütz
TIEFER SAND
Nordsee-Krimi

416 Seiten
ISBN 978-3-404-18567-2

Nach dem Verschwinden ihrer Mutter wendet sich Nieke Dornieden an John Benthien. Der Hauptkommissar nimmt sich der Sache an. Wenig später wird Niekes Mutter tot in einem Kellerverschlag ihres Hauses gefunden, und Benthien beginnt auf Föhr zu ermitteln. Auf der Insel hatten nicht wenige Grund, der alten Dame nach dem Leben zu trachten, doch auch die Vergangenheit der Toten gibt Rätsel auf: Ihr Mann und ihre Tochter aus erster Ehe werden seit Jahren vermisst; niemand weiß, was geschehen ist. Benthien begreift, dass beide Fälle zusammenhängen – und stößt auf ein Familiengeheimnis und eine Wahrheit, die ihn selbst in eine dramatische Situation bringen …

Lübbe